Rêve d'hiver

NORA ROBERTS

Rêve d'hiver

Roman

Titres originaux :

Première partie : A WILL AND A WAY
Deuxième partie : BOUNDARY LINES
Troisième partie : UNFINISHED BUSINESS

Traduction de l'américain par :

Première et troisième partie : ANDREE JARDAT
Deuxième partie : JEANNE DESCHAMP

Première partie : © 1986, Nora Roberts.
Deuxième partie : © 1985, Nora Roberts.
Troisième partie : © 1992, Nora Roberts.

© 2015, Harlequin SA

Ce livre est publié avec l'autorisation de HARLEQUIN BOOKS S.A.

Tous droits réservés, y compris le droit de reproduction de tout ou partie de l'ouvrage, sous quelque forme que ce soit.
Cette œuvre est une œuvre de fiction. Les noms propres, les personnages, les lieux, les intrigues, sont soit le fruit de l'imagination de l'auteur, soit utilisés dans le cadre d'une œuvre de fiction. Toute ressemblance avec des personnes réelles, vivantes ou décédées, des entreprises, des événements ou des lieux, serait une pure coïncidence.

MOSAÏC® est une marque déposée

Le visuel de couverture est reproduit avec l'autorisation de :

Cadeau : © PLAINPICTURE/FANCY IMAGES
Fond : © KIRSTY PARGETER/FOTOLIA
Réalisation graphique couverture : ATELIER DPCOM

MOSAÏC, une maison d'édition de la société HARLEQUIN
83-85, boulevard Vincent-Auriol, 75646 PARIS CEDEX 13
Tél. : 01 42 16 63 63

www.editions-mosaic.fr

ISBN 978-2-2803-4210-0 — ISSN 2261-4540

PREMIÈRE PARTIE

Un Noël dans les Catskills

1

Cent cinquante millions de dollars ! Voilà bien une somme qui ne se refusait pas.

Aucune des personnes réunies ce jour-là dans la vaste bibliothèque de la demeure d'oncle Jolley n'osait rompre le silence quasi religieux derrière lequel chacune s'était retranchée.

Aucune, sauf Pandora qui manifesta sa présence en éternuant bruyamment dans le mouchoir qu'elle tenait roulé en boule dans sa main. Après s'être essuyé le nez, elle s'assit, souhaitant ardemment que les antihistaminiques ingurgités, un moment auparavant, fassent rapidement leur effet. Si seulement elle avait pu se trouver à des milliers de kilomètres de là ! songea-t-elle avec tristesse.

Elle connaissait cette pièce par cœur, pour y avoir passé de longues heures à lire en compagnie de son oncle. Sur les rayonnages qui recouvraient presque tous les murs, étaient alignés quantité de livres, dont certains avaient été lus et des centaines d'autres superbement ignorés. Elle aimait l'odeur des reliures en cuir qui se mêlait étroitement à celle, âcre, de la poussière. Beaucoup plus qu'elle n'aimait le parfum entêtant des bouquets de lilas et de roses placés çà et là dans des vases en cristal.

Elle regarda avec nostalgie l'échiquier en marbre et en ivoire sur lequel elle avait disputé, et perdu, tant de parties mémorables avec l'oncle Jolley. Car le vieux filou cachait sous des airs innocents de redoutables talents de tricheur, que Pandora, magnanime, acceptait sans sourciller. Peut-être était-ce là la raison pour laquelle Jolley prenait tant de plaisir à jouer avec sa nièce. Il savait que, quels que soient les moyens employés, il en sortirait toujours vainqueur.

Une lueur blafarde et sinistre, parfaitement assortie aux circonstances et à l'humeur mélancolique de la jeune femme, s'insinuait par les trois fenêtres en ogive de la pièce.

A croire que c'était ce bon Jolley lui-même qui s'était mêlé de planter le décor pour les événements qui allaient suivre.

Pandora adorait son oncle. Et comme chaque fois qu'elle aimait quelqu'un, elle le faisait sans restrictions, lui témoignant un amour sans limites, acceptant toutes les bizarreries dont ce vieil original de quatre-vingt-treize ans était capable. Il appréciait son caractère entêté et son énergie débordante, elle adorait sa joie de vivre et ses excentricités.

Elle se souvint qu'un mois avant sa mort, tous deux étaient partis pêcher, enfin… braconner plus exactement, car le lac sur lequel ils avaient jeté leur dévolu appartenait à un voisin irascible. De retour, et chargés de plus de truites qu'ils n'en pouvaient manger, ils en avaient nettoyé une bonne demi-douzaine qu'ils avaient ensuite fait parvenir au propriétaire des lieux.

Oncle Jolley allait tellement lui manquer ! D'ailleurs, il lui manquait déjà… Comment imaginer qu'elle ne verrait plus jamais le visage rieur du vieil homme, qu'elle n'entendrait plus sa voix de stentor, qu'elle serait privée de ses innombrables facéties !

Depuis l'immense portrait qui trônait sur l'un des murs, Jolley la fixait de ce regard narquois qui le caractérisait, le même dont il usait pour des transactions de plusieurs millions de dollars ou pour guetter les réactions du vice-président de son entreprise à qui il venait de jouer un tour pendable.

Aucun des membres de sa famille ne la comprenait, ne l'acceptait comme l'avait fait son oncle. Et c'était l'une des raisons pour lesquelles elle l'aimait tant !

Le cœur lourd de chagrin, Pandora écoutait d'une oreille

distraite Edmund Fitzhugh débiter d'une voix monocorde les modalités d'usage précédant le testament d'oncle Jolley.

Toute sa vie, Maximilian Jolley McVie avait clamé haut et fort que les choses devaient être faites à fond ou pas du tout. L'épais dossier ouvert devant le notaire semblait refléter au mieux son goût pour la discussion.

Se souciant peu d'afficher le peu d'intérêt qu'elle portait à la lecture de ce testament, Pandora trompait son ennui en observant tour à tour les différentes personnes présentes dans la bibliothèque. La mine contrite qu'ils arboraient tous, sans exception, aurait sans aucun doute réjoui Jolley, heureux du dernier tour qu'il venait de leur jouer.

Il y avait d'abord le fils unique de Jolley, l'oncle Carlson et son épouse, comment s'appelait-elle déjà ? Lona, Mona ? Quelle importance d'ailleurs ? Tous deux se tenaient serrés l'un contre l'autre, bien droits. Vêtus de noir de la tête aux pieds, ils ressemblaient à ces corbeaux qui, sagement alignés sur un fil électrique, attendent la proie qui leur fera quitter leur poste d'observation et jeter aux orties leur attitude compassée.

Venait ensuite la cousine Ginger, si douce, si mignonne, si inoffensive et pourtant si superficielle ! Cette fois, ses goûts changeants lui avaient fait adopter une coupe et une couleur à la Jean Harlow. A ses côtés se trouvait le cousin Biff, sanglé dans son costume strict tout droit sorti de chez Brooks Brothers. Bien calé contre le dossier de son siège, une jambe croisée sur l'autre, il était suspendu aux lèvres du notaire, donnant ainsi l'impression d'assister à un match de polo passionnant. Quant à sa femme — comment s'appelait-elle déjà, Laurie ? —, elle affichait un air guindé qui se voulait respectable et avait pour habitude de n'ouvrir la bouche que pour acquiescer bêtement et en toute occasion aux propos de son mari vénéré. Jolley, qui ne la portait pas dans son cœur, ne la désignait jamais autrement que sous le sobriquet de « l'assommante idiote ».

Il y avait aussi l'oncle Monroe, replet, fier de lui, qui exhalait la fumée d'un gros cigare sous le regard courroucé de sa sœur Patience qui tentait de marquer timidement sa désapprobation en pressant délicatement un petit mouchoir blanc sur son nez. Mais Monroe, qui adorait embêter sa sœur, faisait mine de ne rien voir.

Le cousin Hank, quant à lui, était tout en muscles, et rivalisait avec sa femme, Meg, aussi athlétique et acharnée de sport que lui. En guise de voyage de noces, tous deux s'étaient offert une randonnée dans le massif des Appalaches, ce qui faisait dire à Jolley, goguenard, qu'à chaque fois qu'ils avaient envie de faire l'amour, ils devaient s'adonner auparavant à une séance de stretching et d'assouplissement.

Cette pensée provoqua chez Pandora un accès d'hilarité qu'elle étouffa dans son mouchoir. Son cousin Michael lui lança un regard étonné. Michael était-il réellement son cousin, d'ailleurs ? se demanda-t-elle soudain. Elle n'avait jamais vraiment saisi le degré de parenté qui les liait à cet homme, hormis le fait que sa mère était une lointaine nièce par alliance de son oncle Jolley. Bref, des liens de sang compliqués pour l'homme compliqué qu'était Michael Donahue.

Pandora et lui ne s'étaient jamais entendus, malgré le fait qu'oncle Jolley, pour une raison inconnue de la jeune femme, aimait beaucoup Michael. Pour Pandora, gagner sa vie en imaginant des scénarios pour une série télé à succès était une activité stupide, digne d'un parvenu, attiré par l'argent facile. Avec une satisfaction mesquine, elle se souvint le lui avoir signifié au cours d'une de leurs rares rencontres.

Sans parler des femmes qui jalonnaient sa vie ! Lorsqu'un homme ne fréquentait que des starlettes sans cervelle, il était bien évident que ce n'était pas pour refaire le monde. Un sourire amusé flotta sur les lèvres de Pandora : elle se rappela le jour où elle s'était ouvertement moquée de Michael à ce sujet au cours d'une de leurs visites chez l'oncle Jolley. Celui-ci riait tant qu'il avait failli tomber de sa chaise !

Oncle Jolley... La gaieté céda le pas à la tristesse. Elle devait bien reconnaître que parmi tous les gens présents dans cette assemblée, Michael Donahue était le seul, hormis elle bien entendu, à avoir témoigné au vieil homme une affection sincère et désintéressée.

Pandora regarda Michael à la dérobée. Elle nota sa bouche parfaitement dessinée et encadrée de deux fines ridules qui en accentuaient la sévérité et l'arrogance naturelles. Les rares fois où elle avait vu ses lèvres s'entrouvrir, c'était uniquement pour lui adresser un ricanement sardonique.

Oncle Jolley aimait l'humour pince-sans-rire de son neveu et n'avait pas caché à Pandora son désir de voir les deux jeunes gens entretenir une relation plus « amicale ». Idée saugrenue que la jeune femme s'était empressée de lui faire oublier. Ou, plus exactement, qu'elle avait tenté, sans y parvenir, de lui faire oublier.

Etant lui-même petit et bien en chair, Jolley admirait, avec une pointe d'envie, la silhouette élancée et le visage racé de Michael. Plus d'une fois, Pandora avait été tentée de détailler le physique avantageux de son cousin, mais le regard froid et détaché dont il la gratifiait invariablement l'en avait dissuadée à jamais.

A ce moment précis, vêtu d'un costume sombre d'une élégance décontractée, négligemment appuyé contre un mur, il paraissait légèrement décalé et ressemblait à l'un des héros de ses scénarios. Avec ses cheveux mi-longs qui retombaient en mèches folles autour de son visage, on aurait pu penser qu'il avait négligé de se recoiffer après une virée en décapotable. Et qu'il se moquait éperdument de l'opinion de ceux qui l'entouraient. Il avait l'air de s'ennuyer prodigieusement et d'attendre le moment propice pour pouvoir, enfin, quitter les lieux.

Quel dommage, songea Pandora, qu'ils ne se soient jamais entendus. Ils auraient pu échanger leurs souvenirs du vieil oncle excentrique, et rire ensemble de ses lubies. Mais cette perspective n'était pas envisageable et l'oncle

Jolley, là-haut dans son cadre, ne devait pas l'ignorer. Même s'il le déplorait.

Pandora laissa échapper un petit soupir et se moucha de nouveau, en essayant cette fois de s'intéresser à ce que disait Fitzhugh. Ce dernier était-il réellement en train d'évoquer un legs concernant des baleines ? Peut-être avait-elle mal compris. Il devait s'agir de baleiniers.

Michael de son côté étouffa un bâillement. Encore une heure comme celle-là, se dit-il, et il ne répondrait plus de rien. Et s'il entendait encore une fois Fitzhugh prononcer : « attendu que... »

Il expira profondément et se résigna à attendre patiemment la fin de la séance. S'il avait accepté de venir, c'était uniquement parce qu'il adorait ce vieux fou d'oncle Jolley. Et si la dernière chose à faire pour lui témoigner son affection était de se tenir là, parmi tous ces vautours, à écouter jusqu'au bout la teneur de ce testament qui n'en finissait pas, eh bien, il le ferait ! Lorsque cette corvée serait terminée, c'est en privé qu'il se servirait un verre de brandy et porterait un toast à la mémoire de son oncle qui, de son vivant, avouait un petit faible pour cet alcool.

Michael ne pouvait oublier que lorsqu'il était jeune, Jolley avait été le seul à encourager des rêves que personne, pas même ses parents, ne comprenait. A chacune de ses visites, son oncle lui demandait d'inventer une histoire et de lui expliquer comment il pourrait la mettre en scène. Jolley se carrait alors dans un fauteuil et, les yeux pétillant d'une joie enfantine, piaffant d'une impatience mal contenue, il attendait que son neveu s'exécute.

Lorsque, quelques années plus tard, Michael avait reçu la première des nombreuses récompenses qui allaient jalonner sa carrière de scénariste, il n'avait pas hésité une seconde à se rendre dans le massif des Catskills pour dédier son trophée à son oncle. La statuette trônait toujours en bonne place dans la chambre du défunt.

La voix impersonnelle du notaire ramena Michael à la réalité et avec elle, le besoin impérieux de fumer une cigarette. Cela faisait maintenant deux jours qu'il avait arrêté. Deux jours, quatre heures et trente-cinq minutes exactement, durant lesquels cette envie avait viré à l'obsession.

Il eut soudain l'impression d'étouffer parmi tous ces gens qui, du vivant de Jolley, considéraient ce dernier comme un vieux fou assommant, mais n'avaient néanmoins aucun scrupule à vouloir s'approprier sa fortune colossale. Ses titres de propriété et ses actions en Bourse étant, eux, parfaitement sains ! Depuis l'ouverture du testament Michael avait surpris à plusieurs reprises des regards cupides errant sur le mobilier de style anglais qui équipait la bibliothèque, chacun cherchant à en estimer la valeur. Michael connaissait l'attachement sentimental qui liait Jolley à chacun de ses meubles, chérissant la moindre chaise sans valeur mais qui avait son histoire.

Michael douta que l'un des membres de cette famille soit venu rendre visite à leur parent défunt au cours des dix dernières années. Excepté Pandora qui, elle aussi, il devait bien le reconnaître, adorait leur oncle.

Elle paraissait accablée de chagrin. Michael ne se souvenait pas l'avoir connue un jour aussi malheureuse. Il l'avait déjà vue en colère, exaspérante, méprisante, mais malheureuse, jamais. S'il n'avait craint de se faire repousser sans ménagement, il serait allé s'asseoir à côté d'elle pour tenter de la réconforter. Il aurait essuyé ses beaux yeux bleus rougis et gonflés par trop de larmes.

Son regard glissa sur les boucles fauves qui cascadaient librement sur les épaules de la jeune femme, sans souci de style ou de discipline. La pâleur de son teint faisait ressortir les petites taches de rousseur qui, habituellement, se fondaient dans son teint de porcelaine. Le rose délicat qui colorait si joliment son visage avait déserté ses joues creusées par la tristesse.

Tache bleue éclatante au milieu de sa famille endeuillée, elle se détachait, tel un perroquet au plumage royal parmi un vol de corbeaux sinistres. Michael comprenait parfaitement qu'elle n'ait pas besoin de crêpe noir pour porter le deuil de son oncle chéri.

Avec ses vues tranchantes sur sa façon de mener sa vie privée et sa carrière, Pandora avait le don d'exaspérer au plus haut point Michael. Et lorsqu'elle le provoquait, il s'empressait de la critiquer à son tour. Après tout, elle n'avait pas de leçons à lui donner, elle qui se contentait de créer, certes avec talent, des bijoux fantaisie, plutôt que d'exploiter les diplômes universitaires dont elle était bardée.

Elle le trouvait matérialiste, il la trouvait idéaliste. Elle le traitait de macho, il la traitait de fausse intellectuelle. Jolley, les mains croisées sur le ventre, assistait à leurs joutes verbales sans intervenir, un sourire narquois au coin des lèvres. Mais maintenant que le vieil homme les avait quittés, il n'y avait plus aucune raison pour qu'ils se rencontrent et déversent leur fiel l'un sur l'autre. Curieusement, cette pensée ne fit qu'accentuer un peu plus le vide qu'il ressentait. Ce sentiment tenait probablement au fait que rien ne le liait aux autres membres de sa famille. Pas même à ses propres parents. Son père se trouvait quelque part en Europe en compagnie de sa quatrième épouse et sa mère s'était coulée avec bonheur dans la haute société de Palm Springs à l'occasion de son troisième mariage. Aucun des deux n'avait compris les choix de leur fils, contrairement à Jolley que cette voie enthousiasmait.

Michael eut un sourire amusé lorsque Fitzhugh évoqua un legs consacré à une association baleinière. Sacré Jolley ! Cela lui ressemblait tellement ! Les grincements de dents de quelques-unes des personnes présentes ne lui échappèrent pas. La peur de voir cent cinquante millions de dollars leur échapper, probablement…

Michael leva les yeux vers le portrait de son oncle. « Tu as toujours mis un point d'honneur à avoir le dernier mot, vieux fou, songea-t-il. Dommage que tu ne sois pas là pour en rire avec nous, cette fois ! »

— « A mon fils Carlson… »

Un silence sépulcral se fit, tandis que Fitzhugh s'éclaircissait la gorge avant de poursuivre.

Pandora observa avec intérêt la réaction des membres de l'assistance devenus soudain très attentifs : domestiques et œuvres caritatives ayant reçu leurs miettes du gâteau, restaient les plus grosses parts à se partager.

Fitzhugh lança un bref coup d'œil à l'assemblée avant de reprendre sa lecture.

— « Dont… heu…, la médiocrité a toujours été pour moi un mystère, je lègue ma panoplie complète de magicien. Peut-être, grâce à elle, se découvrira-t-il un jour un sens de l'humour qui jusqu'à présent lui a fait singulièrement défaut. »

Pandora piqua dans son mouchoir en voyant son oncle frôler la crise d'apoplexie. « Bravo, oncle Jolley. Un bon point pour toi ! applaudit mentalement la jeune femme. D'ici que tu lègues toute ta fortune à la S.P.A… ! »

— « A mon petit-fils Bradley ainsi qu'à ma petite-fille par alliance, Lorraine, je souhaite mes meilleurs vœux. Ils ne méritent pas plus. »

Pandora retint les larmes qui lui brûlaient les yeux à l'évocation de ses parents. Elle les avait appelés à Zanzibar quelques heures auparavant. Certainement apprécieraient-ils à sa juste mesure la décision de Jolley.

— « A mon neveu, Monroe, qui n'a jamais eu plus d'un dollar en poche, je lègue le premier billet que j'ai gagné, cadre inclus. A ma nièce Patience, je laisse ma maison de Key West, tout en sachant pertinemment qu'elle ne l'intéresse pas du tout. »

Monroe tirait nerveusement sur son cigare tandis que Patience arborait une mine horrifiée.

— « Ma collection de boîtes d'allumettes revient à mon petit-neveu, Biff. A ma charmante petite-nièce, Ginger, dont la coquetterie n'a d'égale que la frivolité, je lègue mon miroir en argent massif, qui a prétendument appartenu à la reine Marie-Antoinette. Quant à Hank, mon second petit-neveu, il héritera de la somme de trois mille cinq cent vingt-huit dollars, de quoi attendre qu'une idée de génie germe enfin dans son esprit. »

Les murmures outrés qui avaient accueilli la première annonce s'amplifièrent jusqu'à devenir un grondement sourd. Sacré Jolley ! Comme il se serait réjoui du spectacle de tous ces visages décomposés par la haine et le ressentiment !

Pandora commit l'erreur de regarder par-dessus son épaule. Michael ne paraissait plus si distant ni détaché, à présent. Au contraire, elle crut même lire de l'admiration dans ses yeux posés sur elle.

Croisant son regard, elle laissa éclater le fou rire qu'elle s'évertuait à refouler depuis plusieurs minutes et attira sur elle les regards assassins de l'assemblée.

Carlson se leva soudain de son siège, s'improvisant porte-parole de l'assemblée.

— Monsieur Fitzhugh, le testament de mon père n'est ni plus ni moins qu'une farce grotesque. Il est évident qu'il n'était pas dans son état normal lorsqu'il l'a fait établir. Nous n'en resterons pas là, croyez-moi ! Ce sera à la justice de trancher !

— Monsieur McVie…, avança prudemment Fitzhugh avant de s'interrompre une nouvelle fois.

Au-dehors, un faible rayon de soleil tentait de se frayer un passage à travers l'épaisse couverture des nuages, mais personne n'y prêtait attention.

— Je comprends tout à fait ce que vous ressentez. Néanmoins, je suis là pour certifier que mon client était parfaitement sain de corps et d'esprit lorsqu'il m'a dicté ses dernières volontés. Ce testament est tout ce qu'il y a de plus légal mais libre à vous de le contester si vous le jugez irrecevable. Ce dernier point étant éclairci, je vais vous demander de me laisser poursuivre.

— Foutaises ! enchaîna Monroe en tirant de plus belle sur son cigare. Foutaises ! répéta-t-il tandis que sa sœur lui tapotait le bras et lui murmurait des paroles réconfortantes.

— Qu'est-ce qui ne va pas ? intervint sèchement Pandora en chiffonnant son mouchoir.

Elle se sentait prête à les affronter tous pour défendre la mémoire de son oncle. En outre, sortir de sa réserve lui permettrait d'atténuer sa peine. Elle regarda tour à tour chacun de membres de l'assistance et demanda :

— S'il avait eu envie de léguer sa fortune à « l'Association de la prévention contre la bêtise », c'était son droit le plus strict, non ?

— Tu as parfaitement raison, ma chère, répliqua Biff en polissant machinalement ses ongles sur le revers de sa veste.

Un rayon de soleil fit étinceler le bracelet en or de sa montre de prix.

— Mais tu riras moins si ce vieux sénile t'a fait don d'une bobine de fil en Nylon pour enfiler tes perles !

— Ne te réjouis pas trop vite, mon vieux, intervint Michael d'une voix égale. Tu n'as pas encore palpé tes allumettes, mais lorsque le grand jour sera venu, tâche d'en faire bon usage.

Dix paires d'yeux se braquèrent sur lui.

— Mais enfin, laissez Me Fitzhugh poursuivre sa lecture, intercéda Ginger, enchantée de son héritage. « Le miroir de Marie-Antoinette ! se disait-elle, ivre de fierté. Songez un peu ! »

— Les deux dernières volontés sont indissociables l'une de l'autre, s'empressa de reprendre Fitzhugh avant d'être de nouveau interrompu. Et, je l'avoue, très peu orthodoxes.

— C'est l'ensemble de ce testament qui n'est pas orthodoxe ! protesta Carlson.

Plusieurs personnes acquiescèrent d'un hochement de tête.

Pandora comprit soudain pourquoi elle avait toujours évité les réunions familiales. Tous ces gens l'ennuyaient à mourir. Presque délibérément, elle porta sa main devant sa bouche et se mit à bâiller ostensiblement.

— Pourriez-vous continuer, maître, avant que les membres de ma famille ne finissent par s'entretuer ? suggéra-t-elle posément.

Une imperceptible lueur de reconnaissance passa dans le regard atone de Fitzhugh.

— M. McVie a tenu à ce que je retranscrive tels qu'il me les a dits chacun des mots qui vont suivre, précisa-t-il.

Puis il marqua une courte pause afin de ménager son effet. A moins que ce ne soit pour se donner du courage.

— « A Pandora McVie et Michael Donahue, lut-il, les deux seuls membres de ma famille à m'avoir témoigné une sincère affection et à avoir su m'enthousiasmer par leur vision de la vie, je lègue la totalité de mes biens, à savoir : mes comptes bancaires ainsi que mes valeurs, titres et actions, l'ensemble de mes sociétés, mes biens immobiliers et tout ce qui m'appartient en nom propre. Avec toute mon affection. »

Pandora n'entendait même pas les hurlements de protestation que cette dernière décision avait provoqués. Elle bondit de sa chaise, abasourdie et furieuse.

— Je refuse ! Je ne veux pas de cet argent, s'écria-t-elle.

Evoluant entre les sièges, elle se fraya un passage et alla se planter devant Fitzhugh.

L'homme de loi, qui s'attendait à de violentes réactions de la part du clan soudé, dut affronter la riposte imprévue de la jeune femme.

— Je ne saurais pas quoi en faire de toute façon, poursuivit-elle. Cela ne ferait que me compliquer la vie !

Elle agita la main devant l'épais dossier qui se trouvait sur le bureau.

— Il aurait dû m'en parler d'abord.

— Mademoiselle McVie…

Mais Pandora fondait déjà sur Michael, empêchant Fitzhugh de terminer.

— Tu peux tout garder. Je suis sûre que toi, tu sauras gérer tout ça ! Libre à toi d'acheter un hôtel à New York, des appartements à Los Angeles, un casino à Chicago, et même un jet privé pour pouvoir aller de l'un à l'autre, je m'en fiche !

Impassible, Michael glissa ses mains dans ses poches.

— J'apprécie beaucoup ton offre, cousine. Cependant

je te suggère d'attendre que M. Fitzhugh ait fini la lecture du testament.

Pandora le considéra un moment en silence, si proche de lui que leurs visages se frôlaient presque. Puis, parce que c'est ainsi qu'on l'avait élevée, elle inspira profondément afin de recouvrer tout son sang-froid et répéta d'une voix radoucie :

— Je ne veux pas de cet argent.

Michael leva un sourcil, avec cet air à la fois cynique et amusé qui avait le don d'exaspérer la jeune femme.

— Bravo ! Ton petit show est parfaitement au point. Ils sont tous fascinés.

Rien n'aurait pu lui faire retrouver plus vite le contrôle d'elle-même. Elle releva fièrement le menton et siffla entre ses dents.

— Très bien.

Puis elle se retourna vers l'assemblée et annonça avec une politesse excessive :

— Je vous prie de bien vouloir m'excuser. Monsieur Fitzhugh, si vous voulez bien terminer...

Ce dernier prit le temps d'ôter ses lunettes et de les essuyer avec un grand mouchoir blanc.

Il avait compris, le jour où Jolley lui avait fait établir son testament, que l'heure venue, il aurait à affronter les foudres d'une famille rongée par la colère. Il avait bien tenté de faire prendre conscience au vieil homme de l'absurdité de ses dernières volontés. Mais il avait eu beau argumenter, raisonner, invoquer toutes les raisons du monde, Jolley était resté intraitable.

— « Je laisse donc tout à Pandora et à Michael, reprit Fitzhugh, l'argent, qui en soi n'est pas grand-chose, mes actions en Bourse qui, bien que nécessaires, sont mortellement ennuyeuses à gérer, et toutes mes sociétés, véritables chaînes aux pieds. Je leur lègue également ma maison et tout ce qui s'y trouve, car eux seuls savent à quel point j'y suis attaché. Je sais que grâce à eux, ce lieu, ainsi que les souvenirs qui le peuplent, me survivront. Je veux que tout ce qui m'a appartenu leur appartienne désormais. Mais pour cela, je leur demande, à chacun, une seule chose en retour. »

Michael, qui avait flairé une dernière farce de son oncle, finit par se détendre.

— Nous y voilà, murmura-t-il avec un petit sourire entendu.

— « Trente jours au plus tard après l'ouverture de ce testament, Pandora et Michael devront emménager dans ma maison des Catskills, plus connue sous le nom de "La Folie de Jolley". Ils devront y vivre ensemble durant six mois, aucun des deux ne devant s'absenter plus de deux nuits consécutives. A la fin de ces six mois, l'intégralité de mes biens leur reviendra à parts égales. Si l'un des deux refuse cette clause ou la rompt avant le terme échu, je veux que mes biens soient partagés entre mes héritiers et l'Institut pour la recherche des plantes carnivores. Dans l'espoir que vous ne me décevrez pas, recevez, mes enfants, mon entière bénédiction. »

Durant les trente secondes qui suivirent, un silence pesant s'abattit sur l'assemblée. Fitzhugh en profita pour rassembler ses papiers et lever la séance.

— Vieille crapule ! murmura Michael.

En d'autres circonstances, Pandora se serait offusquée. Mais cette fois, elle était entièrement d'accord avec son cousin.

L'ambiance survoltée de la pièce les fit battre tous deux en retraite. Michael prit Pandora par le bras et l'entraîna à sa suite. Ils longèrent le couloir et s'isolèrent dans l'un des nombreux petits boudoirs de la maison. A peine Michael eut-il refermé la porte sur eux que des éclats de voix leur parvinrent de la bibliothèque.

Pandora sortit de sa poche un mouchoir propre, se moucha une nouvelle fois, puis elle se laissa tomber sur le bras d'un fauteuil. La nouvelle l'avait laissée sous le choc.

— Et maintenant, que fait-on ? s'enquit-elle.

Michael palpa machinalement ses poches à la recherche

d'un paquet de cigarettes avant de réaliser qu'il avait arrêté de fumer.

— Eh bien, nous devons prendre une décision.

Pandora lui adressa un de ses regards pénétrants qui avaient le don de troubler la plupart des hommes qui croisaient sa route. Mais Michael, lui, s'assit nonchalamment en face d'elle et soutint son regard sans ciller.

— J'étais sincère lorsque j'ai dit que je ne voulais pas de cet argent, affirma Pandora. Une fois cette somme partagée en deux et les impôts payés, il devrait nous rester cinquante millions chacun. C'est ridicule ! ajouta-t-elle en levant les yeux au ciel.

— C'est surtout du Jolley tout craché, dit Michael, remarquant le voile de tristesse qui venait d'assombrir le visage de Pandora.

— Je sais qu'il a toujours adoré jouer. Le problème c'est que cette fois, il est allé trop loin.

Incapable de rester en place, Pandora se leva et alla vers la fenêtre.

— Michael, je t'assure que j'étoufferais si je me retrouvais soudain avec autant d'argent.

— Allons, ce n'est quand même pas si grave que ça, tenta de la rassurer Michael.

Pandora émit un bruit semblable à un ricanement et, d'un petit bond, se percha sur le rebord de la fenêtre.

— Evidemment, je suppose que toi, tu ne refuseras pas une somme pareille !

A ce moment précis, il aurait aimé avoir le pouvoir d'effacer ce sourire irrésistible du visage de Pandora.

— En effet, je ne méprise pas l'argent comme tu sembles le faire.

Pandora haussa négligemment les épaules.

— Eh bien, prends tout, alors. Je te cède ma part.

Michael saisit délicatement un petit œuf en porcelaine bleue, d'une valeur inestimable, qu'il s'amusa à faire passer d'une main dans l'autre. Il apprécia le contact lisse et doux contre sa paume rugueuse.

— Ce n'est pas ce qu'exige le contrat.

Tout en reniflant, Pandora quitta son poste et, d'un geste brusque, lui retira l'œuf des mains.

— « Ils se marièrent et vécurent heureux jusqu'à la fin de leurs jours… » C'est ça ? déclama-t-elle avec cynisme en lui rendant machinalement la petite porcelaine. J'aimerais beaucoup faire plaisir à oncle Jolley, malheureusement, je n'ai pas l'âme d'une martyre, vois-tu. D'ailleurs, je croyais que tu étais fiancé à cette petite danseuse blonde qui te suit partout en ce moment ?

Michael reposa calmement l'œuf pour ne pas céder à l'envie de l'envoyer à la tête de Pandora.

— Pour quelqu'un qui méprise tout ce qui touche de près ou de loin aux séries télévisées, tu sembles bien au courant des ragots de la presse à scandale, dis-moi.

— En effet, j'*adore* les ragots, renchérit Pandora avec une telle exagération que Michael éclata de rire.

— Très bien, Pandora. Et si nous déposions les armes un instant ?

Pourvu que chacun y mette un peu du sien, ils parviendraient peut-être à se parler comme deux adultes civilisés.

— Non seulement je ne suis pas *fiancé,* comme tu dis, mais il n'est absolument pas question de mariage dans la proposition d'oncle Jolley, attaqua-t-il. Tout ce que nous avons à faire, c'est partager le même toit pendant six mois.

Tandis qu'il s'adressait à elle, Pandora ressentit une pointe de déception. Car s'il était certain qu'ils ne s'entendaient pas, elle avait pourtant le plus grand respect pour l'affection qu'il avait toujours témoignée à leur oncle.

— Ta décision est prise ? Tu veux vraiment prendre cet argent ?

Michael fit deux pas en avant et vint se planter devant Pandora qui soutint vaillamment son regard.

— Pense ce que tu veux.

Il parlait calmement, comme si le ton méprisant de Pandora le laissait indifférent.

— Tu ne veux pas de cet argent, c'est ton droit le plus

strict. Mais réfléchis bien. Tu vas laisser cette bande de vautours, ou une équipe de chercheurs complètement illuminés, hériter de cette maison à ta place ? Jolley a toujours adoré cet endroit ainsi que tout ce qui s'y trouve. Et je pensais que toi aussi tu y étais attachée.

— Je le suis, riposta Pandora.

« Il ne faisait aucun doute que les autres la vendraient », songeait-elle. Chacune des personnes présentes dans la bibliothèque aujourd'hui s'empresserait de la mettre en vente pour en retirer le plus d'argent possible. C'en serait alors définitivement fini de « La Folie de Jolley », de son charme baroque, de son luxe tapageur.

Oncle Jolley était mort, pourtant il semblait toujours tirer les ficelles.

— Ne dirait-on pas que, de là-haut, il dirige encore nos vies ?

Michael leva un sourcil surpris.

— Ça t'étonne ?

— Pas vraiment, répondit Pandora en éclatant de rire.

Michael regardait la jeune femme aller et venir dans la pièce. Son œil professionnel admirait la crinière de feu qu'incendiait un peu plus le rayon de soleil qui entrait à présent à flots par la fenêtre. Pandora aurait pu faire une carrière à la télévision ou au cinéma si elle l'avait voulu. Sa façon de bouger, son port de reine étaient ceux d'une star, sa chevelure de feu, un peu agressive dans la réalité, aurait pu être atténuée par la magie des filtres. Il s'était d'ailleurs souvent demandé pourquoi elle avait choisi de conserver sa couleur naturelle.

Michael se demanda à quoi Pandora pensait. Lui se moquait bien de l'argent, mais il ne pouvait supporter l'idée que tout ce que Jolley avait construit finisse entre les mains d'une bande de charognards. Il ne laisserait pas une telle chose arriver. Et si, pour cela, il fallait en découdre avec Pandora, eh bien il n'hésiterait pas une seconde ! Cette perspective pourrait même se révéler amusante.

Des millions de dollars. Pandora était persuadée qu'une

somme aussi indécente ne pourrait être qu'une source d'ennuis. Comptes bancaires, actions en Bourse, conseils d'administration, fiscalité. A tout cela, elle préférait largement la vie plus simple, bien que bourgeoise, qu'elle s'était choisie. Elle estimait qu'au-dessus, ou en dessous, d'un certain niveau de revenus, la vie quotidienne pouvait se transformer en parcours du combattant. Si l'on choisissait un juste milieu en revanche, elle devenait un long fleuve tranquille. Objectif qu'elle avait presque atteint.

Evidemment, si elle acceptait, l'héritage colossal de son oncle donnerait un sacré coup de pouce à sa carrière. Elle bénéficierait de la liberté artistique dont elle avait toujours rêvé et n'aurait plus à s'inquiéter des fins de mois difficiles. Car si la critique, unanime, reconnaissait en elle une créatrice de talent, Pandora devait bien admettre que l'argent ne coulait pas encore à flots. En dehors du circuit très fermé de Manhattan, ses créations étaient jugées trop originales. Elle devait donc se plier, pour garder la tête hors de l'eau, à des stéréotypes qui l'agaçaient prodigieusement. Avec cinquante ou soixante millions, elle pourrait…

Furieuse contre elle-même, elle chassa cette idée de son esprit. Plutôt mourir que de devenir comme Michael qui, en visant l'héritage et en tournant la situation à son avantage, se rangeait du côté de l'ennemi ! Non, il lui fallait trouver d'autres solutions pour préserver la mémoire d'oncle Jolley.

Il lui suffirait, tout comme pour une partie d'échecs, de choisir la bonne tactique.

Pandora n'avait jamais vécu avec un homme. Elle avait choisi à dessein de mener sa barque en solitaire car, plus que le quotidien, elle ne supportait pas l'idée même de devoir partager son espace vital avec quelqu'un. Si elle acceptait de vivre avec Michael, ce serait la première d'une longue liste de concessions.

Il ne fallait pas écarter non plus le fait que Michael était un homme extrêmement séduisant. Au point que, s'il n'avait pas été aussi ennuyeux, elle aurait pu se laisser prendre à son charme. Elle songea, amusée, au pouvoir qu'elle avait sur lui. Ne s'était-elle pas toujours enorgueillie de le mener par le bout du nez ? Quelquefois, la tâche était ardue, mais cela n'en rendait leurs altercations que plus intéressantes. En outre, ils n'avaient jamais vécu sous le même toit plus d'une semaine.

La seule chose dont elle était sûre c'est qu'elle aimait son oncle de tout son cœur. Comment pourrait-elle se regarder encore dans une glace si elle ne respectait pas ses dernières volontés ? Ou plutôt dans ce cas précis, sa dernière facétie.

Six mois. Son regard accrocha celui de Michael. Cela pouvait se révéler interminable, surtout si elle n'était pas vraiment convaincue du bien-fondé de sa décision.

— A ton avis, Michael, crois-tu que nous puissions vivre six mois sous le même toit sans en venir aux mains ?

— Non.

Il avait répondu sans une seconde d'hésitation.

— De toute façon, je suppose que nous nous ennuierions s'il en était autrement, répliqua Pandora en riant. Le temps de régler mes affaires, je serai prête à emménager d'ici trois jours. Quatre, tout au plus.

— C'est parfait.

Michael sentit son corps se détendre. En fait, il avait vraiment redouté un refus de la part de Pandora. Pour le moment, il ne voulait pas s'interroger sur les raisons d'une telle réaction. Il lui tendit sa main ouverte.

— Marché conclu.

Pandora inclina la tête au moment où sa paume touchait celle de Michael.

— Marché conclu, acquiesça-t-elle, étonnée par le contact rugueux de sa peau contre la sienne. Elle s'était attendue à ce que sa main soit douce et souple. Ces six mois à venir risquaient de lui réserver bien d'autres surprises.

— Nous allons annoncer notre décision aux autres ? proposa-t-elle.

— Prépare-toi à affronter une meute de hyènes.

Un sourire narquois fleurit sur les lèvres de Pandora,

éclairant son visage d'une lumière que Michael ne lui connaissait pas.

— Je sais. Toi, en revanche, essaie de cacher ta joie.

Lorsqu'ils sortirent enfin de la pièce, ils tombèrent nez à nez avec quelques-uns des membres de la famille qui s'étaient repliés dans le couloir. Ils étaient occupés à ce qu'ils savaient faire le mieux : se disputer.

— Oh toi, disait méchamment Biff à Hank, tu gaspillerais ta part en moins de deux ! Moi, au moins, je sais ce que je ferais de cet argent.

— Oui, rétorquait tout aussi méchamment Monroe en tirant sur son éternel cigare. Tu le perdrais aux courses. Ou en investissements foireux. Peut-être même en redressements fiscaux, tiens !

— Et toi tu pourrais te payer des cours où tu apprendrais enfin à faire des phrases complètes, intervint Carlson en se dégageant du nuage de fumée que Monroe venait de souffler dans sa direction. Je suis le fils unique de ce vieux fou, c'est donc à moi de prouver qu'il était complètement sénile.

Un mélange égal de frustration et de dégoût fit avancer Pandora vers le petit groupe.

— Oncle Jolley avait certainement plus de tête que vous tous réunis ! Et il a légué à chacun de vous exactement ce qu'il méritait.

Biff sortit négligemment de la poche de sa veste un étui à cigarettes en or.

— Apparemment, notre chère Pandora a changé d'avis au sujet de cet argent qu'elle méprisait tant tout à l'heure. La décision a dû être difficile à prendre, n'est-ce pas, chérie ? insinua-t-il avec perfidie.

Une main ferme agrippa l'épaule de Pandora, empêchant cette dernière de fondre sur l'agresseur.

— Décidément, tu ne changeras jamais, lança Michael dans son dos, il faut toujours que tu te fasses remarquer !

— Notre petit écrivaillon serait-il en train de devenir violent ? poursuivit Biff en allumant sa cigarette. Allons, ne fais pas cette tête ! Je jette l'éponge.

— En effet, je pense que c'est ce que tu as de mieux à faire, approuva la femme de Hank qui venait de les rejoindre.

Elle gratifia les deux jeunes gens d'une accolade sincère et chaleureuse.

— Vous pourriez aménager une salle de gym, vous en profiteriez pour vous muscler un peu. Allons, viens Hank, nous partons.

Avec l'étoffe de sa veste tendue à l'extrême par sa musculature avantageuse, Hank suivit sa femme en silence.

— Décidément, rien dans la tête, tout dans les muscles, ces deux-là, grommela Carlson tandis que le couple s'éloignait. Viens Mona, nous n'avons plus rien à faire ici, nous non plus, ajouta-t-il en ouvrant la voie.

Lorsqu'il arriva à la hauteur de Pandora et de Michael, il s'arrêta devant eux pour les fusiller du regard.

— Nous n'en resterons pas là, jeta-t-il d'un ton menaçant.

Pandora lui adressa en retour son plus beau sourire.

— Rentre bien, oncle Carlson.

— A bientôt devant les tribunaux, rétorqua-t-il en se dandinant sans se retourner.

Ignorant l'ambiance tendue qui régnait autour d'elle, Patience applaudit des deux mains.

— Key West! s'exclama-t-elle. Je n'en reviens pas! Moi qui ne suis jamais allée au-delà de Palm Springs!

Ginger posa sa main sur le bras de Michael et battit des cils.

— Quand crois-tu que je vais pouvoir récupérer mon miroir?

Michael considéra le joli minois en forme de cœur, les yeux aussi bleus que la mer des tropiques. Par chance, ce n'était pas avec elle qu'il allait devoir passer six mois!

— Je suis certain que Mᵉ Fitzhugh va faire le nécessaire le plus vite possible, dit-il d'un ton rassurant.

— Allons, Ginger, la rabroua Biff. Il est temps que nous nous rendions à l'aéroport.

Il sourit hypocritement à Pandora, puis se pencha vers Michael et lui dit sur le ton de la confidence :

— Vois-tu, je serais inquiet si je ne vous connaissais pas si bien. Mais avec vos sales caractères, je suis prêt à parier que vous ne tiendrez pas une semaine. Je vous donne deux jours avant de commencer à vous entretuer.

— Et moi, prévint Michael avec un sourire goguenard, je te conseille de ne pas trop dépenser en pensant empocher un jour cet argent. Parce que nous tiendrons six mois. Ne serait-ce que pour vous faire mentir.

L'air supérieur qu'avait affiché Biff s'évanouit aussitôt.

— Nous verrons bien qui sortira vainqueur de ce petit jeu, menaça-t-il.

Drapé dans sa dignité, il s'éloigna à grandes enjambées, suivi de son épouse qui avait écouté sans dire un mot.

— Biff, demanda-t-elle avec candeur en trottinant derrière lui, qu'est-ce que tu vas faire de toutes ces allumettes ?

— Brûler ses vaisseaux, j'imagine, siffla Pandora entre ses dents. Eh bien, reprit-elle à voix haute, il n'y avait déjà pas beaucoup d'amour entre nous tous, mais on peut dire qu'à présent il n'en reste rien du tout !

— Ça te pose un problème de te fâcher avec tous ces vautours ?

La jeune femme haussa négligemment les épaules et, d'un geste machinal, arrangea les roses disposées près d'elle dans un vase.

— A vrai dire, c'est curieux mais je n'ai jamais eu ce genre de problème avec toi. A quoi est-ce dû, à ton avis ?

— Jolley avait coutume de dire que nous nous ressemblions beaucoup.

Pandora haussa un sourcil sceptique.

— Vraiment ? Une fois de plus, je ne suis pas d'accord avec lui. Nous n'avons rien en commun, toi et moi, Michael Donahue.

— Nous verrons bien dans six mois, dit-il.

Il s'approcha de Pandora et prit son menton entre son pouce et son index.

— Tu as de la chance, dis-moi, tu aurais pu tomber sur Biff.

— Plutôt mourir !

— Je suis flatté que tu me préfères à lui, s'exclama Michael, un sourire satisfait aux lèvres.

— Il n'y a vraiment pas de quoi ! riposta sèchement Pandora.

Cependant, elle ne s'écartait pas de lui. Pas encore. Elle trouvait intéressant qu'ils restent si proches sans se disputer.

— La seule différence, c'est que je te trouve un peu moins barbant que lui.

— C'est largement suffisant, commenta Michael en esquissant un petit sourire. Je te le répète, je suis flatté. Même si, je te l'accorde, je me contente de peu.

Il caressa du doigt la joue veloutée de Pandora. Elle était toujours aussi pâle mais ses yeux étincelaient à présent.

— Crois-moi, Pandora, reprit-il d'une voix suave, je n'ai pas l'intention de m'ennuyer au cours de ces six mois. Au contraire, nous les mettrons à profit pour expérimenter un tas de choses agréables.

Mieux valait garder à la mémoire le fait qu'il ne la trouvait pas séduisante et que si, par hasard, il se hasardait à la séduire ce ne serait que pour flatter son ego surdimensionné.

— En tout cas, conclut-elle, je n'ai pas encore compris pour quelle raison tu voulais honorer ce contrat, mais en ce qui me concerne, sache que je n'accepte que pour oncle Jolley. En outre, je pourrai facilement installer un atelier à « La Folie ».

— Quant à moi, que j'écrive là-bas ou ailleurs...

Pandora préleva une rose du bouquet.

— Si toutefois, on peut qualifier d'écriture tes improbables scénarios, asséna-t-elle perfidement.

— Parce que tu crois qu'on peut qualifier d'« œuvres d'art » ces espèces de chaînettes que tu relies les unes aux autres pour en faire des bijoux.

A la grande satisfaction de Michael, les joues de Pandora s'empourprèrent.

— Tu ne reconnaîtrais pas une œuvre d'art, même si on te la mettait sous le nez.

Michael esquissa un petit sourire empreint d'un intérêt poli.

— O.K., changeons de sujet. Quelle place doit-on accorder au sexe durant ce séjour ?

— J'aurais dû me douter que tu poserais la question.

Pandora prit un Kleenex, se moucha puis referma son sac d'un claquement sec.

— J'imagine que les femmes que tu as l'habitude de fréquenter te coûtent cher, ajouta-t-elle avec dédain.

Michael ne cacha pas l'amusement que la réaction de la jeune femme avait provoqué chez lui.

— Bon, continuons à parler travail.

— Mon travail est très honorable, contrairement au tien qui n'est qu'un support d'annonces publicitaires.

— Excusez-moi...

Fitzhugh se tenait sur le seuil de la bibliothèque, visiblement pressé de se débarrasser de sa mission maudite.

— Dois-je comprendre que vous avez décidé d'accepter les clauses particulières de l'héritage ?

« Six mois », se dit Pandora. L'hiver promettait d'être long.

« Six mois », songea Michael. Il aurait l'occasion de voir percer les premières jonquilles.

— Vous pourrez commencer le décompte à la fin de la semaine, annonça-t-il à Fitzhugh. D'accord, *cousine* ?

Pandora releva fièrement le menton.

— D'accord, *cousin*.

2

Le trajet qui conduisait de Manhattan aux monts Catskills était très agréable. Pandora avait toujours aimé cette route qui serpentait le long de la rivière Hudson et qui lui procurait immanquablement une impression de détente. Jusqu'à présent, elle avait toujours géré sa vie comme elle le voulait, faisant les choses à son gré et à son rythme. Cette fois, pourtant, elle agissait sous l'influence de l'oncle Jolley. Et pour la première fois, se sentait prise au piège.

Car ce dernier devait bien se douter que sa nièce se ferait un devoir de respecter ses dernières volontés. Pas pour l'argent, bien sûr. Il était trop intelligent pour croire qu'elle se laisserait entraîner dans un coup monté aussi ridicule pour une vulgaire question d'argent. Non, il savait pertinemment qu'elle se laisserait fléchir pour conserver la maison et les souvenirs qui la rattachaient à elle, et pour perpétuer ainsi la mémoire de la famille. Oncle Jolley connaissait parfaitement ses points faibles.

Et voilà qu'elle se retrouvait obligée de quitter Manhattan pour six mois. Oh, bien sûr, elle serait amenée à y faire un saut de temps en temps, mais ce serait différent que de vivre au cœur bouillonnant de la ville. Elle avait toujours aimé cette vie trépidante, ce mouvement incessant si caractéristique des grandes mégapoles. Tout comme elle aimait se plonger durant de longs week-ends dans la solitude de « La Folie ».

Ses parents l'avaient élevée ainsi et lui avaient transmis cette capacité à se fondre dans l'environnement dans lequel elle se trouvait et surtout à l'apprécier. Eux-mêmes étaient des aventuriers bohêmes qui, s'ils préféraient voyager en première plutôt qu'en classe économique, avaient cependant conservé une âme de baroudeurs.

A l'âge de quinze ans, Pandora avait déjà vécu dans plus de trente pays différents. Elle avait été initiée à la cuisine japonaise, avait sillonné les landes d'Ecosse et marchandé dans les souks de Turquie. Une succession de précepteurs les avaient accompagnés dans leurs pérégrinations, si bien que, si elle faisait le compte, elle n'avait pas passé plus de deux ans sur des bancs d'école avant d'intégrer l'université.

Elle avait gardé de cette enfance exotique et vagabonde un goût prononcé pour l'éclectisme. Elle n'aimait rien tant que varier les saveurs, les styles et même le genre de personnes qu'elle fréquentait. Curieusement, cette ouverture d'esprit et ces horizons divers lui avaient également donné l'envie d'un foyer et d'une famille stables.

Tandis que ses parents sillonnaient le monde, appareils photos et caméras en bandoulière, Pandora se posait des questions essentielles. Où était sa maison ? Une année au Mexique, une autre à Athènes. Jamais assez longtemps pour s'y créer des racines. Elle avait alors compris que le choix de ses parents n'était pas le sien et elle avait décidé de se poser quelque part.

C'est ainsi qu'elle avait jeté son dévolu sur New York et d'une certaine façon sur son oncle Jolley.

Et aujourd'hui, pour l'amour de cet homme qui avait été sa seule famille, elle était prête à passer six mois avec un soi-disant cousin qu'elle supportait à peine, et à hériter d'une fortune dont elle ne voulait pas. Décidément, cette vie qu'elle voulait linéaire se révélait étonnamment tortueuse !

C'était là le dernier clin d'œil de Jolley, songeait-elle en empruntant la longue allée qui menait à la maison. Mais s'il avait réussi l'exploit de les réunir, elle et Michael, sous le même toit, il ne pourrait pas les obliger à rester collés l'un à l'autre toute la journée !

Si encore elle avait su à quoi s'en tenir avec Michael…

Mais elle avait du mal à deviner ses motivations. Etait-il poussé par l'appât du gain ou par l'affection qu'il portait à Jolley ? Bien sûr, depuis quatre ans maintenant que Michael connaissait le succès avec sa série télévisée *Logan's Run*, il était à l'abri du besoin, mais l'argent était un moteur si redoutable ! Il n'y avait qu'à voir l'oncle Carlson. Il possédait plus d'argent qu'il ne pourrait jamais en dépenser, pourtant il était prêt à contester le testament de son propre père pour en posséder encore plus.

Ce dernier point d'ailleurs n'inquiétait pas Pandora. Derrière ses airs de savant fou, Jolley savait parfaitement ce qu'il faisait et lui et Fitzhugh avaient certainement pris toutes les précautions nécessaires pour verrouiller ce testament.

Non, ce qui la tracassait, c'était Michael. Ou plutôt le fait que, depuis ces deux derniers jours, elle pensait à lui plus que de raison. Allié ? Ennemi ? Elle ne savait trop à qui elle allait avoir affaire. Il n'en restait pas moins qu'elle devait passer six mois en sa compagnie. Pourvu qu'il respecte son indépendance !

Pandora atteignit enfin la maison, épuisée par le long trajet et ce fichu rhume dont elle n'était pas encore débarrassée. Elle s'apprêtait à sortir ses bagages du coffre de la voiture quand elle s'arrêta, le regard aimanté par la grande demeure.

Construite une cinquantaine d'années auparavant, elle avait été pensée selon une conception anarchique, comme si Jolley n'avait jamais su où la commencer ni où la terminer. Mais c'était un des traits de caractère du vieil homme qui avait un goût prononcé pour l'inachevé.

Si l'on faisait abstraction des ailes rajoutées au fil des années, on avait devant les yeux un manoir sobre et austère du XVIIIe siècle. Avec les parties plus récentes en revanche, il devenait un bloc singulier de façades rectilignes et d'angles droits, un enchevêtrement de hauteurs et de profondeurs. Quelques fenêtres tout en longueur voisinaient avec d'autres tout en largeur, mais Pandora aimait ce manque d'harmonie et de symétrie qui conférait à l'ensemble un charme particulier. Le tout, parfaitement disparate, donnant l'impression que Jolley avait changé ses directives au gré de ses humeurs.

Il avait fait venir la pierre de ses carrières et le bois de ses scieries. Et lorsqu'il avait décidé de faire construire sa maison, il n'avait pas hésité à monter sa propre entreprise de construction. C'est ainsi que la société McVie Construction avait vu le jour avant de devenir la cinquième entreprise du pays.

Pandora se rendit compte soudain qu'elle en possédait la moitié et cette seule idée lui donna le vertige. De combien d'autres encore allait-elle devenir propriétaire pour moitié ? Jolley possédait des intérêts dans les plus grandes firmes américaines : industrie pétrolière, métallurgique, aérospatiale, alimentaire. Pandora souleva une des caisses, maudissant son inconséquence. Dans quelle galère s'était-elle fourrée ?

D'une des fenêtres de l'étage supérieur, Michael observait avec le plus grand intérêt les allées et venues de la jeune femme.

Elle portait une veste ample, bigarrée bleu, jaune et rose. Le vent plaquait son pantalon sur ses longues jambes, et il lui sembla qu'elle affichait une mine contrariée. Tant mieux ! Il ne serait pas tenté de la réconforter comme cela avait été le cas lors des funérailles de l'oncle Jolley. Car il pressentait que montrer de la compassion à une femme comme Pandora pourrait lui causer du tort.

Il la connaissait depuis l'enfance et la considérait alors comme une enfant gâtée qui ne lui inspirait aucune sympathie. Seule l'affection réelle qu'elle portait à Jolley l'avait fait revenir sur ce jugement sévère. Ainsi que, il devait bien l'admettre, l'honnêteté et l'humanité qui transparaissaient derrière son attitude désinvolte.

Il y avait eu une époque, très brève, où il avait éprouvé une certaine attirance pour elle. Mais ce n'était qu'un désir physique, une réaction normale, comme en connaissent tous les adolescents. D'autant qu'il la trouvait d'une beauté singulière, tantôt ingrate, tantôt époustouflante. Mais il avait très vite chassé la jeune fille de son esprit, lui préférant des femmes plus féminines et surtout plus dociles.

Michael interrompit le rangement de son bureau pour descendre accueillir la jeune femme.

— Charles, les transporteurs sont-ils venus livrer mon matériel ? demanda Pandora en retirant ses gants en cuir pour les poser sur une petite table ronde dans le hall d'entrée.

Pandora éprouvait toujours autant de plaisir à retrouver le fidèle majordome qui avait passé toute sa vie au service de son oncle.

— Tout est arrivé ce matin, Mademoiselle.

D'un geste de la main, Pandora empêcha le vieil homme de porter ses valises à sa place.

— Laissez, Charles, je vais m'en occuper. Où ont-ils rangé les caisses ?

— Dans l'abri de jardin, comme vous me l'aviez demandé.

Elle lui sourit tout en effleurant sa joue d'un baiser. Le majordome rougit légèrement.

— Je savais bien que je pouvais compter sur vous. Je n'ai pas encore eu l'occasion de vous le dire, mais c'est un grand bonheur que Sweeney et vous ayez décidé de rester à notre service. « La Folie » n'aurait plus été ce qu'elle était sans vous deux.

Charles redressa fièrement sa vieille carcasse et déclara d'une voix solennelle :

— Nous n'avons pas pensé une seconde à quitter les lieux, Mademoiselle. Monsieur aurait voulu nous voir rester.

Oui, mais en leur faisant don à chacun de trois mille dollars par année de service, il leur avait laissé la possibilité de choisir, songea Pandora. Charles avait été embauché lorsque la construction de la maison avait été achevée, et Sweeney l'avait rejoint une dizaine d'années plus tard. Ils avaient donc, s'ils le souhaitaient, de quoi vivre sereinement jusqu'à la fin de leur vie. Pandora sourit. Certaines personnes n'étaient tout simplement pas faites pour la retraite.

— Charles, j'adorerais une tasse de thé, lui dit-elle gentiment pour faire diversion.

Elle savait qu'autrement, il insisterait pour porter ses lourdes valises dans le grand escalier qui menait aux chambres.

— Dois-je le servir dans le salon, Mademoiselle ?

— Parfait. Et s'il y a de ce gâteau que…

— Sweeney a cuisiné toute la matinée, répondit Charles avant de s'éloigner.

— Je me demande combien de kilos on peut prendre en six mois, murmura-t-elle pour elle-même en songeant aux délicieuses pâtisseries, spécialités de Sweeney.

— Si c'est à toi que tu penses, tu as de la marge, décréta Michael d'un ton ironique. D'ailleurs, les hommes préfèrent les femmes bien en chair.

Pandora se retourna vivement et leva la tête vers Michael qui la toisait depuis la dernière marche du monumental escalier.

— Séduire les hommes n'est pas mon principal souci, vois-tu.

— Je n'en doute pas une seconde.

En le voyant si arrogant, si sûr de lui, et cependant si dangereusement séduisant, Pandora ressentit les premiers signes d'une irritation profonde. S'il voulait jouer au mâle dominant avec elle, il allait vite déchanter !

— Puisque tu es déjà installé, tu pourrais descendre et m'aider à sortir le reste de mes bagages.

Michael ne bougea pas.

— J'ai toujours cru que l'un des rares points sur lesquels nous nous accordions était celui de la parité, commenta-t-il avec ironie.

— Comme tu voudras, mais si tu ne m'aides pas avant le retour de Charles, il va insister pour le faire lui-même. Et tu le connais aussi bien que moi : il est beaucoup trop fier pour reconnaître que ce n'est plus de son âge.

Sans rien ajouter, elle tourna le dos à l'escalier. Elle

n'avait pas franchi le seuil de la porte d'entrée que Michael lui emboîtait le pas.

Elle inspira une profonde bouffée d'air frais. Finalement, la journée ne s'annonçait pas si mal.

— Tu es parti tôt ce matin ?
— En fait j'ai pris la route hier soir.

Pandora prit un bagage dans le coffre de sa voiture et lança d'un air de défi :

— Alors, Michael, prêt à démarrer le jeu ?

S'il n'avait pas été aussi déterminé à commencer leur cohabitation paisiblement, il aurait volontiers taquiné la jeune femme sur son ton faussement désinvolte et sur l'anxiété qu'il lisait dans ses yeux. Mais il préféra ignorer la provocation.

— Je voulais que mon bureau soit installé aujourd'hui. Je venais juste de terminer quand tu es arrivée.

— Boulot, boulot, boulot, dit-elle en poussant un profond soupir. Décidément, tu ne penses qu'à ça ! Remarque, c'est le lieu idéal pour passer des heures à faire travailler ton imagination déjà si fertile !

Après tout, si Pandora s'obstinait à vouloir ouvrir les hostilités... Comme elle sortait une autre valise du coffre, Michael lui saisit fermement le poignet. Plus tard, il se souviendrait de la douceur de sa peau, de la finesse de l'attache, mais pour l'heure, il regrettait qu'elle ne soit pas un homme. Il aurait pu lui flanquer une bonne raclée.

— La qualité de mon travail et le temps que j'y consacre ne te regardent pas, Pandora, dit-il le plus calmement possible.

Pandora adorait le sentir prêt à craquer. Les autres membres de sa famille étaient si guindés, si froids, ne laissant jamais transparaître leurs véritables sentiments, qu'elle trouvait Michael très intéressant en comparaison. Elle lui sourit sans chercher à dégager son poignet qu'il tenait toujours prisonnier.

— Je ne pense pas avoir rien dit de tel. Et tu n'imagines même pas à quel point tu es loin de la vérité ! Si nous rentrions boire une bonne tasse de thé bien chaud à présent ? Il commence à faire frais.

Michael avait toujours admiré chez Pandora cette capacité qu'elle avait à se couler aisément dans la peau d'une jeune fille de bonne famille. En tant que scénariste habitué à écrire des fictions et à fréquenter des acteurs jouant sans cesse la comédie, il appréciait la fraîcheur naturelle de la jeune femme et ses talents d'improvisation.

— Très bonne idée, dit-il.

Il souleva une valise, laissant la dernière à Pandora, et ajouta :

— Cela nous donnera l'occasion d'établir quelques règles de base.

— Vraiment ?

La jeune femme saisit son bagage, referma le coffre avec délicatesse, puis, sans plus de commentaires, se dirigea vers la maison. Elle laissa la porte grande ouverte et dédaigna la valise qu'elle avait laissée dans le hall. Michael se chargerait de la lui monter s'il ne voulait pas fatiguer ce pauvre Charles qu'il adorait !

Sa chambre était située au deuxième étage, dans l'aile est. Jolley lui avait laissé le soin de la décorer et Pandora avait choisi un blanc immaculé qu'elle avait ponctué, ici et là, de taches de couleurs vives : des taies d'oreiller bleu marine, une immense peinture à l'huile représentant un crépuscule flamboyant, un bouquet de plumes de paon dans un vase vermillon.

Pandora posa sa valise sur son lit et nota avec satisfaction le feu qui crépitait joyeusement dans la petite cheminée en marbre. Elle retira sa veste et la jeta négligemment sur un fauteuil ancien.

— J'ai l'impression de mettre les pieds dans un décor d'*Intérieurs de charme*, siffla la voix ironique de Michael tandis qu'il se déchargeait bruyamment de son fardeau.

Pandora fixa les valises qu'il venait de laisser tomber lourdement puis elle lui adressa un regard plein de mépris.

— J'imagine, en effet, que ta chambre genre *Sports et*

Loisirs te correspond nettement mieux. Bien, le thé doit être servi à présent.

Michael ne riposta pas, trop occupé à détailler en silence la silhouette de la jeune femme. Le pull en cachemire, jusque-là caché par sa veste, moulait harmonieusement son buste bien proportionné, et il comprit ce qui l'avait attiré chez elle lorsqu'il était adolescent.

Ils descendirent les marches en silence et gagnèrent le salon de style oriental où Charles venait d'apporter un plateau chargé d'un service à thé.

— Oh, vous avez pensé à allumer un feu ! Comme c'est gentil ! s'exclama Pandora en tendant ses mains vers les flammes.

Elle avait besoin de quelques minutes, pas plus, pour chasser de son esprit la lueur de désir qu'elle avait captée dans le regard de Michael. Et pour oublier qu'elle avait ressenti la même chose à son égard.

— Je servirai le thé, Charles, ajouta-t-elle. Et ne vous inquiétez pas pour nous, nous arriverons bien à nous débrouiller tout seuls jusqu'à l'heure du dîner.

Son regard s'attarda sur les lourdes tentures, les canapés de brocart moelleux, les coussins rebondis, les vases en cuivre rutilants.

— J'ai toujours adoré cette pièce, commenta-t-elle en remplissant leurs tasses. Je n'avais que douze ans lorsque mes parents et moi avons vécu en Turquie, mais j'en ai gardé un souvenir vivace que je retrouve dans ce salon. Même les odeurs me rappellent celles des souks. Du sucre ?

— Non, merci.

Michael prit la tasse qu'elle lui tendait, se servit une part de gâteau et alla prendre place près du feu. Lui préférait le petit salon contigu, auquel il trouvait un air de cottage anglais. Et voilà, songeait-il, l'aventure commençait, avec pour seuls témoins, un vieux majordome et une gentille cuisinière. Si tout se passait bien, dans six mois, tous les quatre signeraient un document attestant sur l'honneur qu'ils avaient bien respecté les termes du contrat. Mais d'ici là il allait falloir composer.

— Règle numéro un, attaqua Michael sans préambule. Si nous nous retrouvons ensemble dans l'aile est, c'est par pure commodité, pour faciliter le service de Charles et Sweeney. Mais, et j'insiste bien sur ce point, chacun devra impérativement respecter l'espace vital de l'autre.

Pandora croisa les jambes et sirota une gorgée de thé brûlant avant de répondre :

— Jusque-là, nous sommes d'accord.

— Pour des questions d'intendance, nous devrons également prendre nos repas à la même table. Je suggère donc, afin que nous ne soyons pas tentés de nous entretuer, d'éviter tout sujet relatif à nos professions respectives.

Pandora mordit dans son gâteau en lui adressant un petit sourire moqueur.

— Mais bien sûr ! Laissons de côté les sujets personnels.

— Sale petite peste !

— Allons, allons, ne prenons pas un mauvais départ, veux-tu ? Règle numéro deux, enchaîna-t-elle, aucun de nous, et ce, quel que soit notre degré d'ennui ou d'excitation, ne devra déranger l'autre durant ses heures de travail. En ce qui me concerne, j'ai pour habitude de travailler de 10 heures à midi, puis de 15 heures à 18 heures.

— Règle numéro trois : si l'un de nous a de la visite, l'autre devra se montrer discret.

Les yeux de Pandora s'étrécirent.

— Dommage. J'aurais tellement voulu rencontrer ta danseuse ! Règle numéro quatre : le rez-de-chaussée est considéré comme terrain neutre. En tant que tel, nous pouvons en jouir également tous les deux à moins que des changements notables n'interviennent. Auquel cas, ils devront être préalablement discutés par les deux parties.

Pandora s'interrompit et pianota sur les bras du fauteuil.

— Si nous nous engageons à respecter ces règles, nous devrions pouvoir y arriver, conclut-elle d'un ton léger.

— Si je me souviens bien, en général, c'est toi qui enfreins les règles.

La voix de Pandora se fit plus lisse, son ton plus mielleux.

— Je ne vois absolument pas à quoi tu fais allusion.

— Canasta, poker, gin-rami…, énuméra Michael.

— Je n'ai jamais rien entendu d'aussi absurde ! D'ailleurs, tu n'as aucune preuve de ce que tu avances.

Elle se leva nonchalamment et alla se servir une nouvelle tasse de thé. Elle aimait ce moment qu'ils étaient en train de vivre dans la quiétude réconfortante de cette pièce. Elle adressa à Michael un sourire renversant.

— Est-ce que par hasard, tu m'en voudrais encore de t'avoir fait perdre un jour cinq cents dollars ?

— Je ne t'en voudrais pas si tu n'avais pas triché.

— J'ai gagné, c'est tout ce qui compte ! riposta Pandora, parfaitement inconsciente de sa mauvaise foi. Si, effectivement j'ai gagné en trichant mais sans que tu puisses le prouver, eh bien alors, conviens que mon habileté méritait d'être récompensée !

— Ton sens de la logique m'étonnera toujours !

A son tour, Michael se leva. Il s'approcha de la jeune femme d'une démarche féline qui ne la laissa pas indifférente.

— En tout cas, lâcha-t-il d'un ton dégagé, sache que désormais, quel que soit le jeu auquel nous jouerons, je ne te donnerai plus l'occasion de tricher.

Elle lui adressa un petit sourire plein de morgue.

— Michael, nous nous connaissons depuis trop longtemps, tu ne m'intimides pas.

Elle tendait la main pour lui caresser la joue, lorsque Michael lui agrippa le poignet une nouvelle fois. Et une nouvelle fois, elle vit danser dans ses yeux la petite flamme dangereuse qui l'avait surprise quelques instants plus tôt.

Ils se rendirent compte tous les deux au même moment que Jolley n'était plus là pour arbitrer leurs petits jeux. Et que les sentiments qu'ils sentaient aujourd'hui affleurer avaient tout un long hiver devant eux pour s'épanouir.

Ni Pandora ni Michael n'étaient prêts à affronter la réalité, mais étant aussi bornés l'un que l'autre, ils refusaient tout autant de s'y dérober.

— Qui sait ? Peut-être commençons-nous juste à nous montrer tels que nous sommes vraiment, murmura-t-il.

Il avait raison, sans aucun doute, mais pour rien au monde Pandora ne l'aurait admis. Il n'était pas comme ce poseur de Biff, ni comme cet idiot de Hank. Il n'était qu'un lointain cousin par alliance, au sang chaud, et qui n'avait rien en commun avec les autres membres de la famille. Elle sentait en lui une violence contenue, un bouillonnement prêt à exploser, dans lesquels elle se reconnaissait. C'était certainement la raison pour laquelle, ayant trouvé en lui un adversaire à sa taille, elle adorait le provoquer, juste pour le plaisir de le voir réagir.

Ils restèrent ainsi un moment, tels deux rivaux se jaugeant, se jugeant. Le plus sage aurait été de s'écarter l'un de l'autre, cependant Pandora, toujours prisonnière, releva fièrement le menton et lâcha d'un ton égal :

— Nous terminerons ce bras de fer un autre jour si tu veux bien. Pour l'instant je me sens un peu fatiguée. Pourrais-tu lâcher mon poignet s'il te plaît ?

— Règle numéro cinq, énonça-t-il en resserrant son étreinte, si l'un de nous critique l'autre, il doit accepter d'en payer les conséquences.

Puis il libéra le bras de la jeune femme et retourna tranquillement vers son siège.

— A plus tard, *cousine*.

Le lendemain, Pandora se réveilla à l'aube, reposée et vibrante d'énergie. Elle ne savait trop si elle devait sa forme éclatante aux six heures de profond sommeil qu'elle venait d'enchaîner ou à l'air pur des montagnes, mais il n'en restait pas moins qu'elle était impatiente de se mettre au travail. Le petit déjeuner pourrait attendre, décida-t-elle après avoir pris sa douche et s'être habillée.

Elle allait investir tout de suite son atelier de fortune et retrousser ses manches.

La maison, encore obscure, était plongée dans un profond silence lorsqu'elle descendit au rez-de-chaussée. Charles et Sweeney ne prendraient pas leur service avant deux heures et Michael, si elle avait bonne mémoire, n'avait pas pour habitude d'émerger avant midi.

Etant tous deux trop fatigués, ou peut-être gênés par la présence des domestiques pour se livrer à une joute verbale, le dîner s'était déroulé sans incident, à la lueur vacillante des bougies d'un chandelier en argent. La conversation était restée neutre, chacun s'étant efforcé de parler de la pluie et du beau temps, puis, le repas terminé, ils s'étaient séparés vers 21 heures. Pandora pour lire jusqu'à ce que le sommeil la terrasse, Michael pour travailler. Du moins était-ce ce qu'il avait affirmé.

L'air piquant du matin fit frissonner la jeune femme. Elle releva frileusement le col de sa veste et traversa la pelouse à grandes enjambées. Chacun de ses pas faisait craquer la fine pellicule de glace qui s'était formée durant la nuit. Pandora adorait ce sentiment de solitude absolue, l'incroyable légèreté de l'air et ces senteurs mêlées de montagne et de rivière.

Elle se rappela qu'au Tibet, elle avait manqué souffrir d'engelures à cause de son amour immodéré pour la neige. Elle ne trouvait pas moins fascinant ce coin reculé de la chaîne des Catskills. Comme elle aimait l'hiver lorsque la neige recouvrait tout de son linceul blanc et que l'air expiré formait de petites bouffées de vapeur !

Pour elle, l'hiver était porteur de valeurs essentielles : chaque individu devait pouvoir se nourrir, se loger, travailler. Des valeurs fondamentales qu'elle tentait de défendre à travers les réunions politiques dans lesquelles elle investissait beaucoup de son temps libre. Le fait était qu'elle raffolait de ces discussions sans fin, de ces moments passés à refaire le monde. Cependant…

Cependant, quelquefois, elle rêvait d'aubes incandescentes

sur des paysages prisonniers du gel, de boissons chaudes savourées au coin d'un feu de cheminée. Et d'une épaule solide sur laquelle se reposer. Mais cela, elle rechignait à l'admettre. Car elle avait été élevée dans l'idée que l'indépendance était un devoir et non un choix. Ses parents, eux-mêmes, vivaient une relation parfaitement équilibrée dans laquelle chacun respectait la liberté de l'autre. C'est ainsi qu'à l'âge de dix-huit ans à peine, Pandora était fermement déterminée à ne sacrifier sa liberté qu'à une relation sérieuse et que deux ans plus tard, elle avait décidé que le mariage n'était pas fait pour elle. Elle avait alors consacré toute son énergie et toute la passion qui bouillonnait en elle à son seul travail.

Aujourd'hui, elle pouvait considérer que sa pugnacité était récompensée : ses créations connaissaient un franc succès et elle s'épanouissait dans son travail. Elle s'estimait heureuse. C'était bien plus que ce que la plupart des gens pouvaient espérer.

Pandora ouvrit la porte de ce que Jolley avait l'habitude d'appeler « l'abri de jardin » mais qui était en réalité une grande bâtisse carrée aux murs lambrissés et au sol recouvert d'un parquet de bois précieux. Oncle Jolley aimait son confort.

Pandora alluma l'interrupteur et avisa les caisses soigneusement empilées le long d'un mur. Après une rapide inspection, elle constata avec satisfaction que les étagères avaient été débarrassées des innombrables outils de jardin accumulés au fil des années. La plomberie avait été refaite à neuf comme en témoignaient l'évier en inox flambant neuf et la petite cabine de douche installée au fond de la pièce. Quant aux cinq établis qu'elle avait toujours connus là, ils constitueraient des plans de travail parfaitement adaptés. Elle s'assura enfin que lumières et ventilation étaient en état de marche.

Elle estima qu'il lui faudrait peu de temps pour transformer les lieux en un atelier confortable.

Après trois heures de travail acharné, elle contempla le résultat avec satisfaction.

Sur l'une des étagères, elle avait aligné des boîtes remplies de perles de toutes les couleurs : noires, violettes, dorées, corail, ivoire. Pierres précieuses et semi-précieuses voisinaient pêle-mêle dans une autre boîte, joyeux mélange détonnant de formes et de tailles différentes. A New York, elle gardait ses précieux trésors enfermés dans un coffre mais ici, elle estimait cette précaution inutile. Or, argent, bronze et cuivre avaient trouvé eux aussi leur place dans de petits compartiments tout simples. Elle avait rangé avec soin le nombre incroyable d'outils qu'elle avait à sa disposition : perceuses, marteaux, pinces, tenailles et limes étaient placés à côté des énormes bobines de fil de Nylon.

Pandora avait investi toutes ses économies dans l'achat de ce matériel, mais jamais elle n'avait eu à le regretter. Elle prit une tenaille qu'elle serra dans la paume de sa main. Non, vraiment, elle ne regrettait rien.

Elle avait appris à modeler des matériaux aussi nobles que l'or et l'argent, à mouler des alliages de métaux, à créer des bijoux originaux, osant des mélanges de perles et de coquillages auxquels personne n'avait pensé avant elle. Elle aimait la liberté de création que lui laissait un métier dont les outils étaient pourtant les mêmes depuis plus de deux cents ans, elle aimait ce mélange de modernisme et de tradition.

C'était en grande partie le sentiment d'être le maillon d'une chaîne sans fin qui avait guidé son choix. Ainsi que la diversité d'expression extraordinaire qu'il lui permettait. Quoique toujours chic, ses bijoux étaient parfois d'une sobriété classique, parfois d'une délirante extravagance. Depuis qu'elle pratiquait cet art, elle n'avait jamais reproduit deux fois la même pièce, car pour elle un bijou se devait d'être unique. Les usines étaient là pour fabriquer en série, pas elle. Elle obéissait à son humeur du moment, à la tendance, mais jamais à l'attrait de l'argent.

C'est ainsi qu'elle avait refusé la commande d'un haut

fonctionnaire, jugeant celle-ci trop ordinaire, mais accepté celle d'un jeune père qui lui avait soumis une idée originale. Pandora avait su par la suite que la jeune maman, enchantée, n'ôtait plus de son auriculaire les trois anneaux entrelacés qu'elle avait créés pour elle. Trois anneaux. Un pour chacun des triplés à qui elle avait donné naissance.

Pour l'heure, Pandora venait juste d'achever la conception d'un collier commandé par le mari d'une chanteuse populaire. Emeraude. C'était à la fois le prénom de la jeune femme et l'unique exigence de son client. Celui-ci avait déjà payé pour la douzaine de pierres qu'il avait choisies avant son départ pour New York. Chacune faisant plus de trois carats, et de ce vert profond qui en fait la valeur.

Elle tenait là, elle le savait, une opportunité professionnelle et artistique formidables. Si sa création plaisait, les magazines féminins se chargeraient de lui faire un peu plus de publicité et les commandes qui ne manqueraient pas d'affluer la rendraient encore plus libre de créer sans compromis.

Elle voulait faire de ce collier une œuvre originale et avait pour cela imaginé une toile d'araignée stylisée où chaque pierre symboliserait une goutte de rosée.

Elle travailla l'or durant les deux heures suivantes.

Entre les deux soufflants, situés à chaque bout de la pièce, et les flammèches qu'allumaient les outils sur la matière en fusion, l'air se chargeait d'une moiteur lourde. Pandora était en nage mais, tout à sa tâche, n'y prêtait aucune attention. Sans relâche, elle lissait, pliait, jusqu'à ce que ses doigts de fée ébauchent la forme et la taille souhaitées. Lorsque la tige en or devint aussi fine qu'un cheveu d'ange, elle se mit à la travailler du bout des doigts jusqu'à ce qu'elle ait sous les yeux la reproduction fidèle de l'esquisse qu'elle avait faite.

Elle avait dessiné un bijou d'une élégance simple qui devait mettre en valeur l'éclat des émeraudes.

Le temps passa et, comme par un miracle toujours

renouvelé, Pandora tint bientôt entre les mains la première chaîne, d'une rare finesse.

Elle était en train d'étirer ses muscles engourdis lorsque le bruit de la porte qu'on ouvrait accompagné d'un courant d'air frais lui firent tourner la tête.

Le visage dégoulinant de sueur, elle fixa Michael qui venait d'entrer.

— Qu'est-ce que tu viens faire ici ?

— J'obéis aux ordres, répondit Michael avec aplomb.

Il se tenait sur le seuil, les mains enfoncées dans les poches de sa veste dont il avait négligé de fermer le premier bouton. Pandora remarqua également qu'il n'avait pas pris le temps de se raser.

— Il fait chaud comme dans un four, dis-moi !

— Au cas où tu ne t'en serais pas aperçu, je travaille, souligna la jeune femme en s'essuyant le front du bout de son tablier.

Si elle se fichait pas mal qu'il la surprenne en tenue de métallurgiste, elle supportait mal, en revanche, ce qu'elle considérait comme une intrusion dans son territoire privé.

— Tu as déjà oublié la règle numéro trois ?

— Parles-en à Sweeney, rétorqua Michael en s'avançant vers la jeune femme sans prendre la peine de refermer la porte derrière lui. Elle a décrété que si tu avais pu échapper à sa vigilance et sauter le petit déjeuner il n'était pas question que tu sautes aussi le déjeuner.

Michael s'interrompit pour plonger la main dans une boîte qui contenait un mélange de pierres de toutes les couleurs.

— J'ai ordre de te ramener à la maison, précisa-t-il.

— Je n'ai pas fini.

Michael prit un petit saphir qu'il s'amusa à faire scintiller à la lumière du jour.

— J'ai réussi à l'empêcher de venir elle-même, mais si je retourne là-bas sans toi, il y a fort à parier qu'elle ne renoncera pas aussi facilement. Et tu sais à quel point son arthrose la fait souffrir.

Pandora jura entre ses dents.

— Pose ça tout de suite, ordonna-t-elle en retirant son tablier.

— C'est marrant ! Quelques-unes de ces babioles ressemblent à de vraies pierres.

Il reposa le saphir et prit à sa place un diamant rond, étincelant de mille feux.

— C'est certainement parce que certaines de ces babioles, comme tu dis, sont des pierres précieuses.

Elle lui tourna le dos et se baissa pour éteindre le chauffage.

Michael, interloqué, dévisagea la jeune femme.

— Tu es complètement inconsciente de les laisser dans ces boîtes, comme de vulgaires bonbons ! Ces pierres devraient être en sécurité, dans un coffre !

— Pourquoi donc ? demanda Pandora avec désinvolture tout en éteignant le deuxième appareil électrique.

— Pourquoi ? s'exclama Michael, agacé par le flegme de Pandora. Mais parce que quelqu'un pourrait te les voler !

— Quelqu'un ? Pandora se redressa et lui adressa un sourire faussement candide.

— Il n'y a pas grand monde autour de nous, reprit-elle. Et si l'on exclut Sweeney et Charles qui sont au-dessus de tout soupçon, il ne reste que toi.

Michael marmonna quelque chose d'inintelligible et reposa le diamant dans sa boîte.

— C'est ça, moque-toi de moi, *cousine*. En tout cas, moi, si j'étais à ta place, je ne laisserais pas plusieurs milliers de dollars à la portée du premier venu !

En d'autres lieux et d'autres circonstances, Pandora aurait approuvé. Mais Catskills n'était pas Manhattan et ils se trouvaient à des kilomètres de toute civilisation.

— Voilà juste une des nombreuses différences qui existent entre toi et moi, Michael. Mais c'est certainement parce qu'à force de donner vie à des personnages animés de mauvaises intentions, tu vois le mal partout.

— Je me suis beaucoup penché sur la nature humaine, figure-toi, répliqua ce dernier tout en examinant l'esquisse que Pandora avait faite du collier d'émeraudes. Il admira au passage le sens des proportions que n'aurait pas manqué d'apprécier un architecte et celui des formes et des couleurs qui aurait enchanté un artiste. Cependant il laissa tomber avec un brin d'ironie :

— Je me demande bien pourquoi tu ne portes jamais aucune de tes créations, toi qui ne vis que pour ça.

— Tout simplement parce que des bijoux me gêneraient pour travailler. Mais dis-moi, toi qui te vantes de si bien connaître la nature humaine, comment se fait-il que tes personnages se fassent pincer toutes les semaines ?

— C'est parce que j'écris pour des gens qui ont besoin de s'identifier aux héros que je crée.

Pandora s'apprêtait à répliquer mais elle y renonça. Après tout, Michael n'avait pas tort.

— Hum, concéda-t-elle vaguement en éteignant les lumières et en le précédant vers la sortie.

— Tu devrais au moins verrouiller ta porte, conseilla Michael.

— Je n'ai pas de clé.

— Nous en ferons faire une.

— *Nous* n'en avons pas besoin, rétorqua Pandora que l'emploi de ce pluriel agaçait prodigieusement.

Michael claqua la porte derrière eux.

— Eh bien, *tu* en feras faire une.

Pandora haussa négligemment les épaules et traversa la pelouse, Michael sur les talons.

— Michael, t'ai-je déjà dit que je te trouve encore plus grincheux que d'habitude ?

Michael prit le temps de sortir de sa poche un bâton de réglisse qu'il se mit à mâchouiller avant de répondre :

— Normal. J'ai arrêté de fumer.

Le parfum anisé de la réglisse vint chatouiller les narines de Pandora.

— J'avais remarqué. Depuis quand ?

Michael regarda des feuilles sèches tournoyer sur la plaque de verglas.

— Quinze jours. J'ai l'impression de devenir fou.

Pandora éclata de rire et passa un bras compatissant sous celui de Michael.

— Tu survivras, mon chéri. Le premier mois est toujours le plus difficile.

Michael la fixa, surpris.

— Comment le sais-tu ? Tu n'as jamais fumé de ta vie.

— C'est la même chose pour tout. Les premières semaines sont les plus dures, répéta la jeune femme. Il faut simplement que tu penses à autre chose, que tu fasses un peu de sport. Tiens, si tu veux, nous pourrions aller courir après le déjeuner.

— Nous ?

Pandora fit mine de ne pas avoir entendu et poursuivit :

— Et ce soir, après dîner, nous ferons une partie de canasta.

Michael émit une sorte de petit ricanement tout en repoussant derrière l'oreille de la jeune femme une mèche de cheveux qui lui balayait la joue.

— Tu vas encore tricher.

— Peut-être, mais ton esprit serait occupé.

Pandora trouva que la mine renfrognée qu'affichait Michael le rendait encore plus séduisant. Aux physiques parfaits, elle avait toujours préféré un genre de beauté moins évident, fait de charme et de séduction.

— Et puis cela ne te fait pas de mal de renoncer à l'un de tes vices, tu en as tellement !

— Eh bien, je les aime, moi, mes vices, grommela-t-il.

Le sourire qu'elle lui adressa alors lui fit oublier qu'il n'était pas attiré par ce genre de femmes, trop minces, trop rousses, aux allures de bohémiennes chic.

— Mais toi, ajouta-t-il, légèrement troublé, ne me dis pas que tu es parfaite. Je ne le croirais pas.

Pandora fit une drôle de petite moue espiègle.

— Compte tenu de mon emploi du temps, je ne vois pas bien comment je pourrais consacrer du temps à autre chose qu'à mon travail.

— « Et lorsque Pandore souleva le couvercle de la boîte, tous les vices en jaillirent », cita Michael.

Pandora fit une halte dans la véranda.

— J'imagine que c'est la raison pour laquelle je me montre si réticente à ouvrir mes boîtes personnelles.

Michael lui caressa tendrement la joue. Il réalisa que, s'il n'y prenait garde, ce geste pourrait rapidement devenir une habitude. Pandora avait raison. Il fallait que son esprit soit occupé en permanence.

— Pourtant, il faudra bien qu'un jour ou l'autre tu te résignes à regarder la réalité en face.

Bien qu'elle ait senti passer entre eux un mélange fait de tension, de séduction et de désir, Pandora n'avait pas cherché à se soustraire à la caresse de ses doigts.

— Eh bien moi, je pense, au contraire, que certaines choses doivent rester soigneusement verrouillées.

Michael approuva d'un signe de tête. Il ne voulait pas la brusquer.

— Peut-être certains secrets n'ont-ils pas besoin d'être aussi profondément cachés, hasarda-t-il.

Les deux jeunes gens se tenaient face à face, aucun des deux n'osant faire le pas qui les rapprocherait l'un de l'autre et qui, ils le pressentaient, enflammerait leur corps.

Pandora inspira profondément et tourna la poignée de la porte.

— Ne faisons pas attendre Sweeney, dit-elle d'un ton qu'elle voulait dégagé.

3

Les rues sont presque désertes. Une voiture tourne à l'angle de la rue et disparaît. Il bruine. La lumière blafarde des néons se reflète dans les flaques. L'ambiance est sinistre. Un quartier de la ville qui respire la tristesse et la misère. Ruelles sombres, voitures cabossées, clubs miteux. La petite blonde, pimpante, marche rapidement. Elle est nerveuse, hors de son élément, mais en terrain connu. Plan serré sur l'enveloppe qu'elle tient à la main. Celle-ci est trempée. Ses doigts se resserrent sur l'enveloppe. Des pneus crissent. Elle sursaute. L'enseigne bleue du club clignote sur son visage. Elle attend. Elle hésite. Fait passer l'enveloppe d'une main à l'autre. Elle entre dans le club. Panoramique de la rue. Trois plans différents. Ralenti.

Trois petits coups frappés à la porte de son bureau tirèrent Michael de la profonde concentration dans laquelle il était plongé. Avant même d'y avoir été invitée, Pandora déboula dans la pièce.

— Joyeux anniversaire, mon chou ! clama-t-elle joyeusement.

Michael leva les yeux de son clavier. Il avait passé toute la nuit à mettre en forme le scénario qu'il avait imaginé. A 9 heures, il n'avait dans l'estomac qu'un café noir pris à la hâte, la sacro-sainte cigarette qui l'accompagnait habituellement n'étant plus qu'un lointain souvenir.

La scène qui venait de prendre forme dans son esprit en ébullition lui échappa instantanément.

— De quoi diable parles-tu ? s'enquit-il en piochant

machinalement dans le bol de pistaches vide qui se trouvait sur son bureau.

— Deux semaines se sont écoulées et nous ne nous sommes pas encore tapés dessus, annonça fièrement Pandora.

Elle fonça dans sa direction, désapprouvant d'un petit claquement de langue le désordre qui régnait un peu partout et alla se percher sur le bras d'un fauteuil. Elle se pencha et essuya partiellement la poussière qui recouvrait la table basse, laissant sur la surface vitrée la trace de ses doigts.

— Je te rappelle que nous étions censés nous entretuer au bout de quelques jours.

Contrairement à Michael qui donnait l'impression d'avoir passé une semaine entière enfermé dans une cave sans avoir vu le jour, Pandora arborait une mine resplendissante. Elle portait un pull et un pantalon trop larges pour elle ; lui avait opté pour un vieux sweat-shirt décousu aux manches mais qu'il ne pouvait se résoudre à jeter, et un jean maculé de taches de peinture rose.

Pandora lui adressa le sourire enthousiaste et encourageant d'une maîtresse d'école. Des effluves d'un parfum boisé parvinrent jusqu'à Michael.

— Il me semble que nous avons instauré une règle destinée à préserver notre espace vital, grommela-t-il.

— Allons, ne sois pas aussi grognon, rétorqua Pandora, toujours souriante. D'ailleurs, je ne m'attendais pas à te trouver en plein travail. D'après ce que j'ai pu constater jusqu'à présent, tu n'as pas l'habitude de te lever tôt.

— Justement, je suis en train d'expérimenter une nouvelle méthode.

— Vraiment ?

Sceptique, Pandora rejoignit Michael et lorgna par-dessus son épaule.

— Mmm, grommela-t-elle d'un air entendu. J'imagine que ça ne va pas durer bien longtemps, de toute façon.

— Laisse travailler les grands et retourne jouer avec tes perles, tu veux bien ?

— Ce n'est pas la peine d'être grossier. Je suis juste venue pour te proposer une petite virée en ville.

Après avoir remonté les manches de son pull, Pandora s'assit sur un angle du bureau. Elle ne savait pas exactement pourquoi elle tenait tant à se montrer aussi amicale. Elle supposait que le fait d'avoir presque terminé le collier d'émeraudes et d'en être particulièrement fière la rendait d'humeur joyeuse. Ou peut-être était-ce parce qu'elle avait découvert en Michael un compagnon charmant dont elle appréciait finalement la compagnie. Plaisir modéré qui n'avait pas besoin d'être crié sur les toits, corrigea-t-elle aussitôt en son for intérieur.

Michael lui adressa un regard soupçonneux.

— En quel honneur ?
— Sweeney m'envoie faire des courses.

Intriguée, elle caressa du bout des doigts une carapace de tortue transformée en abat-jour.

— J'ai pensé que cela te ferait peut-être plaisir de prendre un peu l'air.

Il trouva l'idée séduisante. Depuis deux semaines, il n'avait quasiment pas mis le nez dehors. Il jeta un coup d'œil coupable à son scénario.

— Tu penses en avoir pour longtemps ?
— Deux ou trois heures, pas plus, précisa Pandora en haussant les épaules.

Deux heures de liberté. La tentation était forte. Mais sa page à moitié blanche le rappela à l'ordre.

— Je ne peux pas, décida-t-il à regret. J'ai trop de travail.
— Tant pis pour toi, dit Pandora en se levant, surprise par la pointe de déception qu'elle avait discernée dans la voix de Michael.

Après tout, s'il ne savait pas profiter des bons moments…

— Prends garde à ne pas trop te fatiguer quand même ! ajouta-t-elle d'un ton moqueur.

Michael grommela quelque chose entre ses dents puis, avisant son bol vide, se radoucit.

— Pandora, peux-tu me rapporter un sachet de pistaches ?

Elle s'arrêta sur le seuil de la porte et répéta, surprise :
— Des pistaches ?
— Oui. En vrac. Environ cinq cents grammes.

Tout en parlant, Michael caressait sa barbe naissante. Il rêvait d'une cigarette. Une seule cigarette. Exhaler une longue bouffée de fumée.

Pandora esquissa un petit sourire indulgent. Elle découvrait un nouveau Michael qui, en perdant son arrogance naturelle, gagnait en vulnérabilité.

— D'accord.
— Et le *New York Times* aussi.
— Tu peux me faire une liste, si tu veux.
— Sois gentille, je te revaudrai ça. La prochaine fois, c'est moi qui irai faire les courses pour Sweeney.

Pandora fit mine de réfléchir puis lâcha en soupirant :
— Très bien. Des pistaches et le journal.
— Et des stylos, cria-t-il tandis qu'elle franchissait le seuil.

Seul lui répondit le bruit de la porte qu'elle claqua derrière elle.

Deux heures passèrent avant que Michael ne décide qu'il avait mérité une deuxième tasse de café. Il avait bien avancé son scénario, accouchant aisément de l'histoire pleine d'action et de rebondissements qu'il avait en tête.

Michael se réjouissait d'écrire pour le petit écran. Il aimait l'idée que des millions de fidèles suivaient assidûment, chaque semaine, les aventures de ses héros.

Lui-même était très attaché à Logan, à son héroïsme, son humour et même ses défauts, qui étaient l'essence même du personnage. Il avait choisi d'en faire un homme faillible et plein d'enthousiasme car, depuis l'enfance, c'était l'idée qu'il se faisait d'un homme héroïque.

L'indice d'écoute et le courrier innombrable qu'il recevait étaient la preuve irréfutable qu'il voyait juste. Cette série, ainsi que la seule pièce qu'il ait jamais écrite, lui avaient valu les éloges de la critique et toutes sortes de récompenses.

Mais tandis que sa pièce n'avait été vue que par un public averti, sa série, elle, touchait des millions de foyers.

Il ne considérait pas la télé comme un outil abrutissant mais, au contraire, comme une boîte magique. Pour lui, tout le monde avait droit à sa part de rêve et la télévision était le moyen idéal d'y accéder.

Michael éteignit l'écran de son ordinateur. Le doux ronronnement du moteur mourut et il resta un moment assis, à tenter de percer le silence de la grande maison. S'il avait accepté de venir vivre à « La Folie », c'était en grande partie parce qu'il savait qu'il pourrait y travailler en paix. Bien sûr, ce n'était pas la première fois qu'il s'y trouvait, mais il n'avait jamais séjourné chez son oncle très longtemps. Aussi, était-il enchanté de découvrir qu'il y parvenait si facilement, son imagination paraissant même exacerbée par la quiétude ambiante. En outre, il devait bien admettre que la cohabitation pacifique qu'il vivait avec Pandora le réjouissait. Et même si, quelquefois, leurs caractères respectifs s'affrontaient, le bilan était plutôt positif, songeait-il en mâchonnant machinalement le capuchon d'un stylo. Il en était même arrivé à apprécier les soirées tranquilles au coin du feu, à disputer des parties de cartes avec elle pour le seul plaisir d'essayer de la surprendre en train de tricher. Espoirs restés vains jusqu'alors.

Il devait s'avouer également qu'il n'était plus aussi insensible au charme de la jeune femme. Quelque chose en lui avait changé, qui n'était pas prévu au programme. Quelque chose qu'il parvenait encore à maîtriser, à contrôler, même si quelquefois…

Si quelquefois, poursuivit-il mentalement, il avait envie de lui clouer le bec d'une manière un peu moins conventionnelle. Juste par curiosité. Pour voir quelle serait sa réaction s'il lui fermait la bouche d'un baiser. Deviendrait-elle une poupée de chiffon entre ses bras ?

Cette idée le fit rire. Poupée de chiffon, Pandora ? Il y avait fort à parier que les femmes de sa trempe ne faiblissaient jamais. Mais tant pis ! Même s'il était à peu près certain de prendre un coup de poing dans le ventre, un jour ou l'autre, il prendrait le risque. Il estimait que le jeu en valait la chandelle.

Car il la soupçonnait de ne pas être aussi indifférente que ce qu'elle voulait bien le laisser paraître. Il avait deviné la faille le jour où il était venu la chercher dans son atelier. Quelque chose de fugace dans son regard, dans sa voix, l'avait interpellé. Pourtant, tous deux restaient prudemment à distance, s'observant depuis quinze jours comme deux fauves en cage, prêts à se bondir dessus. « Quinze jours vraiment ? s'interrogea Michael. Ou vingt ans ? »

Jamais il n'avait ressenti pour une femme ce curieux mélange d'embarras, de défi permanent et de colère qu'il ressentait pour Pandora McVie. Pour être honnête, il n'était jamais très à l'aise en compagnie des femmes, même s'il appréciait en elles leur féminité et ce mélange troublant de force et de faiblesse qui les caractérisait. Ce qu'elles prenaient pour de la nonchalance à leur égard expliquait d'ailleurs son succès auprès d'elles. Michael prenait garde à ne vivre que des relations superficielles, choisissant soigneusement ses partenaires selon leur personnalité. Et s'il était exact que Pandora l'intéressait, il n'imaginait pas une seconde vivre une relation amoureuse avec elle. Il était même surpris d'avoir envisagé de la séduire.

Evidemment, la séduction n'avait rien à voir avec de vrais sentiments, mais il était prêt à jurer que s'il lui proposait un dîner aux chandelles ou une promenade au clair de lune ou, pourquoi pas, une folle nuit de passion, elle le rembarrerait à grands coups de remarques sarcastiques. Ce à quoi, piqué au vif, il répondrait vertement, et la ronde infernale recommencerait.

Quoi qu'il en soit, conclut-il avec détermination, ce qui le poussait vers elle n'était que simple curiosité et certainement pas l'envie d'entamer avec elle une relation amoureuse.

Tout à ses réflexions, Michael s'était dirigé vers la fenêtre. En fait, tous deux n'étaient pas si différents que Pandora voulait bien le dire et elle avait beau crier sur tous les tons qu'ils n'avaient rien en commun, ils se rejoignaient sur bien des plans. Jolley, le premier, avait compris à quel point ils étaient semblables : emportés, exigeants et unis par la même passion d'un travail qu'ils considéraient avant tout comme un agréable passe-temps. Tous deux capables d'y consacrer des heures, lui, devant son ordinateur, elle, avec ses outils et ses pierres. Et après tout, le résultat...

Michael interrompit brutalement le cours de ses pensées. Il venait de remarquer que la porte de l'atelier de Pandora était restée grande ouverte. Pourtant, il aurait parié qu'elle n'était pas encore rentrée. Car même s'il lui était impossible, d'où il était, de vérifier que la voiture de la jeune femme était garée à son emplacement habituel, il était sûr qu'elle serait passée lui apporter ce qu'il lui avait demandé d'acheter.

Il haussa les épaules, prêt à quitter son poste d'observation, lorsqu'il vit une silhouette sortir de la bâtisse. Bien que peu reconnaissable, emmitouflée comme elle l'était, il sut immédiatement que ce n'était pas Pandora. Il ne reconnaissait pas, dans la façon de se mouvoir de cette personne, la démarche aérienne de la jeune femme. L'intrus regarda autour de lui, s'assurant que le champ était libre avant de s'éloigner en rasant les murs. Comprenant soudain ce qui se passait, Michael se rua dans l'escalier.

Au détour d'un couloir, il se heurta violemment à Charles.

— Pandora est rentrée ? s'enquit-il, haletant.

— Non, Monsieur, répondit posément le vieux serviteur, trop heureux de ne pas se retrouver les quatre fers en l'air. Mlle Pandora a dit qu'elle resterait faire un peu de shopping en ville et...

Mais Michael ne l'écoutait plus. Charles le regarda reprendre sa course effrénée, saluant une agilité que lui-même ne connaissait plus depuis bien longtemps. Il poussa un profond soupir et gagna le salon pour y allumer un feu.

La bise glaciale du dehors frappa de plein fouet Michael qui se rendit compte, un peu tard, qu'il avait négligé de se couvrir. Mais il n'arrêta pas pour autant sa course folle.

Une fois sur place, il ne fut pas étonné de constater que la personne qu'il avait aperçue avait disparu. La forêt n'était qu'à quelques pas et les nombreux sentiers forestiers qui la sillonnaient permettaient de battre facilement en retraite.

S'agssait-il d'un gamin curieux ? se demanda Michael en retournant vers la maison. Pandora devrait s'estimer heureuse s'il n'avait pas farfouillé dans ses jolis trésors. En tout cas, si tel était le cas, elle l'aurait bien cherché !

Mais sitôt la porte ouverte, Michael s'en voulut de sa mesquinerie.

Toutes les boîtes avaient été retournées, et leur contenu s'était répandu sur le sol. Les bobines de fil et de ficelle avaient été dévidées, et le vandale avait pris le temps de les nouer entre elles pour en faire de maigres guirlandes dont il avait décoré la pièce. Michael dut se frayer un chemin parmi les perles et les pierres qui jonchaient le parquet pour avoir une vue d'ensemble sur le chaos qui régnait partout. Les fils d'or et d'argent, brisés lorsqu'ils n'avaient pas été tordus, se mêlaient aux outils jetés sauvagement à terre, dans un désordre indescriptible.

Michael se baissa pour ramasser une émeraude. Elle étincela de tous ses feux dans la paume de sa main. Ils n'avaient donc pas affaire à un voleur. A moins que celui-ci n'ait été totalement stupide ou myope.

— Oh mon Dieu !

Pandora, pétrifiée, livide, contemplait le désastre depuis le seuil.

Michael regretta de ne pas avoir eu le temps de remettre un peu d'ordre avant son arrivée.

— Ne t'en fais pas…, commença-t-il gentiment.

Mais Pandora, semblant ne pas l'entendre, écarta sans ménagement la main réconfortante qui se tendait vers elle. Elle entra dans la pièce. Lorsqu'elle sentit les perles rouler sous ses pieds, une vague de colère la submergea.

— Comment as-tu pu ? gronda-t-elle d'une voix dangereusement sourde.

Elle le fusillait du regard, ses yeux, aussi verts que

l'émeraude que Michael tenait encore dans la main, lançaient des éclairs.

Le poing rageur de Pandora faillit atteindre sa cible. Michael entendit l'air siffler à son oreille et n'eut que le temps d'agripper son poignet pour l'empêcher de recommencer.

— Attends une minute, commença-t-il, conscient tout à coup d'être victime d'une méprise.

Mais Pandora, aveuglée par la colère, était déjà sur lui, l'entraînant avec elle pour le plaquer contre le mur. Quelques outils, oubliés ici et là, tombèrent avec fracas des étagères. Il fallut quelques instants à Michael pour maîtriser Pandora.

— Arrête ! ordonna-t-il en retenant ses deux bras derrière son dos.

Pandora le toisait, ivre de rage et de douleur.

— Je comprends que tu sois bouleversée, ajouta-t-il calmement, mais me tuer ne t'avancerait pas à grand-chose.

— Je savais que tu pourrais me porter un coup bas, siffla Pandora, mais je ne t'aurais jamais cru capable d'une chose aussi minable !

— Après tout, crois ce que tu veux ! rétorqua Michael, prêt à renoncer à la convaincre de son innocence.

Mais lorsqu'il sentit la jeune femme frissonner contre lui, sa colère retomba brusquement.

— Pandora, ajouta-t-il d'une voix radoucie, je n'ai rien à voir avec ce qui s'est passé ici. Regarde-moi. Pourquoi aurais-je fait une chose pareille ?

Pandora luttait contre les larmes.

— C'est à toi de me le dire, riposta-t-elle en le défiant du regard.

La patience n'était pas le point fort de Michael mais, jugeant le moment grave, il s'exhorta au calme et reprit :

— Ecoute-moi bien, Pandora. Je suis arrivé dans ton atelier seulement quelques minutes avant toi. De ma fenêtre, j'ai vu quelqu'un sortir d'ici, je me suis précipité mais lorsque je suis arrivé, il était trop tard. La pièce était déjà sens dessus dessous.

Pandora détestait les larmes qui lui brûlaient les yeux. Plutôt mourir que de se couvrir de ridicule devant lui !

— Laisse-moi, parvint-elle à dire d'une voix blanche.

Mais Michael sentait le désespoir percer sous l'apparente froideur. Lentement, il relâcha son emprise et s'écarta de la jeune femme.

— Quelques minutes à peine se sont écoulées entre le moment où j'ai repéré la silhouette et celui où je suis arrivé, précisa-t-il. A mon avis, le coupable s'est enfui par la forêt.

Pandora l'écoutait à peine. Elle tentait de surmonter le choc, de rassembler ses esprits.

— Tu peux partir, maintenant, dit-elle enfin d'une voix étonnamment calme. Il faut que je range et que je fasse l'inventaire de ce qui reste.

Se rappelant sa propre émotion lorsqu'il avait ouvert la porte, Michael refoula l'amertume que ce renvoi faisait monter en lui.

— Je peux appeler la police si tu veux. Mais tant que nous ne saurons pas si quelque chose a été volé...

Il ouvrit la main dans laquelle, durant tout ce temps, il avait serré la précieuse émeraude.

— J'ai du mal à croire qu'un voleur ait pu laisser une pierre pareille derrière lui.

Pandora la lui arracha presque des mains. Son cœur se mit à battre violemment dans sa poitrine tandis qu'elle se dirigeait vers sa table de travail. Là, ne restaient que les débris du collier sur lequel elle s'était échinée pendant quinze jours. Les fines tiges en or avaient été réduites en miettes, les émeraudes dispersées. Comble de l'ironie, le vandale n'avait eu aucun scrupule à utiliser les outils de Pandora pour tout saccager. Cette dernière rassembla dans le creux de sa main les éléments éparpillés et se retint de ne pas hurler.

— C'était celui-ci, n'est-ce pas ? demanda gentiment Michael en ramassant la feuille de papier sur laquelle Pandora avait dessiné le bijou.

Il essaya d'imaginer sa propre réaction si quelqu'un avait réduit à néant un travail de plusieurs jours.

— Tu l'avais presque fini, ajouta-t-il, plein de compassion.

Pandora ne fit aucun commentaire et laissa tomber les précieux petits débris sur l'établi.

— Laisse-moi, répéta-t-elle.

Puis elle s'accroupit et commença à rassembler les pierres et les perles.

— Pandora…

Devant le silence obstiné de la jeune femme, Michael la prit par les épaules et la secoua légèrement.

— Pandora, ne vois-tu pas que je veux t'aider ?

Elle lui adressa un regard vide d'expression.

— Tu en as assez fait, Michael. Maintenant, va-t'en, s'il te plaît.

Michael se raidit, puis se résigna à lui obéir.

— Comme tu voudras, laissa-t-il tomber avant de quitter les lieux à grandes enjambées.

Il s'arrêta au beau milieu de la pelouse, suffoquant de colère et de frustration. Il aurait donné n'importe quoi pour pouvoir allumer une cigarette ! Pandora n'avait pas le droit de l'accuser. Pire : de lui donner l'impression d'être responsable. Car il se sentait envahi d'un sentiment de culpabilité aussi intense que s'il avait été réellement à l'origine de cet acte de vandalisme. Mains dans les poches, il se retourna pour fixer la porte de l'atelier. Une bordée d'injures lui monta aux lèvres.

Comment pouvait-elle le soupçonner d'une telle infamie ? Comment pouvait-elle le croire capable d'un tel acte de destruction ?

Elle avait refusé de l'écouter, de se laisser réconforter. Elle l'avait rejeté, repoussant son aide. Eh bien, songea-t-il avec amertume, qu'elle reste seule, si c'était ce qu'elle souhaitait !

Il s'apprêtait à regagner la maison lorsqu'il revit le visage bouleversé de la jeune femme. Quel idiot il faisait !

Il rebroussa chemin et reprit la direction de l'atelier.

Lorsqu'il ouvrit la porte, Pandora était assise par terre, au milieu de cet incroyable chaos, pleurant toutes les larmes de son corps.

Une panique toute masculine s'empara de Michael. Comme la plupart des hommes, il ne savait quelle attitude adopter face à une peine aussi intense. Il était d'autant plus dérouté qu'il ne s'attendait pas à une telle réaction de la part de Pandora. Alors il fit ce que son cœur lui dictait : sans un mot, il s'assit à côté d'elle et passa un bras affectueux autour de ses épaules.

Comme il l'avait prévu, Pandora se raidit instantanément.

— Je t'ai demandé de me laisser seule, hoqueta-t-elle en reniflant.

— En effet. Mais je ne suis pas obligé de t'obéir, répondit-il d'une voix douce en lui caressant les cheveux.

Pandora aurait voulu se fondre dans ses bras et pleurer pendant des heures. Au lieu de cela, elle dit :

— Je ne veux pas que tu restes ici.

— Je sais. Tu n'as qu'à imaginer que ce n'est pas moi qui suis là.

Il l'attira tendrement contre lui.

— Je pleure parce que je suis en colère, dit-elle en se laissant enfin aller contre l'épaule offerte.

— Je comprends, acquiesça Michael en effleurant les boucles rousses de ses lèvres. Alors vas-y, évacue tout ce stress. J'ai l'habitude.

Les larmes redoublèrent tandis que Pandora s'abandonnait totalement dans les bras de Michael. Elle pleura de longues minutes, jusqu'à épuisement.

Puis elle essuya ses yeux et se blottit confortablement contre lui. Un profond sentiment de sécurité l'envahit. Elle ne voulait se poser aucune question pour le moment mais juste profiter de cet instant de plénitude. Elle eut soudain honte de s'être montrée aussi dure avec lui ! Lui qui n'avait pas hésité à revenir sur ses pas pour la consoler et la soutenir ! Contrairement à l'idée qu'elle se faisait de lui, il pouvait donc faire preuve de patience et de gentillesse ?

Pandora laissa échapper un profond soupir et ferma les yeux. Durant quelques secondes, elle se grisa de l'odeur de savonnette dont son pull était imprégné.

— Je suis désolée, Michael.

Michael apprécia le ton inhabituel de sa voix. Il passa sa joue sur la chevelure soyeuse de la jeune femme.

— Tout va bien.

— Ce ne sont pas des paroles en l'air, Michael. Je suis sincèrement désolée !

Alors qu'elle tournait la tête vers lui, ses lèvres effleurèrent la joue du jeune homme. Ce contact intime, réservé à des amis proches ou à des amants, les surprit tous les deux.

— Lorsque je suis rentrée et que j'ai vu les dégâts, je n'avais plus toute ma raison. Je…

Pandora s'interrompit, troublée par le regard de Michael. Elle trouvait fascinant de voir son propre reflet dans les yeux de quelqu'un d'autre. Pour quelle raison ne s'était-elle jamais rendu compte d'un tel miracle auparavant ?

— Bien, il faut que je range tout ça à présent.

— Oui, murmura Michael en promenant un doigt léger sur sa joue.

Sa peau était douce. Plus douce qu'il ne l'avait imaginée.

— Je vais t'aider.

C'était si bon de se nicher dans le creux de ces bras robustes, songeait Pandora sans esquisser le moindre mouvement.

— J'ai du mal à reprendre mes esprits.

— Vraiment ?

Leurs bouches se trouvaient dangereusement proches l'une de l'autre.

— Pourquoi ne pas en profiter quelques instants ?

Lorsque les lèvres de Michael touchèrent celles de Pandora, celle-ci, poussée par la curiosité, ne s'écarta pas. Elle acceptait ce baiser à titre d'expérience, tout comme lui semblait le faire. Chacun d'eux étant conscient de vivre quelque chose d'inévitable.

Les lèvres de Pandora étaient incroyablement douces et

chaudes sous les siennes. Il la connaissait depuis si longtemps ! Comment ne s'en était-il pas douté ? Leurs langues se trouvèrent, s'emmêlèrent, jouant à se lâcher pour mieux se reprendre. L'estomac de Michael se noua. Contre toute attente, ce baiser le rendait fou, exacerbant le désir qu'il éprouvait pour elle. Il voulait plus. Plus que cette odeur charnelle qui affleurait, que ce corps à moitié consentant contre le sien. Ses doigts s'enroulèrent autour des boucles rousses puis se mirent à jouer avec, sauvagement.

Michael était tout à fait comme Pandora l'avait imaginé : plein de mystère et d'audace. Ses mains étaient fermes, ses lèvres généreuses. Elle s'était souvent demandé comment les choses se passeraient entre eux, mais chaque fois, elle avait chassé ces pensées de son esprit, refusant d'envisager une telle situation. Michael Donahue était dangereux tout simplement parce qu'il était Michael Donahue. Depuis l'enfance, et sans en comprendre vraiment la raison, elle éprouvait une sorte d'attirance et de fascination qu'aucun des hommes qu'elle avait connus jusque-là ne lui avait inspirée.

C'est en répondant à son baiser qu'elle comprit pourquoi.

Michael était différent. Il avait le pouvoir de faire vaciller ses certitudes. A cet instant précis, elle se fichait éperdument de sa barbe naissante qui lui irritait la peau, de même que de l'inconfort du sol ou du courant d'air glacial qui s'engouffrait par la porte restée entrouverte.

Elle se sentait parfaitement à l'aise, découvrant des terres jusque-là inexplorées, à la fois uniques, exotiques et extraordinaires.

Son corps voulait plus mais la raison l'emporta.

Sans s'être concertés, ils se séparèrent dans un élan commun.

— Bien, balbutia Pandora en tentant de se recomposer une attitude.

Elle posa ses mains bien à plat sur ses cuisses. « Reprends-toi, se chapitra-t-elle tandis que son cœur battait la chamade. Et prends bien garde à ce que tu vas dire. »

Après le traumatisme qu'elle venait de vivre, elle ne pouvait se payer le luxe de lui donner l'occasion de se moquer d'elle. Elle ne le supporterait pas.

— Je suppose que cela nous pendait au nez depuis un moment, reprit-elle d'un ton qu'elle voulait dégagé.

Michael, encore sous le choc des émotions que ce baiser avait déclenchées, tentait de calmer les battements désordonnés de son cœur.

— Je suppose aussi.

Il l'observa un instant avec curiosité. Mais lorsque son regard se posa sur les mains nerveuses de Pandora, un sourire satisfait flotta sur ses lèvres.

— Ce n'est pas exactement ce à quoi je m'attendais.

— C'est rarement le cas d'ailleurs, renchérit Pandora. Je crois que j'ai eu assez de surprises pour aujourd'hui, décréta-t-elle en se levant, chancelante.

Mais elle commit l'erreur de regarder autour d'elle. Le découragement s'abattit sur elle et elle se laissa de nouveau tomber sur le sol.

— Pandora…

La jeune femme secoua la tête tout en se relevant.

— Non, ne t'inquiète pas, ça va aller.

Se concentrant sur sa respiration, elle osa enfin affronter le désastre.

— En tout cas, tu avais raison : j'aurais dû me méfier et fermer la porte à clé. Sache que je te suis reconnaissante de ne pas en avoir rajouté avec des phrases du genre : « Je t'avais prévenue. »

— Ça ne servirait pas à grand-chose, de toute façon.

Michael prit les émeraudes et les fit rouler dans le creux de sa main.

— Sans être expert en la matière, je dirais qu'il y en a pour une petite fortune.

— Donc…, demanda Pandora qui commençait à deviner où Michael voulait en venir. Cela voudrait dire que nous n'avons pas affaire à un voleur, je me trompe ?

A son tour, elle prit une poignée de pierres parmi lesquelles se trouvaient deux diamants de grande valeur.

— Un voleur n'aurait jamais négligé des pierres pareilles, n'est-ce pas ?

Rompu à ce genre d'exercice, Michael commença à assembler mentalement les pièces du scénario. Action, motivations, il connaissait tout cela par cœur.

— Attendons de voir s'il ne manque rien, éluda-t-il. Mais il y a fort à parier que le coupable ne cherchait qu'à détruire et à vandaliser.

Pandora, dubitative, s'assit sur un angle de table.

— Tu penses que ça pourrait être l'œuvre d'un des membres de notre chère famille ?

— « Ils ne tiendront pas le coup », cita-t-il. Tu t'en souviens ? Sans vouloir trop m'avancer, je pense que nous tenons peut-être là une piste. Aucun d'eux ne nous croyait capables de vivre ensemble sans nous entretuer, et pourtant nous venons de franchir le cap des quinze jours sans la moindre anicroche. Il y a de quoi les rendre nerveux, non ? Rappelle-moi un peu quelle a été ta réaction lorsque tu as découvert ce carnage ?

Pandora passa une main nerveuse dans ses cheveux.

— J'ai cru que c'était toi, avoua-t-elle de bonne grâce. Je suppose que c'est exactement ce qu'ils attendaient de moi. Quelle idiote je fais ! Je me déteste d'être aussi prévisible !

— Ne sois pas si sévère avec toi ! Nous venons de les percer à jour.

Pandora lui coula un regard en biais, ne sachant trop si elle devait le remercier ou se confondre de nouveau en excuses. Ni l'un ni l'autre, décida-t-elle finalement.

— Biff. C'est un coup de Biff, j'en suis sûre ! Ça lui ressemble assez, un coup aussi bas, fulmina-t-elle.

— Je ne pense pas. A moins qu'il ne manque des pierres. Il n'aurait pas pu résister à la perspective de les revendre contre un bon paquet de liquide.

— C'est exact, reconnut Pandora. Oncle Carlson alors ? Non, ce n'est pas son style de se salir les mains. Quant à

Ginger, elle aurait été trop fascinée pour songer à faire autre chose qu'à les regarder bêtement.

Pandora s'interrompit et tenta d'imaginer l'un des membres de sa famille en train de manier ses tenailles.

— Enfin, reprit-elle en triturant des petits brins d'or, peu importe qui est l'auteur de ce saccage. Le résultat est le même : à cause d'eux, ma commande est retardée de quinze jours. Et je ne réussirai jamais à reproduire ce collier à l'identique.

— Peut-être feras-tu mieux, au contraire, murmura Michael.

Pandora opina tristement, touchée par sa sollicitude.

— De toute façon, je n'ai pas le choix, je n'ai qu'à recommencer. Dis à Sweeney que je ne déjeunerai pas.

— Je vais t'aider à remettre un peu d'ordre dans tout ça, déclara spontanément Michael.

— Non.

La réponse de Pandora claqua comme un coup de fouet.

— Non vraiment, Michael, répéta-t-elle d'une voix radoucie. J'apprécie beaucoup ton offre mais j'ai besoin de m'occuper l'esprit. Et de rester seule.

Michael renonça à la convaincre. Il comprenait son désir de solitude.

— Très bien. Je te verrai pour le dîner.

Il allait franchir le seuil lorsque la voix de Pandora l'arrêta.

— Michael…

Il se retourna. Pandora semblait avoir repris le dessus.

— Peut-être Jolley avait-il raison.

— À quel sujet ?

— En cherchant bien, on devrait pouvoir te trouver une ou deux qualités.

Un sourire ironique accueillit la plaisanterie de la jeune femme.

— Oncle Jolley avait *toujours* raison, cousine. C'est la raison pour laquelle il continue à mener la danse.

Pensive, Pandora fixa la porte qui venait de se refermer sur Michael.

— Tu mènes peut-être, mais crois-moi, je ne te laisserai pas diriger ma vie, grommela-t-elle à l'intention de son interlocuteur invisible. Je resterai libre et célibataire. Mets-toi bien ça dans la tête !

Pandora n'était pas superstitieuse. Cependant, elle crut entendre le rire tonitruant de son oncle ponctuer son monologue.

Elle secoua la tête puis, après s'être retroussé les manches, se mit énergiquement au travail.

4

Après un long et fastidieux inventaire, il s'avéra qu'il ne manquait aucune pierre. Pandora n'alerterait donc pas la police. Inutile de leur faire constater que, par sa propre négligence, il n'y avait pas eu effraction. En outre, une enquête serait menée, qui donnerait une dimension particulière à ce qui n'était qu'une manœuvre d'intimidation, perpétrée par un membre de sa propre famille.

Elle voyait d'ici les gros titres :

« McVie contre McVie : une famille se dispute le testament d'un vieil excentrique ! »

Pandora cachait, sous une nature honnête et indépendante, une volonté farouche de garder secrètes les affaires de famille. C'est pourquoi si l'un des membres de sa famille, doué de mauvaises intentions, rôdait encore autour de la propriété, elle se chargerait elle-même de lui faire comprendre qu'elle jugeait insignifiant l'acte de vandalisme dont elle venait d'être l'objet. Et elle mettrait un point d'honneur à ce que personne ne sache à quel point cela l'avait, au contraire, affectée. En outre il ne fallait pas que son ennemi sache que désormais, elle resterait vigilante car elle était bien déterminée à trouver le responsable.

Michael, qui rejoignait Pandora sur tous ces points, n'avait pas contesté sa décision. Lui-même avait toujours mené en parallèle carrière et vie de famille, faisant des deux deux blocs bien distincts ; ce qui lui permettait de vivre, comme il le souhaitait, dans l'anonymat le plus absolu. Dans son milieu professionnel on ne le connaissait que comme Michael Donahue, scénariste, sans aucun lien avec le multimilliardaire Jolley McVie. Et il entendait bien conserver cet anonymat.

Chacun des deux jeunes gens s'était bien gardé de livrer à l'autre les raisons de son silence. Et c'est sans se concerter, mais poussés par la même détermination, qu'ils avaient décidé de mener leur propre enquête. Chacun s'estimant, évidemment, plus compétent que l'autre pour résoudre cette énigme. Ils évitaient donc soigneusement le sujet, prenant même garde à ne faire aucune référence à ce qui s'était passé dans l'atelier.

Après deux verres de vin et une délicieuse fricassée de poulet, Pandora se sentait plus optimiste. Après tout, la situation aurait été beaucoup plus grave si on lui avait pris ses pierres ou même ses outils de travail. Elle aurait alors été dans l'obligation de repartir plusieurs jours, voire plusieurs semaines, pour New York. Non, ce qui la dérangeait plus que tout, c'était la certitude d'avoir été épiée. Car elle ne pouvait expliquer autrement la parfaite coïncidence qui existait entre sa courte absence en ville et la mise à sac de son atelier. Cela signifiait également que quelqu'un savait qu'elle était en train de réaliser sa première commande importante.

— Je me demande, attaqua Pandora d'un ton qu'elle voulait désinvolte, si les Sanderson sont chez eux en ce moment.

— Les propriétaires de l'étang ?

Michael y avait déjà pensé. Armé d'une bonne paire de jumelles, n'importe qui pouvait facilement surveiller la maison, depuis certains points stratégiques de leur propriété.

— Ils passent pas mal de temps en Europe, non ?

— Mmm, opina Pandora en triturant ses couverts. Ils possèdent des hôtels là-bas, alors ils viennent toujours ici à l'improviste.

— Ils ne louent jamais leur maison ?

— Pas que je sache. Durant leur absence, ils la laissent à la garde de leurs employés. Maintenant que j'y pense, leur dernier séjour remonte à quelques mois. Je m'en souviens bien, précisa-t-elle en souriant, Jolley et moi avons failli nous faire prendre en train de pêcher dans leur étang. Nous avons juste eu le temps de nous réfugier dans la cabane…

Pandora s'interrompit, soudain pensive.

— La cabane…, murmura Michael. Tu veux parler de cette espèce de hutte en rondins que Jolley utilisait comme abri de chasse ? Je l'avais complètement oubliée celle-là !

Pandora haussa négligemment les épaules, faisant mine de ne pas comprendre où Michael voulait en venir.

— En tout cas, Sanderson ne nous a jamais pris sur le fait ! Oncle Jolley et moi, on se goinfrait d'abord du produit de notre pêche et ensuite on prenait la peine de lui faire parvenir le reste, bien nettoyé. Quand je pense qu'il n'a jamais daigné nous envoyer le moindre mot de remerciement !

— Aucune éducation, renchérit hypocritement Michael.

— J'ai entendu dire que sa grand-mère était serveuse dans un bar de Chelsea. Ceci expliquerait cela… Un peu de vin ?

— Non merci.

Mieux valait garder les idées claires s'il voulait mener à bien le plan qui venait de germer dans son esprit.

Pandora reposa la bouteille et lui sourit.

— Moi non plus, je n'en reprends pas. En fait, je suis très fatiguée.

— C'est bien normal, renchérit Michael, pressé de mettre son plan à exécution. Tu devrais aller te coucher, tu as besoin d'une bonne nuit de sommeil.

— Tu as raison.

Aucun des deux ne paraissait se rendre compte de l'excessive politesse avec laquelle ils se parlaient.

— Je crois que pour une fois je vais me passer de café et aller directement prendre un bon bain, annonça-t-elle en bâillant légèrement. Et toi ? Tu vas retourner travailler ?

— Non, heu… non. Je m'y mettrai tôt demain matin.

Pandora se leva, toujours souriante. Elle allait se donner une heure avant de se risquer dehors.

— Dans ce cas, je monte. Bonne nuit, Michael.

— Bonne nuit, Pandora.

Il attendrait qu'elle éteigne la lumière de sa chambre avant de se rendre sur place.

Pandora resta exactement cinquante minutes dans l'obscurité de sa chambre, à l'affût du moindre bruit. Le plus dur était de sortir sans se faire repérer. Le reste serait facile. La poignée de sa porte tourna avec un petit grincement. Pandora retint son souffle, l'oreille aux aguets. Pas un bruit. C'est maintenant ou jamais, décida-t-elle en s'emmitouflant dans son manteau. Elle fourra dans sa poche une lampe torche, deux boîtes d'allumettes et un pulvérisateur de laque. En cas de nécessité, celui-ci se révélerait aussi efficace qu'une bombe de gaz lacrymogène. Elle se faufila dans le couloir et, dos au mur, descendit lentement les marches.

En avant pour l'aventure ! se dit-elle avec la petite pointe d'excitation mêlée d'appréhension qu'elle avait si souvent connue lorsque, avec son oncle Jolley, ils jouaient à enfreindre les règles. Pandora regretta amèrement qu'il ne soit plus là. Elle inhala une profonde bouffée d'air frais, puis après avoir jeté un bref coup d'œil à la fenêtre de Michael, s'élança dans la nuit étoilée éclairée seulement par le croissant lumineux de la lune ascendante.

Elle avançait lentement, balayant du faisceau de sa lampe l'obscurité épaisse de la forêt. Elle n'avait pas peur. Au contraire, elle jouissait de l'instant, retardant le moment où, forcément bredouille, il lui faudrait regagner la maison. Attentive aux bruits, elle essayait d'en identifier l'origine. Ici, le sifflement de la bise à travers les aiguilles de pin, là le bruissement de feuilles mortes tourbillonnant sur le sol gelé. Et ce drôle de cri ? Etait-ce celui d'un renard, d'un raton laveur ou encore celui d'un ours en mal d'hibernation ?

Elle se gorgeait de cette sortie nocturne en solitaire où chacun de ses pas la guidait vers des trésors d'imagination. Toute gonflée d'une joie enfantine, elle respirait à pleins poumons les odeurs mêlées de sapin, de terre humide et de crachin annonciateur de gel.

Parvenue à un croisement, elle emprunta la voie de gauche. La cabane ne devait plus être loin à présent. Elle s'arrêta soudain, alarmée par la silhouette massive qu'elle venait de discerner. La perspective de se retrouver face à un ours brun ou à un lynx fit momentanément vaciller sa belle assurance. Le cœur battant, elle tendit l'oreille, scruta un peu plus les ténèbres. Rien. Secouant la tête, elle reprit sa marche téméraire.

Que ferait-elle si la cabane était occupée ? Quelle serait sa réaction si elle tombait nez à nez avec l'un de ses chers et dévoués parents ? Elle imagina l'oncle Carlson lisant son journal, confortablement installé au coin du feu, tandis que tante Patience trompait son ennui en essuyant frénétiquement la poussière qui devait recouvrir le mobilier rudimentaire laissé là. Si elle n'avait eu à la mémoire le souvenir de son atelier saccagé par la main haineuse d'un de ses proches, cette vision l'aurait fait rire.

Sourcils froncés, elle avança avec détermination vers la cabane qui se détachait, silhouette incertaine et lugubre, devant elle. Si quelqu'un était là, il faudrait qu'il réponde de ses actes, décida-t-elle.

Manifestement, l'endroit était désert. Elle s'approcha doucement, prenant bien soin de laisser le faisceau de sa lampe raser le sol. Le craquement sinistre des marches sous l'effet de son propre poids la fit sursauter. Elle posa une main sur sa poitrine et attendit. Lorsque les battements désordonnés de son cœur se furent enfin calmés, elle fit tourner la poignée. La porte s'ouvrit avec un grincement lugubre. Pandora compta jusqu'à dix puis, après avoir balayé la pièce de sa lampe torche, fit prudemment un pas en avant. C'est alors qu'un bras robuste lui enserra la gorge, la paralysant totalement. Elle laissa échapper sa lampe qui alla rouler sur le sol, éclairant alternativement dans sa course des pans de mur et la cheminée en pierre. Pandora cherchait à tâtons son arme de fortune dans sa poche lorsque son agresseur relâcha légèrement son emprise pour la faire pivoter.

La jeune femme, le doigt sur le pulvérisateur, regardait fixement le poing de Michael, prêt à s'abattre sur sa joue.

— Bon sang! s'écria Michael en laissant retomber son bras, qu'est-ce que tu fais là?

— Et toi? rétorqua Pandora. Qu'est-ce qui t'a pris de me sauter dessus comme ça? Je parie qu'en plus tu as cassé ma lampe!

— J'ai plutôt failli te casser le nez, oui!

Pandora rejeta ses cheveux en arrière et alla ramasser sa lampe. Michael ne devait pas voir qu'elle tremblait.

— Tu aurais quand même pu t'assurer de l'identité de l'intrus avant de vouloir le réduire en pâtée! accusa-t-elle crânement.

— Tu m'as suivi.

Pandora le regarda avec amusement. C'était encore le meilleur remède contre la peur qu'elle venait d'éprouver.

— Ne sois pas aussi prétentieux, veux-tu. Je voulais simplement m'assurer qu'il n'y avait personne ici. Je ne pouvais pas imaginer une seconde que tu te mêlerais de mes affaires.

— Moi? Je me mêle de tes affaires?

Indigné par tant d'injustice, Michael braqua le faisceau de sa propre lampe sur le visage de Pandora, obligeant celle-ci à se protéger les yeux de sa main.

— Et d'après toi, que se serait-il passé si tu avais trouvé quelqu'un? Tu l'aurais neutralisé toute seule peut-être?

Pandora repensa à la facilité avec laquelle Michael l'avait maîtrisée. Elle releva fièrement le menton.

— Je suis assez grande pour veiller sur moi toute seule, clama-t-elle en le défiant du regard.

Michael, un brin narquois, regarda d'un air moqueur le pulvérisateur que Pandora tenait toujours dans sa main.

— Je n'en doute pas. Mais peux-tu m'expliquer ce que tu fais avec une bombe de laque ?

Devant l'absurdité de la situation, Pandora ne put réprimer un gloussement. Si Jolley avait pu les voir en ce moment !

— En plein dans les yeux, précisa-t-elle de bonne grâce. C'est radical.

Michael proféra un juron avant d'éclater d'un grand rire sonore. Lui-même n'aurait pas inventé scénario plus abracadabrant.

— Si je comprends bien, je dois m'estimer heureux de ne pas avoir été victime de cette arme redoutable ?

— Contrairement à toi, j'ai bien vu que je n'avais pas affaire à un ennemi.

Pandora fourra sa bombe dans sa poche et ajouta :

— Bien, et si nous en profitions pour jeter un coup d'œil dans cette cabane ?

— C'est précisément ce que j'étais en train de faire lorsque j'ai entendu tes pas furtifs.

Pandora plissa le nez dans une moue réprobatrice.

— Il semble bien que quelqu'un soit venu ici il y a peu de temps, ajouta-t-il.

Pour preuve de ce qu'il avançait, Michael désigna la cheminée où fumaient encore des bûches à demi consumées.

— Bien, bien, acquiesça distraitement Pandora qui, ne voulant pas être en reste, se mit à son tour en quête d'indices.

La dernière fois qu'elle était venue ici, une des chaises, celle qui avait un barreau cassé, se trouvait près de la fenêtre. Son oncle s'y était assis afin de surveiller les allées et venues de Sanderson tandis qu'elle ouvrait une boîte de sardines destinée à calmer la faim qui les tenaillait. A présent, la chaise était installée près de la cheminée.

— Un vagabond, probablement, formula-t-elle à voix haute.

Michael la dévisagea un instant en silence puis opina d'un signe de tête.

— Peut-être.

— Mais peu probable, termina Pandora à la place de Michael. C'est ce que tu penses, n'est-ce pas ? Et s'ils revenaient ?

— Difficile à dire.

Tout était bien rangé. Trop bien rangé. Le sol et les meubles qui, logiquement, auraient dû être recouverts d'une épaisse couche de poussière, avaient été soigneusement nettoyés.

— Mais il se peut aussi qu'ils aient terminé ce qu'ils avaient à faire.

Pandora esquissa une moue contrariée puis se laissa tomber sur l'unique banquette qui faisait office de divan.

— J'aurais bien aimé les prendre au piège, avoua-t-elle en posant son menton entre ses mains.

— Ah oui ? ironisa Michael. Avec ta bombe de laque ?

Pandora lui adressa un regard plein de morgue.

— Tu avais une meilleure idée, peut-être ? insinua-t-elle perfidement.

— En tout cas, je pense que moi au moins, je les aurais intimidés.

— A coups de poing, probablement, commenta la jeune femme en faisant claquer sa langue. Quand donc renonceras-tu à user systématiquement de ta force ?

— Parce que toi, tu voulais juste avoir une discussion courtoise avec l'espèce d'ordure qui a mis ton atelier à sac et anéanti des heures de travail ?

Pandora était sur le point de répliquer lorsqu'elle parut changer d'avis et adressa à Michael ce petit sourire irrésistible qui le faisait craquer.

— Non, admit-elle. Ce n'était pas précisément mon intention. Toi qui as l'habitude d'écrire des histoires policières, que dirais-tu d'unir nos forces et de rechercher quelque chose qui pourrait nous mettre sur la voie ?

Michael accueillit la proposition de la jeune femme en ricanant.

— Excuse-moi, j'ai laissé ma loupe à la maison.

— Tu vois bien que tu peux être drôle lorsque tu t'en donnes la peine !

Pandora se leva et commença à balayer la pièce du faisceau lumineux de sa lampe.

— Ils ont probablement laissé traîner quelque chose qui va les trahir.

— Leur signature, peut-être ? ironisa Michael.

— Quelque chose, répéta Pandora en s'agenouillant pour vérifier sous la banquette. Ah ! J'avais raison, exulta-t-elle en ramenant un objet de dessous le meuble.

— Qu'est-ce que c'est ? s'enquit Michael soudain intéressé.

— Une chaussure, annonça triomphalement Pandora, avant d'ajouter tristement : une vieille chaussure de Jolley.

Elle apparut si vulnérable à Michael, si perdue, qu'il lui offrit les seules paroles réconfortantes qu'il pouvait prononcer.

— A moi aussi, il me manque, tu sais.

Pandora alla s'asseoir, la vieille basket sur ses genoux.

— Tu sais, quelquefois, ce que je ressens est si fort que j'ai l'impression qu'il est là, avec moi. Qu'il se cache quelque part, prêt à bondir, enchanté du bon tour qu'il nous a joué.

Cette perspective fit rire Michael. D'un geste qui se voulait affectueux et réconfortant, il se mit à frictionner le dos de Pandora.

— Je comprends parfaitement ce que tu éprouves.

La jeune femme le regarda, sceptique.

— Après tout, pourquoi pas ? murmura-t-elle comme pour elle-même.

Elle se leva brusquement et posa la basket sur le siège.

— Je vais jeter un coup d'œil dans les placards.

— Préviens-moi si tu y trouves des biscuits.

Puis croisant le regard perplexe de Pandora, il précisa :

— Il est fortement recommandé aux gens qui s'arrêtent de fumer de trouver des compensations.

— Tu devrais essayer les chewing-gums, conseilla Pandora tout en inspectant des bocaux et des boîtes de conserve soigneusement rangés sur une étagère. Il y avait là du beurre de cacahouète et une énorme boîte de caviar. Du russe. Les deux en-cas préférés de Jolley. Sa torche balaya toute une réserve de sauce tomate et de salade de fruits en conserve. A quatre-vingt-treize ans, le vieil homme avait les goûts alimentaires d'un adolescent de quinze ans.

— Ah, ah ! s'écria-t-elle soudain d'un ton victorieux.

— Tu as trouvé autre chose ?

— Une boîte de thon, dit-elle en agitant celle-ci sous le nez de Michael. C'est une boîte de thon !

— Absolument ! Tu as trouvé la mayonnaise qui va avec ?

— Ce que tu peux être bête quand tu t'y mets ! Je te rappelle qu'oncle Jolley détestait le thon.

Michael retint la remarque sarcastique qu'il s'apprêtait à faire.

— C'est vrai, concéda-t-il, et il n'était pas du genre à stocker dans ses placards quelque chose qu'il n'aimait pas.

— Exact.

— Félicitations, Sherlock. Il ne nous reste plus qu'à trouver qui, au sein de notre famille, raffole du thon en conserve.

— Tu es jaloux parce que j'ai trouvé un indice.

— Justement, c'est juste un indice, commenta Michael, légèrement vexé d'avoir été doublé par un amateur.

— Si tu pensais ne rien trouver, pourquoi es-tu venu jusqu'ici ? interrogea-t-elle avec humeur.

— Parce que j'étais persuadé de trouver quelqu'un, pas quelque chose. D'ailleurs cette boîte de thon prouve bien que j'avais raison d'y croire.

Pandora replaça bruyamment la conserve sur son étagère.

— Nous ne sommes pas plus avancés !

— Tu vois bien, ça ne servait à rien de me suivre.

— Je ne t'ai pas suivi ! riposta Pandora, en braquant sa lampe dans le dos de Michael.

Sa silhouette se détacha, trop sexy, trop dangereuse.

L'espace d'une seconde, la jeune femme se surprit à se vouloir irrésistible. Femme fatale aux pieds de laquelle cet homme se traînerait pour l'avoir.

— Tu as la mémoire courte, s'exclama-t-elle. C'est toi qui m'as suivie !

— C'est ça. Et c'est la raison pour laquelle je suis arrivé le premier.

— Ça n'a rien à voir ! répliqua Pandora, avec toute la mauvaise foi dont elle était capable. Si tu avais prévu de venir ici cette nuit, pourquoi ne m'en as-tu pas parlé au dîner ?

Michael ne répondit rien. Il s'approcha d'elle. Quelque chose, semblable à un frisson, lui parcourait l'échine à mesure qu'il s'approchait d'elle.

— Pour la même raison que toi, j'imagine. Tu n'as pas confiance en moi, je n'ai pas confiance en toi, voilà tout.

— Voilà au moins un point sur lequel nous nous rejoignons !

Au moment où elle passait devant lui, Michael la prit par le bras. Le regard de Pandora, glacial, glissa de la main qui la retenait prisonnière au visage de Michael.

— Cela devient une habitude dont tu devrais te débarrasser, Michael.

— Inutile. Il paraît qu'une habitude en chasse une autre.

Le ton sur lequel elle lui répondit contrastait étrangement avec le bouillonnement intérieur de ses veines.

— Vraiment ?

— Tu es plus accessible que je ne pensais, Pandora.

— N'en sois pas si sûr, rétorqua la jeune femme qui, dans un mouvement purement défensif, s'écarta légèrement de lui.

— Certaines femmes ont du mal à assumer leur pouvoir de séduction.

La colère qu'il vit passer dans les yeux de Pandora troubla Michael tout autant que le bref éclair de désir qu'il y avait lu dans l'après-midi.

— En revanche, toi, tu as l'air d'assumer parfaitement ton ego surdimensionné. Mais sache, mon cher Michael, que ce qui marche probablement très bien avec tes nombreuses conquêtes ne me...

— Décidément, ma vie sexuelle semble beaucoup t'intéresser.

Michael lui sourit, satisfait de voir la frustration se peindre sur son visage.

— Autant que peut m'intéresser la vie sexuelle des mammifères marins, rétorqua Pandora.

Elle se maudit de sentir son cœur s'emballer. Mais ce n'était pas de colère. Elle était trop honnête pour prétendre le contraire. Elle qui était venue, poussée par son goût de l'aventure, elle était servie !

— Il est tard, annonça-t-elle soudain sur le ton d'un professeur réprimandant un élève indiscipliné. Tu voudras bien m'excuser...

Elle amorçait un pas en avant lorsque Michael la plaqua sans ménagement dans un angle de mur.

— Je ne me suis jamais permis d'évoquer ta vie sexuelle, moi. Mais laisse-moi deviner... Je suis certain que tu fais partie de ces femmes fréquentant de pseudo-intellectuels qui préfèrent philosopher des heures sur le sexe plutôt que de le pratiquer. Je me trompe ?

— Espèce de sale prétentieux arrogant, de... !

Michael lui ferma la bouche d'un baiser, l'empêchant de poursuivre sur sa lancée.

Cette fois, il ne s'agissait plus de curiosité mais d'un baiser torride, passionné, qui frisait le désespoir. Pourtant, Pandora ne voulait pas y penser. Elle verrait plus tard. Pour l'heure, tout ce qu'elle souhaitait, c'était profiter de l'expérience. La bouche de Michael était chaude et ferme et il l'embrassait avec l'assurance des hommes qui en ont vu d'autres. Elle acceptait de lui cet aplomb machiste qui, chez d'autres, la rendait folle de rage. Elle aimait cette force qui se dégageait de lui, cette brusquerie à laquelle elle était confrontée pour la première fois. Loin des attentions délicates de ses précédents amants, Michael exigeait, attendait, donnait avec la même audacieuse brutalité.

Michael s'était attendu à ce que Pandora le remette à sa place et batte en retraite, indignée. Aussi avait-il été surpris que la jeune femme réponde aussi fougueusement à son baiser. Plus tard, il se souviendrait que jamais un simple baiser n'avait déclenché en lui un tel tumulte.

Le contraste était saisissant entre la fièvre de son corps et la douceur de ses lèvres. Se moquerait-elle de lui si elle soupçonnait le feu qui coulait dans ses veines ? Il préféra ne pas y penser et relégua ces interrogations dans un coin éloigné de sa mémoire. Pour l'heure, tout ce qu'il souhaitait, c'était se laisser guider par ses sens.

Rien n'incitait au romantisme. Le mince croissant de lune avait disparu depuis longtemps, plongeant la cabane dans une obscurité froide. Une odeur âcre de fumée et de poussière flottait dans l'air et un courant d'air glacial filtrait sous la porte. Pourtant aucun d'eux ne prêtait attention à ce qu'ils considéraient comme de petits désagréments.

Lorsqu'ils s'écartèrent l'un de l'autre, Michael vibrait encore d'émotions contenues. Il tira une certaine satisfaction du fait que Pandora semblait dans le même état que lui. Elle aussi, chancelante, avait du mal à recouvrer ses esprits. Cherchant à retrouver un semblant d'équilibre, Michael lâcha sur le mode de la plaisanterie :

— Tu disais donc…

Elle avait envie de le frapper. Elle avait envie d'étouffer sous ses baisers cet air suffisant qu'elle détestait. S'il s'imaginait qu'elle allait se traîner à ses pieds, comme les autres femmes le faisaient probablement, il se trompait lourdement ! Non, elle ne serait pas une victoire facile de plus !

— Crétin !

— J'adore la simplicité avec laquelle tu t'exprimes.

Pandora le fusilla du regard puis lâcha froidement :

— Règle numéro six : pas de relation sexuelle entre nous.

— Pas de relation sexuelle…, renchérit Michael tandis que Pandora se dirigeait dignement vers la sortie. Sauf si les deux parties sont consentantes.

Un sourire satisfait aux lèvres, il regarda Pandora claquer bruyamment la porte derrière elle.

Lorsque deux personnes vivant sous le même toit sont totalement absorbées par leurs professions respectives, il peut arriver qu'elles ne fassent que se croiser. Surtout si la maison est particulièrement grande et les personnes en question particulièrement têtues. Pandora et Michael ne se voyaient donc qu'à l'heure des repas, chacun repartant ensuite vaquer à ses propres occupations. Il ne s'agissait ni de discrétion, ni de respect mutuel. Non, chacun cherchait dans cette frénésie de travail un moyen d'éviter l'autre.

C'est ainsi que le premier mois s'acheva. Tous deux satisfaits qu'il n'en reste plus que cinq.

Au cours du deuxième mois, Michael dut regagner New York pour une journée afin d'y régler un problème professionnel.

Il quitta la maison, raide comme la justice et pestant contre cet imprévu. Pandora, elle, avait bien l'intention de profiter de son absence. Enfin, elle allait avoir la maison pour elle seule et n'aurait pas à rester sur ses gardes pendant des heures. Elle allait pouvoir faire ce qu'elle voulait sans s'inquiéter de savoir si quelqu'un allait venir la surprendre ou commenter ses actes par des piques sarcastiques. Elle s'en réjouissait d'avance !

Pourtant, lorsqu'elle eut fini de picorer dans son assiette, elle ne put s'empêcher d'aller écarter les lourdes tentures de la fenêtre pour vérifier que la voiture de Michael n'était plus là. Pas parce qu'il lui manquait, ou du moins voulait-elle s'en persuader. Simplement parce qu'elle avait pris l'habitude de vivre en sa compagnie et que son absence créait un vide.

C'était d'ailleurs bien là l'une des raisons pour lesquelles elle avait toujours voulu vivre seule. Pour éviter toute sorte de dépendance. Et la dépendance, décréta-t-elle, était inévitable dès que vous partagiez le même espace, fût-ce avec un monstre à deux têtes.

Néanmoins, elle attendait. Bien après que Sweeney et Charles furent partis se coucher, elle était toujours dans le salon, postée derrière la fenêtre, à attendre elle ne savait quoi. Elle n'était pas inquiète. Elle ne souffrait pas de solitude. Elle se sentait simplement désœuvrée. Pour tromper son ennui, et parce qu'elle n'avait pas sommeil, elle déambula un moment dans le couloir. Puis, presque sans qu'elle s'en rende compte, ses pas la conduisirent dans ce qui avait été la tanière de Jolley. « Salle de jeux » aurait été plus approprié. La décoration oscillant entre une vidéothèque de galerie marchande et les salons privés d'une boîte de nuit.

Elle s'installa dans l'un des canapés moelleux qui faisaient face à l'écran géant puis mit la console de jeu en marche. Peu lui importait le thème du jeu qui se trouvait déjà à l'intérieur, le but était de se donner l'impression d'avoir de la compagnie. C'est ainsi qu'elle passa une heure à essayer vainement de battre le précédent score que son oncle avait effectué au flipper. Le jeu suivant simulait une attaque de la planète Zarbo. Le système de défense mis au point par Pandora étant manifestement peu efficace, la planète explosa trois fois au cours de la partie. Vint ensuite un jeu d'échecs auquel la jeune femme renonça, jugeant son esprit trop apathique pour pouvoir se mesurer à un ordinateur.

Elle finit par s'allonger confortablement dans le canapé et alluma la télé pour regarder les images défiler d'un œil distrait. La nuit était bien avancée lorsque son attention fut attirée par la diffusion tardive d'une série policière. Les bras croisés sous la nuque, elle se laissa agréablement entraîner dans des poursuites infernales ponctuées de crissements de pneus et de tirs d'armes à feu.

Elle n'avait même pas remarqué Michael qui, depuis le seuil, l'observait en silence.

Après une journée éreintante et un bon moment passé dans les embouteillages, il avait songé à rebrousser chemin pour regagner New York et accepter l'invitation de son assistante de production, une jolie brune voluptueuse aux yeux de braise. Cependant, il s'était trouvé une bonne demi-douzaine d'excuses pour y renoncer. Sans savoir exactement pourquoi.

Sa première intention avait été de monter l'escalier à pas de loup et de s'écrouler dans son lit jusqu'au lendemain midi. Mais il avait vu les lumières filtrer sous la porte de la salle de jeux et entendu les éclats de voix d'une émission télévisée.

C'est ainsi qu'il avait découvert Pandora, ennemie jurée du petit écran, affalée dans un sofa, en train de suivre avec un intérêt manifeste la rediffusion d'une série policière. Intéressante d'ailleurs, songea-t-il en reconnaissant l'émission. Il se souvenait avoir produit deux ou trois scénarios pour ses producteurs, alors qu'il démarrait dans le métier.

Michael attendit la page publicitaire pour manifester sa présence.

— Sa Majesté serait-elle tombée de son piédestal ?

Pandora sursauta violemment, puis regarda par-dessus son épaule. Elle s'assit, cherchant désespérément une excuse plausible à sa présence tardive dans la salle de jeux.

— Je n'arrivais pas à dormir, dit-elle sans trahir la vérité.

Elle se garda cependant bien de lui avouer que c'était parce qu'il n'était pas là.

— Je parie que la télé a été inventée pour les insomniaques qui ne veulent pas céder aux somnifères, ajouta-t-elle.

Bien qu'épuisé, Michael prit le temps de savourer le revirement d'opinion de la jeune femme. Il s'approcha, se laissa tomber à ses côtés sur le canapé, et posa ses jambes sur la table basse de bois massif.

— Alors, qui est le coupable ? s'enquit-il.

Il soupira d'aise. C'était bon de rentrer à la maison.

— L'associé véreux.

Elle était trop contente qu'il soit rentré pour tenter de se défiler.

— Mais ce n'est pas très difficile de tout comprendre avant la fin.

— Trouver qui est l'auteur du crime n'est pas le but

dans cette série, précisa Michael. L'intérêt réside dans la façon dont l'inspecteur va manœuvrer le suspect afin qu'il se trahisse et avoue.

— Alors, comment s'est passée ta journée ? demanda Pandora feignant de se désintéresser de l'écran de télévision.

— Pas mal, répondit Michael en enlevant une de ses chaussures avec le bout de l'autre. Après des heures de discussions stériles, mon scénario reste finalement intact.

Il paraissait exténué. Au point d'être incapable de retirer sa deuxième chaussure.

— Et tout ça pour une malheureuse série d'une heure par semaine ! Il y a là dedans un mystère que je ne comprendrai jamais. Ce doit être typiquement américain, conclut-il, désabusé.

— Mais enfin, je ne vois pas où est le problème, observa Pandora. Un crime est commis, les bons pourchassent les méchants qui finissent toujours par être rattrapés. Tout cela me paraît d'une simplicité enfantine.

— Merci d'éclairer ma lanterne. J'en parlerai au cours de la prochaine réunion de production.

— Non vraiment, insista Pandora, je ne comprends pas. Tu devrais être rodé depuis le temps que tu pratiques ce métier.

— Connais-tu le sens des mots « ego » et « paranoïa » ?

Pandora esquissa un petit sourire ironique à son intention.

— Je crois, oui.

— Eh bien, ajoutes-y le fichu caractère des acteurs, la course à l'Audimat, les budgets toujours plus restreints et les exigences des patrons de chaînes, et tu verras que les choses ne sont pas aussi simples que tu le dis. C'est la triste réalité du monde du spectacle, ma vieille.

Pandora haussa les épaules.

— Drôle de façon de gagner sa vie !

— Tu as raison, approuva Michael avant de fermer les yeux en poussant un soupir.

Pandora le laissa dormir pendant une vingtaine de minutes, le temps de regarder le héros de sa série resserrer les mailles du filet autour du criminel. Satisfaite que justice soit faite, elle alla éteindre le poste de télévision et baissa l'intensité des lumières de la pièce.

Elle était tentée de laisser Michael dormir là. Il paraissait si paisible, tout d'un coup. Portée par un élan de tendresse, elle repoussa doucement une mèche de cheveux qui lui tombait sur le front. Non, s'il passait la nuit dans cette position inconfortable, il se réveillerait d'une humeur massacrante. Peut-être même attraperait-il un torticolis. Mieux valait le réveiller et l'inciter à monter se coucher. Elle lui secoua doucement l'épaule.

— Michael.

— Mmm ?

— Allons nous coucher.

— Je commençais à désespérer que tu me le demandes un jour, marmonna-t-il dans un demi-sommeil en tendant vers elle une main incertaine.

Amusée, Pandora le secoua un peu plus fort.

— Ne prends pas tes désirs pour des réalités. Allons, *cousin*, debout ! Je vais t'aider à monter les marches.

— Ce réalisateur, quel imbécile ! maugréa Michael tandis que Pandora l'aidait à se redresser.

— Je n'en doute pas une seconde. Maintenant, voyons si tu peux mettre un pied devant l'autre. Voilà, c'est bien, dit-elle d'un ton encourageant. Allons-y.

Un bras passé autour de la taille de Michael, elle le guida vers la sortie.

— Il n'a pas arrêté de discuter mon scénario.

— Je comprends que tu sois énervé. Fais attention à la marche.

— « Je verrais bien un peu plus d'émotion dans la deuxième partie. » Qu'il aille au diable ! grommela-t-il en pesant de tout son poids sur le bras de Pandora. Comme s'il y connaissait quelque chose !

— Tu as eu affaire à un débile, ce n'est pas grave.

Hors d'haleine, Pandora le tira vers sa chambre. Il était beaucoup plus lourd qu'il n'en avait l'air !

— Voilà ! Nous y sommes !

Faisant un dernier effort de volonté, elle parvint à le faire basculer sur son lit et le couvrit, tout habillé, d'un plaid qui traînait sur un fauteuil.

— Ça va ? Tu es bien installé ?

— Tu ne m'aides pas à retirer mon pantalon ? !

Pandora lui tapota doucement la tête.

— N'y pense même pas, Donahue !

— Rabat-joie !

— Merci bien ! Je ne tiens pas à faire des cauchemars toute la nuit, vois-tu !

— Ne mens pas. Tu sais bien que tu es folle de moi.

Michael grogna de satisfaction. Son lit avait un avant-goût de paradis. Il allait y passer une semaine entière.

— Tu délires complètement, mon pauvre ami, protesta Pandora. Je demanderai à Charles de te monter une bonne tasse de thé et des tartines de miel demain matin, quand tu auras recouvré tes esprits.

Michael écarquilla soudain ses yeux, pourtant lourds de sommeil, et sourit à la jeune femme.

— Pourquoi ne viens-tu pas te glisser dans mon lit ? Si tu y mets un peu du tien, je te montrerai pourquoi la vie vaut d'être vécue.

Tout doucement, Pandora se pencha vers Michael, jusqu'à ce que leurs bouches se frôlent, que leurs souffles se mêlent. Elle resta ainsi quelques secondes, jouant innocemment avec ses cheveux qui balayaient les joues de Michael.

— Plutôt mourir, susurra-t-elle avec un sourire angélique.

Michael haussa les épaules, bâilla nonchalamment et lui tourna le dos.

— D'accord.

Pandora, vexée, resta un instant dans l'obscurité, les mains sur les hanches, le regard fixé sur la masse sombre du corps de Michael. Le mufle ! Il aurait pu au moins insister !

Elle releva fièrement le menton et sortit en prenant bien soin de claquer violemment la porte derrière elle.

5

Jour après jour, à force de patience et de volonté, Pandora refit le collier d'émeraudes. Sans aucune complaisance, ni fausse modestie, elle jugea le résultat parfait. Il lui arrivait parfois de ne ressentir aucune émotion, aucune fierté particulière à la réalisation d'une pièce. Avec ce collier, les deux sentiments se mêlaient étroitement. Elle l'examina à la loupe, puis l'exposa à la lumière crue d'une lampe afin de procéder à une dernière vérification. Elle n'y décela aucun défaut.

Elle enveloppa alors son œuvre d'un papier de soie et la déposa religieusement dans un écrin de velours rouge. Ce collier était né de son imagination, avait été conçu de ses propres mains, pourtant il ne lui appartenait déjà plus.

Ce travail achevé, qu'allait-elle bien pouvoir faire ? Elle balaya l'atelier du regard, à la recherche d'une source d'inspiration. Elle s'était tellement investie dans cette parure, y consacrant tout son talent, toute sa sensibilité ! Incapable de rester inactive, elle s'empara de son carnet et réfléchit à ce qu'elle pourrait dessiner.

Des boucles d'oreilles, peut-être. Quelque chose de clinquant, loin du raffinement et du romantisme de sa précédente création. Elle avait envie d'un bijou différent, léger cette fois. Elle entrevoyait des formes géométriques, résolument modernes, sans une once de romantisme.

Du romantisme. D'une main sûre, presque nerveuse, elle commença à esquisser des lignes fortes, définitives. Elle avait passé de longues heures sur un bijou qui incitait au romantisme. Voilà ce qui expliquait son attitude ridicule. Elle s'était tout bêtement laissé gagner par les émotions inspirées par ce travail si particulier. Mais avec cette nouvelle création, qu'elle voulait délibérément tape-à-l'œil, tout rentrerait dans l'ordre, décida-t-elle, satisfaite.

Les mâchoires contractées, pleine d'une franche détermination, elle tourna la page et commença à dessiner. Ses sentiments pour Michael avaient toujours été très clairs. Il ne s'agissait pas entre eux de réelle séduction. Plutôt de curiosité. Oui, c'était cela : une espèce de curiosité malsaine. Le mot était parfaitement choisi. Elle avait manifesté une curiosité toute naturelle à aller voir ce qui, chez un homme qu'elle connaissait depuis l'enfance, attirait tant de femmes. Et elle avait compris.

Il possédait ce don rare de faire croire à une femme qu'elle était unique, qu'elle lui était indispensable et qu'il se soumettait à sa seule volonté. C'était un sentiment nouveau qu'aucun homme ne lui avait fait ressentir et qu'elle n'avait d'ailleurs jamais recherché. Une sorte de talent que Michael s'était appliqué à affûter au fil des années et au gré de ses innombrables conquêtes. Si Pandora ne pouvait le blâmer pour cela, elle possédait, fort heureusement, suffisamment de discernement pour ne pas tomber dans le piège. Inutile que Michael sache, soupçonne même, qu'elle avait eu les mêmes réactions que les autres. Elle ne lui ferait jamais ce plaisir.

L'individualisme était un trait dominant du caractère de Pandora. Pour cette raison, elle refusait de venir grossir le rang des nombreuses maîtresses de Michael. Et à présent que sa curiosité était satisfaite, elle était bien déterminée à franchir le cap des cinq prochains mois sans la moindre complication de ce genre. Avoir découvert en Michael un être humain tout à fait acceptable et un compagnon agréable ne changerait rien à sa volonté farouche de ne pas céder à ses avances.

Pandora considéra avec perplexité la dernière touche qu'elle venait de mettre à son dessin. Le portrait de

Michael était criant de vérité. Elle n'avait eu aucun mal à restituer l'arrogance de son regard, la sensualité de ses lèvres. L'intelligence qui émanait du visage qu'elle venait d'esquisser la laissa sceptique. Elle déchira la page et en fit une boule qu'elle lança dans la poubelle. Son esprit avait divagué, voilà tout !

Pandora reprit son crayon, le reposa. Il était grand temps de chasser Michael de ses pensées et de consacrer toute son énergie à son art !

De son côté, Michael tentait sans grand succès de se mettre au travail. Assis à son bureau, il pianotait comme un fou sur son clavier pendant cinq minutes, puis bayait aux corneilles les quinze minutes suivantes. Cela ne lui ressemblait pas. Il mettait habituellement tout son sérieux et sa compétence dans l'écriture de ses scénarios, ne s'arrêtant que lorsque la scène imaginée était bouclée et mise en forme.

Il se renversa dans son siège et laissa courir ses doigts le long d'un stylo. Il n'aurait jamais dû s'arrêter de fumer. Car c'était bien ce qui le rendait si nerveux. En proie à une vive agitation, il se leva et alla jusqu'à la fenêtre. Son regard se porta naturellement sur l'atelier de Pandora, dont le toit était saupoudré d'une fine couche de neige. Les rideaux étaient tirés.

S'il voulait vraiment être honnête, il devait reconnaître que c'était Pandora qui était à l'origine de son extrême nervosité.

Elle était différente de ce qu'il avait imaginé. Plus douce. Plus tendre. Plus chaleureuse aussi. Il la trouvait drôle, même si, quelquefois, son tempérament belliqueux manquait de lui faire perdre patience. Il appréciait même sa conversation, car Pandora ne parlait jamais pour ne rien dire.

Il lui était difficile d'admettre qu'en fait, il aimait beaucoup sa compagnie. Les semaines qu'ils venaient de partager avaient filé à toute allure, sans même qu'il s'en rende compte. Non, il n'était pas facile d'admettre qu'il aimait vivre sous le même toit que Pandora, et encore moins qu'il avait décliné l'invitation de son assistant de production parce que... Parce qu'il n'avait pas voulu passer la nuit avec une femme, quand ses pensées le portaient vers une autre.

Comment allait-il pouvoir gérer cette attirance aussi indésirable qu'inattendue, alors que l'objet de ses pensées n'aspirait qu'à tourner en dérision l'intérêt qu'il lui manifestait ?

Romantique dans l'âme, Michael avait toujours été attiré par des femmes qui lui ressemblaient. Il n'éprouvait aucune honte à avouer qu'il adorait les dîners aux chandelles, la musique douce et les longues promenades au clair de lune. Il courtisait les femmes de manière un brin désuète, même si, paradoxalement, il épousait la cause féministe. Il manifestait en faveur de la parité tout en étant capable de proposer à sa conquête du moment une promenade en calèche.

Un incorrigible romantique mais qui se garderait bien de faire envoyer une douzaine de roses blanches à Pandora. Celle-ci serait bien capable de lui rire au nez.

Michael la désirait. Il était trop sensuel pour prétendre le contraire. Et lorsqu'il voulait quelque chose, il avait deux façons d'y parvenir. Il réfléchissait d'abord au meilleur moyen d'approcher, puis manœuvrait tout en douceur jusqu'à atteindre le but fixé. Si cette tactique ne marchait pas, alors il n'hésitait pas à prendre les choses à bras-le-corps et à se montrer plus direct. Jusqu'à présent, les deux méthodes s'étaient révélées efficaces. Mais il savait que Pandora resterait indifférente à l'une comme à l'autre.

Michael décida en souriant que le défi n'en serait que plus intéressant. Après tout, il n'avait qu'à essayer d'échafauder un nouveau scénario, dont Pandora et lui seraient les personnages principaux.

Les deux héros vivent sous le même toit. En tout bien tout

honneur, commença Michael. Même s'ils n'osent s'avouer l'attirance qu'ils éprouvent l'un pour l'autre. Le héros est intelligent, séduisant. Très volontaire aussi : cela fait cinq semaines, trois jours et quatorze heures qu'il a arrêté de fumer. L'héroïne, elle, est têtue et opiniâtre. Confond souvent arrogance et indépendance. A force de patience, le héros parvient peu à peu à percer la fragile carapace de l'héroïne. A leur grande satisfaction mutuelle.

Michael se carra dans son fauteuil, sourire aux lèvres. Il tenait là sa troisième méthode. Il allait jouer son rapprochement comme dans une pièce, mais tout en laissant la part belle à l'improvisation.

Satisfait et impatient de passer à la scène suivante, Michael se remit au travail avec frénésie, retrouvant tout l'entrain qui lui avait momentanément fait défaut.

Deux heures s'étaient écoulées lorsque de petits coups frappés à la porte le tirèrent de la profonde concentration dans laquelle il était plongé. Il répondit par un grognement.

— Je vous demande pardon, Monsieur Donahue.

Charles se tenait sur le seuil, légèrement essoufflé par la montée des marches.

Michael émit un nouveau grognement sans lâcher des yeux le paragraphe qu'il était en train de rédiger.

— Oui, Charles ? demanda-t-il distraitement.

— Un télégramme pour vous, Monsieur.

Perplexe, Michael fronça les sourcils et fit pivoter son fauteuil. S'il y avait un problème à New York, comme cela arrivait au moins une fois par semaine, le moyen le plus rapide de le régler était de le faire par téléphone.

— Un télégramme ? Merci, dit-il en prenant la missive des mains de Charles. Pandora est toujours dans son atelier ?

— Oui, Monsieur.

Charles saisit l'occasion qui lui était donnée de reprendre son souffle.

— Sweeney est un peu contrariée que Mlle Pandora ait sauté le déjeuner, précisa-t-il. Le dîner sera servi dans une heure. J'espère que cela ne perturbera pas votre emploi du temps.

Michael savait par expérience que, s'il voulait la paix, mieux valait obéir aux ordres de la vieille gouvernante.

— C'est parfait, Charles. Je serai à l'heure.

— Merci, Monsieur. Si je peux me permettre, j'adore votre série. L'épisode de cette semaine était particulièrement passionnant.

— Je suis très touché, Charles.

— J'avais l'habitude de la regarder chaque semaine en compagnie de M. McVie. Il ne la ratait jamais.

— Vous savez, c'est un peu grâce à lui si la série a vu le jour. Il me manque.

— Il nous manque à nous aussi. La maison est si calme sans lui ! Mais je…

Charles rougit légèrement, hésitant à poursuivre.

— Oui, Charles ? l'encouragea Michael qui devinait que le vieil homme craignait de se montrer trop familier.

— Sweeney et moi tenions à vous dire que nous sommes très heureux de rester à votre service et à celui de Mlle Pandora. Nous avons été soulagés d'apprendre que M. McVie vous léguait la maison. Les autres…

Le vieux majordome se raidit un peu et se lança d'un trait.

— … Les autres n'auraient pas convenu. Sweeney et moi avions décidé de donner notre démission si toutefois M. McVie avait laissé « La Folie » à d'autres héritiers que vous.

Charles croisa ses doigts noueux et conclut sur un ton solennel :

— Y a-t-il quelque chose que je puisse faire avant le dîner, Monsieur ?

— Non, Charles. Merci.

Télégramme en main, Michael regarda le vieil homme se retirer sans bruit. Il le connaissait depuis l'enfance et se souvenait avec précision du jour où Charles avait cessé de l'appeler « Monsieur Michael ». Il venait d'avoir seize ans et était venu à « La Folie » pour les vacances d'été.

Charles lui avait alors donné du « Monsieur » tout court, le faisant brutalement basculer du monde de l'adolescence dans celui des adultes.

Il était étrange de voir à quel point sa vie était liée à cette demeure et aux gens qui y vivaient. C'était Charles, encore, qui lui avait solennellement servi son premier whisky lors de son dix-huitième anniversaire. Quant à Sweeney, c'est elle qui, des années auparavant, lui avait administré sa première correction. Ses parents ne s'étant jamais préoccupés de son éducation et ses précepteurs n'ayant jamais osé lever la main sur lui, cette marque d'intérêt, aussi cuisante fût-elle, lui avait donné l'impression de s'être trouvé une famille.

Il se souvenait de Pandora comme d'une véritable peste doublée d'une adolescente pleine d'originalité et de fantaisie. Deux traits de caractère qu'elle avait manifestement gardés.

Quant à Jolley…

Jolley avait été le père, le grand-père, l'ami, le frère, le fils, même. Jolley était Jolley et Michael était sincère lorsqu'il avait dit à Charles que son vieil oncle lui manquait. Il lui manquerait d'ailleurs toujours.

Plongé dans ses souvenirs, Michael ouvrit distraitement le télégramme.

« Votre mère gravement malade. Médecins pessimistes. Prendre premier vol pour Palm Springs. L. J. KEYSER. »

Sceptique, Michael fixa le télégramme. C'était impossible. Sa mère n'était *jamais* malade. Elle considérait même la maladie comme un fléau social. Michael encaissa le choc, encore perplexe.

Lorsque Pandora le rejoignit dans sa chambre quinze minutes plus tard, il était en train d'entasser des vêtements pêle-mêle dans un sac de voyage. La jeune femme leva un sourcil étonné et s'adossa contre le chambranle de la porte.

— Où vas-tu ? s'enquit-elle après s'être éclairci la gorge.

Michael fourra hâtivement sa trousse de toilette dans son sac.

— A Palm Springs.

Pandora croisa négligemment les bras sur sa poitrine.

— Vraiment ? Une envie subite de climat plus clément, peut-être ?

— C'est ma mère. Je viens de recevoir un télégramme.

Instantanément, Pandora laissa tomber le ton sarcastique qu'elle avait adopté. Elle entra dans la chambre et demanda, pleine de compassion :

— Elle est malade ?

— D'après le télégramme, c'est grave, mais je n'en sais pas plus.

— Oh, Michael, je suis désolée ! Je peux faire quelque chose ? Veux-tu que j'appelle l'aéroport ?

— Merci, c'est fait. J'ai un vol dans deux heures.

Se sentant bêtement impuissante, Pandora regardait Michael fermer nerveusement son sac.

— Je peux te conduire à l'aéroport, si tu veux, proposa-t-elle d'une voix douce.

— Je vais me débrouiller. Merci quand même.

Il passa machinalement une main dans ses cheveux et regarda la jeune femme comme s'il venait soudain de remarquer sa présence. Elle paraissait sincèrement inquiète, bien qu'elle n'ait rencontré sa mère qu'une fois, il y avait de cela dix ou quinze ans.

— Pandora, le voyage jusqu'à Palm Springs va me prendre une bonne partie de la nuit. Et ensuite, je ne sais pas...

La voix de Michael se brisa. Il était incapable d'envisager le pire.

— Il est possible que je ne sois pas de retour à temps. Je veux dire... d'ici vingt-quatre heures, précisa-t-il.

Pandora secoua la tête.

— Je t'interdis de penser à ça, Michael. J'appellerai Fitzhugh et je lui expliquerai. Peut-être pourra-t-il faire quelque chose. Après tout, il s'agit d'un cas de force majeure. Et si ce n'est pas possible, eh bien tant pis !

A cause de lui, Pandora allait peut-être perdre des millions de dollars. Des millions de dollars et une maison qu'elle chérissait par-dessus tout. Bourrelé de remords, Michael s'approcha d'elle et posa une main affectueuse sur son épaule. Elle était si mince ! Il avait oublié à quel point les femmes qui se veulent fortes peuvent être fragiles.

— Je suis vraiment navré, Pandora. Crois bien que si je pouvais faire autrement...

— Michael, je t'ai déjà dit que je me fichais pas mal de cet argent ! C'est la vérité !

Il l'observa un instant en silence. Il reconnut sur ses traits ce mélange de force, d'obstination et de bonté qu'il avait si facilement oublié et qui faisait d'elle un être à part.

— Je sais, murmura-t-il.

— Quant au reste, nous verrons plus tard. Vas-y vite avant de rater ton avion.

Attentive, elle l'accompagna jusqu'à l'escalier de l'étage.

— Si tu peux, passe-moi un coup de fil pour me tenir au courant.

Michael opina, amorça un pas vers la première marche et s'arrêta net. Il posa son sac par terre, revint vers Pandora et la serra contre lui. Le baiser qu'il lui donna fut aussi bref que passionné. Puis brusquement, il la lâcha et lui tourna le dos.

— A bientôt.

— A bientôt, répéta Pandora, la gorge nouée par l'émotion.

Telle une statue de sel, elle resta figée dans la même posture jusqu'à ce qu'elle entende claquer la porte d'entrée.

Rêveuse, elle repensa au baiser de Michael durant son dîner en solitaire, puis, plus tard devant le feu qui crépitait joyeusement dans la cheminée. Il lui sembla avoir ressenti, dans cette brève étreinte, plus de passion qu'elle n'en avait jamais connu avec ses amants de passage. Etait-ce parce qu'elle avait toujours volontairement limité sa passion à son seul métier ?

Ce qu'elle avait éprouvé dans les bras de Michael n'était peut-être que de la compassion pour un homme qu'elle avait senti désemparé. Car il était bien connu que, des émotions, naissent d'autres émotions. Mais comment expliquer alors ce sentiment de solitude qui l'étreignait pour la deuxième fois, alors que Michael était absent ? Pourtant, le feu était joyeux, le livre ouvert sur ses genoux, passionnant, et le sherry qu'elle sirotait, réconfortant. Malgré cela, elle se sentait seule. En un peu plus d'un mois, elle était devenue ce qu'elle avait toujours redouté : une femme dépendante. Aussi étrange que cela puisse paraître, elle avait fini par goûter à la compagnie de son colocataire. Elle appréciait sa présence à ses côtés durant les repas, les discussions interminables au cours desquelles ils n'arrivaient jamais à se mettre d'accord. Pandora adorait tout particulièrement le pousser à bout, sachant qu'il suffisait pour cela d'orienter la conversation vers son métier. Perverse ? Peut-être. Mais la vie était si ennuyeuse si on ne la pimentait pas un peu ! En outre, elle avait trouvé en Michael Donahue le partenaire idéal pour ces joutes verbales.

Elle se demanda quand elle le reverrait. Et s'ils allaient passer l'hiver ensemble. En effet, si les termes du contrat étaient rompus, quelles raisons auraient-ils de rester sous le même toit ? D'ailleurs, ils n'auraient légalement plus le droit d'habiter « La Folie ». Tous deux regagneraient New York et leurs occupations respectives et ne se reverraient sans doute jamais. Pandora comprit alors à quel point elle souhaitait que cela ne se produise pas.

Elle ne voulait pas perdre cette demeure. Tant de souvenirs importants y étaient liés ! Ne s'effaceraient-ils pas à jamais de sa mémoire si on lui retirait le droit d'arpenter les pièces de cette maison, comme elle l'avait toujours fait ? Elle ne voulait pas non plus perdre Michael. Enfin, plus exactement sa compagnie, se corrigea-t-elle trop vivement. Car il était bien plus agréable qu'elle ne l'imaginait d'avoir quelqu'un sous la main en toutes circonstances. La vie redeviendrait d'une terrible monotonie si elle perdait ce goût du défi permanent. Et comme celui-ci était lié à Michael, il était normal qu'elle ne veuille pas se séparer de lui.

Pandora poussa un profond soupir et referma son livre. Une longue nuit de sommeil lui serait plus profitable que de vaines suppositions. Alors qu'elle tendait la main vers l'interrupteur, la lampe s'éteignit d'elle-même, plongeant la pièce dans une quasi-obscurité trouée seulement par les flammes vacillantes du feu.

Bizarre, se dit-elle en actionnant en vain l'interrupteur. C'est peut-être propre à cette pièce.

Mais lorsqu'elle parvint dans le couloir, là aussi, l'obscurité était totale. Les lampes de l'escalier, qui restaient habituellement allumées, étaient éteintes. Elle fit une nouvelle tentative qui resta aussi vaine que les autres.

Il devait s'agir d'une coupure de courant, décida-t-elle, ne sachant trop quoi faire. Pourtant, il n'y avait pas d'orage. Et s'il était vrai que le compteur électrique disjonctait facilement en cas de tempête de neige ou de gros orage, il suffisait de quelques secondes à peine pour que le groupe électrogène prenne le relais. Pandora attendit quelques minutes. Rien. La maison restait désespérément plongée dans le noir. Elle s'apprêtait à aller chercher une bougie pour pouvoir rejoindre sa chambre lorsqu'elle se souvint que le chauffage était électrique. Si elle ne tentait pas quelque chose, la température allait devenir rapidement intolérable. Elle ne pouvait décemment pas laisser deux personnes âgées mourir de froid sous son propre toit !

Contrariée, elle alla fouiller dans la grande armoire du salon et, par chance, y dénicha une boîte de bougies. Elle en sortit deux qu'elle alluma. Inutile de réveiller Charles pour le traîner à sa suite dans la cave. Elle arriverait bien à changer seule quelques fusibles ! Une bougie dans chaque main, Pandora emprunta les couloirs qui menaient au sous-sol.

Elle ne craignait pas de descendre seule à la cave. Du moins, la main sur la poignée, essayait-elle de s'en persuader. Après tout, ce n'était qu'une pièce comme une autre. Si elle avait bonne mémoire, c'était là que Jolley reléguait les objets dont il avait fini par se lasser. Et là aussi que se trouvait le disjoncteur. Elle l'avait repéré un jour où elle avait aidé Jolley à entreposer des cartons renfermant le matériel photographique sophistiqué dont il n'avait plus besoin, ayant abandonné l'idée de devenir un grand photographe.

Elle allait donc descendre, changer les fusibles, puis dès que la lumière et le chauffage seraient rétablis, elle se coulerait dans un bain bien chaud et irait se coucher.

Pandora prit une profonde inspiration et ouvrit la porte.

Comme elle s'y attendait, comme dans toute cave qui se respecte, les marches étaient trop hautes et trop étroites. La lumière vacillante des bougies projetait sur les murs les ombres inquiétantes de tout le bric-à-brac hétéroclite entreposé là. Il lui faudrait demander à Michael de l'aider à mettre un peu d'ordre dans tout ça, songea-t-elle en atteignant la dernière marche.

Elle savait que les souris affectionnaient l'obscurité des caves froides et humides et redoutait de croiser la route de l'une d'entre elles. Elle contourna précautionneusement deux énormes caisses, se heurta au vélo d'appartement que Jolley avait acheté un jour pour se maintenir en forme. Elle distingua face à elle les étagères sur lesquelles étaient pieusement conservées des bouteilles qui avaient contenu des nectars hors de prix. A côté de l'une d'elles se trouvait le disjoncteur. Soulagée, elle plaça ses bougies sur une pile de cartons et ouvrit la grosse boîte métallique. Aucun des fusibles n'était à sa place.

Comment était-ce possible ? En s'approchant un peu plus, elle sentit quelque chose rouler sous son pied. Elle sursauta et réprima son envie de hurler et de prendre ses jambes à son cou. Elle retint son souffle, puis ayant retrouvé un semblant de sang-froid, elle s'accroupit et éclaira le sol de sa bougie. A ses pieds étaient dispersés une douzaine de fusibles. Elle en prit un qu'elle fit rouler dans la paume de sa main. Ça n'était certainement pas l'œuvre des souris !

Elle ignora le frisson qui lui parcourut l'échine et s'activa à rassembler tous les fusibles. Quelqu'un avait voulu lui jouer un mauvais tour. Ce n'était pas drôle, certes, mais en tout cas moins destructeur que celui qu'on lui avait réservé dans son atelier. Quelle blague idiote ! songea-t-elle en replaçant chaque fusible dans son compartiment. N'importe quel attardé mental aurait su faire ça ! Le coupable, quel qu'il soit, n'avait fait que perdre son temps. Ni plus ni moins.

Lorsqu'elle eut terminé, elle ne s'attarda pas et grimpa les marches quatre à quatre. Mais elle s'était réjouie trop vite. La porte qu'elle avait pris soin de laisser grande ouverte, était à présent verrouillée. L'espace de quelques secondes, elle refusa d'y croire. Elle fit tourner la poignée, s'arc-bouta contre la porte, la poussa de toutes ses forces, fit de nouveau jouer la poignée. Pandora céda soudain à la panique : on l'avait enfermée là, dans cette cave humide et obscure. Elle hurla, implora, tambourina en vain sur la porte. Personne ne pouvait l'entendre. Sweeney et Charles se trouvaient à l'autre bout de la maison. Elle se laissa tomber sur la dernière marche, le corps secoué de sanglots. Le froid, devenu plus intense, la fit frissonner de plus belle. Elle était seule. Toute seule dans ce lieu hostile où on ne la retrouverait pas avant le lendemain. D'ici là... Les bougies se seraient consumées et elle devrait rester dans l'obscurité totale. Cette perspective lui donna du courage. D'un revers de main rageur elle essuya ses larmes. Quelle idiote elle faisait ! Ne venait-elle pas de remettre les fusibles en place ? Elle actionna l'interrupteur qui se trouvait en haut des marches. Mais rien ne se produisit. Elle leva sa bougie vers la douille qui pendait du plafond. L'ampoule avait été retirée. Finalement, la plaisanterie n'était pas si innocente que ça ! Elle refoula la nouvelle vague de panique qu'elle sentait monter en elle et tenta de réfléchir. Le ou les malfaiteurs voulaient la rendre folle ? Eh bien, elle ne leur ferait pas ce plaisir ! Et lorsqu'elle mettrait la main sur le membre de sa famille qui jouait à des jeux aussi malsains, alors...

Mais pour l'heure, il lui fallait trouver un moyen de sortir de ce trou à rats. Elle mit ses tremblements sur le compte de la colère. Il y avait des circonstances où se mentir à soi-même était utile. Elle rassembla tout son courage et se força donc à redescendre les marches, à la lueur des deux bougies.

Cette cave était deux fois plus grande que son appartement de New York. Elle chassa les images d'insectes et de mammifères hostiles qui lui traversaient l'esprit puis, tentant de garder son calme, plongea dans l'immensité de la pièce, à la recherche d'une sortie possible. La cave, creusée à plusieurs mètres sous terre, ne possédait aucune porte donnant sur l'extérieur. Comme un tombeau. Terrifiée par cette comparaison, Pandora chercha à se concentrer sur autre chose et à ignorer la moiteur de ses mains.

Elle commençait à se détendre légèrement lorsqu'elle sentit sur sa peau la caresse repoussante d'une toile d'araignée. Elle poussa un cri puis, plus dégoûtée qu'effrayée, brossa de la main les fils de l'insecte indésirable. Cette fois, elle renonça à se moquer d'elle-même. Il fallait qu'elle trouve une solution. Et vite !

C'est alors qu'elle vit la lucarne, à environ deux mètres du sol. Pandora chancela presque de soulagement. Elle posa délicatement ses bougies à proximité, puis entreprit de traîner des caisses jusque sous l'ouverture. Elle fit plusieurs allers-retours, tirant, empilant, ignorant ses muscles douloureux et son dos meurtri. Lorsque son échelle de fortune fut achevée, elle s'adossa contre le mur, en nage, pour reprendre des forces. Maintenant, il ne lui restait plus qu'à grimper. Munie d'une des deux bougies, elle se hissa sur la première caisse. Puis sur la deuxième. La flamme vacilla, le bois craqua. Si elle tombait, elle se romprait le cou et devrait rester sur ce sol en béton gelé jusqu'à ce qu'on vienne la sortir de là. Pandora gravit la troisième caisse, rejetant farouchement une telle éventualité.

Lorsque, en équilibre précaire sur la dernière caisse, elle atteignit enfin le vasistas, ce fut pour constater que le petit verrou rouillé qui le fermait résistait à sa pression. Jurant, priant, elle posa sa bougie à ses pieds et poussa de ses deux mains. Le loquet bougea légèrement. Si au moins, elle avait eu l'idée de prendre un outil avec elle ! Elle songea un instant à redescendre pour en chercher un, mais le coup d'œil qu'elle jeta par-dessus son épaule l'en dissuada. D'où elle était, son échafaudage paraissait encore plus instable !

Pandora redoubla alors d'efforts surhumains, jusqu'à ce qu'enfin, dans un grincement sinistre, le verrou glisse dans son pêne. Impuissante, elle n'eut que le temps de voir sa bougie tomber et s'écraser sur le sol, sa minuscule flamme s'éteignant aussitôt à terre. Pandora faillit prendre le même chemin, mais parvint, au prix d'un ultime effort, à se maintenir en équilibre. Elle était perchée à plusieurs mètres du sol, dans l'obscurité la plus totale !

Elle ne tomberait pas ! Elle s'en faisait le serment ! se dit-elle dans un accès de rage.

D'une main, elle agrippa fermement le rebord de la fenêtre, tandis que de l'autre, elle relevait la vitre. Se fiant à ses sens aiguisés, elle se faufila à l'aveuglette dans l'étroite ouverture. La bouffée d'air frais qu'elle reçut en plein visage lui fit presque tourner la tête. Le cri perçant d'un oiseau nocturne déchira le silence de la nuit. Ivre de joie, elle songea qu'elle n'avait jamais rien entendu de plus beau !

Elle empoigna la cime d'un rhododendron et se hissa dehors jusqu'à la taille, juste avant que la pile de caisses ne s'effondre avec fracas sous ses pieds. Elle rampa un peu plus jusqu'à sentir enfin sur sa joue la douce caresse de l'herbe froide. Elle s'allongea sur le dos et contempla le ciel étoilé.

Transie de froid, contusionnée, épuisée, elle gisait, inerte, s'appliquant juste à retrouver son souffle. Lorsque, enfin, elle s'en sentit la force, elle se releva et se dirigea vers les portes des terrasses est.

Elle se vengerait. Mais dans l'immédiat, elle allait se plonger dans un bain.

Après avoir transité dans trois aéroports différents et changé deux fois d'avion, Michael arriva enfin à Palm Springs. Rien n'avait changé dans la petite ville de son enfance. Il fut soudain assailli de remords en songeant à sa mère malade.

Il avait le sentiment qu'elle et lui n'avaient fait que se croiser tout au long de leur vie. En vérité, elle ne s'intéressait pas plus à lui qu'il ne s'intéressait à elle. Mais elle était sa mère. Du plus loin qu'il s'en souvenait, ils ne s'étaient jamais compris. Très tôt, elle s'était déchargée de ses responsabilités maternelles, payant un personnel qu'elle jugeait plus compétent qu'elle en la matière. C'est ainsi que Michael avait grandi, sevré d'une affection indispensable au bon équilibre d'un enfant.

Muni de son sac de voyage, Michael dépassa la foule qui patientait déjà devant le tapis roulant des bagages et sortit de l'aérogare. Il héla un taxi et, après avoir indiqué l'adresse au chauffeur, s'enfonça dans son siège tout en consultant nerveusement sa montre. Il avait probablement raté l'heure des visites. Tant pis ! Il parviendrait bien à convaincre le personnel en place de l'urgence de sa requête. Restait à savoir dans quel hôpital était sa mère. Si son beau-père était à son chevet, les domestiques sauraient bien le renseigner.

Michael n'arrivait toujours pas à croire à la gravité de son cas. Après tout, sa mère était encore jeune. Il réalisa brutalement qu'il ne connaissait même pas son âge exact. En d'autres circonstances, il aurait trouvé ça drôle.

A bout de patience, il regarda défiler par la vitre les grilles qui délimitaient la propriété. Des raisons professionnelles l'avaient longtemps obligé à rester en Californie, mais il avait toujours préféré Los Angeles à Palm Springs. La ville, tentaculaire, vibrait d'un mouvement perpétuel. Pourtant, c'est à New York qu'il aimait vivre. Il se sentait en parfaite osmose avec la vie frénétique qu'elle avait à offrir.

Il repensa à Pandora. Elle aussi habitait New York,

pourtant ils ne s'y croisaient jamais. Et c'était ce qui plaisait tant à Michael : l'anonymat qu'offrait cette mégapole qui pouvait vous avaler ou vous cacher des autres. N'était-ce pas la raison qui l'avait poussé à s'y installer ? Ce besoin viscéral d'échapper à l'éducation rigide qu'il avait reçue, de fuir le manque de foi en la race humaine ?

New York lui apportait un sentiment de sécurité semblable à celui qu'il ressentait lorsqu'il séjournait à « La Folie ». En outre, il pouvait s'y perdre, s'il en éprouvait le besoin. Il passait le plus clair de son temps à imaginer des histoires où le héros était un homme souvent primaire mais pourvu d'un sens aigu de la justice. Car Michael, élevé dans l'illusion qu'offre l'argent, était devenu un adulte sensible aux vraies valeurs. Très tôt, il avait rompu avec ce monde superficiel qui ne lui correspondait pas pour vivre selon ses propres valeurs. New York lui avait permis de gommer à jamais cette éducation qu'il avait toujours rejetée.

Le taxi remonta lentement l'allée bordée de palmiers qui conduisait à l'imposante demeure blanche où sa mère avait choisi de vivre. Michael revit soudain la mare tapissée de nénuphars dans laquelle vivaient des poissons rouges aussi gros que des mérous.

— Attendez-moi ici, ordonna-t-il au chauffeur.

Il gravit quatre à quatre les marches qui menaient au perron et tambourina à la porte. Il n'avait jamais vu le majordome qui vint lui ouvrir. Sa mère avait coutume de changer les membres de son personnel avant, disait-elle, « qu'ils ne sombrent dans une familiarité vulgaire ».

— Je suis Michael Donahue, le fils de Mme Keyser, annonça-t-il précipitamment.

Le majordome toisa d'un regard perplexe le nouvel arrivant.

— Bonsoir, Monsieur. Etes-vous attendu ? s'enquit-il d'un ton obséquieux.

— Où est ma mère ? Il faut que j'aille tout de suite à l'hôpital !

— Madame s'est absentée, Monsieur Donahue. Si vous

voulez bien patienter un instant, je vais voir si Monsieur peut vous recevoir.

Peu décidé à supporter les manières affectées du majordome, Michael fit un pas dans l'entrée.

— Je sais bien que ma mère n'est pas là ! rétorqua-t-il à bout de patience. Je veux juste connaître le nom de l'hôpital où on l'a emmenée !

Impassible, le serviteur inclina légèrement la tête.

— Quel hôpital, Monsieur Donahue ?

— Jackson, que fait ce taxi devant la maison ?

Vêtu d'une veste de smoking rose pâle, un cigare dans une main et un verre dans l'autre, Lawrence Keyser venait d'apparaître en haut du monumental escalier de marbre.

— Manifestement, vous n'avez pas l'air de trop vous en faire, attaqua Michael, furieux du peu de cas que son beau-père semblait faire de la situation. Où est ma mère ?

— Vous êtes... Vous êtes... Matthew ! C'est bien ça ?

— Non. Michael.

— Michael, bien sûr ! Jackson, allez payer le taxi de M., M... Donovan.

Michael arrêta le majordome d'un geste de la main. En d'autres circonstances, il aurait trouvé drôle que son beau-père ne sache même pas son nom.

— Non merci, Jackson. J'en ai besoin pour me rendre à l'hôpital. Je ne voudrais surtout pas vous déranger, conclut-il d'un ton sarcastique à l'adresse de Lawrence.

— Mais vous ne me dérangez pas du tout !

Le visage de Keyser se fendit d'un large sourire.

— Veronica va être ravie de vous voir, surtout qu'elle ne s'attend pas à votre visite. Combien de temps comptez-vous rester ?

— Aussi longtemps qu'elle aura besoin de moi. Je suis parti dès que j'ai reçu votre télégramme, mais vous avez oublié de mentionner le nom de l'hôpital.

Michael gratifia son beau-père d'un regard désapprobateur avant de poursuivre :

— Dois-je comprendre que son état s'est amélioré ?

— Son état ?

Keyser éclata d'un rire jovial.

— Eh bien je ne sais pas comment elle va le prendre, mais vous lui poserez la question vous-même.

— C'était bien mon intention. Où est-elle ?

— Elle est allée jouer au bridge chez les Bradley. Elle sera de retour d'ici une heure environ. Que diriez-vous d'un petit digestif en attendant ?

Michael fit un pas vers son beau-père et agrippa les revers de sa veste.

— Comment ça, elle est allée jouer au bridge ?

Surpris par la violence de la réaction de Michael, Keyser hasarda prudemment :

— Moi, je ne supporte pas ce jeu, mais votre mère, elle, est une véritable mordue.

— Vous voulez dire que vous ne m'avez jamais envoyé de télégramme au sujet de ma mère ?

— Un télégramme ?

Keyser tapota le bras de Michael, dans un geste qui se voulait amical.

— Je ne vois pas vraiment l'intérêt de vous tenir au courant de ce genre de choses, mon garçon, précisa-t-il d'un ton compatissant.

— Ma mère n'est pas malade ?

— Vous plaisantez ? Elle est en pleine forme !

Michael lâcha un juron et pivota sur ses talons.

— Ils me le paieront ! marmonna-t-il.

Déjà, il s'élançait vers le taxi.

— Mais où allez-vous ? lui cria son beau-père.

— A New York, répondit Michael par-dessus son épaule.

Soulagé, Keyser le laissa repartir sans protester.

— Y a-t-il un message pour votre mère ?

Une main sur la poignée de la portière, Michael se tourna vers lui.

— Oui. Dites-lui que je suis content qu'elle aille bien. Et que j'espère qu'elle a gagné.

Keyser regarda le taxi s'éloigner dans l'allée.
— Drôle de garçon, murmura-t-il.
Puis s'adressant au majordome, il crut bon de préciser :
— Il écrit pour la télé.

6

Pandora fut tirée du profond sommeil dans lequel elle était plongée à 7 heures, le lendemain matin. Michael venait de s'écrouler à côté d'elle, en faisant rebondir les ressorts du matelas. Il enfouit son visage dans l'oreiller et ferma les yeux.

— Les ordures ! marmonna-t-il.

Pandora s'assit puis, se rendant compte qu'elle était nue, tira le drap sur elle.

— Michael ! protesta la jeune femme. Tu es censé te trouver en Californie ! Alors peux-tu m'expliquer ce que tu fais dans mon lit ?

— Je me mets en position horizontale. Pour la première fois depuis vingt-quatre heures.

— Eh bien, va faire ça dans *ton* lit ! lui ordonna-t-elle avant de remarquer ses traits tirés par la fatigue. Ta mère...

Pandora prit la main de Michael dans la sienne.

— Oh, Michael ! Ta mère est-elle... ?

— Ma mère se porte comme un charme.

De sa main libre, Michael se frotta le visage.

— J'ai traversé le pays au péril de ma vie, à bord de vieux coucous antédiluviens, tout ça pour apprendre qu'elle était en train de jouer au bridge en sirotant un verre de cognac.

— Elle va mieux, alors ?

— Elle n'a jamais été malade. C'était un canular.

Michael bâilla et étira ses muscles engourdis.

— Bon sang ! Quelle nuit !

— Tu veux dire...

Pandora tira un peu plus sur son drap et fronça les sourcils.

— Les ordures ! répéta-t-elle.

— Comme tu dis. Après s'être acharnés sur ton atelier, ils ont dû estimer que c'était à mon tour de payer. Nous sommes à égalité, mon chou.

— Non, j'ai un tour d'avance.

Pandora s'adossa contre la tête de lit, le drap fermement serré contre sa poitrine, sa chevelure tombant en cascade sur ses épaules nues.

— La nuit dernière, pendant que tu volais au chevet de ta mère, quelqu'un m'a enfermée dans la cave.

Michael détourna le regard des épaules offertes à sa vue.

— Quelqu'un t'a enfermée dans la cave ? Comment ça ?

Pandora croisa les jambes et narra les faits à Michael.

— Tu as grimpé sur des caisses ? Pour passer par cette minuscule lucarne ? Mais elle est au moins à trois mètres du sol !

— Je te le confirme. J'ai eu le temps de m'en rendre compte.

Michael fronça dangereusement les sourcils. Il imaginait Pandora escaladant un échafaudage brinquebalant, puis suspendue dans le vide. La colère qui l'habitait depuis sa folle nuit redoubla d'intensité.

— Les salauds ! Tu aurais pu te rompre le cou !

— Oui. Heureusement, j'ai eu plus de peur que de mal. Je m'en suis tirée avec un pantalon déchiré, des genoux écorchés et une épaule contusionnée.

Michael lutta pour ne pas céder à la fureur qui le submergeait. Il se laisserait aller lorsque le moment serait venu. Qui pouvait bien leur en vouloir à ce point ?

— Tu as raison, cela aurait pu être pire, approuva-t-il d'un ton qu'il voulait léger.

Offensée par la désinvolture de Michael, Pandora répliqua vertement :

— Peut-être, mais pendant que toi, tu sirotais tranquillement un whisky à dix mille mètres d'altitude, moi j'étais prisonnière dans une cave humide pleine de souris et d'araignées !

— Nous devrions appeler la police.

— Pour quoi faire ? Nous n'avons aucune preuve. Nous ne savons même pas qui s'acharne ainsi sur nous.

— Nouvelle règle, annonça sentencieusement Michael. A partir d'aujourd'hui, nous ne nous séparons plus. Si l'un de nous doit quitter la maison, l'autre devra l'accompagner. Du moins, tant que nous n'aurons pas trouvé le coupable.

Pandora allait protester mais elle se souvint de la peur qui l'avait étreinte dans la cave, et avant elle, de la solitude qu'elle avait ressentie lorsque Michael était parti.

— D'accord.

Elle maintint le drap en place puis se tourna vers son compagnon.

— Je pencherais pour Carlson. Il connaît la maison mieux que les autres, il y a vécu.

— C'est une hypothèse qui tient la route. Mais ça reste une hypothèse.

Michael fixa un point invisible du plafond.

— Biff aussi connaît bien la maison. Il y a passé six semaines lorsque nous étions enfants.

— C'est exact, concéda Pandora en contemplant dans le miroir le reflet de leurs deux corps, allongés côte à côte. J'avais oublié. Il avait détesté son séjour ici !

— Il n'a jamais eu le sens de l'humour, ce pauvre garçon.

— En effet. Je me souviens qu'il ne t'aimait pas beaucoup.

— Probablement à cause de l'œil au beurre noir dont j'étais responsable.

— Au fait, pourquoi l'avais-tu frappé ? Tu ne nous l'as jamais dit.

— Tu te souviens des grenouilles dans le tiroir de ta commode ?

Pandora renifla et passa la main sur le drap qui la protégeait, sans grand effet, du regard de Michael.

— Je ne risque pas d'oublier ! C'était si puéril de ta part ! lui reprocha la jeune femme.

— Oui. Sauf que ce n'était pas moi, mais Biff.
— Biff ?

Pandora fixa des yeux étonnés sur Michael.

— Tu veux dire que c'est Biff qui avait mis ces bestioles dans mes petites culottes ?

Une deuxième pensée, plus plaisante celle-là, lui traversa l'esprit.

— C'est pour ça que tu l'as frappé ?
— Ça n'a pas été très difficile.
— Mais pourquoi n'as-tu rien dit quand je t'ai accusé ?
— Je trouvais plus satisfaisant de lui casser la gueule que d'essayer de me justifier. De toute façon, pour en revenir à ce qui nous préoccupe, n'importe quel membre de cette joyeuse petite bande est venu, à un moment ou à un autre, passer plusieurs jours ici. Et trouver un disjoncteur dans une cave n'est pas un exploit extraordinaire. A mon avis, nous avons six suspects possibles. Sept, en comptant l'œuvre caritative. Cent cinquante millions de dollars, c'est un motif suffisant de nous en vouloir, tu ne crois pas ? Chacun d'eux a donc une bonne raison de nous voir rompre les termes du contrat. Et apparemment, ils ont l'intention de nous donner un petit coup de pouce.

— J'avais raison de ne pas vouloir de cet argent, murmura Pandora. Jusqu'à présent, ajouta-t-elle à voix haute, ils n'ont fait que nous pourrir la vie, mais bon sang ! Je jure qu'ils vont me le payer !

— L'héritage n'entrera en vigueur que dans cinq mois. Jusque-là, il ne nous reste plus qu'à patienter.

Machinalement, Michael passa son bras autour des épaules de Pandora.

— Tu imagines un peu la tête de Carlson quand le notaire lui remettra pour tout héritage une baguette magique et un chapeau de magicien ?

Pandora se laissa aller contre Michael. Comme son épaule était solide... Beaucoup plus qu'elle ne l'aurait imaginé.

— Et celle de Biff, avec ses trois boîtes d'allumettes ! pouffa-t-elle.

— Nous verrons ça dans quelques mois.

— Il me tarde d'y être. Michael, je te signale que tu es couché sur mon lit avec tes chaussures.

— Oh, désolé ! dit Michael en se penchant pour les retirer.

— Ce n'est pas vraiment ce que je voulais dire. Tu pourrais peut-être regagner ta chambre maintenant ?

— Je préfère la tienne. Ton lit est plus grand que le mien. Tu dors toujours toute nue ?

— Non.

— J'ai de la chance, alors.

Il bougea légèrement et effleura de ses lèvres l'épaule meurtrie de Pandora.

— Tu as mal ?

Pandora haussa les épaules, dans un geste qu'elle voulait désinvolte.

— Un peu.

— Pauvre petite Pandora. Moi qui croyais que tu étais coriace !

— Je...

— Ta peau est douce, l'interrompit-il en lui caressant le bras. Si douce ! D'autres contusions ailleurs ?

Il murmurait tout en cueillant des baisers légers au creux de son cou.

Leurs deux corps à l'unisson frissonnèrent.

— Pas que je sache.

— Je suis très observateur, précisa-t-il en roulant contre le corps de la jeune femme.

Il était fatigué. Fatigué et un peu groggy par le décalage horaire, mais à aucun moment le désir qu'il éprouvait pour Pandora ne l'avait déserté. Son corps souple contre le sien, ses joues encore rosies de sommeil, lui rappelaient à chaque seconde à quel point il avait envie d'elle.

— Je pourrais vérifier, si tu m'y autorises.

Ses doigts coururent jusqu'à la lisière du drap qui enserrait la poitrine de Pandora.

La jeune femme retint son souffle. Elle ne devait pas laisser voir ses émotions, elle ne devait pas se laisser aller à quelque chose d'illusoire. Michael était un être instable et s'il était là à ses côtés, c'était tout simplement parce qu'il n'avait personne d'autre sous la main. Etait-il si difficile de garder cela à la mémoire ?

Le visage de Michael était si proche du sien qu'elle pouvait distinguer tous les petits détails qu'elle s'était jusque-là interdit de voir. Comme cette délicate ligne grise qui encerclait l'iris bleu de ses yeux. Ou l'arête aristocratique de son nez qui avait miraculeusement échappé aux nombreuses bagarres auxquelles il avait participé. Et sa bouche... Sa bouche aux contours si doux qu'elle en devenait presque émouvante. Sa bouche qui, pressée contre la sienne, s'était montrée si chaude, si inventive !

— Michael...

Pandora hésita puis, maladroitement, prit la main de Michael.

Cette vulnérabilité que Michael venait de déceler chez la jeune femme le toucha, puis l'agaça.

« Sois réaliste, se dit Pandora. Garde les pieds sur terre. »

— Michael, il nous reste encore cinq mois à passer ensemble, commença-t-elle.

— Tant mieux.

Il avait besoin d'elle. De sa chaleur. Le moment était peut-être bien choisi pour prendre le risque. Il se pencha vers ses lèvres et se mit à les mordiller.

— Ne les gâchons pas.

Elle le laissait faire. « Juste un moment », se promit-elle. Elle aimait tant la douceur de ses mains, le velouté de sa bouche ! Et la nuit qu'elle avait passée avait été si longue, froide et effrayante ! Elle se détestait d'être aussi faible, mais tant pis, elle avait besoin de lui ! Le soleil déversait ses rayons généreux dans la chambre et Michael était là, si proche, si rassurant !

Ses lèvres s'ouvrirent contre celles de Michael.

Il n'avait eu aucune arrière-pensée en venant la rejoindre. La décision s'était imposée d'elle-même. Il avait tout simplement obéi à l'envie de s'allonger à côté d'elle et de lui parler. Comme un besoin pressant de se retrouver à la maison. En sa compagnie. Il n'était alors guidé ni par l'envie ni par la passion. C'est lorsque Pandora s'était blottie contre lui, les cheveux défaits et les yeux encore lourds de sommeil, que le désir s'était peu à peu infiltré en lui.

Pour Pandora, la passion ne se déclarait pas du jour au lendemain. Non, au contraire, elle gagnait peu à peu. Une marche, puis une autre, et elle changeait, s'enrichissait, s'intensifiait. Dégageant, au fil du temps, des liens plus puissants. Elle voulait s'abandonner au désir, aux prémices de la volupté. Mais si elle cédait, plus rien ne serait comme avant. Ce changement, quel serait-il ? Elle ne pouvait le prévoir, ni même le deviner, seulement l'anticiper. Aussi allait-elle résister à leur désir, à ce qui pourrait se passer entre eux.

— Michael…

Ses doigts s'attardèrent dans l'épaisse chevelure de son compagnon.

— Ce n'est pas très intelligent.

Michael embrassa doucement les paupières closes de la jeune femme.

— Au contraire. C'est la chose la plus intelligente que nous ayons faite depuis des années.

Elle voulait acquiescer. Allait acquiescer.

— Michael, la situation est assez compliquée comme cela. Imagine une seconde que nous devenions amants et que les choses se gâtent entre nous, comment pourrons-nous continuer à vivre sous le même toit ? Je te rappelle que nous avons conclu une sorte de pacte moral à la mémoire d'oncle Jolley.

— Je ne vois pas bien ce que ce testament vient faire dans ce lit, entre toi et moi.

Comment avait-elle pu oublier l'intensité de son regard posé sur elle ? Et par quel miracle avait-elle pu rester aussi longtemps indifférente à son pouvoir de séduction ?

— Eh bien, tout, justement ! Si nous couchons ensemble

et que notre relation change, nous aurons à gérer pas mal de problèmes et de complications.

— Comme quoi, par exemple ?

— Ne te moque pas de moi, Michael ! Je suis sérieuse !

— Moi aussi.

Il ne se lassait pas de contempler son visage aux traits délicats, sa chevelure de feu, la moue adorable de sa bouche. Par quel miracle ne l'avait-il jamais vue ainsi ?

— J'ai envie de toi, Pandora. Et il n'y a rien de drôle là-dedans.

Il avait raison. Il n'y avait rien de drôle à ce que des mots aussi simples, soufflés contre sa peau nue, la touchent à ce point. Il était sincère. Elle voulait croire qu'il était sincère. Mais alors, elle était perdue.

— Nous ne pouvons pas devenir amants comme ça, plaida-t-elle sans grande conviction. Il faut que nous en discutions d'abord.

Michael pressa ses lèvres sur celles de Pandora, jusqu'à ce qu'il sente son corps fléchir contre le sien.

— Je ne veux pas en discuter. Il ne s'agit pas d'une fusion d'entreprises, Pandora, mais de deux adultes consentants qui veulent faire l'amour.

— Justement, tu te trompes, protesta Pandora qui cherchait désespérément à lutter contre le désir qui l'enveloppait. Que tu le veuilles ou non, nous sommes des associés. Pire, nous sommes des associés liés par des affaires de famille. Et si nous changeons quoi que ce soit à…

— Si…, l'interrompit brutalement Michael. Avec de telles conditions, effectivement, tout peut arriver.

L'irritation commençait à gagner la jeune femme.

— Il me paraît en effet plus raisonnable de considérer la situation sous tous les angles.

— C'est dans tes habitudes de demander à tes amants potentiels de remplir un formulaire avant de commencer ?

Les lèvres de Pandora se mirent à trembler. Dans un certain sens, il n'était pas loin de la vérité.

— Ce n'est pas la peine de te montrer grossier !

Poussé à bout, Michael la regarda fixement.

— Je préfère être grossier que posséder un tel sens du réalisme !

— Ne parle pas de ce que tu ne connais pas, riposta Pandora en se raidissant. Tu n'as jamais possédé la moindre notion de bon sens ! Il n'y a qu'à voir la façon dont tu t'affiches avec tes bimbos décolorées ! Tu n'as même pas la décence d'être discret !

— C'est donc ça !

Michael entraîna Pandora avec lui, la forçant à s'asseoir. Les yeux de la jeune femme lançaient des éclairs.

— Mais tu oublies les brunes. Et puis les rousses aussi, ajouta-t-il avec perfidie.

Elle n'oublierait pas. Ivre de rage, elle s'en fit le serment.

— Le sujet est clos.

— Certainement pas ! C'est toi qui l'as abordé, nous irons jusqu'au bout. Oui, je couche avec des femmes, et oui, vois-tu, j'aime ça !

Pandora releva fièrement le menton et rejeta ses cheveux derrière ses épaules.

— Je n'en doute pas une seconde.

— Et nous ne fixons pas de règles avant. Contrairement à toi, certaines femmes préfèrent le romantisme. Et ne se torturent pas l'esprit avant de prendre du plaisir.

— Du romantisme ! Ce n'est pas le terme que j'emploierais !

— Pour ce que tu l'apprécies, le romantisme ! Mais ma pauvre fille, tu ne sais même pas de quoi il s'agit ! Et d'ailleurs, qui es-tu, toi, pour me juger ainsi. Crois-tu plus honorable de prendre des amants en cachette ? De prêcher la fidélité à un homme quand tu en cherches un autre ? Ce que tu appelles « discrétion », je l'appelle, moi, hypocrisie ! Et laisse-moi te dire une chose : je n'ai jamais eu à rougir des femmes qui ont croisé ma route. Que ce soit dans mon lit ou ailleurs.

— Je me fiche bien de ce qui te fait honte ou pas ! Sache seulement que je n'ai absolument pas l'intention de figurer sur la liste déjà longue de tes maîtresses. Garde tes caresses passionnées pour le genre de femmes que tu as l'habitude de fréquenter !

— Décidément, tu es aussi snob qu'*eux*.

Pandora se raidit sous ce qu'elle considérait comme l'insulte suprême.

— C'est faux. C'est simplement que je n'ai pas envie de faire partie de ton harem.

— Tu me flattes, *cousine*.

— Pour ça aussi, il y a un autre mot.

Tremblant d'une rage froide, Michael secoua la jeune femme, plus rudement qu'il n'en avait l'intention.

— Ecoute-moi bien, Pandora. Je n'ai jamais fait l'amour à une femme que je ne respectais pas.

Michael préféra renoncer avant de perdre totalement son sang-froid. Il se leva et se dirigea vers la porte sous le regard furibond de Pandora qui avait resserré le drap sur elle, telle une armure dérisoire.

— Apparemment, tu en respectes beaucoup.

La main sur la poignée, Michael se tourna vers Pandora et darda sur elle un regard glacial.

— En tout cas, elles ne sont pas aussi tordues que toi, elles !

La guerre froide qui s'était instaurée entre Pandora et Michael était pesante certes, mais compte tenu du caractère des deux parties, préférable à une franche bataille. Durant les jours qui suivirent leur altercation, ils prirent soin de s'éviter. Dès que l'un des deux faisait une remarque sarcastique, l'autre ripostait invariablement sur le même registre. Cependant personne n'attaquait de front, chacun préférait aiguillonner son adversaire de petites piques assassines. Le tout en présence des deux vieux serviteurs, qui assistaient, impuissants et désolés, à ces joutes verbales.

— Quelle bêtise ! s'exclama un jour Sweeney en étalant une pâte brisée destinée à la confection de deux tartes aux pommes.

C'était une femme robuste, au visage aussi rond que celui de Charles était anguleux. Elle avait fait deux mariages de raison, puis lorsque son deuxième époux était mort, elle avait décidé de se placer comme cuisinière. De sa cuisine, toujours étincelante de propreté, s'échappaient d'alléchantes odeurs qui vous faisaient monter l'eau à la bouche.

— Des enfants gâtés, commenta-t-elle en levant les yeux au ciel. Voilà ce qu'ils sont ! Des enfants gâtés qui mériteraient une bonne correction !

Charles, assis à table devant une tasse de thé fumante, suivait les opérations avec le plus vif intérêt.

— Quand je pense qu'ils ont encore quatre mois à tenir ! Ils n'y arriveront jamais !

Sweeney abaissa bruyamment son rouleau à pâtisserie sur une nouvelle boule de pâte.

— Ils y arriveront, affirma-t-elle avec conviction. Ils sont peut-être têtus mais je n'ai pas dit mon dernier mot.

— Monsieur voulait qu'ils gardent la maison. Tant qu'ils seront là, nous ne la perdrons pas non plus.

— Qu'est-ce que nous ferions tous les deux dans cette grande maison s'ils repartaient en ville ? Combien de fois aurions-nous droit à leur visite maintenant que Monsieur n'est plus là ? Il voulait que la maison leur revienne, c'est vrai. Mais il voulait aussi que ces deux ânes tombent amoureux l'un de l'autre. Cela ne dépend que de nous de les y aider un peu. Cette maison a besoin d'une famille pour la remplir.

— Ça me semble mal parti. Si tu les avais entendus au petit déjeuner !

Charles sirota une gorgée de thé tout en regardant Sweeney recouvrir la pâte d'une espèce de compote de pommes.

— Ça ne veut rien dire, ces chamailleries. Moi, j'ai bien vu les regards qu'ils se lancent, en douce. Fais-moi confiance, ils ont juste besoin d'un petit coup de pouce.

D'un geste sûr, elle recouvrit la deuxième pâte de la même mixture.

— Et nous allons le leur donner.

Sceptique, Charles étendit ses jambes sous la table.

— Nous sommes trop vieux pour ce genre de manigances.

Sweeney émit un petit grognement et posa ses mains potelées sur ses hanches.

— Justement, ça tombe bien. Tu ne te sens pas très bien depuis quelques jours.

— Non, non, ça va même plutôt mieux ces temps-ci.

— Tu ne te sens pas très bien, répéta Sweeney, péremptoire. Ah, voilà ma Pandora. Tais-toi et prends l'air fatigué.

La neige était tombée durant la nuit, recouvrant le sol d'une couche épaisse que Pandora prenait un plaisir puéril à fouler. Elle était satisfaite : son travail avait bien avancé. Les boucles d'oreilles étaient achevées et le résultat lui plaisait tellement qu'elle avait décidé de leur assortir un collier. Elle n'avait pas lésiné : l'abondance des modules géométriques en cuivre et en or en ferait une parure originale qui ne laisserait pas indifférent. Si elle continuait sur ce rythme-là, elle aurait une jolie collection à présenter à la boutique avec laquelle elle travaillait. Pile pour la période de Noël, songea-t-elle avec une pointe de fierté.

L'estomac dans les talons mais d'excellente humeur, Pandora ouvrit la porte de la cuisine à la volée.

— ... Si tu te sens mieux dans un jour ou deux, était en train de dire Sweeney qui fit mine d'être surprise par l'arrivée de Pandora. Oh, le temps a filé à toute allure ! C'est déjà l'heure du déjeuner et je viens tout juste de terminer les tartes.

— Des tartes aux pommes ? s'enquit Pandora qui salivait déjà.

Mais Sweeney voyait bien que, déjà, la jeune femme s'inquiétait pour Charles.

— Il reste de la compote ? interrogea celle-ci en trempant son doigt dans le saladier.

Sweeney l'arrêta d'une petite tape sur le dos de la main.

— Voulez-vous bien aller laver ces mains qui ont travaillé toute la matinée ? Le repas sera servi dès que je pourrai.

Docile, Pandora obtempéra.

— Charles est fatigué ? demanda-t-elle à Sweeney en chuchotant.

— Rien de grave. Ses rhumatismes le font un peu souffrir en ce moment. Avec ce froid, ça n'a rien d'étonnant ! En fait, le vrai problème, c'est la vieillesse.

D'un geste machinal, elle passa la main sur ses lombaires, comme pour soulager une douleur imaginaire.

— Moi non plus, je n'y échappe pas ! soupira-t-elle en adressant un pauvre sourire à Pandora. Il ne fait pas bon vieillir, vous pouvez me croire !

— Taratata ! s'exclama Pandora en se savonnant les mains avec énergie. Vous en faites beaucoup trop, tous les deux, voilà tout !

— Avec les fêtes qui arrivent…

Sweeney s'interrompit pour disposer artistiquement un bout de pomme sur sa tarte.

— Il va falloir songer à décorer la maison, reprit-elle. C'est un gros travail, mais c'est très satisfaisant. D'ailleurs, dès que nous aurons fini de déjeuner, Charles et moi irons chercher les cartons au grenier.

— Il n'en est pas question ! décréta Pandora en séchant ses mains à un torchon. C'est moi qui irai.

— Non, non, Mademoiselle Pandora, protesta Sweeney. Ils sont beaucoup trop lourds pour une jeune femme toute menue comme vous ! C'est à nous de le faire. N'est-ce pas, Charles ?

La perspective de monter et descendre une bonne douzaine de fois l'escalier qui menait au grenier fit soupirer Charles. Mais le regard furibond de Sweeney le ramena à l'ordre.

— Ne vous inquiétez pas, Mademoiselle McVie, Sweeney et moi allons nous en occuper.

— Certainement pas ! répéta Pandora en replaçant le torchon sur son crochet. Michael et moi descendrons tout ça cet après-midi, ce n'est plus la peine d'en discuter. Je vais lui dire de venir déjeuner.

Sweeney attendit que Pandora ait refermé la porte derrière elle pour afficher un sourire éclatant de satisfaction.

Pandora frappa deux coups à la porte du bureau de Michael et entra dans la pièce sans même attendre son autorisation.

Voyant qu'il ne levait même pas la tête de son ordinateur, Pandora ravala sa fierté et alla se planter devant lui, bras croisés sur la poitrine.

— Il faut que je te parle.

— Reviens plus tard. Je suis occupé.

De nouveau, Pandora prit sur elle et étouffa le juron qui lui brûlait les lèvres.

— C'est important.

Puis dans un ultime effort, elle parvint à ajouter :

— S'il te plaît.

Surpris par cet accès de politesse, Michael daigna interrompre son travail.

— Qu'y a-t-il ? Un nouveau tour de notre charmante famille ?

— Non, ce n'est pas ça. Michael, nous devons décorer la maison pour Noël.

Il la fixa un instant, laissa échapper un juron et recentra son attention sur son clavier.

— J'ai sur les bras l'enlèvement d'un enfant de douze ans qui sera rendu à ses parents contre une rançon d'un million de dollars. *Ça*, c'est important.

— Michael, pourrais-tu, juste pour un instant, quitter ton monde imaginaire et revenir à la réalité ?

— Demande un peu à mon producteur si les millions de dollars qui dépendent de ce scénario ne sont pas réels !

— Michael ! protesta Pandora avec tant de véhémence que ce dernier s'interrompit de nouveau. Il s'agit de Sweeney et de Charles.

Un éclair d'intérêt s'alluma soudain dans le regard de Michael.

— Qu'est-ce qu'ils ont ?

— Charles a une crise de rhumatisme et Sweeney ne m'a pas l'air en meilleure forme que lui. Elle m'a paru si… comment dire ? Si vieille, tout d'un coup !

— Elle *est* vieille. Crois-tu qu'il faille appeler un médecin ?

— Non, ils seraient furieux !

Pandora contourna le bureau, faisant mine de ne pas s'intéresser à ce qui s'affichait sur l'écran de l'ordinateur.

— Je vais garder un œil sur eux pendant quelques jours et veiller à ce qu'ils n'en fassent pas trop. C'est la raison pour laquelle j'ai parlé de la décoration de la maison.

— Si tu veux t'en occuper, vas-y. Moi, je n'ai pas de temps à perdre avec ces futilités !

— Moi non plus, figure-toi ! Mais Sweeney et Charles se sont mis en tête de le faire. Alors, si nous ne voulons pas les voir s'éreinter à trimballer des caisses dans l'escalier du grenier, il faut que nous le fassions à leur place.

— Nous avons encore trois semaines avant Noël.

— Je sais, merci !

Frustrée, Pandora se mit à arpenter nerveusement la pièce.

— Ils sont âgés mais ils n'en démordront pas ! Du temps de Jolley, ils décoraient la maison juste après Thanksgiving. C'est la tradition.

— Très bien, très bien. Tu as gagné. Allons-y ! dit Michael en se levant.

— Allons déjeuner d'abord.

Satisfaite de son succès, Pandora quitta la pièce, Michael sur les talons.

Quarante-cinq minutes plus tard, ils poussaient la porte du grenier. Comme toutes les autres pièces de la maison, celle-ci avait été étudiée pour une famille nombreuse.

— J'avais oublié à quel point cet endroit est merveilleux ! s'exclama Pandora.

Oubliant les querelles qui les opposaient, Pandora prit Michael par la main et l'entraîna à l'intérieur.

— Regarde cette table ! Elle est vraiment trop moche !

Le meuble, surchargé de guirlandes décorées d'angelots avait été relégué dans un coin et disparaissait presque sous un amoncellement d'objets hétéroclites.

— Oh, et cette volière ! Oncle Jolley avait mis six mois

à la fabriquer mais il n'a jamais eu le courage d'y enfermer le moindre oiseau !

— Heureusement pour le pauvre piaf ! murmura Michael qui, à son tour, se laissait prendre par la magie du lieu. Tiens, ses guêtres. Tu te souviens lorsqu'il les portait ?

— Et ce chapeau, renchérit Pandora en exhibant une large capeline en paille, piquée de fleurs artificielles toutes défraîchies. Il était à tante Katie. J'aurais tellement aimé la rencontrer ! Mon père disait qu'elle était aussi excentrique que Jolley.

Michael regarda Pandora incliner le bord du chapeau extravagant sur ses yeux.

— Je veux bien le croire. Et moi, comment me trouves-tu ?

Il arborait un chapeau melon qu'il avait négligemment penché sur le côté.

— Il te va à merveille, dit Pandora en éclatant de rire. Il ne te manque plus qu'un col blanc et une canne. Viens voir.

Elle le guida devant une psyché complètement piquée. Côte à côte, ils regardèrent leur reflet dans le miroir.

— Pas mal, estima Michael malgré son pull trop large et la poussière qui recouvrait le nez de Pandora. Il te faudrait une de ces longues jupes étroites qui balayaient le sol et un corsage lacé avec des épaulettes.

— Oui et un camée enfilé sur un ruban de velours, renchérit Pandora qui essayait de s'imaginer en élégante du début du siècle. Non, finalement je crois que j'aurais porté des pantalons et que j'aurais défilé pour l'émancipation des femmes.

— En tout cas, ce chapeau te va à ravir, commenta Michael en corrigeant son inclinaison. Surtout avec tes cheveux défaits. J'ai toujours eu un faible pour tes cheveux. Quoique, tu étais très séduisante aussi lorsque tu les as fait couper. Tu avais l'air d'un oiseau perdu avec tes grands yeux.

— J'avais quinze ans.

— Oui et tu rentrais tout juste des îles Canaries. Tu avais les jambes les plus longues et les plus bronzées que j'aie jamais vues ! J'ai failli en avaler ma tasse lorsque je t'ai vue débarquer dans le salon.

— Et toi tu étais au lycée et tu te pavanais, avec ta majorette accrochée à ton bras.

— Tu avais de plus jolies jambes qu'elle.

Pandora feignit la désinvolture, mais elle se souvenait parfaitement de cette rencontre.

— Je suis surprise que tu te souviennes de ça.

— Je te l'ai dit : je suis très observateur et j'ai une excellente mémoire.

Pandora préféra s'abstenir de tout commentaire. Mieux valait ne pas s'aventurer sur un terrain qu'elle jugeait dangereux.

— Commençons à chercher les cartons. Si j'ai bien compris, ils devraient se trouver contre le mur de gauche.

Sans plus attendre, elle pivota et entama ses recherches.

— Seigneur ! gémit-elle au bout de quelques minutes.

Michael s'approcha d'elle et, enfonçant ses mains dans ses poches, considéra la vingtaine de boîtes soigneusement empilées sur deux colonnes.

— Si nous faisions appel à des déménageurs ?

Pandora laissa échapper un profond soupir.

— Retrousse plutôt tes manches.

Ils en oublièrent de se disputer. Cela leur aurait demandé trop d'énergie.

Ereintés et ruisselants de sueur, ils posèrent enfin le dernier carton dans le salon. Indifférente à la poussière qui recouvrait son pantalon, Pandora s'écroula sur la chaise la plus proche.

— Quand je pense qu'il va falloir faire la même chose en sens inverse après les fêtes !

— On aurait pu mettre un sapin artificiel, tu ne crois pas ?

— En effet, ç'aurait été une bonne idée.

Rassemblant toute son énergie, Pandora alla s'agenouiller devant le premier carton et l'ouvrit.

— Allons, courage !

Ils mirent tout leur cœur à l'ouvrage, tirant des mètres

de guirlandes, vérifiant chaque ampoule, n'hésitant pas à faire plusieurs essais de décoration. Lorsque les salons, les couloirs et le hall d'entrée furent parés, Pandora resta un long moment devant la porte pour juger de l'effet obtenu. Elle décida que l'épaisse guirlande blanche et argent qu'ils avaient entortillée autour de la balustrade était du meilleur effet et que les cloches rouges et or suspendues au plafond par un ruban de satin vert étaient tout simplement parfaites.

— C'est bien, conclut-elle avec fierté. Vraiment bien. Si nous laissons à Charles et à Sweeney le soin de décorer leurs appartements, il ne nous restera plus que la salle à manger. C'est un bon début, non ?

— Un début ? répéta Michael en s'asseyant sur une marche. Je n'ai même plus la force de discuter de ça, *cousine*.

— Allons ! Quant à faire les choses, autant les faire à fond. Je me demande si mes parents vont décorer leur maison, eux aussi, dit-elle, soudain rêveuse. Si…

Dans quel coin du globe avaient-ils élu domicile, cette fois ? Elle secoua la tête, bien décidée à ne pas succomber à la tristesse qui l'envahissait.

— Il ne nous reste plus qu'à aller chercher un sapin.

— Tu veux vraiment aller en ville maintenant ?

— Bien sûr que non, répondit-elle en sortant leurs manteaux du placard de l'entrée. Nous irons le prendre dans la forêt.

— Nous ?

— Oui. Je déteste l'idée d'acheter un arbre coupé qui finira sa vie dans une décharge publique. La forêt est remplie d'adorables petits sapins. Nous allons en déterrer un que nous replanterons après les vacances.

— Tu sais manier la pelle ? ironisa Michael.

— Ne sois pas rabat-joie, veux-tu ?

Pandora tendit à Michael son manteau puis enfila le sien.

— D'ailleurs, cela nous fera beaucoup de bien de sortir un peu, après avoir passé l'après-midi dans un grenier. Et lorsque nous aurons fini, nous boirons un bon grog bien chaud.

— Avec beaucoup de rhum, alors !

Ils firent une halte dans l'abri de jardin pour y prendre les outils nécessaires. Michael trouva deux pelles et en tendit une à Pandora. La jeune femme s'en saisit, impassible, puis emboîta le pas à Michael. L'air était vif, chargé du parfum de résine que dégageaient les sapins.

— J'adore la neige, annonça gaiement Pandora avant de foncer vers les bois, sa pelle sur l'épaule. Tout est si calme, si paisible ! Tu sais, quelquefois, je me dis que je préférerais vivre ici et faire des sauts à New York plutôt que le contraire.

C'était étrange de la part d'une fille comme Pandora, songeait Michael.

— Vraiment ? Pourtant je croyais que tu adorais la vie trépidante des grandes villes.

— En fait, j'aime les deux. Comment trouves-tu celui-ci ?

Pandora désignait un épicéa.

— Non, le tronc n'est pas droit.

La jeune femme reprit son chemin.

— Tu vois, je me demande si ça ne serait pas plus excitant de passer une semaine de temps en temps à New York en sachant qu'on a un endroit aussi paradisiaque où vivre. Et puis j'ai l'impression de mieux travailler ici. Regarde celui-là, là-bas.

— Trop grand. Il vaut mieux déterrer un jeune, ce sera plus facile. Ta vie sociale ne te manquerait pas trop ?

— Quoi ? demanda-t-elle distraitement en observant l'arbre en question.

Il avait raison. Il était trop grand.

— Oh, ma vie sociale n'est pas ma priorité ! Je préfère privilégier mon travail. Et puis, je suis certaine que je ne m'ennuierais pas ici.

Michael avait toujours eu d'elle l'image d'une jeune femme aimant à passer de longs week-ends en compagnie d'artistes un peu bohèmes qui se gargarisaient de poèmes de Keats.

— Regarde celui-ci, il me paraît bien.

Elle contemplait un épicéa d'environ un mètre cinquante. Derrière elle, Michael luttait contre l'envie d'émettre un nouveau commentaire.

— Il a juste la bonne taille pour le salon, ajouta Pandora.

— Parfait, commenta sobrement Michael en plantant sa pelle dans le sol gelé. Toi, attaque de l'autre côté.

Alors qu'il se penchait pour commencer à creuser, Pandora prit une pelletée de neige qu'elle lui lança en plein visage.

— Zut, dit-elle en battant des cils, un sourire hypocrite aux lèvres, je crois bien que j'ai raté mon coup.

Puis elle se remit à creuser en chantonnant gaiement.

Michael ne réagit pas, probablement parce qu'il admirait l'aplomb de la jeune femme et regrettait de ne pas avoir eu cette idée le premier.

Quinze minutes plus tard, le trou était creusé. Pandora, légèrement essoufflée, s'appuya sur le manche de sa pelle.

— Et voilà! Rien de tel que la satisfaction du travail accompli! Il n'y a plus qu'à le ramener à la maison, à l'installer et… mince! Il nous faut de quoi envelopper les racines. Il y a de la toile d'emballage dans l'abri de jardin.

Ils se regardèrent, chacun attendant de l'autre qu'il prenne la décision d'aller la chercher.

— Très bien, dit Michael après un moment. Je veux bien me dévouer mais c'est toi qui nettoieras les aiguilles de pin et la terre que nous rentrerons dans la maison.

— Marché conclu.

Satisfaite, Pandora tournait la tête, attirée par le chant d'un cardinal, lorsqu'une boule de neige l'atteignit dans la nuque.

— Désolé, dit Michael, je crois que j'ai raté mon coup.

Puis sur ces mots, il s'éloigna en sifflotant négligemment.

Pandora attendit qu'il soit hors de vue, puis elle s'agenouilla et commença à préparer un tas de boules de neige. Lorsqu'il reviendrait, elle aurait un véritable arsenal à sa disposition. Elle ne lui laisserait aucune chance de s'en tirer. Elle prit son temps, roulant, lissant la neige entre ses doigts jusqu'à en faire des projectiles qu'elle jugeait redoutables. Sûre de l'avance qu'elle s'était donnée, elle sursauta violemment en entendant un bruit derrière elle. Une boule de neige en main, elle se retourna, prête à ouvrir les hostilités. Personne. Le cœur battant, elle attendit. Il lui semblait bien avoir vu des branches bouger. C'était tout à fait le style de Michael de se planquer pour prendre l'ennemi par surprise. Elle suivit des yeux le vol du cardinal qui s'éloignait vers d'autres horizons.

— Allez, Michael, ne sois pas si lâche ! Sors de ta cachette !

Elle serra un peu plus la boule de neige dans sa main, prête à le bombarder dès qu'il montrerait le bout de son nez.

— Tu montes la garde ? demanda Michael qui, arrivé par le chemin, laissa tomber la bâche aux pieds de Pandora.

De surprise, la jeune femme glissa et se retrouva les fesses dans la neige. Elle regarda derrière elle. Comment pouvait-il se trouver là quand elle le croyait ailleurs ?

— Mais tu n'étais pas… ? Tu as fait le tour ?

— Non, mais compte tenu de ta provision de projectiles, je pense que j'aurais mieux fait. Tu veux la guerre ?

— Simple système de défense, commença-t-elle avant de regarder de nouveau, sceptique, par-dessus son épaule. J'ai cru t'entendre avant que tu n'arrives. J'aurais juré qu'il y avait quelqu'un, là-bas, sous les arbres.

— Ce n'était pas moi. J'ai fait l'aller-retour directement entre la remise et ici.

Il regarda par-dessus l'épaule de la jeune femme.

— Tu as vu quelque chose ?

— Michael, si c'est une blague…

— Ce n'est pas une blague, confirma-t-il en tendant la main à Pandora pour l'aider à se relever. Viens, allons jeter un coup d'œil.

Main dans la main, ils s'enfoncèrent dans les bois.

— J'étais peut-être un peu nerveuse.

— Evidemment, si tu me crois aussi sournois…

— Ça devait être un lapin.

— Un lapin avec de grands pieds alors, murmura Michael en repérant des traces de pas dans la neige.

Les empreintes se détachaient clairement, témoignant des allées et venues impatientes de l'espion.

— Et qui portait des bottes.

— Ils vont recommencer, alors. Moi qui pensais qu'ils avaient abandonné la partie.

Pandora parlait d'une voix qu'elle voulait égale mais qui trahissait néanmoins l'angoisse des gens qui se savent étroitement surveillés.

— Peut-être est-il temps de parler à Fitzhugh, Michael.

— Tu as raison. Cependant...

Michael s'interrompit, attentif au bruit d'un moteur que l'on venait de mettre en marche. Comprenant tout de suite de quoi il retournait, il se rua en direction du bruit, talonné de près par Pandora. Lorsqu'ils arrivèrent sur place, hors d'haleine, ils ne purent qu'observer les traces de pneus qu'une conduite énergique avait profondément marquées dans le sol.

— Une jeep, conclut Michael en se baissant.

Il laissa échapper un juron et, furieux contre lui, enfonça ses mains dans ses poches. S'il avait réagi plus vite, il aurait pu, sinon mettre la main sur l'intrus, du moins voir à quoi il ressemblait.

Pandora, elle, ne supportait pas l'idée d'être manipulée en permanence par un adversaire invisible.

— Qui que ce soit, de toute façon il perd son temps, annonça-t-elle avec conviction.

— Je ne supporte pas d'être espionné ! maugréa Michael, frustré de ne pouvoir donner libre cours à l'instinct de vengeance qui l'animait. Crois-moi, je n'ai pas l'intention de jouer au chat et à la souris durant tout le temps qu'il nous reste à passer ici.

— Qu'allons-nous faire ?

Un sourire éclaira son visage tandis qu'il regardait les traces de pneus qui rejoignaient la route principale.

— Nous allons faire savoir à Fitzhugh que des intrus,

animés de mauvaises intentions, nous pourrissent la vie. Et que, compte tenu des objets de valeur qui se trouvent dans la maison, nous avons décidé d'employer les grands moyens. Nous n'hésiterons donc pas à ressortir la carabine de Jolley.

— Michael! s'indigna Pandora. Quoi qu'ils fassent, ce sont des membres de notre famille!

Sceptique, elle tenta de deviner si Michael était sérieux.

— De toute façon, tu serais bien incapable de tirer sur qui que ce soit.

— Sur des étrangers, certainement. Sur nos chers parents, je n'hésiterais pas une seconde.

Il haussa négligemment les épaules avant de poursuivre.

— S'ils ne veulent pas prendre une décharge de chevrotine dans les fesses, ce dont je ne doute pas un instant, ils réfléchiront à deux fois avant de revenir nous importuner.

— Je n'aime pas les armes à feu, Michael.

— Tu as une meilleure idée?

— Achetons un chien. Un bon gros chien de défense.

— Mmm. Pas mal aussi le coup des crocs plantés dans les mollets. Reste à savoir s'ils préféreront ça à la carabine.

— Nous ne sommes pas non plus obligés d'acheter une bête féroce.

— Eh bien c'est facile! Nous emploierons les deux méthodes!

— Michael...

— Allez, viens. Allons prévenir Fitzhugh.

— Oui, il sera peut-être de bon conseil.

— Cela m'étonnerait.

Pandora était sur le point de protester mais elle y renonça, préférant éclater de rire. La situation était tellement surréaliste! Un peu à l'image des scénarios de Michael.

— Tu as raison, concéda-t-elle, conciliante.

Elle glissa son bras sous celui de Michael avant d'ajouter:

— Mais d'abord, occupons-nous de notre sapin.

7

— Je sais bien que c'est le réveillon, Darla.

Michael se leva pour aller dans la cuisine et se servir une nouvelle tasse de café.

— Bien sûr, ce sera une fête merveilleuse, mais je ne peux pas m'absenter pour le moment.

Ce n'était pas précisément la vérité, songeait Michael tout en écoutant d'une oreille distraite les commentaires de Darla. La réception se passerait à Manhattan et *tout New York* serait là, expliquait la jeune femme. Ce qui, en clair, signifiait une foule compacte bruyante venue se soûler jusqu'à plus soif.

Michael, en avance sur son planning, pourrait faire un aller-retour pour boire une coupe ou deux avec ses amis. Mais à vrai dire, il ne voulait pas quitter « La Folie ».

— Sois gentille, souhaite un joyeux Noël à tout le monde de ma part. Oui, j'aime vivre à la campagne. Tu trouves ça curieux ? Oui... Peut-être.

Darla, noctambule invétérée, ne pouvait concevoir la vie en dehors de l'île de Manhattan.

— Je viendrai pour le nouvel an, si je peux me libérer. D'accord, mon chou. Oui, Oui. *Ciao.*

Michael poussa un soupir de soulagement et raccrocha le combiné. Darla avait beau être charmante et drôle, elle n'en restait pas moins une maîtresse occasionnelle à laquelle il ne reconnaissait pas le droit de le harceler. Mais en vérité, la jeune femme était plus intéressée par le réseau relationnel de Michael que par Michael lui-même.

Ce dernier ne lui en tenait pas rigueur et lui trouvait même des circonstances atténuantes. Elle avait de l'ambition, du talent, il lui suffirait d'un peu de chance pour percer dans le métier. Il se promit de passer quelques coups de fil et de voir ce qu'il pourrait faire pour elle, après les vacances.

Depuis le seuil, Pandora regardait Michael se passer la main sur la nuque. « Darla », répéta-t-elle à voix basse. Evidemment, il ne pouvait être attiré que par des Darla, des Robin ou bien encore des Candy. Le genre de créatures affectées, sophistiquées, et de préférence idiotes.

— La rançon de la gloire est difficile, n'est-ce pas, mon chéri ?

Michael sursauta légèrement, fit pivoter sa chaise.

— On ne t'a donc pas appris qu'écouter aux portes était très grossier ?

Pandora, toujours immobile sur le seuil, haussa négligemment les épaules.

— Si tu ne voulais pas qu'on t'entende, tu n'avais qu'à la fermer, ta porte.

— Même si je m'étais barricadé tu te serais débrouillée pour écouter.

Sourcils relevés, tête légèrement inclinée, Pandora affichait un air hautain.

— Tes conversations téléphoniques ne m'intéressent absolument pas ! Et si je suis montée jusqu'ici, c'est uniquement pour rendre service à Charles. Un colis est arrivé pour toi.

— Merci, répondit laconiquement Michael, sans chercher à dissimuler l'amusement qui le gagnait.

Car il y avait fort à parier que contrairement à ce qu'elle assurait, Pandora n'avait pas perdu une miette des propos qui venaient de s'échanger.

— Mais comment se fait-il que tu ne sois pas en train de travailler à cette heure-ci ?

— Tout le monde n'est pas comme toi, Michael, attaqua Pandora. Figure-toi qu'il existe des gens suffisamment organisés pour pouvoir prendre quelques jours de repos.

Puis, semblant vouloir couper court à leurs chamailleries habituelles, elle ajouta précipitamment :

— Si nous faisions une trêve ? Après tout, nous avons de quoi nous réjouir : nous ne sommes qu'à quelques jours de Noël et nos ennemis paraissent avoir renoncé à nous faire la guerre. Qu'en dis-tu ?

Michael prit le temps d'étudier le sourire éblouissant qu'elle lui offrait. Pouvait-il vraiment s'y fier ?

— En fait, je suis en train de me demander à quoi est dû ce revirement d'humeur, dit-il encore méfiant.

— Disons que l'ambiance de fête y est pour beaucoup. Et qu'en outre, je suis soulagée que nous n'ayons pas à nous équiper d'un chien de garde, ni à nous approvisionner en chevrotine.

— Pour le moment, précisa Michael, encore sur ses gardes. Le fait que Fitzhugh ait marché dans notre combine en répandant la rumeur qu'une enquête policière était menée, ne signifie pas que nos chers amis ont renoncé. A mon avis, ils font une pause mais ils ne vont pas tarder à se manifester de nouveau.

— On dirait vraiment que tu n'attends que ça, commenta Pandora d'un ton désapprobateur.

Puis elle leva une main en signe de renonciation.

— Moi, en tout cas, j'ai bien l'intention de profiter de mes vacances et de ne plus penser à eux une seule seconde.

Elle sembla hésiter un instant, jouant avec le collier en or qu'elle portait.

— Darla a dû être déçue, non ? finit-elle par demander.

Michael regarda les améthystes scintiller joliment autour du cou de la jeune femme.

— Elle s'en remettra, répondit-il distraitement.

Etonné, il regardait Pandora tripoter nerveusement sa chaîne.

— Michael, tu n'es pas obligé de rester. Pars rejoindre tes amis pour les fêtes si tu en as envie. Je t'assure que cela ne me pose aucun problème.

— Règle numéro six, lui rappela-t-il. Nous ne nous

séparons sous aucun prétexte. Et d'ailleurs, tu as toi-même refusé une demi-douzaine d'invitations.

— C'est mon choix. Elle lâcha enfin son collier et laissa retomber ses bras le long de son corps. Mais toi, je ne veux pas que tu te croies obligé de…

— C'est mon choix également, l'interrompit Michael. Qu'est-ce que tu t'imagines ? Que je suis devenu soudain moins égoïste, plus attentionné ?

— Certainement pas ! riposta Pandora. Je préfère croire que tu es trop paresseux pour effectuer le trajet.

Michael secoua la tête, puis renonça à se défendre.

— Tu as parfaitement raison.

Pandora hésita un instant.

— Tu ne deviendras pas trop prétentieux si je te dis que je suis contente de te voir rester ?

Michael étudia en silence la tenue élégante de la jeune femme, en total contraste avec sa crinière rousse indomptée.

— Je ne peux pas te le promettre.

— Alors, je ne te le dirai pas.

Sans ajouter un mot, Pandora tourna les talons et s'éloigna.

Quelle femme pleine de contradictions ! se disait Michael en fixant pensivement la porte. Il se sentait devenir fou d'elle. Et il pesait ses mots. Pandora et lui se tournaient autour, saisissant cependant la moindre occasion de se rapprocher. Il ne pouvait imaginer deux personnes aussi peu faites l'une pour l'autre, aussi peu compatibles. Et pourtant… Il laissa son travail en plan et partit la rejoindre.

Il la trouva dans le salon, occupée à arranger les paquets déjà disposés au pied du sapin.

— Alors ? Combien en as-tu secoués pour tenter de deviner leur contenu ?

— Tous, répondit spontanément Pandora.

Mais elle ne se retourna pas. Elle ne voulait pas qu'il voie à quel point elle était heureuse qu'il soit venu la retrouver.

— Jusqu'à présent, aucun n'a ma préférence. Mais j'ai un problème…

Elle choisit un paquet à l'emballage élégant et ajouta :

— Je n'ai pas de cadeau pour toi.
— Et qui te dit que moi, j'en ai un pour toi ? rétorqua Michael, impassible.
— Si c'était le cas, ce serait vraiment grossier de ta part. Et la preuve d'une monstrueuse indifférence.

Michael s'accroupit à côté de la jeune femme et se mit à son tour à étudier la pile de paquets.

— De toute façon, d'autres ont pensé à toi, dit-il en faisant négligemment tourner entre ses doigts une petite boîte recouverte de papier argent. Qui est ce Boris ?
— Un réfugié politique russe. Il est violoncelliste et fervent admirateur de mon travail.
— Je n'en doute pas une seconde. Et Roger ?
— Roger Madison.

Michael écarquilla les yeux de surprise.

— Le joueur de l'équipe des Yankees ? Celui qui a frappé trois cent quatre coups l'année dernière ?
— Lui-même. Je ne sais pas si tu as remarqué le bracelet en argent qu'il porte en permanence au poignet droit. C'est moi qui l'ai créé spécialement pour lui au printemps dernier. Il est assez superstitieux et le considère comme un porte-bonheur.

Pandora soupesa doucement le lourd paquet jaune et or que le joueur lui avait envoyé.

— Apparemment, il s'est montré très généreux.
— Je vois, commenta Michael après avoir jeté un regard éloquent à toutes les étiquettes qui accompagnaient les cadeaux. Enfin… je vois surtout que tes amis sont exclusivement masculins.
— Vraiment ?

A son tour, Pandora inspecta la pile de cadeaux réservée à Michael.

— Et les tiens exclusivement féminins. Chichi ? s'étonna-t-elle en détaillant une grosse boîte ornée d'un énorme nœud rose.
— Une amie biologiste, répondit Michael, un sourire narquois au coin des lèvres.

— Fascinant ! Et Magda ? Elle est bibliothécaire, peut-être ?

— Juriste.

— Mmm. Et celle-ci ? interrogea encore Pandora en exhibant une bouteille de champagne dont le ruban rouge portait pour toute inscription « Joyeux Noël Michael ». Quel que soit l'expéditeur, en tout cas, il est particulièrement timide.

— Certaines personnes ne veulent pas faire étalage de leur générosité, voilà tout.

Pandora releva fièrement le menton et, défiant Michael du regard, lui demanda :

— Et toi, Michael ? Sauras-tu te montrer aussi généreux et partager ce magnum ?

— Avec qui ?

— J'aurais dû deviner que tu étais mesquin !

Elle lui agita sous le nez un paquet marqué à son nom.

— Puisque c'est comme ça, je mangerai toute seule ces excellents chocolats suisses.

Michael avisa la boîte d'un œil sceptique.

— Comment sais-tu que ce sont des chocolats ?

La jeune femme lui adressa un petit sourire supérieur.

— Henri m'offre *toujours* des chocolats.

Michael tendit la main, paume vers le haut.

— Moitié-moitié ?

— Moitié-moitié, acquiesça Pandora en tapant la paume offerte.

Quelques heures plus tard, alors que les étoiles scintillaient dans le ciel et qu'un feu flambait dans l'âtre, Pandora éclaira la guirlande électrique. Elle songeait sans regrets aux fêtes prestigieuses auxquelles elle ne se rendrait pas. Elle était au bon endroit, là où elle avait choisi de se trouver. Il ne lui avait fallu que quelques semaines pour réaliser qu'elle était moins attachée qu'elle ne le pensait à la vie trépidante de New York. « La Folie » était son véritable foyer. Mais ne l'avait-il pas toujours été ? Plus le temps passait, moins elle songeait à regagner New York. Pourtant, elle ignorait ce que serait sa vie, seule dans cette grande maison.

Michael serait reparti. Car même si « La Folie » lui appartenait pour moitié dans quelques mois, sa vie, sociale et professionnelle, se trouvait à New York. Il serait reparti, se répétait-elle et elle se retrouverait seule avec ses regrets. Pour quelle raison resterait-il, d'ailleurs ? Elle se leva et, machinalement, attisa le feu. Ils ne pouvaient vivre indéfiniment sous le même toit. Tôt ou tard, elle lui parlerait de sa décision de s'installer ici. Mais pour cela, il faudrait qu'elle lui explique ses raisons. Ce qui s'annonçait difficile.

Elle était néanmoins reconnaissante à son oncle de lui avoir permis de se surpasser. D'accomplir quelque chose dont elle s'était crue incapable : vivre dans un endroit retiré de tout, loin de ce qu'elle avait toujours connu et dont elle pensait ne pouvoir se passer. Certes, elle avait dû gérer au quotidien sa relation avec Michael, mais elle avait découvert là une vie plus riche et plus intense que celle qu'elle avait vécue au cours des derniers mois. Elle détestait l'idée de devoir renoncer à cela.

Elle avait même réussi, en partie, à maîtriser l'attirance qu'elle éprouvait pour lui. Même si, à vrai dire, il n'était pas plus son type d'homme qu'elle n'était son type de femme. D'après ce qu'elle savait, il lui préférait un genre plus exotique : des actrices, des danseuses, des mannequins. Elle, de son côté, préférait les intellectuels. Des hommes capables de discuter durant des heures des œuvres de romanciers obscurs ou d'apprécier des pièces de théâtre ésotériques. Des hommes qui n'auraient pas été capables de dire si *Logan's Run* était une émission de télé ou un restaurant dans Soho.

Pandora considérait donc le désir qu'elle éprouvait pour Michael comme un accident de parcours sans importance.

Elle en était à ce stade de ses réflexions lorsqu'un bruit la fit se retourner. Un petit chien blanc était en train de foncer vers elle. Il glissa sur le tapis d'Aubusson, se cogna contre la table en poussant quelques petits cris plaintifs, puis, nullement découragé, reprit sa course effrénée en direction de Pandora. Il faillit rouler deux fois sur lui-même mais parvint à se rétablir maladroitement avant d'atteindre enfin son but, hors d'haleine.

Pandora s'accroupit et accueillit sur ses genoux le petit animal qui se mit à lui lécher le visage à grands coups de langue.

— D'où sors-tu, toi ? demanda la jeune femme en riant aux éclats.

Se défendant comme elle pouvait des assauts répétés dont elle était l'objet, elle examina la carte qui était accrochée au collier du chiot.

« Je m'appelle Bruno.
Je suis un affreux jojo prêt à défendre sa maîtresse. »

— Bruno, hein ? répéta Pandora toujours riant sous les coups de langue du petit chien.

Elle caressa ses drôles d'oreilles, trop longues pour sa petite taille.

— Comment ça, « affreux jojo » ?

— Il a été spécialement dressé pour attaquer les cohéritiers mécontents, répondit Michael qui venait de faire son entrée en poussant un chariot sur lequel trônait une bouteille de champagne dans un seau à glace. Il est prêt à bondir sur quiconque portera un costume de chez Brooks Brothers.

— Et des mocassins en cuir, renchérit Pandora.

— Et des mocassins en cuir, bien sûr.

Très émue, la jeune femme concentra son attention sur le chiot. Elle n'avait aucune idée de la façon dont elle pouvait remercier Michael sans se couvrir de ridicule.

— Il n'est même pas affreux, murmura-t-elle.

— On m'a promis qu'il le deviendrait.

Pandora enfouit son visage dans le pelage de l'animal.

— *On ?* Où l'as-tu trouvé ?

— A la fourrière.

Sans quitter la jeune femme des yeux, Michael entreprit d'ouvrir la bouteille de champagne.

— Tu te souviens de la dernière fois où nous sommes allés faire des courses en ville ? Je t'ai abandonnée un moment.

— Oui. Je croyais que tu étais parti acheter des magazines pornographiques !

— Je vois que ma réputation me précède, ronchonna Michael à voix basse, comme pour lui-même. Enfin bref, c'est bien à la fourrière que je suis allé et là, j'ai vu Bruno. Dès qu'il m'a repéré, il a mordu un autre chien heu… dans une partie sensible de son anatomie afin d'arriver le premier jusqu'à la grille. Et lorsqu'il m'a souri de tous ses crocs, sans aucune dignité, j'ai su que ce serait lui et pas un autre.

Comme pour ponctuer ce que venait de dire Michael, le bouchon sauta, libérant des flots de champagne qui se répandirent sur le sol. Bruno bondit des genoux de sa maîtresse et se mit à laper goulûment le liquide pétillant.

— Il manque un brin d'éducation, peut-être, commenta Pandora, déjà conquise. Mais il a des goûts très sûrs.

Elle se leva et attendit que Michael ait rempli leurs deux coupes.

— En tout cas, c'est une attention très délicate.

Michael sourit en lui tendant sa coupe.

— Tout le plaisir est pour moi.

— Finalement, je préfère lorsque tu te montres grossier et insupportable.

— Je fais pourtant de mon mieux, rétorqua Michael en portant un toast.

— Parce que lorsque tu es gentil, poursuivit Pandora, j'ai plus de mal à contrôler mes pulsions.

Michael, qui s'apprêtait à boire une gorgée de champagne, interrompit son geste.

— Quel genre de pulsions ?

— Ce genre-là, répondit Pandora en ondulant vers lui.

Elle posa sa coupe sur un petit guéridon, débarrassa Michael de la sienne, et lui mit les bras autour du cou.

Elle planta son regard dans le sien, puis très lentement, effleura ses lèvres de sa bouche.

Comme elle s'y attendait, elles étaient douces et chaudes sous les siennes. Les mains de Michael vinrent se poser, aussi légères que des plumes, sur les épaules de la jeune femme. Peut-être avait-il compris, inconsciemment, que la force n'y ferait rien. Car, lorsque Pandora se donnait, elle le faisait totalement, de son plein gré, refusant toute forme de pression ou de soumission. Dans une relation, Michael avait toujours vainement recherché l'égalité des forces. Et contre toute attente, c'est chez Pandora qu'il l'avait trouvée.

Il se grisait de son parfum, du goût fruité de sa bouche qui exacerbait ses émotions. Son corps, à la fois souple et ferme sous ses mains, exigeait autant qu'il offrait.

Pandora ne pouvait résister aux mains de Michael. A ses doigts courant sur ses hanches, puis sur sa taille. C'était exactement comme elle se l'autorisait dans ses rêves. Elle sentait que le moment était venu d'accepter, de céder au plaisir. Elle ne retarderait pas plus le moment de se donner. L'heure n'était plus aux interrogations.

Elle s'écarta légèrement de lui et lui murmura en souriant doucement :

— Lorsque je t'embrasse, tu n'es plus du tout mon cousin Michael.

— Vraiment ?

Il lui mordillait les lèvres, qu'elle avait incroyablement sensuelles.

— Qui suis-je alors ? susurra-t-il en l'enlaçant à son tour.

Cette fois ce n'était plus un étau douloureux mais une étreinte légère.

— Je ne sais pas encore.

— Je peux essayer de te mettre sur la voie, chuchota-t-il en pressant de nouveau son corps contre le sien.

Pandora résista.

— Puisque tu as rompu la tradition en m'offrant mon cadeau avant l'heure prévue, je suis obligée d'en faire autant.

Elle quitta à regrets le doux cocon des bras de Michael

et alla chercher, au pied du sapin, un paquet carré et plat qu'elle lui tendit.

— Joyeux Noël, Michael.

Celui-ci s'assit sur le bras d'un fauteuil et déchira l'emballage tandis que Pandora buvait une gorgée de son champagne. Elle observait Michael, guettant nerveusement une réaction sur son visage. Il n'y avait pourtant pas de quoi se mettre dans des états pareils! Son cadeau pour Michael n'était qu'une bricole improvisée à la hâte. Aussi lorsqu'il l'eut découvert, se crut-elle obligée de dire en haussant négligemment les épaules :

— Evidemment, ce n'est pas aussi original qu'un chien de garde.

Emu, Michael fixait en silence le portrait de leur oncle. Celui-ci se détachait dans un cadre en argent grossièrement martelé, création de la jeune femme que Jolley aurait appréciée. Pandora avait dessiné le vieil homme tel que Michael se le rappelait, le dos légèrement voûté par les ans, ses cheveux devenus rares encadrant son visage éclairé d'un large sourire. Elle avait mis dans ce portrait tout l'amour, le talent et l'humour qui la caractérisaient; les trois qualités essentielles que Jolley admirait chez sa nièce.

Lorsque Michael leva enfin les yeux vers la jeune femme, elle faisait tourner avec nervosité la coupe qu'elle tenait à la main.

Jusqu'à présent, il n'avait eu d'elle que l'image d'une femme de tête, affichant même un brin d'arrogance dans son travail. Ainsi que dans sa vie privée. Les pans secrets de cette personnalité qui se révélaient peu à peu à lui le troublaient plus que de raison.

— Jamais aucun cadeau ne m'a fait plus plaisir, Pandora.

La petite ride d'anxiété qui s'était creusée entre les sourcils de Pandora s'effaça instantanément tandis qu'un sourire fleurissait sur ses lèvres. Elle s'en voulut de ne pouvoir cacher ce ridicule sentiment qui la remplissait de fierté.

— C'est vrai?

Michael lui sourit à son tour avant de fixer de nouveau le portrait de Jolley.

— C'est vrai, confirma-t-il en enlaçant ses doigts à ceux de la jeune femme. Il est exactement comme dans la réalité.

— Je l'ai dessiné tel que je me le rappelais.

L'espace d'un instant, Pandora se demanda si l'attirance qu'ils éprouvaient l'un pour l'autre n'était pas encore un des tours dont leur oncle avait le secret.

— J'ai pensé que c'était aussi le souvenir que tu avais de lui. Le cadre est un peu kitch, tu ne trouves pas ?

— Il est parfaitement adapté, renchérit Michael en l'étudiant de plus près.

Le métal brillait de tous ses feux, son éclat encore rehaussé par les courbes géométriques que Pandora y avait imprimées. On aurait pu le croire tout droit sorti d'un héritage familial.

— J'ignorais que tu faisais ce genre de choses.

— Cela m'arrive de temps en temps. La boutique m'en a pris quelques-uns.

— C'est si différent de tes créations habituelles !

Pandora releva fièrement le menton.

— J'avais pensé t'offrir un bon gros collier en or serti de strass, juste pour t'embêter.

— J'avoue qu'effectivement, tu aurais réussi.

— L'année prochaine peut-être. A moins que je n'en fasse un pour Bruno.

Elle balaya la pièce d'un coup d'œil circulaire.

— Où est-il passé ?

— Probablement sous le sapin, en train de s'occuper des paquets. C'est sa spécialité. Durant son bref séjour dans le garage, il s'est débrouillé pour ruiner une de mes chaussures de golf.

— Nous allons mettre tout de suite un terme à ces mauvaises habitudes, déclara Pandora en partant à la recherche du jeune chiot.

Michael, à présent confortablement installé dans un siège, ne pouvait détacher son regard du portrait de Jolley.

145

— Je ne savais pas que tu dessinais aussi bien. Pourquoi ne te lances-tu pas dans la peinture ?

— Et toi, pourquoi n'écris-tu pas « Le Grand Roman du Siècle » ?

— Parce que j'adore ce que je fais.

— Exactement, lâcha Pandora qui, n'ayant trouvé trace de Bruno sous l'arbre, regardait à présent sous les meubles. Bien que quelques peintres se soient essayés avec succès à la création de bijoux, Dali pour n'en citer qu'un, je crois, moi, que... Michael !

Michael reposa précipitamment la coupe qu'il s'apprêtait à porter à ses lèvres pour aller rejoindre Pandora, à genoux près du canapé.

— Qu'est-ce qui se passe ? s'enquit-il en s'agenouillant à son tour.

Bruno, couché sur le flanc, gisait sur le carrelage, les yeux fermés, la respiration saccadée. Lorsque Pandora le tira vers elle, il laissa échapper de petites plaintes de douleur.

— Oh, Michael, il est malade ! Il faut l'emmener tout de suite chez un vétérinaire.

— Il est trop tard. Nous ne trouverons pas de vétérinaire, à minuit, le soir du réveillon.

Doucement, il posa une main sur le ventre du chiot qui se mit à gémir.

— Je vais quand même essayer de joindre quelqu'un au téléphone.

— Tu crois que c'est à cause de quelque chose qu'il a mangé ? s'enquit Pandora au comble de l'inquiétude.

— Non, Sweeney a veillé à sa nourriture, comme si c'était un nouveau-né.

Comme pour donner raison à Michael, le chiot se remit péniblement debout, sur ses pattes flageolantes puis, à force de spasmes violents, réussit à se soulager de ce qui encombrait son petit estomac. Exténué par un tel effort, il se recoucha et s'endormit profondément.

— C'est ce qu'il a bu, murmura Michael.

Le cajolant, le caressant, Pandora prit le petit corps apaisé dans ses bras.

— Ça ne peut tout de même pas être les quelques gouttes de champagne qu'il a léchées. Eh bien, Bruno, je crois que Charles ne va pas être très content que tu aies sali son tapis. Il vaudrait mieux que je…

Michael l'agrippa soudain par le bras, interrompant brutalement son monologue.

— Combien de champagne as-tu bu ?

— Juste une gorgée. Mais pourquoi…

Cette fois, elle s'interrompit d'elle-même, réalisant où Michael voulait en venir.

— Le champagne. Tu crois qu'il y avait un problème avec la bouteille ?

— Je crois surtout que je suis un imbécile de ne pas m'être méfié d'un cadeau anonyme !

Au comble de l'angoisse, il prit le menton de Pandora entre ses doigts, la forçant à le regarder dans les yeux.

— Tu n'as pris qu'une gorgée ? Tu en es sûre ? Comment te sens-tu ?

Si Pandora sentait son sang se glacer dans ses veines, elle n'en laissa rien paraître.

— Je me sens bien, répondit-elle calmement. Regarde ma coupe, je l'ai à peine touchée.

Tous deux tournèrent la tête dans la même direction.

— Tu… tu crois qu'il y a du poison ?

— Nous le saurons très vite.

Pandora secoua la tête, refusant d'admettre une telle éventualité.

— Mais comment serait-ce possible, Michael ? La bouteille était bouchée. Et le bouchon intact.

— Dans la première série des « Logan », j'avais imaginé un scénario dans lequel le meurtrier injectait du cyanure dans une bouteille, à l'aide d'une seringue.

— Mais il s'agissait d'une fiction, protesta Pandora en frissonnant.

— En tout cas, en attendant de pouvoir prouver le

contraire, nous allons faire comme si c'était la réalité. Je vais faire analyser ce qu'il reste de la bouteille par les laboratoires Sanfield.

— Analyser ? répéta machinalement Pandora, complètement sonnée par la nouvelle. Tu as raison, je suppose que nous nous sentirons mieux lorsque nous serons sûrs. Tu connais quelqu'un dans ce labo ?

— Nous en sommes propriétaires.

Il jeta un coup d'œil au jeune chiot, toujours profondément endormi dans les bras de sa maîtresse.

— Ou plutôt, nous le deviendrons dans quelques mois. Et à mon avis, c'est l'une des raisons pour lesquelles notre expéditeur anonyme nous a fait parvenir ce charmant cadeau.

— Michael, si cette bouteille contient du poison…

Pandora s'interrompit, essayant d'imaginer l'impossible.

— Si, effectivement cette bouteille contient du poison répéta-t-elle, cela voudra dire que ce n'est plus un simple jeu.

Michael tenta d'imaginer ce qui se serait produit si leur attention n'avait pas été détournée à temps.

— Non, ce ne sera plus un simple jeu.

S'exhortant au calme, Pandora quitta son siège.

— Mais enfin, c'est insensé ! Le vandalisme, passe encore, les petites mesquineries aussi, mais je ne peux pas croire qu'un membre de ma famille soit capable d'aller aussi loin ! Nous sommes en train de nous faire des idées, Michael. Bruno a vomi sous le coup de l'excitation, voilà tout ! Ou alors il était déjà malade lorsque tu es allé le chercher à la fourrière.

— Un vétérinaire l'a vu et lui a fait tous les vaccins nécessaires avant que je ne le récupère.

Michael s'appliquait à parler calmement mais ses yeux trahissaient son extrême nervosité.

— Il était en parfaite santé jusqu'à ce qu'il lape ces quelques gouttes de champagne, conclut-il avec fermeté.

Toute tentative de rationalisation déserta alors Pandora.

— Très bien. Alors nous ferons analyser le contenu de

cette bouteille. Mais tant que nous n'aurons pas la certitude qu'elle contient du poison, je ne veux plus y penser.

— Tu préfères ne pas affronter la réalité ?

— Non, mais tant que nous n'avons pas la preuve du contraire, je refuse de croire qu'un des membres de ma famille a voulu me tuer.

Elle caressa tendrement le pelage soyeux du petit chien avant d'ajouter :

— Je vais essayer de lui faire boire un peu de lait chaud. Et je le prendrai avec moi dans ma chambre, je veux pouvoir veiller sur lui cette nuit.

Michael, resté près de la cheminée, tentait de combattre le sentiment de frustration mêlé de colère qui l'assaillait.

— Parfait.

Il était plus de minuit lorsque Michael, en panne d'inspiration et de sommeil, alla jeter un coup d'œil par la porte de Pandora, restée entrouverte. Une lampe de chevet restée allumée diffusait sa lumière tamisée à travers la pièce. Au-dehors, la neige tombait, drue. Pandora dormait, recroquevillée dans son grand lit, les couvertures remontées jusqu'au menton. Sur un tapis en face du feu sommeillant, Bruno ronflait doucement. Pandora avait pris soin de le recouvrir d'un châle en mohair et elle avait installé à sa portée un bol de ce que Michael prit pour du thé. Il s'accroupit auprès du petit animal.

— Mon pauvre vieux, murmura-t-il en lui caressant doucement la tête.

Bruno s'étira et laissa échapper une petite plainte dans son sommeil.

— Je crois qu'il va mieux.

Michael regarda par-dessus son épaule. Comme Pandora était belle et désirable avec ses cheveux épars et son visage doux qu'accentuait encore son teint diaphane ! Il s'attarda sur les épaules nues qui émergeaient du drap soigneusement tendu sur sa poitrine avant de reporter toute son attention sur le chiot. Mais qu'est-ce qui lui prenait ? Pandora ne correspondait pourtant pas aux critères de beauté qui le faisait habituellement craquer.

— Oui, il a juste besoin de dormir à présent.

Ressentant le besoin de se donner une contenance, Michael alla puiser dans le coffre à bois une bûche qu'il ajouta aux braises encore rougeoyantes.

— Merci, dit Pandora. Tu ne pouvais pas dormir ?
— Non.
— Moi non plus.

Ils restèrent un moment assis en silence, elle dans son grand lit, lui sur le tapis à côté du chien. Le feu crépitait de nouveau joyeusement, projetant des ombres mouvantes sur les murs.

Pandora remonta ses jambes sous sa poitrine.

— Michael, j'ai peur.

Ce n'étaient pas des paroles en l'air. Michael savait à quel point il en coûtait à la jeune femme de lui faire un tel aveu. Il se donna le temps de tisonner le feu avant de répondre d'un ton qu'il voulait léger :

— Nous pouvons partir, si tu le souhaites. Dès demain, nous pouvons rentrer à New York. Oublier ce pari insensé et profiter des fêtes de fin d'année.

Pandora garda le silence, scrutant le visage de Michael dans l'espoir d'y trouver une réponse à sa question.

— C'est vraiment ce que tu veux ?

Michael pensa à Jolley, puis à Pandora. Tous ses muscles en tension se raidirent un peu plus.

— Oui. Il faut que je pense un peu à moi.

— Tu es un bien piètre menteur, pour quelqu'un qui passe sa vie à inventer des histoires auxquelles tout le monde croit.

Elle attendit un instant puis reprit en l'épinglant du regard :

— Tu ne veux pas rentrer à New York. Non. En vérité, tu brûles de leur casser la figure.

— Tu me vois frapper tante Patience ?

— A quelques exceptions près, je te l'accorde. Mais avoue que, pour rien au monde, tu ne voudrais jeter l'éponge.

— Tu as raison, concéda Michael qui s'était mis à faire les cent pas devant la cheminée. Mais toi ? Depuis le début, tu ne voulais pas être mêlée à cette histoire ! C'est moi qui t'ai forcé la main. Je me sens responsable, Pandora !

Pour la première fois depuis bien longtemps, Pandora retrouva le sens de l'humour qui la caractérisait.

— Je détesterais froisser ton ego, Michael, mais tu ne m'as absolument pas forcé la main. Je suis seule responsable de mes choix. Et je ne céderai pas à leurs minables manœuvres d'intimidation. C'est vrai, j'ai dit que je ne voulais pas de cet argent. J'ai dit aussi que je n'en avais pas besoin, ce qui est moins vrai. Mais je fais de toute cette affaire une question de fierté. Et même si je crève de peur, je ne renoncerai pas ! Et puis, cesse de tourner comme un lion en cage et viens t'asseoir près de moi.

L'ordre, lancé avec une pointe d'impatience et de colère fit sourire Michael. Docilement, il obéit à la jeune femme.

— Tu te sens mieux ? s'enquit-il gentiment.

Elle le fixa intensément puis répondit :

— Oui. Michael, ça fait des heures que je suis allongée là, à retourner le problème dans tous les sens. Et cela m'a permis de réaliser deux ou trois choses. Il n'y a pas si longtemps, tu m'as traitée de snob, et d'une certaine façon, tu avais raison. Mais si je n'ai jamais fait grand cas de l'argent, c'est parce qu'en fait, je ne m'autorisais pas à le faire. Quand l'oncle Jolley les a tous écartés de son testament, j'ai considéré ça comme un dernier clin d'œil, une dernière blague qui allait, certes, provoquer des grincements de dents, mais rien de grave. Ce n'était que de l'argent, et aucun d'eux n'en manque.

— Tu n'as jamais entendu parler de cupidité, ou du désir de toujours vouloir plus ?

— Bien sûr que si, mais je ne les croyais pas animés d'intentions aussi hostiles. Mais après tout, je les connais si peu ! Je les ai toujours trouvés ennuyeux, je n'ai donc jamais cherché à les fréquenter.

Pandora passa une main nerveuse dans ses cheveux, indifférente au drap qui retombait sur sa taille.

— Regarde Ginger, par exemple. Elle a à peu près le même âge que moi et pourtant, nous n'avons rien en commun. Je la croiserais dans la rue, c'est tout juste si je la reconnaîtrais.

— Et moi, c'est à peine si je me souviens de son prénom, renchérit Michael.

— C'est bien où je voulais en venir : nous ne les connaissons quasiment pas. Lorsqu'on parle de « famille », on évoque un bloc indissociable, mais chaque membre pris individuellement, qui est-il vraiment ? De quoi est-il capable ? J'essaie de trouver une réponse. Ce n'est pas une plaisanterie, Michael.

— Je sais.

— Je voudrais me battre mais je ne sais pas comment m'y prendre.

— La meilleure façon est de rester, suggéra Michael en lui prenant la main.

Elle était froide et douce dans la sienne.

— Et peut-être, ajouta-t-il, de leur livrer une bataille psychologique.

— Comment cela ?

— Eh bien, pourquoi ne pas envoyer, à notre tour, une bouteille de champagne à chacun d'eux ?

Un sourire mauvais vint fleurir sur les lèvres de Pandora.

— Oui. Un magnum, par exemple.

— Naturellement. Je me demande quelle serait leur réaction.

— C'est un sale coup, non ?

— Mmm, marmonna Michael.

— J'avoue que j'avais sous-estimé ton imagination fertile. Ça me paraît être une excellente idée.

Elle se tut, consciente des doigts de Michael qui jouaient avec une mèche de ses cheveux.

— Nous devrions dormir un peu à présent.

— Tu as raison, approuva Michael tandis que ses doigts effleuraient maintenant la nuque de la jeune femme.

— Remarque, je n'ai pas très sommeil.

— Nous pourrions faire une partie de canasta.

— Pourquoi pas ? chuchota Pandora, attentive aux mains de Michael qui faisaient glisser sur ses épaules les fines bretelles de sa chemise de nuit. Ou de gin-rami.

— Si tu veux.

— Ou alors... nous pourrions terminer ce que nous avons commencé dans le salon tout à l'heure, lui susurra-t-elle à l'oreille.

Michael porta à ses lèvres les mains de Pandora.

— Tu as raison. C'est toujours mieux de finir quelque chose avant d'entamer autre chose. Et si j'ai bonne mémoire, il me semble que nous en étions... là.

Il se pencha pour prendre les lèvres de Pandora. Avec un geste plein de tendresse et de douceur, la jeune femme noua ses bras autour du cou de Michael.

— C'est exactement ça.

Puis cédant à l'urgence de leur désir, ils roulèrent, enlacés, sur le lit.

Leurs deux corps, parfaitement imbriqués l'un dans l'autre, se mouvaient au même rythme langoureux, se satisfaisant de caresses légères, de regards pénétrants, de parfums enivrants. Puis peu à peu la passion s'infiltra, les rendant impatients l'un de l'autre. Ils avaient attendu trop longtemps. Leurs doigts, leurs bouches, exploraient la moindre parcelle de chair, le moindre recoin intime.

Pandora se révéla moins inhibée qu'il ne l'avait supposé. Plus généreuse aussi. N'hésitant pas à donner autant qu'elle recevait, à partir à la découverte de ce corps inconnu sans fausse pudeur. Leurs bouches se prenaient, ne se lâchant que pour mieux se reprendre. Et lorsque la langue de Michael joua avec celle de Pandora, celle-ci fixa sur lui un regard trouble de volupté mais où filtrait une lueur d'amusement. La jouissance d'un jeu partagé. Michael enfouit son visage dans la chevelure épaisse de la jeune femme, se grisant de l'odeur animale qui s'en dégageait. Enfin, ils étaient ensemble, sur le point de devenir amants !

Si les mains de Pandora restaient fermes tandis qu'elle ôtait son pull à Michael puis caressait son torse puissant, son cœur, lui, battait la chamade. Elle acceptait les règles du jeu, même si elle pressentait des conséquences inévitablement néfastes. Il serait toujours assez tôt pour remettre les choses en question. Pour l'heure, elle ne voulait voir que ce moment de bonheur, ponctué du seul crépitement romantique du feu dans la cheminée.

Leurs deux corps à l'unisson rivalisaient d'imagination et de volupté. Michael apprenait à aimer comme il ne l'avait encore jamais fait, ne se rassasiant pas de ce corps menu, de ce parfum charnel qui émanait de chaque centimètre de sa peau et dans lequel il se noyait avec bonheur.

Il sentit le moment où le rythme langoureux bascula en danse effrénée. Et lorsque Pandora commença à gémir, il se pressa un peu plus contre elle, la rejoignant sur les vagues ondulantes du plaisir.

Pandora, au bord de l'extase, léchait à petits coups de langue la peau moite de son amant. Etait-ce cela la passion ? Cette faim de l'autre qui ne cessait jamais ? Ce mélange de plaisir extrême et de douleur, de crainte et de certitude, de bonheur intense et de désespoir ?

Un éclair de vulnérabilité s'abattit sur elle tandis que son corps s'arc-boutait vers plus de plaisir encore. Jamais encore elle ne s'était sentie aussi psychologiquement nue, aussi fragile. Le souffle court, elle débarrassa Michael de son pantalon, les deux amants donnant alors libre cours à leurs instincts sauvages, aux zones d'ombres jusque-là bridées. Michael s'installa à califourchon sur elle tandis qu'elle l'enserrait de ses bras et de ses jambes. Lorsque, enfin, il se glissa en elle, il lut dans les yeux de la jeune femme ce que lui-même ressentait : un mélange d'étonnement et de joie profonde. Ensemble, ils étaient arrivés là où, sans se concerter, chacun aspirait à parvenir. Un port d'attache.

Lorsque, bien longtemps après, leurs sens furent enfin apaisés et que les battements désordonnés de leurs cœurs se furent calmés, ils restèrent un long moment silencieux, écoutant le feu crépiter dans l'âtre. Tous deux se connaissaient trop bien pour éprouver le besoin de parler.

Michael remonta les couvertures sur leurs corps nus.

— Joyeux Noël, murmura-t-il.

Pour toute réponse, Pandora émit ce qui ressemblait à un petit ricanement, puis se blottit tendrement contre lui.

8

Michael et Pandora quittèrent « La Folie » au petit matin, le lendemain de Noël. La neige scintillait sous l'effet des rayons du soleil naissant. Une bise glaciale soulevait des tourbillons de poussière blanche, donnant au paysage des allures de carte postale.

Ils avaient décidé, au terme d'une courte discussion, que Pandora conduirait à l'aller et Michael au retour. Celui-ci s'installa donc confortablement sur le siège du côté passager tandis que Pandora prenait le volant et entamait la longue descente qui menait à la route principale.

— Que ferons-nous s'ils ne veulent pas nous recevoir ?
— Pourquoi ne nous recevraient-ils pas ? demanda Michael que le spectacle du paysage qui défilait ne parvenait plus à divertir.

Pour la première fois, il s'ennuyait, trouvant interminable le trajet qui reliait « La Folie » à New York.

— Parce que nous vendons la peau de l'ours avant de l'avoir tué.

Pandora s'interrompit pour baisser le chauffage et déboutonner son manteau, puis ajouta :

— Nous n'avons encore hérité de rien, que je sache.
— Simple formalité.
— Je te trouve un peu trop sûr de toi, Michael.
— Et moi, je te trouve toujours aussi pessimiste.
— Je ne suis pas pessimiste, j'essaie d'être objective. Il faut bien que l'un de nous deux le soit.
— Ecoute..., commença Michael, sur le point de riposter.

Mais les mains de la jeune femme, crispées sur le volant, le dissuadèrent de poursuivre. D'ailleurs, et même s'il tentait de ne rien laisser paraître, lui aussi était au comble de la nervosité. Mais ses raisons n'étaient pas les mêmes que celles de Pandora. Comment aurait-il pu deviner que se réveiller à ses côtés le troublerait autant ? Qu'il se sentirait responsable de ce qui était arrivé, et du désir qu'il éprouvait encore pour elle ?

Il prit une profonde inspiration, fixa quelques minutes son attention sur le paysage enneigé.

— Ecoute, reprit-il d'un ton plus léger, si, pour le moment en effet, nous ne possédons rien, il n'empêche que nous faisons, nous aussi, partie de la famille de Jolley. Pourquoi donc nous refuserait-on une simple analyse dans un laboratoire qui lui appartient ?

— Nous verrons bien, dit Pandora, encore sceptique.

Elle effectua une quinzaine de kilomètres en silence puis reprit :

— Michael, quelle différence cela fera-t-il d'apprendre que cette bouteille contenait du poison ?

— Appelle ça de la curiosité mais moi, j'ai besoin de savoir si un membre de ma famille me déteste au point de vouloir ma mort.

— Très bien. Mais si les résultats des analyses confirment nos doutes, ils ne nous donneront pas pour autant l'identité du coupable.

— Ce sera l'étape suivante.

Il coula à la jeune femme un regard en biais.

— Nous pourrions tous les inviter pour le jour de l'an et tenter de les mettre sur le gril.

— C'est une plaisanterie, j'espère ?

— Pas du tout. Le moment ne serait peut-être pas très propice, mais j'y pense très sérieusement, au contraire.

Il marqua une pause, le regard de nouveau fixé sur les doigts gantés de Pandora qui s'agitaient nerveusement sur le volant.

— Pandora, peux-tu me dire ce qui te contrarie vraiment ?

— Mais rien ! protesta la jeune femme qui pourtant, n'avait pas réussi à véritablement recouvrer ses esprits depuis vingt-quatre heures.

— Tu en es sûre ?

— Oui. Je suis comme toi, Michael ! Légèrement contrariée à l'idée que quelqu'un cherche à m'éliminer !

Elle releva crânement le menton et ajouta :

— N'est-ce pas une raison suffisante ?

Michael devina l'angoisse derrière le sarcasme.

— C'est également pour cette raison que tu es restée terrée dans ta chambre toute la journée d'hier ? insista-t-il.

— Je n'étais pas « terrée », comme tu dis. Je voulais surveiller l'état de santé de Bruno. Et j'étais fatiguée.

— Tu as à peine touché à l'énorme dinde que Sweeney avait passé des heures à cuisiner spécialement pour nous.

— Je n'aime pas particulièrement la dinde.

Sans raison apparente, Pandora mit son clignotant et changea de file.

— Disons que je n'étais pas en forme, voilà tout.

— Je me demande quand même comment tu fais pour oublier si vite ce qui s'est passé entre nous, attaqua Michael sans préambule.

Sa voix, dure, tranchante ne laissait rien deviner du tumulte intérieur qui l'agitait.

— C'est absurde ! Je n'ai rien oublié, protesta vivement Pandora.

Comment pouvait-il la soupçonner d'indifférence, elle que la pensée de leurs deux corps enlacés obsédait ?

— Mais il se trouve simplement que nous avons couché ensemble, dit Pandora en haussant négligemment les épaules. J'imagine que nous savions tous les deux que cela arriverait tôt ou tard.

C'était mot pour mot ce dont avait voulu se persuader Michael. Jusqu'à ce qu'il renonce à le croire.

— C'est tout ?

Le ton de Michael était dangereusement calme, mais

Pandora, elle-même trop nerveuse, semblait ne pas y prêter attention.

— Quoi d'autre ?

Il ne fallait pas qu'elle craque sur une impulsion. Elle n'allait tout de même pas perdre le bon sens qui la caractérisait, pour une relation purement sexuelle qui ne les mènerait nulle part !

— Michael, ce n'est pas la peine d'en faire une montagne.
— Si tu le dis…

Pandora eut soudain l'impression d'étouffer. Elle baissa le chauffage et chercha vainement à se concentrer sur sa conduite.

— Nous sommes deux adultes…, commença-t-elle, mais sa voix s'étrangla dans sa gorge.

— Et ?

— Bon sang, Michael ! Je ne vais tout de même pas te faire un dessin !

— Si, justement.

— Nous sommes deux adultes, reprit-elle d'une voix à présent teintée de colère, qui ont des désirs d'adultes. Nous avons donc couché ensemble pour les satisfaire.

— Cela me semble d'une logique implacable ! ironisa Michael avec sarcasme.

— Je *suis* d'une logique implacable !

La colère céda la place au désespoir. Les yeux de Pandora se remplirent soudain de larmes qu'elle s'appliqua à refouler.

— Suffisamment, en tout cas, pour ne pas me faire d'illusions sur un homme qui aime les femmes par douzaines. Ni pour envisager l'avenir avec lui, qui n'a été qu'un amant d'un soir. Et encore moins pour transformer en romance ce qui ne restera qu'une attirance purement physique.

— Gare-toi, gronda soudain Michael d'une voix sourde.

— Il n'en est pas question !

— Gare-toi tout de suite ou je tourne le volant moi-même !

Pandora hésita un instant, ne sachant si Michael bluffait ou non. Mais compte tenu de la circulation, dense à cette heure, elle ne pouvait se permettre de prendre le moindre risque. Elle obtempéra, dans un léger crissement de pneus. La voiture à peine immobilisée, Michael retira la clé du contact et, saisissant Pandora par le revers de son manteau, la plaqua contre le dossier de son siège et pressa ses lèvres contre celles de la jeune femme.

Passion et colère se mêlèrent en un sentiment unique. Il voulait lui faire payer le pouvoir qu'elle avait de l'exciter, de le rendre fou, de lui faire mal, selon son bon vouloir. C'était trop pour un seul homme ! Il la relâcha, aussi brutalement qu'il l'avait enlacée.

— Et ça, c'est d'une logique implacable ? lança-t-il en la défiant du regard.

Le souffle court, ses yeux lançant des éclairs, Pandora remit le moteur en marche et redémarra sur des chapeaux de roues.

— Pauvre idiot !

— Ouais, renchérit Michael en se carrant négligemment dans son siège. Sur ce point, au moins, nous sommes d'accord.

La fin du trajet leur parut interminable. Un silence lourd de ressentiment avait pesé entre eux, qui ne fut interrompu que lorsqu'ils eurent atteint Manhattan et que Pandora dut suivre les instructions données par Michael pour se rendre au laboratoire d'analyses.

— Comment sais-tu où il se trouve ? s'enquit la jeune femme après avoir garé la voiture dans un parking souterrain.

Elle resserra son manteau contre elle, frissonnant sous l'effet de la bise glaciale qui balayait la ville.

— J'ai cherché l'adresse dans les dossiers de Jolley, hier soir.

Il marchait à grands pas, son manteau largement ouvert, la bouteille de champagne bien calée sous le bras, paraissant indifférent à la température polaire qui régnait dans les rues. D'un geste brusque, il poussa la porte pivotante d'une tour de verre et d'acier, et s'effaça pour laisser passer Pandora.

— Cet immeuble lui appartenait en totalité.

Pandora balaya du regard le luxueux sol en marbre de l'entrée avant de fixer son attention sur les allées et venues incessantes qui donnaient à l'endroit des allures de ruche bourdonnante.

— Tout l'immeuble, vraiment ?
— Les soixante-douze étages.

De nouveau, Pandora fut saisie de vertige. Combien de sociétés pouvaient bien abriter leur siège ici ? Combien de centaines de personnes y travaillaient ? Elle se sentait bien incapable d'assumer un jour ce genre de responsabilités ! Ah, si elle pouvait mettre la main sur oncle Jolley ! Il devait bien rire à l'heure qu'il était ! Cette pensée fit doucement sourire la jeune femme.

— Et que serai-je censée faire de soixante-douze étages, en plein centre de New York ?
— Ne t'inquiète pas pour ça. Des gens sont grassement payés pour s'en occuper.

Michael déclina leurs identités auprès du liftier qui, comprenant à qui il avait affaire, appuya promptement sur le numéro de l'étage à atteindre.

— Des gens ? reprit Pandora tandis qu'ils étaient propulsés au quarantième étage.
— Oui. Des comptables, des avocats, des directeurs... bref, toute une armée de personnes compétentes, chargées de faire tourner la boîte à ta place.
— Je vois, dit Pandora, dubitative.
— Pense un peu à Jolley, ajouta Michael dans le but de rassurer la jeune femme. Gérer sa fortune ne l'a jamais empêché de profiter de la vie. Il en faisait même une sorte de jeu !

Pandora regarda le numéro de l'étage s'afficher sur la bande lumineuse.

— Un jeu, dis-tu ?
— Exactement ! Et cette fois, la balle est dans notre camp, Pandora !

Cette dernière croisa les bras sur sa poitrine, encore réticente aux arguments de son compagnon.

— Eh bien vois-tu, je ne sais pas si je dois être reconnaissante à Jolley de ce qu'il a fait.

Michael posa sur l'épaule de Pandora une main qui se voulait réconfortante.

— Envisage-le sous un autre angle. Crois-moi, si Jolley ne nous avait pas crus capables de gérer sa fortune, il ne nous en aurait pas livré les clés.

Cette pensée rasséréna un peu Pandora. Cependant, elle trouvait bizarre la perspective de se trouver dans l'ascenseur d'un gigantesque building qui, bientôt peut-être, serait sa propriété.

— Savons-nous à qui nous devons nous adresser ? demanda-t-elle en désignant du menton la boîte rectangulaire contenant la bouteille de champagne.

— Il semblerait que ce soit un certain Silas Lockworth.

— Tu as bien travaillé, ironisa la jeune femme.

— Espérons surtout que j'aie vu juste !

La porte de l'ascenseur s'ouvrit soudain sur le bureau de réception des Laboratoires Sanfield. Michael et Pandora foulèrent une moquette rose pâle, longèrent des murs crème. Deux énormes philodendrons encadraient une porte coulissante de verre qui s'ouvrit sur leur passage. Assise derrière un bureau rutilant, une femme les accueillit, un large sourire aux lèvres.

— Bonjour. Que puis-je faire pour vous ?

— Nous aimerions voir M. Lockworth, répondit Michael.

— M. Lockworth est en réunion. Mais laissez-moi vos noms, son assistant pourra peut-être vous aider.

— Je suis Michael Donahue, et voici Pandora McVie.

— McVie ? répéta la secrétaire en haussant un sourcil sceptique.

— Oui. Maximilian McVie était notre oncle.

De polie et efficace, la réceptionniste devint empressée.

— Je suis sûre que M. Lockworth aurait tenu à vous

accueillir lui-même s'il avait été prévenu de votre visite. Je vous en prie, asseyez-vous. Je vais l'informer de votre venue.

Cinq minutes plus tard, un homme qui ne correspondait en rien à l'idée que Pandora se faisait d'un scientifique faisait son entrée dans la pièce.

Voyant sa silhouette d'athlète et son physique irrésistible de cow-boy, Pandora l'aurait plus volontiers imaginé dans un ranch que dans un laboratoire médical.

— Mademoiselle McVie, dit-il en se dirigeant vers la jeune femme, main tendue.

Puis, se tournant vers Michael.

— Monsieur Donahue, je suis Silas Lockworth. Votre oncle était parmi mes meilleurs amis.

— Merci, dit Michael en acceptant à son tour la main que ce dernier lui tendait. Veuillez excuser notre arrivée pour le moins impromptue.

— Je vous en prie. Vous savez, votre oncle avait l'habitude de débarquer à l'improviste. Mais suivez-moi, nous serons mieux dans mon bureau.

Il les conduisit, à travers un dédale de couloirs, jusqu'à une pièce somptueuse, dont le mobilier contemporain et les peintures abstraites qui ornaient les murs témoignaient d'un goût sûr pour la décoration. Un bureau de bois précieux qui occupait tout un angle de mur disparaissait presque totalement sous un amoncellement de paperasse, tandis qu'un énorme aquarium laissait voir le ballet incessant de poissons exotiques multicolores.

— Voulez-vous un café ? Il doit être encore chaud.

— Non merci, répondit Pandora en tirant nerveusement sur ses gants, nous ne voulons pas abuser de votre temps.

— Vous ne me dérangez absolument pas. Au contraire, c'est un plaisir de vous rencontrer enfin ! Jolley me parlait si souvent de vous ! Il vous adorait, vous pouvez me croire.

— Nous aussi, nous l'aimions beaucoup, assura Pandora.

— J'imagine que vous n'êtes pas venus me rendre une visite de courtoisie, déclara Lockworth en prenant place derrière son bureau. Alors, que puis-je faire pour vous ?

— Nous avons là quelque chose que nous aimerions faire analyser expliqua Michael. Si possible, dans la plus grande discrétion.

— Je vois, dit Silas. Je vais voir ce que je peux faire.

Sans dire un mot, Michael sortit la bouteille de son emballage.

— Nous aimerions faire analyser le contenu de cette bouteille. Et, si possible, avoir les résultats aujourd'hui.

Lockworth prit la bouteille des mains de Michael.

— Soixante-douze, lut-il à haute voix. Bonne année. Vous comptez acheter un vignoble ?

— Nous voulons savoir s'il y a autre chose que du champagne, là-dedans.

Lockworth ne manifesta aucune surprise. Il se renfonça dans son siège et demanda d'une voix neutre :

— Vous avez des raisons de penser cela ?

Michael soutint sans ciller le regard que Silas fixait sur lui.

— Nous ne serions pas là, sinon.

— Très bien. Je m'en occuperai moi-même.

Pandora, qui jusque-là avait gardé le silence, crut bon de mettre un terme aux manières un peu expéditives de Michael.

— Sachez que nous apprécions beaucoup votre aide, monsieur Lockworth. Nous n'ignorons pas à quel point vous êtes débordé de travail, mais ces analyses sont d'une importance capitale pour Michael et moi.

Lockworth décida qu'il essaierait d'en comprendre la raison une fois les résultats obtenus.

— Pas de problème. Je vais vous montrer où se trouve la cafétéria du personnel. Vous pourrez m'attendre là-bas.

— Tu n'avais aucune raison de te montrer aussi grossier, attaqua Pandora tout en étudiant la carte qu'une serveuse venait de lui présenter.

— Je n'ai pas été grossier, riposta Michael.

— Si ! M. Lockworth s'est montré très amical avec

nous et toi, tu as été irascible et revêche. Je crois que je vais prendre une salade de crevettes.

— Je n'ai pas été revêche, j'ai été prudent. Et je ne vois pas pourquoi je devrais déballer nos histoires de famille à un étranger !

Pandora ignora la réponse de Michael. Elle croisa les mains sur la table et sourit à la serveuse venue prendre la commande.

— Pour moi, ce sera une salade de crevettes et un café.

— Deux cafés, rectifia Michael. Et un plat du jour.

— Il ne s'agissait pas de « déballer » nos histoires, comme tu dis. Mais si nous ne pouvons faire confiance à Lockworth, autant acheter la panoplie du parfait petit chimiste et faire nos analyses nous-mêmes !

Michael la regarda s'appliquer à mettre une goutte de lait dans sa tasse.

— Tu crois qu'il y en a pour longtemps ? finit-elle par demander.

— Comment veux-tu que je le sache ? Je ne suis pas Lockworth, répliqua Michael avec humeur.

— Au fait, tu ne trouves pas qu'il n'a pas le physique de l'emploi ?

— Le portrait type du cow-boy de l'Ouest américain, ricana Michael en sirotant une gorgée de son café. Je me demande si Carlson ou un de ses acolytes ont des intérêts dans cette boîte.

Pandora reposa la tasse qu'elle s'apprêtait à porter à ses lèvres.

— Tiens, je n'avais pas pensé à ça. Effectivement il me semble que Jolley avait cédé Tristar Corporation à Monroe, il y a une vingtaine d'années. Je me souviens avoir entendu mes parents en parler à l'époque.

— Tristar…, chercha vainement Michael. C'est quoi, exactement ?

— Une usine spécialisée dans le plastique, précisa Pandora. Je sais que Jolley a lâché de petites parts du gâteau, par-ci, par-là. Il voulait donner une chance à chacun des membres de la famille avant de « les rayer définitivement de la liste », comme il disait.

Pandora sembla réfléchir un instant puis reprit :

— De toute façon, quelle différence cela ferait-il que quelqu'un possède des parts dans les Laboratoires Sanfield ?

— Cela changerait la confiance que nous pourrions porter à Lockworth.

— C'est curieux, j'ai l'impression que tu le trouverais plus sympathique s'il était petit, chauve et moche ?

— C'est possible, en effet.

— Je l'aurais parié ! En fait, tu es jaloux parce qu'il a des épaules plus larges que les tiennes.

Pandora battit des cils et ajouta avec une pointe de coquetterie :

— Voilà ton plat.

Ils mangèrent en silence, commandèrent un dessert et burent un peu plus de café. Au bout d'une heure et demie d'attente, ils étaient à bout de nerfs.

— Dieu merci, le voilà ! s'exclama soudain Pandora en voyant Lockworth passer la porte.

En saluant ses employés au passage, ce dernier vint poser plusieurs feuillets imprimés sur leur table.

— Je vous ai fait faire une copie des résultats, annonça-t-il en rendant à Michael la boîte rectangulaire.

Il s'installa à côté d'eux et commanda un café.

— Mais j'ai bien peur que ce ne soit pour vous qu'un charabia hermétique.

Pandora fronça les sourcils devant la longue liste de termes techniques qu'elle tentait vainement de décrypter. Il lui paraissait peu probable que le « trichloréthanol » ou autres substances aux noms tout aussi barbares, ait un quelconque rapport avec du champagne.

— En clair, qu'est-ce que cela veut dire ?

— C'est la question que je me suis posée, répondit Lockworth en sortant de la poche de sa blouse un paquet de cigarettes que Michael lorgna avec envie.

— Je me suis en effet demandé, poursuivit-il, pour

quelle raison quelqu'un avait injecté du pesticide dans du champagne millésimé.

— Du pesticide ? s'exclama Michael. Alors j'avais raison, on a bien essayé de nous empoisonner !

— Scientifiquement oui. Mais le dosage a été étudié pour vous rendre malade juste un jour ou deux. L'un de vous deux s'est-il senti mal ?

— Nous non, répondit Pandora en levant les yeux vers lui, mais mon petit chien oui. Lorsque nous avons ouvert la bouteille, quelques gouttes sont tombées sur le sol et il les a lapées. Il a été malade avant même que nous ayons eu le temps d'en boire une gorgée.

— Heureusement pour vous ! Mais comment en avez-vous déduit que le champagne était empoisonné ?

Michael plia les feuillets puis les glissa dans la poche de son manteau avant de rétorquer d'un ton brusque :

— Un sixième sens, sans doute.

— Veuillez excuser mon cousin, intervint Pandora. Il a quelquefois tendance à oublier les bonnes manières. Croyez bien que nous vous sommes reconnaissants de ce que vous avez fait, monsieur Lockworth. Et même si nous devons garder secrets certains points de cette affaire, sachez que nous avions de bonnes raisons de penser que cette bouteille était suspecte.

D'un petit signe de tête Lockworth lui signifia qu'il comprenait.

— En tout cas, si vous avez besoin de renseignements supplémentaires, n'hésitez pas. Je dois bien ça à ce bon vieux Jolley !

Les deux hommes se levèrent en même temps.

— Je vous dois des excuses, dit Michael en tendant à Lockworth une main amicale.

— J'avoue que je serais moi-même un brin nerveux si j'apprenais que quelqu'un en voulait à ma vie. Aussi, je vous le répète, n'hésitez pas à m'appeler si vous avez besoin de moi.

— Bien, commença Pandora lorsqu'ils furent seuls. Et maintenant, que faisons-nous ?

— Que dirais-tu d'un petit tour chez un négociant en vins ? Nous avons quelques cadeaux à faire.

Une heure plus tard, ils envoyaient à chacun des héritiers potentiels de Jolley, une bouteille de champagne millésimée identique. Sur la carte qui l'accompagnait, Michael avait écrit :

« Tel est pris qui croyait prendre. »

— Voilà un geste qui nous coûte cher ! commenta Pandora qui, saisie par le froid mordant du dehors, enfila ses gants et resserra son manteau sur elle.

— Considère-le comme un investissement, lui recommanda Michael.

Ce n'était pas tant l'argent que la futilité de ces agissements qui dérangeait Pandora. Le découragement s'abattit soudain sur ses épaules.

— Michael, à quoi sert tout ceci ? Nous ne serons même pas là pour voir leur tête quand ils ouvriront leur colis !

— Tu crois ça ?

Pandora lui agrippa le bras, le forçant à s'arrêter.

— Que veux-tu dire par là ?

— Simplement que lorsque quelqu'un fait une bonne blague, il a envie de voir comment réagit sa victime.

Indifférente aux passants qui les bousculaient, Pandora tenta de garder son calme.

— Peux-tu me dire en quoi le fait de vouloir empoisonner quelqu'un est une bonne blague ?

— Question de vengeance.

— Ah, je vois ! Et on peut dire que tu es expert en la matière !

A son tour, Michael agrippa fermement le bras de Pandora puis il l'entraîna sur le trottoir, quelques mètres plus loin.

— Peut-être le suis-je, en effet, grinça-t-il entre ses dents. Il me suffit même d'imaginer la peur dans leurs yeux pour être satisfait. Toi, en revanche, tu prends bien garde à ne pas laisser tes émotions te trahir, n'est-ce pas ?

— Ne t'occupe pas de mes émotions, s'il te plaît.

— C'est bien là tout le problème, déplora Michael en la plantant là.

En trois enjambées, Pandora l'avait rattrapé. Elle affronta son regard, les joues rougies par le froid et la colère.

— En vérité, tu te fiches pas mal de Lockworth, de cette bouteille de champagne ou de tes prétendus désirs de vengeance ! Non, ce qui te dérange, c'est le fait que j'aie défini notre relation dans des termes pratiques qui ne te conviennent pas.

Michael soutint sans ciller le regard de la jeune femme.

— Parfait, finit-il par conclure en lui tournant le dos pour reprendre sa route.

Mais de nouveau, Pandora était sur lui, le stoppant dans sa course.

— Tu tiens vraiment à ce que nous en parlions là, au milieu du trottoir ? lui dit-il en la défiant du regard.

— Je ne te laisserai pas me détruire, juste parce que j'ai rompu avant que tu ne saisisses la première occasion de le faire !

— J'aurais voulu rompre, moi ? gronda Michael en agrippant le revers de son manteau.

Tous deux se jaugeaient, ivres d'une rage contenue. En d'autres circonstances, il l'aurait trouvée superbe.

— Je n'ai pas eu le temps de réaliser ce qui m'arrivait que déjà, tu me congédiais ! Dieu seul sait pourquoi tu m'attires autant, d'ailleurs !

— Toi aussi tu me plais, Michael, et je n'aime pas ça du tout !

— Il semble donc que nous avons le même problème, je me trompe ?

— Oh, Michael, qu'allons-nous devenir ? gémit Pandora.

Michael devina la pointe d'angoisse derrière l'agressivité de Pandora. Si l'un d'eux devait faire le premier pas, eh bien ce serait lui !

Il lui prit la main et l'entraîna à sa suite.
— Où allons-nous ?
— Au Plazza.
— Tu veux dire à l'hôtel Plazza ? Mais pourquoi ?
— Nous allons prendre une chambre, nous enfermer à double tour et faire l'amour pendant vingt-quatre heures. Et après, nous verrons ce que nous déciderons.
— Michael, nous n'avons aucun bagage !
— Ma réputation va en prendre un sale coup, mais tant pis !

Pandora éclata de rire et se laissa traîner derrière lui.

Lorsqu'ils pénétrèrent dans l'élégant hall de l'hôtel, la chaleur qui y régnait frappa Pandora de plein fouet. Elle redoubla de nervosité. Encore une fois, elle allait agir sur un coup de tête. Et peut-être en payer les conséquences. Michael, devinant les pensées qui l'agitaient, la retint fermement par le bras.

— Espèce de lâche, lui murmura-t-il à l'oreille.

Le mot était parfaitement choisi pour désigner ce qu'elle ressentait. •

— Bonjour, dit Michael en gratifiant la réceptionniste d'un sourire éblouissant. Nous voudrions une chambre.

Pandora se demanda s'il aurait usé du même sourire avec un homme.

— Vous avez une réservation ?
— Oui. Je suis Michael Donahue.

L'employée tapa sur le clavier de son ordinateur et fixa un instant l'écran.

— Je ne trouve personne à ce nom, finit-elle par dire sur un ton professionnel. J'ai bien peur que vous ne soyez pas enregistré pour le vingt-six.

— C'est encore Katie, soupira Michael en cherchant à accrocher le regard de Pandora. Je savais bien que je ne pouvais pas lui faire confiance !

Comprenant où Michael voulait l'amener, Pandora saisit la balle au bond.

— Il va bien falloir que tu te sépares d'elle un jour,

mon chéri, lui dit-elle d'un ton compatissant en lui tapotant affectueusement la main. Je sais bien qu'elle est au service de ta famille depuis des décennies, mais elle approche tout de même les soixante-dix ans !

Elle s'interrompit pour laisser Michael conclure.

— Nous verrons ça à notre retour.

Puis, s'adressant de nouveau à la jeune employée.

— Apparemment, il y a eu un malentendu entre ma secrétaire et la réception. Nous ne sommes ici que pour une nuit, vous n'auriez pas une chambre de libre ?

La réceptionniste interrogea de nouveau l'écran de son ordinateur. Manifestement, Michael avait su s'attirer sa sympathie.

— Ça va être difficile, nous sommes en pleine période de fêtes. Ah ! annonça-t-elle triomphalement, il me reste une suite.

— C'est parfait, déclara Michael en remplissant le formulaire que la jeune femme lui avait donné.

Il prit la clé qu'elle lui tendait et lui adressa un nouveau sourire.

— Merci beaucoup, mademoiselle.

Il glissa ensuite un pourboire dans la main du chasseur qui s'était empressé vers eux.

— Nous nous débrouillerons, merci.

L'employé nota l'absence de bagages puis fixa d'un air entendu le billet de vingt dollars.

— Il doit croire que nous sommes un couple illégitime, chuchota Pandora en entrant dans l'ascenseur.

— C'est bien ce que nous sommes, non ?

Les portes ne s'étaient pas encore refermées sur eux que déjà Michael prenait Pandora dans ses bras et écrasait ses lèvres sur les siennes, ne lâchant sa bouche qu'une fois l'ascenseur arrêté au douzième étage.

— Nous ne nous connaissons pas, lui suggéra-t-il d'une voix rauque de désir. Nous venons juste de nous rencontrer, nous n'avons aucun souvenir d'enfance en commun.

Il introduisit la clé dans la serrure.

— Nous ne savons rien l'un de l'autre.
— Est-ce censé nous rendre les choses plus faciles ?
Michael l'entraîna à l'intérieur.
— Nous allons bien voir.

Il ne lui laissa pas le temps d'émettre une objection ou de se débattre. A peine avait-il refermé la porte derrière eux qu'il la serrait dans ses bras, refoulant les choix, les interrogations. Pandora, de son côté, acceptait pour la première fois de s'abandonner totalement, sans arrière-pensées.

Ils oublièrent ce qui les préoccupait pour se perdre dans le désir qu'ils avaient l'un de l'autre, chacun désirant tirer de l'autre le maximum.

Ils se déshabillèrent à la hâte, jetant pêle-mêle leurs vêtements par terre, riant comme deux adolescents lorsque leurs corps emmêlés glissèrent lentement sur la moquette.

Ce fut un acte désespéré où amour et haine se mélangeaient étroitement. Ils avaient l'impression de se découvrir pour la première fois. Leurs mains, leurs bouches, exploraient des zones qu'ils pensaient inconnues. Les caresses qu'ils se prodiguaient faisaient frissonner un peu plus leurs corps en fusion. Leurs bouches, chaudes, avides, se cherchaient, se trouvaient, ne se lâchaient que pour mieux se reprendre.

Le cœur de Pandora n'avait jamais battu aussi vite. Son corps ne s'était jamais tendu aussi désespérément vers le plaisir, vers Michael. Pour la première fois, il voulait plus, il voulait tout. Elle se plaqua un peu plus contre son amant, dévorant de baisers chaque parcelle de peau qui s'offrait à sa bouche, promenant ses mains fébriles sur chaque courbe, chaque angle, jusqu'à le rendre fou d'excitation.

Michael répondait avec passion aux exigences de Pandora, jouant de tous ses sens aiguisés. Pas un centimètre du corps palpitant de la jeune femme qu'il n'eût voulu goûter, toucher, sentir. Elle s'offrait, splendide, impudique, comme jamais aucune femme ne s'était offerte.

Pandora, elle, ignorait qu'un homme pouvait donner autant. Ivre de désir et de volupté, elle cambra les reins, invitant Michael à plus de plaisir. Il se grisa longtemps du goût sucré salé de ses cuisses, de son intimité moite. Et lorsqu'il la sentit au bord de l'extase, il se glissa en elle, l'entraînant dans un tourbillon passionné.

Pandora s'abandonnait, telle une poupée de chiffon, vulnérable, docile. A cet instant précis, Michael aurait pu lui demander n'importe quoi, elle se serait pliée à ses exigences. Mais il ne demandait rien. Il donnait.

Ils ondulèrent ainsi, sur la crête du plaisir, durant de longues heures. Et lorsque la nuit fut tombée, plongeant la pièce dans l'obscurité, Pandora ferma les yeux pour tenter de retenir à l'infini ce bonheur intense qui la submergeait.

Ils restèrent longtemps imbriqués l'un dans l'autre, avec pour seul matelas leurs vêtements épars. Le jour filtrait par les tentures épaisses lorsque Pandora reprit mollement pied dans la réalité. L'odeur animale de leurs corps toujours emmêlés emplissait la pièce. Une mèche de cheveux de Michael lui chatouillait la joue, elle entendait son cœur battre contre le sien.

Tout avait été si vite ! Ou peut-être avait-elle perdu toute notion du temps ? La seule chose dont elle était sûre c'était que jamais aucun homme ne lui avait donné autant de plaisir. Ou plutôt, jamais ne s'était-elle autorisé autant de plaisir. Tant de sentiments étranges pouvaient vous assaillir lorsque vous souleviez le couvercle de la passion ! Des sentiments comme l'affection... la tendresse. Peut-être même l'amour.

Elle passa une main tendre dans les cheveux de Michael, puis la laissa retomber. Elle ne devait pas tomber dans le piège de l'amour. Car Michael n'était pas le genre d'homme que l'on pouvait aimer de manière pragmatique. Il ne suivrait pas les règles du jeu.

Elle serait sa maîtresse, mais elle s'interdirait de l'aimer. Car il était bien évident que leurs tempéraments volcaniques empêcheraient désormais toute relation platonique. Elle ne risquerait donc pas son cœur dans l'aventure. Elle songea, l'espace d'une seconde, qu'il était déjà trop tard. « Foutaises », se chapitra-t-elle en repoussant cette pensée de toutes ses forces. Ce que Michael et elle vivaient n'était ni plus ni moins qu'une relation basée sur le sexe. Une sorte d'arrangement qui les satisfaisait tous les deux.

Michael bougea à peine, juste de manière à ce que sa bouche effleure la gorge de la jeune femme.

— Tu as trouvé ? murmura-t-il.
— Que veux-tu dire ?
— As-tu défini les règles de notre relation ?

Il quitta la gorge de Pandora pour la regarder dans les yeux. Il ne souriait pas mais la jeune femme sut déceler la lueur d'amusement qui dansait au fond de ses prunelles.

— Je ne vois pas de quoi tu veux parler, éluda-t-elle.
— Allons, Pandora ! Je lis en toi comme dans un livre ouvert, et je sais exactement ce qui se passe dans cette jolie tête.

Troublée par tant de perspicacité, Pandora esquiva de nouveau.

— Je croyais que nous venions juste de nous rencontrer, rappela-t-elle sur le ton de la plaisanterie.
— Justement ! Tu ignores donc que je suis devin. Tu étais en train de te dire que...

Sa bouche mordillait à présent les lèvres de Pandora.

— Qu'il y avait sûrement un moyen de garder notre relation sur un terrain neutre, reprit-il à mi-voix. Tu essayais de trouver un moyen de ne pas tomber amoureuse de moi. Tu as donc décidé que notre relation resterait purement sexuelle et que nous éviterions tout débordement romantique.

Cet homme la rendait folle, se disait Pandora, attentive aux caresses qui faisaient frémir son corps.

— Oui, comme tu vois, je n'ai pas perdu le bon sens qui me caractérise !
— Moi, je préfère quand ton corps devient ardent et que tu perds la tête, lui susurra-t-il. Mais...

Il lui ferma la bouche d'un baiser.

— Nous ne pourrons passer notre vie au lit. Et je ne crois pas à ce genre de relation. Je ne pense pas que deux amants puissent indéfiniment brider leurs sentiments.

— Tu en parles en connaissance de cause !

— C'est exact.

Il s'assit, forçant Pandora à faire de même.

— Aussi, laisse-moi te dire ceci : tu peux museler tes sentiments à mon égard, tu peux qualifier notre relation « d'arrangement » si ça te chante, tu peux cracher sur le romantisme, ça n'a aucune importance.

Il marqua une pause, saisit la crinière de Pandora entre ses mains, obligeant ainsi la jeune femme à le fixer et poursuivit d'une voix étonnamment calme.

— Mais je t'aurai, *cousine*. Je t'aurai jusqu'à ce que ma pensée t'obsède, nuit et jour. Jusqu'à ce que je te sois devenu indispensable et que tu me supplies de ne pas te quitter.

Pandora réprima le tremblement qui la secouait. Elle savait, avec certitude, qu'il avait raison.

— Et moi, laisse-moi te dire ceci : je te trouve arrogant, égocentrique et d'une rare naïveté !

— Tu as parfaitement raison. Quant à toi, sache que tu es bornée, orgueilleuse et un brin perverse. Mais peu importe, Pandora. Il n'en reste pas moins qu'il faudra bien que l'un de nous remporte la partie.

Assis sur la pile de leurs vêtements, ils se jaugèrent un instant en silence.

— Dois-je comprendre qu'il s'agit là des règles d'un nouveau jeu ? murmura Pandora.

— Qui sait ? répondit Michael.

Il se leva, puis après avoir aidé Pandora à faire de même, il la porta dans ses bras.

— Michael, tu n'as pas besoin de me porter ! protesta faiblement la jeune femme.

— Si.

Chargé de son précieux fardeau, il traversa la pièce et se dirigea vers la chambre.

Pandora fit mine de se débattre, puis renonça. « Juste pour cette fois », décida-t-elle.

Forte de cette résolution, elle se détendit et laissa sa tête rouler contre le torse de son amant.

9

Janvier s'installa, porteur de bourrasques de vent glacial et de chutes de neige quotidiennes, chaque jour paraissant encore plus froid que le précédent. C'était le mois des températures polaires qui emmenait avec lui son lot de canalisations gelées ou éclatées. Les chaudières tournaient à plein régime, les voitures refusaient de démarrer. Pandora adorait cette ambiance hivernale et ne quittait son atelier, pourtant frais malgré le chauffage électrique poussé à fond, que lorsque ses doigts étaient engourdis d'avoir trop travaillé. Elle se perdait alors dans la contemplation des esquisses que le givre avait dessinées sur les vitres, se plaisant à en interpréter les formes improbables.

En cette saison, les routes étaient souvent impraticables, isolant un peu plus « La Folie » et ses occupants du reste du monde. Mais Pandora s'en réjouissait. Les placards regorgeaient de provisions, du bois était stocké en quantité, tout avait été prévu pour que tous quatre ne manquent de rien. Les journées s'étiraient, courtes et productives ; les nuits, longues et reposantes. Et depuis le malaise de Bruno, l'hiver égrenait tranquillement ses jours, aucun incident notable n'étant jusque-là venu troubler l'ordre des choses.

Vraiment ? songeait Pandora tout en martelant dans des gestes précis le cuivre d'un bracelet. Elle ne pouvait pourtant pas faire comme si rien ne s'était passé.

Qu'avait donc essayé de lui prouver Michael en déposant sur son oreiller un bouquet de violettes ? Et par quel miracle avait-il réussi à trouver ces délicates petites fleurs en plein hiver ? Elle avait bien tenté de l'interroger mais il avait souri et lui avait répondu que les violettes n'étaient pas hérissées d'épines. Quel genre de réponse était-ce là ? se demandait-elle encore en examinant à présent le fermoir du bracelet. Elle reposa sa loupe, satisfaite du résultat.

Une autre fois, elle avait trouvé sa chambre décorée d'une douzaine de petites bougies multicolores. Lorsqu'elle avait demandé à Michael s'il y avait eu une panne de courant, de nouveau il avait souri, puis il l'avait entraînée sur le lit.

A plusieurs reprises également, Michael avait pris les mains de la jeune femme entre les siennes et, jusqu'à l'aube, serré contre elle, il lui avait murmuré des mots doux à l'oreille. Une autre fois encore, il s'était invité à la rejoindre sous sa douche, faisant taire ses objections par des caresses auxquelles elle ne pouvait résister.

Elle avait vu juste : Michael ne suivait pas les règles.

Il ne s'était pas trompé : Pandora était en train de craquer.

D'un geste machinal, Pandora commença à polir le cuivre. Au cours des quinze derniers jours, elle avait réalisé une demi-douzaine de bracelets du même genre. Clinquants à souhait, incrustés de grosses pierres ou martelés grossièrement. Ces créations seyaient à son humeur : audacieuses, un peu folles. Elle se fiait à son instinct, et son instinct lui disait qu'elle allait les vendre plus vite qu'elle ne pourrait les fabriquer. Et elle serait copiée tout aussi rapidement.

Peu lui importait qu'on reproduise, à quelques nuances près, son modèle d'origine. Le principal étant qu'on sache qu'il s'agissait d'imitations.

Satisfaite du résultat, elle fit tourner le bracelet entre ses doigts. Non, personne ne pourrait ignorer que ce bracelet sortait de l'atelier de la jeune créatrice. Car une fois encore, elle n'avait obéi à aucune règle, poussée par sa seule passion. Elle ne réfléchissait jamais en termes de profit, ne calculant sa marge bénéficiaire qu'une fois son œuvre achevée.

Pandora laissa échapper un soupir. Oui, de ses créations émanait toute l'honnêteté qui la caractérisait. Mais que restait-il de cette honnêteté dans sa vie personnelle ? S'y montrait-elle aussi sincère que dans son travail ? Combien de fois au cours des semaines passées avait-elle feint de ne ressentir aucune émotion à l'égard de Michael ? Elle qui se vantait de ne jamais mentir ! Et pour qui, sur l'échelle des valeurs qui étaient les siennes, l'intégrité figurait en première place !

Il était temps d'affronter la réalité, se dit-elle. D'affronter ses sentiments, de sonder son cœur et ses pensées.

Depuis quand était-elle amoureuse de Michael ?

Incapable de tenir en place plus longtemps, elle se leva et se mit à arpenter la pièce. Des semaines ? Des mois ? Des années ? Elle ne savait pas exactement. Mais elle était sûre de la force de ses sentiments pour lui. Elle l'aimait. Comme jamais elle n'avait aimé un homme. Ne se fixant, pour la première fois de sa vie, aucune limite à l'amour qu'elle lui portait. Elle l'admettait, même si elle savait qu'un tel renoncement à son indépendance était suicidaire. Et tant pis si elle se trouvait ridicule !

Pandora essuya la buée sur les vitres et regarda les gros flocons s'écraser au sol. Elle avait cru qu'en acceptant la vérité, elle se sentirait délivrée d'un poids. Il n'en était rien.

En effet, quelles solutions se présentaient à elle ? Elle pourrait en parler à Michael. Et prendre le risque de le voir s'esclaffer avant de passer à une autre conquête ? Non merci ! Car elle était bien consciente que sa liaison avec Michael ne résisterait pas au temps. D'ailleurs, elle-même n'y tenait pas. Du moins essayait-elle de s'en persuader en rangeant nerveusement ses outils. La deuxième solution serait de rompre et de quitter la maison. Mais dans ce cas, ce serait donner satisfaction à sa famille. Ce qu'ils s'acharnaient à faire sans résultat depuis le début de leur installation, elle le leur apporterait sur un plateau, juste en écoutant la voix de la raison. Car la raison lui dictait de partir. De fuir, plus exactement. Et ainsi, elle ferait non seulement preuve de lâcheté, mais aussi de traîtrise. Non, elle ne laisserait pas tomber l'oncle Jolley. Elle ne prendrait pas la fuite. Ce qui ne lui laissait plus qu'une solution : continuer et faire comme si de rien n'était.

Elle allait rester avec Michael, elle continuerait à faire l'amour avec lui, à partager ses nuits, ses repas. Mais elle fermerait son cœur à cette relation. Et lorsque le moment serait venu, elle le quitterait. Sans regrets.

Oui, il l'avait eue, comme il disait. Et c'est pour cette raison qu'elle l'aimait et le détestait à la fois.

Encore sous le choc de cette introspection, Pandora ferma à clé la porte de l'atelier et traversa la pelouse enneigée à grandes enjambées.

— La voilà ! s'écria Sweeney qui, loin de renoncer, avait déjà élaboré un nouveau plan d'attaque.

Elle s'éloigna de la fenêtre et alla rejoindre Charles.

— Ça ne marchera jamais, grommela ce dernier.

— Mais bien sûr que ça va marcher ! Et pour le plus grand bien de ces deux amoureux qui s'ignorent. Quelle pitié ! Ils devraient être mariés depuis longtemps, ces deux-là !

— Sweeney, nous nous mêlons de ce qui ne nous regarde pas !

— Ce que tu peux être rabat-joie ! commenta la vieille servante en venant s'asseoir à côté de lui. Si nous ne les aidons pas, qui le fera ? Tu peux me le dire ? Rappelle-toi que personne ne viendra plus frapper à cette porte s'ils perdent la maison. Alors maintenant, fais ce que je te dis ! Prends ce torchon et évente-moi. Et surtout, aie l'air fatigué !

— Ça sera facile. Je *suis* fatigué ! ronchonna Charles en prenant le torchon des mains de Sweeney.

Lorsque Pandora entra dans la cuisine, la vieille servante était affalée sur une chaise, la tête renversée en arrière, les yeux clos tandis que Charles agitait vainement un torchon devant son visage.

— Mon Dieu ! Que se passe-t-il, Charles ? Est-elle évanouie ?

Mais déjà Pandora était auprès de Sweeney, donnant des ordres.

— Charles, appelez Michael. Vite ! Sweeney, c'est Pandora. Avez-vous mal quelque part ?

Sweeney réprima un petit sourire de satisfaction puis elle battit des cils, faisant mine de revenir à elle.

— Ce n'est rien, Mademoiselle Pandora. C'est encore ces maudits vertiges. De temps en temps mon vieux cœur a tendance à s'emballer…

— J'appelle un médecin tout de suite.

Mais d'une main étonnamment ferme, Sweeney empêcha la jeune femme de bouger.

— Ce n'est pas la peine, dit-elle d'une voix qu'elle voulait mourante. Je l'ai vu il y a quelques mois et il m'a assuré que ce n'était pas grave.

— Et moi, je crois au contraire que ça l'est. Vous travaillez trop, Sweeney, il faut que ça cesse !

Une pointe de culpabilité vrilla le cœur de Sweeney. Elle voyait bien ce que Pandora entendait par là.

— Je vous assure, Mademoiselle Pandora, il n'y a pas de quoi vous tracasser.

Arrivé en trombe dans la cuisine, Michael se précipita à son tour au chevet de Sweeney. Il s'agenouilla auprès d'elle et lui prit la main.

— Qu'y a-t-il ? demanda-t-il au comble de l'inquiétude. Sweeney ?

— Regardez-moi un peu tout ce dérangement, gémit la vieille femme. Ce n'est rien, répéta-t-elle. Le docteur a juste dit qu'il fallait que je me ménage un peu.

Elle lança un regard entendu à Charles qui comprit que le moment était venu pour lui d'intervenir.

— Et tu sais ce qu'il a ajouté.

— Charles…, feignit de protester Sweeney.

— Tu dois te reposer et garder le lit deux ou trois jours, précisa-t-il.

Satisfaite du jeu de son complice, Sweeney poursuivit sur le même mode.

— Des sornettes, tout ça ! J'irai très bien d'ici à quelques minutes. D'ailleurs j'ai le dîner à préparer.

La voix de Michael s'éleva, autoritaire, tranchante.

— Vous ne préparerez rien du tout !

Puis l'aidant à se lever, il ajouta, non moins sévère.

— Au lit, et il n'y a pas à discuter !

— Mais qui va s'occuper de mon travail ? feignit de s'indigner Sweeney. Je ne veux pas que Charles vienne rôder dans ma cuisine.

Michael venait de franchir le seuil, Sweeney dans les bras, lorsque Charles se souvint de la dernière partie de son rôle. Il se mit à tousser, affichant un air souffreteux.

— Non mais écoutez-moi ça ! râla Sweeney. Pour sûr qu'en plus il m'infecterait cet endroit !

— Charles, s'enquit Pandora, depuis quand toussez-vous ainsi ?

Au bout de quelques secondes de réponses oiseuses, Pandora se leva d'un bond.

— Ça suffit ! Tous les deux au lit ! Michael et moi nous nous chargerons de tout.

Prenant le vieil homme par le bras, elle lui montra la porte.

— Allez, et je ne veux entendre aucune protestation ! Je vais vous préparer du thé. Michael, assure-toi que Charles ne manque de rien, je m'occuperai de Sweeney.

Une demi-heure plus tard, le plan de Sweeney avait réussi : Michael et Pandora étaient enfin réunis.

— Bon, dit Pandora en se servant une tasse de thé. Ils sont bien installés et n'ont pas de fièvre. Ils devraient aller mieux d'ici à quelques jours. Tu en veux ? demanda-t-elle en désignant la théière.

Michael eut une moue de dégoût et alla brancher la cafetière électrique.

— Tu as raison, ils ont besoin d'être dorlotés. Nous veillerons sur eux à tour de rôle.

— Mmm, acquiesça Pandora en faisant l'inventaire du réfrigérateur.

— Comment allons-nous nous organiser ? s'enquit-elle. Pourras-tu te charger des repas ?

— Bien sûr, certifia Michael en allant chercher une

tasse dans le placard. Je n'ai rien d'un cordon-bleu mais je me débrouille. Et toi ?

— Moi ?

Pleine d'espoir, Pandora souleva le couvercle d'une boîte hermétique avant de répondre.

— Je sais cuire un steak et brouiller des œufs. Autre chose serait hasardeux.

— La vie ne vaut rien sans risques, plaisanta Michael en allant rejoindre la jeune femme. Regarde, il nous reste une moitié de tarte aux pommes.

— Ça n'est pas vraiment un repas.

— Ce sera parfait pour moi.

Joignant le geste à la parole, il prit la part de tarte et alla chercher une cuillère. Pandora le regarda s'asseoir à table et commencer à manger.

— Tu en veux ?

Elle s'apprêtait à refuser mais décida finalement de ne pas bouder son plaisir.

— Et nos malades ?

— Soupe, répondit Michael entre deux bouchées. Je ne connais rien de meilleur qu'une bonne soupe chaude pour vous remettre sur pied. Mais laissons-les d'abord se reposer.

Pandora approuva d'un léger signe de tête et vint s'asseoir en face de Michael.

— Michael..., commença-t-elle.

Elle chipota dans son assiette, hésitant à poursuivre. Elle réfléchissait depuis des jours à la façon d'aborder le sujet. Le moment lui parut bien choisi.

— Je pensais à quelque chose, reprit-elle enfin. Dans deux mois, nous hériterons des biens d'oncle Jolley puisque les avocats de Carlson lui ont fortement déconseillé de contester le testament de son père.

— Et alors ?

— Et alors nous devrons nous partager l'héritage.

— C'est exact.

Pandora reposa sa cuillère.

— Pourquoi me regardes-tu en souriant ?

— Parce que le spectacle est charmant. Je me sens bien là, dans cette cuisine, en ta compagnie. Je me sens… Comment dire ? Détendu.

C'était exactement le genre de déclarations que Pandora ne voulait pas entendre. Elles la rendaient trop vulnérable. Elle le fixa un instant, puis baissa les yeux sur son assiette.

— Je préférerais que tu ne dises rien, dit-elle dans un souffle.

— C'est faux, affirma Michael. Tu disais donc…

Pandora prit le temps d'avaler une deuxième bouchée de tarte.

— Oui, je disais donc que nous allons hériter pour moitié de cette maison mais que nous n'y vivrons plus ensemble. Sweeney et Charles y seront seuls et après ce qui vient de se passer, il n'en est plus question. Je me ferais beaucoup trop de souci pour eux.

— Tu as parfaitement raison. Et… tu as trouvé une solution ?

— Eh bien… j'envisageais de vivre ici une partie de l'année.

Elle décida que finalement, elle n'avait pas faim et repoussa son assiette.

— En fait, je voudrais m'y installer définitivement, lâcha-t-elle précipitamment.

Michael devina une pointe de nervosité sous l'apparente assurance de la jeune femme.

— A cause de Charles et de Sweeney ? demanda-t-il, sceptique.

— En partie.

Elle but une gorgée de thé, reposa délicatement sa tasse, picora de nouveau dans son assiette. Elle n'avait pas pour habitude de justifier ses décisions. Mais parce que la situation s'avérait délicate, elle décida de faire une exception. En outre, elle ressentait le besoin de parler à Michael et de se racheter en faisant preuve d'honnêteté envers lui.

— Je me suis toujours sentie chez moi ici, mais je n'avais jamais compris à quel point j'ai un besoin viscéral de cette maison. Tu comprends, Michael, ça ne m'est jamais arrivé d'avoir une maison rien qu'à moi.

Surpris. Le mot était faible pour qualifier ce que Michael ressentait. Il avait toujours considéré Pandora comme une enfant gâtée, une carriériste ambitieuse sachant saisir les opportunités qui s'offraient à elle, mais certainement pas comme une grande sentimentale.

— Mais tes parents...
— Sont merveilleux, je sais, termina Pandora. Je les adore et il n'y a rien en eux que je changerais. Mais...

Comment lui expliquer ? Il fallait qu'elle trouve les mots.

— Nous n'avons jamais eu de cuisine comme celle-ci. Un endroit chaleureux où se retrouver pour partager des repas en famille. Une pièce dont on sait qu'elle gardera son âme. Bien sûr, tu ne peux pas comprendre. Ça te paraît idiot, n'est-ce pas ?

Michael prit les mains de la jeune femme entre les siennes.

— Pas du tout.
— Je veux un foyer bien à moi, dit-elle simplement. Je veux « La Folie ». Et je veux rester ici après la fin de notre contrat.
— Pourquoi me racontes-tu tout ça, Pandora ?

Il y avait tant de raisons ! Mais elle ne lui donnerait que celle qui la gardait à l'abri.

— Dans deux mois, répéta-t-elle, la maison t'appartiendra aussi bien qu'à moi. Selon les termes du testament...

Michael lâcha un juron et, d'un geste brusque, lâcha la main de Pandora. Il se leva brutalement de sa chaise et, les mains enfoncées dans les poches de son jean, alla à grands pas jusqu'à la fenêtre. L'espace d'un instant, d'un tout petit instant, il l'avait crue sur le point de flancher. Sa voix lui avait paru si douce ! Un effet de son imagination, sans doute ! « Selon les termes du testament ! » Cela ressemblait bien à l'idée qu'il s'était faite d'elle. Il avait assez attendu.

— Qu'espères-tu, Pandora ? Ma permission ?

Troublée par ce revirement, la jeune femme garda les yeux obstinément baissés sur la table.

— Je voulais que tu me comprennes. Que tu m'approuves.

— Eh bien je te comprends et je t'approuve, déclara Michael d'un ton sec.

— Je ne vois pas pourquoi tu te montres soudain si désagréable ! Après tout, tu n'avais pas l'intention de t'installer dans cette maison, que je sache !

— Je n'ai fait aucun projet, moi, murmura-t-il. Mais peut-être le moment est-il venu d'en faire.

— Michael, je ne voulais pas te contrarier.

Il se retourna lentement vers elle et lui sourit.

— Je sais.

Quelque chose dans sa voix alarma Pandora. Elle préféra avancer prudemment.

— Cela t'ennuierait tant que ça, que je veuille vivre ici ?

Il fut surpris de la voir se lever et se diriger vers lui, main tendue vers la sienne. Elle lui manifestait si peu de gestes de tendresse.

— Non, pourquoi ?

— Parce que tu vas hériter de la moitié de cette maison.

— Nous pourrions essayer de trouver un compromis.

— Et si je rachetais ta part ? Cela simplifierait les choses.

— Non.

Le ton était tranchant, sans appel.

— Ce n'était qu'une suggestion, hasarda-t-elle timidement.

— Oublie-la.

Il se détourna brusquement pour se mettre en quête d'un sachet de soupe.

Pandora resta un moment sans bouger, fixant les muscles de Michael tendus à l'extrême. Elle se rapprocha de lui et passa tendrement ses bras autour de sa taille.

— Excuse-moi, Michael, je suis maladroite. Je ne dis jamais ce qu'il faudrait. Finalement, les choses étaient plus simples lorsque nous nous chamaillions sans cesse.

Michael se tourna vers elle et prit son visage entre ses mains. L'espace de quelques secondes, ils furent amis. Amants.

— Pandora…

Comment lui dire qu'il ne pouvait envisager de la perdre ? Comment réagirait-elle s'il lui avouait qu'il voulait continuer à vivre avec elle ? Comment pourrait-elle accepter l'idée qu'il l'aimait depuis des années, quand lui-même ne l'avait pas encore acceptée ? Il déposa un baiser chaste sur son front et conclut simplement :

— Allons préparer la soupe de nos malades.

Ils découvrirent au fil des jours qu'ils pouvaient partager les tâches quotidiennes de la maison, en toute harmonie. Ils cuisinaient, faisaient la vaisselle, le ménage, dorlotaient leurs serviteurs, les invitant même à s'installer près du feu tandis qu'eux-mêmes leur servaient le thé. Il y avait bien des moments où Sweeney brûlait d'impatience de sortir de son lit pour reprendre son travail et où Charles ruminait sa mauvaise conscience, mais tous deux s'accordaient à dire qu'ils agissaient pour le bien des deux jeunes gens.

Michael n'était pas sûr de s'être senti un jour aussi heureux. Il raffolait de ce rôle, nouveau pour lui, de maître de maison. Il consacrait des heures à son travail, enfermé dans son bureau, son imagination bouillonnant d'idées nouvelles, puis la réalité reprenait ses droits et avec elle ses odeurs de cire et de cuisine. Il avait un foyer, une femme, et il entendait bien les garder.

En fin d'après-midi, il allumait un feu dans la cheminée du salon où Pandora et lui avaient pris l'habitude de s'installer pour boire un café après le dîner. Quelquefois, ils discutaient tranquillement, d'autres fois ils disputaient d'âpres parties de rami.

Une petite vie paisible, qui aurait pu paraître ordinaire sans la présence de Pandora.

Ce soir-là, Michael était en train d'allumer le feu lorsque Bruno déboula dans la pièce, renversant un guéridon sur son passage. Des bibelots en porcelaine se brisèrent sur le sol avec fracas.

— Toi, tu mériterais qu'on t'inscrive dans un centre de dressage ! tonna Michael en ramassant les morceaux épars.

En un mois à peine, Bruno avait déjà doublé de taille. Sans doute allait-il devenir un chien énorme. Les dégâts à peine réparés, Bruno se faufila sous le canapé, manifestement en quête d'une nouvelle bêtise à faire.

— Qu'est-ce que tu as trouvé là-dessous ? demanda Michael, soupçonnant le jeune chien d'un nouveau larcin.

— Je te préviens, menaça Michael, si c'est le poulet prévu pour le dîner, je t'enferme toute la nuit dans le garage !

Michael se mit à quatre pattes et regarda sous le sofa. Bruno était en train de mâchouiller consciencieusement une de ses chaussures.

— Bon sang ! s'écria Michael en lançant la main dans le vide pour attraper le chien. Mais celui-ci, croyant à un jeu, s'était mis à ramper un peu plus loin sans lâcher sa proie.

— Cette chaussure vaut cinq fois plus que toi, sale bête ! Rapporte-la immédiatement !

Michael s'aplatit sur le sol et se glissa le plus loin possible sous le canapé.

— Quel tableau charmant ! s'exclama Pandora en entrant dans la pièce. Mais dis-moi, Michael, tu es en train de jouer avec Bruno ou de faire la poussière ?

— Je vais en faire une carpette, de ce chien !

— Allons, allons, mon chéri ! Tu me sembles un peu à cran ce soir. Bruno, viens ici, mon bébé.

Au son de la voix de sa maîtresse, le chiot sortit de sa cachette et, son trophée serré fièrement entre les crocs, caracola dans sa direction.

— Est-ce ce que tu cherchais ? demanda Pandora en exhibant la chaussure d'une main tandis que de l'autre elle félicitait l'animal.

A son tour, Michael sortit de dessous le canapé et vint prendre sa chaussure couverte de bave des mains de Pandora.

— C'est la deuxième qu'il me bousille ! Et évidemment, il n'a même pas l'intelligence de prendre les deux chaussures d'une même paire, fulmina Michael.

Pandora baissa les yeux sur ce qui avait été un beau cuir italien.

— D'habitude, tu ne portes que des baskets ou de vieilles bottes avachies.

Michael ignora la remarque de Pandora et frappa sa chaussure contre la paume de sa main. Bruno, la langue pendante, le fixait avec vénération.

— Tu peux bien faire ton cinéma ! Tu iras au centre de dressage, mon vieux !

— Oh, Michael ! gémit Pandora. Nous ne pouvons nous séparer de notre enfant ! Ce n'est qu'une mauvaise passe.

— Cette mauvaise passe, comme tu dis, m'a coûté deux paires de chaussures et mon dîner d'hier soir. Et je ne te parle même pas du pull qui a disparu la semaine dernière !

— C'est ta faute aussi, si tu ne laissais pas traîner tes affaires. Quant à ton pull, il était tellement usé que Bruno a dû penser que c'était un vieux chiffon.

— C'est quand même bizarre qu'il ne prenne jamais tes affaires.

— C'est vrai, dit Pandora en lui souriant.

Michael regarda longuement la jeune femme et vit danser dans ses yeux une telle flamme d'excitation qu'il estima clos le chapitre de la chaussure.

— Qu'y a-t-il, Pandora ? Tu as l'air bien contente !
— J'ai reçu un coup de fil cet après-midi.
— Et… ?
— De Jacob Morison.
— Le producteur ?
— Oui ! Lui-même !

Pandora laissa éclater sa joie.

— Il va tourner un film avec Jessica Wainwright !

Jessica Wainwright. Une des plus grandes comédiennes de sa génération. Brillante. Excentrique.

— Je croyais qu'elle s'était retirée de la scène. Elle n'a rien joué depuis cinq ans.

— C'est exact, mais elle a accepté ce nouveau rôle

lorsqu'elle a appris que le metteur en scène serait Billy Mitchell.

— Je vois qu'ils ont mis tous les atouts de leur côté.

— Jessica va tenir le rôle d'une vieille comtesse à moitié folle, cloîtrée dans sa propriété, et qui, peu à peu, reprendra pied avec la réalité grâce à sa petite-fille. Et devine qui va jouer la petite-fille ? Cass Barclay !

— Voilà un oscar en perspective. Mais vas-tu me dire à la fin, pourquoi Morison t'a téléphoné ?

— Figure-toi que Wainwright est une grande admiratrice de mes créations ! Et elle veut que je dessine tous les bijoux de la comtesse ! Tous ! Tu te rends compte !

Elle éclata de rire et fit une petite pirouette.

— Morison m'a avoué qu'il avait réussi à sortir Jessica de sa retraite en lui promettant de lui offrir tout ce qu'il y aurait de mieux pour elle, précisa-t-elle. Et elle m'a choisie. Moi !

Michael prit Pandora dans ses bras et l'entraîna dans une valse échevelée. Bruno, qui voulait être de la fête, se mit à bondir autour d'eux en aboyant joyeusement.

— Nous allons fêter ça dignement, annonça Michael sans lâcher la jeune femme. Ce soir, champagne avec notre poulet !

Pandora se serra un peu plus contre Michael.

— J'ai quand même un peu honte.

— Pourquoi ?

— Parce que j'ai toujours dénigré le star-système. Et que tout en parlant à Morison j'entrevoyais les opportunités qui m'étaient offertes. C'est pour moi un tremplin inespéré. Lorsque j'ai raccroché, je n'en revenais toujours pas ! Jessica Wainwright, Jacob Morison ! Tout d'un coup, je me suis sentie l'âme d'une midinette.

— Cela prouve au moins que tu n'es pas aussi snob que tu le laisses paraître, commenta Michael. Je suis fier de toi, ajouta-t-il en l'embrassant tendrement.

Pandora en fut saisie de surprise. La joie intense qu'elle ressentait fut éclipsée par ces quelques mots. A l'exception de Jolley, personne ne lui avait jamais témoigné de fierté. Ses parents avaient l'habitude de lui exprimer leur amour d'une petite tape affectueuse sur la tête. Pour elle, la fierté qu'on éprouvait pour quelqu'un était indissociable de l'affection qu'on lui portait.

— C'est vrai ? demanda-t-elle d'une voix tremblante.

Surpris, Michael la serra un peu plus contre lui et l'embrassa de nouveau.

— Bien sûr !

— Pourtant, j'avais l'impression que tu ne portais pas grande estime à mon travail.

— Tu te trompes. J'ai toujours admiré tes créations mais je trouvais simplement dommage que tu travailles à une si petite échelle. Je ne suis quand même pas aveugle, Pandora, et même si certains de tes bijoux ne sont pas à mon goût, j'ai toujours su reconnaître en toi une grande créatrice.

Pandora laissa échapper un profond soupir.

— Eh bien ! C'est un jour à marquer d'une pierre blanche ! J'ai toujours cru que tu me considérais comme une gamine capricieuse qui jouait à enfiler des perles parce qu'elle ne voulait pas affronter ce qui, à tes yeux, était un vrai métier. D'ailleurs, tu me l'as dit un jour.

Michael lui adressa un sourire espiègle.

— C'est parce que je savais que cela te rendrait furieuse. Et tu es si belle quand tu es en colère !

Pandora hésita un instant puis se lança.

— Tu sais, moi aussi j'ai une confidence à te faire.

Le corps de Michael se raidit imperceptiblement, puis il lâcha d'un ton qu'il voulait dégagé :

— Vas-y, je t'écoute.

— Eh bien, j'ai regardé la cérémonie des « Emmy Awards » chaque fois que tu étais nominé.

L'appréhension céda la place à une incrédulité totale puis Michael éclata d'un grand rire sonore.

— Peux-tu répéter ce que tu viens de dire ? demanda-t-il lorsqu'il eut retrouvé son sérieux.

— Chaque fois, confirma Pandora, les joues en feu. Et j'étais folle de joie lorsque tu remportais le trophée.

Elle marqua une pause pour s'éclaircir la gorge puis reprit d'une petite voix.

— J'ai même suivi plusieurs épisodes de *Logan's Run*.

Michael, attendri, écoutait la jeune femme, comme si elle était en train de confesser un péché de la plus haute importance.

— Pourquoi ?

— Oncle Jolley m'en rebattait sans cesse les oreilles. Alors j'ai voulu juger par moi-même. Evidemment, ce n'était que pure curiosité intellectuelle, crut-elle bon de rajouter.

— Evidemment ! Et alors… ?

Pandora haussa négligemment les épaules avant de répondre.

— Dans son genre…, commença-t-elle évasivement.

Michael tira légèrement une mèche des cheveux de la jeune femme.

— Certaines personnes n'avouent que sous la torture.

Pandora se mit à rire de bon cœur, cherchant à se soustraire à l'emprise de Michael.

— C'est bon, c'est bon, j'avoue ! dit-elle tandis que Michael tirait un peu plus fort. Moi aussi, j'ai adoré.

— Pour quelles raisons ?

— Michael, tu me fais mal !

— « Nous avons les moyens de vous faire parler ! », dit-il d'un ton gentiment moqueur.

— J'ai aimé parce que les personnages sont crédibles, parce que l'intrigue est bien menée. Et parce que… tu as un vrai style, qui n'appartient qu'à toi.

Lorsqu'il la libéra pour déposer un baiser sonore sur sa joue, elle fit mine de le repousser.

— Je te préviens, si tu t'avises de répéter ce que je viens de te dire, je nierai tout en bloc !

— Ce sera notre petit secret, murmura Michael en l'embrassant, cette fois plus sensuellement.

Pandora commençait à s'habituer à l'étrange sensation

qu'elle éprouvait au simple contact des lèvres de Michael sur les siennes. Elle se plaqua plus étroitement contre lui, jouissant de leurs corps parfaitement imbriqués l'un dans l'autre, de leurs deux cœurs qui battaient à l'unisson. Elle guetta dans ses yeux la flamme de son désir puis, à son tour, prit sa bouche avec avidité.

Il y aurait des conséquences, inévitables. Mais ne les avait-elle pas déjà acceptées ? Il y aurait de la souffrance. Mais ne souffrait-elle pas déjà ? Si elle sentait les rênes de son destin lui échapper dangereusement, du moins se sentait-elle maîtresse de l'instant présent. Elle devait s'en satisfaire. Elle fit passer dans ce baiser tous ses espoirs, toutes ses craintes, toutes ses émotions contradictoires.

Elle faisait souvent preuve d'une passion sauvage, érotique. Mais Michael n'avait jamais ressenti en elle cette émotion pure, presque désespérée, qu'elle lui transmettait à travers ce baiser. Un mélange de force et de vulnérabilité, d'urgence et de langueur. A son tour, il se pressa contre la jeune femme, lui offrant ce que son corps ondulant exigeait.

Pandora rejeta la tête en arrière, le pénétrant de son regard ardent, l'invitant à aller plus loin. Les doigts fébriles de Michael s'enfoncèrent alors dans l'épaisse chevelure tandis que son corps électrisé recherchait celui de Pandora. Lentement, ils se laissèrent glisser sur le sofa.

Parce qu'elle était docile, il se montra tendre. Parce qu'elle était douce, il fut patient. Pour la première fois depuis qu'ils étaient amants, ils firent l'amour sans hâte, attentifs aux désirs de l'autre, chacun donnant autant qu'il recevait. Leurs mains effleuraient, leurs bouches se frôlaient, leurs corps, patients, franchissant lentement les étapes qui mènent au plaisir.

De façon insidieuse, la passion se mua en amour.

La nuit venait de tomber, seul le crépitement du feu dans la cheminée ponctuait le silence de la pièce. Tout invitait au romantisme.

Lorsqu'ils plongèrent ensemble dans un océan de plaisir et de volupté, Pandora sentit la carapace de son indépendance se craqueler. Pour la première fois, elle n'éprouva pas le sentiment de vulnérabilité qui accompagnait ses moments d'extase. Elle ne ressentait qu'un bonheur pur et sans limites.

Leurs sens apaisés, leurs corps repus d'amour, ils tentaient de reprendre pied dans la réalité lorsque le téléphone sonna. Michael laissa échapper un grognement puis tendit mollement le bras vers le combiné.

— Allô, marmonna-t-il en décrochant.
— Je voudrais parler à Michael Donahue, s'il vous plaît.
— C'est lui-même.
— Michael, c'est Penny.

Michael se frotta les yeux, tentant de mettre un visage sur ce nom. Penny... Ah oui ! La petite blonde qui habitait à côté de chez lui et voulait devenir mannequin. Il se souvint vaguement de lui avoir communiqué le numéro de « La Folie », au cas où une livraison urgente serait effectuée à son domicile.

— Salut.

Pandora battit des cils, semblant émerger enfin de la douce torpeur dans laquelle elle était plongée.

— Michael, je suis désolée de vous déranger mais il s'agit d'un cas de force majeure. J'ai appelé la police, elle ne va pas tarder à arriver.

Perplexe, Michael se dégagea de la tendre étreinte de Pandora.

— La police ? Mais pour quoi faire ?
— Votre appartement a été cambriolé.
— Quoi ?

Michael se leva d'un bond.

— Quand ?
— Je n'en sais rien. En rentrant chez moi tout à l'heure, j'ai remarqué que votre porte était entrouverte. Je croyais que vous étiez rentré, alors j'ai frappé. Mais comme vous ne répondiez pas, je suis entrée et là j'ai compris tout de suite. Je me suis précipitée chez moi pour prévenir les flics. Ils m'ont demandé de vous prévenir et de rester chez moi.

Les questions affluaient, sans réponses.

— Merci, Penny. Je vais essayer d'être là ce soir.

— D'accord, dit la jeune femme. Et encore désolée.

— Je passerai vous voir en arrivant.

D'un geste tendre, Pandora posa la main sur le bras de Michael.

— Michael, que se passe-t-il ?

— Mon appartement a été cambriolé.

— Oh non !

Le moment qu'elle redoutait depuis l'empoisonnement de Bruno était donc arrivé !

— Crois-tu que c'est... ?

— Je l'ignore, répondit Michael qui savait à quoi Pandora faisait allusion. Quelqu'un a dû remarquer que mon appartement était inhabité.

Pandora se sentait impuissante à calmer la colère qui gagnait Michael.

— Il faut que tu y ailles, lui dit-elle d'une voix qu'elle voulait réconfortante.

Michael opina d'un signe de tête puis lui prit la main.

— Tu viens avec moi.

— Michael, je dois rester auprès de Charles et de Sweeney.

— Je ne pars pas sans toi.

— Il faut que tu y ailles, Michael, répéta la jeune femme. Si c'est encore un coup d'un des membres de notre famille, tu trouveras peut-être des preuves de leur culpabilité. Et ne t'inquiète pas pour moi, tout ira bien.

— Comme la dernière fois...

Pandora fronça les sourcils.

— Fais-moi confiance, Michael.

— Ce n'est pas une question de confiance. Je ne veux pas te laisser seule ici.

— J'ai Bruno, dit Pandora. Et cesse de me regarder de cette façon ! Il n'est peut-être pas très offensif mais il sait aboyer. Et je te promets de bien barricader portes et fenêtres.

Michael secoua la tête.

— Ça n'est pas suffisant.

— Nous allons appeler la police. Fitzhugh les a mis au courant de ce qui s'était passé. Nous leur expliquerons que je vais être seule cette nuit et nous leur demanderons de venir faire une ronde.

— C'est mieux, concéda Michael en arpentant nerveusement la pièce. Mais si c'est encore un coup monté...

— Cette fois, nous y sommes préparés.

Michael hésita un instant puis capitula.

— Je vais prévenir la police.

10

Michael à peine parti, Pandora tira l'énorme verrou qui fermait la porte d'entrée. Elle était reconnaissante à Michael d'avoir passé près d'une heure à vérifier avec elle tous les systèmes de fermeture de la maison.

Mais à présent qu'elle était seule, elle trouvait le silence pesant.

Elle se rendit dans la cuisine. Ce n'était pas parce qu'elle était seule qu'elle devait renoncer à accomplir les tâches quotidiennes. Elle aurait tant voulu accompagner Michael !

Inutile de s'éterniser sur de faux regrets, se dit-elle en sortant des ustensiles du placard. Il y avait là deux personnes âgées qui comptaient sur elle. Et qui avaient besoin d'être nourries.

Elle alla allumer la radio et chercha une station locale dispensant de la musique country. Lorsque la voix chaude de Dolly Parton se fit entendre, Pandora sourit, satisfaite, et retourna à ses casseroles. Elle ouvrit le livre de cuisine de Sweeney et chercha dans l'index la recette des beignets de poulet.

Elle avait encore les mains dans la farine lorsque la sonnerie du téléphone retentit. Elle s'essuya rapidement à un torchon et alla décrocher le combiné.

— Allô ?

— Pandora McVie ? interrogea une voix inconnue à l'autre bout du fil.

— Oui, répondit-elle distraitement.

— Ecoutez attentivement ce que je vais vous dire.

— Pourriez-vous parler plus fort ? demanda Pandora qui s'était mise en quête d'un pilon. Je ne vous entends pas bien.

— Je dois vous prévenir et je n'ai pas beaucoup de temps, continua la voix. Vous êtes en danger, seule dans cette maison.

Pandora laissa échapper le pilon qui tomba sur le sol avec fracas.

— Allô ? Qui est à l'appareil ?

— Ecoutez-moi. Vous vous retrouvez seule parce que quelqu'un l'a voulu. Tout a été manigancé à l'avance et quelqu'un va tenter de s'introduire chez vous cette nuit.

— Quelqu'un ? répéta Pandora qu'une onde de panique submergea.

Ce n'était pas un canular. Son mystérieux interlocuteur était bien trop nerveux. Pandora était certaine qu'il s'agissait d'un homme.

— Si vous essayez de me faire peur...

— J'essaie juste de vous mettre en garde, coupa la voix. Quand j'ai compris...

L'homme sembla hésiter à poursuivre.

— Vous n'auriez pas dû envoyer ces bouteilles de champagne. Je n'aime pas avoir à vous le dire, mais rien ne les arrêtera. Et j'ai peur de ce qui pourra arriver par la suite.

Pandora sentit la peur s'insinuer en elle. Elle tenta de scruter l'obscurité par la fenêtre. Mais la nuit était d'encre. Elle était seule dans cette maison immense. Seule avec deux personnes âgées et malades.

— Qui êtes-vous ? répéta Pandora. Et si vous voulez vraiment m'aider, pourquoi ne mettez-vous pas un terme à toutes ces manigances ?

— Je prends déjà énormément de risques en vous prévenant. Vous ne comprenez donc pas ? Allez vous-en ! Quittez cette maison avant qu'il ne soit trop tard !

C'était du bluff. Un coup de bluff pour la pousser à partir. Pandora redressa fièrement les épaules.

— Je n'irai nulle part, annonça-t-elle crânement. Et dites-moi plutôt qui est derrière tout ceci.

— Allez vous-en, répéta la voix avant de raccrocher brutalement.

Pandora resta quelques instants interloquée, le récepteur à la main. Elle entendit vaguement l'huile grésiller dans la poêle, la radio égrener ses notes de musique. L'oreille aux aguets, elle regarda de nouveau en direction de la fenêtre, puis alla raccrocher le combiné.

C'était une mauvaise blague. Mais elle ne se laisserait pas impressionner par un petit plaisantin. D'ailleurs, Michael avait prévenu la police qu'elle était seule et elle n'avait qu'un coup de fil à passer pour que celle-ci vienne lui prêter main-forte.

Les jambes tremblantes, Pandora retourna à ses fourneaux. Elle mit à frire les morceaux de poulet qu'elle avait préalablement panés puis testa la cuisson des pommes de terre. Elle décida enfin qu'un petit verre de vin l'aiderait à se détendre. Elle était sur le point de se servir lorsque Bruno déboula dans la pièce et vint tourner autour d'elle.

— Mon chien! dit-elle en lui grattant la tête. Je suis bien contente de t'avoir avec moi.

Michael lui manquait tant, tout d'un coup!

Bruno lui lécha les doigts, fit de petits bonds autour du plan de travail puis alla se poster devant la porte en aboyant.

— Tu veux vraiment sortir maintenant? demanda Pandora que cette perspective n'enchantait guère. Oui, évidemment, tu ne peux pas attendre jusqu'à demain matin, n'est-ce pas?

Bruno se rua de nouveau vers sa maîtresse avant de regagner sa place devant la porte. Pandora fit glisser le verrou. Ce coup de fil n'était qu'une plaisanterie de mauvais goût, se disait-elle le cœur battant. Et de toute façon, elle ne risquait rien à ouvrir et à jeter un coup d'œil aux alentours.

Dès qu'elle eut ouvert la porte, Bruno bondit dehors et se mit à gambader dans la neige. Pandora, transie de froid et de peur, le regardait, depuis le seuil, s'ébattre gaiement. Tout paraissait normal. La neige scintillait sous le ciel étoilé; des bois tout proches ne parvenaient que les hululements d'un hibou. C'était une paisible soirée d'hiver à la montagne. Pandora inspira une profonde bouffée d'air frais et rappela son chien. Tous deux virent la forme bouger au même moment. Une silhouette indistincte qui se détachait d'un arbre, à la lisière de la forêt.

Avant que Pandora n'ait eu le temps de réagir, Bruno fondait dans sa direction en aboyant frénétiquement.

— Non, Bruno ! hurla Pandora. Reviens ici tout de suite !

Sans réfléchir une seconde de plus, elle saisit le vieux manteau qui était accroché derrière la porte, l'enfila à la hâte, et après s'être armée d'une lourde poêle en fonte, s'élança à la poursuite de son chien.

— Bruno !

L'animal, les sens en alerte, semblait suivre une piste. Pandora, réconfortée par la présence de son chien, s'enfonça à sa suite dans les bois, soudain indifférente au danger. Hors d'haleine, elle fit une pause durant laquelle elle tendit l'oreille et scruta l'obscurité. Elle allait reprendre sa course lorsqu'elle entendit sur sa droite les aboiements de Bruno.

— Ne les lâche pas Bruno ! J'arrive !

Se prenant au jeu, grisée par l'aventure, Pandora encourageait son chien à distance. Des branches surchargées de neige se délestaient de leur fardeau sur son passage. Dans sa précipitation, Pandora trébucha sur une racine et s'étala de tout son long dans l'épaisse couche de neige. Elle s'apprêtait à se relever lorsque Bruno fondit sur elle, la renversant sur le dos.

— Pas moi, Bruno ! râla la jeune femme en tentant vainement de repousser l'animal. Bon sang, si tu ne…

Elle s'interrompit net à la vue de Bruno qui, le poil hérissé, grognait en montrant ses jeunes crocs acérés. Pandora leva les yeux sur la silhouette qui se mouvait entre les arbres.

Elle se releva et, serrant fermement la queue de la poêle entre ses doigts engourdis de froid, se dirigea droit vers la forme. Luttant contre la peur qui l'étreignait, elle se campa sur ses deux jambes, prête au combat.

— Qu'est ce que c'est que ça, encore ?

— Michael !

Pandora lâcha son arme dérisoire et, ivre de soulagement, se précipita dans les bras de Michael.

— Oh, Michael ! Si tu savais comme je suis contente de te voir ! s'exclama-t-elle en couvrant son visage de baisers.

— Je vois, oui. Et c'est pour ça que tu t'apprêtais à me massacrer à coups de poêle à frire ?

— C'est tout ce que j'ai trouvé pour me défendre, plaida la jeune femme qui, d'un coup, s'écarta des bras protecteurs de Michael. Bon sang, Michael, j'étais morte de peur ! Que fais-tu ici, à rôder dans ces bois alors que je te croyais en route pour New York ?

— Et toi ? Je te rappelle que tu étais censée ne pas mettre le nez dehors !

— C'est ce que j'aurais fait si Bruno ne t'avait pas repéré. Alors, que fais-tu ici ?

D'un geste plein de douceur, Michael essuya quelques flocons plaqués sur le visage de Pandora.

— J'ai fait à peu près cinquante kilomètres mais je n'arrivais pas à me débarrasser d'un mauvais pressentiment. Alors je me suis arrêté à une station-service et j'ai passé un coup de fil à ma voisine.

— Mais... Ton appartement ?

— J'ai pu parler aux policiers et je leur ai dressé une liste des biens susceptibles d'avoir disparu. Nous irons à New York ensemble dans deux ou trois jours.

Michael résista à l'envie de secouer la jeune femme pour l'imprudence dont elle avait fait preuve. S'il lui était arrivé quelque chose...

— Décidément, je ne peux pas te laisser seule cinq minutes !

— Je vais finir par croire que tu es mon preux chevalier, murmura-t-elle en l'embrassant encore. Tu ne m'as toujours pas expliqué pourquoi tu te trouvais dans ces bois ?

— Une intuition.

Il se baissa pour ramasser la poêle. Un simple coup de

cette massue sur la tête et il aurait été neutralisé pour un bon moment !

— La prochaine fois que tu as une intuition, ne reste pas comme un voleur à la lisière des bois à épier la maison.

— Je n'ai pas épié la maison, protesta Michael en prenant la jeune femme par le bras.

Il voulait la mettre en sécurité, derrière des portes bien verrouillées.

— Je t'ai vu.

— Ce n'était pas moi.

Michael jeta un coup d'œil réprobateur à Bruno.

— Et si tu n'avais pas laissé sortir ce fichu chien, à l'heure qu'il est nous connaîtrions l'identité de notre mystérieux rôdeur. Lorsque je suis arrivé, j'ai voulu m'assurer que tout allait bien et j'ai fait un petit tour aux alentours. J'ai repéré des traces de pas et je les ai suivies.

A cette pensée, Michael, encore sous tension, jeta un coup d'œil par-dessus son épaule.

— J'étais sur le point de rattraper notre homme lorsque Bruno, lancé à ses trousses, n'a pu m'éviter et m'a fait tomber. Evidemment, l'autre en a profité pour s'enfuir.

— Zut, échouer si près du but ! Si tu m'avais tenue au courant, nous aurions pu nous épauler.

— J'ignorais ce qui allait se passait. Et je te rappelle que tu devais rester sagement enfermée dans la maison.

— Bruno avait besoin de sortir, plaida Pandora. Et puis il y a eu ce coup de fil…

A son tour, Pandora jeta un regard inquiet par-dessus son épaule.

— Quelqu'un m'a appelée pour me prévenir d'un danger.

— Qui était-ce ?

— Je ne sais pas. J'ai cru reconnaître une voix d'homme mais je n'en suis pas sûre.

La main de Michael se referma sur le bras de Pandora.

— Il t'a menacée ?

— Non, non. Mais la personne en question savait ce qui se tramait et a voulu m'avertir. Elle m'a dit que quelqu'un essaierait de s'introduire dans la maison et qu'il valait mieux que je m'en aille.

— Et évidemment, gronda Michael, tu n'as rien trouvé de mieux à faire que de te promener seule dans la forêt avec une poêle à frire pour te défendre ! Bon sang, Pandora, pourquoi n'as-tu pas appelé la police ?

— Parce que j'ai cru à une plaisanterie et que sur le coup ça m'a rendue folle de rage ! riposta Pandora en soutenant sans ciller le regard réprobateur de Michael. Je déteste qu'on cherche à m'intimider et lorsque j'ai aperçu cette silhouette je n'ai eu qu'une envie : lui donner une bonne correction !

— Bravo ! commenta Michael en secouant Pandora par les épaules. Je te félicite de ton inconséquence !

— Je te signale que tu as pris les mêmes risques !

— Oui, mais je pèse un peu plus lourd que toi. Tu imagines un peu ce qui serait arrivé si le rôdeur t'avait agressée ?

— Je me serais défendue ! marmonna Pandora, butée.

— Tu te serais défendue ? répéta Michael, goguenard.

Pour preuve de ce qu'il pensait, il fit à Pandora un croche-pied et l'envoya rouler sans ménagement dans la neige. Il ne lui laissa pas le temps de riposter et brandit au-dessus d'elle, menaçant, la poêle à frire. Bruno, croyant à un jeu, se mit à lécher bruyamment le visage de sa maîtresse.

— Si j'étais rentré demain, comme prévu, je t'aurais retrouvée à moitié ensevelie sous la neige.

Il lui tendit la main pour l'aider à se relever.

— Ce n'est pas juste ! Tu m'as attaquée par surprise ! protesta la jeune femme.

— Tais-toi ! ordonna-t-il en l'agrippant fermement par les épaules. Je tiens trop à toi pour prendre le moindre risque. Nous avons assez joué avec le feu. Dès que nous serons rentrés, nous appellerons la police et nous lui raconterons tout.

— Et que feront-ils ?

— Nous verrons bien.

Résignée, Pandora appuya la tête contre le torse de Michael et laissa échapper un profond soupir. Si la poursuite avait eu quelque chose d'excitant, il n'en restait pas moins que ses jambes tremblaient encore.

— Tu as peut-être raison, après tout. Nous en sommes au même point qu'au début.

— Faire appel à la police ne veut pas dire que nous renonçons, la rassura Michael. Cela change simplement les données du problème.

Michael s'interrompit pour prendre les mains de Pandora entre les siennes et les porter à ses lèvres.

— Je ne laisserai personne te faire de mal, murmura-t-il.

Troublée par la satisfaction qu'elle retirait de cet aveu, Pandora tenta de libérer ses mains.

— Je peux prendre soin de moi toute seule, tu sais, déclara-t-elle d'un ton qu'elle voulait dégagé.

— Je n'en doute pas, dit-il avec un petit sourire. Et si nous rentrions ? Je meurs de faim !

— Tout à fait masculin de penser à son estomac dans un moment pareil ! plaisanta Pandora, désireuse de détendre l'atmosphère. Bon sang ! Le poulet !

Elle se dégagea des bras de Michael pour se précipiter vers la maison.

— Je n'ai quand même pas si faim que ça ! riposta Michael en la rattrapant.

Il l'arrêta dans sa course pour la serrer une nouvelle fois contre son cœur. Lorsqu'il l'avait entendue crier dans les bois, son sang s'était glacé dans ses veines.

— En fait, susurra-t-il d'une voix enjôleuse en reprenant sa marche, je crois que je peux attendre encore un peu.

— Michael ! protesta faiblement Pandora en faisant mine de se dégager. Si tu ne me lâches pas immédiatement, je crains que nous n'ayons rien à nous mettre sous la dent ce soir.

— Nous irons manger ailleurs, poursuivit Michael sur le même ton.

— J'ai laissé la poêle sur le feu. Le poulet doit être carbonisé.

— Eh bien, nous nous rabattrons sur de la soupe. Il en reste tout un stock, décréta-t-il en ouvrant la porte de la cuisine.

Ils restèrent sans voix devant les assiettes débordant de frites moelleuses et de beignets dorés à point. Le plan de travail débarrassé et nettoyé, la vaisselle faite.

— Sweeney! s'écria Pandora sur un ton lourd de reproches, que faites-vous ici?

— Mon travail, répondit placidement la vieille cuisinière.

Elle nota avec satisfaction que Pandora était encore prisonnière des bras de Michael. Manifestement, son plan avait l'air de marcher! Elle se plut à imaginer que le jeune couple était allé faire une courte promenade pendant que le dîner cuisait et que, tout à leurs roucoulades, ils n'avaient pas vu le temps passer.

— Vous devriez être au lit! la réprimanda encore Pandora.

— J'y suis restée plus qu'assez, dans mon lit. Ça suffit comme ça!

En effet, Sweeney ne supportait plus ces longues journées d'inactivité où elle s'ennuyait à mourir. Mais la seule vue de Michael et Pandora enlacés la récompensait de son sacrifice.

— Je me porte comme un charme maintenant. Je vous assure. D'ailleurs, je n'ai pas tout à fait terminé.

Les deux jeunes gens, sceptiques, observèrent Sweeney à la dérobée. Ses joues étaient roses, ses yeux pétillants. Ils la regardèrent reprendre ses droits, s'activant fébrilement d'un coin de la cuisine à un autre.

— Ne vous fatiguez pas trop quand même, décida Michael. Ménagez vos forces.

— Michael a raison. Vous en avez assez fait, retournez vous reposer. Nous nous occuperons du reste. D'ailleurs nous y avons pris goût, n'est-ce pas, Michael?

Ce dernier opina en silence.

Michael et Pandora en ayant décidé ainsi, maîtres et

serviteurs se retrouvèrent à la même table pour le dîner. Charles, assis à côté de Sweeney et ne sachant trop s'il devait continuer à tousser, s'éclaircissait la gorge de temps en temps. D'un accord tacite, les deux jeunes gens avaient décidé de garder secrets les événements des dernières heures, tous deux estimant que l'annonce d'un rôdeur épiant la maison pourrait retarder le rétablissement de Charles et de Sweeney.

A plusieurs reprises, Pandora surprit Sweeney en train de les regarder, Michael et elle, un sourire béat aux lèvres. Quelle adorable vieille dame ! se disait-elle, croyant innocemment que Sweeney affichait sa satisfaction d'avoir réintégré ses fonctions. Cela ne fit que renforcer la volonté de la jeune femme de les tenir à l'écart des manigances de sa famille. Il était près de 21 heures lorsqu'elle rejoignit Michael dans le petit salon où ils avaient l'habitude de se retrouver.

— Ils sont montés ? s'informa Michael d'une voix légèrement nerveuse.

Pandora opina d'un signe de tête tout en se servant un verre de liqueur.

— Ils sont un peu comme deux enfants qui ont besoin d'être dorlotés. Je les ai laissés devant un bon vieux film avec Gary Grant.

Elle sirota une gorgée d'alcool et attendit que ses muscles tendus se relâchent un peu.

— J'aurais dû le regarder avec eux, d'ailleurs.

— N'y pense plus. Je viens d'appeler la police, elle ne va pas tarder à arriver.

Pandora reposa son verre.

— Ça m'ennuie de repasser l'affaire à des étrangers. Après tout, tout ceci n'est qu'un faisceau de suppositions.

— Eh bien, laissons la police supposer à notre place. C'est son boulot.

Pandora laissa échapper un petit rire nerveux.

— Ton Logan, il arrive à dénouer l'intrigue tout seul, lui !

— Si j'ai bonne mémoire, lui rappela Michael, quelqu'un

que je connais bien m'a dit récemment que tout cela n'était que pure fiction.

Il se servit à son tour et leva son verre en direction de Pandora avant de boire.

— En outre, j'ai découvert que je n'aimais pas te voir figurer dans le scénario.

La chaleur de l'alcool dans leurs veines, doublée à celle du feu qui crépitait dans la cheminée, donnait à la soirée un air de normalité qu'elle était loin d'avoir.

— Tu n'aurais pas développé le syndrome de « l'homme-qui-doit-à-tout-prix-protéger-la-faible-femme-sans-défense » par hasard ? ironisa-t-elle. Pourtant, ça ne te ressemble pas.

Michael vida son verre d'un trait.

— Ça me ressemble, lorsqu'il s'agit de *ma* femme.

Pandora fixa Michael, sourcils froncés. Quelle idiote elle était de se sentir flattée par un terme aussi possessif !

— *Ta femme ?* répéta-t-elle avec une pointe de nervosité.

— Oui, confirma Michael en lui caressant la nuque. Ça te pose un problème ?

Le cœur de Pandora se mit à battre la chamade, sa gorge se noua. Elle était sa femme, le temps de son séjour à « La Folie ». Mais il l'oublierait bien vite, cette ennuyeuse cousine, dès qu'il aurait replongé dans le tourbillon de la vie new-yorkaise !

— Je n'en sais rien, à vrai dire.

Michael se pencha vers elle et baisa tendrement ses lèvres.

— Alors, je te propose d'y réfléchir. Nous en reparlerons.

Il la laissa à ses interrogations pour aller ouvrir à l'officier de police qui frappait à la porte.

Lorsqu'il revint, Pandora affichait un calme qu'elle était loin de ressentir.

— Lieutenant Randall, voici Pandora McVie.

— Enchanté, répondit le policier en fourrant tant bien que mal son écharpe en laine dans la poche de son manteau.

Pandora lui trouva l'air bonhomme d'un grand-père tranquille.

— Sale temps, dit-il en s'approchant du feu.

— Voulez-vous une tasse de café, lieutenant ? proposa Pandora.

Ce dernier lui adressa un regard plein de gratitude.

— Avec plaisir.

— Je vous en prie, asseyez-vous. J'en ai pour une minute.

Pandora mit plus de temps qu'il n'en fallait pour préparer du café et disposer tasses et soucoupes sur un plateau. Elle n'avait jamais eu affaire à la police sinon pour de banales questions de tickets de parking. Et là, brutalement, elle allait devoir parler de sa famille et de sa relation avec Michael avec un parfait inconnu.

Sa relation avec Michael, se disait-elle. Voilà la véritable raison pour laquelle elle s'attardait ainsi dans la cuisine. Elle n'avait pas encore surmonté le choc que les mots employés par Michael avaient provoqué. Elle n'arrivait pas à chasser de ses pensées la passion qu'elle avait lue dans son regard.

Pandora trouva des serviettes en lin qu'elle prit le temps de plier en triangle. Elle ne voulait être la femme de personne, décida-t-elle avec détermination. C'était la nervosité liée aux événements de la soirée qui l'avait fait réagir comme une adolescente à qui son amoureux aurait offert une bague de pacotille. Mais elle n'était plus une adolescente. Elle était une adulte qui se suffisait à elle-même. Une adulte amoureuse, reconnut-elle à regret.

Elle prit une profonde inspiration, plaqua un sourire sur ses lèvres et, les mains crispées sur son plateau, regagna le salon.

— Messieurs, dit-elle en déposant son chargement sur la table basse qui faisait face à la cheminée. Lieutenant, du lait, du sucre ?

— Je prendrai des deux, merci.

Il plaça un bloc-notes sur ses genoux tandis que Pandora lui tendait sa tasse.

— M. Donahue m'a rapidement mis au courant. Il semblerait donc que vous ayez quelques petites contrariétés ?

Le terme choisi la fit sourire. Tout comme son physique, sa voix inspirait la confiance.

— Oui, répondit-elle simplement.

— Je ne vais pas me lancer dans un cours de morale mais vous auriez dû nous prévenir dès le premier incident. Les actes de vandalisme sont des délits, vous savez.

— Nous pensions qu'en n'y prêtant pas attention, nous dissuaderions les vandales de recommencer, expliqua Pandora. Manifestement, nous avions tort.

— Je vais vous demander de me confier votre bouteille de champagne. Bien que vous en ayez déjà fait analyser le contenu, je voudrais le faire vérifier par nos propres labos.

Michael se leva.

— Je vais la chercher, dit-il en quittant la pièce.

— Mademoiselle McVie, commença Randall lorsqu'ils furent seuls, d'après les dires de votre cousin, les termes du testament de votre oncle seraient pour le moins… particuliers.

— En effet.

— Toujours d'après votre cousin, il semblerait que ce soit lui qui vous ait un peu forcé la main.

— Michael a toujours pris ses désirs pour des réalités, lieutenant, lâcha négligemment Pandora en sirotant son café. Il n'a pas encore compris que j'étais assez grande pour décider moi-même des choses.

L'officier Randall opina et consigna les paroles de Pandora dans son carnet.

— Néanmoins vous êtes d'accord avec M. Donahue pour dire que les incidents survenus sont liés et qu'ils sont le fait de l'un des membres de votre famille ?

— Je ne vois aucune raison de croire le contraire.

— Vos soupçons se portent-ils sur une personne en particulier ?

— Non, répondit Pandora avec franchise. Voyez-vous, nous ne sommes pas, à proprement parler, une famille unie. Et en fait, je les connais très peu.

— A l'exception de M. Donahue, bien sûr ?

— C'est exact. Michael et moi étions les seuls à rendre visite à notre oncle et il arrivait parfois que nous nous retrouvions ensemble ici même, dans cette maison. Les autres n'y venaient quasiment jamais.

— La bouteille, lieutenant, annonça Michael en revenant. Je vous ai apporté aussi le rapport d'analyses des Laboratoires Sanfield.

Randall le parcourut rapidement avant de le placer dans la boîte.

— Le notaire de votre oncle, M. Fitzhugh, a déjà fait allusion, dans un précédent rapport qu'il nous a fait parvenir, à une intrusion ici-même. Aussi j'espère que vous ne verrez aucun inconvénient à ce qu'un de nos hommes vienne patrouiller ici régulièrement.

— Je vous le demande, appuya Michael.

Voyant que la tasse de Randall était vide, Pandora se leva pour la remplir.

— Je contacterai Fitzhugh, promit-il en vidant sa tasse d'un trait. Je vais avoir besoin de tous les noms qui figurent dans ce testament.

Il se leva pour prendre congé, prêt à affronter le rude trajet sous la neige qui l'attendait.

— Nous nous efforcerons de mener cette enquête aussi discrètement que possible. Toutefois, si quelque chose d'anormal se produisait, n'hésitez pas à m'appeler. Je vous envoie un de mes hommes dès demain matin.

— Merci, lieutenant, dit Michael en l'aidant à enfiler son manteau.

Avant de partir, Randall balaya la pièce d'un regard circulaire.

— Vous n'avez jamais songé à faire installer un système d'alarme ?

— Non.

— Pensez-y, conclut-il en franchissant la porte.

— Eh bien ! Les dés sont jetés maintenant, s'exclama Pandora.

— Quand je pense que nous étions si près du but, ce soir ! dit Michael en délaissant son café pour se servir un verre de brandy. J'ai bien failli mettre la main sur ce salaud !

— Il serait peut-être plus raisonnable d'envisager cette chasse à l'homme comme une partie d'échecs que comme un match de boxe, tu ne crois pas ? suggéra Pandora.

Elle s'approcha de lui et, tout en l'enveloppant de ses bras, pressa sa joue contre son épaule. Un témoignage de tendresse d'autant plus précieux qu'il était rare, songea Michael. Quand les choses avaient-elles basculé ? Depuis quand ne voyait-il plus en Pandora une jeune femme trop rousse, trop mince, trop exubérante ? Il se laissa aller contre elle et décida, un sourire satisfait aux lèvres, que leurs deux corps s'accordaient parfaitement.

— Je n'ai jamais eu assez de patience pour les échecs.
— Alors, laissons faire la police, décréta Pandora en resserrant son étreinte.

Le besoin de protéger cet homme surgit aussi soudainement que celui d'être protégée.

— J'ai repensé à ce qui aurait pu se passer ce soir, Michael. Je ne veux pas qu'il t'arrive quoi que ce soit.

Michael se retourna vers elle et lui releva le menton, la forçant à le regarder dans les yeux.

— Pourquoi ?
— Parce que…, commença-t-elle.

Non, il ne fallait pas qu'elle se laisse influencer par ce regard pénétrant qui la faisait fondre ! Elle avait sa fierté, tout de même !

— Parce qu'il faudrait que je fasse la vaisselle toute seule !

Michael sourit. S'il était vrai que la patience n'était pas son fort, il était des circonstances où il savait se montrer aussi doux qu'un agneau. Il effleura les lèvres de Pandora d'un baiser.

— C'est tout ? chuchota-t-il.

Il pouvait bien insister, elle ne tomberait pas dans son piège !

— Non. S'il t'arrivait quelque chose, tu ne pourrais plus travailler et je serais obligée de supporter ton sale caractère toute la journée.

— Pourtant, tu le supportes déjà.
— Ce serait pire !
A présent, Michael embrassait les paupières de Pandora.
— Essaie encore, lui susurra-t-il d'une voix enjôleuse. Je suis sûr qu'il y a une autre raison.
Pandora ouvrit les yeux et le défia du regard.
— Cela te pose vraiment un problème de ne pas le savoir ?
— Non.
Le baiser qu'il donna à Pandora n'était plus si tendre cette fois. Il la plaqua un peu plus contre lui, désireux de la faire plier.
— Je voudrais juste que tu le dises.
— Après tout, tu es un membre de la famille toi aussi, insinua Pandora sur le mode de la plaisanterie.
Michael éclata de rire puis se mit à mordiller le lobe velouté de son oreille.
— N'essaie pas de te défiler.
Il sentit Pandora se raidir d'indignation.
— Me défiler, moi ?
— Parfaitement. Comme chaque fois que les choses échappent à ton contrôle.
Il posa les mains sur ses seins.
— Tes liens avec les autres membres de la famille n'ont rien à voir avec ceux-là, Pandora.
— Qu'attends-tu de moi, Michael ? chuchota-t-elle.
— Tu m'as habitué à plus de vivacité.
— Ne plaisante pas.
— Je suis sérieux, Pandora.
Il s'écarta d'elle et la prit par les épaules.
— Non, je ne te forcerai pas à avouer. J'attendrai le temps qu'il faudra. Tu finiras bien par me dire que nous voulons la même chose.
— Toujours aussi arrogant ! dit Pandora, mi-figue, mi-raisin.
— Pas arrogant, corrigea Michael. Sûr de moi.
Viendrait le jour où elle rendrait les armes. Il le savait.
— J'ai envie de toi, dit-il dans un souffle.

Une onde électrique parcourut l'échine de la jeune femme.
— Je sais.
Michael enlaça ses doigts.
— Tu vois, quand tu veux…

11

L'hiver s'installa un peu plus et, avec lui, des tourmentes de neige qui obligeaient Pandora à pelleter tous les matins la courte allée qui menait à son atelier. Elle aimait cette activité physique intense qui lui permettait, durant de longues minutes, de faire paisiblement le point sur sa vie.

C'est ainsi qu'elle avait compris que celle-ci ne serait plus jamais la même. Elle avait longtemps cru que son art avait évolué au gré de ses émotions. En vérité, il n'en était rien. C'était même le contraire qui se produisait. Elle utilisait son art pour tenir à distance le tumulte intérieur qui l'agitait. Elle s'y raccrochait comme un naufragé à son radeau.

La prise de conscience brutale du fait que sa santé, sa vie même, était en danger, lui avait fait prendre ses distances. Elle s'appliquait désormais à apprécier tous ces petits plaisirs que la vie lui offrait et qu'elle avait tenus, jusque-là, pour acquis. Se réveiller dans un lit douillet, regarder la neige tomber, écouter le feu crépiter dans la cheminée. Ces quelques mois à « La Folie » lui avaient appris à quel point chaque minute de son existence était précieuse.

Elle avait pris la décision de faire un saut à New York pour rapporter de son appartement les choses qui lui paraissaient essentielles. Ce serait là l'occasion d'effectuer un véritable travail de tri, une façon d'établir sa vie sur de nouvelles bases. Et d'accepter la nouvelle femme qu'elle était devenue.

Le bail de son appartement et celui de son atelier arrivant

à terme, elle ne les reconduirait pas. Et plutôt que de vivre seule, elle vivrait en compagnie des vieux serviteurs de son oncle et veillerait sur eux. L'époque où seuls comptaient sa petite personne et la vie linéaire qu'elle s'était tracée lui semblait à des années lumière de là. Et elle qui ne pouvait se passer de la vie trépidante de New York, elle s'installerait définitivement à la campagne. Sans le moindre regret.

Quant à Michael...

D'ici à quelques semaines, tout serait terminé. Le long hiver qu'ils auraient partagé deviendrait un lointain souvenir qui alimenterait d'autres longues soirées d'hiver. Elle ne devait rien regretter. Une nouvelle vie l'attendait. Pourtant, elle ne pouvait s'empêcher d'imaginer... La vie réservait parfois de ces surprises.

La police avait commencé son travail d'investigation et imposé sa loi. Pandora devait désormais arrêter de travailler à la nuit tombée et veiller à tout refermer soigneusement derrière elle. Quant aux promenades en solitaire dans les bois, elles lui étaient formellement interdites. Elle s'était pliée au rituel qui consistait à vérifier chaque soir toutes les fermetures des portes et des fenêtres qui, du temps de Jolley, restaient allègrement déverrouillées.

Souvent, lorsque après sa journée de travail elle regagnait la maison, elle voyait la silhouette de Michael se détacher de la fenêtre de son bureau. Il l'observait. Elle savait qu'il attendait qu'un miracle se produise.

Depuis leur retour de New York où ils s'étaient rendus pour la déposition de Michael, celui-ci se montrait plus réservé à l'égard de la jeune femme et témoignait d'une nervosité inhabituelle. Bien que tous deux aient compris la nécessité d'être protégés par une patrouille de police, il n'en restait pas moins que leur intimité pâtissait de cette intrusion permanente dans leur vie quotidienne.

L'enquête piétinait, tous les membres de la famille ayant présenté de solides alibis pour chacun des incidents survenus. Toujours est-il qu'il n'y avait plus de coups de fil anonymes, de rôdeurs autour de la maison, de faux télégrammes. Cependant, tout comme l'avait prévu Pandora, la réaction de ses proches ne s'était pas fait attendre. Carlson, au comble de la colère, l'avait appelée pour l'accuser de vouloir saper le cours de l'instruction. Ginger avait envoyé une lettre dans laquelle elle disait que « La Folie » était hantée. Morgan, lui, leur avait reproché à grands coups d'insultes la présence de la police dans leurs affaires familiales. Quant à Biff, il s'était manifesté au travers d'un bref message aussi nébuleux que ses discours : « Au jeu du gendarme et du voleur, vous me semblez être en bonne position. »

Hank s'était abstenu de tout commentaire.

Le laboratoire de la police avait confirmé les analyses déjà effectuées et Randall poursuivait son enquête à sa manière, calme et précise.

Michael se demandait comment Pandora pouvait supporter tout ce bouleversement avec une telle résignation. Lui qui rongeait son frein en permanence pour ne pas ruer dans les brancards ! Il ne lui avait fallu que quelques jours pour réaliser que le pire était l'attente. Devoir assister, passif, à l'enquête, le rendait fou de rage. Il ne s'accorderait aucun répit tant qu'il saurait Pandora en danger, tant que le coupable serait en liberté.

Depuis la porte de l'atelier de Pandora devant laquelle il se tenait, Michael observait la silhouette imposante de la maison qui se détachait dans la semi-obscurité. Avec ses murs hérissés de tourelles, ses gouttières anciennes desquelles pendaient de longues stalactites scintillantes, elle donnait l'impression d'un château gothique effrayant, tout droit sorti d'un conte pour enfants. Peut-être un jour écrirait-il une histoire dont elle serait le décor. Mais pour l'heure, si sinistre soit-elle en apparence, elle était tout simplement son foyer. En contemplant les volutes de fumée blanche qui s'échappaient des hautes cheminées, il lui vint à l'esprit que cette maison était la sienne et qu'il l'avait toujours aimée. Il se demanda comment Pandora réagirait lorsqu'il lui annoncerait que lui aussi avait l'intention de rester, une fois leur contrat honoré.

Il s'apprêtait à mettre le point final au dernier scénario de la saison et il ne restait qu'un épisode à tourner avant que la série ne s'interrompe jusqu'à l'automne. Ensuite il aurait la possibilité, comme il en avait l'habitude, de prendre quelques semaines de vacances sur une île à la mode où il pourrait pêcher, se détendre et rencontrer de jolies filles. Mais il savait qu'il n'en ferait rien.

Parallèlement à l'écriture de son scénario, il avait sérieusement réfléchi à une idée de film. Il avait l'intention de rester à « La Folie » pour donner vie à son projet. Avec Pandora à ses côtés, il se sentirait plus fort, plus déterminé. Ses critiques constructives ne pourraient que le stimuler. Mais pour en arriver là, il lui fallait s'armer encore de patience et attendre que Pandora lui ouvre son cœur.

Ses poings, qu'il tenait machinalement serrés au fond de ses poches, se relâchèrent. Il abaissa la poignée de la porte de l'atelier et constata avec satisfaction que Pandora obéissait aux consignes strictes de l'inspecteur Randall.

— Pandora ! appela-t-il en frappant doucement.

Elle vint lui ouvrir, une tenaille à la main. Attendri, Michael avisa ses cheveux ébouriffés, ses joues rouges. Il leva les bras, paumes tendues vers elle.

— Je ne suis pas armé, dit-il sur le mode de la plaisanterie.

— Et moi, je suis occupée, rétorqua-t-elle, faussement irritée.

— Je sais bien que j'empiète sur tes heures de travail mais j'ai un motif valable.

— Entre, il fait froid, dit-elle en refermant la porte derrière eux.

— Brrr, il ne fait pas beaucoup plus chaud à l'intérieur.

— C'est la température idéale pour ce genre d'activité. Et j'étais justement en train de travailler, souligna-t-elle de nouveau.

— Tu n'as qu'à t'en prendre à Sweeney. Elle m'envoie faire des courses et elle tient absolument à ce que tu m'accompagnes. Elle trouve que tu passes trop de temps dans ce trou à rat et que tu as besoin de prendre l'air.

L'idée de faire un tour en ville était séduisante. Et puis ce serait l'occasion de prendre contact avec le joaillier du centre commercial.

— D'accord, finit-elle par dire. Mais je dois d'abord terminer ce que j'ai commencé.

— Je ne suis pas pressé.

— Parfait. J'en ai pour une demi-heure.

Michael, visiblement intéressé par le laminoir qui était à proximité, ne semblait pas disposé à quitter les lieux.

— Michael ! reprocha Pandora avec une pointe d'exaspération.

— Vas-y, prends ton temps.

— Michael, tu n'as vraiment rien de mieux à faire ?

— Rien du tout.

— Tu as terminé ton scénario ?

— Presque. J'ai envie de voir comment tu t'y prends.

— Et moi je ne supporte pas d'avoir quelqu'un derrière moi. Ça me rend nerveuse.

— Eh bien, c'est le moment de t'entraîner, ma chérie. Tiens, tu n'as qu'à imaginer que je suis ton apprenti !

Puis, sans lui laisser le temps de protester, il pointa du doigt l'établi sur lequel travaillait Pandora.

— C'est quoi, ça ?

— *Ça*, comme tu l'appelles, commença Pandora avec raideur, est l'ébauche d'un pendentif. Je le fais avec ce qu'il reste de cuivre et d'argent d'un bracelet.

— Aucune perte, murmura Michael. Toujours l'esprit pratique.

Pandora sourit. Elle terminerait à son retour. Peut-être même, s'ils ne rentraient pas trop tard, aurait-elle le temps d'attaquer sa prochaine création.

Elle retira son tablier et enfila son manteau.

— Tu m'invites à déjeuner ?

— Justement, j'allais te poser la même question.

— Trop tard ! C'est moi qui l'ai posée en premier.

Elle ferma la porte à clé et inspira une profonde bouffée d'air frais.

— La neige commence à fondre, constata-t-elle.

— Oui, dans quelques semaines, les douzaines de bulbes que Jolley a plantés vont sortir de terre.

— Des jonquilles, murmura Pandora, le regard soudain voilé de tristesse.

Il lui parut impossible que malgré le froid et l'épaisse couche de neige, le printemps soit néanmoins si proche.

— L'hiver a si vite passé !

Michael enlaça tendrement la jeune femme.

— Je n'aurais jamais imaginé que les cinq mois que nous venons de traverser ensemble puissent filer à une telle rapidité. Et sans même que nous essayions de nous entretuer !

Pandora éclata de rire et régla son pas sur celui de son compagnon.

— Ce n'est pas fini, il nous reste encore un mois !

— Je crois qu'il faut que nous nous tenions correctement. Le lieutenant Randall nous a à l'œil, lui rappela-t-il sans toutefois relâcher son étreinte.

Ignorant la remarque de Michael, Pandora se tourna vers lui et noua ses bras autour de sa nuque.

— Il y a pourtant eu des moments où je t'aurais volontiers étripé, murmura-t-elle d'un ton espiègle.

— C'est drôle. Moi aussi, chuchota à son tour Michael en se penchant pour prendre les lèvres de la jeune femme.

Sweeney, qui, postée derrière la fenêtre de la cuisine, n'avait rien raté de la scène, ouvrit grand les rideaux.

— Regardez-moi ça ! dit-elle, toute rouge d'excitation. Je t'avais bien dit que ça marcherait, caqueta-t-elle à l'intention de Charles. Et d'ici à quelques semaines, je te prédis un beau mariage !

— Tu ferais bien de ne pas mettre la charrue avant les bœufs, laissa tomber ce dernier en regardant Pandora bombarder Michael de boules de neige.

Dans une volonté désespérée d'échapper aux représailles,

Pandora courut à perdre haleine jusqu'au garage. A peine avait-elle atteint la porte qu'un projectile vint s'y écraser.

— Encore raté ! clama-t-elle avec provocation.

Elle rassembla toutes ses forces pour soulever le lourd panneau de fer puis elle se précipita dans la voiture de Michael et se carra fièrement dans le siège du passager. Il n'oserait pas souiller son bel intérieur en cuir ! Contre toute attente et sans hésiter une seconde, Michael ouvrit la portière et écrasa une énorme boule de neige sur la tête de Pandora.

— Je suis bien meilleur au corps à corps, énonça-t-il posément.

Pandora essuya tout aussi posément les petits cristaux de neige qui étoilaient son manteau. Elle jugeait déplacé de se montrer indignée, elle qui avait lancé l'offensive.

— Il me semblait à moi que quand on possédait une voiture aussi luxueuse, on y faisait plus attention, déclara-t-elle.

— Figure-toi que j'ai acheté cette voiture parce que j'adore rouler à grande vitesse. Et... parce qu'elle va bien aux rousses.

— Ainsi qu'aux blondes et aux brunes, ironisa Pandora.

— Aux rousses, assura fermement Michael en enroulant une mèche des cheveux de Pandora autour de ses doigts. J'ai découvert que ce sont celles que je préfère.

Pandora afficha un sourire béat. Elle l'avait toujours lorsque Michael attaqua la longue descente tortueuse qui menait à Catskills.

Elle se pencha vers la chaîne stéréo en quête d'une station plus proche de ses goûts.

— La plupart des hommes ont un équipement de ce genre dans leur garçonnière.

— Je n'ai pas de garçonnière.

— Si j'ai bonne mémoire, tu n'as plus non plus de télévision.

Michael fit mentalement l'inventaire de ce qui lui avait été volé.

— L'assurance me remboursera.

— A condition qu'il s'agisse d'un véritable cambriolage, comme te l'a signifié la police.

— Sinon, je...

Michael s'interrompit net. La pédale de frein, qu'il était en train de presser pour prendre une courbe, n'offrait plus aucune résistance.

— Michael, si tu essaies de m'impressionner avec tes talents de pilote, c'est raté, annonça Pandora qui, pressentant instinctivement le danger, s'agrippait à la poignée de la portière.

Dirigeant le volant d'une main, Michael tira d'un coup sec le frein à main de l'autre. Mais rien ne se produisit. Il jeta un coup d'œil au compteur de vitesse : celui-ci affichait une vitesse de soixante-dix kilomètres/heure.

— Plus de freins, conclut-il.

Livide, Pandora s'accrocha un peu plus à la poignée.

— Nous ne nous en sortirons pas, n'est-ce pas ? s'enquit-elle d'une voix blanche.

— Non, répondit Michael avec franchise.

Il parvint à négocier la courbe suivante dans un crissement de pneus sinistre, puis alors que le contrôle lui échappait totalement, la voiture alla buter contre la barrière de sécurité avant de reprendre sa course folle.

Pandora vit, comme dans un mauvais rêve, le panneau indiquant trente kilomètres/heure. La voiture était lancée à soixante-quinze. Elle ferma les yeux et découvrit, en les rouvrant, l'énorme congère qui se profilait devant eux. Elle poussa un cri. Michael n'eut que quelques secondes pour donner le coup de volant qui leur fit faire une embardée. La voiture dérapa, soulevant derrière elle une épaisse poussière blanche.

Les mâchoires crispées, Michael fixait intensément la route, anticipant chaque virage. Des gouttes de sueur ruisselaient sur son visage. Il connaissait cette route comme sa poche. Dans moins de deux kilomètres l'inclinaison de la route allait s'accentuer et à la vitesse à laquelle ils roulaient, il ne pourrait plus rien faire. La voiture plongerait tout droit dans l'abîme. Et ce qui, au départ, n'avait été qu'un clin d'œil de leur oncle Jolley allait se terminer en drame.

Une onde de panique submergea Michael, qu'il refoula tout aussi vite.

— Il nous reste une chance de nous en sortir, annonça-t-il d'une voix blanche. C'est de prendre l'embranchement qui mène à la vieille auberge. Il est juste après ce virage.

Michael regretta de ne pouvoir quitter la route des yeux une seconde. Il aurait tant voulu regarder Pandora une dernière fois ! Ses mains se crispèrent sur le volant.

— Accroche-toi, Pandora.

Elle allait mourir. Elle en était persuadée. Elle entendit les pneus crisser tandis que Michael tournait désespérément le volant. La voiture pencha, manquant de se retourner. Elle retrouva son équilibre et avec lui, sa vitesse. L'espace d'un bref instant, Pandora eut l'impression que les roues adhéraient enfin à la route. Mais le virage s'annonçait trop serré, la vitesse était trop importante. Résignée à mourir, elle regardait les arbres défiler à une allure vertigineuse.

— Je t'aime, murmura-t-elle en posant sa main sur la cuisse de Michael.

Les mots pénétrèrent lentement l'esprit de Michael. Des mots tant attendus qui le faisaient atrocement souffrir. Puis il y eut un bruit effroyable de tôle froissée.

Lorsqu'il ouvrit les yeux, après quelques secondes qui lui parurent une éternité, il vit un jeune garçon tambouriner à la vitre. La panique se lisait dans son regard.

— Monsieur ! Hé, monsieur ! Tout va bien ?

Sonné, Michael ouvrit sa portière.

— Allez chercher de l'aide, parvint-il à articuler tout en luttant pour ne pas s'évanouir.

Il aspira avidement quelques goulées d'air frais tandis que le garçon détalait à travers bois.

« Pandora. » La peur s'insinua dans ses veines. En deux

secondes il fut auprès d'elle. Ses doigts tremblants tâtaient le cou de la jeune femme, cherchant fébrilement des signes de vie. Lorsque, enfin, il trouva le pouls, il s'autorisa à s'attarder sur la blessure de son front. Du sang coulait sur son visage et sur ses mains. Il sortit de la boîte à gants la trousse de secours puis après avoir désinfecté et pansé la plaie, il palpa doucement les membres de la jeune femme qui se mit à gémir.

— Ne bouge pas, lui murmura-t-il tandis qu'elle tentait de sortir de son siège. Tout va bien, à présent.

Tendrement, il prit son visage entre ses mains et continua à lui chuchoter des paroles réconfortantes à l'oreille. Peu à peu le voile qui troublait la vue de Pandora disparut. Elle chercha la main de Michael.

— Les freins…, ânonna-t-elle péniblement.

Michael pressa légèrement sa joue contre celle de Pandora.

— N'y pense plus. Nous nous en sommes sortis.

Encore sous le choc, Pandora regarda lentement autour d'elle. La voiture semblait encastrée dans un arbre. Ils devaient à l'épaisse couche de neige d'avoir suffisamment freiné la voiture pour leur éviter une issue fatale.

Les larmes se mirent à rouler sur ses joues.

— Nous… Tu vas bien ? hoqueta-t-elle en lui caressant à son tour le visage. Michael, tu vas bien ?

— Formidable ! clama-t-il, désireux de taire les élancements spasmodiques de son poignet et la violente migraine qui lui martelait les tempes. Ne bouge pas, répéta-t-il en empêchant Pandora de sortir. On ne sait jamais. J'ai envoyé un garçon chercher de l'aide.

— Ma tête…, commença la jeune femme.

Elle s'interrompit, tremblante, en remarquant les traces de sang sur les mains de Michael.

— Mon Dieu, Michael, tu saignes ! Où es-tu blessé ?

— Ce n'est pas moi, Pandora. C'est toi. Tu as une blessure à la tête.

Pandora porta ses mains fébriles à son bandage. Elle souffrait, mais au moins était-elle en vie.

— J'ai cru que j'allais mourir.

Elle ferma les yeux, les larmes ruisselant de plus belle entre ses cils baissés.

— J'ai cru que nous allions mourir tous les deux.

— Pourtant, tu vois, nous allons bien, la rassura Michael.

Ils entendirent, au loin, le hurlement des sirènes qui se rapprochaient.

— Michael, que s'est-il passé ?

Malgré la douleur fulgurante qui lui vrillait les tempes, elle gardait les idées claires.

— C'était une tentative de meurtre, n'est-ce pas ? ajouta-t-elle, connaissant déjà la réponse.

Michael opina, indifférent à l'ambulance qui venait d'arriver.

— J'en ai assez d'attendre, Pandora, dit-il en serrant les mâchoires. J'en ai assez d'attendre.

Le lieutenant Randall trouva Michael dans la salle d'attente des urgences. Il déroula sa longue écharpe, déboutonna son manteau et alla s'asseoir à côté de Michael, sur une inconfortable banquette de bois.

— Apparemment, vous avez eu un sérieux problème ? attaqua-t-il sans préambule.

— Apparemment, oui.

Randall désigna d'un signe de tête le bandage qui entourait le poignet de Michael.

— Ça va ?

— Vu l'état de la voiture... Je me dis que j'ai eu de la chance. Je m'en sors avec une simple entorse et quelques contusions.

— Vous avez une idée de ce qui a pu se passer ?

— Les freins ont lâché. Je n'en avais déjà plus lorsque j'ai attaqué la descente.

— Quand aviez-vous utilisé votre voiture la dernière fois ? interrogea Randall, son éternel bloc-notes à la main.

— Il y a environ dix jours. J'avais dû me rendre à New

York pour signer une déposition au sujet du cambriolage de mon appartement.

— Où garez-vous habituellement votre voiture ?

— Dans le garage.

— Vous le fermez à clé ?

Michael fixait le couloir où Pandora se trouvait avant d'être emmenée loin de lui.

— Le garage ? dit-il en revenant péniblement sur terre. Heu… Non. Mon oncle y avait fait installer un système de télécommande à distance il y a quelques années. Mais il l'avait fait retirer et depuis… La voiture de Pandora ! Si…

— Ne vous inquiétez pas, intervint Randall de sa voix égale. Nous allons la faire vérifier. Mlle McVie se trouvait-elle avec vous au moment de l'accident ?

Michael mourait d'envie de griller une cigarette.

— Oui. Les médecins sont en train de la soigner.

Au souvenir du sang de Pandora sur ses mains, Michael sentit une rage froide l'envahir.

— Je trouverai le salaud qui a fait ça, inspecteur ! Et quand je l'aurai trouvé…

— Ne me dites rien qui pourrait se retourner un jour contre vous, monsieur Donahue, le prévint Randall.

Il savait que ce n'était pas seulement des paroles en l'air, destinées à soulager de trop fortes tensions.

— Et laissez-moi faire mon travail.

Michael l'épingla de son regard métallique.

— Quelqu'un joue à un jeu dangereux avec une personne qui m'est très chère. Si vous étiez à ma place, vous attendriez tranquillement en vous tournant les pouces ?

Randall esquissa un petit sourire compréhensif.

— Vous savez, Donahue, je ne rate jamais un épisode de votre série. C'est toujours un grand moment. Et les événements que vous traversez en ce moment me font bigrement penser à l'un d'eux.

Il marqua une légère pause et reprit :

— Le problème, c'est que dans la réalité les choses ne

se passent jamais comme à la télévision. Ah, je crois que voici votre *cousine*.

Michael, feignant d'ignorer le ton ironique du lieutenant, se précipita vers Pandora.

— Je vais bien, le rassura-t-elle avant même qu'il ne la questionne.

— Pas tout à fait comme je le voudrais, corrigea le médecin qui l'accompagnait. Mlle McVie souffre d'une commotion cérébrale qu'il serait bon de surveiller.

Pandora glissa son bras sous celui de Michael et adressa un sourire angélique à l'homme en blanc.

— Il n'est pas question que vous me gardiez prisonnière ici, déclara-t-elle fermement. Viens, Michael, rentrons à la maison.

— Une minute, répondit Michael en se tournant vers le médecin. Vous vouliez la garder à l'hôpital ?

— Michael…

— Tais-toi, coupa Michael d'un ton péremptoire.

— Une commotion cérébrale ne doit pas être prise à la légère. Il serait donc plus sage que Mlle McVie passe la nuit dans notre établissement.

— Je refuse de rester à l'hôpital pour une simple bosse à la tête, riposta Pandora.

Elle avisa soudain Randall et le salua gentiment.

— Bonjour lieutenant.

— Mademoiselle McVie.

Puis, relevant fièrement le menton, Pandora reprit à l'intention du médecin :

— Et maintenant docteur… ?

— Barnhouse.

— Docteur Barnhouse, sachez que je suivrai vos conseils à la lettre. Je vais me reposer, éviter toute forme de stress et au moindre signe alarmant de nausée ou de vertiges, je serai à votre porte. Je peux vous certifier que je ne cours plus aucun risque, maintenant que Michael est persuadé que je suis invalide. Il sera là pour veiller personnellement sur moi, soyez-en assuré.

Loin d'être convaincu, le médecin se tourna vers Michael.

— Je ne peux pas la forcer à rester, bien sûr.

— Si vous croyez que, moi, je le peux, c'est que vous avez encore beaucoup à apprendre sur les femmes.

Barnhouse ne pouvait que capituler.

— Je veux vous revoir dans une semaine, lui enjoignit-il avec sévérité. Plus tôt, si survient l'un des symptômes que nous avons évoqués. Et je vous ordonne de garder le lit pendant vingt-quatre heures. Ce qui signifie sans mettre le pied par terre.

— Bien, docteur, acquiesça Pandora en lui tendant une main amicale. Merci de votre gentillesse.

Les lèvres de Barnhouse se pincèrent.

— Une semaine, répéta-t-il en s'éloignant à grandes enjambées.

— Pour un peu, je le soupçonnerais de te trouver à son goût.

— Il m'a certainement trouvée irrésistible, le visage dégoulinant de sang et un trou dans la tête, se moqua Pandora.

— Je n'en doute pas, murmura Michael en lui embrassant tendrement la joue.

Il en profita pour examiner les six points de suture qui disparaissaient à demi dans la foison de boucles rousses.

— Allons, décida-t-il avec détermination, rentrons à la maison que je puisse te dorloter.

— Je vous ramène, décréta Randall. J'en profiterai pour jeter un coup d'œil au garage.

Ils n'avaient pas franchi le seuil depuis cinq minutes que Sweeney avait pris Pandora sous son aile protectrice. Elle ne laissa pas à la jeune femme le temps de protester et la guida d'une main ferme jusque dans son lit. Là, elle la borda puis elle redescendit lui préparer une soupe chaude et une tasse de thé.

Bien qu'épuisée, Pandora n'arrivait pas à trouver le

sommeil. Elle dessinait, tentant d'éloigner de son esprit les pensées horribles qui affluaient.

Un meurtre. Ils avaient été victimes d'une tentative de meurtre. Un oncle, une tante, un cousin était prêt à les tuer pour une vulgaire question d'argent. Mais qui ? Qui aimait l'argent au point de vouloir sacrifier des vies humaines ? Monroe le hâbleur, Biff le fanfaron, Ginger la coquette ?

Pour la première fois Pandora regretta de ne pas les connaître assez. Peut-être aurait-elle eu la réponse à sa question.

Lorsque Michael entra dans la chambre, elle avait croqué une demi-douzaine de visages.

— Jolies gueules de repris de justice, commenta-t-il avec sarcasme.

Il revenait du garage où Randall et lui avaient trouvé la quasi-totalité du liquide de freins répandue sur le sol. Le coupable ayant juste laissé de quoi effectuer normalement les premiers kilomètres.

— Qu'est-ce que tu vois ? s'enquit Pandora.

— Que tu possèdes des talents de dessinatrice exceptionnels et que tu ferais bien de t'essayer à la peinture.

— Je voulais dire, dans leurs visages. Parce que moi, je ne leur trouve rien de particulier. Rien qui fasse d'eux des criminels, en tout cas.

— Oh n'importe qui est capable de tuer, tu sais !

Michael ne laissa pas le temps à la jeune femme de s'indigner. Il poursuivit.

— Oui, n'importe qui. Tout dépend ensuite du motif, de la personnalité, des circonstances. Quelqu'un qui se sent menacé est un meurtrier en puissance.

— Mais c'est complètement différent !

— Non, affirma Michael en s'asseyant sur le lit. Certaines personnes tuent pour se protéger, d'autres par cupidité, mais le résultat est le même.

— Alors tu crois qu'une personne ordinaire, sans histoires, peut tuer pour parvenir à ses fins ?

En guise de réponse, Michael pointa du doigt les portraits qu'il avait sous les yeux.

— L'un d'eux a essayé. Peut-être est-ce tante Patience à qui pourtant on donnerait le bon Dieu sans confession.

— Michael ! Tu ne peux pas croire sérieusement...

— Elle voue sa vie à Morgan. De façon obsessionnelle, quasi psychotique. Tu trouves normal qu'elle ne se soit jamais mariée pour vivre dans l'ombre de son frère ? Et lui, justement ? Si arrogant, si présomptueux ! Et qui a toujours clamé haut et fort que Jolley n'était qu'un vieux fou sénile.

— De toute façon, ils le pensaient tous !

— C'est exact. Mais Carlson ? Son fils unique, prêt à contester les dernières volontés de son père.

— Quant à Biff...

Michael éclata de rire en découvrant le portrait criant de vérité qu'en avait fait Pandora.

— Lui, commenta la jeune femme, je ne l'imagine pas en train de se salir les mains.

— Même pour cinquante millions de dollars ? Et Ginger, poursuivit Michael. Que cache-t-elle sous cette apparente douceur ? Et Hank.

Pandora l'avait dessiné, les biceps exagérément saillants.

— Pourquoi se satisferait-il d'une somme infime quand il pourrait toucher le gros lot ?

— Je ne sais pas, avoua sobrement Pandora. C'est bien là le problème. Même lorsque je les vois tous là, alignés devant moi, je ne sais pas.

— Alignés, murmura Michael. Peut-être tenons-nous là la réponse. Je crois qu'il est temps que nous organisions une petite réunion de famille.

— Tu veux les inviter tous ici ?

— Ça me semble l'endroit idéal.

— Ils ne viendront pas.

— Oh si, ils viendront ! Tu peux me croire !

Michael réfléchissait à toute allure à l'idée qui venait de germer dans son esprit.

— Il suffit de leur faire savoir que les choses ne se

passent pas très bien entre nous et tu les verras rappliquer pour donner le coup de pouce final. Tu vois le médecin dans une semaine. Si Barnhouse donne son feu vert, nous pourrons démarrer un nouveau petit jeu.

— Quel jeu, Michael ?

— Dans une semaine, répéta-t-il, énigmatique.

Il prit le visage de la jeune femme entre ses mains et l'étudia attentivement.

— Tu es pâlichonne.

— On le serait pour moins, non ? Et si tu me dorlotais un peu, maintenant ?

Le sourire qu'il affichait disparut au souvenir du drame qu'ils venaient de vivre. Il serra Pandora un peu plus fort contre lui.

— Seigneur ! Quand je pense que j'ai failli te perdre.

Pandora devina une telle note de désespoir dans la voix de Michael qu'elle ressentit le besoin de le rassurer.

— Nous aurions été perdus tous les deux si tu n'avais pas aussi bien maîtrisé la situation.

Elle se blottit avec bonheur contre l'épaule solide que Michael lui offrait. Elle se surprit à rêver que ce pourrait être pour toujours.

— Je ne pensais vraiment pas que nous pourrions nous en sortir.

Il s'écarta légèrement d'elle pour la regarder. Ses traits étaient tirés mais il sentait sous l'extrême fatigue la grande force qui l'animait.

— Et si nous reparlions plutôt de ce que tu m'as dit juste avant l'accident ?

— J'ai poussé un hurlement ?

— Non.

— Si j'ai critiqué ta conduite, je m'en excuse.

Michael lui releva un peu plus le menton.

— Tu m'as dit que tu m'aimais.

Il regarda la bouche de la jeune femme s'arrondir de surprise. Un autre que lui, dénué d'humour, aurait pu se sentir blessé.

— Disons que j'ai eu la chance de recueillir ce que tu pensais être tes dernières paroles, ajouta-t-il.

Michael bluffait-il ? Elle avait beau fouiller sa mémoire, elle ne se souvenait que de sa main tendue vers lui et de sa volonté éperdue de mourir dans ses bras.

— J'étais hystérique, tenta-t-elle de se justifier.

— Pourtant, tu semblais avoir toute ta raison.

— Michael, tu as entendu le Dr Barnhouse, je ne dois subir aucun stress. Et, si tu tiens vraiment à te rendre utile, descends me chercher une tasse de thé.

— J'ai une meilleure idée pour te détendre, lui dit-il en se glissant à ses côtés après l'avoir renversée sur l'oreiller.

De ses lèvres, tendrement, il effleura la ligne de ses pommettes.

— Je veux que tu me le redises, Pandora, lui chuchota-t-il.

— Michael…, protesta la jeune femme, en essayant de lui échapper.

— Reste tranquille. J'ai juste besoin de te sentir près de moi, de te toucher. Nous aurons toute la vie pour le reste.

Il était si gentil, si patient ! Elle s'était souvent demandé comment un homme aussi volage pouvait se montrer aussi rassurant.

Michael retira ses chaussures et s'allongea à côté d'elle. Il l'attira tout contre lui, la caressant jusqu'à ce qu'il la sente apaisée.

— Je vais prendre soin de toi, promit-il avec une infinie douceur. Et lorsque tu iras mieux, nous veillerons l'un sur l'autre.

— J'irai mieux demain, lui assura-t-elle d'une voix lourde de sommeil.

— Bien sûr. Mais, tu ne me l'as pas redit. M'aimes-tu, Pandora ?

Elle était si fatiguée ! Elle fit néanmoins l'effort de relever la tête pour regarder Michael dans les yeux.

— Quelle importance, de toute façon ? Les gens tombent amoureux tout le temps.

— Les gens, répéta-t-il songeur. Mais, toi, Pandora ? Cela te rend furieuse, n'est-ce pas ?

— Oui, dit-elle en fermant les yeux. Mais je fais de mon mieux pour que ça change.

Michael se blottit contre elle, décidé à se satisfaire de cette réponse. Un jour il parviendrait à ses fins.

12

Michael étudiait les taches sombres qui maculaient le sol du garage avec une fascination mauvaise. Vider le liquide de freinage d'une voiture dans le but de la faire s'écraser contre un arbre, était une méthode aussi vieille que le monde. Lui-même y avait eu recours des centaines de fois dans l'élaboration de ses scénarios. Il connaissait par cœur, pour les avoir déjà imaginés, chacun des desseins meurtriers utilisés à leur encontre. D'ailleurs, il se maudissait de ne pas s'être suffisamment méfié.

De retour à la maison, Michael se dirigea d'un pas ferme vers le téléphone. Il était temps de mettre son plan à exécution.

Il venait de passer son dernier coup de fil lorsque Pandora fit son apparition.

— Michael, il faut que je te parle de Sweeney.

Michael détaillait avec satisfaction la mine reposée de la jeune femme.

— N'est-ce pas l'heure de ta sieste ? demanda-t-il.

— C'est justement ce dont je veux te parler, répondit-elle, les sourcils froncés, en tripotant nerveusement l'extrémité du ruban qui retenait ses cheveux. Je n'ai plus besoin de me reposer, la semaine est écoulée. J'ai vu le médecin et il m'a trouvée en pleine forme. D'ailleurs, il semblait très contrarié que j'aie recouvré la santé sans son aide. Mais si Sweeney continue à me couver comme elle le fait, je sens que je vais rechuter !

Elle se tenait devant lui, les poings sur les hanches, le

menton fièrement relevé, affichant une détermination qui n'entendait pas être discutée.

— Que veux-tu que je fasse ?

— Parle-lui. Elle t'écoutera, toi. Je ne sais pour quelle raison obscure elle trouve ton jugement infaillible. C'est toujours « M. Donahue par-ci, M. Donahue par-là ». Elle me chante sans arrêt tes louanges !

Michael se rengorgea, mais déchanta tout aussi vite. Cet excès de flatteries pourrait lui nuire.

— Ce n'est que son point de vue. Cependant... Et parce que je ne peux rien te refuser, je vais m'en occuper.

— Comment comptes-tu t'y prendre ? s'enquit Pandora, méfiante.

— Sweeney va être si débordée dans les semaines à venir qu'elle n'aura plus de temps à nous consacrer. Je te rappelle qu'elle a le dîner de famille à organiser.

— De quel dîner parles-tu ?

— Celui que nous allons donner en l'honneur des chers membres de notre famille.

Pandora se souvint que Michael était occupé à téléphoner lorsqu'elle l'avait retrouvé.

— Jusqu'où as-tu été ? demanda-t-elle, au comble de la curiosité.

— J'ai juste planté le décor, répondit-il évasivement. Nous allons demander à Sweeney de sortir sa plus belle vaisselle, même si je doute que nous l'utilisions.

Pandora ne voulait pas passer pour une lâche mais l'accident lui avait appris à se montrer méfiante.

— Michael, l'un d'eux a voulu nous tuer.

— Et il a échoué. Mais il ne s'arrêtera pas pour autant, il essaiera encore et encore. La police ne pourra pas patrouiller chez nous indéfiniment.

Il effleura du regard la cicatrice sur le front de Pandora qu'une mèche de ses cheveux dissimulait à demi.

— Nous allons donc régler le problème. Mais à ma façon.

— Michael, je n'aime pas ça du tout.

Michael lui adressa un sourire réconfortant et lui pinça gentiment la joue.

— Fais-moi confiance.

Pandora laissa échapper un profond soupir puis glissa sa main dans celle de Michael.

— Allons dire à Sweeney de mettre les petits plats dans les grands, décida-t-elle avec fermeté.

Jusqu'au dernier moment, Pandora resta persuadée que personne ne viendrait.

Michael et elle avaient passé de longues heures à discuter son plan puis, se pliant à son sens de la stratégie, elle avait fini par capituler. Elle avait hérité de Jolley son goût du spectacle et de la dérision et finalement, se réjouissait à l'idée de participer activement à la scène finale. Elle avait endossé pour le rôle qu'elle avait à jouer une stricte robe noire qu'elle avait rehaussée d'un collier en argent. Une paire de boucles d'oreilles assorties apportait la touche parfaite à sa tenue. Curieusement, à mesure que l'heure approchait, la tension nerveuse se transformait en farouche détermination.

Lorsque Michael la vit, il en resta pétrifié d'admiration. Pourquoi avait-il cherché à se convaincre, tout au long de ces années, que Pandora était dépourvue d'une réelle beauté ? A ce moment précis, elle éclipsait toutes les autres femmes qu'il avait connues. Pourtant, et pour échapper à l'ironie grinçante de Pandora, il se borna à marquer son appréciation par un léger signe de tête.

— Tu es parfaite, commenta-t-il sobrement.

Lui-même, dans un élégant costume sombre à la coupe impeccable, dégageait une impression de force tranquille. Il s'approcha de Pandora et lui prit la main.

— Tu es aussi sophistiquée et sexy qu'une héroïne de Hitchcock. Il aurait pu faire de toi une star.

— Rappelle-toi ce qui est arrivé à Janet Leigh.

Michael éclata de rire.

— Nerveuse ?

— Moins que je ne l'aurais cru. Mais si ton plan échoue…

— Ce ne sera pas pire que ce que nous endurons depuis des semaines. Bien, tu sais ce que tu as à faire.

— Michael ! Nous avons répété au moins une demi-douzaine de fois.

Michael se pencha et déposa un baiser sur les épaules dénudées de la jeune femme.

— Je dois reconnaître que tu joues avec un naturel époustouflant. Et lorsque tout ceci sera fini, nous jouerons notre propre scène.

Il serra un peu plus la main de Pandora, l'empêchant ainsi de lui échapper.

— Il est trop tard pour reculer, Pandora, ajouta-t-il. Beaucoup trop tard.

Pandora se raidit légèrement, sentant la tension nerveuse la regagner.

— Tu es bien sérieux tout à coup, dit-elle sur un ton qu'elle voulait désinvolte.

— Je suis sérieux, tu es pragmatique, nous devrions former une bonne équipe.

— Tu crois ça ? ironisa Pandora.

— J'en suis certain. La vie serait bien trop monotone sans une pointe de piment. Nous devrions y aller à présent, j'entends nos premiers invités arriver.

Il lui donna un dernier baiser qui se voulait encourageant.

— Bonne chance.

En moins d'une demi-heure, toutes les personnes qui étaient présentes à l'ouverture du testament de Jolley se trouvèrent de nouveau réunies dans la bibliothèque. Ils paraissaient aussi nerveux que six mois auparavant.

Pandora fixa le portrait de son oncle, s'attendant presque à ce que ce dernier lui adresse un clin d'œil complice. Il était temps que le jeu commence.

Pandora s'approcha en premier de Carlson et de sa femme qui, maussades, se tenaient près des rayonnages.

— Oncle Carlson, je suis si contente que tu aies pu venir ! Je trouve que nous ne nous voyons pas assez.

— Pas d'hypocrisie, je te prie, rétorqua Carlson en faisant tourner son whisky dans son verre. Si tu t'imagines que tes belles paroles vont me dissuader de contester cet absurde testament, tu te trompes.

Pandora lui adressa un sourire éblouissant.

— Ne t'inquiète pas, lui dit-elle, je n'en espérais pas autant. Sache cependant que d'après Fitzhugh, tu n'as aucune chance de l'emporter. Mais tu as raison sur un point, ce testament est absurde. M'obliger à vivre sous le même toit que Michael pendant six mois était une idée complètement loufoque.

Elle fit négligemment courir ses mains sur son collier puis reprit :

— Je dois t'avouer, oncle Carlson, qu'à plusieurs reprises j'ai failli renoncer. Il m'a rendu la vie impossible pendant six mois. Une fois, il a prétendu que sa mère était malade, une autre fois, il m'a enfermée dans la cave. Un vrai gamin !

Elle accompagna ses paroles d'un regard dédaigneux en direction de Michael. Carlson l'écoutait parler en sirotant nerveusement son whisky.

— Heureusement, le contrat arrive à son terme, ajouta-t-elle avec un sourire faussement ingénu. Et pour fêter cela, Michael va déboucher la bouteille de champagne qu'il a reçue pour Noël et qu'il conservait jalousement pour une pareille occasion.

Pandora entendit le verre de Mona tomber sur le tapis persan.

— Ce n'est rien, lui dit-elle d'une voix doucereuse. Je vais envoyer quelqu'un nettoyer cela. Veux-tu que je te resserve ?

— Non, cela ira, répondit Carlson à la place de son épouse. Excuse-nous, ajouta-t-il en prenant celle-ci par le coude pour l'entraîner à l'écart.

Pandora ressentit un intense sentiment d'excitation. Ainsi donc, c'était Carlson !

— J'ai arrêté de fumer depuis six mois, disait de son côté Michael à Hank et à sa femme qui approuvaient d'un signe de tête.

— Tu verras, tu n'auras qu'à t'en féliciter, affirma Hank de sa voix traînante. Après tout, nous sommes seuls responsables de notre santé.

— C'est en effet ce que je me disais récemment, rétorqua sèchement Michael. Mais, vivre avec Pandora pendant six mois n'a pas été facile. Elle a fait de ma vie un enfer. Figure-toi qu'elle m'a fait envoyer un télégramme bidon qui m'a obligé à me rendre en Californie, au chevet de ma mère, soi-disant mourante.

Il jeta un coup d'œil par-dessus son épaule, fronçant les sourcils dans le dos de Pandora.

— Si tu as réussi à passer le cap des six mois sans fumer…, reprit Meg désireuse de réorienter la conversation sur le terrain plus neutre de la santé.

Michael l'interrompit, feignant de ne pas l'avoir entendue.

— Enfin, d'ici à quelques jours, nous aurons honoré notre contrat et je ne serai plus obligé de vivre avec cette femme impossible !

Il adressa un sourire hypocrite à Hank.

— Et ce soir, pour fêter ça, pas question de jus de carottes ! J'ai réussi à sauver une bouteille de champagne qu'un admirateur anonyme m'a envoyée pour Noël. Ce sera l'occasion idéale pour l'ouvrir.

Les doigts de Hank se crispèrent sur son verre, tandis que le visage de Meg devenait blême.

— C'est-à-dire…, balbutia-t-il en cherchant de l'aide dans le regard de sa femme, que… que nous ne buvons jamais d'alcool.

— On ne peut pas dire que le champagne soit de l'alcool, insista Michael qui faisait preuve d'une jovialité excessive. Si vous voulez bien m'excuser…

Il se dirigea vers le bar où il attendit que Pandora le rejoigne.

— C'est Hank, chuchota-t-il à la jeune femme.

— Non, décréta cette dernière en ajoutant un trait de vermouth dans son verre, c'est Carlson.

Reprenant consciencieusement son rôle, elle ajouta à voix haute, afin de se faire entendre de l'assemblée :

— Tu es vraiment insupportable, mon pauvre Michael ! Toutes les fortunes du monde ne valent pas que je passe un jour de plus en ta compagnie !

— Espèce de snob intellectuelle ! clama-t-il en levant son verre dans sa direction. Moi, je compte les jours.

Dans un bruissement de soie, Pandora alla rejoindre Ginger.

— Je ne sais pas comment je fais pour garder mon sang-froid avec un type pareil.

Ginger vérifia la tenue de son maquillage dans un ravissant miroir de poche avant de répondre :

— Oui, mais qu'est-ce qu'il est beau !

— On voit bien que ce n'est pas toi qui vis avec lui. Une semaine à peine après que nous sommes venus nous installer ici, il a vandalisé mon atelier. Et il a eu le culot d'essayer de faire croire à l'acte d'un vagabond.

Ginger fronça les sourcils et se repoudra légèrement le nez.

— Ce n'est pas possible ! Je me disais…

Elle s'interrompit, soudain fascinée par les boucles d'oreilles que portait sa cousine.

— Elles sont magnifiques !

De son côté, Michael feignait de s'intéresser au discours nébuleux que lui tenait Monroe sur les cours de la Bourse. Il attendit patiemment le moment propice pour intervenir.

— Lorsque tout sera terminé, je ferai appel à tes conseils. J'ai l'intention de m'impliquer activement dans les usines chimiques de Jolley. Il y a beaucoup d'argent à faire dans le domaine des fertilisants et des pesticides.

Il regarda Patience applaudir à son annonce et se soustraire au regard noir de son frère.

— En ce moment, il vaut mieux investir dans l'informatique, commenta brièvement Morgan.

Michael esquissa un petit sourire.

— Je vais me renseigner là-dessus.

Pandora ne tira rien d'intéressant de Ginger. Les cinq minutes de conversation qu'elle eut avec elle ne lui apportèrent qu'un début de migraine. Elle décida alors de tenter sa chance avec Biff.

— Tu me parais en pleine forme, attaqua-t-elle, souriante.

— Toi, en revanche, je te trouve un peu pâle.

— Les six derniers mois n'ont pas été de tout repos, précisa-t-elle sur le mode de la confidence. Je comprends maintenant pourquoi tu l'as toujours détesté. Je me demande bien ce qu'oncle Jolley pouvait lui trouver. Peut-être son goût prononcé pour les farces stupides. Tu te rends compte, il est allé jusqu'à m'enfermer dans la cave !

— Cela ne m'étonne qu'à moitié. Il n'a jamais vraiment appartenu à notre monde.

Pandora se mordit la langue avant d'acquiescer.

— Et un soir, ajouta-t-elle, il m'a appelée en déguisant sa voix. Il a tenté de m'effrayer en me racontant que quelqu'un allait essayer de m'assassiner.

Les sourcils de Biff se joignirent en une mimique surprise.

— C'est affreux.

— Enfin, les choses se sont à peu près calmées. Au fait, as-tu aimé le champagne que je t'ai envoyé ?

Les doigts de Biff se crispèrent sur son verre.

— Du champagne ?

— Oui, je te l'ai envoyé juste après Noël.

— Ah, oui, dit-il en scrutant le visage de Pandora d'un air suspicieux. C'était donc toi ?

— Oui. J'ai eu cette idée juste après que Michael en a reçu une bouteille. D'ailleurs, il a promis de l'ouvrir ce soir. Excuse-moi, je dois aller vérifier le dîner.

Son regard croisa celui de Michael tandis qu'elle quittait la pièce. Dans la cuisine, Sweeney mettait la touche finale au repas.

— S'ils ont faim, ronchonna-t-elle, il faudra qu'ils attendent encore dix minutes.

— Sweeney, il est temps d'y aller.

— Je sais, je sais, mais le jambon n'est pas tout à fait cuit.

Pandora avait demandé à Sweeney de descendre à la cave, de couper le compteur électrique et d'attendre exactement une minute avant de le remettre en marche. La vieille servante s'était tout d'abord montrée réticente, puis avait accepté de participer au plan des jeunes gens. Elle s'essuya les mains à son tablier puis descendit les marches qui menaient à la cave. Soulagée, Pandora regagna la bibliothèque.

Comme il l'avait prévu, Michael se tenait près du bureau. Il adressa un léger signe de tête à Pandora lorsqu'elle entra dans la pièce.

— Le dîner sera servi dans dix minutes, annonça-t-elle gaiement.

— Cela nous laisse juste assez de temps, dit Michael en s'adressant à l'assemblée. Vous vous demandez certainement pourquoi je vous ai fait venir ici ce soir, ajouta-t-il, en dévisageant tour à tour ses invités.

C'est alors que la pièce fut plongée dans le noir le plus complet. Des verres se brisèrent, des cris fusèrent. Lorsque la lumière revint, tous tremblaient, les yeux fixés sur le corps de Pandora, allongée face contre terre, un coupe-papier ensanglanté à ses côtés. En moins d'une seconde, et avant que quiconque ait pu réagir, Michael était près d'elle. Dans un silence de mort, il la prit dans ses bras et disparut avec elle. Lorsqu'il revint, plusieurs minutes après, il était seul. Il épingla de son regard dur chaque visage présent.

— Elle est morte, annonça-t-il.

— Comment ça, elle est morte ? s'écria Carlson en se frayant un chemin jusqu'à Michael. A quel nouveau jeu êtes-vous en train de jouer ? Je veux voir Pandora.

— Personne ne s'approchera d'elle, riposta Michael d'une voix menaçante en lui barrant le chemin. Personne ne l'approchera, répéta-t-il, ni ne quittera cette pièce avant l'arrivée de la police.

— La police !

Pâle et tremblant, Carlson jeta un regard paniqué autour de lui.

— Il n'en est pas question ! Nous allons nous débrouiller sans elle. Je suis sûr que Pandora n'est qu'évanouie.

— Et ce sang partout ? interrogea Michael en désignant l'arme du crime.

— Non ! hurla Meg qui craqua la première. Personne ne devait être blessé. On devait juste vous faire peur. Hank, gémit-elle en se blottissant contre son mari, ça ne devait pas se passer comme ça.

— C'est vrai, murmura-t-il. Nous voulions juste vous jouer un sale tour.

— Nous tuer, tu appelles ça un sale tour ?

— Nous n'avons jamais…, balbutia-t-il, choqué, serrant sa femme aussi fort qu'elle le serrait. Pas un meurtre, non !

— J'imagine que tu ne veux pas non plus boire de champagne, n'est-ce pas, Hank ?

— Je leur avais dit d'arrêter, hoqueta Meg. J'ai même téléphoné à Pandora pour la prévenir. Je savais bien que c'était une folie mais nous avions besoin d'argent. Nous pensions qu'en vous montant l'un contre l'autre, vous finiriez par craquer et par rompre les termes du contrat. Mais je te jure que c'est tout ! J'ai aidé Hank à faire le guet dans la cabane et c'est lui qui est allé saccager l'atelier de Pandora. Nous voulions faire croire que c'était toi.

— Elle ne l'aurait jamais cru, intervint Ginger, les joues ruisselantes de larmes. Tout cela était si… excitant !

Perplexe, Michael fixa sa si jolie cousine.

— Alors, toi aussi, tu étais dans le coup ?

— En réalité, je n'ai pas fait grand-chose. Mais lorsque tante Patience m'a expliqué…

— Patience !

Mais Michael, qui n'en croyait déjà pas ses oreilles, n'était pas au bout de ses surprises.

— Monroe méritait sa part, commenta la vieille femme en joignant les mains comme en prière.

Son regard de fouine balaya la pièce, évitant soigneusement le coupe-papier couvert de sang. Elle avait la certitude d'avoir bien fait.

— Nous voulions que l'un de vous s'en aille, plaida-t-elle. Et tout serait rentré dans l'ordre.

Puis, se tournant vers Carlson, elle ajouta :

— C'était son idée.

— C'est tout de même le monde à l'envers, tonna Carlson en essuyant son front ruisselant de sueur. Ces avocats ! Tous des incapables ! Ils n'ont même pas été fichus de trouver une solution. Ce sont eux qui m'ont poussé à vouloir protéger mes droits.

— En voulant nous assassiner ?

— Ne sois pas ridicule ! dit-il en retrouvant sa suffisance coutumière. Le plan visait juste à vous faire quitter la maison. Je n'ai fait qu'enfermer Pandora dans le cellier. Lorsque j'ai entendu parler du champagne, j'ai eu quelques doutes mais après tout, vous n'en êtes pas morts !

C'était le moment qu'attendait Michael.

— Qui l'a envoyé ?

— C'est Biff, répondit Meg. Mais il avait promis que les choses se passeraient bien.

Résigné, Biff haussa négligemment les épaules.

— Ce n'était que justice, cousin. Tout le monde a trempé dans cette affaire, mais moi, je n'ai pas de sang sur les mains.

Michael fit un pas dans sa direction.

— C'est toi aussi qui as trafiqué ma voiture ? Après tout, ce n'est un secret pour personne que tu me détestes.

— Nous sommes tous responsables, éluda-t-il, mais je ne suis pour rien dans le meurtre de Pandora.

Sa respiration s'accéléra, des gouttes de sueur perlèrent à son front, tandis qu'il s'adressait à l'assemblée.

— C'est évident, quelqu'un a paniqué ce soir, mais ce n'est pas moi.

— Lorsque quelqu'un a fait une tentative, il est facile d'imaginer qu'il puisse recommencer.

— Tu ne pourras rien prouver. N'importe qui dans

cette pièce aurait pu saboter les freins de ta voiture. Tu n'as aucune preuve contre moi.

— Je n'en ai pas besoin.

D'un mouvement leste, il envoya son poing dans le visage de Biff. Il le rattrapa de justesse par le col et lui dit d'une voix menaçante :

— Comment sais-tu que ce sont les freins ?

Sentant le piège se refermer sur lui, Biff tenta d'échapper à Michael. Les deux hommes roulèrent au sol, chacun luttant pour prendre le dessus. Sur leur passage, une lampe Tiffany explosa en une myriade de couleurs, une table se renversa.

L'assistance, impuissante, sous le choc, reculait machinalement pour leur céder la place.

C'est alors que la voix de Pandora s'éleva, irréelle. Tel un fantôme, la jeune femme fit son apparition.

— Michael, je crois que cela suffit. Nous avons de la compagnie.

Pantelant, Michael se releva, entraînant Biff à sa suite.

Charles choisit ce moment pour faire son entrée, annonçant avec toute la dignité exigée par sa fonction :

— Le dîner est servi.

Deux heures plus tard, Pandora et Michael se partageaient le festin dans la bibliothèque.

— Je ne pensais pas que ça marcherait, commenta Pandora la bouche pleine. Le lieutenant Randall n'avait pas l'air satisfait, lui.

— C'est normal. Il aurait aimé conclure l'enquête à sa façon. Ses soupçons se portaient déjà sur Biff, ce n'était plus qu'une question de jours.

— Peux-tu imaginer à quel point il est difficile de jouer les mortes ? demanda-t-elle soudain en se massant la nuque.

Michael se pencha vers elle pour l'embrasser.

— Tu as été formidable. Une véritable star !

— Que va-t-il se passer maintenant ?

— Oh, je crois que mon cher cousin n'est pas près de

reporter des costumes de chez Brooks Brothers. Il va devoir s'habituer à l'uniforme des prisonniers.

— Quand je pense que tu l'as gratifié d'un nouvel œil au beurre noir ! ricana Pandora.

Michael vida sa coupe d'un trait en souriant à ce souvenir.

— Voilà, nous n'avons plus qu'à passer tranquillement les deux semaines restantes.

— Alors, c'est fini.

Michael prit la main de la jeune femme entre les siennes avant qu'elle ne se lève.

— Non, ça ne fait que commencer, dit-il en la renversant sur les coussins. Dis-moi, combien de temps cela fait-il ?

Pandora lutta pour cacher le trouble qui l'envahissait.

— De quoi parles-tu ? éluda-t-elle.

— Depuis combien de temps es-tu amoureuse de moi ?

— Si tu crois que je vais m'abaisser à flatter ton ego…, riposta la jeune femme, néanmoins dépitée qu'il s'écarte d'elle.

— Parfait, alors c'est moi qui vais commencer. Je crois que je suis tombé amoureux de toi à ton retour des îles Canaries, lorsque je t'ai vue entrer dans le salon. Tu étais toute en jambes et tu m'as regardé d'un air dédaigneux. A partir de ce jour-là, je n'ai plus été le même.

— J'en ai assez de ce petit jeu, Michael ! protesta Pandora en se raidissant.

Michael lui caressa tendrement la joue.

— Moi aussi. Tu as dit que tu m'aimais, Pandora.

— Je l'ai dit sous le coup de la pression.

— Alors, je vais être obligé de maintenir cette pression parce que je n'ai pas l'intention de te laisser m'échapper. Que dirais-tu de m'épouser ?

— Quoi ?

— Oui, nous pourrions nous marier ici, dans cette bibliothèque.

— Je ne vois pas de quoi tu veux parler.

— C'est très simple. Tu m'aimes, je t'aime.

— Justement, ça n'est pas aussi simple, parvint-elle

enfin à avouer. Je n'ai été pour toi qu'une liaison confortable, mais dès que tu retrouveras tes danseuses blondes et tes starlettes, tu…

— Quelles danseuses blondes ? Je ne supporte pas les blondes !

— Michael, je n'ai pas envie de plaisanter !

— Je ne plaisante pas. Je te verrais très bien dans une robe blanche, avec un voile en dentelle. Oui, un voile t'irait très bien. Il y aurait des fleurs partout, ce serait une cérémonie de mariage traditionnelle. Ensuite, nous nous installerions à « La Folie », chacun poursuivant sa carrière. Dans un an, deux tout au plus, nous donnerions à Charles et à Sweeney notre enfant à garder.

Il s'interrompit pour lui mordiller gentiment l'oreille.

— Michael, commença Pandora, la vie n'est pas un de tes scénarios.

— Je suis fou de toi, Pandora. Regarde-moi.

Il releva son menton et la fixa d'un regard pénétrant.

— En tant qu'artiste, tu devrais être capable de voir au-delà des apparences. Ça devrait être d'autant plus facile que tu m'as toujours reproché d'être superficiel.

Pandora voulait y croire. Son cœur bondissait dans sa poitrine comme un oiseau en cage.

— J'avais tort. Michael, si tu joues avec moi, je te tuerai de mes propres mains.

— Les jeux sont faits désormais. Je t'aime, c'est aussi simple que ça.

— Simple, murmura la jeune femme, songeuse. Tu veux vraiment m'épouser ?

— Oui, vivre avec toi est si facile !

Pandora était tiraillée entre l'envie de rire et de pleurer.

— Facile ?

— Absolument.

Il l'allongea sur le canapé, son corps plaqué contre le sien. Lorsqu'il prit ses lèvres, il le fit sans patience, sans douceur. Pour la première fois, il sentit que Pandora s'abandonnait corps et âme. Peut-être avait-il raison, songeait-elle. Peut-être était-ce facile, après tout.

— Je t'aime, Michael.

— Nous allons nous marier.

— C'est ce qu'il nous reste de mieux à faire.

— Mais je te préviens, je vais te mener la vie dure, plaisanta-t-il d'une voix faussement grave. Ce sera le prix à payer pour vivre avec une femme aussi exaspérante que toi. Nous sommes-nous bien compris ?

Un sourire radieux vint fleurir sur les lèvres de Pandora.

— Comme toujours.

Michael embrassa son front, le bout de son nez, sa bouche.

— Lui aussi, il nous comprend, dit-il en désignant d'un signe de tête le portrait de Jolley.

— Finalement il aura réussi à nous mener là où il le voulait. J'imagine qu'il doit bien rire de là-haut.

Un voile de tristesse assombrit le regard de la jeune femme.

— J'aurais tant aimé qu'il soit là pour notre mariage !

— Qui te dit qu'il ne sera pas là ?

Ils reprirent tous deux leur coupe de champagne et trinquèrent en l'honneur du vieil homme.

— A la mémoire de Maximilian Jolley McVie.

— A oncle Jolley.

Pandora choqua son verre contre celui de Michael.

— Et à nous.

DEUXIÈME PARTIE

Un sentiment interdit

1

Le vent de la vitesse lui giflait les joues, amenant à ses narines les odeurs ténues des premiers printemps. Cheveux au vent, Jillian Baron éperonna sa jument. Mille tâches urgentes requéraient son attention cet après-midi-là. Mais, pour une fois, le travail attendrait. Elle s'était échappée pour quelques heures et continuerait de galoper tant que le soleil resterait haut dans le ciel.

Les sabots rapides de Dalila volaient sur le tapis de boutons-d'or, martelaient l'herbe jeune et drue. Toujours au grand galop, la jument et sa cavalière empruntèrent un chemin de terre brune, bordé de buissons de sauge. Pas un arbre, pas une maison ne venait rompre la vaste ligne d'horizon. Jillian longea un champ de blé qui blondissait sous un soleil déjà brûlant. Plus loin, c'étaient les étendues fleuries des cultures fourragères, déjà presque mûres pour la fenaison. Et dans l'air pur, comme lavé par le grand soleil de printemps, s'élevait le chant clair et liquide des passereaux.

Même si elle exploitait elle-même ces immenses étendues de terres, Jillian n'était pas cultivatrice pour autant. Si quelqu'un lui avait collé cette étiquette, elle en aurait souri. Ou se serait emportée, selon son humeur du moment.

Pour l'éleveuse de bétail qu'elle était, les cultures constituaient un apport appréciable. Tout comme le potager entretenu soigneusement. Produire soi-même son fourrage et ses légumes favorisait l'autonomie d'une exploitation.

Et aux yeux de Jillian, l'indépendance figurait parmi les valeurs suprêmes.

Mais si les cultures représentaient un accessoire utile, son cheptel, lui, était sa raison d'être. Les pâturages d'Utopia s'étendaient aussi loin que portait le regard. Ils étaient riches. Vallonnés. Superbes. Et ils avaient appartenu à son grand-père. Et au père de son grand-père avant lui.

Jillian elle-même, en revanche, n'avait pas vu le jour dans les plaines sauvages du Montana. Elle n'était pas née à cheval; n'avait pas manié son premier lasso avant l'âge de dix ans. Son enfance, elle l'avait passée dans un environnement citadin, penchée sur ses livres de classe dans un quartier résidentiel de Chicago. Parce que son père avait préféré la médecine à la terre. Et que l'Est, urbain et raffiné, l'avait attiré plus que l'Ouest, agricole et sauvage. Un choix que Jillian avait toujours respecté. A la différence de Clay Baron, son grand-père, qui, lui, n'avait jamais pardonné la défection de son fils.

Pour sa part, Jillian estimait que chacun était libre de vivre la vie pour laquelle il se sentait fait. C'était au nom de ce principe qu'elle avait quitté Chicago cinq ans plus tôt. Suivant le trajet inverse de celui pris par son père, elle avait tourné le dos à la vie urbaine pour regagner les terres de ses ancêtres.

Jillian immobilisa sa jument au sommet de la colline. De son poste d'observation, elle dominait les pâturages quadrillés par des lignes de clôture à peine visibles à cette distance. Vues d'en haut, ses terres apparaissaient comme une vaste surface ininterrompue où les bêtes semblaient paître en liberté.

Ce qui avait dû être le cas du temps de ses ancêtres, d'ailleurs, lorsque les ranchers fonctionnaient encore selon le principe du libre pâturage. C'était l'attrait de l'or qui avait amené les premiers Baron jusque dans le Montana. Mais ses arrière-arrière-grands-parents n'avaient jamais poussé jusqu'aux montagnes où se trouvaient les gisements. La beauté et la richesse de la terre les avaient retenus en plaine. Tout comme elle avait été retenue et conquise elle-même la première fois qu'elle était venue séjourner chez son grand-père, à l'âge de dix ans.

Invités — ou, plus exactement, *convoqués* — par le vieux Clay Baron, son frère Marc et elle étaient partis passer leurs vacances d'été dans l'Ouest. Déjà âgé de seize ans, son frère était resté tout aussi insensible à l'appel de la terre que leur père l'avait été avant lui. Alors qu'elle avait compris au premier regard qu'elle était faite pour le ciel libre et les grands espaces. Et pas pour le bitume et les grands immeubles de Chicago.

C'est ainsi qu'à dix ans Jillian avait expérimenté son premier coup de foudre. Pour le ranch, du moins. Car entre son grand-père et elle, l'amour avait été plus long à venir. Coléreux et taciturne, Clay Baron avait toujours été d'un abord revêche. Et le vieillard têtu et solitaire ne vivait plus depuis longtemps que pour ses bestiaux et pour sa terre. Entre le patriarche ombrageux et la jeune citadine délurée qu'elle était encore à l'époque, le premier contact avait été plutôt explosif.

Pendant toute une semaine, ils s'étaient plus ou moins tourné autour. Puis Clay avait commis l'erreur de faire une réflexion désobligeante sur son médecin de fils. Et Jillian, indignée, lui avait volé dans les plumes. La dispute s'était envenimée. Ils avaient fini par hurler. Avec une violence telle que Clay avait même menacé de lui donner le fouet.

Ce jour-là, elle avait réussi à garder les yeux secs et la mine hautaine, même si, à l'intérieur, elle tremblait de peur. A la fin de cette première visite, ils s'étaient séparés à couteaux tirés mais dans une atmosphère de respect mutuel. Puis Clay lui avait envoyé un authentique Stetson pour son anniversaire.

Et c'est ainsi que tout avait commencé entre eux.

Peut-être avaient-ils fini par s'aimer à ce point parce qu'ils avaient pris tout leur temps pour se rapprocher l'un de l'autre. Toujours est-il que Clay lui avait transmis l'essentiel de son savoir pendant ses années d'adolescence.

Et cela sans jamais avoir eu l'air de lui enseigner quoi que ce soit. Au fil des étés passés à Utopia, elle avait appris à prévoir le temps en regardant les nuages et en jaugeant la qualité de l'air. Elle avait mis des veaux au monde, monté des kilomètres de clôture, et rabattu les troupeaux comme un vrai garçon vacher.

Son grand-père, elle l'appelait par son prénom car ils étaient devenus de vieux amis. Lorsqu'elle avait goûté sa première — et dernière — prise de tabac à chiquer, Clay s'était contenté de lui tenir la tête pour l'aider à vomir. Sans lui faire l'ombre d'une remarque.

Quand la vue de son grand-père avait commencé à faiblir, Jillian était entrée un beau jour dans son bureau et Clay lui avait montré comment tenir les registres comptables. Entre Clay et elle, les grandes décisions avaient toujours été prises de façon tacite.

Le jour où elle était venue s'établir définitivement à Utopia, elle s'était contentée de poser ses valises. Et son grand-père lui avait ouvert sa porte sans demander d'explications. De la maladie de Clay, il avait également été très peu question. Jamais non plus il n'avait mentionné son testament devant elle. Mais bien avant que son grand-père ne rende son dernier soupir, Jillian avait su que le ranch serait pour elle.

Car Utopia était devenu sa raison de vivre. Ses souvenirs de l'Est, elle les avait enterrés de façon définitive. Avec plus de facilité d'ailleurs qu'elle n'en avait eu à enterrer son grand-père.

Son chagrin à la mort de Clay avait été purement égoïste et Jillian en avait conscience. Son grand-père avait eu une vie longue et pleine. Et il avait eu la chance de mourir avant que la maladie ne l'amoindrisse. Il aurait détesté se sentir faible, impuissant et inutile.

Tout comme il aurait été furieux de la voir pleurer sur lui, d'ailleurs.

« Bon sang de bois, ma fille, tu n'as rien de mieux à faire de ton temps que de pleurnicher ? Tu as oublié que tu avais un ranch à exploiter, peut-être ? Prends deux ou trois de nos jeunes gars avec toi et va vérifier l'état de tes clôtures avant que notre bétail se disperse d'un bout à l'autre du Montana ! »

Avec un léger sourire, Jillian revit son grand-père en train de pester et de râler. Et se souvint qu'elle ne s'était jamais gênée pour lui répondre sur le même ton :

— Tu vas voir, espèce de vieil ours grincheux ! Rien que pour t'embêter, je vais faire d'Utopia le meilleur ranch du Montana, lança-t-elle dans le silence peuplé de chants d'oiseaux.

Eclatant de rire, elle renversa son visage radieux vers le ciel. Sa monture donna des signes d'impatience.

— Tu as raison, Dalila, murmura-t-elle en flattant l'encolure de la jument. Profitons de notre liberté au lieu de rester là à broyer du noir.

Faisant tourner bride à la jument, elle repartit au petit trot, savourant ces quelques instants volés à l'écrasant labeur quotidien. Même si elle avait du mal à ne pas penser à la génisse malade qu'elle avait dû isoler dans le corral. A la Jeep qui venait de tomber en panne pour la troisième fois cette année, A la clôture qui marquait la ligne de frontière infranchissable entre les terres des Murdock et les siennes.

Jillian fit la grimace comme chaque fois que le nom honni de ses voisins traversait ses pensées. La vieille inimitié entre les Baron et les Murdock remontait loin, très loin dans le passé. De fait, les hostilités entre les deux familles avaient débuté dès le premier jour où Noah Baron, son arrière-arrière-grand-père avait fondé Utopia. Le ranch des Murdock était déjà riche et prospère, à l'époque. Alors que les Baron étaient arrivés avec, pour toutes possessions, les quelques rares affaires qu'ils avaient pu transporter avec eux.

Pour les Murdock, qui avaient le mérite de l'ancienneté, les Baron étaient des intrus tout juste bons à être chassés. Jillian serra les dents en se remémorant les histoires racontées par son grand-père. Entre les deux familles,

les escarmouches avaient été incessantes. Des clôtures avaient été détruites à dessein, des récoltes saccagées, du bétail volé.

Mais les Baron s'étaient accrochés. Et même s'ils avaient moins de terres et moins de troupeaux que les Murdock, Utopia constituait malgré tout une belle réussite. Si Clay avait eu la bonne fortune, comme Paul Murdock, de trouver du pétrole sur son domaine, ils auraient pu se permettre, eux aussi, de se lancer dans l'élevage de pur-sang.

Mais ça, c'était une question de chance, pas de compétence. Et elle était fière d'élever ses vaches Hereford et d'en obtenir un bon prix. Le bœuf de chez Baron était de qualité extra. Et cela, tout le monde le savait.

C'est à peine si on pouvait dire, d'ailleurs, que les Murdock étaient encore des éleveurs. Il y avait plus d'un an, déjà, que personne n'avait revu le vieux Paul Murdock à cheval, rassemblant ses troupeaux ou vérifiant l'état de ses clôtures. Le patriarche, qui était de la génération de son grand-père, devait passer ses journées à compter ses profits et à tremper dans des opérations de basse politique.

Jillian ricana tout haut. Une fois qu'elle aurait fini de moderniser Utopia, le Double M des Murdock ne ressemblerait plus qu'à un vulgaire ranch de pacotille destiné à amuser les touristes.

Rassérénée par cette pensée, Jillian lança sa jument au galop sur l'étroit sentier qui courait le long de la pointe est de son exploitation. Trop caillouteuse pour la charrue, trop aride et irrégulière pour servir de pâturage, cette mince portion de terre était toujours restée à l'état sauvage. Pour Jillian, c'était une destination de prédilection lorsqu'elle souhaitait bénéficier d'un moment de calme.

Personne ne venait jamais par ici. Ni ses employés à elle ni les hommes de Murdock. Même la clôture qui marquait la séparation entre les deux exploitations s'était effondrée depuis longtemps sans que personne juge utile de la remettre en état.

Pas une âme ne se souciait de ce petit coin de nature,

sauvage et isolé. Et il était d'autant plus cher à Jillian que tout le monde s'en désintéressait. Dans ces paysages où les arbres étaient rares, elle appréciait de trouver quelques peupliers, un bouquet de trembles aux feuilles d'un vert encore tendre et hésitant. Un pinson donna de la voix, couvrant de son chant le martèlement des sabots de Dalila.

Jillian savait qu'elle risquait aussi de faire des rencontres moins sympathiques. Et qu'il n'était jamais exclu, dans ces contrées, de trouver un serpent à sonnette ou un coyote sur son chemin. Mais comme tout cow-boy qui se respecte, elle ne se promenait jamais sans un fusil attaché à sa selle.

Attirée par l'odeur de l'eau, Dalila se dirigea droit vers l'étang. Avec un léger sourire, Jillian laissa la jument aller à sa guise. Ce ne serait pas une mauvaise idée après tout de retirer ses vêtements et de piquer une tête. Cinq minutes passées dans cette eau claire et glacée la rafraîchiraient pour le restant de la journée.

Laissant retomber ses rênes, elle se détendit sur sa selle. Si son grand-père l'avait vue ainsi, il aurait hurlé. « Quand tu es seule, ne relâche jamais ta vigilance, poids plume. *Jamais*, tu m'entends ? » Mais Jillian ne songeait déjà plus qu'au plaisir qu'elle aurait à glisser nue dans l'eau froide avant de se laisser sécher en plein soleil.

La jument, cependant, perçut le danger avant elle. Dalila se cabra si brusquement que Jillian pensa aussitôt à un reptile. Tout en essayant de calmer sa monture d'une main, elle voulut détacher son fusil. Mais avant qu'elle ait eu le temps de reprendre son souffle, elle fut propulsée dans les airs et atterrit de tout son long dans l'étang. Juste avant son vol plané, cependant, elle avait eu le temps de voir que le serpent qui l'avait fait chuter n'était pas de l'espèce rampante mais appartenait à la race qui se déplace sur ses deux pieds.

Jurant et crachotant, elle refit surface. Elle repoussa les cheveux trempés qui lui tombaient sur les yeux et se tourna vers l'intrus qui chevauchait un étalon bai. Dalila dansait nerveusement sur place tandis que l'inconnu retenait sa puissante monture.

Sous le classique chapeau à large bord des cow-boys, l'homme de haute taille avait d'épais cheveux noirs et bouclés. Le visage à demi dissimulé par le Stetson était anguleux et rude, avec des traits équilibrés. Il avait un nez droit au tracé aristocratique ; et sa bouche au dessin ferme et énergique conférait une certaine solennité à l'ensemble.

Jillian ne prit pas le temps d'admirer la façon magistrale dont cet individu se tenait en selle. Mais elle ne put que remarquer son regard, en revanche. Ses yeux étaient aussi noirs que ses cheveux. Et distinctement moqueurs.

— Qu'est-ce que vous fichez ici ? lança-t-elle d'un ton menaçant.

L'homme lui opposa un silence impassible. Et s'accorda tout loisir, en revanche, pour admirer la jeune naïade. Il la trouvait tout simplement magnifique. Mouillés, ses cheveux flamboyants avaient pris la riche couleur du cuivre. Ils encadraient un visage ovale, d'une élégance discrète et tout en finesse. Ses yeux vert jade lançaient des éclairs. Elle avait l'air aussi redoutable qu'une chatte sauvage en colère.

Il laissa son regard glisser plus bas et nota la bouche aux lèvres pleines, presque voluptueuses, offrant un contraste intéressant avec le menton trop volontaire. La fille était grande, longiligne et assez peu pourvue en matière de rondeurs et de courbes. Et pourtant, avec sa chemise trempée qui la moulait comme une seconde peau, elle lui apparut comme l'image même de la féminité.

Loin de sembler effrayée par sa présence, elle lui jeta un regard qui en aurait cloué plus d'un sur place.

— Je vous ai posé une question, je crois : que faites-vous ici, sur ma propriété ?

Toujours sans prendre la peine d'ouvrir la bouche, l'inconnu descendit de cheval avec une aisance qui dénotait une longue habitude. Se dirigeant vers elle d'un pas impérieux, il s'immobilisa soudain pour lui sourire.

Un sourire si dangereusement attirant que Jillian en eut un instant le souffle coupé. Il lui offrit sa main tendue.

— Puis-je vous aider à sortir de là ?

Refusant le soutien offert, Jillian s'extirpa de l'étang par ses propres moyens. Trempée, réfrigérée et plus remontée que jamais, elle plaça les mains sur les hanches.

— Vous n'avez pas répondu à ma question.

Décidément, elle ne manquait pas de cran. Amusé, il glissa les pouces dans les poches de son pantalon.

— Je peux vous assurer que cette terre n'est pas la vôtre, mademoiselle...

— Baron, compléta Jillian avec hauteur. Et vous ? Qui êtes-vous pour contester que ce sol m'appartienne ?

Il porta la main à son chapeau, avec plus d'insolence que de respect.

— Aaron Murdock.

Il sourit lorsque, plus féline que jamais, elle émit une brève expiration sifflante.

— Et la ligne de frontière passe juste ici, poursuivit-il en désignant une ligne imaginaire qui passait entre ses bottes et les siennes. Elle doit couper l'étang juste en son milieu. Et si mes calculs sont bons, vous avez atterri de mon côté.

Aaron Murdock... Le fils et l'héritier. N'était-il pas censé gérer le pétrole paternel dans de prestigieux bureaux à Billings ? A première vue, il ressemblait plus à un cow-boy habitué à vivre à la dure qu'au citadin policé que lui avait décrit Clay. Mais ce n'était pas le moment de méditer sur ces questions de détail.

L'essentiel, en l'occurrence, étant de défendre son territoire.

— Si j'ai atterri de votre côté, c'est uniquement parce que vous traîniez dans le coin avec un cheval non castré.

Du menton, elle désigna le superbe étalon.

— Vous ne seriez pas tombée si vous aviez tenu vos rênes correctement, rétorqua-t-il.

Le fait qu'il ait raison ne servit qu'à exacerber la colère de Jillian.

— Son odeur a effrayé Dalila.

— Dalila, vous dites ?

Avec un regard amusé, il se tourna vers la jument.

— Ça doit être le destin, murmura-t-il. N'est-ce pas, Samson ?

Obéissant, l'étalon vint lui poser la tête sur l'épaule. Refrénant un sourire, Jillian pinça les lèvres.

— Souvenez-vous du sort échu au véritable Samson et tenez-le à distance de *ma* jument.

— Jolie pouliche, commenta Aaron, les yeux rivés sur Jillian. Un peu nerveuse, peut-être ? Mais elle ferait une bonne poulinière.

Les yeux verts de Jillian se plissèrent de façon menaçante.

— La reproduction de mes chevaux me regarde, Murdock. Dites-moi plutôt pourquoi vous êtes venu traîner dans le coin. Vous ne trouverez pas de pétrole par ici.

— Je n'en cherchais pas... Je ne cherchais pas de femme non plus, d'ailleurs, précisa-t-il lentement en jouant avec une mèche de ses cheveux. Et il semble pourtant que je viens d'en trouver une.

Jillian ressentit une sensation étrange dans la poitrine. Comme une expansion soudaine. Un mélange détonant d'oppression et d'excitation, de tension et d'allégresse. « Oh, non ! » songea-t-elle consternée en reconnaissant le symptôme. Elle avait eu un moment de regrettable faiblesse à vingt ans. Mais il était hors de question qu'elle retombe une seconde fois dans le même piège.

Elle baissa un instant les yeux sur les longs doigts hâlés qui jouaient dans ses cheveux. Puis elle planta son regard dans le sien.

— Vous tenez à votre main, Murdock ? s'enquit-elle d'une voix suave.

Pendant une fraction de seconde, il hésita, comme s'il était tenté de relever le défi. Avec un haussement d'épaules, cependant, il lâcha la mèche prisonnière.

— Pas commode, la petite, n'est-ce pas ? Mais vous avez toujours été prompts à dégainer, vous, les Baron.

— Pour nous défendre, oui, rectifia Jillian.

Ils se mesurèrent du regard. Des étincelles volèrent. Mais pas seulement. Le courant d'attirance mutuelle qui circula entre eux les inquiéta l'un et l'autre par son intensité.

— Je suis désolé pour le vieux Clay, déclara Aaron d'un ton plus sobre. C'était votre grand-père, je suppose ?

Jillian garda le menton levé en signe de défi. Mais il vit une ombre de tristesse endeuiller le vert lumineux de ses yeux.

— Mon grand-père, oui.

Ainsi, elle l'avait aimé, le vieux bougre, grincheux et taciturne. Etonnant. Aaron se frotta le menton.

— Alors vous devez être la petite fille qui venait passer ses étés ici, dans le temps. Jill, c'est ça ?

— Jillian, rectifia-t-elle froidement.

Il sourit.

— Jillian... C'est un prénom qui vous va bien, en effet.

— Pour vous, ce sera mademoiselle Baron.

Aaron choisit de ne pas faire de commentaires.

— Si vous avez confié la direction de l'exploitation à Gil Haley, vous n'avez pas trop de soucis à vous faire. Le ranch devrait tourner comme une horloge.

Une lueur outragée brilla dans les yeux verts.

— La direction d'Utopia, c'est à moi qu'elle revient, Murdock.

— Vous ? releva-t-il, amusé.

— En personne, oui. Et je n'ai pas passé les cinq dernières années bouclée dans un gratte-ciel de Billings, à fixer un écran d'ordinateur. Utopia m'appartient et je travaille dans ce ranch *de mes mains* au lieu de me contenter de parader dans les foires en exhibant les prix remportés par ma viande.

Ignorant sa protestation, Aaron prit les deux mains en question dans les siennes et les examina avec curiosité. Elles étaient vivantes et fortes, calleuses et compétentes.

Et représentaient une véritable bouffée d'oxygène pour lui, après toutes les mains oisives et manucurées qu'il avait eu l'occasion de tenir à Billings.

— Intéressant, murmura-t-il.

Jillian fulminait. Elle était furieuse qu'il puisse ainsi la maîtriser sans effort. Furieuse contre le sang indocile qui rugissait à ses tempes. Furieuse contre la fascination dont elle se sentait prisonnière.

Une odeur séduisante de cuir, d'homme et de cheval venait lui troubler les narines. Un anneau couleur ambre entourait les iris d'Aaron, accentuant encore l'impression de profondeur que donnait son regard sombre. Une fine cicatrice courait le long de sa mâchoire gauche. Et ses lèvres...

Refusant le vertige qui menaçait, Jillian se rejeta en arrière. Une fois déjà, elle avait succombé à ce genre de sirènes. Et elle avait fini soumise, sentimentale, dépossédée d'elle-même.

Par chance, elle n'était plus aussi naïve à vingt-cinq ans qu'elle l'avait été cinq ans plus tôt.

— Je crois vous avoir déjà mis en garde pour vos mains, Murdock.

Le visage d'Aaron demeura impassible.

— En effet, oui. Pourquoi ?

— Je déteste qu'on me touche.

Son regard, étrangement intuitif, plongea dans le sien.

— Tout animal à sang chaud — y compris l'être humain — a besoin de contact physique. Quelqu'un vous aurait-il touchée de mauvaise manière, Jillian ?

Elle ne cilla pas.

— Vous empiétez sur mon domaine privé, Murdock.

— C'est possible. Peut-être faudrait-il envisager de remettre la clôture.

— Très drôle.

Cette fois, lorsqu'elle chercha à se dégager, il desserra lentement sa prise.

— Contentez-vous de rester de votre côté, suggéra-t-elle.

— Et si je passe la frontière ?

Elle leva le menton.

— Je réglerai votre cas.

Tournant le dos à l'ennemi, Jillian se dirigea vers Dalila, résistant à la tentation de flatter l'encolure de Samson au passage. Une fois en selle, elle eut la satisfaction de regarder Aaron de haut.

— Profitez bien de vos vacances à la campagne, Murdock, ironisa-t-elle. Et attention de ne pas vous épuiser, surtout.

Imperturbable, Aaron leva la main pour caresser les flancs de Dalila.

— Je tâcherai de suivre cet excellent conseil, Jillian.

Elle se pencha pour lui jeter un regard noir.

— Mademoiselle Baron.

A sa grande surprise, Aaron l'attrapa par la bride de son chapeau pour amener son visage à hauteur du sien.

— Je préfère Jillian... On vous a déjà dit qu'un homme se vautrerait volontiers pendant des heures dans l'odeur qui émane de vous ?

Jillian fit abstraction des battements désordonnés de son cœur et le gratifia d'un sourire hautain.

— Vous me décevez, Murdock. Je pensais qu'un citadin comme vous était capable de formuler des compliments qui sentent un peu moins la bouse et le fumier.

— Je tâcherai de m'entraîner. Et je vous promets de faire mieux la prochaine fois.

Avec un léger rire, elle effleura les flancs de Dalila avec ses étriers.

— Il n'y aura pas de prochaine fois.

La jument allait s'élancer lorsqu'il la retint fermement par la bride.

— Je vous croyais plus fine que cela, Jillian. Nous nous reverrons, quoi qu'il arrive, et vous le savez aussi bien que moi.

— Vous semblez déterminé à vouloir mettre votre main en danger, Murdock.

Sur un sourire désinvolte, il tapota les flancs de Dalila, puis se tourna vers sa propre monture.

— A très bientôt, Jillian.

Furieuse, elle attendit qu'il soit monté sur Samson. Les deux chevaux se retrouvèrent nez à nez, mâle contre femelle, nerveux, frémissants et dansant sur place l'un et l'autre.

— Je ne vous le répéterai pas, Murdock : restez de votre côté, ordonna-t-elle entre ses dents serrées juste avant d'éperonner sa jument.

Fines, nerveuses et racées l'une et l'autre, la cavalière et sa monture s'éloignèrent au grand galop. Samson poussa un hennissement d'impatience. Aaron l'apaisa en lui caressant l'encolure.

— Désolé, mon vieux. Tu ne peux pas l'avoir cette fois-ci. Mais bientôt, elle sera à toi, mon beau Samson... Bientôt.

Le vent et la vitesse aidèrent Jillian à digérer sa colère. Elle laissa la jument galoper à sa guise, en songeant que Dalila avait peut-être besoin, elle aussi, de calmer les ardeurs de son sang. Samson et son maître étaient aussi troublants l'un que l'autre. Si l'étalon n'avait pas appartenu à un Murdock, elle aurait demandé une saillie pour Dalila et cela sans lésiner sur le prix. Elle avait quelques beaux chevaux à Utopia. Mais aucun dont les qualités soient comparables à celles du superbe étalon d'Aaron Murdock.

Jillian regrettait par ailleurs que ce dernier ne ressemble en rien au businessman tiré à quatre épingles qu'elle avait imaginé. Un citadin aux manières raffinées l'aurait laissée de glace.

Pourquoi fallait-il que cet Aaron lui ait coupé les jambes ainsi ? Une femme dans sa position ne pouvait se permettre ce genre d'attirance. Et surtout pas pour un rival appartenant au camp ennemi.

Jillian secoua la tête. C'était le moment ou jamais de garder les pieds sur terre, au contraire. Car elle n'avait pas seulement hérité des terres de son grand-père. Il lui avait également transmis son ambition. Et elle était déterminée à faire d'Utopia l'empire dont rêvaient ses ancêtres.

Déjà, elle avait versé un premier acompte pour acheter le petit avion indispensable à tout rancher moderne mais que son grand-père avait toujours obstinément refusé d'acquérir. Une fois qu'ils auraient l'appareil, ils pourraient survoler le ranch en quelques heures à peine. Le bétail égaré serait repéré facilement. Et les clôtures abîmées également.

Si Jillian était attachée à la tradition, elle n'en croyait pas moins à la nécessité de moderniser les équipements pour alléger les tâches. Les Jeep et les pick-up avaient leur utilité, mais elles ne reniaient pas non plus les chevaux et les bons vieux lassos de toujours. Si les temps et la technologie avaient changé, l'état d'esprit, lui, restait toujours le même.

L'éleveur, comme n'importe quel autre exploitant agricole, restait tributaire des éléments et dépendait des caprices de la terre comme du ciel. Ne pouvant tabler sur rien ni sur personne, il ne devait, au fond, compter que sur lui-même. Telle avait toujours été la philosophie de Jillian.

Renonçant à ses projets de farniente, elle s'orienta vers le nord et galopa le long de la ligne frontière entre ses terres et celles des Murdock. Puisqu'elle n'était plus d'humeur à vagabonder, autant se rendre utile et vérifier l'état des clôtures.

Jillian passa au trot à côté d'un pâturage où des vaches à la tête blanche continuèrent à paître tranquillement sans se soucier de sa présence. De loin, elle entendit le vrombissement d'un moteur. Jillian fit la grimace en reniflant les gaz d'échappement. C'était un crime de couvrir les bonnes odeurs d'herbe et de bétail avec de pareilles pestilences. Mais les temps étaient révolus depuis longtemps où seuls les chevaux avaient droit de cité dans un ranch.

Se dirigeant dans la direction d'où venait le bruit, elle repéra le vieux pick-up de Gil Haley. Jillian leva la main en guise de salut et galopa pour le rejoindre. Gil était un des rares cow-boys authentiques qui travaillaient encore dans la région. Elle songeait parfois que Gil aurait été parfaitement heureux s'il avait pu continuer à vivre en errant, accompagnant les troupeaux pour la transhumance, avec son vieux sac de couchage et une bonne provision de tabac à mâcher pour seules possessions.

Elle immobilisa Dalila devant lui et sourit.

— Salut, Gil!

— Ah! te voilà, toi. Où avais-tu disparu? s'enquit-il de sa voix rauque et traînante.

Gil n'avait jamais été homme à perdre son temps en politesses inutiles. Il disait ce qu'il avait à dire sans jamais utiliser un mot de trop.

— Il y a un problème, Gil?

— Une imbécile de vache s'est emberlificotée dans des fils barbelés un peu plus haut, marmonna-t-il en déplaçant sa chique. Mais nous avons réussi à la dégager avant qu'elle ne fasse trop de dégâts.

Jillian hocha la tête.

— Quelqu'un a vérifié les clôtures côté ouest, aujourd'hui?

L'œil à demi clos, comme si son visage avait été définitivement déformé par la chique qui traînait en permanence au coin de sa bouche, Gil la dévisagea un instant sans rien dire.

— Non. Pourquoi?

— Je m'en charge... Tu sais que je suis tombée sur Aaron Murdock, au fait? précisa-t-elle après une légère hésitation. Ça m'a surprise de le voir ici. Je croyais qu'il était à Billings.

Gil secoua la tête.

— Aaron a récupéré le ranch.

— Le ranch? Mais qui va s'occuper de leur or noir, alors?

— Sa sœur a épousé un magnat du pétrole, précisa Gil, qui ne disait pas grand-chose mais était toujours au courant de tout. Alors le vieux Paul s'est débrouillé pour faire revenir son fils.

Jillian demeura un instant sous le choc.

— Tu veux dire qu'Aaron Murdock dirige le Double M ? Et qu'il ne repartira pas pour Billings ?

Gil cracha avec une remarquable expertise.

— Le vieux Murdock ne doit pas être loin de ses soixante-dix ans. Il a peut-être envie de se reposer un peu et de passer la main.

Jillian réprima un soupir. Ainsi, elle allait avoir un Murdock sur le dos, tout compte fait. Depuis cinq ans qu'elle vivait à Utopia, elle n'avait pas croisé le vieux Paul une seule fois. Mais Aaron avait déjà trouvé le moyen d'envahir un lieu qu'elle considérait comme son havre privé. Même s'il lui fallait bien admettre qu'il en était propriétaire pour moitié.

— Il y a longtemps que le jeune Murdock est revenu de Billings ?

Gil prit son temps pour répondre, tirant distraitement sur ses longues moustaches grises.

— Quelques semaines, je crois.

Quelques semaines seulement. Et déjà il avait fallu qu'elle tombe sur lui. Et que leur rencontre fasse des étincelles, en plus.

Renonçant à questionner Gil plus avant en présence de ses hommes, Jillian prit congé d'un signe de tête.

— Je vais vérifier les clôtures, annonça-t-elle en tournant bride.

Gil la suivit des yeux d'un œil rieur. Il n'avait peut-être plus tout à fait la vue de ses vingt ans, mais il avait remarqué que les vêtements de Jillian étaient mouillés. Et que ses yeux verts lançaient des éclairs.

Ainsi Aaron Murdock et elle étaient tombés l'un sur l'autre ? Et la rencontre avait été explosive, apparemment ? Intéressant.

Avec un petit rire songeur, Gill redémarra son pick-up.

— Regarde droit devant toi, petit, ordonna-t-il au jeune employé de ferme qui se dévissait le cou pour essayer de capter une ultime image de Jillian volant sur Dalila au milieu des pâturages.

2

Dans un ranch, la journée de travail débutait bien avant le lever du soleil. Il y avait des animaux à nourrir, des œufs à ramasser, des vaches à traire. Habituée depuis toujours à participer à ces corvées, Jillian n'avait même pas sonSgé à s'y soustraire lorsqu'elle était devenue propriétaire. Alors qu'elle sortait de la maison de maître pour se diriger vers l'écurie, les premières lueurs de l'aube se dessinaient à peine sur la ligne d'horizon. Elle passa à côté de la cantine du ranch, humant avec plaisir les odeurs fortes de café et de viande grillée.

Dans la cour régnait une joyeuse effervescence. Même à cette heure matinale, l'air était doux ce jour-là. Et tout le monde se réjouissait que le rude hiver du Montana soit enfin mort et enterré.

La première visite de Jillian fut pour Dalila. Elle s'occupait toujours de sa jument en priorité avant de passer aux autres chevaux. Une fois ce petit monde nourri et sorti dans le corral, il ne lui resta plus qu'à poursuivre son chemin vers l'étable où les vaches à lait attendaient la traite.

— Jillian ?

Elle s'immobilisa pour saluer Joe Carlson, le responsable des troupeaux qu'elle avait embauché six mois plus tôt malgré l'avis défavorable de son grand-père. Joe n'avait ni la tenue ni l'allure des cow-boys qui travaillaient au ranch. Il se déplaçait en Jeep plutôt qu'à cheval et son chapeau en feutre gris était toujours d'une propreté impeccable. Mais même Gil avait dû admettre que Joe connaissait son boulot comme personne. Et Jillian comptait sur lui pour améliorer la qualité de sa viande.

— Ça va, Joe ?

Il vint à sa rencontre en secouant la tête.

— Bon sang, Jillian, déjà levée ! Quand cesseras-tu de faire des journées de travail de quinze heures ?

Avec un léger rire, Jillian repartit vers la laiterie en adaptant son pas à celui, plus lent, de son responsable des troupeaux.

— J'arrêterai en août. Lorsqu'il faudra passer à des journées de travail de dix-huit heures.

Joe l'arrêta à l'entrée du bâtiment en lui posant la main sur l'épaule. Une main sans cals et aux ongles nets. Une main qui, inexplicablement, lui en rappela une autre. Plus forte. Plus dure. Plus brune.

— Tu sais que tu peux être propriétaire d'un ranch sans pour autant participer à l'intégralité des tâches ? Tu finiras par te tuer si tu continues comme ça. Pourquoi ne pas embaucher quelqu'un pour diriger l'exploitation à ta place ?

— Ce ranch n'est pas un jouet pour moi, Joe. Lorsque je ne me sentirai plus capable de le diriger moi-même, je le vendrai.

— Tu travailles trop.

— Et toi, tu *t'inquiètes* trop, rétorqua-t-elle en riant. Et c'est très gentil de ta part, d'ailleurs. Comment va notre ami le taureau Hereford ?

Joe sourit, révélant une belle rangée de dents, blanches et régulières.

— C'est une brute redoutable. Mais il fait son boulot. Jusqu'à présent, il a monté toutes les vaches que nous avons lâchées dans son périmètre d'action. Il est insatiable.

— Prions pour qu'il le reste, murmura Jillian en songeant à la somme vertigineuse qu'elle avait dû débourser pour acquérir le reproducteur en question.

— Attends que les vaches commencent à mettre bas et tu te rendras compte par toi-même. Utopia aura bientôt du bœuf pur-sang de qualité impeccable, je te le garantis. Tu veux venir jeter un coup d'œil sur notre bourreau des cœurs ?

— Le taureau ? Tout à l'heure, peut-être... Tu sais quoi, Joe ? J'aimerais le voir remporter le premier prix à la foire de juillet, lança-t-elle par-dessus l'épaule en entrant dans la laiterie. Et, pour une fois, battre le candidat des Murdock. Tu ne peux pas imaginer quel plaisir cela me ferait.

Le soleil brillait déjà avec force lorsque Jillian se donna enfin le temps d'avaler un petit déjeuner consistant. Avec un emploi du temps aussi chargé que le sien, elle aurait dû avoir l'esprit trop occupé pour penser à Aaron Murdock. Mais, depuis leur rencontre de la veille, son voisin lui hantait l'esprit en permanence. Parce qu'il avait excité sa curiosité, peut-être. Avec un peu de chance, elle parviendrait à l'oublier, une fois qu'elle en saurait un peu plus à son sujet.

Il ne lui restait donc qu'une chose à faire : mener l'enquête. Elle réussit à arrêter Gil juste au moment où il démarrait au volant de son pick-up.

— Je viens avec toi, annonça-t-elle en sautant à bord.

Avec un haussement d'épaules, il cracha sa chique par la vitre ouverte.

— Tu fais bien comme tu veux.

Jillian ne put s'empêcher de rire.

— Quelle exquise galanterie, Gil, ironisa-t-elle. Je ne comprends pas qu'un beau parleur comme toi n'ait jamais trouvé à se marier.

Un discret sourire frémit sous la moustache grise.

— Tu n'as jamais eu la langue dans ta poche, fillette. Et si tu t'occupais du tien, de mariage ? Tu n'as que la peau sur les os, mais tu n'es pas vilaine.

Jillian posa un pied chaussé de botte sur le tableau de bord et rajusta son chapeau.

— Je préfère vivre seule. Les hommes disent toujours ce qu'il faut faire et comment le faire.

— Ce n'est pas bon pour une femme de tenir un ranch toute seule, décréta Gil.

— Les hommes le font bien, eux.

— Les hommes, ce n'est pas pareil.

— Ils sont meilleurs que nous ?

Gil secoua la tête avec un léger sourire en coin.

— Pas meilleurs, non. *Différents*, je te dis.

Avec un grand rire, Jillian lui tapa affectueusement sur l'épaule.

— Espèce de vieux bouc machiste, va. Je te pardonne si tu me parles de Paul et d'Aaron Murdock. La famille a été déchirée par de gros conflits, si j'ai bien compris ?

— Il y en a eu quelques-uns, oui. Les Murdock ont toujours été de fortes têtes.

— Il paraît. C'est à la suite d'un clash avec son père qu'Aaron est parti pour Billings, je crois ?

— Il y a eu du rififi au Double M, lorsque le jeune Murdock est revenu avec son diplôme d'université en poche et des idées « d'amélioration » plein la tête, maugréa Gil avec la morgue propre aux autodidactes.

Son dédain la fit sourire.

— Si son père lui a payé des études, c'était peut-être bien pour qu'il ramène des idées neuves, non ?

Gil émit un vague grognement.

— C'est possible. Mais le vieux Murdock a dû estimer que son rejeton était un peu trop pressé de mettre ses connaissances en pratique. On raconte qu'Aaron a accepté alors de travailler trois ans pour son père avant de prendre lui-même la direction du ranch.

Gil s'immobilisa devant une grille. D'un bond, Jillian descendit du pick-up pour l'ouvrir. Un faisan détala dans l'herbe, juste à quelques pas.

— Et alors ? s'enquit-elle, sitôt remontée en voiture.

Gil lui jeta un regard en coin.

— Le sujet t'intéresse, on dirait ? Eh bien, au bout de trois ans, le vieux Murdock n'était toujours pas prêt à passer la main. Et il a refusé de céder la place. Du coup, le jeune

Murdock a claqué la porte et il est parti en annonçant qu'il monterait sa propre exploitation.

— C'est ce que j'aurais fait à sa place, commenta Jillian. Son père n'avait pas le droit de revenir sur la parole donnée.

— Sans doute pas, non. Et pourtant, Aaron s'est ravisé, finalement. Au lieu d'acheter son propre ranch, il a accepté d'aller à Billings, où il a pris en main la gestion des puits de pétrole familiaux. Personne n'a compris pourquoi il avait cédé. Peut-être que son père y avait mis le prix.

Jillian eut un sourire méprisant. Si Aaron avait eu du cœur au ventre, il aurait envoyé bouler son vieil autocrate de père et il se serait débrouillé par lui-même. Sourcils froncés, elle repassa la scène de leur rencontre dans sa mémoire : elle revit le visage énergique, les mains fortes, le regard sans concession. De la personne d'Aaron s'était dégagée comme une aura de puissance.

Etrange. Elle avait du mal à imaginer qu'un homme tel que lui ait pu s'incliner sans broncher devant une autorité paternelle abusive.

— Que penses-tu de lui, toi, Gil ? *Personnellement ?*
— De lui, qui ?

Elle soupira avec impatience.

— A ton avis ? Aaron Murdock, bien sûr !

Gil fit mine de se frotter pensivement le menton pour dissimuler un sourire.

— Que veux-tu que je te dise ? C'était un gamin bourré d'idées et d'énergie. Aussi fatigant que certaine dont je ne citerai pas le nom.

Il rit de bon cœur lorsque Jillian le foudroya du regard.

— Il a toujours été rude à la tâche, avec ça. Même à douze ans, travailler ne lui faisait pas peur. Quand il a commencé à se faire pousser un début de barbe à dix-huit ans, toutes les filles du pays se sont mises à soupirer après lui. Fallait voir comment que ça lui tournait autour...

Jillian leva les yeux au ciel.

— Je ne m'intéresse pas à sa vie amoureuse, Gil ! Il

ne s'est jamais marié, au fait ? s'enquit-elle dans la foulée, sans s'inquiéter de ses propres contradictions.

— Je suppose qu'il doit penser qu'une épouse lui dirait ce qu'il doit faire et comment il doit le faire. Et qu'il préfère vivre seul.

Elle éclata de rire.

— Tu es un vieux malin, Gil Haley... Hé ! Regarde ! Nous avons eu nos premiers veaux.

Sans avoir à se consulter, ils bondirent hors du pick-up et commencèrent à compter. C'était là un des grands plaisirs du printemps : une explosion de vies nouvelles.

Le regard de Gil se promena sur le troupeau et ses yeux délavés se plissèrent encore un peu plus qu'à l'ordinaire.

— Ce sont les rejetons du nouveau taureau, commenta-t-il pensivement. Jolies petites bêtes. L'ami Joe sait ce qu'il fait, apparemment... Ça fait dix petits, c'est ça ?

— Dix, oui. Et vingt vaches ont l'air d'être sur le point de mettre bas.

Fronçant les sourcils, Jillian recommença à compter.

— Bizarre. Il ne devrait pas y avoir plus de... ?

Elle s'interrompit net lorsque la plainte se fit entendre, couvrant les mugissements paisibles qui s'élevaient autour d'eux.

— Par là-bas, cria-t-elle alors que Gil avait déjà commencé à courir.

Ils le trouvèrent gisant dans l'herbe à côté de sa mère mourante. Agé d'un jour. Deux tout au plus. Jillian émit des petits sons rassurants en prenant le veau nouveau-né dans ses bras. La vache, elle, saignait abondamment et ne respirait plus qu'à peine.

Si seulement ils avaient eu l'avion, songea-t-elle tristement en entendant Gil s'éloigner pour retourner au pick-up. En survolant le ranch, ils auraient pu repérer la vache en difficulté et intervenir à temps pour l'aider à vêler.

Avec un léger soupir, Jillian concentra son attention sur le veau apeuré mais bien vivant qu'elle tenait serré contre elle. Les pertes en bétail faisaient partie de la vie de tout éleveur. On ne pouvait pas passer son temps à pleurer les animaux malades ou perdus.

Mais lorsqu'elle vit Gil revenir avec le fusil, elle ne put s'empêcher de lui jeter un regard désolé. Un long frisson la parcourut lorsque le coup de feu partit, explosant dans le silence.

Gil soupira.

— Je vais appeler Jesse et Peter sur mon portable pour qu'ils m'aident à la charger.

S'approchant du veau qu'elle tenait toujours dans ses bras, il lui prit le museau pour l'examiner, sourcils froncés.

— Il est mal parti dans l'existence, celui-là. S'il veut s'en sortir, il lui faudra une sacrée rage de vivre.

Jillian serra les dents.

— Je ferai en sorte qu'il s'en tire.

Une heure après le dîner, ce soir-là, Jillian tombait de fatigue. Des mouflons avaient déboulé dans un de ses prés à foin et ravagé l'herbe sur leur passage. Un de ses hommes s'était fracturé l'épaule lorsque son cheval s'était cabré devant un serpent à sonnette. Sur trois points différents, on avait trouvé des brèches dans ses clôtures et plusieurs de ses vaches s'étaient égaillées sur les terres des Murdock. Ils avaient passé des heures à pister et à ramener les fugitives.

Mais Jillian n'avait pas oublié le veau nouveau-né pour autant et s'était arrangée pour lui trouver un box bien au chaud dans la grange à bestiaux. Refusant de laisser à quiconque le soin de le nourrir, elle l'avait mis au biberon elle-même. A présent que sa journée de travail était enfin terminée, elle était revenue câliner l'orphelin et tenter de le nourrir une dernière fois avant la nuit.

Assise en tailleur dans la paille, rassérénée par la tiède odeur animale autour d'elle, elle caressa la petite tête blanche.

— Tu te sens mieux, déjà, commenta-t-elle doucement.

Il émit un son haut perché qui la fit rire.

— Eh oui, Petite Boule. C'est moi ta maman, maintenant.

A son grand soulagement, il accepta de lui-même la tétine.

— C'est bien, Petite Boule. Tu es en train de récupérer. La vie est cruelle, c'est vrai. Mais *a priori* nous n'en avons qu'une à notre disposition. Alors autant faire avec.

Elle rit lorsque le veau tomba lourdement sur son derrière et continua à téter goulûment, les deux pattes avant largement écartées, son regard rivé au sien.

— Continue à boire comme ça et, dans quelques semaines, tu seras au pré avec les autres à manger de l'herbe fraîche et à faire le fou avec tes copains.

Jillian gratta affectueusement le veau derrière l'oreille.

— Quelque chose me dit que tu as un bel avenir avec les dames, Petite Boule.

Lorsqu'il eut fini de prendre son lait, le veau entreprit aussitôt de mordiller son jean. Jillian le renversa sur le dos en riant et lui caressa le ventre.

— Vous avez décidé d'en faire un veau de compagnie?

Tournant la tête en sursaut, elle leva les yeux sur Aaron Murdock. Le rire s'étrangla dans sa gorge.

— Qu'est-ce que vous fichez ici?

— C'est une de vos questions préférées, je crois, rétorqua-t-il d'un ton léger en s'accroupissant près du veau.

Jillian capta des effluves de cuir et de santal et se ferma résolument à leur magie olfactive. Il était hors de question qu'elle se laisse vampiriser par l'odeur de ce type.

— Vous vous êtes perdu en chemin, Murdock? C'est mon ranch, ici. Le Double M est de l'autre côté de la route.

Aaron tourna la tête pour plonger son regard dans le sien. Combien de temps il était resté à l'observer, il n'aurait su le dire. Trop de temps, sans doute. Parce qu'il avait été captivé malgré lui par le son joyeux de son rire, par l'éclat de cuivre de ses cheveux, par la douceur inattendue dans son regard lorsqu'elle avait caressé le jeune animal.

Quelque chose dans ce regard avait éveillé en lui un

élan inattendu — une aspiration mal définie, infiniment plus complexe que le simple désir physique.

— Je ne me suis pas trompé de chemin, Jillian. Je suis venu vous parler.

Elle soutint froidement son regard.

— A quel sujet ?

Examinant son visage levé, il regretta d'être resté aussi longtemps à Billings.

— De reproduction équine, pour commencer.

Le regard vert s'éclaira brièvement. Mais elle feignit admirablement l'indifférence.

— De reproduction équine ?

Aaron saisit une mèche de ses cheveux.

— Votre Dalila et mon Samson. Je suis trop romantique pour laisser passer une coïncidence pareille.

— Romantique, oui. C'est ça. Laissez-moi rire, Murdock.

Elle voulut repousser sa main mais il emprisonna ses doigts entre les siens.

— Ne me jugez pas avant de me connaître, Jillian... Même si je suis effectivement capable, par ailleurs, d'identifier une jolie petite pouliche de haute race lorsqu'il m'en passe une sous le nez, ajouta-t-il d'une voix lourde de sous-entendus, rien que pour le plaisir de voir ses yeux verts lancer des éclairs.

Jillian le gratifia d'un regard hautain.

— Il n'est pas exclu que nous fassions affaire. Mais il faudrait d'abord que j'examine votre étalon d'un peu plus près.

— Entendu. Passez demain matin à 9 heures.

L'invitation était tentante. Depuis le temps qu'elle venait dans le Montana, elle n'avait encore jamais eu l'occasion de visiter l'exploitation voisine. Quant à l'étalon... elle était tombée sous le charme au premier regard. Mais elle ne voulait surtout pas donner l'impression d'accepter trop vite.

— Je tâcherai de me libérer, mais je ne promets rien. J'ai un emploi du temps chargé demain.

Se sentant délaissé, Petite Boule vint se frotter contre

ses genoux. Distraite de ses négociations, Jillian secoua la tête et lui caressa doucement les flancs.

— Il se comporte plus comme un chiot que comme un bovin, commenta Aaron en se penchant pour gratter le veau derrière l'oreille.

Jillian fut surprise de noter à quel point ses gestes pouvaient être doux. Elle rit lorsque Petite Boule lécha la main d'Aaron.

— On dirait qu'il s'est pris d'affection pour vous. Il est encore trop jeune pour avoir le moindre discernement, le pauvre.

Aaron haussa un sourcil amusé et entreprit de masser la nuque du veau.

— Comme je vous le disais hier, le juste toucher est la clé de tout. Il existe une technique pour calmer les bébés, une autre encore pour débourrer un cheval. Et une troisième, plus raffinée, pour amollir une femme.

Etrangement à l'aise, Jillian lui jeta un regard plus amusé que choqué.

— « Amollir une femme » ? C'est une expression pour le moins particulière, Murdock.

— Elle dit bien ce qu'elle veut dire, non ? Rendre une femme plus souple, plus détendue, plus réceptive...

Le veau rassasié s'était roulé en boule dans le foin et paraissait sur le point de s'endormir.

— Un mammifère mâle typique, commenta Jillian d'un ton léger. Comme vous, d'ailleurs, je crois ?

— C'est possible. Vous, vous n'avez rien de typique, en revanche.

Plus détendue qu'elle n'avait cru pouvoir l'être en sa présence, elle se surprit à sourire.

— C'est un compliment ?

— Non. Juste une observation. Si je me risquais à vous faire un compliment, vous me le cracheriez à la figure.

Jillian éclata de rire.

— Seriez-vous un brin psychologue, Murdock ?

— Peut-être... Accessoirement, j'ai reçu un prénom à la naissance. Vous avez déjà envisagé de l'utiliser ?

— Jamais, non.

Elle dut s'avouer qu'elle mentait insolemment. Déjà, lorsqu'elle pensait à lui, c'était « Aaron » qui lui venait à l'esprit. Le problème, c'est qu'elle n'était pas censée penser à lui du tout, que ce soit en terme d'Aaron ou de Murdock. Mais la fatigue et la détente aidant, elle ne put s'empêcher de lui sourire quand même.

— Petite Boule dort, murmura-t-elle rêveusement.

Il suivit la direction de son regard et sourit à son tour.

— La journée a été longue.

— Jamais assez, en fait, soupira-t-elle en s'étirant. Je milite pour la journée de vingt-six heures.

— Vous ne croyez pas que vous voulez trop en faire ?

— Ça s'appelle avoir de l'ambition, Murdock. Je ne suis pas de ceux qui se contentent de tendre la main et de prendre ce qu'on leur donne.

Elle faisait allusion au ranch qu'il tenait de son père, comprit Aaron en refoulant une bouffée de colère. S'interdisant de riposter avec violence, il haussa les épaules.

— Chacun fait ce qu'il a à faire.

Contrariée, Jillian se leva et épousseta son jean. Elle aurait aimé qu'il se défende, qu'il justifie l'attitude soumise qu'il avait adoptée envers son père. Mais que lui importait, après tout, la façon dont Aaron Murdock organisait son existence ?

— Bon, j'ai encore du travail administratif qui m'attend.

Il se leva à son tour, l'acculant sans qu'elle y ait pris garde dans un coin du box.

— Vous ne m'offrez même pas un café, Jillian ?

Alors seulement, elle vit la fureur contenue qui brillait dans ses yeux sombres. Mais si la colère d'Aaron ne lui faisait pas peur, elle était littéralement terrifiée de sentir son propre cœur battre la chamade.

— Non, répondit-elle d'une voix égale. Je ne vous offre rien du tout.

Il glissa les pouces dans sa ceinture.

— Vous avez un problème avec la politesse ?

— Les convenances m'ennuient.

Le regard d'Aaron étincela. Mais sa voix restait basse, douce, enveloppante.

— Ah, oui ? Alors laissons-les tomber une fois pour toutes.

Avant qu'elle puisse réagir, il l'attrapa par le devant de sa chemise et l'attira contre lui.

— Murdock ! protesta-t-elle, sous le choc.

Mais il ne lui laissa pas le temps de digérer les sensations créées par ce soudain contact corps à corps. Déjà sa bouche se refermait sur la sienne.

Oh, non, soupira en elle une voix faible et alanguie, alors même qu'elle se débattait encore comme une tigresse. Se défendre contre Aaron ne lui faisait pas peur. Mais se défendre contre les sensations qu'il induisait en elle ?

Elle tenta de le repousser mais il resserra la pression de ses bras autour d'elle. En se tortillant, elle ne réussit qu'à s'émouvoir davantage au contact de ses cuisses plaquées contre les siennes.

Stop. Non. D'une façon ou d'une autre, il lui fallait mettre un terme à la montée incontrôlée du désir en elle. Pendant cinq ans, elle y était parvenue sans l'ombre d'un effort. Mais, aujourd'hui, son sang échauffé courait trop vite dans ses veines et elle ne savait plus comment endiguer cette soudaine effervescence. Ses mains se crispèrent sur la poitrine d'Aaron tandis que sa bouche commençait à s'animer sous la sienne.

Aaron avait à la fois anticipé et désiré sa réaction de colère. Sa violence le ravissait. Il aimait sa combativité, son insolence. Mais il ne s'était pas attendu à trouver ses lèvres si douces. Ni son corps mince, ferme et nerveux si parfaitement complémentaire du sien.

Lorsque Jillian cessa brusquement de se débattre pour nouer les bras autour de son cou — lorsque, au lieu de subir, elle se mit à prendre et exiger à son tour — il demeura un instant sous le choc. Elle avait lutté avec une telle détermination ! Pas un instant, il n'avait envisagé qu'elle puisse être troublée par le baiser qu'il lui avait imposé dans un mouvement d'humeur.

Secoué, il se rejeta en arrière pour faire le point sur cette nouvelle situation.

Jillian leva les yeux vers lui. Sa respiration était hachée, presque haletante. Ses longs cheveux ruisselaient comme une cascade de feu dans son dos, ses yeux de chat luisaient dans la pénombre. Elle secoua la tête, comme si elle cherchait à se clarifier les idées.

Mais il ne lui laissa pas le temps de reprendre ses esprits. Avec un juron bref, il écrasa de nouveau ses lèvres sur les siennes.

Si elle ne se débattit pas, cette fois-ci, Jillian ne se soumit pas pour autant. Elle répondit au désir par le désir. Prenant là où il y avait à prendre ; donnant là où le don était nécessaire. Elle joua avec ses lèvres, avec sa langue. Goûta la saveur si extraordinairement masculine de sa bouche. Il la tenait, l'embrassait avec une vigueur insolemment primitive.

Et son ardeur dépourvue d'artifice enchantait Jillian. Elle laissa son corps prendre les commandes et découvrit qu'elle avait aspiré depuis des années à l'oubli qu'elle vivait dans les bras d'Aaron. Se sentir prise, ravie, emportée. Aller dans l'abandon jusqu'à perdre la capacité de penser. Ici, dans cet espace de chair et de feu qui se tissait entre Aaron et elle, il n'y avait pas de place pour les obligations et les responsabilités. Dans ce brûlant corps à corps, elle était femme et seulement femme.

Aaron se demanda quel philtre magique Jillian lui avait fait boire à son insu. Il cherchait à reprendre le contrôle de lui-même, mais ses mains et ses lèvres semblaient animées d'une volonté propre. Et lorsqu'il essayait de réfléchir, ses pensées se délitaient d'elles-mêmes. La sensualité exacerbée de Jillian conférait à leurs étreintes toute la volupté dont son corps ferme et longiligne semblait *a priori* dépourvu.

Et il commençait à se demander comment il avait pu vivre privé de ces délices jusqu'à l'âge avancé de trente ans.

Choqué de s'entendre penser une chose pareille, Aaron se dégagea doucement. Lorsqu'il fit un pas en arrière, Jillian chancela. *Qu'avait-elle fait ?* La respiration coupée, elle scruta le visage à la fois aristocratique et rude, les cheveux noirs qui lui tombaient dans la nuque, le regard encore incandescent. Aaron Murdock… Comment avait-elle pu oublier aussi radicalement qui ils étaient l'un et l'autre ?

Effarée de s'être laissée aller ainsi dans les bras de l'ennemi, Jillian leva le menton et fit un effort démesuré sur elle-même pour raffermir sa voix.

— Voilà, Murdock… Vous vous êtes bien amusé, j'espère ? Dégagez d'ici, maintenant.

Amusé ? Aaron aurait eu le plus grand mal à mettre des mots sur ce qu'il venait d'éprouver. Mais il était sûr et certain que « l'amusement » n'y avait eu aucune part. Les murs autour de lui tournaient légèrement. Comme le jour — déjà lointain — où il avait pris sa première cuite. L'expérience avait été intéressante. Mais il l'avait payée cher le lendemain.

Et avec Jillian aussi, il y aurait un prix à payer, sans doute.

D'un geste désinvolte, il ramassa son chapeau. Il n'avait qu'une hâte : sortir de la grange, respirer un grand coup et retrouver ses capacités de jugement.

— C'est une excellente suggestion, Jillian. Même si vous êtes difficilement résistible, je ferai mon possible pour rester à distance.

Muette et tremblante, Jillian le suivit des yeux. Même une fois que le bruit de ses pas se fut éteint dans la nuit, elle attendit cinq bonnes minutes avant de se risquer hors de la grange. Longeant le dortoir des employés, elle regagna à grands pas la vaste demeure construite par son grand-père à la place de l'ancienne ferme qui avait abrité leurs ancêtres. Clay avait toujours proclamé qu'il était né dans une maison qui aurait tenu dans la cuisine du ranch actuel.

Jillian entra par la porte d'entrée principale qui, même à cette heure tardive, restait ouverte en permanence. Typique du Montana, la maison avait un vaste séjour rustique où le bois et la pierre de taille se mariaient avec un rare bonheur aux ocres chauds de la terre cuite. Dans la cheminée aux dimensions royales, on aurait pu faire rôtir aisément un bouvillon entier. Les rideaux en dentelle ivoire que sa grand-mère avait apportés d'Irlande étaient encore accrochés aux fenêtres. Jillian avait toujours regretté de ne pas avoir connu la mère de son père. On disait de Maggie Baron qu'elle avait une opulente chevelure rousse, une silhouette fragile et les reins solides.

D'après Clay, Jillian avait hérité à la fois de la couleur de cheveux et du sale caractère de son aïeule. Et sans doute avait-elle également reçu les reins solides en partage. Songeuse, Jillian grimpa au premier étage de la grande maison vide. Et se surprit pour la première fois depuis son arrivée dans le Montana à regretter le manque de présence féminine.

Ce soir, elle aurait aimé parler à une femme. Une femme capable de comprendre la guerre intérieure qui se déchaînait en elle. Pendant une fraction de seconde, Jillian songea à appeler sa mère. Mais l'idée même la fit sourire. Si elle avouait à sa mère qu'elle était malade de désir pour un homme qui aurait dû lui être détestable, la docile épouse du Dr Baron deviendrait écarlate et lui recommanderait de lire au plus vite quelque solide ouvrage psychologique traitant de la question.

Jillian adorait sa mère, mais elle savait que c'était le genre de femme à qui certaines impérieuses nécessités physiques resteraient à jamais étrangères. Avec un soupir, elle ôta son jean et sa chemise, et les jeta en tas dans un coin avant de déambuler nue dans la salle de bains.

Autant le reconnaître : ce qu'elle avait éprouvé dans les bras d'Aaron était impérieux à souhait. Alors qu'elle n'avait rien ressenti de la sorte depuis cinq ans. C'était une bonne chose qu'elle n'ait jamais oublié Kevin et leur brève et malheureuse histoire.

A supposer, du moins, qu'une seule nuit partagée puisse être qualifiée « d'histoire ». Quoi qu'il en soit, la relation avait été un fiasco. A vingt ans, elle était vierge, innocente et stupidement sentimentale. L'interne à l'allure romantique dont elle s'était crue éperdument amoureuse n'avait ni menti ni manœuvré pour l'attirer dans son lit par de fausses promesses. Elle ne pouvait s'en prendre qu'à elle-même si elle s'était jetée à sa tête dans un grand élan de passion. Kevin l'avait d'ailleurs initiée au plaisir avec beaucoup de patience, de compétence et de gentillesse.

Elle n'avait rien — strictement rien — à lui reprocher, en fait. Il avait juste laissé échapper quelques malheureux « je t'aime » dans l'extase, qui n'avaient de sens pour lui que dans l'exaltation du moment.

Alors que son « je t'aime » à elle avait valeur de serment.

Elle avait découvert ainsi que l'acte de chair n'était pas en soi un engagement. Lorsqu'elle avait abordé la question de leur avenir commun, Kevin avait ri gentiment avant de remettre les pendules à l'heure : il ne cherchait ni femme ni compagne à temps plein. Juste une amie avec qui prendre du bon temps.

Sa désinvolture l'avait anéantie. Pour Kevin, elle était prête à tous les compromis, pourtant. Elle aurait même accepté d'imposer le silence à sa nature indépendante pour devenir une docile épouse de médecin comme sa mère. Il lui avait fallu des mois pour réaliser à quel point elle avait été stupide. Alors que Kevin s'était contenté de flirter gentiment avec une jeune étudiante, elle avait pris tous ses compliments au pied de la lettre et les avait montés en épingle. Finalement, il lui avait rendu service en la déniaisant dans tous les sens du terme.

Après avoir quitté Kevin en claquant la porte, elle avait pu faire ses propres choix de vie. Et elle savait désormais à quoi s'en tenir avec les beaux discours masculins. Les hommes, avait-elle compris, étaient beaucoup trop dangereux pour elle. Les aimer équivalait à se perdre soi-même.

Pour l'amour de Kevin, elle aurait été prête à toutes les bassesses, à tous les renoncements. Et la même chose, au fond, s'était produite avec son médecin de père. Enfant, elle avait tout essayé pour lui plaire. Mais ses tentatives avaient échoué une à une car elle ressemblait trop à son grand-père.

Clay Baron était le seul homme, en définitive, qui l'avait aimée en la prenant telle qu'elle était. Mais Clay reposait désormais à quelques pieds sous terre.

Jillian se glissa dans son bain et ferma les yeux, laissant l'eau brûlante chasser la fatigue de sa tête et de ses muscles. Si Aaron Murdock était à la recherche d'une aventure sexuelle sans lendemain, il faudrait qu'il cherche une autre candidate.

La solitude était sa compagne. Et elle n'en voulait pas d'autre pour le moment.

3

Viendra ? Ne viendra pas ?

Aaron dévalait la montagne au volant de sa vieille Jeep, zigzaguant sur la piste creusée d'ornières. Il venait d'effectuer un ravitaillement dans un de leurs campements de montagne. Et il serait volontiers resté quelques jours en pleine nature en compagnie de ses hommes pour passer des journées entières en selle à transpirer, puis lézarder le soir autour d'un feu de camp.

Il avait toujours aimé l'existence rude et solitaire des éleveurs traditionnels. Même s'il avait introduit dans leur ranch tous les éléments de modernité qu'avait toujours refusés son père.

Avec une grimace amère, Aaron songea au combat qu'il avait dû mener six ans plus tôt pour imposer l'avion que Paul considérait alors comme un luxe absurde. Renonçant à le convaincre, il avait fini par payer l'appareil lui-même. Aujourd'hui encore, son père continuait à soutenir mordicus qu'ils auraient très bien pu se passer de « ce maudit coucou ».

Aaron se contentait désormais de le laisser vitupérer sans rien dire. Non seulement l'avion servait régulièrement mais il avait fait mille fois la preuve de son utilité. Le fils avait gagné dans les faits, même si le père refuserait jusqu'au bout de reconnaître qu'il avait eu raison.

La longue série de différends qui l'avait opposé à Paul Murdock avait culminé cinq ans auparavant en une dispute homérique qui avait failli aboutir à une rupture définitive.

Aujourd'hui encore, la relation entre eux restait explosive. Aaron savait qu'il aurait à se battre pour chaque innovation qu'il voudrait apporter. Tout en ayant conscience qu'il sortirait désormais victorieux de chacun de leurs bras de fer. Son père était obstiné comme une mule mais pas stupide. Et il était gravement malade, désormais.

Dans six mois... Un an tout au plus...

Les mâchoires crispées, Aaron passa une vitesse. Il lui pesait de penser que le combat acharné que son père menait contre le cancer touchait à sa fin. Et il n'y avait rien, strictement rien, qu'il puisse faire pour aider le vieux bougre à vaincre cet ultime traquenard.

Se sentir sans recours avait toujours été difficilement supportable pour Aaron. Ce en quoi il ressemblait beaucoup à son père, d'ailleurs. Peut-être était-ce leur grande similarité de caractère qui faisait que Paul et lui avaient passé leur vie à se battre.

Repoussant ses angoisses dans un coin de ses pensées, Aaron se concentra sur la jeunesse et la fraîcheur de Jillian. Viendrait-elle ? Avec un sourire en coin, il accéléra en longeant un pré envahi par les armoises. Bien sûr que Jillian Baron serait présente au rendez-vous. Ne serait-ce que pour lui prouver qu'il ne lui faisait pas peur.

Elle débouleraient dans son ranch menton levé, en lui jetant un de ces regards brillants de défi dont elle avait le secret. Le plus étonnant, c'est qu'il avait envie de cette fille au point de ne plus en dormir la nuit. La veille, après les quelques baisers qu'ils avaient échangés, il lui avait fallu un moment pour retrouver l'usage de la parole.

S'il avait ouvert la bouche tout de suite, il se serait mis à bégayer, exactement comme à seize ans, le jour où Emma Lou Swanson l'avait initié dans les foins aux délices de la sexualité adulte.

Compte tenu de la riche expérience qu'il avait accumulée depuis, il ne comprenait toujours pas pourquoi il réagissait avec Jillian comme un adolescent débordé par sa libido. Mais une chose était certaine : il n'avait pas l'intention d'en rester là. Le hors-d'œuvre qu'il avait eu la veille n'avait fait qu'aiguiser ses appétits. Et il était décidé à consommer le plat de résistance sans attendre.

Jillian était une authentique Baron, de toute évidence : impétueuse, obstinée et un rien tête brûlée. En fait, si les Baron et les Murdock avaient tant de mal à s'entendre, c'était pour une raison bien simple : d'un côté comme de l'autre de la ligne de partage qui séparait leurs deux domaines, ils étaient dotés du même caractère de cochon.

Reprendre le ranch de son grand-père représentait un sacré défi pour Jillian. Mais il était persuadé qu'elle saurait le relever. Et il aurait plaisir à la voir réussir. Presque autant qu'il en aurait à faire l'amour avec elle.

Sifflotant joyeusement, Aaron se gara devant la maison principale. Près de la grange, un chien jappa sans conviction à son approche. De la cantine toute proche s'élevait le chant mélancolique d'un harmonica. La porte d'entrée s'ouvrit et sa mère sortit, avec une expression de profonde fatigue sur le visage.

Elle était tellement belle, songea Aaron. Si belle qu'il n'avait jamais pu s'y habituer tout à fait. Petite et mince, Karen Murdock se mouvait avec la grâce fragile d'un oiseau. Elle avait vingt-deux ans de moins que son mari et ni le froid de l'hiver ni les soleils impitoyables du Montana n'avaient altéré la clarté lumineuse de son teint.

Vêtue d'un chemisier rose pâle et d'un pantalon clair, ses cheveux blonds rassemblés sur la nuque, elle aurait fait bonne figure dans n'importe quel raout mondain. Mais, en cas d'urgence, elle était tout aussi capable de sauter en selle et de tendre des fils de clôture durant trois heures d'affilée.

— Tout va bien, là-haut, au campement ? s'enquit Karen en l'embrassant.

— Ça ne se passe pas trop mal, dans l'ensemble. Les gars n'ont pas perdu leur temps. Ils ont réussi à récupérer tout le bétail qui s'était échappé par la clôture sud.

Aaron prit une des mains de sa mère dans les siennes.

— Tu as l'air fatiguée ?
— Non, ça va. Ton père, lui, n'a pas très bien dormi, en revanche. Tu n'es pas venu le voir hier soir.
— Il n'aurait pas mieux dormi s'il avait eu ma visite. Au contraire, même.
— Vos prises de bec le distraient de sa souffrance.
Aaron eut un sourire sans joie.
— C'est une chance que je trouve toujours le moyen de le contrarier, alors.
Debout sur le perron, le visage à hauteur du sien, sa mère lui posa la main sur l'épaule.
— Tu aides ton père plus que tu ne le crois, Aaron.
— Hier matin, il m'a encore envoyé au diable.
— C'est très bien, justement. Moi, j'ai tendance à le couver, même si je sais que ce n'est pas ce dont il a besoin. Alors que toi, tu le secoues en réveillant sa colère. En luttant contre toi, il lutte pour vivre, d'une certaine façon. Mais, au fond de lui, il sait pertinemment que tu as raison.
Le ton d'Aaron se durcit malgré lui.
— Tu n'as pas besoin de m'expliquer comment il fonctionne. Je le connais par cœur.
— Presque, mon chéri. Presque, murmura Karen en pressant la joue contre la sienne.
Et ce fut ainsi qu'en arrivant au Double M, Jillian trouva Aaron avec les bras passés autour d'une très belle femme blonde. Une pointe inattendue de jalousie lui transperça la poitrine. Furieuse, elle freina un peu trop brutalement et l'arrière de sa voiture chassa, alors qu'elle se garait à côté de la Jeep.
Aaron se retourna et répondit par un sourire à son regard courroucé. Elle le maudit tout bas pour sa légèreté typiquement masculine. Et dire qu'elle n'avait pas dormi de la nuit à cause de ce séducteur sans scrupule !
Les lèvres serrées, elle se dirigea droit vers lui. Une chose était certaine : elle ne lui offrirait pas la satisfaction de lui montrer qu'il l'avait blessée.

— Je suis venue voir votre étalon, Murdock, lâcha-t-elle froidement.

— Ah, Jillian… je vous ai pourtant déjà dit que vos manières étaient déplorables, commenta Aaron, visiblement hilare.

En cet instant, elle l'aurait volontiers découpé en morceaux et pilé au mortier.

— Murdock…

— Je ne crois pas que vous ayez déjà eu l'occasion de faire connaissance, toutes les deux ?

— Pas encore, non.

Amusée par la lueur qui brillait dans le regard de son fils et par l'expression orageuse de l'arrivante, Karen descendit du perron.

— Je suis Karen Murdock, la mère d'Aaron.

Bouche bée, Jillian se tourna vers Karen. Si lumineuse. Si élégante. Et si extraordinairement jeune, surtout.

— Sa mère ? ne put-elle s'empêcher de répéter stupidement.

Karen s'appuya en riant sur l'épaule d'Aaron.

— Je considère que je viens de recevoir un très beau compliment… Allez, je vous laisse faire affaire, tous les deux. Mais si vous avez cinq minutes, entrez prendre un café avant de repartir, Jillian. La compagnie féminine est tellement rare par ici que je serais ravie de bavarder un peu avec vous.

— Euh… oui, je n'y manquerai pas. Merci, madame Murdock.

Sourcils froncés, Jillian suivit des yeux la gracieuse silhouette de Karen.

— C'est la première fois que je vous vois à court de mots, Jillian.

Elle leva les yeux vers lui.

— Votre mère est très belle.

— Et ça vous surprend ?

Si seulement il pouvait cesser de sourire comme ça. Elle lui jeta un regard mauvais.

— L'élément de surprise vient surtout de ce que vous ne lui ressemblez pas du tout, Murdock.

Aaron lui passa un bras autour des épaules.

— Quelle charmeuse vous faites, Jillian.

Tentée de laisser son bras où il était, elle se força à le repousser quand même.

— Vous sentez le jasmin aujourd'hui, commenta-t-il, sans paraître s'offusquer. Vous vous êtes parfumée pour moi ?

Elle le foudroya du regard.

— Vous croyez vraiment que j'ai du temps à perdre avec ce genre de futilités, Murdock ?

Pour toute réponse, il lui ôta son chapeau en riant et lui plaça un rapide baiser sur les lèvres. Le temps de rassembler ses esprits, et Jillian explosa.

— De quel droit osez-vous ?

Il leva les mains en signe de reddition.

— Désolé. J'ai perdu la tête. Il se produit des choses étranges en moi lorsque vous me regardez comme si vous aviez envie de me découper en morceaux, précisa-t-il en lui replaçant son chapeau sur le crâne.

— La prochaine fois, je ne me contenterai pas de regarder, prévint-elle. Je passerai directement à la découpe.

Aaron aligna son pas sur le sien.

— Comment va le petit veau ?

— Bien. J'attends la visite du vétérinaire, cet après-midi. Mais je pense qu'il s'en sortira.

— Il a été conçu par votre nouveau taureau ?

Elle fronça les sourcils.

— Que savez-vous de mon nouveau taureau, au juste ?

— Il en est beaucoup question, par ici. Et il se trouve que vous l'avez raflé sous mon nez, ce noble animal. Je m'apprêtais à faire le voyage en Angleterre lorsque j'ai appris que vous l'aviez déjà acheté.

Jillian accueillit cette heureuse nouvelle avec un grand sourire.

— Ah, oui ?

— Je savais que ça vous ferait plaisir d'apprendre cela.

Elle posa un pied chaussé de bottes sur la barrière du corral.

— Ce n'est pas une réaction très sympathique de ma part, admit-elle. Je n'ai pas un tempérament aimable, Murdock.

Il hocha la tête.

— Dans ce cas, nous devrions nous entendre. Comment l'a-t-on surnommé, votre taureau, déjà ?

— Des surnoms, il en a une bonne dizaine. « Casanova » est le seul d'entre eux que l'on puisse répéter en compagnie choisie.

Il rit doucement.

— Il me semble en avoir entendu deux ou trois qui étaient encore plus suggestifs, en effet. Combien de veaux jusqu'à présent ?

— Une cinquantaine. Mais les vaches commencent tout juste à vêler.

— Vous avez recours à l'insémination artificielle ?

Sur la défensive, elle fronça les sourcils.

— Pourquoi cette question ?

— Nous exerçons le même métier, Jillian.

— Justement.

— On peut être collègues sans être forcément rivaux.

Jillian enfonça son chapeau sur son crâne.

— Montrez-moi votre étalon, Murdock, lui demanda-t-elle sèchement.

Aaron ne répondit rien. Il se contenta de la regarder droit dans les yeux. Puis il prit un licol accroché à un clou et sauta d'un bond souple dans le corral.

Jillian réalisa soudain qu'elle avait fait preuve d'une impolitesse qui confinait à la grossièreté. Etre réservée, distante et même inamicale était une chose. Mais ça ne lui ressemblait pas de se comporter comme elle venait de le faire.

Sourcils froncés, Jillian prit appui sur la barrière et regarda Aaron s'approcher de l'étalon. Le cheval et son maître avaient indiscutablement des points communs. Ils étaient aussi racés, aussi farouchement mâles l'un que l'autre. Avec une nette tendance pour chacun d'entre eux à ne vouloir en faire qu'à sa tête.

Or, l'étalon n'était manifestement pas d'humeur à accepter le licol. Aaron le siffla, puis l'appela par son nom. Pourtant, Samson se contenta de secouer sa crinière avec indifférence avant de s'éloigner dédaigneusement.

— Quel démon, bougonna Aaron.

Mais elle entendit l'humour percer sous la remontrance. Il tenta une seconde approche que Samson esquiva avec une morgue royale. Eclatant de rire, Jillian se percha sur la barrière pour suivre la scène. Aaron lui adressa un clin d'œil et s'éloigna sur un haussement d'épaules. Mais il avait à peine traversé la moitié du corral lorsque Samson fit demi-tour et le poussa amicalement du museau.

— Ça y est ? Tu es d'humeur à te réconcilier ? commenta Aaron en lui ébouriffant affectueusement la crinière. C'est un peu tard maintenant que tu m'as ridiculisé aux yeux de cette dame.

Ridicule ? Lui ? Jillian connaissait suffisamment les chevaux pour admirer la maestria avec laquelle Aaron maniait son étalon. S'il avait voulu l'impressionner, il aurait pu en rajouter dans le spectaculaire. Or, il avait adopté l'attitude radicalement inverse en s'appliquant, au contraire, à donner l'illusion de la facilité. Jillian dut admettre avec un léger soupir que tout ce qu'elle avait vu d'Aaron Murdock jusqu'à présent forçait le respect.

Elle tendit la main pour flatter l'encolure de Samson.

— Aaron ? dit-elle, utilisant son prénom à dessein.
— Oui ?
— Je suis désolée.

Le regard sombre demeura indéchiffrable. Mais il lui offrit sa main tendue en signe de réconciliation. Jillian l'accepta et sauta dans le corral.

— Il est magnifique, commenta-t-elle en laissant glisser une main admirative sur un flanc doux comme de la soie. Vous l'avez depuis longtemps ?

— Depuis sa naissance, en fait. Mais il m'a fallu cinq jours pour capturer son père.

Levant les yeux, Jillian vit une lueur d'excitation briller dans son regard.

— Ils devaient être au moins cent cinquante mustangs dans sa harde. Et Django était le cheval dominant. C'était de loin le plus fier et le plus sauvage de tous. Il a failli me tuer la première fois que j'ai réussi à lui passer le lasso. Même une fois prisonnier dans sa stalle, il a été à deux doigts de tout casser et de s'enfuir. On aurait dit le diable en personne avec ses jambes en sang et son regard fou. Il a fallu qu'on se mette à six pour le tenir et le forcer à saillir la jument.

— Et qu'est-il advenu de Django par la suite ? s'enquit Jillian avec inquiétude.

La castration était généralement le sort réservé à ces étalons indomptables. Le regard d'Aaron trouva le sien au-dessus du garrot de Samson.

— Je l'ai relâché. Certains êtres ne sont pas faits pour vivre en captivité.

Sans réfléchir, elle tendit la main à Aaron.

— C'est une belle décision.

Les yeux plongés dans les siens, il lui caressa les doigts.

— Vous êtes une femme intéressante, Jillian. Avec quelques brèches délicieuses dans votre redoutable cuirasse.

Troublée, elle tenta de dégager sa main.

— La cuirasse est solide et les brèches sont rares, croyez-moi.

— Ce qui les rend d'autant plus attachantes. Vous étiez belle hier soir, avec votre visage baigné de lumière, en train de murmurer des mots tendres à votre nouveau-né à quatre pattes.

Pourquoi le banal compliment lui faisait-il battre le cœur ? Jillian secoua la tête.

— Je ne suis pas belle. Et je n'ai aucune envie de l'être.

Amusé, Aaron inclina la tête.

— Vous n'avez pas envie d'être belle mais vous l'êtes quand même. On n'a pas toujours ce qu'on veut dans la vie.

— Ne recommencez pas, Murdock, ordonna-t-elle avec suffisamment d'autorité pour faire frémir l'étalon entre eux.

— Recommencer quoi ?

Jillian soupira.

— Je me demandais tout à l'heure pourquoi je me comportais toujours de façon aussi grossière avec vous. Mais la raison est simple, en fait : il n'y a que la violence que vous compreniez. Lâchez-moi la main !

— Non.

D'une tape sur l'arrière-train, il chassa Samson, si bien qu'ils se retrouvèrent face à face, sans autre séparation entre eux que quelques centimètres de terre battue.

— Je me demandais de mon côté pourquoi j'avais toujours envie de vous mettre une fessée ou de vous jeter sur une épaule pour vous traîner dans la grotte la plus proche, ajouta-t-il pensivement. Peut-être est-ce pour la même raison, au fond. Parce que vous ne comprenez que la force.

— Vos raisons ne m'intéressent pas, Murdock.

— Ah, non ? J'aurais peut-être pu te croire s'il n'y avait pas eu le baiser d'hier soir, murmura-t-il d'une voix soudain caressante. J'ai commencé, c'est vrai. Mais tu admettras que tu as fini par participer activement. Et j'ai passé la nuit à réfléchir à la suite que j'ai envie de donner à ce fascinant prélude.

Etait-ce parce qu'il avait prononcé une vérité qu'elle n'avait aucune envie d'entendre ? Ou réagissait-elle à son regard sardonique et à son ton insolent ? Toujours est-il que son poing serré atterrit soudain avec force dans l'estomac d'Aaron.

— Voilà la suite que *je* donne à ton « fascinant prélude », lança-t-elle par-dessus son épaule en s'éloignant à grands pas.

Elle n'alla pas très loin, cependant. Aaron se jeta sur elle par-derrière et la cloua au sol. Couchée sous lui, elle se débattit avec une énergie farouche. Mais Aaron la maîtrisa sans difficulté.

— Espèce de dangereuse furie ! Depuis le début, tu as tout fait pour mériter une solide correction.

— Parce que tu crois que je te laisserai lever la main sur moi, Murdock ?

Jillian tenta de lui mettre un coup de genou stratégique. Mais il modifia sa position juste à temps. Et elle se retrouva en position de vulnérabilité totale, plaquée au sol avec une cuisse d'Aaron passée entre les siennes. Une onde de chaleur qui n'avait rien à voir avec la colère la traversa de part en part.

— Ah, c'est comme ça que tu veux te battre ? Dans le style « tous les coups sont permis, même les plus bas » ?

Elle ouvrit la bouche pour l'insulter mais il l'embrassa avant qu'elle ait pu émettre un son. Aaron sentit le pouls de Jillian s'accélérer sous ses doigts, puis ne perçut plus rien que le nectar qu'il buvait à ses lèvres. Il n'aurait même pas su dire si elle se débattait encore sous lui tellement le goût de sa bouche l'enivrait.

Les sensations qu'elle éveillait en lui étaient si riches et nuancées qu'il aurait pu continuer à embrasser Jillian Baron une vie entière. Troublé que ce concept de « vie entière » lui ait soudain traversé l'esprit, il se redressa en la maintenant fermement par les poignets.

— Je devrais te rosser au lieu de t'embrasser.

— J'aurais préféré les coups, rétorqua-t-elle, menton levé.

Il était déjà arrivé à Jillian de mentir. Mais c'était la première fois qu'elle le faisait aussi effrontément. Qu'Aaron l'ait envoyée au sol, O.K. C'était de bonne guerre. Mais comment pouvait-elle avoir *envie* que leurs bouches se reprennent, que leurs langues bataillent, que leurs bras se saisissent de nouveau ?

— Tu pourrais ôter ta carcasse de là, Murdock ? Tu n'es pas aussi efflanqué que tu en as l'air.

— Je préfère te parler dans cette position. C'est moins risqué.

— Je n'ai rien à te dire.

Une lueur machiavélique scintilla dans les yeux noirs d'Aaron.

— Si tu n'as pas envie de parler, on peut s'occuper autrement.

Il se penchait sur ses lèvres lorsque Samson les interrompit en poussant son museau entre eux. Aaron l'écarta avec impatience.

— Fiche-moi la paix et trouve-toi une pouliche, cheval de malheur.

Ce fut plus fort qu'elle : Jillian éclata de rire lorsque l'étalon revint à la charge.

— Ton cheval a des techniques de séduction plus sophistiquées que les tiennes, Aaron ! Allez, laisse-moi me relever, maintenant.

Il scruta le jeune visage levé vers lui : les yeux verts brillants, sa chevelure de feu étalée dans la poussière.

— Tu devrais le faire plus souvent, Jillian.

Elle souffla sur une mèche de cheveux qui lui tombait sur les yeux.

— Faire quoi ?
— Me regarder comme ça en riant.
— Aaron... Si je te demande pardon pour ce coup de poing, accepteras-tu de me libérer ?
— Ne gâche pas la beauté du moment. Tu m'as pris par surprise mais tu ne me frapperas pas une seconde fois.

Cela, elle était toute prête à le croire.

— D'accord. Mais, ce coup, tu l'avais mérité. Et tu t'es vengé depuis. La terre est dure, Murdock.
— La terre, peut-être. Mais toi, tu es plutôt confortable. Que reproches-tu à mes techniques de séduction, au fait ?
— Le moins que l'on puisse dire, c'est qu'elles ne sont pas très raffinées. Et maintenant, si tu veux bien m'excuser... Certains d'entre nous sont obligés de travailler pour vivre, Murdock.
— C'est du raffinement que tu veux, alors ? conclut-il en se penchant pour laisser courir ses lèvres sur ses pom-

mettes et sur son front. Qu'à cela ne tienne. Je ne demande qu'à améliorer mes méthodes.

— Non, protesta-t-elle d'une voix tremblante en sentant sa bouche se rapprocher dangereusement de la sienne.

Aaron demeura un instant en suspens. Il s'était attendu à tout sauf à la soudaine vulnérabilité qu'il lisait dans les yeux verts dardés sur lui.

— Mmm... Encore un point faible dans l'armure de la guerrière, chuchota-t-il. Je te préviens que je vais être tenté de me servir de cet avantage contre toi.

— Le seul avantage que tu as sur moi en ce moment, c'est ton poids, maugréa-t-elle.

Une ombre tomba sur eux avant qu'Aaron puisse répondre.

— Alors, mon fils ? Que fais-tu par terre dans la poussière, couché sur une jolie fille ?

Tournant la tête, Jillian vit un vieil homme aux yeux sombres dressé au-dessus d'eux. La ressemblance avec Aaron était évidente. Mais comment imaginer que ce vieillard trop maigre lourdement appuyé sur une canne puisse être le redouté Paul Murdock ?

Aaron sourit en levant les yeux vers son père.

— J'hésite entre lui mettre une raclée et lui faire l'amour, admit-il avec la plus parfaite décontraction.

Le vieux Murdock rugit de rire.

— Comme tu n'es ni aveugle ni stupide, mon fils, le choix s'impose de lui-même. Mais, en attendant, comporte-toi comme un être civilisé et relève-toi que je puisse voir un peu à quoi elle ressemble.

Aaron s'exécuta obligeamment et la hissa sur ses pieds, comme s'il avait affaire à un vulgaire paquet. Jillian le foudroya du regard. Qui aurait pu prévoir qu'elle se retrouverait pour la première fois en présence de Paul J. Murdock, échevelée, couverte de poussière, et toute chaude encore du corps de son fils ?

— Ainsi vous êtes la petite-fille de Clay Baron ?

Elle soutint sans broncher le regard acéré du patriarche.

— Oui.

— Vous ressemblez à votre grand-mère.

Jillian leva le menton.

— Il paraît, oui.

— Elle avait un sacré tempérament, votre grand-mère. C'est la seule Baron à avoir jamais mis les pieds ici, d'ailleurs. Elle est venue à pied pour souhaiter la bienvenue à Karen, juste après notre mariage. Et si un de mes hommes avait eu le malheur d'essayer de l'arrêter, elle lui aurait mis un œil au beurre noir sans hésiter.

Accoudé à la barrière, Aaron porta ostensiblement la main à son estomac.

— Je sais de qui elle tient, cette tigresse, alors, commenta-t-il en se tournant vers son père. C'est elle qui m'a attaqué, figure-toi. Et elle n'y est pas allée de main morte.

Jillian essuya la poussière sur son chapeau.

— Il va falloir songer à renforcer tes abdominaux, Murdock. Car je peux frapper plus fort que ça.

Paul Murdock se mit à rire.

— J'aurais dû l'endurcir un peu plus, ce garçon... Quel est votre prénom, jeune fille ?

Elle tourna un regard hésitant dans sa direction.

— Jillian.

— Vous êtes jolie et vous semblez avoir la tête sur les épaules. Mon épouse apprécierait votre compagnie. Entrez donc boire un café avec nous.

Jillian n'en croyait pas ses oreilles. Ainsi le terrible Murdock — l'ennemi ancestral de son grand-père — l'invitait aimablement à venir papoter un moment chez lui ?

— Merci, monsieur Murdock, murmura-t-elle, interdite.

Ils se dirigèrent à pas lents vers le ranch, adaptant leur allure à celle du vieil homme. Comme Paul Murdock se débattait avec sa canne pour négocier les marches du perron, Jillian tendit automatiquement le bras pour l'aider. Mais Aaron la retint par le poignet et secoua la tête.

— Karen ? lança Murdock d'une voix forte quoique essoufflée. Nous avons de la compagnie.

Ouvrant la porte d'un geste large, le vieil homme fit signe à Jillian d'entrer.

Le « ranch house » des Murdock était plus vaste et plus élégant qu'Utopia. Mais les deux maisons avaient en commun le style typique de l'Ouest, avec ses lambris en chêne et ses carrelages en terre cuite. On trouvait cependant au Double M quelque chose qui manquait à Utopia : une pointe de raffinement féminin dans le décor.

Jillian nota les vases de potier avec des bouquets de fleurs fraîches, le grand miroir en bronze, les harmonies de couleurs. Même si Clay Baron avait gardé les rideaux en dentelle ivoire de son épouse défunte, sa maison s'était « masculinisée », au fil des années.

De grands pots en cuivre près de la cheminée contenaient des compositions de fleurs sèches. Dans l'arrondi d'une fenêtre était aménagée une banquette confortable avec des coussins de couleurs vives.

Karen entra en poussant une table roulante sur laquelle étaient disposées une cafetière en argent et des tasses.

— Aucun de ces deux hommes n'a pensé à vous proposer de vous asseoir, Jillian? s'écria-t-elle en secouant la tête.

Murdock se laissa choir lourdement dans un grand fauteuil en cuir sombre.

— Aaron et la petite Baron se fréquentent d'assez près, apparemment, commenta-t-il avec un sourire jovial en se tournant vers son épouse.

La protestation de Jillian se perdit dans un murmure lorsque Aaron la poussa d'autorité sur le canapé. Contenant stoïquement son irritation, elle s'adressa à Karen.

— Vous avez une très belle maison, madame Murdock.

Karen ne chercha pas à dissimuler son amusement.

— Merci. Je crois que je vous ai aperçue au rodéo du 4 Juillet, l'année dernière. Je me souviens de m'être fait la réflexion que vous ressembliez comme deux gouttes d'eau à Maggie — votre grand-mère. Vous comptez concourir encore cette année?

— Bien sûr. Même si mes hommes n'ont pas apprécié que je batte le meilleur d'entre eux au lasso.

Aaron prit une mèche de cheveux entre ses doigts.

— Tiens. Ça me donne envie de m'inscrire aux épreuves de rodéo, cette année.

— Tu ne penses pas que tu as perdu la main après avoir passé cinq ans assis derrière un bureau ? s'enquit Jillian en sirotant son café.

A peine eut-elle prononcé ces mots qu'elle sentit un éclair de tension passer entre Aaron et son père.

— J'imagine que ça ne s'oublie pas plus que la natation ou le vélo, commenta Karen d'un ton léger. Vous avez été élevée dans l'Est, je crois ?

Jillian acquiesça d'un signe de tête en se demandant quels vieux démons elle avait réveillés entre Paul Murdock et son fils.

— A Chicago, oui. Mais j'étais un peu comme le vilain petit canard, là-bas… Je crois que la passion de l'élevage a sauté une génération, dans ma famille.

Karen remua le sucre dans sa tasse.

— Et votre frère ?

— Il est médecin, comme mon père.

Paul Murdock but son café d'un trait.

— Je me souviens de votre papa. On ne faisait pas plus calme et plus sérieux que lui. Jamais un mot plus haut que l'autre.

La description amena un sourire sur les lèvres de Jillian.

— Mon père a toujours été le calme personnifié, en effet.

— J'en conclus que tu tiens plutôt de ton grand-père que de lui, observa Aaron avec une moue éloquente.

— Je comprends que Baron ait choisi de vous laisser le ranch, marmonna le vieux Murdock. Vous avez l'air de vous plaire, par ici. Et avec Gil Haley aux commandes, vous pouvez êtes tranquille. Il connaît le métier comme personne.

— Gil est le meilleur contremaître dont je puisse rêver, mais les commandes, c'est moi qui les tiens, rectifia Jillian.

Paul Murdock fronça ses épais sourcils poivre et sel.

— Tenir un ranch n'est pas un travail de femme. Quand on commence à voir des cow-boys en jupe, c'est le début de la fin.

— Je ne me mets pas en robe pour m'occuper du bétail, monsieur Murdock.

Le front barré par un pli sévère, le vieux Murdock reposa sa tasse.

— Votre grand-père et moi n'avons pas toujours été les meilleurs amis du monde, mais c'était un rancher et un vrai. Il a travaillé dur pour faire d'Utopia une exploitation digne de ce nom. Et je ne tolérerai pas que son œuvre soit détruite par une illuminée qui se prend pour une héroïne du Far West.

— Paul…, protesta Karen.

Mais Jillian se levait déjà.

— Mon grand-père avait des idées moins étroites que les vôtres. S'il m'a transmis Utopia, c'est parce qu'il savait que je poursuivrais son œuvre. Et croyez-moi, j'ai l'intention de la mener loin… Merci pour le café, madame Murdock.

Drapée dans sa dignité, elle se tourna vers Aaron.

— Nous avons encore à fixer les termes du contrat.

Murdock tapa rageusement sur le sol avec sa canne.

— Du contrat ?

— Pour une saillie. Je veux que Samson couvre une des juments de Jillian, précisa Aaron avec désinvolture.

— Quoi ? C'est impossible ! De mémoire de rancher, jamais on n'a vu un Murdock faire affaire avec un Baron !

— Je fais affaire avec qui je veux, l'entendit-elle répondre à son père alors qu'elle se dirigeait vers la porte.

Il la rattrapa alors qu'elle atteignait sa voiture. Le toisant avec hauteur, elle croisa les bras sur la poitrine.

— Parlons peu, parlons bien, Murdock. Quels sont tes tarifs pour une saillie ?

Aaron prit appui sur le capot.

— Tu as un joli tempérament, Jillian. Depuis quelque

temps, j'étais le seul à parvenir encore à mettre mon père en rage.

Elle réprima un soupir.

— Ton père est un esprit racorni, incapable d'oublier de vieilles querelles... Tes tarifs, Murdock ?

— Viens dîner ce soir et nous en débattrons.

— Me distraire est un luxe que je ne peux pas me permettre.

— Qui te parle de te distraire ? Tout éleveur digne de ce nom sait que les meilleurs contrats se négocient au cours d'un repas d'affaires.

Jillian tourna les yeux vers le ranch. Passer une soirée en compagnie de Paul Murdock ? Jamais elle ne tiendrait jusqu'au dessert sans casser quelque chose.

— Ecoute, Aaron, je suis d'accord pour la saillie et je suis prête à signer, si tes conditions sont acceptables. Mais je ne veux pas de rapprochement avec toi et ta famille. Cela fait plus d'un siècle que les Baron et les Murdock se détestent.

L'ombre d'un sourire passa sur les lèvres d'Aaron.

— Et qui est un « esprit racorni incapable d'oublier les vieilles querelles » ?

Jillian se força à respirer calmement. Paul Murdock était un vieil homme, après tout. Et malade, de surcroît, à en juger par son apparence. En outre, par bien des aspects, il lui faisait penser à son grand-père, même si elle aurait préféré mourir plutôt que de l'admettre.

Il serait mesquin de sa part de ne pas faire preuve d'un minimum de compréhension.

— Très bien. Je viendrai dîner. Mais si ça vire au pugilat, tu ne pourras t'en prendre qu'à toi-même.

— Nous devrions parvenir à éviter le pire. Je passe te prendre à 19 heures.

— Je connais le chemin, objecta-t-elle en le poussant pour ouvrir sa portière.

La main d'Aaron se referma sur son avant-bras.

— Je passe te prendre, Jillian, répéta-t-il, inflexible.

Elle haussa les épaules.

— Fais comme ça te chante.

Il l'embrassa avant qu'elle ait eu le temps de prévenir la manœuvre.

— C'est exactement mon intention, en effet, murmura-t-il contre ses lèvres.

4

Jillian fulminait toujours lorsqu'elle arriva à Utopia. Un nuage de poussière tourbillonna sous ses roues tandis que sa voiture cahotait sur la piste inégale. A cette heure, la cour du ranch était quasiment déserte. Mais même si elle avait été noire de monde, elle n'aurait pas résisté à la tentation de claquer sa portière quand même.

Elle n'avait jamais été femme à contenir sa mauvaise humeur s'il y avait moyen de l'exprimer librement. La portière malmenée claqua comme un coup de pistolet dans le silence.

Trop énervée pour se consacrer à ses registres, Jillian se dirigea vers la grange.

— Tu as l'intention d'assassiner quelqu'un en particulier ou n'importe qui peut faire l'affaire ?

Jillian tourna la tête en sursaut. Joe Carlson arrivait dans sa direction, son chapeau impeccable vissé sur la tête et un sourire amical aux lèvres.

— *Les Murdock*, lâcha-t-elle entre ses dents serrées.

Joe hocha la tête.

— Je me doutais que ça devait être quelque chose de cet ordre. Vous n'avez pas réussi à tomber d'accord sur le prix de la saillie ?

— Nous n'en sommes même pas encore au stade des négociations. C'est te dire. Je dois y retourner ce soir.

— Ah, d'accord. D'où ton expression meurtrière.

Jillian décrocha une selle et entreprit de la nettoyer.

— Si cet étalon n'était pas une pure merveille, j'enverrais tous les Murdock au diable. Y compris et surtout le père.

Cette fois, Joe ne put s'empêcher de rire.

— Ah, je vois. Tu as fait la connaissance de Paul.

— J'ai eu droit à son opinion éclairée sur les cow-boys en jupe, surtout.

— Mmm… J'imagine la scène, en effet.

La bonne humeur de Joe était communicative. Jillian se remémora avec quel effort le vieil homme avait grimpé les marches du perron. Et sa colère retomba aussi vite qu'elle était montée.

— Je n'aurais pas dû m'énerver contre lui comme ça. Paul Murdock est âgé. Et je pense qu'il est…

Elle allait ajouter « gravement malade » mais un scrupule l'en empêcha. Paul Murdock avait sa fierté de toute évidence. Et elle ne voulait pas être à l'origine de rumeurs malveillantes sur l'état de santé du vieux tigre.

— Je pense qu'il est plus bourru que franchement mauvais, conclut-elle finalement.

Joe lui jeta un regard en coin. Jillian avait eu une hésitation, comme si elle avait été sur le point de dire autre chose et qu'elle s'était ravisée au dernier moment. Mais il savait qu'il ne parviendrait à rien s'il essayait de l'interroger. Au cours des six derniers mois, il avait eu l'occasion de vérifier que Jillian Baron — seul maître à bord après Dieu — prenait ses prérogatives au sérieux et n'entendait pas qu'on marche sur ses plates-bandes. D'un seul regard glacial, elle était capable de remettre à sa place quiconque s'avisait de l'approcher d'un peu trop près.

— Tu as une minute pour venir voir le taureau, Jillian ?

Glissant les pouces dans les passants de sa ceinture, elle acquiesça d'un signe de tête et lui emboîta le pas.

— Gil t'a dit qu'on avait compté une cinquantaine de jeunes veaux, hier ?

— Oui. De mon côté, je suis allé voir dans la section sud du ranch. Et nous avons eu pas mal de naissances aussi.

— Combien ?

— Une trentaine. Mais ce n'est qu'un début. Le vêlage devrait continuer encore au moins une semaine ou deux.

Jillian fronça les sourcils.

— En comptant le bétail hier, j'ai eu l'impression qu'il nous manquait quelques têtes. Il faudra vérifier si une partie des vaches gestantes ne se sont pas égarées dans la montagne.

— Je me charge des recherches. Comment va l'orphelin ?

Jillian sourit. La dernière chose à faire pour un éleveur était de s'attacher à l'une de ses bêtes. Mais entre Petite Boule et elle, il était déjà trop tard pour revenir en arrière.

— Il se porte comme un charme. Je trouve qu'il a déjà grandi depuis hier.

— Et voici l'heureux papa, annonça Joe avec un clin d'œil en s'immobilisant devant l'enclos du taureau.

Magnifique. Absolument magnifique, songea Jillian en rajustant son chapeau. Le taureau leur jeta un regard noir et émit un ronflement menaçant. Sa robe d'un brun roux luisait au soleil. Il n'était pas aussi imposant qu'un Angus mais, bâti en force, il avait quand même l'allure d'un petit tank.

— Notre grand séducteur a un caractère particulièrement exécrable, commenta Joe en faisant la grimace.

— Aucune importance. Je ne lui demande pas d'être aimable. Juste de se reproduire.

— Pas de problème de ce côté-là. Il est vigoureux à souhait. C'est à peine s'il a perdu du poids pendant la saison d'accouplement. Et maintenant que nous utilisons l'insémination artificielle, il devrait pouvoir féconder toutes tes vaches ce printemps.

Avec un sourire satisfait, Jillian prit appui sur la barrière de l'enclos.

— Notre viande devrait bientôt être inégalable, en effet. Tu sais ce que j'ai appris ce matin, entre parenthèses ?

— Non ?

— Qu'Aaron Murdock était très intéressé par notre don Juan à cornes, lui aussi. Il se préparait même à faire le voyage jusqu'en Angleterre pour aller voir à quoi il ressemblait. Il a renoncé lorsqu'il a appris que nous avions déjà conclu la transaction. Je t'avoue que je suis plutôt contente de moi sur ce coup-là. Si je ne m'étais pas décidée à l'acheter sur un coup de tête, notre terreur serait en train de déployer ses talents sur les vaches des Murdock.

— Aaron était encore à Billings, il y a un an, lorsque nous avons fait venir notre Casanova d'Angleterre, observa Joe, sourcils froncés.

Jillian haussa les épaules.

— J'imagine qu'il devait quand même participer de loin aux affaires du ranch... À propos des Murdock, j'étais sérieuse, hier, lorsque je te disais que je tenais à remporter le ruban bleu du plus beau taureau à la foire de juillet. Jusqu'à présent, la compétition ne m'intéressait pas. Mais, cette année, je veux gagner. Coûte que coûte.

Joe lui jeta un regard mi-interrogateur, mi-amusé.

— Pour des raisons personnelles ?

Elle sourit.

— Si l'on veut, oui. En attendant, prions pour que les gènes de Casanova fassent des miracles et que nos bêtes partent à un bon prix à Miles City. Pour l'instant, nos comptes sont encore dans le rouge et il ne faudrait pas que ça dure... Tiens-moi au courant si tu as du nouveau sur les vaches manquantes, Joe. Je serai dans mon bureau si tu as besoin de moi.

— Je me charge des fugueuses, répéta Joe.

Et il la suivit des yeux d'un air songeur.

Il était déjà 18 heures lorsque Jillian termina enfin ses tâches administratives. Avec un soupir de soulagement, elle referma ses registres. Les comptes du ranch n'étaient pas brillants pour le moment, mais *a priori* la situation devrait s'assainir durant l'été. Entre l'avion et le taureau, les dépenses s'étaient littéralement envolées depuis qu'elle avait pris les rênes d'Utopia. Mais compte tenu de l'amélioration du patrimoine génétique de son cheptel, elle espérait de juteux profits à la vente aux enchères annuelle de Miles City.

Dans moins d'un mois, Utopia ferait partie des ranchs modernes équipés de leur propre avion. Quant au nouveau taureau, il avait déjà fait ses preuves. Se renversant contre le dossier en cuir du vieux fauteuil de bureau de son grand-père, Jillian scruta le plafond. Il ne lui restait plus qu'à essayer de dégager quelques heures ici et là pour préparer son brevet de pilote. En tant que propriétaire de ranch, elle tenait à maîtriser toutes les tâches liées à son exploitation.

Elle était capable de ferrer un cheval et de recoudre un animal blessé. Durant ses étés passés au ranch, elle avait appris à manier une faucheuse. Et s'était même risquée une fois à pratiquer une castration. Il n'y avait pas une besogne accomplie dans ce ranch qu'elle n'aurait été en mesure d'exécuter elle-même.

Mais une chose était certaine : dès qu'elle en aurait les moyens, elle embaucherait quelqu'un pour s'occuper des feuilles de salaire et tenir les livres de comptes. Il lui restait plus d'énergie après une journée de dix heures passée en selle qu'après un après-midi consacré à la paperasse et aux chiffres.

L'année prochaine, avec un peu de chance…

Riant d'elle-même, Jillian posa ses pieds chaussés de bottes sur le bureau. Comme son grand-père le lui avait dit et répété, il était imprudent pour un éleveur de tabler sur un avenir toujours aléatoire. Tout pouvait arriver en un an : une sécheresse, une épidémie, une tempête de neige.

Et puis il y aurait la facture du garagiste pour la Jeep, la note de carburant qui monterait en flèche, une fois qu'ils auraient l'avion. Sans parler des frais de vétérinaire qui pouvaient varier d'un mois à l'autre. Oui, si elle voulait s'en sortir, il lui faudrait faire des étincelles à Miles City. Et un ruban bleu gagné à la foire de juillet pourrait lui faciliter la tâche.

En attendant l'été, elle veillerait à garder l'œil sur ses

veaux nouveau-nés. *Et sur Aaron Murdock.* Jillian sourit en songeant à son arrogant voisin. Si elle avait été certaine de pouvoir lui faire confiance, elle aurait eu plaisir à parler élevage avec lui. Aaron connaissait son métier. Et ils auraient sûrement eu des idées intéressantes à échanger.

Sur ce plan-là aussi, son grand-père avait laissé un grand vide en mourant. Elle n'avait plus personne désormais avec qui aborder les problèmes du ranch. Plus personne avec qui former des projets et redessiner l'avenir.

Elle avait une entière confiance en Gil, bien sûr. Mais son contremaître était trop épris de tradition pour souhaiter le moindre changement. Ce n'était pas avec lui qu'elle pouvait élaborer d'audacieuses stratégies d'expansion ou rêver de grandes innovations.

Ce qu'il lui manquait dans ce ranch, finalement, c'était quelqu'un avec qui parler. Surprise qu'une pareille idée lui traverse l'esprit, Jillian secoua la tête avec impatience. Comment pouvait-elle penser des absurdités pareilles ? De la compagnie, elle en avait à revendre, à Utopia ! Il lui suffirait de sortir dans la cour pour trouver quelqu'un avec qui rire et plaisanter.

— Tu crois que tu peux t'offrir le luxe d'avoir des états d'âme avec un emploi du temps comme le tien ? murmura-t-elle.

Dehors, près du bâtiment qui abritait la salle à manger commune, elle entendit tinter le triangle. Reconnaissant l'appel au repas du soir, elle jugea qu'il était temps de monter se changer.

Une fois douchée, Jillian hésita devant sa penderie ouverte. Il serait tentant d'enfiler simplement un jean propre et une chemise. Mais se présenter dans une tenue aussi décontractée serait considéré comme une marque d'impolitesse. S'il n'y avait eu que Paul et Aaron, elle l'aurait fait par défi. Mais elle n'avait pas envie de blesser Karen.

Fouillant parmi les quelques robes qu'elle avait reléguées au fin fond de l'armoire, Jillian sortit un ensemble en lin blanc et noua un grand foulard de couleur autour de sa taille. Concession suprême : elle appliqua une touche de maquillage et mit des boucles d'oreilles. Sans toutefois pousser le zèle jusqu'à se relever les cheveux. Se contentant d'un simple coup de brosse, Jillian les laissa onduler sur ses épaules. Inutile de se déguiser en femme du monde pour négocier un contrat, après tout !

Lorsqu'elle entendit une voiture approcher, Jillian dut se faire violence pour ne pas se précipiter à la fenêtre. Se forçant à prendre son temps, elle descendit posément l'escalier.

Ce fut un Aaron sans chapeau qu'elle trouva sur le pas de sa porte. Mais, même sans l'uniforme classique du cow-boy, il n'en restait pas moins qui il était : un homme de la terre à la beauté virile et rude, adoucie par une pointe d'élégance aristocratique.

Jillian se demanda en le regardant où il avait trouvé la patience de rester cinq années durant cloué derrière un bureau. Vêtu d'un jean et d'un chandail noir, il paraissait plus sombre et plus dangereusement fascinant que jamais. Réprimant un frisson, elle soutint calmement son regard.

— Tu es ponctuel, Aaron.

Sans l'inviter à entrer, elle tira la porte derrière elle et sortit sur la galerie. Il paraissait prudent, vu les circonstances, de passer le moins de temps possible seule avec lui.

— Je te retourne le compliment, répondit-il en lui prenant la main. Et j'ajoute que tu es aussi très belle, que tu aies envie de l'être ou non.

Le pouls de Jillian réagit par une accélération brutale.

— Tu as vraiment envie de la perdre, cette main, Murdock ?

Il garda ses doigts prisonniers des siens.

— J'ai appris une chose dans la vie, Jillian. C'est que l'on n'apprécie vraiment que ce pour quoi l'on s'est battu.

Avec une lenteur délibérée, il porta sa paume à ses lèvres, sans détacher son regard du sien. Ce n'était pas un geste auquel elle s'attendait de sa part. Pour cette raison sans doute, Jillian se soumit, immobile, sans même songer à se dégager.

C'est seulement lorsqu'il sourit qu'elle sortit de son état de transe pour le fusiller du regard.

— Je te préviens : la prochaine fois que je te frapperai, je viserai un peu plus bas.

Aaron embrassa ses doigts une seconde fois avant de les relâcher.

— Je suis prêt à le croire.

Renonçant à réprimer le sourire qui lui montait aux lèvres, elle secoua la tête.

— Bon. As-tu, oui ou non, l'intention de me nourrir, Murdock ?

Sans attendre sa réponse, elle dévala les marches. La voiture d'Aaron correspondait point pour point à l'image qu'elle s'était faite de lui avant de le connaître. Jillian siffla devant l'élégante Maserati, aux lignes basses, au profil ramassé, à l'allure redoutablement rapide.

— Joli jouet, Murdock, commenta-t-elle en prenant place à bord.

Il sourit en mettant le contact.

— Je trouve que c'est plus élégant pour promener une jolie femme qu'une Jeep ou un pick-up.

— Dans le cas présent, même un tracteur aurait fait l'affaire. Il ne s'agit pas d'une promenade galante mais d'un rendez-vous cent pour cent business, collègue.

Aaron ne répondit rien, se contentant de lui opposer un sourire énigmatique. Jillian se concentra sur ses mains brunes, qui reposaient sur le volant. Il maniait la Maserati avec autant d'aisance qu'il maniait sa monture. Et sans doute caressait-il les femmes avec une égale compétence.

Bien décidée à garder ses distances, elle se renversa contre son dossier. Les derniers rayons du soleil couchant doraient l'herbe neuve. Un mugissement indolent s'éleva d'un pâturage proche.

— Que pense ton père du fait que je viens dîner ce soir ?
— A ton avis ? éluda Aaron.

— Il a été plutôt courtois et accueillant avec moi tant qu'il me considérait simplement comme la petite-fille de Clay Baron. Mais lorsqu'il a appris que je dirigeais le ranch, il a changé radicalement de ton... Il considère que tu es en train de fraterniser avec l'ennemi, n'est-ce pas ?

Aaron quitta un instant la route des yeux pour croiser son regard amusé.

— Et toi ? Qu'est-ce que tu en dis ?

— J'en dis que le passé est le passé. Et que ce serait dommage de passer à côté d'un arrangement avantageux pour les deux parties au nom d'une vieille inimitié dont on ne sait plus très bien au juste sur quoi elle repose.

Elle marqua une hésitation avant d'ajouter à mi-voix :

— Ton père est très malade, n'est-ce pas ?

L'expression d'Aaron se modifia à peine. Mais elle sentit quelque chose se fermer en lui.

— Oui.

— Je suis désolée, murmura-t-elle en songeant à son grand-père. C'est tellement dur pour des hommes de cette trempe de sentir que leurs forces les trahissent.

— Il est mourant, annonça Aaron d'une voix égale.

Choquée, elle secoua la tête.

— Mais ce n'est pas possible ! Il paraît encore tellement... tellement dans la vie.

— Il y a cinq ans, lorsqu'ils ont diagnostiqué son cancer, ses médecins ne lui donnaient pas plus de deux ans. Mon père leur a ri au nez, a traité sa maladie par le dédain. Et il a vécu pendant quatre ans comme si de rien n'était. Mais il a rechuté cet hiver et...

Les doigts d'Aaron se crispèrent sur le volant.

— ... il tiendra peut-être jusqu'aux premières neiges mais il ne verra pas les dernières.

Il s'exprimait avec un tel détachement que Jillian se demanda ce qu'il ressentait vraiment.

— Je n'avais jamais entendu dire qu'il était malade.

— Nous avons préféré garder cela pour nous.

Sourcils froncés, elle scruta son profil.

— Alors pourquoi m'en avoir parlé ?

— Parce que tu es capable de comprendre la fierté. Celle qui aidera mon père à garder la tête haute jusqu'au bout. Et parce que rien n'est plus éloigné de ta nature que la duplicité et les cancans.

Jillian le regarda un instant puis détourna la tête. Aucun mot doux, aucun compliment n'aurait pu la toucher autant que cette simple affirmation.

— Ce doit être difficile pour ta mère, murmura-t-elle.

— Elle est plus solide qu'il n'y paraît.

Avec un léger sourire, Jillian hocha la tête.

— Forcément, oui. Sinon, elle n'aurait jamais pu rester elle-même face à un homme comme ton père.

Ils passèrent sous la grande arche de bois qui marquait l'entrée du Double M. C'était l'heure du jour où la lumière se faisait plus tendre, les ombres plus paresseuses, l'air plus doux. Quelques vaches paissaient indolemment en nourrissant les jeunes veaux encore fragiles qui se pressaient sous leurs flancs.

— J'aime bien ce moment de la journée, observa Jillian rêveusement. Lorsque les tâches du jour sont accomplies et qu'il n'est pas encore temps de penser à celles du lendemain.

Aaron contempla la main à la fois forte et fine qui reposait sur ses genoux.

— As-tu jamais songé que tu travaillais peut-être trop durement ?

— Jamais, non, pourquoi ? Tu as quelque chose contre les cow-boys en jupe, toi aussi, Aaron ?

— Je n'ai aucun problème avec les cow-boys en jupes, non. Ni avec les cow-girls en pantalon, au demeurant. Mais le bruit court, par ici, que Jillian Baron abat des journées de travail de douze heures.

— Et alors ?

Il haussa les épaules.

— Qu'est-ce que tu fais pour te détendre ?

— Il m'arrive de regarder un film de temps en temps. Mon grand-père en avait toute une collection.

— C'est une activité solitaire, observa-t-il.

— Solitaire, la vie du rancher l'est par définition, non ?

Jillian fronça les sourcils lorsque le cabriolet s'immobilisa devant une jolie maison de bois blanche.

— Qu'est-ce que tu fais ?

— Je me gare devant chez moi, précisa-t-il avec désinvolture en descendant de voiture.

Interloquée, Jillian demeura assise. Elle avait admis comme une évidence qu'Aaron habitait avec ses parents dans le vaste « ranch house » situé quelques kilomètres plus loin. Pas un instant, elle n'avait imaginé que le dîner proposé par Aaron se déroulerait ailleurs qu'en présence de sa famille.

Comme il lui ouvrait sa portière, elle lui jeta un regard sévère.

— C'est quoi, cette manœuvre tordue, Murdock ?

— *Quelle* manœuvre tordue ? Tu avais accepté mon invitation à dîner, non ?

— Parce que j'avais cru comprendre que le repas se déroulerait dans la maison familiale, en présence de tes parents.

Une lueur amusée brilla dans les yeux sombres d'Aaron.

— Tu avais mal compris, alors.

— Et tu t'es bien gardé de rectifier mon impression.

— Je n'ai pas cherché à t'induire en erreur non plus. Mes parents n'ont rien à voir avec ce qui se passe entre nous, Jillian.

— Il ne se passe rien entre nous.

Sa réaction le fit sourire.

— Nous avons un arrangement à débattre. Entre ton cheval et le mien.

Comme elle continuait à le dévisager d'un air dubitatif, il se rapprocha jusqu'à effleurer son corps avec le sien.

— Cela t'effraie d'être seule avec moi, Jillian ?

Elle leva le menton avec insolence.

— Parce que tu crois que tu me fais peur, peut-être ? Tu te surestimes, Murdock.

Amusé de voir qu'elle mordait à l'hameçon, il se pencha pour attraper sa lèvre inférieure entre ses dents.

— Peut-être que oui. Peut-être que non. Nous pourrons toujours poursuivre jusqu'à la maison de mes parents si tu te sens un peu trop… intimidée par ma compagnie.

Ignorant les battements effrénés de son cœur, elle lui jeta un regard indifférent.

— Ta compagnie ne constitue pas une menace pour moi, déclara-t-elle d'une voix égale en se dirigeant vers la porte.

« Oh, si, elle constitue une menace », songea Aaron en lui emboîtant le pas. Et il en admirait d'autant plus son courage. Prévoyant une soirée intéressante, il ouvrit et lui fit signe d'entrer.

Jillian regarda autour d'elle avec curiosité en se demandant ce que le cadre de vie d'Aaron lui révélerait à son sujet. Il semblait avoir hérité des goûts de sa mère, avec un faible pour les matériaux nobles et les lignes épurées. Un immense panneau peint sur un mur contrastait par ses couleurs vives avec le sable et l'ivoire qui dominaient par ailleurs. Même si la pièce n'était pas grande, elle donnait une impression d'ordre et de sérénité.

Jillian s'approcha d'une étagère où elle avait repéré une collection de figurines en étain. Elle nota un mustang lancé au galop et admira la délicatesse de l'exécution tout en regrettant que les goûts d'Aaron soient si dangereusement proches des siens.

Se retournant vers son hôte, elle lui adressa un sourire distant.

— C'est très agréable, chez toi. Même si le cadre est un peu simple pour un Murdock.

Il rit doucement.

— Je préfère considérer cela comme un compliment. Comment aimes-tu ta viande ?

Jillian glissa les mains dans ses poches.

— Saignante.

— Parfait. Nous serons deux, alors. Tiens-moi compagnie pendant que je fais à manger, tu veux bien ?

Il lui prit le bras et elle se laissa entraîner sans protester.

— Ainsi tu vas me servir du bœuf de chez Murdock cuisiné par un Murdock ? Quel honneur !

— Considérons qu'il s'agit d'une sorte de calumet de la paix.

Elle se mit à rire.

— Je t'avoue que je préférerais un *banquet* de la paix, en l'occurrence. Je n'ai rien mangé depuis ce matin et je suis affamée.

— Comment ça, tu n'as rien mangé depuis ce matin ?

Son regard désapprobateur la fit sourire.

— J'ai passé la journée à trier des factures et à faire des additions. Il n'y a rien de tel pour me couper l'appétit...

Elle s'interrompit pour jeter dans la cuisine un bref regard appréciateur. Le style rustique du plancher de bois et des meubles de rangement s'accordait bien avec le reste de la maison. Et pas une miette qui ne soit à sa place. Elle siffla entre ses dents.

— Tu es irréprochablement ordonné.

— J'ai vécu quelque temps dans le dortoir, avec le reste des hommes du ranch, précisa Aaron en débouchant une bouteille de vin. C'est une expérience définitive. Soit on choisit la crasse *ad vitam aeternam*, soit on devient carrément maniaque.

— Mais pourquoi as-tu atterri dans le dortoir, alors que la maison de tes parents... ?

Elle s'interrompit, consciente de se mêler une fois de plus de ce qui ne la concernait pas.

— Mon père et moi ne sommes pas faits pour vivre dans une trop grande proximité. On a déjà dû te dire que nos relations étaient plutôt tendues ?

— J'ai appris que vous aviez eu une violente dispute il y a cinq ans. Juste avant que tu partes à Billings.

— Et tu te demandes pourquoi je me suis incliné docilement devant la volonté de mon père au lieu de l'envoyer au diable et d'aller monter mon propre élevage ailleurs ?

Jillian accepta le verre qu'il lui tendait.

— Bon, O.K. Je reconnais que je me suis posé la question. Mais cela ne me regarde pas.

Il scruta un instant le fond de son verre, puis but une gorgée avant de planter son regard dans le sien.

— Non, en effet. Cela ne te regarde pas.

Sans un mot de plus, il se baissa pour sortir deux énormes steaks du réfrigérateur. Jillian but un peu de vin et garda le silence tout en observant les préparatifs du repas. Cinq ans plus tôt, les médecins avaient annoncé que son père était condamné à brève échéance, lui avait confié Aaron sans montrer d'émotion particulière. Et c'était précisément à cette époque qu'il avait accepté d'aller à Billings pour gérer les intérêts pétroliers des Murdock.

Pour attendre patiemment que le cancer fasse son œuvre et venir récupérer l'héritage dès que le vieux Murdock aurait passé l'arme à gauche ? Glaçante, cette idée lui procura un léger frisson. *Non*. Il lui était impossible de penser cela d'Aaron. Même si ses rapports avec son père étaient conflictuels, elle le sentait incapable de fonctionner selon une logique aussi froidement opportuniste.

Reposant son verre sur la table, elle fit un pas dans sa direction.

— Je peux faire quelque chose pour t'aider ?

Jetant un regard par-dessus l'épaule, Aaron vit qu'elle l'observait calmement. Il savait quels soupçons venaient de traverser l'esprit de Jillian.

Mais il voyait à son expression qu'elle avait tranché en sa faveur. Il songea que l'opinion de cette fille aurait dû le laisser de marbre. Mais le vote de confiance muet qu'il lisait dans ses yeux le cloua sur place, en proie à un bouillonnement d'émotions difficilement définissables. Profondément troublé, il mit les steaks à griller et se tourna lentement dans sa direction.

— Oui, tu peux faire quelque chose pour m'aider, Jillian.

Plaçant les deux mains en corolle autour de son visage, il se pencha sur ses lèvres. Il avait eu l'intention de lui prodiguer un baiser rapide. Un geste simple pour apaiser les drôles de turbulences qu'elle venait de susciter en lui. Mais, loin de se calmer, ses émotions gagnèrent en intensité.

Jillian se raidit et tenta de se dégager. Jusqu'à présent, Aaron avait aimé la dimension de lutte qui entrait dans leurs étreintes. Mais, en cet instant, c'était à la douceur de Jillian qu'il aspirait. Une douceur enfouie, invisible, mais dont il pressentait la secrète présence en elle.

— Jillian, non...

Il laissa ses doigts se perdre dans ses cheveux. Et sentit vibrer dans sa voix des sentiments inconnus qu'il ne chercha ni à comprendre ni à nommer.

— Pour une fois, ne me résiste pas... s'il te plaît.

Quelque chose dans le ton d'Aaron paralysa la volonté de Jillian. Elle cessa de s'opposer, s'abandonna. Et en s'abandonnant, s'offrit quelques instants d'ineffable plaisir. Ce soir, la bouche d'Aaron n'exigeait rien. Généreuse, presque tendre, elle demandait simplement. Et son baiser était pure douceur. Les mains de Jillian cherchèrent l'appui de ses épaules. Elle laissa sa tête partir en arrière pour qu'il puisse l'embrasser plus librement.

Non sans étonnement, Aaron se découvrait capable de tendresse. Aucune femme, jusqu'à présent, n'avait réveillé cet aspect caché de sa personnalité. Il avait toujours désiré dans l'urgence; jamais dans la durée. Alors même que l'envie de faire l'amour montait en lui, il ressentait un contentement profond, comme si une quête non formulée venait de trouver un aboutissement. Et la sensation était tellement puissante qu'il se sentit vaciller soudain au bord d'un gouffre irréversible.

Secoué, il écarta Jillian et examina ses traits avec un mélange d'étonnement et d'inquiétude, comme s'il venait d'être victime de quelque phénomène bizarre.

Sous son regard scrutateur, Jillian fit un pas en arrière. Elle venait de rencontrer la douceur là où elle s'attendait le moins à la trouver. Et il n'y avait rien qu'elle ne soit plus fermement décidée à combattre.

Elle planta son regard dans le sien.

— Je suis venue ici pour dîner et pour parler affaires. Alors que cela ne se reproduise pas, O.K. ?

Il se tourna vers la rôtissoire et se concentra sur sa viande.

— Il serait plus avisé d'en rester là, en effet... Bois ton vin, Jillian, et oublie ce qui vient de se passer.

Elle lui obéit pour se donner une contenance.

— Je mets la table ?

Sans tourner les yeux dans sa direction, Aaron lui expliqua où trouver les assiettes et les couverts. Lorsqu'elle eut sorti la salade du réfrigérateur et préparé une carafe d'eau fraîche, elle considéra le repas préparé par Aaron avec un réel enthousiasme.

— Ou tu es un excellent cuisinier ou je suis vraiment très affamée, commenta-t-elle, l'eau à la bouche.

— Les deux. Alors mange ! Quand on est maigre comme un haricot, on ne peut pas se permettre de sauter un repas.

Elle haussa les épaules sans se formaliser.

— C'est une question de métabolisme. Je peux avaler n'importe quoi. Je ne prends jamais un gramme.

— C'est ce qui s'appelle avoir de l'énergie nerveuse.

— Je ne suis pas nerveuse, protesta-t-elle fermement.

— Peut-être pas, non. Mais tu as de l'énergie à revendre... Pourquoi as-tu quitté Chicago ? s'enquit-il avant qu'elle puisse formuler une réponse.

— Je n'y trouvais nulle part ma place.

— Tu aurais pu faire ton trou là-bas si tu l'avais *réellement* voulu.

Jillian le dévisagea un instant avant de répondre.

— Disons alors que j'ai choisi de « faire mon trou » ailleurs. Dès le premier été où je suis venue en vacances ici, je me suis sentie chez moi.

— Et ta famille ?

— Ils frissonnent discrètement d'horreur en songeant

que je vis dans un désert culturel, avec des kilomètres d'herbe et de bovins pour unique horizon. Je crois que mon père a souffert de son enfance ici comme j'ai souffert d'une certaine façon de la mienne là-bas… Nous avons très peu de points communs dans ma famille.

— De quel point de vue ?

Jillian s'attaqua à son steak.

— Je détestais les cours de piano.

Il ne put s'empêcher de rire.

— Tu aurais préféré l'harmonica ?

— Oui, je sais, ça paraît banal, comme ça, de ne pas aimer le piano. Mais, pour moi, c'était un peu le symbole de mon incapacité à m'insérer dans ma propre famille. Mon frère Marc, lui, était passionné d'opéra comme ma mère et fasciné par la médecine comme mon père. Il était toujours en phase avec mes parents. Alors que j'avais l'impression d'être tombée d'une autre planète et d'avoir atterri là par erreur. Je n'ai jamais réussi à écouter *La Traviata* jusqu'au bout, c'est te dire à quel point je suis dénaturée !

— Il doit y avoir moyen de s'intégrer dans une famille tout en ayant sa propre personnalité, non ?

Le regard de Jillian se perdit dans le vague.

— Pour d'autres, peut-être. Mais dans la mienne, je faisais figure d'extraterrestre. C'est avec Clay que j'ai commencé à me sentir comprise. Lui, il ne me faisait jamais la leçon. Il se contentait de hurler, de vociférer et de jurer comme un charretier.

Avec un sourire amusé, Aaron la resservit.

— Et tu aimes qu'on te hurle après ?

— Je ne conçois pas de pire punition que de longs et patients sermons.

Il fit la grimace.

— Je n'ai jamais eu à souffrir de ce genre de maux. Mon père ne me faisait pas la morale. Il m'enfermait simplement dans la réserve à bois.

Aaron découvrit qu'il aimait plus que tout entendre le son du rire de Jillian.

— Pourquoi ne pas être venue vivre chez ton grand-père plus tôt si tu te sentais comme une étrangère à Chicago ?

Elle haussa les épaules.

— Je m'étais lancée dans des études universitaires. Mes parents jugeaient qu'il était vital pour moi d'obtenir un diplôme. Et comme il était tout aussi vital pour moi d'essayer de leur plaire, j'ai pensé que ce serait un moyen de les satisfaire. Et puis j'ai eu cette histoire avec…

Jillian se tut, sidérée d'avoir été sur le point d'évoquer sa lointaine passion pour son interne. Elle découpa méticuleusement un morceau de son steak avant de poursuivre d'un ton détaché.

— J'ai fini par comprendre que je n'arriverais à rien là-bas. Alors je suis venue à Utopia.

« Voilà donc le quelqu'un qui l'a touchée de la mauvaise façon », se dit Aaron. Elle s'était reprise très vite, mais il avait senti que la blessure restait sensible. Et que ce n'était pas encore le moment de rouvrir la plaie.

— Tu as eu raison de partir, acquiesça-t-il. C'est ici que tu as ta place, Jillian.

Troublée, elle tourna les yeux vers lui. « Ici » chez lui ? Ou « ici » dans le Montana ?

— Ma place est à Utopia, oui, crut-elle utile de préciser. Et pour en revenir au problème qui nous occupe : ton père a déclaré tout à l'heure qu'un Murdock ne faisait pas affaire avec un Baron.

— Mon père ne régit pas ma vie.

— C'est pour le contrarier que tu as décidé que ton Samson se reproduirait avec ma Dalila ? demanda-t-elle en le regardant droit dans les yeux.

La lueur d'acier dans le regard d'Aaron la fit frissonner.

— Si j'avais une revanche à prendre sur qui que ce soit, je ne procéderais pas par des voies aussi détournées, Jillian. Si je veux ta jument, c'est pour des raisons tout à fait personnelles.

— Qui sont ?

Il leva son verre.

— Mes raisons.

Jillian haussa les épaules. Rien n'obligeait Aaron à fournir des explications, après tout. Puisqu'il s'agissait d'une discussion d'affaires, ils avaient juste à tomber d'accord sur le prix.

— D'accord. Quel est ton tarif de saillie, alors ?

Aaron scruta ses traits sans répondre.

— Tu as fini de manger, apparemment ?

Baissant le nez sur son assiette, Jillian constata qu'elle n'en avait pas laissé une miette. Elle émit un léger rire.

— Je dois reconnaître que le repas était excellent. Votre bœuf est presque d'aussi bonne qualité que le nôtre.

Il répondit à son sourire en se levant pour débarrasser.

— Passons à côté, si tu veux. Je te fais un café ?

— Surtout pas, non. J'ai déjà vidé une cafetière en planchant sur mes comptes.

Aaron prit le reste de vin ainsi que leurs deux verres et emporta le tout dans le séjour.

— Tu n'as jamais songé à embaucher un comptable pour te soulager dans tes tâches ?

— L'année prochaine, si tout va bien. Ça me laisserait du temps libre pour me consacrer à des activités moins sédentaires. Je crois que je ne suis pas faite pour rester quelque part sans bouger.

— Le bruit court que tu aurais un certain talent pour capturer un veau au lasso ?

Jillian se laissa tomber sur le canapé.

— Ce n'est pas seulement une rumeur, Murdock. Si tu as envie de te mesurer à moi, c'est quand tu veux.

Il prit place à côté d'elle et se mit à jouer avec le foulard noué autour de sa taille.

— O.K., j'y penserai. Mais, en attendant, cela n'a rien d'une torture non plus de te voir en jupe, cow-girl.

Elle lui jeta un regard sévère par-dessus le rebord de son verre.

— Nous étions censés parler tarifs de saillie, rappelle-toi. Que veux-tu pour Samson ?

Aaron attrapa une mèche de ses cheveux et l'enroula nonchalamment autour d'un doigt.

— Le premier poulain.

5

Un silence total tomba dans la pièce. Sourcils froncés, Jillian reposa son verre.

— Tu as perdu la tête ?

— L'argent ne m'intéresse pas. Il y aura deux saillies garanties cent pour cent. Je prends le premier poulain, quel que soit le sexe. Et le deuxième est pour toi.

— Résumons-nous, Murdock : tu voudrais que je fasse pouliner Dalila, que je prenne tous les frais à ma charge, que je me trouve privée de l'usage de ma jument pendant plusieurs mois, que je paye le vétérinaire et que je te remette gentiment le résultat de tous ces efforts ? Tu te moques de moi ou quoi ?

Aaron se renversa contre son dossier avec un discret sourire aux lèvres.

— En échange, tu aurais le deuxième poulain gratuitement. Et je suis prêt à partager les frais.

Jillian secoua la tête.

— Ce serait trop contraignant pour moi. Je préfère payer pour la saillie.

— Je n'ai pas besoin d'argent. C'est le poulain qui m'intéresse. C'est à prendre ou à laisser.

Se levant avec brusquerie, Jillian se dirigea vers la fenêtre. Elle aurait adoré pouvoir lui assener un non catégorique et partir en lui claquant la porte au nez.

Mais le projet, étrangement, lui tenait à cœur. Tout comme elle avait obéi à une impulsion pour l'achat du taureau Hereford, elle savait intuitivement que l'union de Samson et Dalila pourrait donner des résultats extraordinaires. Clay lui avait d'ailleurs souvent répété qu'elle avait un feeling particulier pour les animaux.

Pensive, elle scruta la nuit obscure pendant qu'Aaron attendait en silence.

— Le premier poulain est pour moi, déclara-t-elle soudain. Et tu auras le second. C'est ma jument qui prend les risques, après tout.

Aaron hocha la tête en réprimant un sourire. C'était exactement ainsi qu'il aurait réagi si on lui avait fait la même proposition.

— Entendu. Mais à condition qu'on la fasse saillir de nouveau dès que le premier poulain sera sevré.

— D'accord, ça marche. Mais tu payes la moitié des frais de vétérinaire. Pour les *deux* poulains.

Il haussa les sourcils. Jillian était une âpre négociatrice. Et elle en savait manifestement un rayon sur l'élevage des chevaux.

— Va pour la moitié des frais. On commence dès les premières chaleurs.

Jillian hocha la tête.

— Tope là, Murdock. Tu veux que je rédige le contrat ou tu préfères t'en occuper ?

— Peu importe. Personnellement, une poignée de main me suffit.

— C'est un engagement en soi, en effet. Mais ça ne fait jamais de mal de mettre les choses par écrit.

Il lui prit la main.

— Tu te méfies de moi, Jillian ?

Elle ne put s'empêcher de sourire.

— Comme de la peste, oui. Et tu aurais d'ailleurs été déçu si j'avais réagi autrement.

— J'aime bien ton côté direct, en fait. Dommage que j'aie été absent pendant cinq ans. Mais je sens que nous allons rattraper le temps perdu, tous les deux.

— Pour ma part, je n'ai rien perdu du tout et surtout

pas du temps. Et maintenant que nous avons dîné et fait affaire, Murdock, j'aimerais rentrer chez moi.

Elle voulut se détourner mais il la retint.

— Tout n'est pas encore réglé entre nous, Jillian.

— Pour ma part, j'ai traité tout ce que je voulais traiter avec toi.

Lorsqu'il fit un pas en avant, elle lui jeta un regard menaçant.

— Attention, Murdock : je ne voudrais pas avoir à te frapper une seconde fois aujourd'hui.

Il lui prit les deux mains.

— Inutile d'essayer, tu ne m'atteindrais pas. Je te veux dans mon lit, Jillian.

Elle soutint son regard sans ciller.

— Tu ne m'auras pas.

— ... et lorsque nous ferons l'amour ensemble, poursuivit-il sans tenir compte de son interruption, je peux te garantir que ce sera inoubliable pour l'un comme pour l'autre.

Tirant sur ses poignets, il l'amena contre lui, si bien que le blanc immaculé de sa jupe vint se détacher sur le noir profond de son pantalon.

— Dès le premier instant où je t'ai vue, j'ai eu envie de toi.

Elle leva le menton avec son habituelle arrogance.

— C'est ton problème, Murdock. Pour ma part, tu ne m'attires absolument pas.

— Ah, non ? Tu me confirmeras ça dans une minute...

Il se pencha sur ses lèvres. Et l'embrassa. Plus voracement qu'il n'en avait eu l'intention. Avec elle, il semblait ne jamais trouver la juste mesure. Soit il tombait dans une tendresse presque éthérée ; soit il se déchaînait dans des débordements d'un désir qui n'avait plus rien de civilisé. Les bras de Jillian se tendirent pour le repousser ; son corps se raidit sous l'assaut. Mais, très vite, il la sentit céder et basculer, contaminée à son tour par l'élan qui l'emportait.

Jillian ferma les yeux. Le baiser d'Aaron était exactement tel qu'elle l'avait espéré : entêtant, éperdu, passionné. Toutes les bonnes raisons qu'elle avait eues de lui résister sombrèrent dans l'oubli. Ne surnageait plus, dans son esprit embrumé, que la conscience aiguë du plaisir.

Lorsque la bouche d'Aaron se détacha de la sienne, Jillian voulut protester. Mais ses récriminations se muèrent en gémissements de plaisir lorsqu'il pressa ses lèvres dans son cou. D'instinct, elle renversa la tête en arrière pour lui laisser une plus grande latitude. La bouche d'Aaron vint trouver son oreille. Il lécha, mordilla, murmura des mots dont elle ne saisissait pas le sens mais qui faisaient monter son excitation jusqu'au vertige.

Les mains enfouies dans les cheveux de Jillian, Aaron se laissa tomber avec elle sur le canapé. Dès l'instant où ils furent allongés, il fut pris d'une envie impérieuse de la toucher partout. Son corps était si jeune, si mince, si merveilleusement féminin et élastique sous la fraîcheur du lin blanc. Ses seins petits et ronds ne remplissaient pas sa paume, mais ils étaient fermes et parfaitement proportionnés.

Leurs jambes se mêlèrent, s'enchevêtrèrent. Leurs soupirs se confondirent lorsqu'il finit par glisser une cuisse entre les siennes. Elle s'abandonna contre les coussins ; il répondit à l'appel de son corps offert. Incapable de se détacher de ses lèvres, il l'embrassait avec une avidité qui frisait la brutalité. Et non seulement Jillian ne protestait pas, mais elle en redemandait. Son odeur l'enveloppait ; son souffle glissait dans sa bouche, murmurant des promesses muettes.

Jillian se raccrocha aux épaules d'Aaron. Le poids de son corps sur le sien lui apportait une satisfaction indicible, comme le pressentiment d'une totale complétude. Et les promesses érotiques que chuchotait Aaron étaient folie murmurée dans un monde déstructuré où ne subsistait plus qu'un tourbillon sans fin de couleurs et de formes indifférenciées.

Personne jamais ne l'avait désirée comme il la désirait.

Et jamais son corps n'avait brûlé comme il brûlait en cet instant. Son unique expérience de l'amour avait été agréable et douce mais dépourvue d'exaltation. Rien ne l'avait préparée à l'immense flux de passion qui menaçait de la submerger. Elle était tentée de lâcher ses dernières amarres et de se laisser porter par la force du courant.

Une main d'Aaron glissa sous sa jupe relevée, remonta à rebours d'une cuisse pour chercher le creux doux de la chair. Elle se sentait si près d'imploser qu'elle eut peur. Peur que les morceaux épars d'elle-même restent dissociés à jamais, la laissant dépendante et privée de l'identité qu'elle s'était construite.

Prise de panique, elle se mit à lutter contre la part d'elle-même qui ne demandait qu'à céder.

— Non, protesta-t-elle dans un murmure.
— Jillian, bon sang !

Vacillant au bord du point de non-retour, Aaron l'enveloppa dans ses bras.

— Laisse-moi, je te dis !

Avec la force que seule donne la peur, Jillian réussit à le repousser et à se lever. Avant que l'un d'eux n'ait pu prononcer un mot, elle se précipita dehors, fuyant à toutes jambes un danger qu'elle aurait eu bien du mal à nommer.

Aaron jurait haut et fort lorsqu'il la rattrapa.

— Qu'est-ce qui t'a pris, tout à coup ?
— Lâche-moi ! Je refuse qu'on me tripote !
— Tripote ?

Il n'entendit même pas son cri de douleur étouffé lorsque sa main se crispa sur son bras.

— Parce que toi, tu ne me « tripotais » pas, peut-être ? Ne me prends pas pour un imbécile, Jillian.
— Je veux rentrer chez moi, protesta-t-elle faiblement. Je t'ai déjà dit que je n'aimais pas qu'on me touche.
— *Toi* ? Tu ne donnais pas vraiment l'impression d'être à la torture, pourtant. Tu avais plutôt l'air…

Aaron s'interrompit en voyant la lueur de panique dans les yeux verts. Il y avait de la fierté aussi, dans son regard.

Une fierté terrifiée à laquelle le désir se mêlait encore. Il ne put s'empêcher de penser au regard de l'étalon sauvage qu'il avait gardé, l'espace de quelques heures, attaché dans une stalle.

Conscient qu'il serrait le bras de Jillian à le briser, Aaron prit une profonde inspiration. Il savait qu'il n'aurait qu'à se pencher sur ses lèvres pour réveiller en elle des ardeurs prêtes à se rallumer. Mais certains êtres n'étaient pas faits pour vivre en captivité.

— Ecoute, Jillian, tu as le droit de différer ce qui finira par arriver entre nous. Mais tu te trompes si tu crois pouvoir y échapper.

Elle ouvrit la bouche pour répondre, mais il l'arrêta d'un simple mouvement de la tête.

— Essaye de te taire pour l'instant, O.K. ? J'ai envie de toi et, après ce qui vient de se passer sur mon canapé, la sensation n'a rien de confortable. Je te raccompagne chez toi tant que je me sens encore d'humeur chevaleresque. Et je te conseille de vite monter dans cette voiture avant que je ne change d'avis.

Sans un mot, Jillian se laissa choir sur le siège passager de la Maserati. Ils roulèrent dans un silence épais, lourd d'hostilité réciproque. Le dos droit, les lèvres serrées, Jillian commença par ressasser ses griefs contre Aaron. Mais à mesure que le calme revenait en elle, sa colère, peu à peu, se retournait contre elle-même.

Il y avait un nom pour qualifier une femme qui semblait se donner librement à un moment, pour se débattre en hurlant quelques minutes plus tard. Et ce nom-là n'avait rien de flatteur. Jamais elle n'avait joué à ce jeu-là auparavant. Et elle n'avait pas une haute opinion des femmes qui se livraient à ce genre de caprice.

Mais si la fureur d'Aaron était justifiée, sa propre colère n'en restait pas moins parfaitement légitime. Il avait déboulé dans sa vie sans qu'elle ne lui demande rien. Et elle refusait qu'il ranime une sexualité soigneusement tenue sous le boisseau pendant cinq ans.

Elle ne voulait pas désirer pour la bonne raison qu'elle ne souhaitait pas dépendre. Si elle s'attachait à Aaron, sa confiance en elle-même s'effriterait petit à petit. Et il finirait par exercer un pouvoir démesuré sur elle. Comme elle en avait déjà fait la cuisante expérience avec Kevin.

Elle savait bien que le désir suscité par l'interne n'avait été qu'un souffle de brise à côté de la tornade déchaînée par Aaron. Ce dernier était incontestablement dangereux pour elle. Le baiser tendre, presque planant qu'il lui avait prodigué dans la cuisine avait touché en elle des zones beaucoup trop sensibles.

Mais il n'en restait pas moins qu'elle s'était comportée comme une idiote avec lui. Et s'il y avait une chose qu'elle détestait plus que tout, c'était d'être dans son tort.

Une biche franchit la clôture sur leur gauche et s'immobilisa, comme pétrifiée dans le halo des phares. Au moment où Aaron freina, elle s'envola d'un bond aérien et l'obscurité de la nuit se referma sur elle. Touchée par la beauté de la scène, Jillian tourna les yeux vers Aaron et vit qu'il souriait. Une émotion violente et douce à la fois la saisit à la gorge.

— Je suis désolée, murmura-t-elle. J'ai réagi stupidement.

Aaron quitta la chaussée des yeux.

— Même chose pour moi. Nous avons une propension à nous emporter l'un et l'autre.

Elle hocha gravement la tête.

— Comme nous allons être amenés à nous revoir, il serait peut-être judicieux de définir une ligne de conduite.

Un discret sourire joua au coin des lèvres d'Aaron.

— Ah, oui ? Et quel genre de ligne de conduite ?

— Inutile de ricaner bêtement, Murdock. Nous sommes en relation d'affaires.

— D'affaires ? murmura-t-il en passant le bras sur le dossier de son siège.

— Tu t'entraînes pour prendre cet air idiot, Murdock, ou il te vient naturellement ?

— Non, non, pas d'insultes, Baron. Nous sommes en train de conclure un arrangement à l'amiable, n'oublie pas.

Jillian lutta pour réprimer un sourire mais finit par perdre la partie.

— Tu as un certain sens de l'humour, admit-elle.

— C'est une des qualités que l'on me reconnaît, en effet. Ainsi, nous sommes partenaires en affaires. Et voisins également, ne l'oublie pas.

— Si tu tiens à être précis, on pourrait ajouter « collègues ».

— Soyons précis, alors. Je peux te poser une question ?

— Mmm... oui.

— Où cherches-tu à en venir, au juste ?

Jillian se mit à rire.

— J'essaye de faire le point sur la situation. Pour ne pas avoir à m'excuser de nouveau à la première occasion. Je déteste demander pardon.

— Cela n'arriverait pas, si tu ne te déchaînais pas pour un oui ou pour un non...

— Cette fois-ci, je resterai calme, Aaron.

— Dix contre un que tu t'emporteras de nouveau avant la fin de la conversation.

Elle se mit à rire.

— Si je relevais ce pari diabolique, Murdock, tu m'asticoterais jusqu'à me rendre folle de rage.

— Je vois que nous commençons à bien nous connaître. Mais tu ne m'as toujours pas dit où tu voulais en venir, lui rappela-t-il en s'immobilisant dans la cour du ranch.

— Nous pourrions travailler ensemble dans de bonnes conditions si nous faisions un gros effort mutuel.

— Je suis d'accord.

Il se tourna vers elle, la touchant déjà dans l'espace confiné de la voiture de sport.

— Et nous sommes appelés à rester voisins puisque nous sommes fermement enracinés ici l'un et l'autre, poursuivit-elle.

— C'est exact. Tu oublies cependant une chose, Jillian.

— Laquelle ?

— Tu as parlé de ce que nous sommes l'un pour l'autre. Mais pas de ce que nous allons être.

Elle lui jeta un regard méfiant.

— Ce que nous allons être ?

— Amants, murmura-t-il en lui caressant le cou du bout du doigt.

Jillian fit un effort pour ne pas perdre son calme.

— Je crois que nous n'avons plus rien à nous dire, Murdock. Il est impossible d'avoir une conversation suivie avec toi.

Comme elle attrapait sa poignée, il posa la main sur la sienne. Leurs visages étaient si proches qu'elle sentait la chaleur de son souffle sur ses lèvres.

— Je ne suis pas quelqu'un de patient, murmura Aaron. Mais je sais attendre lorsque cela en vaut la peine.

— L'attente risque d'être longue.

— Peut-être plus longue que je ne le souhaiterais mais moins longue que tu ne le penses, en tout cas.

Il lui ouvrit sa portière.

— Passe une bonne nuit, Jillian.

Elle descendit de voiture avant de se retourner pour lui lancer un regard assassin.

— Ne franchis pas la ligne de partage entre nos deux ranchs avant d'y avoir été invité, Murdock.

Escortée par l'écho ironique de son rire, elle grimpa l'escalier du perron au pas de course.

Au cours des journées qui suivirent, Jillian fit des efforts héroïques pour bannir Aaron de ses pensées. Et lorsqu'il surgissait dans son esprit quand même, elle s'appliquait à brosser de lui un portrait peu flatteur. Elle se répétait qu'il était autoritaire, capricieux et habitué à obtenir tout ce qu'il voulait. Et lorsqu'elle parvenait à se conditionner efficacement, elle en oubliait presque qu'Aaron la faisait rire, qu'Aaron la faisait désirer, qu'Aaron l'enchantait…

Les nuits, cependant, étaient difficiles. Pour échapper à

ses pensées obsédantes, Jillian prit l'habitude de se coucher encore plus tard et de se lever avant même le lever du jour.

L'horizon était encore teinté de rose lorsqu'elle galopa dans les pâturages, quelques jours plus tard, pour aider ses hommes à rassembler une centaine de vaches et de veaux et les pousser dans le corral. Une opération qui à Utopia se déroulait sans cris, sans jetés de lasso et sans démonstrations de force inutiles. Jillian estimait qu'il valait mieux éviter d'épuiser les vaches en leur criant dessus et en les effrayant. Plus ils procédaient en douceur, plus le marquage au fer se passait dans de bonnes conditions.

Maintenant Dalila au pas, elle sépara une vache et son veau d'un petit groupe de génisses. En chemin, elle croisa Gil, qui arrivait à pied et immobilisa sa jument pour échanger quelques mots avec lui.

— Dans trois semaines ou un mois, lorsque nous marquerons de nouveau, nous disposerons de l'avion, déclara-t-elle avec bonne humeur. Cela nous facilitera la tâche pour repérer les bêtes égarées.

— Tu as encore trop travaillé, observa Gil en secouant la tête. Qu'est-ce qu'il se passe, Jillian ? Tu as l'air tendue, ces derniers jours.

Elle haussa les épaules.

— Il ne se passe rien de particulier. Il y a beaucoup de boulot, c'est tout. Les foins devraient commencer la semaine prochaine. C'est une période chargée.

Repérant un veau qui filait vers l'ouest, effrayé par la présence des hommes, Jillian éperonna Dalila et partit à sa suite. Comme le fuyard partait droit en direction des barbelés, elle accéléra l'allure et, à la dernière minute, réussit à attraper le jeune fugueur au lasso.

Le veau protesta et se débattit jusqu'au moment où sa mère arriva au petit trot.

— Toi, occupe-toi donc de ton petit au lieu de me regarder avec cet air de reproche. S'il s'était pris dans les barbelés, tu l'aurais trouvé dans un sale état, ton rejeton.

Libérant le veau captif, Jillian se tourna vers Gil en riant.

— Alors ? Que penses-tu de mon adresse au lasso ? Tu crois que tu as encore un vague espoir de me battre au rodéo de juillet ?

— Il faut une vie entière pour acquérir le geste parfait, petite fille, marmonna le contremaître.

Bien que le ton de Gil n'ait rien d'inhabituel, Jillian vit à son regard qu'il y avait des ennuis dans l'air.

— Qu'est-ce qu'il se passe, Gil ?

— Viens avec moi. J'ai un truc à te montrer.

Sans un mot, elle descendit de cheval et le suivit à pied en tenant Dalila par la bride. Autour d'eux, le rassemblement suivait son cours, ponctué par le mugissement inquiet des vaches, les hurlements des veaux, les mouvements majestueux des bovins dans l'herbe, les cris des hommes qui cherchaient à guider tout ce petit monde dans le corral.

— J'ai découvert ça, ce matin.

Jillian jura en voyant les fils de clôture gisant à terre.

— Bon sang ! Je me suis occupée personnellement de cette section pas plus tard que la semaine dernière, pesta-t-elle en se demandant combien de ses bêtes avaient franchi la limite pour se perdre dans les terres du voisin.

Voilà qui expliquait sans doute pourquoi elle avait constamment l'impression depuis quelque temps que ses troupeaux n'étaient pas au complet.

— Il me faudra de l'aide pour rassembler les fugitives.

— Ouais, marmonna Gil en se penchant pour ramasser le barbelé à terre. Jette un œil là-dessus, en attendant.

Alertée par la gravité de son ton, Jillian se baissa pour examiner le fil de clôture. La coupure était trop nette, trop précise pour pouvoir être attribuée à l'usure. Elle jura avec force.

— Le fil a été sectionné avec une pince, murmura-t-elle en tournant la tête vers les pâturages voisins.

De l'autre côté de la brèche, les terres des Murdock s'étendaient à perte de vue. Au lieu de la colère attendue, Jillian eut la surprise de sentir la tristesse et la déception l'envahir. Aaron aurait-il été capable de lui faire ce coup bas pour se venger d'avoir été repoussé ? Elle laissa retomber le fil endommagé.

— Envoie trois de nos hommes pour vérifier si aucune de nos bêtes ne s'est égarée de l'autre côté. Quant à la clôture, j'aimerais que tu t'en occupes toi-même. Et que tu gardes l'information pour toi.

Gil la regarda un instant de ses yeux éternellement plissés. Puis il cracha par terre.

— C'est toi la patronne, bougonna-t-il.

— Commencez le marquage sans moi, si je ne suis pas de retour à temps. Je tiens à ce que les veaux puissent être identifiés le plus tôt possible.

— Je me demande si nous n'avons pas déjà trop attendu, commenta Gil, sourcils froncés.

Préoccupée, Jillian se remit en selle.

— Ainsi, tu as l'impression qu'il nous manque des bêtes, toi aussi ? Nous en reparlerons, Gil. A tout de suite.

En chevauchant sur les terres des Murdock, elle tomba sur quelques cow-boys occupés, eux aussi, à rassembler les nouveau-nés en vue du marquage.

— Où est Murdock ? lança-t-elle à l'un d'eux. *Aaron* Murdock ?

L'homme porta un doigt à son chapeau.

— Dans les pâturages au nord, m'dame.

— La clôture a été endommagée, signala-t-elle brièvement. Quelques-uns de mes hommes vont venir récupérer mes bêtes par ici. Faites de même, de votre côté.

— Bien, m'dame.

Mais Jillian n'entendit pas sa réponse. Elle filait déjà à bride abattue dans la direction que le cow-boy venait de lui indiquer. Elle nota au passage que les hommes d'Aaron procédaient selon des méthodes assez similaires à celles qu'elle préconisait à Utopia. Les veaux et leurs mères étaient menés au corral calmement, sans hurlements et sans fanfaronnades.

Jillian repéra Aaron de loin. Juché sur Samson, il manœuvrait pour ramener un veau indocile dans le rang.

Sans se soucier des regards rivés sur elle, Jillian piqua droit sur le maître des lieux. Le bord du chapeau d'Aaron jetait de l'ombre sur son visage. Elle ne pouvait discerner son expression mais sentait son regard rivé sur elle tandis qu'elle galopait dans sa direction.

— J'ai deux mots à te dire, Murdock.

— Parle.

Il poussa le veau en direction du reste du troupeau. Mais Jillian se pencha pour agripper le pommeau de sa selle.

— Seuls, siffla-t-elle entre ses dents.

L'expression d'Aaron demeura placide. Mais elle ne voyait toujours pas son regard. Il fit signe à l'un de ses hommes de récupérer le veau fugitif.

— Tâche d'être brève. Je n'ai pas de temps à perdre en mondanités, lança-t-il sèchement en chevauchant à son côté.

Jillian contrôla Dalila, qui donnait des signes de nervosité en présence de Samson.

— Il ne s'agit pas d'une visite amicale. La clôture ouest a été endommagée.

Il survola son équipe d'un regard rapide.

— Tu as besoin d'aide pour la réparer ?

— Je veux savoir qui a sectionné *délibérément* les barbelés.

Aaron lui-même ne bougea pas mais l'étalon tressaillit sous lui.

— Sectionné, tu dis ?

— Je l'ai constaté moi-même.

Il remonta son chapeau sur son front et elle vit enfin son visage. Aussi dur et implacable que lorsqu'il l'avait jetée à terre, dans le corral.

— De quoi m'accuses-tu, Jillian ?

Elle lui jeta un regard de défi.

— Je te fais part de ce que je sais. Pour le reste, c'est à toi de voir.

D'un geste qui n'avait de calme que l'apparence, il saisit les deux pans de la veste de cow-boy qu'elle avait enfilée le matin même.

— Je ne suis pas le genre d'éleveur à couper les clôtures de ses voisins, O.K. ?

Sans même tenter de se dégager, elle soutint son regard. Un vent léger se leva, jouant avec les boucles rousses qui s'échappaient de son chapeau.

— Peut-être pas toi, non. Mais vous êtes nombreux à travailler au Double M. Et j'ai la nette impression qu'il me manque du bétail. J'ai envoyé trois de mes hommes chez toi pour vérifier qu'aucune bête ne s'était échappée de ton côté. Et j'ai suggéré à l'un de tes aides de faire de même chez moi.

Il hocha la tête. Mais une colère sourde continuait à brûler dans son regard.

— Une clôture peut être sectionnée des deux côtés, Jillian.

L'espace d'une seconde, elle demeura bouche bée. Puis elle repoussa sa main avec impatience.

— Tu crois que je serais venue ici, si j'étais la coupable ?

— Vous êtes nombreux à travailler à Utopia, rétorqua-t-il, reprenant textuellement l'argument qu'elle venait de lui opposer.

Les yeux rivés sur lui, Jillian sentit sa rage retomber. Elle s'était précipitée chez Aaron sous l'empire de la colère et de la déception, sans prendre le temps de réfléchir à tous les aspects de la situation. Certains de ses hommes travaillaient à Utopia depuis des années. Et elle savait qu'ils étaient de confiance. D'autres en revanche n'étaient embauchés que pour la saison. Ceux-là étaient des errants, pour la plupart. Répugnant à se fixer, ils allaient de ranch en ranch et parcouraient l'Ouest au gré du hasard et de l'humeur.

Rien ne prouvait donc que les torts n'étaient pas de son côté.

— Il te manque du bétail ? s'enquit-elle plus calmement.

— Je te tiendrai au courant.

— De mon côté, je ferai procéder à un dénombrement du cheptel dans tout le secteur ouest.

Jillian se tourna vers le soleil levant.

— Je n'ai pas besoin de tes vaches à viande, Murdock.

— Pas plus que je ne cours après les tiennes.

Elle leva le menton.

— Tu reconnaîtras qu'il y a des antécédents. Fut un temps où les Murdock prenaient un malin plaisir à détruire les clôtures des Baron.

— En effet, oui. La dernière fois qu'un tel incident a été signalé remonte à 1921.

— Il n'empêche que l'inimitié entre les Baron et les Murdock a résisté au temps. Ton père n'a pas manqué de souligner l'autre jour que nous étions ennemis.

— Et tu penses sérieusement que mon père s'est traîné jusqu'à ta clôture en pleine nuit pour te jouer un mauvais tour ? lança Aaron avec impatience.

Elle redressa la taille.

— Je ne suis pas idiote.

— Ah, non ?

Les mâchoires crispées, il guida sa monture de manière à se placer juste en face de la sienne.

— Si tu n'es pas idiote, tu arrives très bien à le faire croire en tout cas. Je vais vérifier la clôture moi-même et je te tiendrai au courant.

Il s'éloigna au grand galop avant qu'elle puisse lui répondre. Ulcérée, Jillian repartit à bride abattue en direction d'Utopia.

6

Lorsque Jillian atteignit le ranch, le bétail à marquer avait déjà été guidé dans le corral. Un coup d'œil levé vers le ciel lui indiqua qu'il devait être 8 heures passées. Vaches et veaux tournaient nerveusement dans l'enclos et les aides avaient déjà commencé à les séparer. Ce qui n'était pas une mince affaire. Tout en écoutant les sons familiers qui s'élevaient dans l'air tiède et chargé de poussière, Jillian descendit de cheval et enleva la selle de Dalila. Le marquage au fer faisait partie des étapes cruciales dans la vie d'un ranch. Oubliant temporairement ses problèmes de voisinage et de barrière, elle se jeta dans la mêlée.

Certains de ses hommes s'activaient à cheval, poussant les vaches affolées d'un côté pendant que les veaux étaient rassemblés dans une autre partie du vaste corral.

Avec des cris et des invectives, une vache et son veau furent menés hors de l'enclos principal. Mais la mère fut retenue alors que son rejeton partait déjà dans la glissière. Gil allait et venait, dirigeant les opérations avec son énergie coutumière.

Avec un léger rire, Jillian enfonça son chapeau sur ses yeux et, lasso en main, se mêla à la bataille. La poussière volait. Les veaux terrifiés hurlaient leur désarroi pendant que les mères affolées se jetaient contre la barrière pour les rejoindre.

Gil sélectionna un veau qu'il attrapa au lasso et le tira jusqu'à lui.

— La clôture est réparée ? s'enquit-elle brièvement.

— Ouaip.

— Je m'occuperai du reste plus tard. Il faudra que nous parlions sérieusement, Gil.

Il souleva son chapeau pour essuyer son front en sueur.

— Quand tu voudras... Les veaux sont regroupés. Il ne reste plus qu'à se mettre au boulot.

Jillian s'approcha de l'enclos où les veaux désespérés roulaient des yeux fous.

— Du calme, les petits gars. Ça ne va pas être agréable mais ce sera rapide, leur annonça-t-elle en guise de consolation.

Le marquage l'avait toujours fascinée, même si elle ne l'aurait pas avoué pour un empire. Les veaux entraient dans la glissière un à un et prenaient leur élan, se croyant libérés. Mais ils étaient aussitôt attrapés, soulevés et couchés sur une table. Puis soumis au fer rouge, à la vaccination et à la castration, pour certains.

Le travail était harassant, difficile, salissant. L'air sentait la sueur, la chair brûlée et le désinfectant. Des anecdotes étaient échangées ; des hauts faits relatés. Ce n'était pas le premier marquage auquel participait Jillian. Mais chaque fois elle se félicitait d'appartenir à cet univers si particulier qui était celui des ranchers.

Prenant sa place à la table, elle se chargea des vaccinations. Lorsque le dernier veau fut sorti de l'enclos, les hommes étaient affamés. Et les veaux choqués réclamaient piteusement leurs mères.

L'estomac dans les talons, Jillian s'assit sur une caisse retournée et essuya son visage noirci par la poussière. Sa chemise lui collait à la peau et elle transpirait sous son Stetson. Et ce n'était qu'un début. Il leur faudrait encore une bonne semaine avant de terminer le marquage de printemps.

Lorsque tous les aides du ranch eurent disparu dans la salle à manger commune, Gil sortit deux bières d'une glacière et lui en tendit une.

— Merci, murmura Jillian en portant la bouteille glacée

à sa joue. J'ai parlé à Murdock. Il a l'intention de vérifier la clôture lui-même.

Elle s'interrompit pour boire une gorgée.

— Qu'est-ce que tu en penses, toi, Gil ? Tu crois que c'est le genre de type qui serait capable de nous faire un coup en traître ?

— A ton avis ?

Jillian haussa les épaules. Elle avait déjà tenté de réfléchir à la question. Mais les sentiments personnels compliqués que lui inspirait Aaron l'empêchaient de porter un jugement objectif.

— C'est à toi que je pose la question, Gil.

Le vieux contremaître s'absorba un instant dans ses réflexions.

— Le jeune Murdock a du caractère, mais ce n'est pas le genre de gars à agir par-derrière. Le père, lui, aurait pu s'amuser à nous faire une grosse vacherie, il y a dix ans. Rien que pour le plaisir de mettre ton grand-père en rage. Mais maintenant... Franchement, je ne vois pas les Murdock faire une chose pareille.

Gil cracha son tabac et finit sa bière avant d'enchaîner.

— J'ai compté le bétail en pâture ce matin. Il se peut que j'aie omis quelques bêtes dans la mesure où elles ont été dispersées par le rassemblement.

Jillian reposa la bouteille qu'elle venait de porter à ses lèvres.

— Et alors ?

— J'ai l'impression qu'il nous en manque une bonne centaine.

— Une *centaine* ? répéta-t-elle, choquée. Jamais une telle quantité de vaches ne serait passée à travers la brèche d'une clôture. Pas d'elles-mêmes, en tout cas.

Gil hocha la tête.

— Les gars que j'ai envoyés chez Murdock sont revenus un peu avant toi. Seule une douzaine de nos bêtes avait franchi la ligne de frontière entre les deux ranchs.

Jillian fronça les sourcils.

— Mais où seraient passés les animaux manquants, alors ?

— C'est bien la question, justement.

— Je veux qu'on procède à un dénombrement rigoureux du cheptel dès demain matin. En commençant par les pâtures de la section ouest.

Baissant les yeux, elle nota qu'elle avait serré les poings.

— L'explication la plus plausible est qu'un des hommes de Murdock vole notre bétail — peut-être pour le Double M, mais plus vraisemblablement pour son propre compte.

Gil mordilla sa chique.

— Peut-être.

— Ou alors c'est un des nôtres qui a fait le coup.

Le vieux contremaître soutint calmement son regard.

— C'est tout aussi possible, oui. Il se pourrait que Murdock s'aperçoive qu'il lui manque des bêtes également.

Jillian hocha la tête.

— Pour le dénombrement du cheptel demain, ne choisis que des hommes de confiance. Des gens qui travaillent pour nous depuis au minimum un an. Et qui savent tenir leur langue.

Gil hocha la tête.

— Tu as l'intention de collaborer avec Murdock pour pincer le voleur de bétail ?

— S'il le faut.

Elle se souvint de la colère d'Aaron quelques heures plus tôt et soupira.

— Va te restaurer, Gil.

— Tu viens aussi ?

— Non.

Secouant la tête, elle posa la selle sur le dos de Dalila et entreprit d'ajuster les sangles. Juste au moment où elle allait enfourcher sa jument, Gil lui tapa sur l'épaule. Jillian vit qu'il tenait un morceau de pain avec de la viande.

— Mange ça, tu m'entends ? C'est un ordre. Tu vas finir par t'envoler au premier coup de vent, sinon.

Elle sourit et mordit à pleines dents dans le sandwich improvisé.

— Vieux chien galeux, va !

Se penchant sur Gil après s'être assurée que personne ne regardait, Jillian ignora ses protestations et lui planta un baiser sur chaque joue.

Elle sortit de la cour au trot puis lança sa monture au galop en direction des pâturages du secteur ouest. Allant d'enclos en enclos, elle compta rapidement le cheptel et parvint à un résultat assez similaire à celui avancé par Gil.

Cent bêtes en moins... Fermant les yeux, elle s'efforça de réfléchir calmement. L'hiver qui avait été rude lui avait coûté une vingtaine de têtes. Mais les pertes qu'elle subissait maintenant n'avaient rien à voir avec les aléas de la nature. Il lui fallait identifier le voleur de toute urgence avant que l'hémorragie ne se poursuive.

Jillian jeta un coup d'œil de l'autre côté de la clôture. D'un côté comme de l'autre, le bétail paissait paisiblement, comme si rien d'anormal n'était venu troubler leur tranquille existence bovine. De nouveau, elle serra les poings. La perte qu'elle venait de subir entamerait sérieusement son chiffre d'affaires.

Et il n'était pas dit qu'elle serait capable de remonter la pente si le voleur de bétail récidivait. Mais elle ne pouvait s'offrir le luxe de paniquer. Avant de porter plainte auprès des autorités, il fallait que Gil et ses aides effectuent un dénombrement précis du cheptel pendant qu'elle procéderait à de fastidieuses vérifications comptables de son côté. En attendant, elle se sentait sale, fatiguée et découragée. Et elle voulait remédier à cette situation avant de retourner au ranch.

Une semaine seulement s'était écoulée depuis la dernière fois qu'elle était venue à l'étang. Mais déjà le feuillage des trembles et des peupliers s'était étoffé. Même les boutons rose pâle des églantines commençaient timidement à se former. Des rudbeckias fleurissaient au bord du chemin et un passereau déchaîné chantait à la gloire du printemps.

Le soleil avait déjà dépassé le zénith. Se donnant une heure pour recharger ses batteries, Jillian attacha Dalila à une branche d'arbre et la laissa brouter au bord de l'eau. Puis elle jeta son chapeau par terre et s'assit sur une pierre pour envoyer valser ses bottes. Son jean et sa chemise suivirent le même chemin.

Dès l'instant où l'eau fraîche se referma sur elle, Jillian oublia les raideurs dans sa nuque et le bas de son dos. Même le désespoir et la peur s'atténuaient à mesure qu'elle se délassait, puisant dans le ciel, l'herbe et l'eau les forces qui lui manquaient. Avec un léger soupir de bien-être, elle ferma les yeux, renversa la tête en arrière, et s'immergea entièrement.

Aaron ne se demanda pas comment il avait su qu'il la trouverait là. Il ne s'interrogea pas non plus sur ce qui l'avait poussé à la rejoindre. Immobile sur sa monture, il se contentait de s'imprégner de la scène : le bouquet d'arbres, l'eau claire et la naïade qui se laissait flotter sur le dos, se mouvant avec des gestes lents qui ne troublaient ni le silence ni le chant pur des oiseaux.

Pour la première fois, il voyait Jillian dans un total abandon. Elle baignait dans cette profonde intimité avec soi-même que seule autorise la plus grande solitude. Aaron avait conscience que sa propre présence était intrusive. Et, pourtant, aucun effort de volonté au monde n'aurait pu le faire bouger de son poste d'observation.

La peau de Jillian était d'une blancheur de lait, ses cheveux brillaient comme une coulée d'or rouge au soleil. Aaron sentit un feu sourd couver dans ses reins et se propager dans ses veines en lentes spirales ascendantes.

Savait-elle à quel point elle était attirante, au moins, avec ce corps souple et délié, ce visage à l'ovale pur qui exprimait un mélange fascinant de fragilité et de force ?

« Non. Elle ne sait pas », dit une voix en lui. Et il était grand temps qu'un homme se charge d'éveiller Jillian

Baron à la conscience de sa propre beauté. Se laissant glisser au bas de sa monture, Aaron attacha Samson à un arbre de son côté du domaine.

Lorsqu'elle remonta à la surface de l'eau, Jillian ouvrit les yeux et trouva Aaron debout, au bord de l'étang, le regard rivé au sien. A une première réaction de choc succéda une vive irritation. Puis une indignation outrée lorsqu'elle réalisa qu'elle se trouvait en posture délicate.

Et puisqu'il était trop tard pour le réflexe pudique, elle opta pour l'insolence.

— Et si tu décampais d'ici, Murdock ? Tu ne vois pas que la place est occupée ?

— L'eau est bonne ? s'enquit-il nonchalamment.

Aaron devait reconnaître qu'elle faisait preuve d'un sang-froid admirable. Une autre femme à sa place aurait poussé des cris horrifiés et déployé de vaines stratégies pour tenter de se couvrir. Jillian, elle, se contentait de le chasser.

— L'eau est froide, Murdock. Je pense que tu dois être pressé de te remettre à ton marquage.

Avec un sourire amusé, Aaron s'assit sur une pierre au bord de l'eau. Ses vêtements, comme ceux de Jillian, étaient maculés de sueur et de crasse.

— Les veaux attendront. La matinée a été dure et je m'accorde une pause.

— J'étais là avant toi, figure-toi. Si tu avais ne serait-ce qu'une once de savoir-vivre, tu serais déjà reparti discrètement.

— Si j'avais du savoir-vivre, oui, acquiesça-t-il, obligeamment, en se penchant pour retirer ses bottes.

Jillian le fusilla du regard.

— On peut savoir ce que tu fais ?

— Je me prépare à piquer une tête, annonça-t-il avec un sourire engageant.

— Si tu as le toupet de mettre un pied dans cet étang, je te descends, Murdock.

Le sourire d'Aaron s'élargit tandis qu'il déboutonnait sa chemise.

— Tant que je reste de mon côté, je suis dans mon droit, non ?

Jillian eut une vue imprenable sur un superbe torse basané aux muscles fins, bien définis, d'une beauté presque féline. Du coin de l'œil, elle mesura la distance qui la séparait de ses vêtements. Quelle poisse ! Pourquoi ne les avait-elle pas laissés au bord de l'eau au lieu de les abandonner en tas un peu plus loin ?

Aaron, lui, semblait tirer un réel plaisir de cet épisode embarrassant.

— Hé, inutile de te braquer sur des questions de territoire. Tu n'as qu'à imaginer un fil de clôture tendu entre nous, suggéra-t-il aimablement en débouclant sa ceinture.

Jillian aurait détourné les yeux si elle n'avait pas capté la lueur moqueuse dans son regard. Conviée malgré elle à un strip-tease en règle, elle réussit à rester de marbre. Même si elle dut déglutir discrètement à une ou deux reprises.

Pourquoi fallait-il *qu'en plus* il soit bâti comme un dieu ? Avec tous les attributs virils qui allaient avec. Stoïque, elle prit soin de rester de son côté de l'étang. Lorsque Aaron plongea, des vaguelettes vinrent courir sur sa peau. Avec un léger frisson, elle s'enfonça dans l'eau.

— Ça t'amuse vraiment, cette petite farce, Murdock ?

Aaron poussa un soupir de bien-être. L'eau claire avait rincé la sueur et la poussière, et calmé momentanément les ardeurs de sa libido. Il tourna la tête vers elle en souriant.

— Tu admettras que la vue que j'ai d'ici n'est pas plus indécente que celle dont je bénéficiais sur le bord... A ce propos, je croyais que les rousses étaient criblées de taches de rousseur...

Une fossette se creusa dans la joue de Jillian. A présent qu'il était déshabillé aussi, ils se trouvaient de nouveau sur un pied d'égalité, après tout.

— J'ai eu la chance d'échapper à cette calamité. Toi,

tu es bâti comme un cow-boy classique, commenta-t-elle. Des jambes trop longues... Pas de hanches.

Se laissant flotter librement, elle conclut sur un mensonge insolent :

— J'ai déjà vu mieux, en matière d'anatomie masculine.

Résistant à la tentation de l'attraper par une cheville et de la tirer jusqu'à lui, Aaron se contenta de basculer sur le dos.

— C'est une habitude chez toi de venir nager nue ici ?

— Il n'y a jamais personne dans le coin. Enfin... c'était le cas jusqu'à maintenant. Si tu as l'intention de venir te baigner régulièrement, il faudra que nous mettions un calendrier au point.

— Je peux m'accommoder de ta compagnie, murmura-t-il en se rapprochant de la ligne de partage imaginaire qui barrait l'étang.

— Reste de ton côté, Murdock. Tu sais qu'on a le coup de fusil facile, chez les Baron.

Pour montrer que sa présence ne l'affectait pas, elle ferma les yeux et fit la planche.

— J'aime bien venir ici le dimanche après-midi, lorsque les gars sont de repos et qu'ils s'assemblent dans la cour pour nettoyer leur matériel et se raconter leurs histoires. C'est le seul moment de la semaine où ils se rappellent que je suis une femme. Du coup, ils se sentent obligés d'édulcorer leurs récits. C'est désagréable pour eux comme pour moi.

— Et le reste du temps, le fait que tu sois une femme ne les dérange pas ?

— Lorsqu'on est occupé à convoyer le bétail, à nettoyer les étables ou à réparer une clôture, le sexe ne compte pas.

Aaron tourna la tête et fit glisser sur elle un long regard appréciateur.

— Si tu le dis...

Jillian rit doucement et laissa ses jambes descendre vers le fond.

— De toute façon, il faut bien que je laisse mes employés

entre eux de temps en temps pour qu'ils puissent râler un bon coup contre leur patronne. Tes hommes aussi se plaignent, Murdock ?

Aaron sourit.

— Nous avons frisé l'insurrection lorsque ma sœur a décidé d'aménager le dortoir, il y a sept ans. Elle était déterminée à le transformer en petit nid douillet avec de jolis rideaux à fleurs et des murs couleur pastel.

Renversant la tête en arrière, Jillian éclata de rire.

— Oh, mon Dieu ! Des rideaux à fleurs pour des cow-boys ! Comment se fait-il que ton père l'ait laissée faire ?

— Ma sœur ressemble à ma mère, répondit-il simplement. Mon père ne peut rien lui refuser. Mais les gars devenaient fous, là-dedans. J'ai bien cru que ça allait mal se terminer.

— Je parie que tu as retiré discrètement les rideaux une nuit et que tu les as fait brûler dans un coin ?

Les yeux d'Aaron pétillèrent.

— J'ai réussi à tenir sept ans en gardant le silence sur mon forfait. Ne compte pas me faire passer aux aveux maintenant… Vous avez marqué l'orphelin aujourd'hui ?

Jillian hocha la tête.

— Marqué, tatoué et vacciné, oui.

— Et rien de plus ?

Elle sourit.

— Rien de plus, non. Taurillon il est, taureau il deviendra. Quelque chose me dit qu'il pourrait se muer en un sérieux rival pour son père. Ce serait dommage de castrer un futur reproducteur.

Ramenée aux réalités du moment, Jillian fronça les sourcils.

— J'ai vérifié la clôture ouest, au fait. Et je n'ai pas trouvé d'autres brèches.

Aaron hocha la tête. Il savait qu'ils auraient à aborder le sujet tôt ou tard. Mais il regrettait déjà le moment de paisible camaraderie qu'ils venaient de partager.

— Mes hommes ont récupéré six bêtes fugitives passées de votre côté.

— Et sinon ton cheptel est au complet ? s'enquit-elle après une légère hésitation.

— Ça m'en a tout l'air, oui. Pourquoi ?

— Parce qu'il me manque cent têtes, Aaron.

Sidéré, il lui attrapa le bras.

— *Cent ?* Tu en es sûre ?

— Nous n'avons encore effectué qu'un dénombrement approximatif. Mais je sais qu'une quantité importante de mes bêtes a disparu, en tout cas.

Aaron secoua la tête.

— Je ferai compter le cheptel de mon côté. Mais je ne vois pas comment une centaine de têtes venues de chez toi auraient pu passer la brèche et se disperser sur mes terres sans que personne s'en aperçoive.

— Je sais qu'elles n'ont pas disparu chez toi, Aaron.

Il lui effleura la joue.

— J'aimerais t'aider. Si nous survolons ton ranch en avion, nous repérerons peut-être les fugitives.

Tentée de s'appuyer sur lui comme la première faible créature venue, Jillian secoua la tête.

— Je te remercie de me le proposer. Mais je doute que les bêtes manquantes se soient simplement égarées.

— Je suis de ton avis, admit-il, le regard sombre. Je t'accompagnerai chez le shérif.

Elle se mordit la lèvre.

— Merci, mais ça ira. Je peux me débrouiller toute seule.

— Tu *peux*, oui. Mais rien ne t'y oblige.

Aaron se demanda comment il avait pu se laisser leurrer par son assurance de surface au point de passer à côté de la fragilité qui se dissimulait sous le masque. Ses yeux paraissaient immenses, presque enfantins. Et il y avait comme un fond de panique dans son regard.

Par un réflexe instinctif de protection, il l'attira contre lui. Mais comme les mots lui manquaient, il finit par chercher sa bouche. Les lèvres de Jillian s'entrouvrirent et elle se laissa porter par la douceur du baiser. Elle ne se souvenait pas de s'être jamais sentie aussi détendue. Comme si elle était en synergie totale avec les gestes, les caresses, les mouvements d'Aaron.

Légère et réconfortante tout d'abord, sa bouche, peu à peu, se faisait plus insistante. Elle sentait son cœur d'homme battre fort et vite contre le sien. A mesure que le baiser s'approfondissait, une sensation de vide se creusait au fond de son ventre. Son corps se tendit et son cœur, soudain, se mit à croire à la promesse du partage.

Mais lorsque son esprit commença à s'embrumer et qu'elle se sentit lâcher prise, l'imminence de la chute la fit sortir en sursaut de son état de transe.

Si Aaron obtenait d'elle ce qu'il voulait, ce ne serait pas du partage. Juste un don unilatéral. Et donner, c'était prendre le risque de la dépossession.

D'un geste vif, Jillian se dégagea de son étreinte. En se demandant si elle avait perdu la tête. Comment pouvait-elle laisser un Murdock lui faire l'amour alors que son fil de clôture avait été sectionné et qu'il lui manquait une centaine de têtes ?

— Je t'avais dit de rester de ton côté, Murdock, lança-t-elle en se détournant pour regagner la berge.

Estomaqué, Aaron la suivit des yeux. La façon dont elle s'était abandonnée dans ses bras avait fait de lui un autre homme. Jillian était la première à toucher la part la plus secrète, la plus vulnérable de son être. La première à éveiller en lui le désir du don, de la profondeur, du partage.

Mais elle était également la première à le rejeter avec dédain, comme si elle avait affaire à un dragueur quelconque qui aurait cherché à tirer parti de la situation.

— C'est un sport, chez toi, de souffler ainsi le chaud et le froid, Jillian Baron ?

Jillian enfila sa chemise sans même prendre la peine d'en secouer la poussière. Pour une raison qu'elle ne parvenait à définir, elle était au bord des larmes.

— J'ai failli me laisser prendre à ton jeu, lâcha-t-elle

entre ses dents serrées. Mais ces paroles réconfortantes, ces gestes tendres, cette proposition d'aide… c'était juste une stratégie pour parvenir à tes fins. Désolée, mais c'est le genre d'hypocrisie qui me donne envie de gerber, Murdock.

Les mains d'Aaron se crispèrent sur le bouton de son jean. Il sentait monter une rage si violente qu'il se demanda s'il parviendrait à la maîtriser.

— Attention à ce que tu dis, Jillian.

Le regard étincelant d'indignation, elle se tourna vers lui.

— Tu as été clair depuis le début sur ce que tu voulais de moi, non ? Je n'avais pas de problème de disparition de bétail lorsque tu étais encore à Billings, très occupé à attendre que ton père…

Horrifiée par l'accusation qu'elle s'apprêtait à lancer, Jillian s'interrompit net. Elle ouvrit la bouche pour s'excuser mais la referma sous le regard meurtrier d'Aaron.

— A attendre quoi ? s'enquit-il d'une voix dangereusement calme.

Même si elle aurait volontiers donné la moitié de ses terres pour pouvoir retirer les paroles odieuses qu'elle venait de prononcer, Jillian réagit à la menace par le défi.

— Je te laisse le soin de répondre à cette question toi-même, Aaron. Tout ce que je te demande, c'est de ne plus jamais poser la main sur moi. Et de garder définitivement tes distances. Tes mots doux me révulsent, O.K. ?

Sur cet adieu, elle fit demi-tour et s'éloigna à grands pas pour récupérer son jean.

Aaron ne se donna pas le temps de réfléchir avant d'agir. Son lasso sifflait déjà dans l'air avant qu'il ait réalisé ce qu'il était en train de faire. Les paroles de Jillian l'avaient blessé au vif. Il venait de lui donner quelque chose de lui-même qu'il n'avait encore jamais partagé avec aucune autre femme. Et elle foulait aux pieds ce qu'il y avait en lui de plus authentique et de plus sincère.

Jillian poussa un léger cri de surprise lorsque le nœud coulissa juste au-dessus de sa taille, lui immobilisant les deux bras.

Elle se retourna pour le foudroyer du regard.

— Ça ne va pas, non ? Qu'est-ce que tu fais ?

— Ce que j'aurais dû faire il y a déjà une semaine.

Tirant sur la corde d'un geste sec, il l'amena à lui. Son regard était noir de rage.

— Mais ne t'inquiète surtout pas, Jillian : il n'y aura pas de mots doux, cette fois.

— Tu me le payeras, Murdock. Et cher.

Cela, Aaron voulait bien le croire. Mais il n'en avait strictement rien à faire, en la circonstance. Il l'attrapa par les hanches et la pressa contre lui.

— Tu as l'art de rendre les hommes fous, Jillian. La douceur et l'abandon incarnés à un moment ; puis une chatte sauvage toutes griffes dehors cinq minutes plus tard. Puisque tu sembles incapable de savoir ce que tu veux, je vais décider pour toi.

Il l'embrassa avec un mélange de rage et de désir dont Jillian perçut aussitôt l'écho vibrant en elle. Ce qui ne l'empêcha pas de lutter comme une tigresse.

Pressée contre son torse mouillé qui détrempait sa chemise, elle sentit la terre se dérober sous ses pieds lorsqu'il la renversa sous lui. Même plaquée au sol sous le poids d'Aaron, Jillian ne céda pas à la panique mais continua à se tortiller, à se débattre ; puis à l'insulter lorsque ses lèvres quittèrent les siennes pour lui dévorer le cou et les épaules. Mais son juron se mua en gémissement lorsque sa bouche revint se mêler à la sienne. Ses mouvements sous lui changèrent de tonalité, passant de la protestation à l'invite. Mais ce fut à peine s'ils s'aperçurent du changement. Jillian ne répondait plus qu'à l'appel impérieux de son désir. Désir pour cet homme-là et nul autre. Désir pour Aaron. Et elle savait que rien ne pourrait plus l'empêcher d'y céder.

Aaron, lui, était comme noyé en elle. Il avait tout oublié : le lasso, sa douleur, sa colère. Il n'avait plus conscience que de sa présence sous lui. De sa fragilité. De sa sensualité active. De la clameur assourdissante dans son ventre et dans ses reins. Devenue avide, la bouche de Jillian refusait de quitter la sienne. Ses mains couraient dans son dos, ses doigts s'enfonçaient dans sa chair, se raccrochaient à ses hanches.

Jillian changea de position pour ajuster plus étroitement son corps au sien. Une odeur grisante d'eau et d'herbe froissée lui montait à la tête. Les deux syllabes de son prénom résonnèrent à son oreille comme un appel.

Il n'y avait aucune douceur dans leur étreinte. Et aucune parole n'était nécessaire. Ce qu'ils s'apportaient en cet instant était aussi primitif que mutuel.

Elle poussa un gémissement de reconnaissance lorsque Aaron déboutonna sa chemise pour porter les lèvres à ses seins. La montée du plaisir fut si brusque et si déchirante qu'elle demeura sans force pendant qu'il s'activait à réveiller son désir avec ses dents et sa langue tour à tour. Pressé de la débarrasser de sa chemise, Aaron tira d'un mouvement brusque. Rencontrant une résistance inattendue, il chercha d'où venait le blocage.

Et se figea d'horreur lorsque ses doigts touchèrent le crin du lasso. Le souffle court, comme frappé par la foudre, il ferma les yeux, luttant comme un possédé pour recouvrer la raison. Le visage enfoui entre les seins de Jillian, il sentait son cœur battre contre sa joue comme un oiseau en cage.

Qu'avait-il fait ?

Il avait été à deux doigts de prendre de force une femme ligotée et non consentante. Quelle que soit la provocation au départ, il n'y avait pas de rédemption possible à ses yeux pour un acte tel que celui-là. Lâchant une obscénité, il la libéra de ses liens sans quitter son visage des yeux.

Immobile et comme noyée, elle avait l'air d'une gisante. Ses lèvres étaient gonflées et humides de ses baisers. Le regard voilé de ses yeux mi-clos ne lui livra aucun indice sur ce qu'elle ressentait.

— Tu voulais me faire payer ? C'est le moment, murmura-t-il sombrement en roulant sur le dos.

Jillian souleva les paupières. Le ciel était d'un bleu pur au-dessus de sa tête et le passereau chantait toujours. Oui, elle pourrait se venger. Elle avait lu l'horreur et le dégoût de soi dans le regard d'Aaron. Il lui suffirait d'ailleurs de pas grand-chose. Juste de se lever et de s'éloigner sans un mot.

Mais elle n'était ni stupide ni masochiste.

Roulant sur lui, elle plongea son regard dans le sien.

— Tu payeras, oui, Murdock. Si tu ne finis pas ce que tu as commencé.

Sans lui laisser le temps de répondre, elle s'empara de sa bouche, enfouit les doigts dans ses cheveux et frotta doucement son torse nu contre le sien. Le grognement de plaisir d'Aaron résonna dans sa bouche, se mélangea à son souffle, vibra jusque dans ses reins.

Tout se passa alors dans un furieux tourbillon. Toujours en position dominante, Jillian s'attaqua au jean d'Aaron et le fit descendre sur ses hanches. En lui caressant les flancs, elle sentit une profonde cicatrice sous ses doigts et éprouva une douleur aiguë, comme si sa propre chair avait été lacérée.

Sans un mot, il la fit rouler de nouveau sous lui. Avec leurs doigts, avec leurs lèvres, ils s'amenèrent mutuellement vers une frénésie qui frisait la souffrance. Il se joignit à elle alors qu'elle était secouée par un spasme et ranima son désir d'une seule poussée. Et ce fut une longue montée aveuglante, jusqu'à la chevauchée finale où ils explosèrent dans un râle partagé.

Pendant un long moment, Jillian demeura immobile, flottant dans un vide désincarné. Les mains sur le dos d'Aaron, elle sentait sa respiration laborieuse. Même après la violence du cataclysme, ils n'étaient, étrangement, ni apaisés ni même repus. C'était la première fois que Jillian expérimentait un tel phénomène. Comme si rien ne pouvait calmer l'élan démesuré qui les jetait l'un vers l'autre.

Avec un léger frisson de plaisir et d'inquiétude mêlés, elle comprit qu'elle le désirait encore. Qu'elle voulait reproduire ses sensations à l'identique, retrouver cet instant de gloire où leurs deux corps brûlants s'étaient fondus en une seule torche vive qui ne demandait qu'à se consumer.

Après toutes ces années où elle s'était prudemment abstenue de toute implication affective, elle se retrouvait en manque d'un homme qu'elle connaissait à peine. Un homme pour lequel elle était censée ne ressentir qu'hostilité et méfiance.

Mais le plus effrayant, c'est qu'elle avait une entière confiance en lui, au contraire. Et c'était peut-être encore ce qui la terrifiait le plus. Elle n'avait aucune raison logique de se fier à Aaron Murdock, pourtant. Lui faisant oublier ses ambitions, son travail et ses responsabilités, il l'avait ramenée au constat élémentaire qu'elle était femme. Et, au lieu de lui en vouloir, elle en tirait un plaisir insensé.

Aaron releva la tête et repoussa tendrement une mèche rousse qui lui tombait sur les yeux.

— Jillian... Cela devrait être facile entre nous, maintenant, et pourtant ça ne l'est pas, murmura-t-il doucement. Tu comprends ce qui se passe ?

S'autorisant une dernière faiblesse, elle pressa un instant sa joue contre la sienne.

— Non, je ne comprends pas, chuchota-t-elle. Il faut que je réfléchisse.

— Réfléchir à quel sujet ?

Elle ferma les yeux un instant et secoua la tête.

— Je ne sais pas. Laisse-moi maintenant, Aaron. J'ai besoin d'être seule.

Ses doigts se crispèrent sur les siens.

— Pour combien de temps ?

— Je ne peux pas te le dire.

Il aurait été si simple pour lui de la retenir. Quelques baisers, quelques caresses auraient suffi. Mais Aaron songea au mustang sauvage qu'il avait eu tant de mal à capturer.

Avec un léger soupir, il roula sur le côté et lui rendit sa liberté. Ils se rhabillèrent en silence, chacun de son côté, secoués par des sentiments pour lesquels ils n'avaient de mots ni l'un ni l'autre.

Lorsque Jillian se pencha pour récupérer son chapeau, Aaron la retint par le poignet.

— Si je te disais que ce qui vient de se passer a de l'importance pour moi — beaucoup plus que je ne l'avais prévu et sans doute beaucoup plus que je ne l'aurais souhaité —, tu me croirais ?

Jillian s'humecta les lèvres.

— Je te crois, maintenant. La question est de savoir si je le croirai toujours demain.

Aaron ramassa son propre Stetson, le vissa sur son crâne et lui saisit le menton.

— J'attendrai, mais pas indéfiniment. Et si tu ne viens pas à moi, j'irai à toi.

Jillian ignora le léger frisson d'excitation qui lui courut sur la peau.

— Si je ne viens pas à toi, il sera inutile de chercher à me revoir, Aaron, murmura-t-elle en se détournant pour détacher sa jument.

Il saisit la bride de Dalila, le temps de plonger son regard dans le sien.

— Je ne renoncerai pas, Jillian.

Se détournant sans attendre sa réponse, il franchit la ligne de frontière entre leurs deux terres, sauta sur sa monture et disparut au grand galop.

7

« Si tu ne viens pas à moi, j'irai à toi. »

Ces paroles continuèrent à résonner dans la tête de Jillian pendant la chevauchée du retour. Et poursuivirent leur refrain lancinant même une fois qu'elle eut repris ses activités. Elle savait qu'il y avait eu quelque chose de plus entre Aaron et elle qu'une étreinte sauvage culminant sur une violente flambée de jouissance. Mais si elle était prête à assumer l'attirance physique, elle n'était pas tout à fait certaine de vouloir affronter les sentiments confus qu'Aaron suscitait en elle.

Si elle allait le retrouver, qu'adviendrait-il de leur histoire ? Le risque, elle le voyait se profiler, évident, effrayant. Si elle lâchait les rênes, maintenant, il n'en faudrait pas beaucoup pour qu'elle tombe amoureuse. Une fatalité que Jillian avait autant de mal à admettre qu'à comprendre.

Elle avait toujours pensé que les gens tombaient amoureux parce qu'ils en décidaient ainsi. Qu'ils aimaient parce qu'ils se sentaient prêts à vivre en couple, à s'engager. Prête, elle l'avait été, quelques années plus tôt, lorsqu'elle avait rencontré Kevin. Prête à expérimenter les émotions qui pour elle allaient de pair avec la grande aventure amoureuse.

Mais, aujourd'hui, elle ne se sentait ni mûre ni disposée à rencontrer un homme. Et ce qu'elle éprouvait pour Aaron n'avait rien de doux. Il y avait une violence dans ses sentiments pour lui dont elle ne savait honnêtement quoi penser.

Pouvait-elle se permettre d'aller à lui et de s'abandonner

de nouveau aux tornades qu'il faisait naître en elle ? Au risque d'oublier toutes ses responsabilités ? Jillian était consciente que la position qu'elle occupait à la tête du ranch restait précaire. Elle n'avait pas encore eu le temps, en quelques mois, d'asseoir solidement son autorité. Si elle se laissait emporter par la passion, parviendrait-elle malgré tout à tenir le cap et à rester maître du navire ?

Supporterait-elle, en outre, le déséquilibre sentimental qui se creuserait forcément entre Aaron et elle ? Et surmonterait-elle la rupture lorsqu'il déciderait de poursuivre son chemin de son côté ? Elle ne se faisait aucune illusion sur leur avenir commun. A part son grand-père, aucun homme, jamais, ne s'était attaché durablement à elle.

Jillian soupira en reposant le combiné du téléphone. Si sa vie était compliquée sur le plan personnel, elle avait carrément viré au drame dans le domaine professionnel. Il ne manquait pas moins de cinq cents bêtes à son cheptel. Aucun doute ne subsistait : elle était victime d'une bande de voleurs de bétail.

— Alors ? s'enquit Joe en se laissant choir dans un de ses fauteuils de bureau.

— J'ai tout essayé, mais rien à faire. Ils ne peuvent pas livrer l'avion avant la semaine prochaine... Cela dit, au point où on en est, cela ne changerait plus grand-chose. Les voleurs ont eu le temps d'emmener nos bêtes jusqu'au-delà des frontières du Wyoming.

Joe étudia le rebord de son Stetson impeccable.

— Tu crois qu'ils sont allés aussi loin ?

— C'est ce que je ferais à leur place, en tout cas. Un troupeau de cinq cents bêtes, ça ne passe quand même pas inaperçu. Le shérif fait ce qu'il peut, mais ils ont pris de l'avance sur nous, Joe... Et je ne peux strictement rien faire à part attendre, conclut-elle en serrant les poings, effarée par la conscience de son impuissance.

Sourcils froncés, Joe fit tourner son chapeau entre ses doigts.

— Si tu veux mon avis, le moyen le plus simple de

dissimuler cinq cents bêtes, c'est de les disperser au milieu d'un cheptel qui comporte quelques milliers de têtes, Jillian.

— Précise ta pensée, ordonna-t-elle froidement.

Joe se leva. Même après six mois passés à Utopia, il avait gardé l'allure et la façon de raisonner du monde des affaires d'où il venait.

— Objectivement, tu ne peux pas faire mine d'ignorer que la clôture a été sectionnée sur notre limite ouest. Et que ce pâturage mène directement au ranch des Murdock.

— Je sais où mène le pâturage, Joe. Et je sais également que je ne peux pas me fonder sur quelques fils coupés pour accuser mes voisins de vol de bétail.

Joe haussa les épaules.

— D'accord. N'en parlons plus.

Le fait qu'il renonce à insister exacerba encore la mauvaise humeur de Jillian. Et ranima ses doutes de surcroît.

— Enfin, Joe, réfléchis ! Leur ranch est presque deux fois plus important que le mien ! Aaron n'a pas besoin de me voler mon bétail pour vivre.

— Pas pour vivre, non. Mais il pourrait avoir d'autres raisons, plus subtiles. Avec un demi-millier de bêtes en moins, ton profit, cette année, se réduira à pas grand-chose. Imagine qu'il en disparaisse encore cent ou deux cents de plus... Tu serais obligée de vendre une partie de tes terres pour t'en sortir.

Jillian ferma un instant les yeux. Les soupçons exprimés à mots couverts par Joe lui avaient déjà traversé l'esprit. Et elle s'était haïe de remuer des pensées aussi sordides.

— Si Aaron Murdock voulait acheter mes terres, il me l'aurait demandé, Joe.

— Et tu l'aurais envoyé bouler en lui disant de repasser dans deux siècles. Aaron Murdock est un homme ambitieux. Rien ne prouve qu'il veuille se contenter de ce que son père lui a laissé.

Tous ces arguments étaient irréfutables. Et pourtant...

— Laisse l'enquête au shérif, Joe. C'est son boulot.

Le visage de son responsable des troupeaux se crispa.

— C'est vrai. Et je devrais retourner m'occuper du mien.

Découragée et indécise, Jillian se passa la main dans les cheveux.

— Je suis désolée, Joe. Je sais que tu te bats pour Utopia.

— Et pour toi aussi, accessoirement.

— J'apprécie. Vraiment. Mais j'ai besoin d'y voir un peu plus clair avant d'agir. Je me donne encore un peu de temps.

Joe coiffa son chapeau et rabattit le bord sur ses yeux.

— Je comprends. Mais si tu as besoin d'aide, sache que tu peux compter sur moi.

— Merci, Joe. Je ne l'oublierai pas.

Restée seule, Jillian se laissa tomber dans son fauteuil et enfouit le visage dans ses mains. Si seulement elle avait eu le droit de céder à la panique ! D'éclater en sanglots, comme une petite fille, et de s'en remettre à quelque autorité compétente pour affronter la situation à sa place. Mais les terres d'Utopia lui appartenaient à elle seule. Et il n'y avait personne pour prendre la relève.

D'un geste las, elle prit les gants en cuir qu'elle avait laissés sur le bureau et se dirigea vers la porte. La vie continuait à Utopia et le travail n'attendait pas. Même si on la délestait de ses dernières bêtes, il lui resterait toujours ses terres. Et la détermination nécessaire pour se reconstruire.

En sortant sous la véranda, elle vit Karen Murdock se garer dans la cour. Après une légère hésitation, Jillian se porta à sa rencontre.

— Je passais vous dire un petit bonjour, Jillian. J'espère que je ne vous dérange pas ?

L'élégance naturelle de la mère d'Aaron avait quelque chose d'irrésistible. Jillian sourit.

— Pas du tout. Je vous offre un café ?

— Avec grand plaisir.

Karen suivit Jillian jusqu'à la cuisine.

— Il y a une éternité que je n'étais pas revenue par ici. Dans le temps, nous nous voyions régulièrement, votre grand-mère et moi, admit-elle avec l'ombre d'un sourire. Clay et Paul faisaient semblant de ne se rendre compte de rien, mais ils n'étaient pas dupes... Que pensez-vous des vieilles querelles entre familles rivales, vous ?

Jillian versa deux doses de café dans le filtre.

— Si vous m'aviez posé la question il y a deux semaines, j'aurais montré les dents. Mais j'avoue que mon opinion sur la question a pas mal évolué ces derniers temps.

Karen prit place à la table de la cuisine.

— Vous m'en voyez ravie, Jillian. Je sais que Paul a eu quelques paroles indélicates, l'autre fois. Mais mettre les autres en fureur a toujours fait partie de ses péchés mignons. Il a la provocation dans le sang.

Tournant la tête par-dessus l'épaule, Jillian lui jeta un regard amusé.

— Je crois qu'il ressemble beaucoup plus à mon grand-père que je ne me l'étais imaginé.

— Paul et Clay étaient bâtis sur le même modèle. C'étaient des monuments, des forces de la nature. Et on n'en fait plus beaucoup, des comme eux... J'ai entendu parler de vos pertes en bétail, Jillian. Si nous pouvons vous aider en quoi que ce soit...

Les mâchoires crispées par la tension, Jillian se concentra sur la cafetière.

— Le shérif fait ce qu'il peut, murmura-t-elle.

— Aaron m'a parlé de la clôture coupée, poursuivit Karen après une légère hésitation. Même s'il a évité d'en informer son père.

— La brèche dans la clôture est un détail sans importance, madame Murdock. Je sais que votre fils n'a rien à voir dans cette histoire.

Karen hocha la tête.

— Aaron se fait du souci pour vous.

Jillian sortit deux tasses et les posa sur la table.

— Il n'a pas à s'inquiéter. C'est mon problème.

— Vous refusez délibérément tout soutien, Jillian ?

Avec un léger soupir, elle prit place en face de la mère d'Aaron.

— Tenir un ranch reste un challenge pour une femme, madame Murdock. Et je dois me montrer deux fois plus forte qu'un homme si je veux réussir à m'imposer dans cet univers. Aucune faiblesse ne m'est permise.

— Jillian... Il n'y a personne dans cette pièce à qui vous ayez quoi que ce soit à prouver, murmura Karen.

Levant les yeux, Jillian vit une telle sollicitude dans le regard de la mère d'Aaron qu'elle relâcha le contrôle qu'elle maintenait sur elle-même.

— Je suis malade de peur, admit-elle. J'ai pris des gros risques financiers cette année parce que j'espérais me rattraper avec le chiffre d'affaires de cet été. Mais *cinq cents têtes* en moins... Il me faudra du temps pour m'en remettre.

Karen posa la main sur la sienne.

— Il se peut encore qu'on retrouve le bétail disparu.

— Les chances sont infimes, désormais. Mais je n'ai pas le droit de m'effondrer, chuchota Jillian en serrant les poings. Clay m'a laissé son héritage. J'ai le devoir de le faire fructifier.

— Pour toi ou pour ton grand-père, Jillian ? s'enquit doucement Karen.

— Pour les deux. Je suis redevable à Clay de ses terres. Et du savoir-faire qu'il m'a transmis.

Karen secoua la tête.

— Attention de ne pas te laisser dévorer.

— Utopia est tout ce que je possède, murmura-t-elle dans un souffle. Je n'ai strictement rien d'autre.

— Je vais te dire une chose, Jillian : même si tu devais perdre jusqu'à ton dernier mètre carré de terre, tu trouverais le moyen de repartir sur de nouvelles bases. Tu es comme Aaron. Tu as cette énergie en toi.

— Aaron avait d'autres choix possibles, lui, lâcha Jillian en se levant pour les resservir.

Karen la regarda un instant en silence.

— Tu penses au pétrole et à Billings, n'est-ce pas ? Aaron l'a fait pour son père... et pour moi. J'espère ne jamais avoir à lui redemander un sacrifice aussi cruel.

— Je ne comprends pas, murmura Jillian, le souffle soudain suspendu.

— Paul avait fait une promesse à Aaron alors qu'il n'était encore qu'un tout petit garçon : le Double M serait pour lui dès qu'il l'aurait mérité. Or, pour avoir mérité son ranch, Aaron l'a mérité, admit Karen avec un profond soupir. Je crois que tu peux comprendre ce que ce genre de transmission signifie.

Jillian hocha la tête et attendit le reste du récit en silence.

— Lorsque Aaron a terminé ses études, son père n'était pas encore prêt à lui céder les rênes.

» Ça a été orageux quelque temps, puis ils ont passé un nouveau contrat. Aaron acceptait de travailler au ranch en se pliant aux méthodes de Paul pendant trois ans. Au terme de cette période d'essai, Aaron devait prendre la direction du Double M. Avec les pleins pouvoirs.

— J'imagine que ça ne doit jamais être facile pour un éleveur de lâcher ce qu'il a passé une vie entière à construire, concéda Jillian.

Karen secoua la tête.

— J'aime profondément mon mari, Jillian. Mais en l'occurrence Paul avait tort. L'heure était venue pour lui de laisser la place. Et peut-être l'aurait-il fait s'il n'avait pas senti en lui la menace de... Mais peu importe ses raisons, se reprit-elle. Paul n'a pas tenu ses promesses et Aaron et lui se sont écharpés verbalement comme seuls deux hommes de caractère peuvent le faire. Sitôt calmé, Aaron m'a annoncé son intention de monter son propre ranch dans le Wyoming. Même s'il était très attaché au Double M, je sais qu'il rêvait depuis longtemps de créer quelque chose à lui.

— Mais il ne l'a pas fait.

Karen plongea son regard dans le sien.

— Non. Car je l'ai supplié d'y renoncer. Nous venions

d'apprendre que Paul n'avait plus, au maximum, que deux années à vivre. Mon mari était furieux d'avoir à s'incliner devant la maladie. Paul est un homme d'une immense fierté, Jillian. Et jusque-là, aucun obstacle ne lui avait résisté.

Jillian songea au regard d'aigle du vieil homme. A son profil hautain.

— Je suis désolée, Karen.

— Paul m'a interdit de parler de son cancer à qui que ce soit. Pas même à notre fils. Or, je peux compter sur les doigts de la main le nombre de fois où je me suis opposée à la volonté de mon mari, murmura Karen en scrutant le fond de sa tasse.

Observant le beau visage serein, Jillian comprit que si cette femme avait paru s'incliner devant son mari pendant des années, ce n'était pas par faiblesse. Mais, au contraire, parce qu'elle avait une force intérieure peu commune.

— Je savais que si Aaron partait en rompant les ponts, Paul cesserait de lutter et qu'il laisserait le cancer prendre le dessus. Je savais également qu'Aaron ne se le pardonnerait pas, s'il apprenait par la suite que sa décision avait précipité son père dans la tombe. Alors j'ai révélé la vérité à mon fils et je lui ai demandé de renoncer à son rêve. Il est donc parti pour Billings. Et même s'il est persuadé qu'il l'a fait pour moi, je sais que c'est pour Paul qu'il a mis ses propres projets entre parenthèses. Ses médecins ne partageraient peut-être pas mon avis, mais je suis persuadée qu'Aaron a fait don de cinq années de vie à son père.

La gorge nouée, Jillian se détourna.

— Je lui ai dit des choses affreuses, Karen.

— Tu n'es sûrement pas la première. Aaron était conscient qu'aux yeux du monde il aurait l'air d'un faible. Mais il ne s'est jamais préoccupé de ce que pensaient les gens.

— Je ne peux même pas lui présenter mes excuses. Il serait furieux, si je lui dis que je sais.

— Tu le connais bien.

— Non, justement, protesta Jillian avec une soudaine exaltation. Je ne le connais pas ; je ne le comprends pas et...

Elle se tut abruptement, sidérée d'avoir laissé transparaître son désarroi devant la propre mère d'Aaron.

— Je suis peut-être sa mère, Jillian. Mais je suis également une femme. Une femme capable de comprendre que l'on puisse hésiter face à un engagement amoureux qui promet d'être compliqué. J'avais à peine vingt ans lorsque j'ai rencontré Paul. Et lui avait passé la quarantaine. Ses amis pensaient qu'il était devenu fou et que la « jeunette » en voulait à son argent...

Avec un léger sourire, Karen se leva pour placer la main sur son épaule.

— Quoi qu'il en soit, je ne suis pas venue ici pour te donner des conseils sur ce qui se passe entre Aaron et toi mais pour t'offrir mon amitié... si tu veux bien l'accepter.

Jillian examina ses traits en silence — la beauté intemporelle, la grâce, le mélange de force et de douceur.

— Je l'accepte volontiers. Merci de votre générosité, Karen.

Karen lui effleura la joue.

— Générosité ? Je suis très égocentrique, au contraire. Cela fait trente ans que je vis dans un monde d'hommes. Et c'est si bon de parler à une femme de temps en temps...

Aaron arpentait la véranda devant chez lui en regardant la lune se lever. La nuit était calme, silencieuse, et portait déjà en germe les odeurs de l'été. Sa bière à la main, il but distraitement une gorgée. Combien de temps comptait-elle encore le faire attendre comme ça ? Une semaine déjà s'était écoulée depuis qu'ils avaient fait l'amour au bord de l'étang. Et chaque soir en rentrant chez lui, il se heurtait à un vide dont il n'avait jamais souffert jusque-là.

Toute sa vie, il s'était cru imperméable à l'opinion d'autrui. Découvrir une forme de vulnérabilité en lui avait été un choc. Jillian était sans doute la première femme qui avait le pouvoir de le blesser. Et elle ne l'avait guère ménagé.

Ce qui ne l'empêchait pas de continuer à la désirer comme

un fou. Aurait-il un fond masochiste caché ? Il avait envie qu'elle lui fasse confiance, en plus. Qu'elle s'ouvre à lui de ses problèmes. Pour qu'il puisse la soutenir et l'aider. Alors qu'il n'avait jamais ressenti le besoin de s'impliquer dans la vie de qui que ce soit jusqu'ici.

Serrant les poings, il pesta contre le monde en général et les femmes en particulier. Puisque Jillian s'obstinait à ne pas venir à lui, il était peut-être temps qu'il prenne l'initiative de son côté. Que cela lui plaise ou non, il allait...

Aaron avait déjà le pied sur la première marche lorsqu'il vit deux phares se dessiner dans la nuit. Une tension s'installa dans ses épaules et dans les muscles de son ventre. Il posa sa bière sur la rampe et regarda Jillian se garer devant chez lui, sans dire un mot.

Les jambes tremblantes, Jillian descendit de la Jeep. Pour une femme qui refusait toute forme de faiblesse par principe, elle se sentait singulièrement tourmentée. Elle avait compté sur le trajet pour calmer son anxiété. Mais celle-ci n'avait fait que croître à mesure qu'elle approchait du but.

Menton levé, elle soutint le regard fixe d'Aaron et grimpa les marches de bois qui menaient à la galerie.

— Je commets une erreur en venant ici, déclara-t-elle en s'immobilisant en haut de l'escalier.

En appui contre un pilier, il continua à lui opposer un visage imperturbable.

— Tu crois ?

— Ma vie est déjà assez chaotique en ce moment. Je n'ai pas besoin de complications supplémentaires.

Aaron scruta ses traits en silence.

— Tu as mis un sacré bout de temps pour arriver ici, Jillian.

— Je ne serais pas venue si j'avais pu m'en empêcher.

Les nœuds de tension dans les muscles d'Aaron se relâchèrent. Il ne s'était certainement pas attendu à un pareil aveu de sa part.

— Maintenant que tu es là, tu pourrais peut-être te rapprocher un peu...

Ainsi, il n'avait pas l'intention de lui faciliter la tâche. Rassemblant son courage, Jillian se planta devant lui — si près que leurs corps se touchaient presque.

— Ça ira comme ça ?

Il sourit.

— Pas tout à fait encore.

Nouant les doigts derrière sa nuque, Jillian effleura ses lèvres des siennes.

— Et là ?

— Encore plus.

Enfin, il s'autorisa à la toucher. Glissant un bras possessif autour de sa taille, il l'amena contre lui.

— Mille fois plus près encore, Jillian.

Les yeux brillants, elle ajusta son corps au sien.

— Plus près et nous tombons dans l'attentat à la pudeur.

De la pointe de la langue, il suivit le tracé de sa lèvre inférieure.

— Je payerai la caution si nous finissons au poste.

— Tais-toi, Murdock, murmura-t-elle juste avant de l'embrasser à pleine bouche.

Tout le désir accumulé pendant une semaine jaillit entre eux avec la violence d'une source trop longtemps contenue. Se penchant pour passer une main sous ses genoux, Aaron la souleva dans ses bras.

— Aaron...

Sa protestation fut étouffée par un baiser échevelé tandis qu'il franchissait la porte d'entrée. Elle ne put s'empêcher de rire.

— Aaron, pose-moi. Je peux marcher.

— Tu ne peux pas marcher puisque je te porte, observa-t-il en attaquant l'escalier.

— C'est ta façon d'exprimer ta domination masculine ?

Elle lui adressa le plus innocent des sourires en réponse à son regard mauvais.

— C'est ma façon d'être romantique, Jillian. Lorsque

je veux exprimer mes instincts macho, je m'y prends de la manière suivante, enchaîna-t-il en la faisant basculer sur son épaule comme un vulgaire sac de son.

Après le choc initial, Jillian dut admettre qu'elle l'avait cherché.

— D'accord, un point pour toi, commenta-t-elle, tête en bas. Je voulais juste dire que je ne cherchais ni domination ni idylle.

Aaron haussa les sourcils en pénétrant dans la chambre. Sous le ton léger, presque joueur, il avait perçu la gravité à peine masquée. Il la laissa descendre lentement contre lui.

— Tu n'aimes pas les idylles, Jillian ?

— Disons que ce n'est pas ce à quoi j'aspire, chuchota-t-elle, les yeux brûlant de désir, en cherchant ses lèvres.

Mais il la retint par les poignets.

— Tant pis pour toi. Il faudra que tu fasses avec... Tu penses qu'une relation purement physique est moins dangereuse ? s'enquit-il négligemment en lui mordillant l'oreille.

— Je crois que toute relation avec toi est dangereuse par définition.

Le souffle de Jillian se suspendit un instant lorsque la langue d'Aaron glissa le long de son cou — chaude, humide, furieusement sensuelle.

— Tu es si étonnamment douce, par endroits, murmura-t-il en laissant courir ses lèvres sur sa peau. Tout ce qu'on voit d'abord chez toi, c'est ton menton insolent et ton regard brillant de défi. Tu es remontée comme une pile, dure à la tâche et capable de passer des journées entières à attraper des veaux à mains nues. Qui se douterait que sous l'accoutrement du cow-boy tu caches une ossature fragile et une peau délicate comme la soie ?

Jillian voulut protester mais elle avait perdu l'énergie nécessaire. Aaron sourit. C'était exactement ainsi qu'il la voulait pour lui : abandonnée, fondante, comme égarée par le plaisir. Il l'aimait désirante, effrénée et active. Mais il était bon, ne serait-ce qu'un instant, de la sentir faible et alanguie dans son étreinte.

Il avait l'intention de prendre tout son temps avec elle, ce soir. Sans hâte aucune, il la fit reculer jusqu'au lit et s'asseoir sur le bord du matelas. Un rayon de lune éclairait ses yeux déjà troublés et il entendait le va-et-vient irrégulier de son souffle.

Il laissa descendre un doigt caressant depuis sa joue jusqu'à ses seins et défit le premier bouton de sa chemise. Puis le deuxième. Au troisième, il laissa glisser la main le long de ses flancs jusqu'à ses cuisses. Puis il coinça une de ses jambes entre ses genoux et lui retira ses bottes une à une.

— A toi maintenant.

Satisfaite de retrouver l'initiative, Jillian s'exécuta avec un sourire luisant de défi sensuel. Si elle avait finalement décidé d'aller trouver Aaron, c'était pour vivre avec lui une expérience d'égal à égal. Elle ne voulait pas de promesses doucement murmurées, pas de mots tendres uniquement destinés à séduire. Pour ne pas tomber amoureuse, avait-elle raisonné, il lui suffirait de rester attentive aux demandes de son corps et de réduire son cœur au silence.

Dès l'instant où sa seconde botte toucha le sol, Aaron l'attrapa par la taille avec toute la délicatesse d'un joueur de rugby plaquant l'adversaire et la fit tomber en arrière sur le lit. En éclatant de rire, Jillian noua les bras autour de son cou.

— Tu passes ton temps à balancer les femmes par terre, Murdock. Drôle d'habitude, non ?

— J'ai ce menu défaut, en effet... J'aime bien ta bouche, commenta-t-il en la lui mordillant. Elle fait partie de tes zones de douceur secrète.

Il continua à lui téter la lèvre inférieure, sans fièvre aucune, jusqu'à ce qu'elle s'alanguisse de nouveau. Jillian tenta de lutter contre la torpeur dangereuse qui s'emparait d'elle. Elle était venue chercher la frénésie et le tourbillon, la brûlure et l'extase. Pas la douceur insidieuse et encore moins la tendresse ou l'abandon. Et pourtant...

Les sensations que lui procurait Aaron semblaient combler des aspirations enfouies dont elle avait à peine soupçonné l'existence. Les tensions et les angoisses des derniers jours se relâchaient peu à peu sous l'effet de ses caresses. Comme si, pour la première fois de sa vie, elle était aimée, choyée, dorlotée. Et même si Jillian savait qu'il s'agissait d'une illusion, elle n'avait aucune envie de la voir se dissiper.

Elle frotta sa joue contre celle, râpeuse, d'Aaron. Ses mains glissaient sur son corps avec une légèreté délicieuse. Avec un petit soupir, Jillian s'attaqua aux boutons de sa chemise pour sentir la nudité de sa peau contre la sienne. Tandis qu'elle modelait sous ses doigts les muscles durs de son torse, elle songea qu'elle n'avait eu que des bribes d'impressions la première fois où ils avaient fait l'amour. Tout s'était passé dans l'urgence et la faim exacerbée. Ils s'étaient emparés l'un de l'autre avec une fureur possessive qui n'avait pas laissé place à l'exploration et à la découverte.

Mais aujourd'hui... aujourd'hui, elle perdait la tête, car la bouche d'Aaron semblait être partout à la fois. Et elle ne savait plus où se situaient les frontières entre l'ici et l'ailleurs, le masculin en elle, le féminin en lui.

Jamais Aaron n'avait imaginé qu'il pourrait éprouver une telle jouissance à donner du plaisir. Chaque ligne du corps de Jillian l'éblouissait, chaque centimètre carré de sa peau le rendait fou. Son désir exacerbé frisait la torture. Et pourtant il continuait à différer le moment où il plongerait dans sa chair offerte pour s'y perdre.

Ce n'est que lorsque la langueur de Jillian devint frénésie qu'il accéléra le rythme de ses caresses. A deux reprises, il l'amena au bord de la jouissance, mais sans jamais la laisser atteindre le pic par-delà lequel tout bascule.

Jillian s'arc-bouta sous lui, le regard aveugle, si consentante qu'elle était prête à tout donner, jusqu'à la dernière parcelle de son être.

— Aaron...

Il pesa sur elle de tout son poids.

— Dis-moi que tu me désires cette fois, lui ordonna-t-il dans un souffle.

Tête renversée, elle noua les jambes à ses hanches.

— Oui, je te veux. Maintenant.

Un éclair cisailla ses iris sombres.

— Pas seulement maintenant.

D'un seul mouvement de reins, il s'immergea en elle. Et le fil de la réalité se rompit.

8

Lorsque Aaron revint à lui, il avait le visage enfoui dans les cheveux de Jillian. Leur odeur lui emplissait les narines, fraîche comme les fleurs sauvages dont sa mère faisait de grands bouquets au printemps.

Elle était si silencieuse et immobile sous lui qu'il crut qu'elle s'était endormie. Mais lorsqu'il se souleva sur un coude pour la regarder, il vit qu'elle avait les yeux grands ouverts dans le noir. Il pressa ses lèvres sur sa joue, puis effleura les cernes qui lui avaient sauté aux yeux lorsqu'elle s'était avancée vers lui sur la galerie.

— Tu ne dors pas assez, commenta-t-il, sourcils froncés.

Après leurs ébats passionnés, Jillian s'était attendue à peu près à tout, sauf à ce commentaire préoccupé sur sa santé. Elle ne put s'empêcher de rire.

— Je me porte comme un charme, Murdock.

Il lui prit le menton dans la main.

— Faux. Tu es fatiguée. Soucieuse.

Elle scruta le visage au regard intense penché sur le sien. Il aurait été si simple, dans ce moment d'intimité après l'amour, de partager avec lui ses doutes, ses peurs et ses angoisses, comme elle l'avait fait avec Karen le matin même. Mais confesser ses faiblesses à une femme était une chose. Admettre devant un homme et un rival qu'elle se sentait au bord de la panique pouvait être beaucoup plus risqué.

— Aaron, je ne suis pas venue ici pour...
— Je sais pourquoi tu es venue ici : parce que tu ne

pouvais pas t'en empêcher. Mais maintenant que tu es dans mon lit, il faudra accepter le reste avec.

Elle tenta de rassembler sa dignité.

— Et de quel « reste » veux-tu parler, s'il te plaît ?

Une lueur amusée scintilla dans les yeux d'Aaron.

— Tu me fais penser à ma prof de math de sixième lorsque tu prends cet air sévère.

— Le regard sévère est l'une des rares facultés que je tienne de ma mère. Mais tu n'as pas répondu à ma question.

— Je suis dingue de toi.

La stupéfaction de Jillian était manifeste. Et sa surprise tirait plutôt du côté de la consternation que de l'émerveillement. Aaron jugea plus prudent de revenir à une certaine légèreté.

— J'imagine que c'est ton caractère infernal qui m'a fait succomber. Mais indépendamment de ce qui se passe entre nous, j'ai l'intention de te donner un coup de main, Jillian.

— Il n'y a pas grand-chose que tu puisses faire.

Au lieu de répondre tout de suite, il s'adossa au montant de bois sculpté de son lit et l'attira contre lui. Après une légère résistance, elle s'abandonna dans son étreinte.

— Où en est l'enquête ? demanda-t-il en enfouissant les lèvres dans ses cheveux. Ça progresse ?

— Je n'ai pas à t'impliquer dans mes problèmes, Aaron. Ce n'est pas juste pour toi.

— Impliqué, je le suis déjà, dans la mesure où il y a eu ce fil de clôture sectionné.

Sensible à son argument, Jillian hocha la tête.

— Nous avons effectué un dénombrement complet du cheptel et il nous manque cinq cents têtes. Par mesure de précaution, nous avons marqué immédiatement tous les veaux restants.

— Et le shérif a des pistes ?

Elle haussa les épaules.

— Il n'a pas encore réussi à déterminer par où les bêtes avaient été emportées. S'il y a eu d'autres clôtures endommagées, tout a été réparé avec beaucoup de soin après le passage des voleurs. Le shérif pense que les animaux manquants n'ont pas tous été sortis d'un coup mais par petits groupes successifs, prélevés ici et là.

— C'est bizarre qu'ils aient laissé un fil coupé en évidence.

— Ils n'ont peut-être pas eu le temps de le remettre en place.

— Ou ils l'ont fait à dessein pour détourner l'attention sur moi pendant qu'ils terminaient tranquillement leur boulot.

— C'est bien possible.

Jillian appuya — brièvement — la tête contre son épaule.

— Je suis désolée, Aaron, chuchota-t-elle. Je ne pensais pas ce que je t'ai dit au sujet de ton père.

— Oublie ça, va.

Elle leva les yeux.

— Je ne peux pas.

Il l'embrassa avec rudesse.

— Quand on veut, on peut… Et demain matin, nous survolons ton ranch en avion. Je n'ai rien contre le shérif ni contre ses méthodes. Mais tu connais Utopia mieux que lui.

Jillian lui jeta un regard désemparé.

— J'apprécie ton geste. Honnêtement. Mais je ne veux pas me sentir en dette envers toi. Je ne sais pas comment t'expliquer, mais…

— Alors n'explique rien, trancha-t-il en lui renversant la tête en arrière de manière à plonger son regard dans le sien. Je ne suis pas toujours ouvert à la discussion, Jillian. Tu pourras te battre avec moi et parfois même l'emporter. Mais il y aura des moments où tu ne pourras pas m'arrêter.

Les yeux verts étincelèrent.

— Pourquoi la provocation au combat, alors que je faisais de louables efforts pour me montrer reconnaissante ?

D'un seul mouvement, il la fit rouler avec lui en travers du lit.

— Parce que tu es infiniment plus dangereuse lorsque tu es douce… Tu restes dormir ici cette nuit.

— Il est hors de question que je…

Aaron lui imposa silence avec un baiser si passionné qu'il la laissa sans voix.

— Tu restes, j'ai dit.

Et il la prit avec une frénésie qui frisait le désarroi.

Entendre les oiseaux à son réveil faisait partie des charmes de l'été pour Jillian. Le reste de l'année, elle se levait si tôt que la nuit était encore sombre et silencieuse lorsqu'elle s'arrachait de la tiédeur des draps. Pendant quelques secondes, elle s'offrit le luxe de rester les yeux clos, à écouter les sons du matin. Puis elle s'étira, roula sur le côté et découvrit où elle était.

La chambre d'Aaron.

Pour la première fois, elle avait dormi avec un homme. Connu l'intimité d'un sommeil commun. Comment avait-elle pu avoir la faiblesse de croire qu'elle parviendrait à vivre une histoire avec Aaron sans prendre de risques ? A s'impliquer physiquement tout en gardant son cœur au sec ?

Ce qui ne signifiait pas pour autant qu'elle était amoureuse, bien sûr. Il était techniquement impossible de s'éprendre de quelqu'un en si peu de temps. Tournant les yeux vers la fenêtre grande ouverte, elle vit que le soleil, déjà haut, entrait à flots. Mais quelle heure était-il donc pour que la lumière soit déjà si forte ?

Furieuse contre elle-même, Jillian s'assit dans le lit juste au moment où Aaron entrait avec deux tasses de café sur un plateau.

— Déjà levée ? Dommage. Je me faisais une fête de te réveiller à ma manière.

D'un geste vif, elle repoussa la masse de boucles rousses qui tombaient en désordre sur son front.

— Il faut que je rentre à Utopia. Je devrais déjà être au travail.

Aaron la retint fermement par l'épaule.

— Je ne connais pas d'éleveur au monde qui ne puisse se permettre de déserter son ranch un jour ou deux. Tu as déjà l'air un peu plus reposée. C'est un début... Bois ton café, maintenant.

Elle voulut protester mais l'odeur du précieux breuvage était trop tentante.

— Quelle heure est-il ? s'enquit-elle entre deux gorgées.
— 9 heures passées.

Les yeux écarquillés par l'horreur, elle repoussa les couvertures.

— Il faut que je rentre.

De nouveau, il la maintint plaquée contre ses oreillers.

— D'abord, ton café. Après, un petit déjeuner. Et on verra ensuite.

— Arrête de me traiter comme si j'avais six ans !

Il baissa les yeux sur ses seins.

— Je pourrais être tenté de te traiter en femme.

— Arrête de chercher à me mater, Murdock, ordonna-t-elle en riant. Et laisse-moi filer. J'apprécie le café, mais je ne peux pas me permettre de paresser au lit jusqu'à midi.

— Je suis sûr que cela fait des mois que tu n'as pas dormi huit heures d'affilée. Je t'aurais accordé plus de sommeil cette nuit si tu ne m'avais pas... assailli à plusieurs reprises.

Jillian haussa les sourcils.

— Assailli ?

Ainsi, même après la nuit qu'ils venaient de passer, elle avait encore besoin d'être rassurée sur le fait qu'il la trouvait désirable ? Hallucinant.

Il se pencha pour lui embrasser le front.

— Si tu veux abuser encore une fois de moi, ce matin, je suis ton serviteur.

Jillian laissa échapper une brève expiration tremblante.

— Je crois que je vais t'épargner pour le moment, Murdock. Tu as un ranch, des clôtures et du bétail qui t'attendent, non ?

« J'ai une femme à protéger, surtout », fut la réponse qui se présenta à l'esprit d'Aaron. Mais compte tenu de la personnalité de la demoiselle, il jugea plus avisé de garder cette pensée pour lui.

— Quel rabat-joie tu fais, Jillian ! Allez, file sous la douche pendant que je prépare le petit déjeuner. Ensuite, nous survolerons Utopia en avion.

— Aaron, rien ne t'oblige à perdre un temps précieux à cause de…

Il s'immobilisa.

— Pour une femme intelligente, tu es parfois singulièrement lente à saisir les choses les plus simples, Jillian. Le vol de bétail est une affaire grave qui concerne tous les ranchers alentour. S'aider entre éleveurs est une question de solidarité.

Consciente qu'elle l'avait offensé sans le vouloir, Jillian hocha la tête.

— Je vais faire un saut pour prévenir Gil Haley, alors.

— C'est inutile. J'ai déjà envoyé quelqu'un pour l'avertir que tu étais ici.

Jillian en bafouilla d'étonnement.

— Tu as envoyé dire à *Gil* que j'étais ici avec toi, ce matin ? Tu as songé aux conclusions qu'il pourrait en tirer ?

De distant, le regard sombre rivé sur elle se fit glacial.

— Désolé. L'idée que l'on puisse penser que tu as passé la nuit avec moi t'est insupportable, apparemment.

Lorsqu'il sortit de la chambre à grands pas, le premier réflexe de Jillian fut de s'élancer à sa suite pour s'expliquer. Mais, parvenue à la porte, elle s'immobilisa net. Qu'allait-elle dire à Aaron ? Qu'elle n'avait pas honte, comme il le croyait, mais qu'elle était profondément troublée par leur histoire ? Intimidée par l'intensité inattendue de ses sentiments pour lui ?

Le feu aux joues, elle fit demi-tour et se replia dans la salle de bains. Tout compte fait, il serait plus sage de rester sur un malentendu plutôt que de prendre le risque de s'emberlificoter dans des explications compromettantes…

*
* *

Aaron l'aurait volontiers étranglée. Ouvrant la porte de la cuisine à la volée, il jeta une tranche de bacon dans la poêle brûlante.

— Et maintenant tu te calmes, s'ordonna-t-il à voix haute.

Entre Jillian et lui, il n'avait été question que de vivre quelques moments de plaisir partagé, après tout. Si ses sentiments à lui avaient pris des proportions insoupçonnées, il ne pouvait s'en prendre qu'à lui-même.

Qu'avait-il à se montrer aussi possessif avec cette fille ? Elle lui avait un peu tourné la tête, d'accord. Mais la situation n'avait rien d'irréversible. S'il l'avait dans la peau en ce moment, c'est parce que leur entente physique était parfaite. Mais de là à penser qu'il était prêt à s'engager dans quelque chose de durable...

Non. Jamais de la vie. De fait, il aurait gardé ses distances, si Jillian ne s'était pas débattue dans ses problèmes de vol de bétail. Son principal souci était de l'aider à traverser une mauvaise passe. Comme il l'aurait fait pour n'importe quel voisin en difficulté.

Rassuré sur l'état de ses sentiments, Aaron sifflota en retournant la tranche de bacon. Le cœur tranquille, il leva les yeux en entendant Jillian pénétrer dans la pièce. Les cheveux mouillés, la peau vierge de tout maquillage, elle était si belle, si saine, si tentante, si...

Horreur et consternation. Il était bel et bien amoureux d'elle. Comment allait-il se sortir de ce traquenard ?

Jillian s'immobilisa net à l'entrée de la pièce. Pourquoi la regardait-il aussi fixement que s'il avait affaire à une apparition ?

— Quelque chose ne va pas, Aaron ?

Il secoua la tête, comme pour chasser une vision tenace.

— Non, tout va bien... Tu aimes tes œufs comment ?

— Brouillés, de préférence.

Surmontant une appréhension paralysante, Jillian s'avança vers Aaron. Elle s'était heurtée à tant de rejets dans sa vie qu'elle retenait, par principe, tout geste qui pouvait passer de près ou de loin pour une manifestation d'affection.

Il lui fallut une bonne dose de courage pour poser la main sur son épaule. Et lorsqu'elle le sentit se raidir à son contact, elle retira ses doigts comme s'il l'avait brûlée.

— Désolée pour tout à l'heure. Je ne suis pas très douée lorsqu'il s'agit d'accepter de l'aide, Aaron.

Il souleva ses œufs d'un vigoureux coup de spatule.

— J'avais remarqué, oui.

Elle cligna les yeux pour endiguer les larmes qui montaient stupidement.

— Merci pour tout, balbutia-t-elle.

Il fit glisser les œufs brouillés sur une assiette.

— C'est bon. Il n'y a pas de quoi en faire un plat.

Il avait le ton rogue et l'œil mauvais. Blessée au vif, Jillian se détourna. Qu'avait-elle espéré, d'ailleurs ? Elle n'avait jamais été le genre de personne à inspirer de la tendresse.

— Tu ne manges pas, toi ? s'enquit-elle d'un ton détaché.

— C'est déjà fait.

Lorsqu'il posa bruyamment son assiette sur la table, elle lui jeta un regard noir.

— Tu as l'air très occupé, Murdock. Pourquoi ne demandes-tu pas à un de tes hommes de m'emmener en avion à ta place ?

— J'ai dit que je m'en chargeais.

Elle haussa les épaules.

— Si ça t'amuse.

— Tu veux savoir ce qui m'amuse, Baron ?

La saisissant aux épaules, il la gratifia d'un baiser tellement échevelé qu'ils en restèrent haletants de désir et bouillonnants de rage l'un et l'autre.

Aaron enjamba une chaise et s'installa en face d'elle pendant qu'elle faisait un sort à son petit déjeuner.

— Tu sais que tu aurais déjà dû acheter un avion

quelques années plus tôt ? observa-t-il, sachant qu'il la ferait bondir.

Comme prévu, le regard vert lança des éclairs.

— Ah, oui, tu crois ?

— Tout à fait. Seuls les idiots refusent de vivre avec leur temps.

— Tu as d'autres suggestions comme celle-ci à me faire, Murdock ?

— Plusieurs, en fait.

Elle repoussa son assiette.

— Tu veux savoir ce que tu peux en faire, de tes conseils ?

— Tu me raconteras ça plus tard. Nous avons déjà perdu assez de temps comme cela.

Jillian serra les dents et le suivit en silence. Elle savait déjà que l'avion d'Aaron serait une épreuve pour elle. Autant elle se sentait en confiance à cheval, en voiture ou à moto, autant elle détestait se retrouver suspendue entre ciel et terre dans un fragile oiseau en métal.

Aaron enfila un casque et des lunettes, et lui jeta un regard en coin.

— Tu n'as pas peur, au moins ?

— Pas du tout, répondit-elle, hautaine, en se forçant à se détendre.

Elle réussit à garder bonne figure, même lorsque la boîte de conserve d'Aaron quitta la terre ferme dans un fracas de moteur assourdissant. De toute façon, il faudrait bien qu'elle s'habitue à cette torture puisque son propre avion arrivait la semaine suivante.

— Ce sont de petits modèles, observa Aaron en notant de discrets signes de nervosité chez sa passagère. Mais ils ont l'avantage d'être aisés à manœuvrer. On peut se poser quasiment n'importe où avec ces engins minuscules.

— Minuscule est le mot, oui, marmonna-t-elle.

— Regarde au-dessous de toi. Et tu verras que le monde est grand.

Jillian obéit pour une seule et unique raison : elle ne voulait surtout pas montrer qu'elle était malade de peur. Et le plus étonnant, c'est qu'en voyant le paysage se déployer sous eux elle oublia instantanément ses angoisses.

La terre était découpée en bandes ambre et brunes, si régulières qu'elles semblaient avoir été tracées à la règle. La rivière qui coulait dans leurs deux propriétés dessinait de jolis méandres bleus ; le bétail formait de petits groupes indolents et deux jeunes poulains gambadaient dans l'herbe verte d'un enclos. En les voyant au-dessus d'eux, deux hommes à cheval ôtèrent leur chapeau et leur firent signe en l'agitant. Aaron répondit à leur salut en inclinant une aile de l'avion.

Loin de s'en effrayer, Jillian se surprit à rire.

— C'est magnifique, Aaron ! Et tellement grand ! J'ai encore du mal à imaginer que ces immensités m'appartiennent.

— C'est un lien presque charnel qui nous relie à la terre, n'est-ce pas ? Je ne me lasse pas de la regarder, de la sentir, de la parcourir.

« Il l'aime autant que moi », comprit Jillian. Et il n'en avait pas moins accepté pendant cinq ans de vivre en exil à Billings. Chaque fois qu'elle pensait au sacrifice qu'il avait consenti, son admiration pour lui augmentait.

— La première fois que je suis venue à Utopia, à dix ans, j'ai pris discrètement une motte de terre et je l'ai rapportée chez moi en avion, lui confia-t-elle sur une impulsion.

Aaron lui jeta un regard en coin. Elle était si désarmante, par moments, qu'il en avait le souffle coupé.

— Et tu l'as gardée longtemps ?

— Jusqu'à ce que ma mère tombe dessus et qu'elle la jette à la poubelle.

— Ta mère ne comprenait rien à cet amour, je suppose.

Jillian émit un petit rire sans joie.

— Ma mère ? Elle ne comprenait rien à tout ce qui me concernait. Je crois que j'ai toujours été un mystère pour elle.

Aaron eut mal pour elle. Son père et lui avaient eu beau s'écharper, ils s'étaient toujours compris dans le fond. Le regard de Jillian s'assombrit tandis qu'elle parcourait les pâturages des yeux.

— Si seulement je savais ce que je cherche, murmura-t-elle.

— Y a-t-il un secteur de ton ranch qui a été plus touché que les autres ?

Elle hocha la tête.

— La partie nord, apparemment. Je n'en reviens pas d'avoir pu laisser passer une énormité pareille. Cinq cents bêtes détournées sous mon nez. Et je n'y ai vu que du feu.

— Tu n'es ni la première ni la dernière à qui ça arrive. Si tu voulais convoyer du bétail à partir de ton secteur nord, par où passerais-tu ?

— Si j'étais une voleuse de bétail, tu veux dire ? Je pense que je chargerais les bestiaux dans un camion et que je les emmènerais de l'autre côté de la frontière, dans le Wyoming.

Aaron hésita à lui soumettre l'hypothèse qui lui paraissait la plus plausible.

— As-tu songé que de la viande déjà découpée serait beaucoup plus facile à dissimuler que des animaux vivants ?

Jillian se mordit la lèvre. Elle y avait déjà pensé, bien sûr. Mais elle avait toujours refusé d'accepter une éventualité qui signerait la mort de ses derniers espoirs.

— C'est une possibilité, oui. Mais si c'était le cas, je continuerais à rechercher les coupables quand même. Ils méritent d'être jugés.

Aaron hocha la tête.

— Je suis de ton avis... Essayons d'examiner la situation du point de vue des voleurs. Les veaux ne valant pas grand-chose, à ce stade, il est probable qu'ils aient laissé les vaches et les petits en vie afin de continuer à les engraisser. A moins que ces types ne soient complètement stupides, bien sûr.

— S'ils étaient stupides, ils n'auraient pas réussi à voler mon bétail sous mon nez.

— Exact. Pour les bœufs, en revanche... La solution

la plus simple consistait peut-être à trouver un endroit tranquille pour les abattre.

Rectifiant légèrement son cap, Aaron dirigea l'avion vers le nord.

— Peut-être même avaient-ils déjà négocié la viande à l'avance, observa Jillian, sourcils froncés. Et s'ils utilisaient une remorque ou un camion pour escamoter quelques sujets à la fois, il est possible qu'ils les aient emmenés dans un des canyons, au cœur des montagnes.

— Allons jeter un coup d'œil, proposa Aaron.

Pendant quelque temps, ils continuèrent à voler en silence. L'euphorie de Jillian était retombée, même si le paysage qui se déroulait sous eux avait encore gagné en grandeur tourmentée. La montagne n'était pas majestueuse comme ses sœurs situées plus à l'ouest, mais nue, solitaire et farouche. Seuls les coyotes et les chats sauvages menaient une existence farouche dans ces hauteurs désolées.

Aaron prit de l'altitude pour décrire un cercle autour des pics hérissés que coupaient des canyons à fond plat. Quel meilleur endroit pour y cacher du bétail volé, en effet ? Lorsque Jillian vit le rassemblement de vautours, son cœur se souleva et le pressentiment d'une tragédie la prit à la gorge.

— Je vais me poser, annonça Aaron, les mâchoires crispées.

Jillian ne dit rien. Les poings serrés, elle le regarda manœuvrer. Un silence assourdissant tomba lorsque Aaron coupa les gaz.

— Tu veux attendre ici ?

— C'est mon bétail, répondit-elle simplement en sautant du biplace.

De la terre dure et sèche montait une odeur métallique, très différente des senteurs végétales qui émanaient des pâturages. Un vautour s'éleva dans un froissement d'ailes et, lugubre spectateur, alla se poser sur une corniche au-dessus d'eux.

— Avec quatre roues motrices, rien de plus simple

que de passer par la brèche dans la montagne pour venir jusque-là, observa Jillian en rabattant son chapeau sur ses yeux pour se protéger du féroce éclat du soleil.

Le canyon était étroit et formait une enclave protégée entre trois hautes murailles de roche grise où quelques sauges obstinées s'accrochaient encore à mi-pente. Même l'écho de leurs pas rendait un son creux, inquiétant. Frappée d'horreur, Jillian s'immobilisa en fronçant les narines.

— Mon Dieu…

L'odeur était douce, fétide, épaisse. Et elle marquait la fin de ses derniers espoirs.

Jurant avec force, Aaron se pencha pour ramasser un os nettoyé par un coyote et le jeta au loin.

— J'ai une pelle dans l'avion. Nous pouvons essayer de creuser, si tu veux. Ou aller directement voir le shérif.

La gorge nouée, elle s'essuya les mains sur son jean.

— J'aimerais autant en avoir le cœur net tout de suite.

Elle lut dans son regard qu'il admirait et respectait sa décision. Sans un mot, il se détourna pour regagner le biplace. Jillian attendit qu'il se soit éloigné pour serrer les poings et fermer les yeux. Elle aurait voulu hurler de rage impuissante. Du bétail appartenant à son ranch avait été emporté, abattu et vendu. Des heures de labeur acharné étaient parties en fumée. Quoi qu'elle fasse, le fruit de ses efforts était perdu à tout jamais.

Il lui fallut quelques minutes pour recouvrer de nouveau son calme. Elle se préparait à vivre une année difficile où il lui faudrait se serrer la ceinture. Mais elle ne baisserait pas les bras. Ces voleurs, elle les voulait derrière les barreaux. Et elle lutterait jusqu'au bout pour que justice soit faite.

Lorsqu'il la rejoignit avec la pelle, Aaron nota immédiatement la colère qui brillait dans ses yeux. Mais il aimait autant la voir en rage et déterminée que poignardée par le désespoir, comme elle l'avait été quelques minutes plus tôt.

— Assurons-nous simplement que les restes sont bien enterrés ici. Dès que nous aurons la preuve, nous filerons chez le shérif.

Jillian acquiesça d'un signe de tête. Même s'ils ne trouvaient qu'une peau, ce serait déjà une peau de trop. La pelle s'enfonça dans la terre avec un bruit sec.

Aaron n'eut pas à creuser longtemps. Levant les yeux sur le visage impassible de Jillian, il dégagea une première dépouille. Malgré la puanteur suffocante, elle se baissa sans ciller et chercha le « U » qui était la marque de son ranch.

— Si ce ne sont pas des preuves, je ne sais pas ce qu'il leur faut, murmura-t-elle en luttant contre la tentation de se laisser tomber à genoux. A ton avis, combien de…

Aaron la coupa d'un ton sec.

— Laisse le shérif faire son boulot, Jillian.

Il était aussi furieux que si les bœufs vilement massacrés avaient été les siens. Jurant tout bas, il essuya la pelle sur la terre remuée et délogea quelque chose.

Jillian se baissa pour ramasser le gant. Il était sale mais fait d'un cuir de qualité. C'était typiquement le genre de gants qu'utilisaient les cow-boys pour manier les barbelés des clôtures. Elle ressentit une pointe d'espoir mêlée d'excitation.

— L'un d'entre eux a dû le perdre en cours d'opération, s'exclama-t-elle en se relevant d'un bond. Peut-être qu'on le tient et je te jure qu'il va me le payer cher, Aaron. La plupart de mes aides gravent leurs initiales dans le cuir, à l'intérieur.

Sans se soucier de la crasse, elle retourna le gant. Aaron la vit blêmir. Ses doigts se crispèrent sur la peau lorsqu'elle leva les yeux vers lui. Sans un mot, elle lui tendit la pièce à conviction. Sourcils froncés, il la lui prit des mains et l'examina. Des initiales, il y en avait bel et bien.

Mais il s'agissait des siennes : A.M. Aaron Murdock.

Il tourna vers elle un regard dépourvu d'expression.

— Voilà qui nous ramène à la case départ, je suppose. Tiens, prends le gant. Tu en auras besoin pour le shérif.

Elle lui jeta un regard noir de fureur.

— Parce que tu penses que je suis assez stupide pour croire que tu as quoi que ce soit à voir avec tout ça ?

Pivotant sur ses talons, elle partit vers l'avion au pas de charge. Un instant tétanisé sur place, Aaron réussit à la rattraper avant qu'elle ait escaladé les derniers rochers qui barraient l'entrée du canyon.

Il lui saisit les épaules sans ménagement et l'obligea à lui faire face.

— Les apparences sont contre moi, Jillian. Qu'est-ce qui te fait dire que je ne suis pas un voleur de bétail ?

— Je sais que des défauts, tu en as à la pelle, Aaron. Mais s'il y a une chose en toi que je ne mettrai jamais en doute, c'est ton intégrité. Tu ne sectionnerais pas mes fils de clôture et tu n'abattrais pas mon bétail.

Non seulement ses paroles lui allèrent droit au cœur, mais il vit qu'elle avait les yeux noyés de larmes. La politique d'Aaron avec les femmes en pleurs s'était toujours résumée à un seul mot d'ordre : « Eloigne-toi et attends que ça passe. »

Mais, étrangement, l'idée de fuir ne lui traversa même pas l'esprit. Au lieu de chercher à dédramatiser la situation, il l'entoura de ses bras et lui effleura la joue.

— Jillian...

— Non ! S'il te plaît. Ce n'est vraiment pas le moment !

Elle tenta de se dégager mais il la retint fermement. La tête enfouie contre son épaule, elle sentit son corps, solide comme un roc, offrant à la fois la compréhension et le réconfort dont elle avait besoin.

Mais que resterait-il d'elle lorsqu'il lui retirerait l'appui de ses bras ? Lorsqu'elle perdrait la protection qu'il lui offrait sans un mot ?

— Aaron... Non, protesta-t-elle d'une voix entrecoupée. Je te préviens que tu vas avoir droit aux chutes du Niagara.

— Je ne peux pas rester les bras ballants. Appuie-toi sur moi un instant. Ça ne te fera pas de mal.

Il se trompait sur ce point. Pleurer avait toujours été une épreuve humiliante pour Jillian. Mais il n'y avait déjà plus moyen d'arrêter le flot. Elle laissa donc venir ses larmes et sanglota éperdument pendant qu'Aaron la serrait dans ses bras au pied de la montagne aride, sous le grand soleil de printemps.

9

La découverte dans le canyon de deux cents peaux portant la marque d'Utopia fit sensation. Si bien que Jillian n'eut même pas le temps de tomber dans l'amertume et le découragement. Elle eut de longues entrevues avec le shérif ainsi qu'un entretien avec l'Association des éleveurs. Et tous les exploitants des environs l'appelèrent ou lui rendirent visite pour manifester leur soutien.

Pendant deux semaines, au moins, les « événements d'Utopia » firent l'objet de toutes les conversations. Il y avait trente ans que l'on n'avait pas assisté à un vol de bétail d'une pareille envergure. Et les conjectures allaient bon train.

Lorsque l'agitation commença à retomber, Jillian fut soulagée d'un côté que le flot des visites et des questions se soit calmé. Mais son espoir de voir ses voleurs arrêtés s'amenuisait de jour en jour.

Si elle avait fini par se résigner à la perte de son bétail, elle ne parvenait pas à accepter, en revanche, que ses voleurs continuent à circuler en toute liberté, avec *son* argent en poche. Jillian devait reconnaître que l'opération avait été brillamment menée. En semant des « indices » qui avaient focalisé toute l'attention sur la frontière entre Utopia et le Double M, les voleurs s'étaient octroyé toute la latitude nécessaire pour évacuer tranquillement le bétail par le nord.

La seule consolation de Jillian, c'est qu'elle n'avait pas été dupe un seul instant de l'épisode du gant. Depuis leur découverte sanglante dans le canyon, Aaron n'avait cessé de lui offrir un soutien sans faille.

Mais s'il se montrait présent, il se gardait bien de la surprotéger pour autant. Et de cela surtout, Jillian lui était reconnaissante. En ce temps d'épreuve, la douceur était dangereuse pour elle. Elle avait découvert que pour tenir l'angoisse à distance, le travail acharné restait le meilleur remède. Se forçant à vivre au jour le jour, elle s'arrangeait pour rester à pied d'œuvre du matin jusqu'au soir.

L'événement majeur prévu pour cet après-midi-là était la saillie programmée pour Dalila. Aaron était arrivé avec Samson ainsi que deux de ses hommes. Gil et un autre employé de Jillian joindraient leurs efforts aux leurs pour maîtriser l'étalon juste avant qu'il ne monte la jument.

Une fois qu'un cheval entier avait capté l'odeur d'une jument en chaleur, il devenait très vite ingérable. Et c'était un sang particulièrement fier qui courait dans les veines de Samson.

Alors qu'elle entrait dans le paddock en tenant Dalila par la bride, Jillian observa Samson. C'était un animal superbe, bouillonnant, encore à demi sauvage. Son regard glissa alors sur Aaron, qui maintenait la tête du cheval.

Il était calme, flegmatique, presque relâché, en apparence. Mais elle le savait sur le qui-vive et prêt à réagir de manière fulgurante lorsqu'il s'agirait de contrôler l'étalon. Il était mince, noble et droit. Et sous son allure désinvolte se cachait une puissance toujours prête à jaillir.

L'homme et l'étalon formaient une unité magnifique. *Mon amant*, songea Jillian avec, comme chaque fois, un léger tressaillement intérieur. Lorsqu'elle était seule et qu'elle pensait à Aaron, l'anxiété prenait parfois le dessus. Mais lorsqu'ils étaient face à face, ses sentiments n'avaient plus rien à voir avec la peur.

Etait-ce l'air lourd, orageux, chargé d'une pluie imminente ? Ou était-elle en symbiose avec sa jument au point de percevoir ses frémissements ? Son cœur, en tout cas, battait à grands coups sourds dans sa poitrine et de légers frissons d'excitation glissaient sur sa peau moite.

Les deux chevaux perçurent mutuellement leur odeur. L'étalon voulut se ruer en avant et lutta, furieux, contre les cordes qui empêchaient sa progression. La tête rejetée en arrière, la queue en panache, il appelait la jument. Des jurons s'élevèrent tandis que les hommes alliaient leurs efforts pour retenir le cheval en rut.

La main de Jillian se crispa sur la bride de Dalila, qui cherchait à lui échapper à son tour. Elle murmura des paroles apaisantes mais la jument était trop paniquée pour les entendre. Samson poussa une sorte d'appel passionné et Dalila se cabra, arrachant presque la bride de la main de Jillian.

— Aidez-la à tenir la jument, cria Aaron, sourcils froncés, en voyant les redoutables sabots levés.

Jillian réussit à raffermir sa prise. Elle était en nage et sa chemise lui collait dans le dos.

— Non. Elle n'a confiance en personne, à part moi. Mais ne traînons pas trop.

L'étalon était déchaîné, la robe luisante de sueur, le regard terrifiant. Maintenu par cinq hommes, il se dressa sur ses jambes arrière et, pendant quelques secondes, demeura comme suspendu, puissant, superbe et menaçant. Puis il monta la jument.

Indifférents aux humains, les deux chevaux se livrèrent à la pure violence de leurs instincts. Jillian en oublia la douleur de ses muscles tétanisés par l'effort. Les pieds solidement plantés dans le sol, elle mettait toutes ses forces en œuvre pour empêcher que sa Dalila ne se blesse en ruant ou en se cabrant.

Mais, malgré son épuisement, elle était sensible à la beauté brute de la scène, à la tension qui émanait des deux animaux en rut. Des odeurs puissantes lui emplissaient les narines. Des dizaines de fois, déjà, elle avait assisté à la reproduction. Mais c'était la première fois qu'elle mesurait l'élan — superbement irrépressible — qui présidait à la copulation. Et son corps savait désormais que le désir qu'une femme éprouvait pour un homme pouvait être tout aussi débridé, tout aussi primitif.

Les premières gouttes de pluie s'écrasèrent dans le corral. Le visage levé, Jillian la sentait couler sur ses joues, tiède, humide, caressante. De nouveau un juron s'éleva parmi les hommes qui tenaient l'étalon. La pluie rendait les cordes plus glissantes et leur compliquait encore la tâche.

Lorsque son regard trouva celui d'Aaron, son cœur se mit à battre à un rythme aussi furieux et désordonné que celui de Dalila. Le désir la transperça, si élémentaire qu'elle l'accepta comme émanant de la partie la plus véridique de son être.

Aaron perçut la vibration qui la parcourait et sourit. Elle sentit une soudaine faiblesse dans les cuisses mais garda les yeux rivés aux siens. Son excitation était presque douloureuse, comme si Aaron la touchait physiquement.

L'envie qu'elle avait de lui se doublait d'une rassurante sensation de sécurité, alors même qu'elle percevait le danger partout alentour. Là encore, Jillian ne chercha pas à lutter contre ses certitudes élémentaires. Aaron et elle avaient aidé à créer une vie neuve. Et leurs deux chevaux embrassés formaient entre eux comme un lien.

Lorsque Samson et Dalila furent séparés, Jillian reconduisit la jument dans son box. La lumière était pauvre, l'air alourdi par les odeurs prégnantes de paille, de foin et de cuir. Retirant le licou, elle pansa et étrilla Dalila jusqu'à ce que la jument recouvre peu à peu son calme.

Reposant sa brosse, Jillian enfouit le visage dans sa crinière.

— Là, ma jolie… Tout va bien, maintenant. Nos corps ont des exigences contre lesquelles on ne peut pas grand-chose, n'est-ce pas ?

— C'est ainsi que tu conçois les rapports entre les sexes, Jillian ?

Debout à l'entrée du box, Aaron la regardait en souriant. Lorsqu'elle se tourna vers lui, il scruta ses traits avec attention, cherchant des signes de tension ou de fatigue. Il avait pris cette habitude depuis leur expédition dans le canyon. Et si elle s'était cabrée dans un premier temps, elle avait fini par accepter tout naturellement cette marque d'intérêt et de sollicitude.

— Arrête de m'examiner comme si j'étais un cheval malade, protesta-t-elle en riant.

Aaron pénétra dans le box et passa doucement la main sur les flancs de la jument.

— Elle a l'air de s'être calmée, apparemment ?

— Je crois que ça va aller, oui. Mais je suis contente que nous ne les ayons pas lâchés ensemble dans un enclos. Avec le tempérament de ces deux-là, il y aurait sans doute eu des dégâts... En tout cas, le poulain sera un champion, Aaron. J'ai senti qu'il se passait quelque chose de mémorable entre ces deux chevaux, tout à l'heure.

Sur une impulsion, elle lui passa les bras autour du cou et l'embrassa ardemment. Aaron ne fut pas peu surpris par sa réaction. C'était la première fois qu'elle lui manifestait spontanément de l'affection. Comme chaque fois qu'il la tenait dans ses bras, il sentit des élancements du cœur mêlés à un désir qui ne cessait de s'approfondir et de s'exacerber.

Jillian souriait toujours lorsqu'elle s'écarta de lui. Le visage grave, il la ramena dans son étreinte et se contenta de la tenir contre lui. La douceur de cet enlacement la confondit.

— Tu ne devrais pas t'occuper de Samson ? murmura-t-elle.

— Il est déjà reparti avec mes deux assistants.

Elle frotta sa joue contre la chemise mouillée de pluie.

— Je te fais un café à la maison, Aaron ?

— Ce n'est pas de refus.

Il lui entoura les épaules lorsqu'ils ressortirent sous la pluie qui tombait toujours à seaux.

— Tu as eu des nouvelles du shérif ?

— Je l'ai appelé hier. Toujours rien de nouveau.

Ils firent une pause devant la porte de la cuisine pour se débarrasser de leurs bottes boueuses. Tête penchée sur le côté, Jillian essora ses cheveux mouillés.

— Le seul point positif, c'est que tout le comté est au courant. Et que les autres éleveurs se sont engagés à ouvrir l'œil. Je me demande d'ailleurs si je ne vais pas proposer une récompense.

— Ce n'est pas une mauvaise idée, acquiesça-t-il en prenant une chaise.

Les jambes allongées devant lui, il regarda Jillian aller et venir pour préparer le café. Un bouquet de fleurs fraîches était disposé sur la grande table de ferme, la pluie frappait les vitres et la lumière était douce. Son esprit vagabonda et alla se perdre dans des rêveries vaguement domestiques.

Il lui fallut quelques secondes pour réaliser qu'il était en train d'imaginer des séquences qui ressemblaient à s'y méprendre à… une existence conjugale. L'idée le surprit tellement qu'il faillit éclater de rire.

Il se hâta de revenir à la conversation en cours.

— Et si je me chargeais de la récompense ? Non, non, écoute-moi d'abord, avant de commencer à hurler, enchaîna-t-il en la voyant sur le point de refuser. Mon père a eu vent de cette histoire de fil de clôture coupé. Et ça l'a mis dans un état terrible. Avec l'inimitié légendaire qui est censée opposer les Baron et les Murdock, il sait que certaines personnes vont forcément penser — sans le dire — qu'on présente de la viande volée à sa table.

Jillian les servit en café.

— Je n'ai jamais songé à une chose pareille.

Aaron prit une de ses mains dans les siennes.

— Je sais. Si ça s'était passé il y a dix ans, l'idée qu'on puisse le soupçonner de ce genre d'horreur aurait beaucoup amusé ma forte tête de père. Mais il n'est plus tout à fait le même homme, désormais. Il se sent vieux, malade, dépassé, et je crois qu'au fond de lui-même son vieux rival Clay lui manque. Tu lui ferais une faveur, Jillian, en lui donnant le sentiment d'être utile. Autrement dit, c'est un service que je te demande. Et ce n'est pas spécialement facile pour moi.

Elle baissa les yeux sur leurs deux mains jointes.

— Tu l'aimes, ton père, n'est-ce pas ?

— Oui, admit-il avec le même ton indifférent qu'il avait eu pour lui annoncer l'imminence de son décès.

Mais elle comprenait tellement mieux comment il fonctionnait, à présent.

— Je serais reconnaissante à ton père de m'aider à financer la récompense.

Il entrelaça ses doigts aux siens.

— Pour te remercier, je me porte volontaire pour t'aider à retirer tes vêtements mouillés.

Jillian s'étira en riant.

— Ton dévouement te perdra, Murdock... Mon Dieu, quel luxe de rester assis à boire du café à 4 heures de l'après-midi ! Tiens, je te parie cinquante dollars que je te bats à l'épreuve de la prise du veau au lasso, au rodéo du 4 Juillet.

Aaron avança sa main tendue.

— Tope là. Tu participes à d'autres épreuves ?

— Je ne pense pas, non. La course des trois barils ne m'intéresse pas vraiment. Et il ne me paraît pas recommandé de me lancer dans la montée du cheval sauvage avec selle.

— Ah, non ? Pourquoi ?

— Parce que je me casserais le cou, admit-elle piteusement.

Aaron songea qu'une semaine auparavant encore elle n'aurait sans doute jamais consenti à un tel aveu de faiblesse. Il se pencha en riant pour l'embrasser. Le baiser se voulait purement amical, mais il ranima chez lui un désir toujours latent.

— C'est ta bouche qui me fait ça, murmura-t-il en lui attrapant le cou. Une fois que je commence à m'y intéresser, plus moyen de m'arrêter.

Le souffle irrégulier de Jillian glissa sur ses lèvres.

— Nous sommes en milieu d'après-midi, Aaron.

Il sourit.

— En effet, oui. Tu me fais visiter ton lit ?

Jillian souleva ses paupières déjà pesantes.

— Tu es fou. J'ai plein de choses à faire.

— Mmm... Comme quoi, par exemple ?

— Eh bien, je dois... euh...

Les lèvres d'Aaron glissaient sur les siennes en un mode plus provocant encore qu'un simple baiser.

— Tu dois quoi ? s'enquit-il en lui caressant la bouche de la pointe de la langue.

— Je n'arrive plus à penser, se plaignit-elle.

C'était ce qu'il voulait. Et si elle devait absolument penser à quelque chose, il faudrait que ce soit à lui et rien qu'à lui. Il avait besoin, tout à coup, qu'elle oublie ses tâches innombrables et qu'elle lui accorde la priorité sur tout le reste — son ranch et ses ambitions y compris.

— Tu n'as pas besoin de penser, murmura-t-il en la tirant sur ses pieds. Tu peux sentir, n'est-ce pas ?

Sentir, oui. Dans les bras d'Aaron, avec le front contre sa poitrine, elle avait accès aux sensations les plus riches et les plus variées. Non seulement aux sensations, mais aux émotions aussi. Aux élans. Aux envies. A la peur et au désir.

— J'ai envie de faire l'amour avec toi, Aaron, admit-elle dans un souffle. C'est plus fort que moi. Et j'ai l'impression que ça n'arrête jamais.

Il lui releva la tête pour plonger son regard dans le sien.

— Au beau milieu de la journée, Jillian ?

— Parfaitement, Murdock. Je te veux. Ici et maintenant.

Avec un sourire en coin, il examina la table de cuisine.

— Ici, tu dis ?

Elle hésita.

— Je t'accorde le temps de monter à l'étage, déclarat-elle finalement. Mais tu as intérêt à faire vite.

Plaçant les mains sur ses épaules, elle sauta dans ses bras en accrochant les jambes autour de sa taille.

— En haut de l'escalier, deuxième porte sur ta droite, Murdock.

Pendant qu'Aaron négociait les marches, Jillian se demanda comment il réagirait si elle lui révélait qu'il était le premier homme dans sa vie. Elle avait découvert dans les bras d'Aaron que le « grand amour » de ses vingt ans n'avait pas été un amant, juste un incident de parcours. Mais elle se sentait beaucoup trop fragile et incertaine pour confier à Aaron qu'il n'y avait eu personne avant lui.

Abandonnant la tête sur son épaule, elle ferma les yeux. Et décida que, pour une fois, elle cueillerait les fleurs du plaisir sans s'inquiéter des conséquences.

— Tes capacités physiques sont en baisse, Murdock. Au bout d'une vingtaine de marches à peine, tu as le cœur qui bat comme un tambour.

— Le tien bat en accéléré, aussi. Et tu t'es laissé porter, riposta-t-il en découvrant la chambre de Jillian.

La pièce lui ressemblait : pratique, avec des matières simples, des couleurs franches et nettes. Et, néanmoins, sans qu'il puisse en définir l'origine exacte, il émanait des lieux une atmosphère indiscutablement féminine.

Jillian n'était pas le genre de femme à s'encombrer de colifichets, de bibelots ou autres fanfreluches. Les sols étaient lisses, les murs presque nus. Seul un vase en poterie brun-rouge contenant un bouquet de chatons apportait une touche décorative. Un unique tableau abstrait au mur évoquait un coucher de soleil sanglant sur des eaux tourmentées.

Il songea qu'elle prenait un soin presque maniaque à se montrer sobre et pragmatique dans tous les aspects de son quotidien. Comme si, dans le monde d'homme où elle vivait, elle devait nécessairement s'interdire la moindre note de fantaisie.

Aaron sourit. Malgré toute l'application qu'elle mettait à cacher les aspects les plus rêveurs de sa personnalité, on devinait, sous la sobriété de façade, une aspiration criante à aimer et à être aimée.

— Il n'y a pas grand-chose à voir, ici, commenta Jillian avec un léger haussement d'épaules en voyant qu'il observait les lieux avec attention. Je passe tellement peu de temps dans ma chambre.

Aaron la reposa doucement sur le sol.

— Quelque chose de toi transparaît dans cette pièce, pourtant. Un style. Une odeur.

Elle rit, inexplicablement charmée par sa remarque, et s'attaqua aux boutons de sa chemise.

— Tu veux que je t'aide à te déshabiller, Aaron ?

— Mais certainement. Je te laisse la direction des opérations.

Jillian secoua la tête.

— Ne compte pas sur moi pour jouer les séductrices fatales, Murdock. Je ne connais aucun truc subtil, aucune ruse féminine.

Avant qu'il puisse répondre, elle se jeta sur lui en riant et le poussa à la renverse sur le lit.

— Tu vois. Rien que des méthodes directes qui vont droit au but.

— Il faut reconnaître que tu es une amante énergique, murmura Aaron, sensible à la chaleur du corps de Jillian, même à travers leurs deux chemises humides.

— J'aime bien ton physique, Murdock, murmura-t-elle en lui immobilisant le visage entre les mains. Ça m'énervait au début, mais je commence à l'accepter.

— Accepter quoi ? Ma drôle de tête ?

Elle pouffa.

— Mais non, idiot. Accepter le fait que je te trouve attirant. Tes traits ont quelque chose d'inquiétant, de sauvage, d'implacable. Mais, dès que tu souris, tu deviens assez irrésistible. Et c'est encore plus dangereux.

— Le danger ne te fait pas fuir ?

Elle frotta affectueusement son nez contre le sien.

— Peut-être qu'il me stimule, au contraire.

Aaron hocha la tête. Ce qu'elle recherchait, en l'occurrence, c'était le vertige et l'aventure. Mais s'il était prêt à lui offrir le suspense et les sensations fortes, il avait également l'intention de lui montrer que l'attirance entre eux pouvait s'inscrire dans la durée.

Aaron voulut la faire basculer sous lui, mais elle avait déjà entrepris de lui couvrir le visage de baisers. C'était à peine s'il sentait le poids de son corps souple allongé sur le sien. Mais il percevait avec acuité chaque ligne et chaque courbe.

Non, elle n'avait rien d'une « séductrice fatale ». Son approche de l'amour était dépourvue de stratégie. Mais c'était exactement ainsi qu'il l'aimait. Il entendait l'assaut rythmé de la pluie battant les vitres. Une pluie dont Jillian portait encore l'odeur sur elle. Il avait presque l'impression d'être seul avec elle dans un pré, avec le parfum de l'herbe mouillée et les eaux du ciel glissant sur leurs peaux nues.

Jamais Jillian n'avait imaginé que cela pouvait être aussi exaltant d'ensorceler un homme par la seule force de sa sensualité. Elle sentait une faiblesse gagner Aaron et le pouvoir qu'il lui conférait en s'abandonnant à ses caresses lui montait à la tête. Comme ivre, elle riait, laissant son souffle glisser sur sa peau et sur ses lèvres.

Et lui semblait ne rien vouloir d'autre, dans l'immédiat, que rester allongé là, à se soumettre à ses explorations. Inlassables, ses mains allaient et venaient sur lui, cherchant à mieux donner et à mieux connaître.

Ses doigts se firent interrogateurs lorsqu'ils s'attardèrent sur la cicatrice qui lui barrait la hanche.

— C'est Brahmâ, expliqua-t-il tandis qu'elle tirait sur son jean, centimètre après centimètre. Jillian, tu es sûre que... ?

Mais elle lui imposa le silence en scellant ses lèvres aux siennes.

— Brahmâ est un taureau, je suppose.

Il hocha la tête.

— Pendant un rodéo. A une période de ma vie où je brillais plus par mon courage que par mon intelligence.

Elle aima le petit grognement de plaisir qu'il émit

lorsqu'elle descendit lentement le long de son torse pour presser les lèvres sur la cicatrice. Dans l'air épaissi, les odeurs de leurs désirs mêlés se répandaient en volutes entêtantes. Elle aurait pu continuer à goûter et à festoyer ainsi des heures durant. A Aaron, elle apportait la joie, le plaisir. Et c'était plus — infiniment plus — que ce qu'elle avait cru être capable d'offrir à qui que ce soit.

Aaron sentait un foyer brûlant s'étaler au creux de son ventre. Dans un état second, il n'avait même plus la force de lutter contre le feu qui le consumait sans merci. Les mains de Jillian le torturaient ; sa bouche le rendait fou. Jamais, jusque-là, il ne s'était préoccupé de ses propres zones de vulnérabilité. Mais il était fasciné à présent que Jillian les mettait en évidence une à une.

Ses mains et ses lèvres semblaient être partout. Avec un instinct infaillible, elle naviguait d'un point sensible à l'autre, jusqu'à ce qu'un tremblement continu finisse par le gagner. Le vent redoubla de violence, rabattant en hurlant la pluie contre la vitre. Une soudaine folie s'empara alors de lui.

Il la retourna d'un mouvement vif et la plaqua sur le matelas, en lui maintenant les deux bras au-dessus de la tête. S'il avait eu le temps et la patience, il les aurait sans doute attachés au montant du lit.

Il examina le visage levé vers lui. Aucune trace de peur ne troublait les traits de Jillian ; aucune soumission ne se dessinait dans son attitude. Elle le défiait de la prendre, au contraire. Sachant que, quelle que soit la façon dont il procéderait, il serait pris aussi.

Avec un juron étouffé, il s'empara de sa bouche.

Jillian accueillit son baiser avec une ardeur égale à la sienne. En poussant Aaron jusqu'à ses limites, elle avait réussi à éveiller cette frénésie en lui. Cet homme, dans un sens, la connaissait mieux que personne.

Et il n'en continuait pas moins à la désirer. Elle. Il y avait si longtemps qu'elle attendait un tel échange, un tel partage. Et elle avait attendu d'autant plus désespérément qu'elle ignorait être dans l'attente. Aaron tira sur sa chemise avec une telle violence qu'elle entendit le tissu craquer. Des éclairs argentés explosèrent derrière ses paupières closes.

Il la débarrassa du reste de ses vêtements avec des gestes frénétiques. Puis leurs jambes et leurs bouches se mêlèrent, leurs corps enfin libérés se pressèrent l'un contre l'autre. Aaron n'avait jamais rien connu d'aussi intime que ce mélange d'êtres, de peaux, de saveurs.

Lorsqu'elle s'ouvrit sous lui, il se souleva au-dessus d'elle pour dévorer des yeux le visage levé vers lui. Le regard de Jillian était assombri, voilé par le désir. De désir *pour lui*. Il sut alors qu'il avait obtenu ce qu'il voulait : elle ne pensait plus qu'à lui. En cet instant, strictement plus rien d'autre ne comptait.

— J'ai eu envie de toi dès que je t'ai vue, murmura-t-il en venant en elle.

Il vit son visage s'illuminer lorsqu'il se mut lentement entre les douces parois resserrées sur lui. Résistant à l'urgence, il fit durer leurs sensations, exerçant sur lui-même un contrôle aussi torturant qu'exquis.

Jillian gémit. Elle croyait avoir compris ce qu'était le plaisir. Mais Aaron lui montrait aujourd'hui qu'il était possible d'aller plus loin encore. La montée implacable était à la fois douleur et suprême jouissance. Et même si elle sentait la pression devenir intolérable, elle aurait voulu que cela dure toujours. Elle en aurait pleuré de joie, gémi de souffrance.

Elle soupira son nom comme s'il n'en existait pas d'autre au monde. Les deux syllabes murmurées suffirent à faire perdre le contrôle d'Aaron. Il y eut comme un grand éclair blanc, puis il l'emporta avec lui dans les noires hauteurs d'un ciel d'orage.

10

Le trajet jusqu'à la ville était long et sinueux. Et la chaleur promettait d'être implacable. Mais la fête nationale du 4 Juillet était le premier jour de congé que Jillian s'accordait depuis le début de la saison. Et elle était fermement décidée à profiter pleinement d'un moment de liesse et de détente. Pendant quelques heures, elle voulait oublier ses problèmes financiers et ses angoisses pour vivre comme un membre à part entière de la petite communauté d'éleveurs dont elle faisait partie.

Un bruit de voix joyeuses s'élevait près du paddock. Une bonne odeur de pâtisserie flottait dans l'atmosphère. Et on entendait déjà un violoneux faire ses gammes en préparation du bal qui débuterait à la nuit tombée.

Avant de penser à la fête, cependant, Jillian alla jeter un coup d'œil sur les rivaux de son taureau. Six bêtes au total avaient été présentées pour le concours. Toutes puissantes, superbement musclées, avec des cornes brillantes et des poitrails impressionnants. Jillian savait que le concurrent le plus sérieux de son don Juan serait le taureau mis en lice par le Double M — un animal magnifique qui avait remporté le ruban bleu trois années d'affilée.

Mais, cette fois-ci, le taureau des Murdock serait devancé, songea-t-elle en examinant avec fierté son superbe Hereford. Et si elle décrochait le prix cette année, cela compenserait en partie les grosses pertes financières qu'elle avait subies.

— Alors ? Vous admirez le futur gagnant ?

Jillian se retourna au son de la voix encore puissante

de Paul Murdock. Le vieil homme avait fière allure dans ses habits de fête. Mais son visage au nez d'aigle était pâle sous le Stetson. Lourdement appuyé sur une canne au pommeau doré à l'or fin, le père d'Aaron tenait rivé sur elle un regard encore luisant de défi.

— J'admire le futur gagnant, oui, acquiesça-t-elle en contemplant ostensiblement son propre taureau.

Paul Murdock examina l'animal à son tour.

— C'est donc lui le Casanova dont on m'a rebattu les oreilles, commenta-t-il pensivement... Mmm... Il a des possibilités, en effet.

Jillian vit passer dans ses yeux comme un éclair d'envie. Elle sourit.

— Une place de second n'est jamais à dédaigner non plus, observa-t-elle d'un ton léger.

Paul Murdock commença par la clouer sur place de son regard aigu de rapace. Puis, comme elle restait immobile à le défier de son menton levé, il finit par rire de bon cœur.

— Vous êtes une sacrée bonne femme, Jillian Baron. Le vieux Clay vous a transmis tout ce qu'il faut savoir, apparemment.

— Tout ce qu'il faut savoir pour diriger Utopia, oui.

— Peut-être, admit-il sombrement. Les temps changent.

Que cela soit difficile à accepter pour un homme de la trempe de Paul Murdock, Jillian pouvait le comprendre. Elle ressentit même un élan de sympathie inattendu pour le vieux tyran.

Le vieillard brandit sa canne.

— Mais ce vol de bétail est une abomination, en revanche ! Je reconnais que votre grand-père et moi, nous n'avons pas toujours été les meilleurs amis du monde. Le vieux lascar était obstiné comme un chien sur son os. Jamais vu une pareille tête de mule.

Le visage de Jillian demeura impassible. Tellement impassible même que Paul Murdock songea qu'il serait intéressant de défier une pareille adversaire au poker.

— Cela définit bien mon grand-père, acquiesça-t-elle

avec un sourire angélique. Avec une personnalité comme la vôtre, vous deviez le comprendre à demi-mot, je suppose ?

Murdock émit un rire amusé.

— Votre grand-père et moi avions quelques traits en commun, en effet. Et je veux que vous sachiez que s'il lui était arrivé une chose pareille, je l'aurais soutenu. Tout comme j'aurais attendu de lui qu'il me vienne en aide, dans une circonstance aussi dramatique. Un rancher est un rancher.

Il y avait une telle fierté dans la voix du vieil homme que Jillian redressa insensiblement la taille.

— Je sais. Ça passe avant tout le reste.

— Il y aura toujours des gens pour dire que le bétail qui vous manque a pu se fondre dans les pâturages du Double M.

— Je n'y ai jamais cru une seconde, monsieur Murdock. D'ailleurs, si je pensais que vous serviez ma viande à votre table, vous seriez déjà en train de payer la note.

Paul Murdock eut un sourire admiratif.

— Clay Baron a eu de la chance de vous avoir comme petite-fille. Même si je persiste à penser qu'une femme a besoin d'un homme à ses côtés pour diriger un ranch.

— Attention à ce que vous dites, monsieur Murdock. Je commençais tout juste à me dire que vous aviez des côtés supportables.

Clairement ravi par sa réaction, il rit de nouveau. Jillian songea que, dans quarante ans, Aaron donnerait cette même impression de redoutable puissance qui émanait de son père aujourd'hui.

— On ne change plus les vieux singes comme moi… Le bruit court que mon fils s'intéresse à vous de très près. Je reconnais qu'il a plutôt bon goût.

Elle soutint son regard perçant sans ciller.

— Et vous croyez tout ce qui se raconte, monsieur Murdock ?

— Si mon fils ne s'intéressait pas à vous, ce serait un imbécile. Or, on peut dire de lui ce qu'on veut, mais ce garçon n'a rien d'un idiot. Il aurait besoin d'une femme pour le stabiliser, en revanche.

— Ah, vraiment? rétorqua Jillian sèchement.

— Ne recommencez pas à vous hérisser comme une chatte en colère, jeune fille, lui ordonna Murdock. Il y a dix ans, je lui aurais sans doute fait la peau s'il s'était risqué à regarder une Baron d'un peu près. Mais les temps changent, comme nous venons de le constater. Que nous le voulions ou non, nous vivons côte à côte depuis plus d'un siècle. Qui sait si un jour les Murdock et les Baron ne finiront pas par unir leurs terres?

— Je n'ai pas l'intention de stabiliser qui que ce soit, monsieur Murdock. Et j'envisage encore moins une fusion entre le Double M et Utopia.

— Dans la vie, il y a ce que l'on projette et planifie. Et il y a ce qui nous tombe dessus sans crier gare. Il n'y a qu'à regarder ce qui s'est passé pour Karen et moi. Vous pensez vraiment que j'avais prévu de finir mes jours aux côtés d'une beauté fragile et délicate devant qui j'ai toujours l'impression d'avoir les semelles crottées, même lorsque je suis en habits du dimanche?

Jillian se mit à rire et lui passa spontanément la main sous le bras.

— J'ai l'impression que vous essayez d'enterrer la hache de guerre... Non, non, ne me regardez pas de cet œil mauvais, monsieur Murdock. Aaron et moi, nous... nous nous comprenons. J'ai de l'affection pour votre femme et je crois que je commence à trouver votre compagnie tolérable.

— Tout le portrait de sa grand-mère, cette petite, marmonna Murdock entre ses dents.

Comme ils marchaient ainsi dans les rues de la ville, quelques regards curieux se tournèrent dans leur direction. Un Murdock et un Baron bras dessus bras dessous, cela ne s'était encore jamais vu. En s'interrogeant sur ce qu'aurait pensé son grand-père du tour que prenaient les événements, Jillian se surprit à sourire. Clay aurait râlé sans doute. Mais, au fond de lui-même, ce rapprochement ne lui aurait pas déplu. *A fortiori* dans la mesure où cela faisait jaser autour d'eux.

Lorsque Aaron vit son père et Jillian approcher à pas lents de l'arène, il interrompit sa conversation avec un vieux cow-boy de rodéo pour concentrer toute son attention sur ce duo inattendu. Il vit Jillian rejeter les cheveux en arrière et lever le visage vers son père pour dire quelque chose qui fit éclater le vieil homme d'un rire tonitruant. En cet instant, si cela n'avait pas déjà été fait, Aaron serait tombé amoureux de Jillian Baron sur-le-champ.

— Tiens, commenta le cow-boy à côté de lui. Ce n'est pas la petite Baron qui rapplique avec ton paternel ? Je croyais qu'un Baron et un Murdock ne s'adressaient la parole que pour se lancer des insultes ?

— Rien n'est éternel ici-bas. Pas même les vieilles querelles de famille, rétorqua Aaron d'un ton léger.

Abandonnant son compagnon, il se porta à la rencontre de Jillian et de son père.

— Alors, vous deux ? Il n'y a pas eu de sang versé ?

— Ton père et moi avons conclu une trêve armée, annonça Jillian.

Le vieux Murdock, qui les observait de son œil d'aigle, comprit que les rumeurs ne mentaient pas : il se passait bel et bien quelque chose entre Jillian et son fils. Le lien d'intimité entre eux sautait aux yeux. Et soudain, au lieu de sentir le poids de la maladie et la nostalgie pour la vie qui le quittait, Paul Murdock éprouva un instant de paix profonde. Comme si, dans la continuité avec ce fils qui lui ressemblait tant, il venait de capter une petite parcelle d'éternité.

— Il faut que j'aille rejoindre ta mère, Aaron. Nous serons dans les gradins tout à l'heure pour vous voir concourir... Même vous, oui, ajouta-t-il en gratifiant Jillian d'un regard faussement courroucé.

Côte à côte, Aaron et elle regardèrent le vieil homme s'éloigner de sa démarche digne et fatiguée.

— Je l'ai rencontré près de l'enclos des taureaux tout à l'heure, précisa-t-elle lorsqu'il fut hors de portée de voix. Je me demande s'il n'est pas venu à dessein pour me parler. Il a été très gentil.

— Peu de gens trouvent mon père « gentil ».

— Peu de gens ont eu un grand-père comme Clay.

Lorsqu'elle se tourna vers lui en souriant, Aaron ne put résister à la tentation de lui caresser la joue.

— Je sais que tu n'aimes pas que je te le dise, mais tu es très belle, Jillian.

Elle coula vers lui un regard presque frivole.

— Aujourd'hui, tout est permis. C'est jour de fête.

— Tu as envie de le passer avec moi ?

Aaron lui tendit la main, conscient que si elle acceptait de se montrer en public avec lui, cela représenterait de sa part une forme d'engagement.

Sans une hésitation, Jillian entrelaça ses doigts aux siens.

— On commence par le stand pâtisserie ou on visite le reste de la foire ?

Toute la matinée, ils se promenèrent côte à côte, déambulant entre les stands et assistant aux manifestations les plus variées. Le ciel était clair et lumineux ; la foule joyeuse et endimanchée. Les enfants se poursuivaient en riant ; des adolescents flirtaient avec l'insouciance propre à leur âge. Des vieillards mâchaient leur tabac en se racontant d'héroïques souvenirs inventés.

Aaron amena Jillian contre lui sur une impulsion et l'embrassa ouvertement. Aussitôt des applaudissements s'élevèrent derrière eux. Jillian croisa le regard amusé de deux cow-boys de son propre ranch.

— C'est jour de fête, non ? se justifia Aaron, apparemment très fier de lui.

Jillian le mesura des yeux.

— C'est un feu d'artifice que tu veux, Murdock ?

Jetant les bras autour de son cou, elle lui scella les lèvres avant qu'il puisse répondre. Si son baiser à lui avait été franc, joueur et amical, le sien fut voluptueux, prolongé et infiniment plus suggestif.

— Tu m'as manqué hier soir, Murdock, chuchota-t-elle avant de faire un pas en arrière et de lui tendre de nouveau la main.

Ebranlé, le souffle court, Aaron l'attrapa par les épaules.

— Tu as intérêt à finir ce que tu viens de commencer, Jillian.

— J'y compte bien.

Comme deux enfants libres, ils continuèrent de se divertir. Même si Jillian avait l'impression de se soustraire à ses devoirs, elle savourait chaque seconde passée ainsi dans l'exubérance et le plaisir. Il lui semblait que le ciel n'avait jamais été aussi bleu, qu'elle n'avait jamais ri avec autant d'insouciance.

A l'heure où le rodéo débuta officiellement, elle flottait dans un état d'euphorie proche de l'ivresse. Brandissant le ruban bleu gagné haut la main par son Hereford, elle se percha sur un tonneau pendant qu'Aaron, assis par terre, enfilait ses bottes d'équitation. Elle avait le sentiment que la chance était de nouveau de son côté, qu'elle était armée pour surmonter tous les obstacles.

Les cow-boys dans leur plus belle tenue s'étaient déjà rassemblés pour préparer leur matériel. Le rodéo du 4 Juillet était l'occasion pour ces hommes habitués à une vie rude et souvent solitaire de présenter une selle joliment décorée, le classique pantalon de cuir appelé « chap » et un beau cheval bien entraîné. Sous le ciel d'un bleu implacable, l'excitation commençait à monter. Jillian se leva pour s'approcher de la barrière.

— Tu n'as jamais tenté de monter un taureau sauvage ? s'enquit Aaron en venant se placer à côté d'elle.

Elle abandonna la tête contre son épaule.

— Je pourrais me lancer mais j'ai la flemme, admit-elle. Je dédie cette journée à la paresse. J'ai vu que tu t'étais témérairement inscrit à l'épreuve de monte à cru sur cheval sauvage ?

Il hocha la tête.

— Tu t'inquiètes pour moi ?

Elle rit doucement.

— J'ai un baume très efficace pour soigner les contusions et les coups.

— Si c'est toi qui me l'appliques, je veillerai à faire quelques chutes. Cela dit, je peux me passer de concourir, murmura-t-il en penchant la tête pour lui mordiller la lèvre. Nous serions tranquilles au ranch. Et j'irais bien me baigner dans l'étang avec toi.

Avec un léger sourire, Jillian pressa les lèvres contre les siennes.

— Tout à l'heure, peut-être. Après le barbecue de ce soir.

Plutôt que de s'asseoir dans les tribunes avec les spectateurs, Jillian préférait se tenir près de la piste avec les autres concurrents. Elle aimait écouter les anciens évoquer leur gloire passée pendant qu'elle graissait son matériel. Des odeurs de barbecue flottaient dans l'air et les conversations roulaient avec l'accent marqué du terroir qui était propre à ces gens.

Non, jamais le reste de sa famille ne parviendrait à comprendre la passion que lui inspirait le Montana rustique. Ses parents et son frère ne seraient pas plus dans leur élément ici qu'elle-même ne l'était dans une loge d'opéra.

Dans des moments comme celui-ci, lorsqu'elle se sentait heureuse et intégrée, Jillian oubliait les tourments d'une adolescence marquée par une profonde insécurité intérieure. Longtemps, elle s'était crue déficiente, incomplète et parfois même « anormale ». Alors qu'elle était tout simplement différente.

Perdue dans ses pensées, Jillian s'accouda à la barrière, laissant Aaron converser avec Gil juste derrière elle. Tout se passa alors très vite.

Comme elle s'étirait en se massant les muscles du dos, elle entendit un rire enfantin. Quelque chose de rouge — un ballon — fila entre les montants de la barrière et alla rebondir sur le sol en terre battue. A la suite du jouet, un petit garçon se jeta en avant, se glissa sous le longeron et déboula dans l'arène. Avant que la mère n'ait poussé son premier hurlement, Jillian avait déjà sauté par-dessus la barrière et se ruait à la suite de l'enfant. De loin, comme dans une autre dimension, elle entendit Aaron crier son nom.

Du coin de l'œil, elle vit le taureau tourner la tête et river son regard fou au sien. Le sang se glaça dans ses veines. Terrifiée, elle accéléra encore l'allure pour rattraper l'enfant. Sourde aux cris d'horreur qui s'élevaient dans la foule, elle sentit la terre trembler sous elle lorsque le taureau chargea. Utilisant son élan, elle se jeta en avant et plaqua le garçonnet au sol en tombant sur lui de tout son poids. Le taureau passa si près qu'elle sentit la chaleur de la masse d'air déplacée.

« Ne bouge pas, surtout. Evite même de respirer », s'ordonna-t-elle, en maintenant impitoyablement l'enfant sous elle, malgré ses pleurs paniqués. Elle n'osa même pas tourner la tête lorsqu'elle entendit crier tout près. Pour l'instant, elle avait échappé au pire, puisqu'elle n'était encore ni encornée ni piétinée.

Une bordée de jurons retentit juste au-dessus d'elle et quelqu'un l'attrapa par le bras.

— Tu n'es pas un peu folle, par hasard ?

Reconnaissant la voix, Jillian se détendit et se laissa remettre sur pied. Elle serait sans doute tombée si elle n'avait pas été maintenue par deux bras d'acier.

Elle leva les yeux sur le visage livide d'Aaron tandis qu'il la secouait sans ménagement par les épaules.

— Tu es blessée ? Tu as mal quelque part ? Réponds-moi, bon sang !

Sa tête tournait comme le jour où elle avait essayé sa première dose de tabac à chiquer. Elle sentit vaguement que quelqu'un lui saisissait la main. Dans un état second, elle vit la maman en larmes balbutier des remerciements pendant que le garçonnet sanglotait bruyamment dans les bras de son père.

Jillian fit un effort pour rassurer la mère, même si ses lèvres semblaient avoir le plus grand mal à se mouvoir.

— Il en sera quitte pour la peur. Même s'il risque d'avoir quelques bleus.

Aaron serra les lèvres pour ne pas recommander aux parents effarés de mettre leur affreux mouflet en laisse.

— Allez, ça suffit, maintenant. Je t'emmène aux urgences.

Jillian se sentait assaillie par des sensations étranges : cet océan de visages autour d'elle, la fureur inexplicable d'Aaron.

— Aux urgences ? protesta-t-elle faiblement. Mais je n'ai rien du tout.

— Ah, non ? Tu es suffisamment en forme pour que je t'étrangle, alors ?

Une ombre grise couvrit la lumière et elle secoua la tête. Dégageant sa main, elle redressa la tête.

— Fiche-moi la paix ! Je vais parfaitement bien, déclara-t-elle une seconde avant que le sol ne se porte brutalement à sa rencontre.

Sa première sensation au réveil fut celle d'un linge dégoulinant sur son front. Elle fronça les sourcils, incommodée par l'eau qui lui dégouttait dans le cou. Ouvrant les yeux, elle vit Aaron approcher un verre de ses lèvres. Gil se tenait debout juste à côté et tripotait les bords de son chapeau.

— Elle a rien du tout, que je te dis, mon gars. Les filles, tu sais ce que c'est, ça te prend des vertiges pour un oui ou pour un non.

— Comme si tu en savais quelque chose, toi, Gil, marmonna-t-elle juste avant de prendre la gorgée du brandy qu'Aaron lui fit avaler de force.

Elle toussa, la gorge en feu. Mais le brouillard se dissipa devant ses yeux.

— Je ne me suis pas évanouie, au moins ? chuchota-t-elle, consternée.

— Si tu n'étais pas évanouie, cela y ressemblait beaucoup, aboya Aaron.

— Mais laissez donc cette enfant respirer, à la fin !

Au son de la voix calme et distinguée de Karen Murdock, la foule s'écarta comme la mer Rouge devant Moïse. La mère d'Aaron s'agenouilla à son côté et émit un petit claquement de langue désapprobateur en soulevant le linge trempé qu'on lui avait collé sur le front.

— Les hommes ne font jamais dans la nuance, soupira-t-elle en essorant le tissu trempé. Ça va aller, Jillian ?

Avec une grimace de douleur, elle réussit à se mettre en position assise.

— Quand je pense que je suis tombée en syncope ! C'est ridicule.

— Tu crois que c'est le moment de t'inquiéter de ton image ? vociféra Aaron.

Jillian leva la tête en sursaut.

— Ecoute, Murdock...

— Je ne l'ouvrirais pas trop à ta place, la coupa-t-il en rebouchant son flacon d'alcool. Si tu tiens sur tes jambes, je te raccompagne. Allez, ouste ! On bouge d'ici.

— Un : je vais tout à fait bien. Deux : il est hors de question que je rentre chez moi.

Aaron voulut riposter mais Karen lui imposa silence d'un regard.

— Je suis certaine que tu es en pleine forme, Jillian. Le problème, c'est que tu es devenue la vedette du jour, tu comprends ? Tout le monde veut te porter en triomphe, te féliciter, te questionner sur ce qui s'est passé. Ils ne te laisseront pas une seconde de tranquillité si tu restes au rodéo.

Il n'en fallut pas plus pour paniquer Jillian.

— Dans ce cas, j'ai intérêt à m'éclipser, en effet. Mais tu peux rester, toi, Aaron. Je suis capable de...

Sans même lui laisser le temps de terminer sa phrase, il lui attrapa le poignet et l'entraîna d'autorité vers son pick-up.

— Je ne sais pas quel est ton problème, Murdock. Mais rien ne m'oblige à accepter que tu te conduises comme ça avec moi, protesta-t-elle, furieuse en essayant en vain de se dégager.

— Ne dis rien, d'accord ? Je ne suis pas d'humeur à discuter.

L'allure courroucée d'Aaron dissuada efficacement tous ceux qui auraient pu être tentés de venir leur parler. Parvenu au camion, il ouvrit la portière et la déposa comme un paquet de linge sale sur le siège passager. Son chapeau sur les genoux, Jillian serra les lèvres, déterminée à ne pas ouvrir une seule fois la bouche pendant le temps que durerait le trajet.

Et dire que la journée avait si bien commencé. Mais il avait suffi d'un malheureux incident pour que tout s'effondre. Non seulement elle n'aurait pas l'occasion de briller dans la capture du veau au lasso, mais elle manquerait également le barbecue du soir où elle aurait pu récolter les honneurs de son ruban bleu. Au lieu de faire la fête, elle rentrait piteusement dans son ranch solitaire avec les muscles en compote et le dos fracassé.

Et, pour couronner le tout, Aaron la traitait comme une criminelle patentée. Qu'avait-elle donc commis de si effroyable ? Ce n'était pas lui qui avait eu la frayeur de sa vie en se faisant charger par un taureau furieux. Elle avait déchiré son « chap » tout neuf ; ses coudes et ses genoux étaient en sang. Et techniquement parlant, elle avait quand même sauvé la vie de ce gamin, non ?

Alors pourquoi Aaron roulait-il comme un fou furieux, le regard rivé droit devant lui, comme si elle s'était mal conduite ?

— A force de lever le menton comme ça, tu vas t'attirer de sérieux ennuis un de ces quatre, Jillian.

Elle tourna lentement la tête pour lui jeter un regard noir.

— Dis-moi, puisque visiblement tu as un problème, Murdock, tu pourrais peut-être cracher le morceau ? Je ne suis pas d'humeur à supporter tes remarques fielleuses.

Pour toute réaction, il freina abruptement et immobilisa le pick-up sur le bas-côté. Toujours sans un mot, il ouvrit sa portière à la volée, descendit du camion et la planta là pour fouler au pas de charge l'herbe haute d'un pré.

Les nerfs à vif, Jillian sauta du pick-up à son tour et se lança à sa suite.

— Mais qu'est-ce qui te prend, à la fin ?
— Fiche-moi la paix, Jillian.

Aaron serra les poings. Il lui fallait de la distance. Etre seul un moment. Et échapper au retour torturant de cette seule image obsédante : le corps à terre de Jillian et le taureau se ruant sur elle, cornes baissées. S'il avait manqué son but au lasso...

Il avait fallu trois cordes bien placées et la force de plusieurs hommes pour détourner *in extremis* l'animal en furie de la femme et de l'enfant allongés. *Il aurait pu la perdre pour toujours. Il s'en était fallu d'un cheveu.*

Elle l'intercepta au pas de course et l'attrapa par les pans de sa chemise.

— Je t'interdis de me parler sur ce ton, tu m'entends ? J'en ai plus qu'assez de ton caractère tordu et de tes humeurs de chien. Alors vis ta vie, Murdock. Et oublie que j'existe !

Bien décidée à instaurer entre eux une distance définitive, elle rebroussa chemin pour regagner la route. Mais elle n'avait pas fait deux pas lorsque Aaron la rattrapa par les épaules et la fit pivoter vers lui. Il la prit dans ses bras et serra fort. Si fort même qu'elle crut qu'il allait la broyer.

Folle de colère, elle se débattit comme une chatte furieuse. Mais Aaron se contenta de raffermir son étreinte. Ce n'est que lorsqu'elle cessa un instant de lutter pour rassembler ses forces que Jillian s'aperçut qu'il tremblait et que sa respiration était rapide et saccadée.

Il était hors de lui, oui. Mais son émotion n'était pas de la rage. Sans trop savoir de quoi elle le consolait, Jillian lui caressa le dos.

— Aaron ? chuchota-t-elle doucement.

Secouant la tête, il s'enfouit le visage dans ses cheveux. Et comprit que, pour la première fois en trente ans, il était à deux doigts de s'effondrer. Ce n'était pas de solitude et de distance qu'il avait eu besoin, d'ailleurs. Mais de la tenir contre lui. De la sentir vivante, solide et en sécurité dans ses bras.

— C'est trop dur, ce que tu m'as fait, Jillian, lâcha-t-il d'une voix rauque et cassée.

Contrite, elle continua à lui masser le dos, même si elle n'avait toujours pas la moindre idée de ce qu'elle avait pu lui infliger.

— Je suis désolée, murmura-t-elle à tout hasard.

— Les cornes sont passées tellement près... J'ai cru qu'il t'avait touchée. J'étais fou.

Le taureau, songea Jillian. C'était la peur qu'il avait eue pour elle qui l'avait mis dans cet état. Elle sentit son cœur fondre.

— Tout s'est bien terminé, Aaron. Ce n'était pas aussi impressionnant que cela a pu t'apparaître de loin, murmura-t-elle en posant la joue contre sa poitrine.

— De loin ?

Il lui saisit le visage entre les mains.

— J'étais juste à quelques pas derrière lui lorsque j'ai réussi à le rattraper au lasso. A deux secondes près, il t'encornait et te soulevait comme un trophée.

Les yeux levés vers lui, elle déglutit.

— Je... je ne savais pas.

Aaron vit le sang se retirer de son visage. Se traitant mentalement de tous les noms d'oiseaux, il lui prit les deux mains et les porta tour à tour à ses lèvres.

— Tu es saine et sauve, c'est l'essentiel. J'ai réagi un peu violemment, s'excusa-t-il en se forçant à sourire. Mais je n'aurais pas aimé te récupérer toute trouée.

Jillian sourit faiblement.

— Ça aurait fait désordre, n'est-ce pas ?

Il se pencha sur ses lèvres et lui prodigua un baiser comme jamais encore ils n'en avaient échangé. Il y avait une qualité particulière, soudain, dans la façon dont il la tenait dans ses bras... quelque chose d'à la fois doux et brûlant sur lequel elle ne parvenait pas à mettre un nom.

Aaron comprit que le moment était venu de lui parler de ce qu'il ressentait — qu'elle soit prête à l'entendre ou non. Mais pas maintenant, au milieu de ce pré inconnu.

Puisque l'expérience était destinée à rester unique, il lui avouerait son amour dans les règles de l'art. Glissant un bras autour de sa taille, il l'entraîna vers le camion.

— Tu vas commencer par te détendre dans un bain chaud, déclara-t-il en la soulevant pour la poser délicatement sur le siège passager. Puis je te préparerai à manger et nous dînerons aux chandelles.

Avec un large sourire, Jillian se renversa contre son dossier.

— Finalement, je me demande si je ne vais pas m'évanouir plus souvent.

11

En arrivant au ranch, Jillian était pleinement réconciliée avec la perspective de passer le reste de la journée chez elle. Et tant pis s'ils manquaient le feu d'artifice en ville. Ils trouveraient le moyen de s'éblouir à leur façon. Aaron paraissait déterminé à la dorloter et elle avait la ferme intention de le laisser faire. C'était la première fois, après tout, que quelqu'un se montrait aux petits soins avec elle. Enfant, elle avait eu une santé de fer et un moral à toute épreuve. Ni son père ni sa mère n'avaient jugé utile de bichonner leur fille. Quant à Clay, il avait toujours traité ses plaies et ses bosses par le dédain.

Si Aaron voulait la câliner, la choyer et s'inquiéter de ses égratignures, elle était prête à tenter l'expérience. Surtout s'il recommençait à l'embrasser comme il l'avait fait tout à l'heure, dans le pré.

Un calme profond régnait dans le ranch. Le personnel au grand complet était à la fête — femmes et enfants compris. Avec un sentiment d'étrangeté, Jillian regarda autour d'elle.

— Je crois que c'est la première fois que je me trouve seule ici. D'habitude, il y a toujours au moins quelqu'un dans le dortoir, dans la salle de repas ou aux cuisines. Sans parler des allées et venues des femmes de cow-boy qui étendent le linge ou travaillent dans le jardin avec leurs enfants. C'est un peu comme un village, un ranch, en somme.

Aaron lui prit les mains.

— C'est important, pour toi, d'avoir un lieu qui se suffit à lui-même ?

— L'indépendance est la clé de notre survie, non ? La moindre tempête de neige en hiver peut nous couper du monde pendant des semaines. Et puis j'aime bien l'ambiance. Je suis contente qu'une partie de mon personnel soit stable et vive à Utopia avec femme et enfants.

Une impression bizarre tenaillait Jillian, comme s'il manquait quelque chose dans le paysage. Sourcils froncés, elle balaya les lieux du regard. Mais ne détecta rien d'anormal.

Avec un haussement d'épaules, elle se tourna vers Aaron et souleva le bord de son chapeau.

— Quand tu m'as parlé de bain tout à l'heure, tu ne m'as pas proposé de me frotter le dos, je crois.

— Je ne t'ai rien promis, c'est vrai. Mais si tu te montres persuasive, je me laisserai peut-être convaincre.

Elle lui passa les bras autour du cou et renifla son odeur avec délice — un mélange de colophane, de cheval et de savon pour cuir.

— Je t'ai déjà dit que j'avais des douleurs partout ? précisa-t-elle dans un murmure.

— Pas encore, non.

— Et que j'avais quelques égratignures vraiment cuisantes ?

Il sourit.

— Et tu aimerais des bisous pour soulager tes bobos, c'est ça ?

Avec un petit soupir, elle lui mordilla l'oreille.

— Si ce n'est pas trop te demander.

Il entreprenait de la pousser en douceur vers la porte d'entrée lorsque Jillian poussa une exclamation sourde et s'échappa de ses bras pour traverser la cour en courant. Jurant tout bas, il se lança à sa suite.

Comment avait-elle pu ne pas s'en rendre compte tout de suite ? Courant jusqu'au paddock, elle le trouva vide. Totalement et entièrement vide. Les poings serrés, elle contempla le biberon qu'elle avait laissé accroché à la barrière.

— Que se passe-t-il, Jillian ?
— Ils m'ont pris Petite Boule. Ici. Dans ma cour. A deux pas de chez moi.
— Tu es sûre ? Un de tes hommes l'a peut-être rentré dans la grange avant de partir ?

Mais Jillian secoua la tête.

— Ça ne leur a pas suffi de me prendre cinq cents de mes bêtes. Il a aussi fallu qu'ils me volent mon taurillon. J'aurais dû accepter lorsque Joe m'a proposé de rester. Mieux même, il aurait fallu que je monte la garde moi-même.

Aaron lui posa une main sur l'épaule.

— Avant toute chose, allons vérifier s'il n'est pas tout simplement dans l'étable.

Elle leva vers lui un regard éteint.

— Petite Boule n'est pas ici, Aaron. Je ne peux pas te dire comment je le sais, mais je le sais.

L'attitude résignée de Jillian lui fendit le cœur. Il aurait encore préféré qu'elle hurle ou qu'elle pleure.

— On commence par faire le tour des lieux pour nous assurer que rien d'autre n'a disparu. Puis on appellera le shérif.

— Le shérif, oui, répéta-t-elle avec un petit rire sans joie.
— Jillian, murmura-t-il en l'attirant dans ses bras.

Mais elle se dégagea aussitôt.

— C'est d'accord, Aaron. Je n'ai pas l'intention de m'effondrer, cette fois. Je ne leur donnerai pas cette satisfaction.

Il lui effleura les cheveux.

— Fais le tour de la grange, alors. Je vais voir les étables.

Par acquit de conscience, Jillian fit ce qu'il lui demandait. Mais elle savait qu'elle trouverait la stalle vide. Elle fixa les minuscules particules de foin et de poussière qui tournoyaient dans un rayon de lumière. Quelqu'un lui avait pris le taurillon auquel elle avait eu la faiblesse de s'attacher.

Mais, d'une façon ou d'une autre, cette fois, elle trouverait le coupable.

Lorsque Aaron la rejoignit quelques minutes plus tard, les mots furent inutiles. Côte à côte et en silence, ils pénétrèrent dans la grande maison. Tout en préparant le café, Aaron tendit une oreille admirative pendant qu'elle téléphonait au shérif. La voix de Jillian était calme et ferme. Alors qu'il savait pertinemment à quel point elle était attachée au taurillon qu'elle avait élevé au biberon.

Tout en allant et venant dans la cuisine, Aaron songea que les voleurs avaient commis une erreur en volant le jeune veau. Qu'espéraient-ils en faire, au juste ? Le vendre comme viande de boucherie ? Le jeu n'en valait pas la chandelle, à un âge aussi précoce.

D'un autre côté, quel rancher de la région accepterait d'acheter un taurillon Hereford aussi facilement identifiable ? Le ou les personnes qui avaient dérobé Petite Boule s'étaient mises dans une situation quasi impossible. Avec un peu de chance, ils commettraient une nouvelle imprudence qui permettrait au shérif de les repérer et de les arrêter.

Il tendit un café à Jillian, qui l'accepta d'un signe de tête tout en poursuivant sa conversation téléphonique avec le shérif. Aaron se dirigea vers la fenêtre en se demandant comment un homme était censé s'y prendre pour aimer une femme dotée d'une pareille force de caractère.

— Il a promis de faire son possible, annonça-t-elle en reposant le combiné. Demain, je retourne au siège de l'Association des éleveurs. Et j'ai l'intention de taper du poing sur la table. Puisque ces types courent toujours, ils ne vont pas s'arrêter là. Et ils ne limiteront pas forcément leur champ d'action à Utopia. Il faut que les autres éleveurs se mettent dans la tête que ça peut leur tomber sur le coin de la figure à tout moment.

Elle finit son café d'un trait et le posa sur la table.

— Cela dit, nos voleurs sont allés trop loin, cette fois, Aaron. Ils se sont moqués de moi en prenant mon taurillon sous mon nez. Et ça va leur retomber dessus d'une façon ou d'une autre.

Aaron ne put s'empêcher de sourire.

— Je crois que si les voleurs de bétail te voyaient en cet instant, ils prendraient leurs cliques et leurs claques et disparaîtraient de l'autre côté de la frontière sans demander leur reste.

A la grande stupéfaction de Jillian, elle réussit à lui rendre son sourire.

— Merci.
— Tu as faim ?
Elle fit la moue.
— Je ne sais pas trop, en fait.
Il lui ébouriffa les cheveux.
— Va prendre ton bain. Je trouverai bien quelque chose dans le frigo.

Jillian fit spontanément un pas dans sa direction et lui passa les bras autour de la taille. Comment avait-il deviné qu'elle avait besoin de se retrouver seule quelques instants ? Avec elle, il avait une faculté vraiment étonnante à poser les bons actes au bon moment.

— Pourquoi es-tu si merveilleux avec moi, Aaron ?
— Dieu seul le sait. Va donc dénouer tes muscles martyrisés dans l'eau chaude.

Jillian lui pressa un baiser sur les lèvres en se demandant comment lui exprimer sa gratitude. Il avait eu la délicatesse de lui laisser du temps pour elle sans l'abandonner pour autant.

Retirant ses vêtements déchirés, elle fit la grimace en découvrant ses ecchymoses. Mais elle était consciente que ses bleus à l'âme seraient plus longs à s'atténuer que ceux qu'elle avait sur la peau. En se montrant incapable de protéger son bétail, elle avait trahi la confiance que Clay lui avait accordée. Si seulement son grand-père avait été encore en vie pour lui passer un bon savon, elle aurait pu rager et tempêter à son tour et l'affaire aurait été réglée.

Mais comme il n'était pas là pour lui hurler dessus,

il ne lui restait plus qu'à serrer les dents et à essayer de trouver des solutions. Qui avait pu dérober son veau sous son nez ? L'un de ses propres employés ? C'était tout à fait possible, malheureusement. Quoi de plus simple que de reculer un camion jusqu'au paddock, de charger Petite Boule et de filer ?

Cela dit, rien ne l'empêchait de mener discrètement l'enquête. Même si le shérif faisait ce qu'il avait à faire, il ne lui était pas interdit de poser quelques questions de son côté. Ne serait-ce que pour s'assurer que l'un de ses hommes n'avait pas brillé par son absence à la foire.

Pauvre Petite Boule. Il n'y aurait plus personne, désormais, pour le gratter derrière l'oreille et lui murmurer des paroles d'affection. Le cœur lourd, Jillian ferma les yeux et se détendit dans son bain en faisant le vide dans son esprit.

Au bout d'une heure, l'eau chaude avait fait des miracles. Ses muscles endoloris avaient recouvré leur souplesse. Et la tristesse et le découragement avaient disparu avec l'eau du bain.

Ragaillardie, Jillian enfila un jean et une chemise propres et redescendit dans la cuisine. Attirée par les arômes qui s'élevaient des fourneaux, elle alla soulever le couvercle de la cocotte. Et inspira avec délice les fumets d'un chili con carne.

Cette fois, il n'y avait plus aucun doute : elle avait l'estomac dans les talons.

— Aaron ?

Mais il n'était nulle part en vue. Elle prit une cuiller et commença à remuer. Au bout de quelques minutes, elle décida qu'il n'était pas interdit de goûter pour s'assurer que le plat était assez assaisonné.

— Ma mère me donnait toujours une claque sur la main lorsque je faisais ça, commenta Aaron.

Elle laissa retomber le couvercle avec fracas.

— Tu m'as fait une peur bleue, Murdock. J'ai cru que...

Alors seulement, elle vit les fleurs qu'il tenait à la main. La plupart des hommes qu'elle connaissait auraient eu l'air ridicule en se présentant ainsi, bouquet au poing. Mais bizarrement, ce n'était pas le cas pour Aaron. Au contraire même, il lui parut plus séduisant que jamais.

Aaron nota que Jillian avait les deux mains nouées dans le dos. Elle paraissait décontenancée, presque empruntée. S'il avait su qu'il suffisait de quelques sauges sclarées et d'une dizaine de brins de sainfoin pour troubler Jillian Baron, il aurait écumé les prés plus tôt.

Il se pencha pour lui embrasser les coins de la bouche.

— Tu ne veux pas de mes fleurs, Jillian ?
— Si, si… Bien sûr.

Se forçant à dénouer ses doigts crispés, elle prit le bouquet.

— Merci. Elles sont très jolies.
— L'odeur des fleurs sauvages me rappelle celle de tes cheveux.

Comme elle lui jetait un regard méfiant, il secoua la tête.

— C'est la première fois que quelqu'un t'offre des fleurs ?

Pas la première fois, non. Il y avait eu les livraisons du fleuriste cinq ans auparavant. Accompagnées d'un billet doux.

— J'ai déjà eu des roses rouges, répondit-elle avec un haussement d'épaules.

Au son de sa voix, Aaron comprit qu'il avançait en terrain miné. Enroulant une mèche de ses cheveux autour d'un doigt, il fit la moue.

— Des roses ? Ce sont des fleurs beaucoup trop civilisées pour toi.

Jillian baissa le nez sur le bouquet aux couleurs audacieusement mêlées.

— Dans le temps, je pensais qu'avec un peu d'effort je pourrais devenir une jeune femme rangée, admit-elle à voix basse.

Il lui souleva le menton.

— C'était ce que tu désirais ?
— Ce que je *croyais* désirer, en tout cas. Et j'étais prête à tout pour y arriver.

— Tu étais amoureuse de lui, alors ?

Pourquoi il creusait la blessure ainsi, il n'aurait su le dire. Une force qu'il ne parvenait à contrôler le poussait à l'interroger sans merci.

— Aaron...
— Tu l'aimais, Jillian ?

Avec des gestes d'automate, elle entreprit de verser de l'eau dans un vase.

— J'étais très jeune, à l'époque. Et il avait beaucoup de points communs avec mon père. C'était sans doute une façon indirecte pour moi de me faire accepter par ma famille.

Aaron découvrit que la jalousie avait un goût amer.

— Cela ne répond pas à ma question.

D'une main légèrement tremblante, Jillian arrangea les fleurs dans le vase.

— Je ne suis pas certaine de connaître la réponse. Nous devrions manger, non ?

Jillian ne résista pas lorsqu'il posa les mains sur ses épaules. Un instant, elle eut peur qu'il ne lui dise quelque chose de gentil. Mais il l'attira contre lui et l'embrassa avec un emportement inattendu. Nouant les bras autour de sa taille, elle répondit à son baiser avec une égale ardeur.

— Dépêchons-nous de dîner, suggéra Aaron. Ça fait des heures que j'ai envie de faire l'amour avec toi.

— Mmm... Le repas peut attendre, non ?

Il rit doucement et enfouit les lèvres dans son cou.

— Pas question. Quand je cuisine pour une femme, elle mange... Va me chercher deux assiettes.

Elle fit ce qu'il lui demandait et sortit deux bières du réfrigérateur.

— Lorsque tu en auras assez de tenir un ranch, Aaron, je t'embaucherai comme cuisinier... Oups ! s'exclama-t-elle après avoir avalé sa première bouchée. Tu n'y as pas été de main morte avec les piments.

— C'est pour départager les hommes des blancs-becs. C'est trop épicé pour toi ?

Elle lui jeta un regard de dédain et prit une seconde bouchée.

— Rien n'est trop épicé pour moi, Murdock.

Jillian dîna avec autant d'appétit que lui et ils terminèrent leur assiette ensemble.

— Extraordinaire, commenta-t-elle.
— Tu veux que je te resserve ?
— Franchement, non, ça ira. Je tiens à ma peau.
— Nous avions un contremaître mexicain quand j'étais gamin. J'ai passé des mois en montagne avec lui, quand on convoyait le bétail en été. Et il m'a tout appris. Y compris à faire la cuisine et à jouer au poker.

Fascinée, elle posa les coudes sur la table.

— Il faudra que nous organisions une partie un de ces quatre... Je compte sur mes talents de joueuse de poker pour déstabiliser mes voleurs de bétail, déclara-t-elle en se levant pour débarrasser la table. Je suis sûre qu'il y en a un qui va se couper à un moment ou à un autre. Ils sont allés trop loin, cette fois.

Aaron arpenta la cuisine pendant qu'elle faisait couler l'eau dans l'évier.

— J'aimerais t'aider, Jillian. En t'offrant les services d'un détective privé, par exemple.

Touchée, elle se retourna pour le prendre dans ses bras.

— Tu m'as déjà aidée. Et je ne l'oublierai jamais.
— Je pourrais te déléguer quelques-uns de mes hommes pour qu'ils fassent des patrouilles régulières dans tes pâturages.
— Aaron...
— Tu crois que c'est facile pour moi d'être là, sans rien faire, à te regarder te débattre avec tes problèmes ?

Elle tenta de se concentrer sur ses paroles, mais il lui était difficile de réfléchir alors qu'il l'embrassait déjà à perdre haleine. Chaque fois qu'il la touchait, elle perdait pied presque aussitôt. Le désir sauvage qu'il suscitait en elle était à la fois aliénation et délivrance. Aaron l'aidait à libérer la femme passionnée qui se dissimulait en elle.

Mais alors même qu'il la révélait à elle-même, il l'enfonçait toujours plus loin dans le manque et la dépendance. Et elle se sentait sans recours face à la force d'attirance démesurée qui la jetait dans ses bras.

« C'est au moins une chose que je peux faire pour elle, songea Aaron : l'aider à oublier. » Si elle avait eu la force de le repousser, toutefois, Jillian l'aurait également tenu à distance de son lit. Elle avait été blessée en amour par cet homme qui ressemblait à son père. Et ses élans restaient bridés, sa confiance hésitante.

Frustré de se heurter encore et toujours à cette part de refus en elle, il se pencha pour lui placer un bras sous les genoux et la souleva contre lui. Lorsqu'ils faisaient l'amour, au moins, elle était sienne sans réserve.

— J'ai envie de toi, chuchota-t-elle contre ses lèvres.

Violemment troublé, il se laissa tomber avec elle sur le canapé, sans détacher un instant sa bouche de la sienne. Jillian rit doucement lorsqu'il jura en se débattant avec ses vêtements. Le désir qui les jetait l'un vers l'autre était pur et sans ombres. Elle le sentait vibrer et circuler entre eux avec une intensité égale. Lorsqu'ils faisaient l'amour, il n'y avait ni serviteur ni maître, ni dominant ni dominé.

Aujourd'hui, Aaron était insatiable et elle se laissait aller, s'abandonnait à lui en confiance. Chaque caresse, chaque baiser lui ouvrait de nouvelles portes, révélait de nouveaux espaces de plaisir. Aaron lui offrait une liberté encore plus échevelée que celle qu'elle trouvait en chevauchant à bride abattue dans les prés.

Il lui apportait à la fois la douceur et le feu ; l'emportement et la tendresse. Et elle gémit en découvrant à quel point ces dons lui étaient précieux.

Seulement lorsqu'elle fit entendre ce léger son plaintif, Aaron se souvint qu'elle avait le corps couvert de bleus. Il secoua la tête, s'efforçant de chasser les brumes qui obscurcissaient ses pensées.

— Je te fais mal.

— Non, protesta-t-elle en l'attirant de nouveau contre elle. Tu ne me fais jamais mal. Je ne suis pas fragile, Aaron.

— Tu crois ?

Il se redressa pour examiner son visage et contempla l'ossature délicate, la peau couleur de miel qui gardait sa douceur, malgré l'impitoyable rigueur du climat. Mais, avant tout, il voyait les traces de vulnérabilité qui apparaissaient et disparaissaient dans son regard.

— Tu veux que je te montre la fragilité qu'il y a en toi ?

— Aaron...

Mais, déjà, il lui caressait le visage avec une douceur infinie, comme si sa peau avait été un papier de soie qu'il aurait craint de déchirer. Il lui murmurait des paroles si tendres et si légères qu'elles agissaient sur elle comme une drogue. Son corps devenait lourd, si lourd qu'il s'enfonçait inexorablement dans les coussins du canapé. Elle aurait voulu le toucher à son tour, mais l'état dans lequel il l'avait plongée était proche de la transe. Chaque fois que ses lèvres la faisaient frissonner, Aaron la ramenait de nouveau vers le flottement, l'indolence, le plaisir sans urgence.

Ils virent la lumière basculer peu à peu, les ombres s'allonger dans le séjour. Mais le temps semblait tourner au ralenti, comme si le grand sablier de la vie avait lui-même été saisi de torpeur. Jamais elle ne s'était sentie avec Aaron comme elle se sentait aujourd'hui. Comme si leurs deux corps qui se mêlaient doucement tissaient entre eux des fils d'éternité.

Après l'amour, Aaron se redressa en l'entraînant avec lui.

— Tu avais l'air presque évanouie, murmura-t-il avec une infinie tendresse.

Profondément troublée par la forme nouvelle d'abandon qui avait marqué leurs étreintes, Jillian releva les cheveux qui lui tombaient sur les yeux.

— C'est la première fois que ça se passe comme ça, murmura-t-elle.

Emu, il se pencha sur ses lèvres.

— On recommencera.

Tentée de se raccrocher à lui et d'en demander encore, Jillian prit peur. Et si c'étaient les spectres de la dépendance qu'elle voyait se rapprocher à grands pas ? Effrayée à l'idée qu'elle pourrait bientôt ne plus rien maîtriser, elle se dégagea du cercle de ses bras et enfila sa chemise.

— Tu es quelqu'un de surprenant, Aaron Murdock. Chaque fois que j'ai l'impression d'avoir compris qui tu étais vraiment, tu montres une nouvelle facette de toi-même.

Il l'attrapa par les pans de sa chemise et la ramena à lui.

— Et c'est grave, docteur ?

Avec un léger rire, elle lui embrassa le dos de la main.

— Peut-être pas, non. Mais j'ai du mal à te cerner.

— Et tu tiens absolument à faire le tour complet de ma personnalité ?

— Je suis quelqu'un de simple, Aaron.

Il secoua la tête.

— *Simple*, toi ? Tu plaisantes ?

— Ne te moque pas de moi, protesta-t-elle, mi-sérieuse, mi-embarrassée. Dans une situation donnée, j'aime bien savoir où j'en suis, quelles sont les options qui s'offrent et ce qu'on attend précisément de moi. Tant que je sais que je peux faire mon boulot et gérer les choses au mieux, je suis satisfaite.

Tout en enfilant son jean, Aaron lui jeta un regard pensif.

— Ton travail est vital à ce point pour toi ?

— Mon travail est tout ce que je sais faire, dans la vie. Avec la terre, je suis dans mon élément.

— Et avec les êtres humains ?

— Avec les gens, je suis moins à l'aise. Sauf avec les rares personnes que je parviens à comprendre.

Sa chemise encore ouverte flottant derrière lui, Aaron s'avança vers elle.

— Et je fais partie de la catégorie que tu ne comprends pas ?

— Ça dépend des moments. Quand on se dispute, j'ai l'impression de bien capter qui tu es. Mais dans d'autres circonstances…

— Dans d'autres circonstances ? insista Aaron en lui saisissant les épaules.

Jillian détourna les yeux. Elle avait l'impression d'avancer en terrain mouvant mais ne savait plus comment rebrousser chemin.

— Je ne m'attendais pas à ce qu'entre toi et moi ça prenne de telles proportions, admit-elle, le cœur battant.

Il la sentait remuée, indécise — luttant pour afficher une assurance qu'elle était loin de ressentir. Il prit une profonde inspiration.

— Je t'ai désirée dès le premier instant où je t'ai vue arriver au grand galop près de l'étang. Mais même lorsque tu t'es donnée, cela ne m'a pas suffi. Je voulais plus de toi… Ta douceur m'a surpris, tes fragilités me vont droit aux tripes. Tu touches quelque chose de fort en moi.

— Aaron, protesta-t-elle.

Mais, à présent qu'il était lancé, il refusait de se laisser arrêter.

— Je pense à toi tout le temps, Jillian. De jour comme de nuit. Je suis obsédé par la façon dont tu soupires mon nom quand nous faisons l'amour.

— Non, s'il te plaît…

Saisie de tremblements, elle se rejeta en arrière.

— Pourquoi « non » ? J'ai besoin de te dire les choses… Je ne peux pas garder la vérité au fond de moi indéfiniment… Je t'aime, Jillian.

La panique la submergea. Sur la défensive, elle répondit d'une voix coupante.

— Tu n'es pas obligé de me sortir ce genre de truc. Ce n'est pas ce que j'ai envie d'entendre.

Sa réaction le coupa net dans son élan. Choqué et en colère, il la secoua par les épaules.

— Parce que je suis censé ne te dire que ce que tu as *envie* d'entendre, Jillian ?

Elle se mordit violemment la lèvre. Si elle n'avait pas été aussi fière, elle lui aurait expliqué à quel point ce « je t'aime » machinal — parole creuse par excellence — avait le pouvoir de la faire souffrir.

— Aaron, je t'ai déjà dit que je n'aimais pas les déclarations de tendresse. Ce qu'il se passe entre nous…

Il s'était attendu à tout, sauf à un rejet aussi froid, aussi catégorique. Pour la première fois, il parlait d'amour à une femme. Et elle se transformait sous ses yeux en une statue de glace.

— Oui, parlons-en, de ce qu'il se passe entre nous, lâcha-t-il en désignant le canapé où ils venaient de s'étreindre. Ça s'arrête à ça pour toi, Jillian ?

Effrayée par sa soudaine violence, elle se passa la main dans les cheveux.

— Je croyais que c'était ce que tu voulais de moi, balbutia-t-elle. Je suis désolée, mais je ne peux pas te donner plus que ce que nous avons partagé jusqu'ici. Pour moi, c'est déjà énorme.

Lentement, Aaron desserra les doigts qu'il tenait crispés sur son poignet. Jillian et lui se ressemblaient sur bien des points. Et, en matière d'orgueil, ils n'avaient rien à envier l'un à l'autre.

Tout en boutonnant sa chemise, il lui jeta un regard désenchanté.

— Je connais des femmes qui n'ont pas accès au plaisir physique, mais chez toi, c'est le cœur qui est frigide, Jillian. Si tout ce qui t'intéresse dans la vie, c'est de t'envoyer en l'air de temps en temps, tu ne devrais pas avoir trop de difficulté à trouver un partenaire. Pour ma part, je préfère une relation un peu plus humanisée.

Plus immobile qu'une statue, elle le regarda se diriger vers la porte. Le moteur du pick-up ronfla. Au moment où le camion disparut de sa vue, le soleil glissa au-dessous de l'horizon et l'ombre se referma sur les terres d'Utopia.

12

Au campement, Aaron commençait à travailler tôt le matin et terminait tard le soir. Il ne s'accordait aucun répit, chevauchant sans trêve jusqu'à ce que ses muscles malmenés crient grâce. Il traquait inlassablement le bétail égaré, ingurgitait plus de poussière que de nourriture solide et passait ses soirées dans une solitude farouche à boire bière sur bière.

Trois semaines durant, il fut d'une compagnie exécrable. Ses hommes échangeaient des conciliabules à voix basse dès qu'il avait le dos tourné. On eut tôt fait, d'ailleurs, de se rendre à l'évidence : les Murdock n'avaient jamais été commodes, mais seule une femme avait pu mettre Aaron dans un état pareil. Ne l'avait-on pas vu bras dessus bras dessous avec la petite Baron, le jour de la fête nationale ? D'aucuns, semblait-il, les avaient même surpris en train de s'embrasser à pleine bouche.

Et l'idylle, comme par hasard, s'était soldée par un échec. Quoi d'étonnant alors qu'un siècle de rivalités et de haines tenaces opposait les Baron et les Murdock ? Les deux ultimes rejetons de ces grandes familles ennemies s'étaient peut-être mis dans l'idée qu'ils pourraient déjouer la fatalité. Mais le piteux résultat d'un tel projet ne surprenait personne.

Aaron ignorait les commentaires qui se chuchotaient dans son dos. Il était monté au campement pour s'abrutir de travail. Et il continuerait ainsi jusqu'à guérison complète de cette maladie que certains appelaient « amour ».

Il était hors de question qu'il rampe et qu'il supplie. Il avait fait part de ses sentiments à Jillian et elle les lui avait jetés froidement à la figure.

Pas intéressée, lui avait-elle dit en termes clairs.

Suant à grosses gouttes, Aaron enfonça un nouveau piquet de clôture dans le sol aride et fixa le fil à l'aide d'un tendeur et de crampons. Jillian était peut-être la première femme qu'il avait aimée. Mais cela ne signifiait pas qu'elle serait la dernière. Soulevant la masse, il assena un coup violent sur un second piquet en cèdre. Aurait-il dû s'y prendre différemment pour lui parler de ses sentiments ? Faire preuve de plus de subtilité ?

Mais pour lui tenir de beaux discours, encore aurait-il fallu qu'il soit en pleine possession de ses moyens. Il lança un chapelet d'obscénités en continuant à s'acharner sur sa clôture. Comment avait-il pu s'aveugler au point de voir en elle une femme fragile et douce ? Jillian Baron n'avait pas une once de vulnérabilité en elle. C'était une fille dure et froide qui s'intéressait plus aux bêtes qu'aux êtres humains.

Et pourtant, même après trois semaines de séparation, son amour pour elle restait intact. Loin de s'atténuer, il semblait même s'exacerber, au contraire. Il serra le barbelé si fort qu'il lui entailla la peau à travers le cuir de son gant. Aaron jura avec force.

Il lui restait ses terres, pourtant. Les pâturages du Double M s'étiraient jusqu'à l'horizon sous le ciel d'un bleu implacable. Dans quelques semaines, ils rassembleraient le bétail et le conduiraient jusqu'à Miles City pour la foire. Et là, ce serait la fête pour tous.

Y compris pour lui, se jura Aaron en descendant de cheval à l'approche de la nuit. Il alla se laver à la rivière puis revint au campement. Son dîner fut avalé en trois bouchées. Laissant ses compagnons à leur partie de poker, il prit une provision de bières et sortit s'asseoir sur les marches de bois devant le chalet rudimentaire qui servait de dortoir à l'équipe.

Les étoiles se levaient une à une. Un coyote solitaire aboya longuement à la lune. Sa bouteille à la main, Aaron cessa de lutter contre les images obsédantes qui se télescopaient dans sa tête : Jillian tout habillée dans l'étang qui l'invectivait avec superbe ; Jillian chuchotant des mots tendres à son taurillon nouveau-né ; Jillian pleurant dans ses bras à l'entrée du canyon ; Jillian nue entre les draps défaits, abandonnée et consentante.

Tellement consentante...

Non, elle n'était ni simple ni commode. Mais c'était la seule femme pour qui il était prêt à tout — même à souffrir. Aaron prit une gorgée de bière. Et décida qu'il avait assez perdu de temps comme cela à broyer du noir. Les affres des amours impossibles, il les laissait aux poètes et aux masochistes. Pour sa part, il préférait l'action à la résignation.

Jillian lui avait peut-être dit qu'elle ne voulait pas entendre parler de ses sentiments pour elle. Mais il avait eu amplement l'occasion de vérifier qu'elle n'y était pas indifférente pour autant. Pour la première fois, depuis trois semaines, Aaron commença à réfléchir calmement.

Qu'avait-il fait, au fond, pour tenter de la convaincre ? Il s'était contenté d'abattre ses cartes. Et assez brutalement qui plus est. Puis, au premier signe de rejet de sa part, il était parti en se drapant dans sa dignité offensée. Cela ne lui ressemblait pas de renoncer si vite. Relevant le bord de son chapeau, Aaron sourit en levant les yeux vers les étoiles.

Jillian était butée, compliquée et volontaire. Mais il était parfaitement capable de lui tenir tête. Non, il ne retournerait pas se traîner à Utopia à genoux. Mais il était prêt à repartir sur le champ de bataille. Et à mener une offensive en règle pour récupérer Jillian Baron. Quitte à l'attraper au lasso, à la ficeler et à la marquer s'il le fallait.

Lorsque la porte s'ouvrit derrière lui, Aaron tourna un regard distrait vers l'arrivant. Il se sentait d'humeur infiniment plus sociable, tout à coup.

— Alors, Jennsen ? Tu as eu un coup de déveine au poker ? lança-t-il en tendant une bière au nouveau venu.

Il nota que le cow-boy donnait des signes de nervosité. Nouveau au Double M, Jennsen ne resterait probablement qu'une saison avant de repartir sur les routes. Rien n'était plus difficile que de donner un âge à ces cow-boys errants dont l'existence silencieuse et solitaire gardait toujours une part de mystère. Jennsen avait cette opacité dans le regard qui vous venait à force de scruter les terres d'autrui sous le grand soleil, sans jamais avoir d'endroit à soi où poser ses bagages.

— Il y a des semaines que la chance me fait faux bond aux cartes, marmonna Jennsen en s'asseyant pour rouler une cigarette. Ce n'est pas comme toi.

Aaron hocha la tête. Apparemment, le cow-boy venait tâter le terrain pour tenter d'obtenir une avance.

— La chance est capricieuse, poursuivit Jennsen en s'essuyant la bouche du revers de la main. Ils n'en ont pas beaucoup du côté de chez Baron, ces derniers temps, avec tout le bétail qu'on leur a sifflé sous le nez. Il y a des petits malins qui ont dû s'en mettre plein les poches.

Attentif à la note d'amertume dans la voix du cow-boy, Aaron lui tendit nonchalamment une seconde bière.

— C'est facile de faire du profit lorsqu'on vend de la viande que l'on n'a pas payée. Mais je dois reconnaître que les voleurs ont opéré comme des pros.

Jennsen tira sur sa cigarette. Il avait vaguement entendu parler d'un rapprochement entre Aaron Murdock et la femme de chez Baron. Mais, depuis trois semaines qu'il observait Aaron, il avait fini par conclure que ces rumeurs n'étaient pas fondées. Ce qu'il savait avec certitude, en revanche, c'est que les deux familles se haïssaient depuis la nuit des temps.

— Je pense qu'on s'en fout un peu, ici, au Double M, si les Baron perdent leur bétail ou non, laissa-t-il tomber afin de sonder les dispositions de Murdock.

Tous les sens aux aguets, soudain, Aaron allongea les

jambes devant lui. Il savait que l'ombre de son chapeau cachait son regard à Jennsen.

— C'est à chacun de se débrouiller pour protéger ce qui lui appartient, rétorqua-t-il avec un haussement d'épaules indifférent.

Jennsen s'humecta les lèvres.

— Y en a qui disent que votre grand-père se servait directement dans les pâturages des Baron.

Aaron ricana.

— Possible. Mais il n'y a jamais rien eu de prouvé.

Jennsen prit sa bière et but longuement pour puiser du courage dans l'alcool.

— Il paraît que les gars sont venus carrément jusque dans la cour des Baron pour embarquer un taurillon. Un futur reproducteur à ce qu'on dit.

Les nerfs tendus à se rompre, Aaron contint son excitation. Jennsen était bel et bien venu tâter le terrain. Mais il briguait bien plus qu'une avance...

— Je me demande ce qu'il va devenir, ce jeune Hereford, observa-t-il. Ce serait un gâchis d'en faire de la viande de boucherie, en tout cas.

Jennsen accepta la troisième bière que lui tendait Aaron, but une ultime gorgée et se jeta à l'eau.

— Les gars m'ont dit que tu étais intéressé par le taureau de chez Baron ?

Relevant son chapeau, Aaron lui décocha un sourire avenant.

— Je suis toujours à la recherche de bons reproducteurs. Tu as un filon ?

Jennsen l'examina en silence puis déglutit.

— Il se pourrait que j'aie quelque chose pour toi, ouais.

Jillian ralentit en passant devant chez Aaron et vit que la maison était déserte. Au lieu de faire demi-tour, cependant, elle accéléra de nouveau et poursuivit jusqu'au « ranch house ». En plein milieu de matinée, elle avait autre chose à faire que de traîner au Double M. Mais c'était plus fort qu'elle. Si Aaron ne revenait pas bientôt, elle allait finir par monter le débusquer dans son campement de montagne et…

… et quoi d'ailleurs ? se demanda-t-elle pour la millième fois. Tout ce qu'elle savait, c'est qu'elle venait de passer les trois semaines les plus sinistres de toute son existence. En la quittant, Aaron avait tué quelque chose de vivant en elle — une force vibrante, neuve et joyeuse dont elle s'était soigneusement appliquée à ignorer l'existence.

Elle n'avait cessé de se jurer qu'elle ne tomberait pas amoureuse d'Aaron. Et elle avait continué à nier l'évidence alors que le mal était fait depuis longtemps.

Tomber amoureuse était une expression assez appropriée, d'ailleurs. Lorsque ça vous arrivait, le sol se dérobait sous vos pieds et c'était la chute libre dans le gouffre.

Aaron était-il sincère, lorsqu'il avait prononcé son « je t'aime » ? S'il l'était vraiment, ils auraient chuté à deux. Et ils auraient au moins eu le recours de se raccrocher l'un à l'autre.

Mais s'il était amoureux d'elle, serait-il parti trois longues semaines sans donner de nouvelles ?

— Vous avez l'intention de rester assise dans cette Jeep toute la matinée ?

Tournant la tête brusquement, Jillian vit Paul Murdock qui l'observait, debout sur la galerie. Le feu aux joues, elle descendit lentement de voiture.

— Asseyez-vous, ordonna Paul. Karen prépare une carafe de thé glacé.

Elle s'exécuta poliment en se demandant quel prétexte avancer pour justifier sa visite.

— Il n'est pas encore redescendu des montagnes, précisa Paul avant même qu'elle ait ouvert la bouche.

Comme elle le regardait, interdite, il partit de son grand rire.

— Je suis peut-être vieux mais je ne suis pas encore

complètement gâteux... Alors, c'était à quel sujet, cette grosse querelle d'amoureux entre Aaron et vous ?

— Paul ! protesta Karen, qui arrivait avec un plateau. Arrête de poser des questions indiscrètes.

— Comment ça, « indiscrètes » ? Elle court après mon fils !

En un bond, Jillian se releva.

— Je ne cours après personne. Ce que je veux, je l'obtiens. Point final.

Paul Murdock rit de plus belle.

— Rien à faire, elle me plaît, cette fille. Elle est mignonne, pas vrai, Karen ?

— Ravissante.

Non sans hésitation, Jillian accepta un verre de thé et se rassit.

— J'étais passée donner des nouvelles de la jument à Aaron.

— C'est tout ce que vous avez réussi à trouver, comme excuse ? s'esclaffa Murdock. Je pense que vous pouvez faire mieux.

— Paul...

Karen se percha sur le bras du fauteuil à bascule de son mari et lui entoura les épaules. Paul brandit sa canne en direction de Jillian.

— Vous auriez le toupet d'affirmer que vous ne voulez pas de mon fils ?

— La relation entre Aaron et moi est de nature professionnelle, monsieur Murdock.

— C'est ça, oui... Je vais vous dire une chose, ma petite Jillian, précisa Paul gravement. Lorsqu'un homme est mourant, il n'a plus envie de perdre son temps avec des platitudes. Mais si vous m'affirmez en votre âme et conscience que vous ne ressentez rien pour Aaron, je suis prêt à parler de la pluie et du beau temps aussi longtemps que vous le voudrez.

Jillian ouvrit la bouche. La referma. Secoua la tête.

— Quand reviendra-t-il, monsieur Murdock ? Cela fait trois semaines déjà, murmura-t-elle, admettant sa défaite.

— Il reviendra lorsqu'il en aura assez de se montrer aussi obtus que toi, petite.

Levant les yeux, Jillian observa le couple : le vieil homme malade et sa belle et jeune épouse. Main dans la main. Unis. Le cœur battant, elle comprit que c'était ce qu'elle voulait aussi : le même amour profond et durable qui existait entre ces deux êtres *a priori* si peu assortis.

— Cette Jeep devrait pouvoir monter jusqu'au campement, observa Murdock en désignant sa voiture du menton.

Jillian ouvrit la bouche pour répondre lorsqu'elle vit le vieux pick-up de Gil se garer dans la cour. Fronçant les sourcils, elle se leva.

Gil ôta son chapeau pour saluer Karen et Paul Murdock mais il n'ouvrit même pas sa portière.

— Nous avons une urgence, monsieur Murdock, lança-t-il par la vitre ouverte.

— Que se passe-t-il ? s'enquit Jillian.

— Le shérif a appelé. Il semblerait que l'on ait retrouvé ton jeune taureau. Il aimerait que tu ailles jeter un coup d'œil pour l'identifier.

Saisie de vertige, elle se retint à la portière.

— Petite Boule ? Où est-il ?

— Chez le vieux Larraby. Monte. Je t'emmène.

Murdock se leva.

— Laissez votre Jeep ici. L'un de mes hommes vous la ramènera.

Jillian les remercia, prit congé d'un signe de la main et courut se hisser à bord du pick-up.

— Qui l'a identifié ? s'enquit-elle, surexcitée.

Jubilant intérieurement, le vieux contremaître cracha par la vitre ouverte.

— Aaron Murdock.

— Aaron...

Voir Jillian bouche bée acheva de réjouir Gil.

— Mais comment est-ce possible ? Il est resté dans la montagne pendant trois semaines sans voir personne !

— Apparemment, un des gars qui bossent pour les Murdock était mêlé au vol de bétail — un dénommé Jennsen. Mais lorsqu'il a touché son pourcentage du butin, notre valeureux cow-boy a trouvé sa part un peu maigre. Et comme il a eu tôt fait de la dilapider au poker, il a pensé que si on pouvait prélever cinq cents bestiaux sans se faire pincer, il devait y avoir moyen de sortir une bête supplémentaire pour son usage personnel.

— Petite Boule, autrement dit.

— Exact, acquiesça Gil en prenant une nouvelle prise de tabac. Il a vu que le veau avait du potentiel, alors il l'a conduit chez Larraby pour qui il avait travaillé dans le temps. Mais le gars qui avait organisé le vol de bétail n'a pas apprécié qu'il agisse en solo. La pression a monté et Jennsen s'est senti coincé. Finalement, il a joué le tout pour le tout. Et hier soir, il a proposé le taurillon au jeune Murdock.

Ainsi, elle était redevable à Aaron une fois de plus.

— Nous tenons le bon bout, Gil, lança-t-elle en se frottant les mains. S'il s'agit effectivement de Petite Boule et que ce Jennsen est coupable, nous devrions pouvoir remonter jusqu'au reste de la bande.

Gil toussota et lui jeta un regard en coin.

— Le shérif a déjà mis la main sur les autres coupables. Il a arrêté Joe Carlson il y a deux heures.

Sidérée, elle se retourna sur son siège.

— Mais qu'est-ce que tu racontes ?

— Exactement ce que je viens de te dire.

— Autrement dit, Joe — notre *Joe Carlson* — fait partie des voleurs de bétail ?

Un muscle frémit à l'angle de la mâchoire de Gil.

— On a découvert qu'il s'était acheté un joli petit ranch dans le Wyoming. Et que deux cents bêtes venues d'Utopia paissaient tranquillement sur ses terres.

Consternée, Jillian secoua la tête. Lorsque Clay avait

rencontré Joe, il avait refusé catégoriquement de l'embaucher. Et elle avait insisté pour le prendre quand même. La première décision majeure qu'elle avait prise en tant que rancher avait été également sa première grosse bourde.

— Moi aussi, je me suis fait avoir, bougonna Gil. Ça m'apprendra à faire confiance à un type qui se promène avec des bottes neuves et un chapeau propre sur la tête.

— C'est moi qui ai pris la décision de l'embaucher.

— Et moi, j'ai travaillé à ses côtés, bon sang ! Et je n'y ai vu que du feu. Quand je pense que je me suis fait rouler dans la farine comme un débutant !

Gil avait l'air tellement offusqué que ce fut plus fort qu'elle : Jillian éclata de rire. Ce qui était fait était fait, après tout. Elle récupérerait une bonne moitié de son bétail perdu, ses voleurs se retrouveraient derrière les verrous et ses comptes sortiraient bientôt du rouge. Qui sait, même, s'ils ne pourraient pas s'acheter la nouvelle Jeep dont ils avaient besoin ?

Elle se tourna de nouveau vers Gil.

— Et comment as-tu eu le fin mot de l'histoire, alors ? C'est le shérif qui est venu te parler ?

— Pas le shérif, non. Aaron Murdock. Il est passé au ranch tout à l'heure et il m'a tout expliqué.

Le cœur de Jillian battit plus vite.

— Il est passé à Utopia ? *Quand ?*

— Juste avant que je vienne te chercher.

— Ah bon. Et... et il ne t'a rien dit de spécial, à part ça ?

Gil lui opposa un visage impassible.

— Pas grand-chose, non. Il a juste mentionné qu'il avait un emploi du temps chargé. Il a l'air d'être très occupé, ce garçon.

L'œil sombre, Jillian serra les lèvres et se concentra sur le paysage. Gil lui jeta un regard en coin et dissimula tant bien que mal un sourire hilare.

*
* *

Jillian attendit la tombée de la nuit avant de se décider. Tout l'après-midi, elle avait tourné en rond avec l'espoir qu'Aaron passerait prendre de ses nouvelles. Elle élabora une douzaine de discours d'ouverture et les rejeta tous au fur et à mesure. Elle fit les cent pas dans son bureau jusqu'à user le plancher. Lorsqu'elle comprit qu'elle était en danger de hurler si elle restait une minute de plus confinée entre quatre murs, Jillian enfonça rageusement son Stetson sur son crâne, passa dans l'écurie et sella sa jument.

— Les hommes sont nuls, Dalila, maugréa-t-elle. Si c'est à ce jeu-là qu'il veut jouer, ça ne m'intéresse vraiment pas. Qu'il aille se faire voir, ce Murdock.

Galoper de nuit dans les prés lui changerait les idées. La journée, après tout, avait été riche en émotions fortes. Apprendre que Joe l'avait dépossédée méthodiquement de son bétail tout en se posant en soutien et en ami lui avait fait un choc. Cet homme l'avait trahie alors qu'elle n'avait jamais douté un seul instant de son intégrité.

Et pour couronner le tout, elle se trouvait privée de son responsable des troupeaux. En attendant d'en trouver un autre, elle assumerait les tâches de Joe en plus des siennes. Ce qui aurait l'avantage, cela dit, de détourner ses pensées d'Aaron.

Si ce dernier avait eu le moindre désir de la revoir, il aurait su où la trouver. Apparemment, il s'était vite remis de sa déception, lorsqu'elle l'avait repoussé trois semaines plus tôt. De son côté, elle s'était toujours dit que leur histoire n'était pas faite pour durer. Elle avait peut-être eu un moment de faiblesse ce matin, lorsqu'elle s'était rendue au Double M. Mais elle ne se laisserait plus prendre à ces rêveries absurdes. Elle continuerait à travailler dur dans son ranch. Et dans quelques semaines — quelques mois tout au plus — Aaron ne serait plus qu'un lointain souvenir.

Jillian ne sut jamais si elle s'était rendue délibérément à l'étang ou si elle s'était contentée de lâcher les rênes et de laisser Dalila galoper à sa guise.

L'éclat de la lune pleine posait une touche argentée

sur les bouquets de sauge et d'armoise. Jillian tenta de se persuader qu'elle n'était pas triste. Juste fatiguée. Elle n'avait aucune raison d'être malheureuse : les voleurs étaient arrêtés et elle avait récupéré Petite Boule ainsi qu'une bonne moitié du bétail volé. C'était l'épuisement, et *rien que* l'épuisement, qui suscitait en elle cette tenace envie de pleurer.

Lorsqu'elle vit la lune se refléter sur les eaux lisses et noires, elle amena sa jument au trot. Un calme presque irréel régnait près de l'étang. Seul le martèlement des sabots de Dalila troublait le silence profond de la nuit d'été. Elle entendit l'étalon au moment précis où sa jument capta son odeur. Dalila hennit doucement.

Aaron se détacha de l'ombre d'un peuplier et s'avança vers elle sans un mot.

L'attente avait été longue, parfois difficile, mais il avait su qu'elle finirait par venir. Il aurait pu aller la débusquer sur son propre territoire. Ou patienter jusqu'à ce qu'elle se présente chez lui. Mais c'était ici, aux confins partagés de leurs domaines respectifs, qu'ils étaient appelés à se retrouver.

Le ventre noué par la tension, Jillian se laissa glisser au bas de sa monture. Le visage d'Aaron était sombre, son expression dure et fermée. Ainsi c'était ici, près de l'étang de leur rencontre, que leur histoire était destinée à se terminer. Les nerfs à vif, elle attacha sa jument à une branche d'arbre. Lorsqu'elle se retourna, Aaron se tenait juste derrière elle. Silencieux comme un chat sauvage dans la nuit, il s'était rapproché sans qu'elle l'entende.

— Tu es revenu des montagnes, commenta-t-elle, impassible.

Il laissa glisser un regard amusé sur ses traits.

— Parce que tu pensais que je ne reviendrais pas ?

Elle leva le menton.

— Je ne pensais à rien du tout. Et surtout pas à toi.

Un éclair redoutable traversa le regard d'Aaron. Il

l'enlaça d'un mouvement implacable et l'amena à lui en lui attrapant la nuque.

— Et ceci ? Tu n'y pensais pas non plus ?

Avant qu'elle puisse répondre, il plaqua sa bouche sur la sienne. Il s'était préparé à ce qu'elle résiste et s'était même réjoui à la perspective de la lutte qui les opposerait. Mais elle fondit littéralement dans ses bras et répondit à son baiser avec sa fougue habituelle.

Lorsqu'il se détacha d'elle, Jillian se raccrocha à ses épaules et enfouit le visage dans son cou. Ainsi, Aaron la désirait encore. Elle n'avait pas tout perdu. Il lui restait au moins ça.

— Serre-moi fort, chuchota-t-elle. Juste une seconde.

D'un geste protecteur, Aaron l'enveloppa dans son étreinte. Comment pouvait-elle produire un pareil effet sur lui ? Le faire passer en l'espace de quelques secondes de la rage à la tendresse ? Peut-être ne saurait-il jamais comment s'y prendre avec elle. Mais il était déterminé à apprendre. Quitte à s'exercer une vie entière s'il le fallait.

Au bout de quelques instants, Jillian se dégagea et leva les yeux vers lui.

— Je tiens à te remercier pour tout ce que tu as fait, Aaron. Le shérif m'a expliqué, pour le dénommé Jennsen et...

— Ce n'est pas de bétail que je veux parler ce soir.

Le cœur lourd, Jillian se détourna. Mais il avait raison. Il était temps pour eux d'aborder la situation de front.

— J'étais sincère, Aaron, lorsque je te disais que tu pouvais te dispenser des mots d'amour avec moi. Certaines femmes ont besoin de les entendre. Ce n'est pas mon cas.

— Je ne les disais pas à « certaines femmes ». Ils s'adressent à toi.

— C'est si facile de dire « je t'aime », murmura-t-elle d'une voix vibrante de tension.

— Pas pour moi, non.

Elle se retourna lentement. Il avait l'air si calme. Seul

son regard intense, presque fiévreux, semblait trahir une tension secrète.

— C'est trop dur, chuchota-t-elle.
— Qu'est-ce qui est trop dur ?
— De t'aimer.

Il vit qu'elle avait le menton levé et les yeux noyés de larmes.

— L'amour n'est pas censé être facile, murmura-t-il sans bouger.

— Aucun homme, jamais, ne m'a aimée jusqu'à maintenant. Sauf mon grand-père. Mais nous n'avons jamais mis de mots sur l'affection que nous avions l'un pour l'autre... Alors j'ai pensé que les mots ne pouvaient que tout gâcher.

— Je ne suis pas Clay et je ne suis pas ton père. Je t'aime comme je t'aime. A ma façon. Et comme personne d'autre ne t'aimera.

Il fit un pas en avant et la vit tendue, crispée, prête à prendre la fuite.

— De quoi as-tu donc si peur ?
— Je n'ai pas peur !
— Tu trembles comme une feuille.

Jillian se tordit les mains.

— J'ai peur que tu ne changes d'avis, admit-elle dans un murmure. Que tu découvres que, tout compte fait, ton amour pour moi était un leurre et que je ne suis pas du tout ce que tu recherches. Et qu'entre-temps je sois devenue tributaire de tes sentiments pour moi — que je ne puisse plus me passer de toi, de ton sourire, de ta présence. Toute ma vie, je me suis battue pour avoir mon autonomie, tu comprends ?

Lorsqu'il tenta de la prendre dans ses bras, elle le repoussa en plaquant les mains sur sa poitrine. Aaron secoua la tête.

— Tu crois vraiment pouvoir me tenir à distance après ce que tu viens de me dire ? Les risques de dépendance, nous les prenons l'un et l'autre, Jillian. Ils sont les mêmes pour moi et pour toi.

— Mais il n'est pas dit que nous ayons les mêmes attentes.

— De quel point de vue, par exemple ?

Elle s'humecta les lèvres.

— Tu penses m'épouser ?

La surprise manifeste dans les yeux d'Aaron la pétrifia de honte et d'horreur.

— C'est une demande en mariage ? s'enquit-il en riant.

Les joues en feu, elle s'arracha à son étreinte.

— Je ne veux plus jamais te voir, lança-t-elle en courant vers sa jument.

Aaron la rattrapa et la souleva par la taille en esquivant un coup de pied de justesse.

— Quel tempérament, marmonna-t-il en la plaquant à terre pour l'immobiliser sous lui. J'ai l'impression que nous allons passer une bonne partie de notre vie commune à nous battre comme des chiffonniers, ma belle.

Avec une patience surprenante, il attendit qu'elle ait fini de l'insulter et de se débattre.

— Il se trouve que j'avais l'intention de te parler mariage de mon côté. Et que je prévoyais d'énormes difficultés pour réussir à te convaincre.

Comme elle ouvrait de grands yeux, il se pencha sur ses lèvres.

— Tu es vraiment très belle, Jillian. Non, non, n'essaye pas de protester car j'ai l'intention de te le dire souvent. Alors autant t'y habituer tout de suite.

— Tu te moquais de moi, chuchota-t-elle.

Mais il lui coupa la parole d'un baiser.

— Je ne me moquais pas de toi, je me moquais de nous. Je te donne une semaine pour t'organiser.

— Une semaine ? se récria-t-elle.

— Tais-toi, femme. Tu as droit à une semaine. Puis nous prendrons dix jours de congé l'un et l'autre pour nous marier.

Comme elle éclatait de rire, Aaron estima que le gros du danger était passé. Il pouvait lui libérer les poignets sans qu'elle en profite pour lui mettre un œil au beurre noir.

— Il ne faut pas dix jours pour se marier, Aaron !

— Je veux dix jours de tête-à-tête avec toi. Et pas un de moins. Puis, une fois de retour ici, nous commencerons à faire des projets.

Levant une main hésitante, elle lui caressa la joue.

— Jusqu'ici, tes projets me conviennent à merveille, Aaron. Dis-le-moi encore.

— Que je t'aime ? Non seulement je suis passionnément amoureux de toi, mais la plupart du temps j'apprécie aussi ta compagnie. Cela dit, ça ne me dérange pas du tout que nous en venions aux mains, à l'occasion.

Fermant un instant les yeux, Jillian secoua la tête. Lorsqu'elle les ouvrit de nouveau, ils étaient emplis de larmes et scintillaient de bonheur.

— C'est sans doute suicidaire de croire un Murdock sur parole mais je prends le risque quand même.

— Et la parole d'une Baron est censée être fiable ?

— La parole d'une Baron vaut de l'or, Murdock.

— Mmm...

Elle rit doucement en pressant les lèvres contre les siennes.

— Je t'aime, Aaron. Et je te promets que tu trouveras en moi une épouse infernale et une associée redoutable... Parle-moi de tes projets maintenant.

— Nous avons un ranch chacun. Nous pouvons les mettre en commun ou non. Les deux solutions me conviennent. Mais pour ce qui est de vivre ensemble... ça ne marchera ni dans ta maison ni dans la mienne. Je propose donc de construire un lieu à nous où nous élèverons nos enfants.

Nous... Le mot glissa sur elle comme une caresse. Comment avait-elle pu mettre tant d'années à se rendre compte que ce « nous » était le plus beau pronom du monde ? Elle se jura de l'utiliser le plus souvent possible dorénavant.

— Et où aimerais-tu que nous construisions notre future chaumière ?

Levant les yeux, Aaron regarda l'étang paisible sous la lune, le petit bouquet d'arbres.

— Au beau milieu de cette fichue ligne de frontière !

Avec un éclat de rire, elle noua les bras autour de son cou.

— *Quelle* ligne de frontière ?

TROISIÈME PARTIE

Un printemps au Maryland

1

« Qu'est-ce que je suis venue faire ici ? » se demandait Vanessa en descendant Main Street au volant de sa voiture. La petite ville de Hyattown, dans le Maryland, n'avait presque pas changé depuis douze ans qu'elle l'avait quittée. Blottie au pied des monts Blue Ridge, elle était environnée de riches terres agricoles, de forêts épaisses et de vergers en fleurs. Des vaches laitières paissaient nonchalamment l'herbe grasse des enclos qui marquaient les limites de cette commune qui ne connaissait rien des problèmes inhérents aux grandes agglomérations.

La jeune femme passa devant de grosses bâtisses entourées de jardins sans clôture où le linge claquait au vent et où les enfants jouaient en toute sécurité. Vanessa songeait, à la fois surprise et soulagée, que tout était resté tel qu'en son souvenir. L'aspect bosselé des trottoirs n'avait fait que s'accentuer sous la poussée des racines de chênes qui, en cette saison, portaient de jeunes pousses d'un vert tendre. Les forsythias ployant sous le poids d'une abondante floraison brûlaient d'un jaune éclatant tandis que les azalées exhibaient d'innombrables bourgeons, promoteurs d'une explosion de couleurs incandescentes. Les crocus, annonciateurs de printemps, étaient en passe d'être évincés par les jonquilles et les tulipes.

Tout comme par le passé, les gens s'activaient frénétiquement à prendre soin de leur jardin.

Certains d'entre eux levaient, sur cette voiture inconnue, un regard curieux et vaguement intéressé. D'autres lui faisaient un petit signe de la main, puis se replongeaient très vite dans leur besogne. Par la vitre baissée, Vanessa s'enivrait des senteurs mêlées de l'herbe coupée, de la terre fraîchement retournée et du lourd parfum des jacinthes. Pêle-mêle, lui parvenaient le ronflement des tondeuses à gazon, les jappements des chiens du quartier et les rires aigus d'enfants.

Elle dépassa deux hommes d'un certain âge qui, casquette vissée sur leur crâne dégarni, bavardaient tranquillement devant la banque, tandis que de jeunes garçons à bicyclette grimpaient en haletant la côte raide de la rue. Probablement se rendaient-ils chez Lester pour y faire l'acquisition de boissons fraîches et de friandises. Combien de fois avait-elle accompli cet exploit lorsqu'elle était enfant! Autant dire une éternité, songeait-elle, l'estomac noué. Elle était si différente de l'adolescente qu'elle avait été que parfois, même, elle avait du mal à se reconnaître.

« Mais qu'est-ce que je suis venue faire ici ? » se demanda-t-elle de nouveau, en cherchant dans son sac à main le tube de médicaments destinés à calmer la douleur qui l'étreignait.

Elle voulait croire qu'elle avait eu raison de revenir. Mais avait-elle toujours une place au sein de ce foyer quitté depuis tant d'années ? Le désirait-elle vraiment ?

Elle avait tout juste seize ans lorsque son père l'avait enlevée à cette petite ville tranquille pour lui faire vivre une vie de nomade uniquement ponctuée de répétitions acharnées et de représentations aux quatre coins du monde. Deux ans plus tard, elle remportait à l'unanimité le prestigieux prix Van Cliburn, laissant derrière elle des pianistes autrement plus chevronnés qu'elle.

A l'âge de vingt ans, grâce à son talent et à l'acharnement de son père, elle était devenue l'une des concertistes les plus jeunes et les plus douées de sa génération. Elle avait alors mené une vie passionnante, exclusivement vouée à la musique. Elle avait joué devant des têtes couronnées et dîné avec des présidents. Dans sa poursuite éperdue de reconnaissance, elle était parvenue à se forger une réputation d'artiste talentueuse et brillante. La remarquable concertiste Vanessa Sexton.

Aujourd'hui âgée de vingt-huit ans, elle revenait dans la maison de son enfance, à la rencontre d'une mère qu'elle n'avait pas revue depuis douze ans.

Elle était si profondément plongée dans son passé qu'elle amorça le virage qui la menait chez elle sans même prêter attention aux brûlures d'estomac dont elle souffrait quotidiennement. La maison non plus n'avait pas changé. Vanessa la trouva même plus pimpante que dans son souvenir. La façade n'avait pas souffert des outrages du temps et les volets, fraîchement repeints en bleu profond, en renforçaient l'aspect neuf. Des bouquets de pivoines sur le point d'éclore masquaient partiellement le mur de clôture et des buissons d'azalées encore en boutons entouraient la maison.

Vanessa resta assise un moment, les mains crispées sur le volant, résistant désespérément à l'envie de rebrousser chemin. Oh oui ! Prendre la fuite ! A plusieurs reprises, elle avait cédé à des impulsions subites, mais sa vie d'adulte et de concertiste exigeait d'elle un emploi du temps rigoureusement programmé qui ne laissait aucune place à des décisions fantaisistes. Elle avait appris, par la force des choses, à se contrôler et à mener une vie bien ordonnée. Et revenir sur les lieux d'une enfance, marquée par des blessures encore à vif qui ne manqueraient pas de réveiller de douloureux souvenirs, dérogeait à cette règle de vie.

Cependant, prendre la décision de repartir maintenant signifierait renoncer à avoir les réponses aux questions qu'elle se posait depuis si longtemps.

Sans plus se laisser le temps de réfléchir, elle sortit de la voiture et alla chercher sa valise dans le coffre. Après tout, elle était libre de ne pas s'éterniser si la situation se révélait insupportable, se disait-elle pour se donner du courage. Elle était désormais une adulte responsable et libérée de tous liens affectifs depuis le décès de son père, six mois auparavant. Elle pouvait donc décider de s'installer où bon lui semblait. Son foyer serait celui qu'elle se choisirait.

Et pour l'heure, c'est ici que son instinct l'avait guidée.

Vanessa traversa la rue et gravit les cinq marches qui menaient au perron. Son cœur battait à tout rompre mais il n'était pas question de laisser deviner son trouble intérieur. Elle releva crânement la tête et redressa les épaules, comme son père lui avait appris à le faire dans les circonstances difficiles. Il estimait que l'image que l'on donnait de soi était essentielle, et que celle-ci devait être positive.

Mais lorsque la porte d'entrée s'ouvrit sur sa mère, elle ne put faire un pas de plus, paralysée par l'émotion.

Des dizaines d'images affluèrent, pêle-mêle : elle se revit grimpant les marches quatre à quatre et se jetant dans les bras de sa mère qui guettait son retour, ivre de fierté après son premier jour d'école. Ou encore, venant chercher le réconfort et les soins maternels en pleurnichant, les genoux égratignés après une chute à bicyclette. Sa mère, qui ne posait jamais aucune question, mais était toujours prompte à l'assurer de son amour pour elle.

Jusqu'à ce jour où Vanessa, encore enfant, avait quitté le cocon familial et où elle l'avait laissée partir loin d'elle, sans tenter de la retenir ni esquisser le moindre geste d'adieu.

— Vanessa.

Loretta Sexton se tenait sur le palier, se tordant les mains d'anxiété. Aucun fil d'argent ne striait les cheveux châtains qu'elle portait plus court aujourd'hui et qui encadraient un visage épargné par les rides. Un visage plein, duquel émanait une douceur oubliée. Elle semblait plus petite, plus ronde qu'auparavant, mais plus jeune que les femmes de son âge. Le contraste était frappant avec le souvenir de son père, qui, dans ses derniers jours d'agonie, était décharné, pâle, et avait l'apparence d'un vieillard.

Loretta aurait voulu se précipiter vers sa fille mais cela lui était impossible. La jeune femme qui se trouvait devant elle n'avait rien de commun avec la petite fille qu'elle avait perdue et qui lui avait manqué chaque jour depuis douze ans. « Elle me ressemble tant ! se dit-elle en refoulant ses larmes. Plus forte, plus sûre d'elle, mais si semblable à moi ! »

Rassemblant ses forces comme elle le faisait invariablement avant de prendre place sur scène, Vanessa reprit sa marche, sensible au craquement des marches de bois sous ses pas. Lorsqu'elle se trouva en face de sa mère, elle nota qu'elles avaient la même taille et que leurs yeux étaient du même vert pailleté d'or.

Un mètre à peine les séparait mais Vanessa ne le franchit pas. Il n'y eut aucune effusion.

— Je te remercie de m'avoir laissée venir, articula Vanessa avec raideur.

— Tu es la bienvenue, répliqua sa mère après s'être éclairci la gorge pour tenter de refouler l'émotion qui la submergeait. J'ai appris pour ton père. Je suis vraiment désolée.

— Merci, dit-elle d'une voix impersonnelle. Je suis heureuse de voir que tu vas bien.

— Je..., commença Loretta.

Elle renonça. Que pourrait-elle bien dire qui effacerait le souvenir de ces années perdues ?

— Tu n'as pas eu trop d'embouteillages ?

— Non. En tout cas pas depuis que j'ai quitté Washington. Le trajet a même été plutôt agréable.

— Tu dois être fatiguée. Viens, entre.

Vanessa suivit sa mère à l'intérieur et remarqua avec étonnement que tout avait changé. Les pièces semblaient plus gaies, plus aérées que dans son souvenir. Les papiers peints sombres et austères avaient été remplacés par des teintes pastel qui donnaient à l'ensemble une impression de chaleur et de bien-être. La moquette avait été retirée et laissait apparaître, entre des tapis aux couleurs vives, un parquet de bois clair. Les vieux meubles sans style avaient cédé la place à du mobilier ancien, parfaitement restauré et des bouquets de fleurs fraîches exhalaient leurs parfums dans chacune des pièces. C'était une maison de femme. De femme aisée, au goût sûr.

— J'imagine que tu as envie de te rendre dans ta chambre et de défaire tes bagages, lui dit-elle. A moins que tu n'aies envie de manger quelque chose.

— Non, je n'ai pas faim, merci.

Anxieuse, Loretta la précéda dans l'escalier.

— Tu aurais sans doute aimé retrouver ta chambre telle que tu l'as quittée.

Elle se mordit la lèvre avant de reprendre, embarrassée :

— Mais j'ai procédé à quelques changements.

— C'est ce que j'ai cru voir, en effet, dit Vanessa d'une voix qu'elle s'appliqua à garder égale.

— Tu as toujours la même vue agréable sur le jardin, s'empressa de préciser Loretta, comme pour se justifier.

— Je suis sûre que c'est très bien, dit Vanessa en suivant sa mère dans la pièce.

Toutes ses peluches, ainsi que les poupées de son enfance, avaient disparu. Les murs avaient été débarrassés des affiches et des diplômes encadrés dont Vanessa était si fière. Son petit lit n'était plus là, ni le bureau sur lequel elle s'était échinée sur la conjugaison française et la géométrie. Sa chambre de jeune fille était devenue une chambre d'amis.

Les murs ivoire étaient bordés d'une frise vert pistache et un immense lit à baldaquin trônait au milieu de la pièce. Un édredon vert émeraude assorti de coussins moelleux le recouvrait. Loretta avait disposé sur un élégant bureau d'époque, un bouquet de freesias ainsi qu'un pot-pourri dont les senteurs délicates parvenaient par bouffées à Vanessa.

Loretta traversa la pièce et d'un geste nerveux tira sur la pointe de l'édredon avant d'aller essuyer du bout des doigts une trace de poussière imaginaire sur la coiffeuse.

— J'espère que tu te sentiras bien ici, finit-elle par dire. Et si tu as besoin de quoi que ce soit, n'hésite pas à me le demander.

Vanessa avait l'impression de se trouver à la réception d'un hôtel chic.

— C'est vraiment charmant. Ce sera parfait. Merci.

— Bien, affirma Loretta en se tordant de nouveau les mains, comme pour s'empêcher de toucher sa fille, de la serrer dans ses bras. Veux-tu que je t'aide à ranger tes affaires ?

— Non, s'empressa de répondre Vanessa.

Elle se força à sourire à sa mère et ajouta :

— Je vais me débrouiller.

— Très bien. La salle de bains est...

— Je sais où se trouve la salle de bains, la coupa Vanessa.

Loretta regarda désespérément par la fenêtre pour masquer sa maladresse.

— Bien sûr. Si tu as besoin de moi, je serai en bas.

Cédant à un besoin irrépressible, elle prit le visage de sa fille entre ses mains et lui dit gentiment :

— Bienvenue à la maison.

Puis elle sortit en hâte et referma la porte derrière elle.

Une fois seule, Vanessa s'assit sur le lit et laissa son regard errer sur cette chambre qui, un jour, avait été la sienne et qu'elle ne reconnaissait pas.

Elle-même ne sentait rien de commun entre la femme qu'elle était devenue et la jeune fille d'hier. Parfois même, elle avait du mal à se reconnaître. Mais avait-elle seulement envie de retrouver celle qu'elle avait été ?

Elle se leva et alla se planter devant la psyché, comme elle le faisait avant chaque concert pour vérifier qu'aucune mèche ne s'échappait de ses cheveux soigneusement tirés en arrière, et que sa tenue, toujours sobre et élégante, était parfaite. L'apparence lui était familière, c'était bien l'image de Vanessa Sexton qui se reflétait dans le miroir. Ses cheveux, légèrement indisciplinés après le long trajet qu'elle venait d'effectuer, étaient du même châtain foncé que celui de sa mère. Le maquillage léger qu'elle avait appliqué le matin cachait mal à présent les ombres qui cernaient ses yeux mais une touche de couleur rehaussait ses pommettes et sa bouche aux lèvres charnues. Elle avait revêtu un tailleur rose ajusté mais dont la jupe flottait à la taille.

Cependant, ce qu'elle voyait d'elle à cet instant, cette adulte sûre d'elle, équilibrée, n'était qu'apparences. Elle aurait aimé remonter le temps et retrouver la jeune fille de ses seize ans. La vie alors s'ouvrait à elle, pleine de promesses, malgré la tension familiale qui régnait au sein de leur foyer.

Dans un grand soupir, elle se détourna du miroir et entreprit de défaire ses bagages.

Lorsqu'elle était enfant, Vanessa considérait sa chambre comme un sanctuaire dans lequel elle trouvait refuge et où nul ne devait pénétrer. Mais elle n'était plus une enfant. Elle était venue dans l'espoir de renouer un contact avec sa mère et ce n'était certes pas en restant enfermée dans sa chambre qu'elle y parviendrait. Il était temps de regarder les choses en face et d'affronter la situation. Elle s'arma de courage et descendit l'escalier.

De la cuisine lui parvinrent les notes étouffées d'une chanson d'Elvis Presley. Sa mère avait toujours préféré la musique populaire à la musique classique, ce qui avait le don d'irriter son père. Vanessa s'arrêta sur le seuil de la pièce qui faisait autrefois office de salon de musique. Le piano à queue ancien qui occupait presque tout l'espace ainsi que l'énorme meuble rustique qui contenait toutes ses partitions avaient disparu. A la place, sa mère avait installé des chaises raffinées, à première vue de grande valeur, décorées de coussins brodés à la main. Un canapé de style victorien faisait face aux deux fenêtres jumelles et de petites aquarelles ponctuaient de leurs couleurs pastel l'uniformité des murs. Au centre de la pièce trônait un ravissant piano droit de bois clair. Incapable de résister, Vanessa traversa la pièce pour s'en approcher. D'un doigt léger, elle joua les premières notes d'une étude de Chopin.

La raideur des touches lui fit penser que l'instrument était neuf. Sa mère l'avait-elle acheté après qu'elle lui eut annoncé sa venue ? Pensait-elle combler par ce geste un fossé de douze années ? Non, cela ne pourrait pas être aussi simple, se disait Vanessa qui sentait poindre les signes annonciateurs d'une migraine.

Elle délaissa l'instrument et se dirigea d'un pas assuré vers la cuisine.

Loretta s'y trouvait, occupée à mettre le point final à une salade composée qu'elle avait artistement disposée dans un saladier vert pâle. Sa mère avait toujours aimé les jolis objets. Fragiles et délicats. Tels les sets de table brodés qu'elle avait placés sous les assiettes de porcelaine rose, ou encore les verres de cristal soigneusement alignés sur une étagère. Une brise printanière apportait des senteurs florales par la fenêtre ouverte.

Vanessa remarqua les yeux rougis de sa mère, néanmoins celle-ci parvint à sourire et à dire d'une voix claire :

— Je sais bien que tu n'as pas faim, mais j'ai pensé qu'une petite salade accompagnée d'un thé glacé te feraient plaisir.

— Merci. La maison est charmante. Elle me paraît même plus grande qu'autrefois. Pourtant, j'ai entendu dire que plus on vieillit, plus les choses semblent rétrécir.

Loretta éteignit le poste de radio, laissant un silence pesant s'installer entre elles.

— Les couleurs étaient trop sombres ici, finit-elle par dire. Et le mobilier trop massif. Parfois j'avais l'impression de ne pas avoir ma place parmi tous ces meubles. Mais j'ai gardé certaines pièces, celles qui appartenaient à ta grand-mère, se justifia-t-elle, embarrassée. Je les ai mises au grenier. Tu voudras peut-être les récupérer un jour…

— Peut-être, oui, répondit distraitement Vanessa en prenant place devant son assiette. Qu'as-tu fait du piano à queue ?

— Je l'ai vendu, lâcha brutalement Loretta. Il y a des années. Je trouvais stupide de le garder alors qu'il n'y avait plus personne à la maison pour en jouer. En outre, je l'ai toujours détesté, avoua-t-elle en reposant le pichet de thé. Je suis désolée.

— Tu n'as pas à t'excuser. Je comprends.

— Non, je ne pense pas que tu puisses comprendre, dit Loretta en regardant sa fille d'un air pénétrant.

Vanessa ne se sentait pas prête à approfondir la question et prit le parti d'ignorer la perche que lui tendait sa mère. Elle prit sa fourchette et se mura dans un silence protecteur.

— J'espère que le nouveau piano marche bien, reprit Loretta. Tu sais que je n'y connais pas grand-chose en instruments de musique.

— Il est très beau, la rassura Vanessa.

— L'homme qui me l'a vendu m'a certifié que c'est ce que l'on faisait de mieux dans le genre. Je sais que tu as besoin de t'entraîner, alors j'ai pensé... Enfin s'il ne te convient pas, tu peux...

— Il est parfait, la coupa Vanessa.

Elles mangèrent un moment en silence puis Vanessa engagea une conversation courtoise.

— La ville n'a pas changé, commença-t-elle sur un ton poli. Mme Gaynor vit toujours au coin de la rue ?

— Oh oui ! répondit Loretta, soulagée d'aborder un sujet plus léger. Elle va sur ses quatre-vingts ans maintenant et, crois-moi, cela ne l'empêche pas de se rendre tous les jours à la poste chercher son courrier, qu'il pleuve ou qu'il vente. Les Breckenridge, eux, ont déménagé il y a cinq ans. Ils se sont installés dans le Sud. Ce sont des gens charmants qui ont racheté leur maison. Une famille de trois enfants, le petit dernier vient juste de faire sa première rentrée à l'école. Tu te souviens des Hawbacker ? poursuivit Loretta, intarissable. Tu gardais leur fils, Rick.

— Oui, ils me payaient une misère pour veiller sur une espèce de petit monstre avec des dents de lapin qui tirait sur tout ce qui bougeait avec son lance-pierre.

— C'est bien ça, approuva Loretta en riant.

Vanessa réalisa que le rire de sa mère l'avait poursuivie durant toutes ces années d'absence.

— Eh bien, il a bénéficié d'une bourse qui lui permet d'effectuer des études à l'université.

— Je n'arrive pas à le croire !

— Il est venu me rendre visite pendant les dernières vacances de Noël et il m'a même demandé de tes nouvelles.

Loretta marqua un temps d'arrêt et reprit après s'être éclairci la gorge :

— Joanie, elle, vit toujours ici.

— Joanie Tucker ?

— Elle s'appelle Joanie Knight, maintenant. Elle a épousé Jack Knight il y a trois ans et ils ont un beau bébé.

— Joanie, murmura Vanessa comme pour elle-même.

Du plus loin qu'elle s'en souvenait, Joanie Tucker avait toujours été sa meilleure amie. La confidente des premiers jours, la complice avec qui elle avait fait les quatre cents coups.

— Joanie a un enfant, souffla-t-elle.

— Une petite fille, Lara, précisa sa mère. Ils habitent une ferme en dehors de la ville. Je suis sûre qu'elle aimerait te revoir.

Pour la première fois de la journée, Vanessa sentit quelque chose d'indéfinissable se déclencher en elle.

— Moi aussi, j'aimerais bien la revoir. Et ses parents, comment vont-ils ?

— Emily nous a quittés il y a presque huit ans.

— Non !

Instinctivement, Vanessa posa sa main sur celle de sa mère. Emily avait été l'amie la plus proche de Loretta.

— Je suis désolée.

Le doux contact des mains de sa fille et le souvenir de son amie disparue lui firent monter les larmes aux yeux.

— Elle me manque tant ! Encore aujourd'hui.

— C'était la femme la plus exquise que j'aie jamais rencontrée, dit Vanessa. Si seulement j'avais…

Elle s'interrompit. Il était trop tard pour éprouver des regrets.

— Et ce bon Dr Tucker ? Il va bien, lui au moins ? s'enquit-elle.

— Ham est en pleine forme, oui, confirma Loretta en refoulant ses larmes.

Elle tenta de chasser la douleur qu'elle éprouva lorsque Vanessa retira sa main de la sienne.

— Il a beaucoup souffert de la disparition d'Emily, mais grâce à ses enfants qui l'ont merveilleusement soutenu et à son travail qu'il adore, il a peu à peu remonté la pente. Il sera si heureux de te revoir, Van.

Personne ne l'avait appelée ainsi depuis des années et elle en fut touchée malgré elle.

— Son cabinet se trouve toujours au même endroit ?

— Bien sûr. Mais tu ne manges pas, veux-tu que je prépare autre chose ?

— Non, non, s'empressa de répondre Vanessa en avalant à grand-peine une bouchée de salade.

— Tu n'as pas envie d'avoir des nouvelles de Brady ?

— Non, affirma Vanessa en se forçant de nouveau à manger, pas particulièrement.

Loretta reconnut avec émotion chez cette quasi-étrangère le froncement de sourcils, l'air buté de son enfant.

— Brady Tucker a marché sur les traces de son père, reprit-elle néanmoins.

— Tu veux dire qu'il est médecin ? s'enquit Vanessa, interloquée.

— C'est exact. Il a un poste important dans un hôpital de New York. Chef d'internat, je crois, ou quelque chose comme ça.

— J'ai toujours pensé que Brady finirait dans la rue ou au mieux en prison.

Loretta laissa éclater un rire franc.

— C'est ce que nous pensions tous. Et finalement, il est devenu quelqu'un de tout à fait respectable. Malheureusement, il est toujours beaucoup trop séduisant pour faire son propre bonheur.

— Ou celui de quiconque, d'ailleurs, marmonna Vanessa.

— Il est toujours difficile pour une femme de résister à ce genre d'homme.

— C'était un voyou, oui ! s'enflamma Vanessa.

— Il n'a jamais rien fait de vraiment répréhensible, tout de même, dit Loretta avec indulgence. Bien sûr, il a causé du souci à ses parents, peut-être un peu plus que les autres adolescents, concéda-t-elle, un sourire aux lèvres, mais, en tout cas, il a toujours veillé sur sa sœur et c'est pour cela que je l'aimais bien. Et il était amoureux de toi.

Vanessa esquissa une moue de dégoût.

— Brady Tucker était amoureux de tout ce qui portait jupon.

— Il était jeune, plaida Loretta, en regardant l'étrangère qui lui faisait face et qui était sa fille. Emily m'a raconté qu'il ne cessait de rôder autour de la maison après ton départ pour l'Europe... avec ton père.

— Il y a si longtemps, dit Vanessa en se levant, désireuse de couper court à la conversation.

— Je m'en occupe, anticipa Loretta en empilant les assiettes. C'est ton premier jour ici et je pensais que, peut-être, tu aimerais essayer le piano. J'aimerais tellement t'entendre jouer de nouveau dans cette maison !

— Très bien, dit Vanessa avant de se diriger vers la porte.

— Van ?

— Oui ?

Parviendrait-elle un jour à l'appeler « maman », comme autrefois ?

— Je voudrais que tu saches à quel point je suis fière de ce que tu es devenue.

— Vraiment ?

— Vraiment.

Loretta observait sa fille, désirant de toute son âme avoir le courage de la serrer contre son cœur.

— Et je te souhaite d'être très heureuse.

— Mais je le suis.

— Me le dirais-tu si tu ne l'étais pas ?

— Je ne sais pas. Nous ne nous connaissons pas vraiment, toutes les deux.

Au moins, cela avait le mérite d'être honnête, songea Loretta. Douloureux, mais honnête.

— Eh bien, j'espère seulement que tu resteras le temps nécessaire pour que nous puissions nous retrouver.

— Je suis venue ici pour trouver des réponses à des questions que je me pose. Cependant je ne me sens pas encore prête à les poser.

— Prends ton temps, Van. Prends tout ton temps. Et crois-moi lorsque je te dis que je n'ai toujours voulu que ton bonheur.

— Mon père m'a toujours soutenu la même chose, répliqua Vanessa aussi posément que possible. Mais c'est quand même drôle que, devenue adulte, je n'aie toujours pas la moindre idée de ce que cela peut vouloir dire.

Elle quitta la pièce et se dirigea vers le salon de musique.

Une douleur fulgurante embrasa son sternum. Elle avala fébrilement une de ses pilules avant de prendre place au piano.

Elle commença par une sonate de Beethoven, jouant de mémoire et avec tout son cœur, se laissant envoûter par la musique. Combien de fois avait-elle joué ce même morceau dans cette pièce ? Jour après jour, heure après heure, elle s'était entraînée. Par amour pour la musique, certes, mais aussi parce que c'était ce que l'on attendait, ou plus exactement ce que l'on exigeait d'elle.

Les sentiments qu'elle éprouvait pour la musique avaient toujours été mitigés. Il y avait d'un côté l'amour passionné, irraisonné, qu'elle portait à ce don du ciel qui lui avait été donné, et de l'autre le besoin désespéré de satisfaire les exigences de son père, d'atteindre cette perfection qu'il attendait d'elle.

Il n'avait jamais voulu entendre que la musique n'était pas pour sa fille une vocation mais une simple passion.

Qu'elle la vivait comme un moyen d'expression et non comme une ambition. Les rares fois où elle avait essayé de le lui expliquer, il s'était mis dans une telle rage qu'elle avait définitivement renoncé. Elle qui, adolescente, avait un caractère bien affirmé, était devenue une jeune fille docile et craintive qui n'avait plus jamais osé défier son père.

Vanessa poursuivit avec Bach. Elle ferma les yeux et se laissa porter par la musique. Elle joua ainsi pendant plus d'une heure, subjuguée, envoûtée par le génie du compositeur qu'elle interprétait. Son père n'avait jamais compris qu'elle puisse jouer ainsi, juste par plaisir. Il n'avait jamais su à quel point elle détestait se donner en représentation sur une scène, religieusement écoutée par des centaines de personnes.

Elle délaissa Bach pour Mozart dont la musique requérait plus de rythme et de passion. Elle se sentait complètement habitée par ses compositions. Lorsqu'elle plaqua le dernier accord, elle ressentit une satisfaction oubliée depuis des mois.

Un applaudissement discret la fit se retourner. Un homme avait pris place sur l'une des élégantes petites chaises du salon. Malgré le soleil qui lui faisait cligner les yeux et les douze années écoulées, elle le reconnut immédiatement.

— Incroyable !

Brady Tucker se leva et vint vers elle.

— Absolument incroyable ! répéta-t-il en lui souriant. Bienvenue parmi nous, Van.

La jeune femme se leva à son tour et lui fit face.

— Brady, murmura-t-elle. Je ne t'ai pas entendu.

— Je suis content de te voir, dit-il en la dévisageant.

— Que diable fais-tu ici ?

— Ta mère m'a laissé entrer.

Vanessa posa sur lui des yeux d'un vert profond qui éclairaient un visage encore plus beau que dans son souvenir.

— Je ne voulais pas te déranger pendant que tu jouais. J'ai préféré m'asseoir le plus discrètement possible.

Sa voix était la même, songeait Vanessa. Chaude et grave.

— Elle ne m'a pas dit que tu étais en ville.

— Je vis de nouveau ici depuis environ un an.

Vanessa grimaça une moue qui n'échappa pas au regard inquisiteur de Brady. Il la connaissait si bien !

— Tu es superbe. Un peu trop mince, peut-être.

La moue s'accentua. Désireuse de cacher son embarras, Vanessa se rassit.

— C'est le médecin qui parle, docteur Tucker ?

— En fait, oui, dit-il en prenant place à ses côtés sur le tabouret.

Il la sentit se raidir. Il avait l'impression qu'un océan les séparait.

— Toi, en revanche, tu me parais en forme, dit Vanessa.

Il avait gardé le corps souple et athlétique de sa prime jeunesse. Ses traits avaient perdu en régularité ce qu'ils avaient gagné en séduction. La maturité lui allait bien et le rendait encore plus attirant. Les années avaient également épargné sa chevelure d'un noir de jais. Vanessa posa son regard sur ses mains. Des mains carrées et fortes qui s'étaient posées sur elle si souvent. Il lui semblait qu'il y avait de cela une éternité.

— Ma mère m'a dit que tu avais un bon poste à New York.

Brady acquiesça. Il se sentait aussi gauche et emprunté qu'un écolier. Douze ans en arrière, il aurait su comment s'y prendre avec elle.

— Je suis revenu pour aider mon père, il aimerait prendre sa retraite d'ici un an ou deux.

— Je n'arrive pas à le croire ! s'exclama de nouveau la jeune femme. Toi ici, ton père à la retraite.

— Eh oui ! Les années passent si vite.

Vanessa, en proie à des réminiscences d'adolescente, se leva vivement de son siège.

— J'ai tellement de mal à t'imaginer dans la peau d'un honorable médecin !

— C'est exactement ce que je ressentais lorsque je trimais comme un fou durant mes études de médecine.

Vanessa avisa la tenue décontractée de Brady : jean, polo et baskets. La même que lorsqu'il était lycéen.

— Tu n'as vraiment pas l'allure d'un médecin !

— Tu veux des preuves ? la taquina-t-il.

— Non, répondit-elle en fourrant nerveusement les mains dans ses poches. J'ai appris que Joanie s'était mariée.

— C'est exact. Elle a épousé Jack Knight, tu te souviens de lui ?

— Non.

— Il avait une année d'avance sur moi au lycée. C'était une star de l'équipe de football et il était passé professionnel il y a deux ans. Malheureusement, une blessure au genou a mis un terme à sa carrière.

Il adressa à Vanessa un large sourire qui révéla la petite imperfection d'une de ses incisives que la jeune femme avait toujours trouvée attendrissante.

— Joanie va être folle de joie de te revoir, ajouta-t-il.

— Moi aussi, assura la jeune femme.

— J'ai encore deux patients à voir, je pense être libre vers 18 heures. Si nous dînions ensemble ? Je pourrais ensuite te conduire à la ferme.

— Je ne pense pas que ce soit une bonne idée, rétorqua sèchement Vanessa.

— Pour quelle raison ?

— Parce que la dernière fois que nous étions censés dîner ensemble, tu m'as fait faux bond. La soirée de gala de notre promotion, tu te souviens ?

Une ombre passa sur le visage de Brady.

— Tu m'en veux encore ?

— Oui, tu devrais savoir que je suis très rancunière.

— J'avais dix-huit ans, Van. Mais surtout, j'avais de bonnes raisons.

— Peu importent tes raisons aujourd'hui.

Vanessa s'interrompit, attentive à la brûlure qui lui vrillait l'estomac.

— Le fait est qu'il n'est pas question de reprendre notre relation là où nous l'avons laissée.

Brady lui lança un regard interloqué.

— Ce n'était pas mon intention.

— Eh bien, c'est parfait, alors. Nous avons chacun nos vies, restons-en là, veux-tu ?

Blessé, il secoua lentement la tête.

— Comme tu as changé, Van !

— En effet, admit la jeune femme en se dirigeant vers la porte.

Puis, semblant se raviser, elle s'arrêta et lui lança par-dessus son épaule :

— Nous avons changé tous les deux, Brady. Tu connais la sortie.

— Oui, se dit Brady, pensif, une fois qu'elle eut quitté la pièce.

Il connaissait la sortie.

2

La ferme des Knight étendait ses bâtiments rustiques dans un paysage vallonné de collines et de prairies. Une étable austère bordait des enclos dans lesquels paissait paresseusement un troupeau de vaches qui ne daigna même pas lever la tête au passage de la voiture de Vanessa. Des poules picoraient frénétiquement de-ci, de-là, et des oies, mécontentes d'être dérangées, se ruèrent en caquetant dans les eaux troubles d'une mare.

Vanessa emprunta l'allée cahoteuse recouverte de gravier. Une fois devant la maison, elle coupa le moteur et sortit lentement de la voiture. Elle se sentait nerveuse. Là, dans cette grosse bâtisse de trois étages, vivait celle qui avait été sa plus proche et meilleure amie. Celle à qui elle avait confié ses pensées les plus secrètes, ses joies comme ses peines.

Elles n'étaient encore que des jeunes filles sur le point de devenir des femmes, et avaient vécu ensemble une période de leur vie où tout n'est qu'émotions et sensibilité. Puis la vie, brutalement, les avait séparées et leur amitié n'avait pas survécu au temps ni à la distance. N'était-ce pas utopique de croire que des liens aussi anciens pouvaient être renoués ? songeait Vanessa en gravissant avec appréhension les marches de bois qui menaient à la porte d'entrée.

La porte s'ouvrit à la volée et, en voyant Joanie apparaître devant elle, un flot de souvenirs enfouis depuis longtemps afflua à son esprit.

La jeune femme n'avait pas changé : mêmes courbes

voluptueuses que Vanessa lui avait si souvent enviées, mêmes cheveux courts bouclés qui encadraient un visage aussi joli que dans le passé, quoiqu'un peu plus rond. Elle avait conservé de l'enfance cette bouche pleine et charnue qui rendait les garçons fous d'elle et ces yeux rieurs du même bleu profond que ceux de son frère.

Vanessa, sous le coup de l'émotion, cherchait désespérément quelque chose à dire. Ce fut Joanie qui, la première, brisa le silence embarrassé de son amie. Elle poussa un cri de joie en serrant Vanessa contre son cœur. Rires et larmes se mêlèrent pour effacer comme par miracle les douze années passées.

— Je n'arrive pas à le croire. Toi, ici…, balbutia-t-elle.

— Tu m'as tellement manqué, répliqua Van, submergée d'émotion. Tu parais… Je suis désolée.

— Quand je t'ai entendue arriver…

Impuissante à exprimer ce qu'elle ressentait, Joanie s'interrompit et adressa un sourire rayonnant de joie à Vanessa.

— C'est si bon de te revoir, Van ! s'exclama-t-elle.

— Dire que je redoutais ces retrouvailles, déclara la jeune femme en essuyant ses larmes du revers de la main.

— Mais pourquoi ?

— Je pensais que tu m'offrirais poliment une tasse de thé en te torturant l'esprit pour savoir de quoi diable tu pourrais bien me parler, dit Vanessa.

Joanie tira de sa poche un mouchoir chiffonné et se moucha bruyamment.

— Et moi je croyais que tu viendrais me rendre une visite de politesse, enfouie dans un manteau de vison, des diamants scintillant à tous les doigts, plaisanta Joanie.

Vanessa émit un petit rire cristallin.

Joanie prit son amie par la main et la guida à l'intérieur. Elles traversèrent une entrée lumineuse qui desservait un salon chaleureux où canapés aux teintes délavées, rideaux fanés et tapis défraîchis se côtoyaient dans un joyeux désordre. Les nombreux jouets qui jonchaient le sol témoignaient de la présence d'un bébé. Cédant à une brusque pulsion, Vanessa ramassa un hochet rose et blanc.

— J'ai appris que tu avais une petite fille.

— Lara, précisa Joanie avec un sourire plein de fierté. C'est un bébé merveilleux ! Elle va bientôt se réveiller, il me tarde tant de te la présenter !

— J'ai du mal à imaginer que tu es mère, dit Vanessa en secouant le hochet avant de le reposer.

Joanie prit la main de Vanessa dans la sienne.

— Et moi j'ai du mal à imaginer que je suis en présence de la grande Vanessa Sexton, concertiste de renom, sommité musicale toujours par monts et par vaux.

Vanessa grimaça sous le compliment.

— Par pitié ! Ne parle pas de moi en ces termes. Cette Vanessa-là est restée à Chicago.

— Nous sommes si fiers de toi ! Toute la ville est fière de toi ! Dès qu'un article sur toi paraît dans les journaux, on ne parle que de ça, ici. Tu es liée à cette ville pour toujours, que tu le veuilles ou non.

Vanessa sourit, émue.

— Ta maison est merveilleuse, dit-elle pour dissiper ce moment d'émotion.

— Tu te souviens ? pouffa Joanie. Moi qui m'imaginais femme d'affaires vivant dans un loft à New York.

— Tu es mieux ici, crois-moi, dit Vanessa en se calant confortablement contre les coussins moelleux.

Joanie retira ses chaussures et replia ses jambes sous elle.

— Tu te souviens de Jack ? demanda-t-elle tout à trac.

— Je ne crois pas l'avoir connu. En tout cas, tu ne m'en avais jamais parlé.

— Il était en terminale quand nous sommes rentrées au lycée mais j'avais déjà remarqué ses épaules carrées et... son horrible coupe de cheveux !

Joanie se lova sur le canapé avant de poursuivre.

— Bref, il y a quatre ans, j'étais allée donner un coup de main à papa au cabinet. C'était un samedi et je remplaçais Millie, tu te souviens, son assistante. J'étais en train de consulter le carnet de rendez-vous lorsque j'ai vu arriver un grand malabar, beau comme un dieu : c'était Jack. Il essaya de m'expliquer dans un langage approximatif de sourd-muet qu'il souffrait d'une laryngite, que non, il n'avait pas de rendez-vous mais qu'il voulait à tout prix voir le médecin. J'ai pu le caser entre une varicelle et une otite et il est revenu deux heures plus tard avec un petit bouquet de violettes et une invitation à aller au cinéma. Comment aurais-je pu résister ?

Joanie poussa un soupir de satisfaction.

— Tu as toujours eu un cœur d'artichaut, la taquina Vanessa.

Joanie écarquilla ses grands yeux bleus.

— Tu ne crois pas si bien dire. Avant même de m'en rendre compte, j'étais mariée et les fertilisants agricoles n'avaient plus aucun secret pour moi. Et pas une fois en quatre ans je n'ai eu à regretter le choix que j'avais fait, ajouta-t-elle, les yeux perdus dans le vague. A toi maintenant ! Je veux tout savoir !

Vanessa haussa les épaules et dit d'un air désabusé :

— Répétitions, concerts et voyages. Un jour en Italie, le lendemain dans le Mozambique. Ma vie s'écoule entre des trajets en avion et des séjours dans des hôtels aux quatre coins du monde. Ce n'est pas aussi fascinant que ce que les gens croient.

— C'est sûr, partager la table d'acteurs célèbres, donner des concerts devant des têtes couronnées ou cancaner avec des multimilliardaires doit être d'un ennui mortel ! se moqua Joanie.

— Cancaner ? s'étonna Vanessa en riant, je ne pense pas avoir jamais cancané sur qui que ce soit.

Joanie se pencha vers son amie pour lui caresser le bras. C'était un trait commun des Tucker, se rappela Vanessa, ce contact physique qu'ils instauraient avec les gens, dès lors qu'ils aimaient quelqu'un.

— Depuis des années je t'imagine étoile parmi les étoiles, évoluant parmi ce que la planète compte de personnalités les plus influentes et... les plus prétentieuses. Alors, n'essaie pas de briser mes rêves, la rabroua gentiment Joanie.

— Et pourtant, je t'assure que je passe plus de temps sur scène et dans des avions qu'en compagnie de la *jet-set* mondiale.

— Manifestement, ce rythme de vie te permet de garder la ligne, dit Joanie en posant un regard perplexe sur le corps trop mince de son amie. Je parie que tu n'as pas grossi depuis le lycée !

— J'ai des os fins, dit Vanessa, croyant bon de se justifier.

— Attends un peu que Brady te voie... !

Vanessa hésita une fraction de seconde.

— Justement... je l'ai vu hier.

— Vraiment ? Il ne me l'a pas dit. Comment s'est passée votre rencontre ?

— Disons... de façon assez impersonnelle. Je crois même que je l'ai battu froid.

— Pour quelle raison ?

— Pour m'avoir posé un lapin à la soirée de gala.

— Pour...

Interloquée, Joanie s'interrompit et regarda son amie qui s'était levée d'un bond et arpentait nerveusement la pièce.

— Je n'ai jamais été aussi humiliée que ce soir-là. Cela va peut-être te paraître stupide, mais je me faisais une telle joie de me rendre à cette soirée avec ton frère ! J'imaginais que ce serait la nuit la plus merveilleuse, la plus romantique de ma vie ! Souviens-toi du temps que j'ai consacré au choix de ma robe.

— Oui, murmura Joanie, je m'en souviens.

— J'attendais cette soirée avec tant d'impatience ! poursuivit Vanessa sur sa lancée, je venais tout juste d'obtenir mon permis de conduire et j'avais traversé toute la ville pour aller me faire coiffer chez Frédérick. Je savais bien que Brady n'était pas quelqu'un de fiable, qu'il n'était pas sérieux, mon père me l'avait répété des centaines de fois, mais je ne l'aurais jamais cru capable d'une telle lâcheté !

— Van...

Mais la jeune femme n'entendait plus son amie et continua, comme pour elle-même, le compte rendu de cette soirée comme si la blessure était encore à vif.

— Je suis restée cloîtrée à la maison deux jours entiers, n'osant plus sortir, subissant les disputes incessantes de mes parents. J'avais tellement honte, j'étais si blessée ! C'était… Oh ! c'était affreux ! Et ensuite, mon père m'a emmenée en Europe.

Joanie se mordit la lèvre pour ne pas parler. C'était à Brady de donner des explications, pas à elle.

— Peut-être avait-il des raisons que tu ignores, souffla-t-elle simplement.

Ayant recouvré tout son calme, Vanessa se rassit auprès de son amie.

— Cela n'a plus aucune importance, aujourd'hui. Il y a si longtemps ! C'est curieux qu'il ne se soit pas marié.

— Et pourtant, il y a pas mal de jolies femmes qui ont développé des maladies chroniques depuis qu'il est installé en ville ! ironisa Joanie.

— Je n'en doute pas ! marmonna Vanessa.

— Quant à mon père, il est aux anges depuis que son cher fils l'assiste. Au fait, es-tu allée le voir ?

— Non, pas encore. J'ai préféré venir ici d'abord.

Elle prit les mains de son amie et les serra chaleureusement entre les siennes.

— J'ai appris le décès de ta maman. J'ai tellement de peine !

— Nous avons tous été sous le choc, mais papa a été profondément meurtri et il a longtemps gardé les stigmates de son absence.

Joanie serra à son tour les mains de Vanessa, tentant de faire passer toute l'affection qu'elle lui portait.

— J'ai appris que tu avais perdu ton père. J'imagine que tu as dû passer par des moments très difficiles.

— Il ne se sentait pas bien depuis longtemps, mais je n'ai été au courant de la gravité de son état que dans les derniers jours.

Ce souvenir réveilla en elle la douleur latente tapie dans son corps.

— J'ai tenu mes engagements jusqu'à sa mort. C'était si important pour lui !

— Je sais.

L'Interphone relié à la chambre du bébé se mit soudain à grésiller. De petits gémissements, suivis de joyeux babils, leur parvinrent, mettant un terme à leur conversation.

Joanie se leva précipitamment.

— Je reviens tout de suite, dit-elle en s'éclipsant.

Vanessa inspecta la pièce remplie d'objets, à première vue insignifiants mais dont elle soupçonnait la valeur sentimentale. Des étagères croulaient sous une masse de livres ayant tous pour sujet l'agriculture ou la psychologie enfantine. Partout des photos de mariage, des photos du bébé. Une vieille théière, que Vanessa avait vue enfant chez les Tucker, attira son attention. La jeune femme avait l'impression irréelle de se trouver au centre d'un livre d'images.

— Van ? dit la voix de Joanie derrière elle.

Elle tourna la tête et vit son amie portant un bébé joufflu aux boucles brunes qui, en battant des pieds, faisait joliment tinter les grelots qui ornaient ses lacets.

— Oh, Joanie, elle est adorable ! s'extasia Vanessa.

La jeune maman déposa un baiser plein d'amour sur la tête de son enfant.

— Tu veux la prendre ? proposa-t-elle.

Vanessa se précipita vers elles et prit délicatement la petite fille dans ses bras. Celle-ci lui lança d'abord un long regard méfiant puis, se sentant en confiance, finit par la gratifier d'un sourire radieux. Attendrie, la jeune femme la porta à bout de bras et la fit tournoyer doucement, provoquant ses éclats de rire.

— Ce que tu es mignonne !

— J'ai l'impression qu'elle t'a adoptée, déclara Joanie, satisfaite de leur complicité naissante. Tant mieux, parce que cela aurait été ennuyeux qu'elle ne s'entende pas avec sa marraine.

— Sa marraine ? répéta Vanessa, abasourdie.

— Tu as bien entendu, confirma Joanie. Je t'ai envoyé un mot juste après la naissance de Lara. Comme je savais que tu ne pourrais pas te libérer pour le baptême, nous t'avons nommée marraine par procuration. Et Brady est le parrain.

Remarquant l'air perplexe de Vanessa, Joanie s'enquit :
— Tu n'as pas reçu ma lettre ?
— Non. Jusqu'à hier, j'ignorais même que tu étais mariée.
— Pourtant, le faire-part d'invitation...

Joanie haussa les épaules, renonçant à percer le mystère de ce courrier égaré.

— Il a dû se perdre. Tu étais toujours par monts et par vaux.

— Tu penses bien que, si je l'avais su, je me serais débrouillée pour venir.

— Peu importe. Tu es là, maintenant.

Vanessa caressa le cou de la petite fille.

— Oui, je suis là, répéta-t-elle distraitement. Oh ! Joanie, si tu savais à quel point je t'envie !

— Moi ?

— Oh oui, je t'envie cette maison, cette enfant adorable, et l'amour qui éclaire ton regard chaque fois que tu évoques ton mari. Toi au moins tu as construit quelque chose de tangible ! Moi, je n'ai fait que me perdre dans un tourbillon stérile de mondanités.

— Ne sois pas aussi négative, lui dit gentiment Joanie, nous avons toutes les deux accompli des choses différentes, voilà tout. Tu es si douée, Van ! Sais-tu que je t'ai toujours admirée, même lorsque nous étions enfants ? J'aurais tellement voulu jouer aussi bien que toi ! Malheureusement, malgré tous tes efforts pour m'aider, je suis restée une piètre musicienne.

Ce souvenir la fit éclater d'un rire joyeux.

— En effet, tu étais irrécupérable, la taquina Vanessa,

même si je dois avouer que tu faisais preuve d'une détermination peu commune. Mais je suis si heureuse que tu sois encore mon amie.

— Arrête ! Tu vas me faire pleurer. Tiens, occupe-toi plutôt de Lara pendant que je vais nous préparer des rafraîchissements. Et ensuite, je te dirai tout de la surcharge pondérale de cette pauvre Julie Newton, de la calvitie naissante de Tommy McDonald et du troisième mari de Jean Baumgartner.

La nuit commençait à tomber. Tourmentée par les questions qui l'assaillaient, Vanessa descendit dans le jardin. Elle éprouvait le besoin de réfléchir sérieusement au sens qu'elle comptait désormais donner à sa vie.

Au cours des dix dernières années, elle n'avait guère eu le choix. Ou, plus exactement, elle n'avait pas eu le courage d'affronter la volonté de son père. Elle avait toujours courbé l'échine, obéissant sagement à ses ordres, lui faisant vivre par procuration une gloire qu'il n'avait pas connue. Elle n'avait pas voulu, ou plutôt pas osé le décevoir.

Elle lui devait tout. Tandis que sa mère s'était libérée de ses responsabilités maternelles, lui avait voué son existence à l'éducation de sa fille et à sa réussite professionnelle. Il avait travaillé sans relâche, et s'était occupé sans faillir, jusqu'à la fin, de la carrière de Vanessa. Rien n'échappait à son sens critique et à sa terrible exigence. Et c'est ainsi que, grâce à lui, elle était parvenue au sommet de la gloire.

Elle songea avec mélancolie que la situation avait dû être difficile pour lui qui n'avait jamais percé et encore moins atteint la gloire pour laquelle il avait tant travaillé. La musique était toute sa vie et il avait atteint ses ambitions à travers sa fille.

Et elle était sur le point de tourner le dos à ce qu'il avait désespérément voulu, à ce pour quoi il s'était battu toute sa vie. Il n'aurait jamais compris son désir d'abandonner une carrière aussi brillante. De la même façon qu'il n'avait jamais compris, ni même toléré, la terreur qui s'emparait d'elle à chacun de ses concerts. Cette panique qui lui vrillait l'estomac et provoquait des vagues de nausées qu'elle se devait de combattre. Combien de larmes avait-elle dû refouler lorsqu'elle se trouvait face à son public ?

Le trac, disait-il, il suffisait de le combattre. C'était l'unique volonté de son père qu'elle n'avait pas réussi à satisfaire. Mais malgré ses souffrances, elle prenait sur elle et retournait sur scène comme un vaillant petit soldat.

Vanessa s'installa sur la balancelle et se laissa doucement bercer par le va-et-vient régulier. Savait-elle seulement ce qu'elle voulait ? Peut-être n'était-ce qu'une fatigue passagère ? Les quelques semaines de repos qu'elle avait décidé de s'octroyer l'aideraient à y voir plus clair et peut-être même se surprendrait-elle à vouloir reprendre sa vie de concertiste nomade. Pour l'heure, elle se réjouissait pleinement de la magie du crépuscule.

Elle songea au repas que sa mère et elle avaient partagé. Loretta avait paru blessée du manque d'entrain de sa fille, mais comment lui expliquer, après tant d'années, l'état d'esprit dans lequel elle se trouvait ?

Vanessa ferma les yeux. Il leur faudrait du temps.

Un crissement de pneus suivi d'un claquement de portière la tira de ses réflexions. D'une maison voisine, elle entendit une mère inviter ses enfants à regagner la maison, d'une autre lui parvinrent les pleurs aigus d'un bébé en colère. Vanessa aimait sentir la vie vibrer autour d'elle et elle imagina en souriant qu'elle pourrait planter la tente de son enfance sur la pelouse et s'endormir aux bruits familiers de son quartier.

L'aboiement d'un chien lui fit tourner la tête. Elle vit débouler une boule de poils fauves qui sauta adroitement les plates-bandes plantées de marguerites et de soucis, puis plaqua ses deux grosses pattes sur ses jambes.

— Bonjour, toi, lui dit-elle en lui caressant les oreilles. D'où viens-tu ?

— De deux pâtés de maisons plus bas, lui répondit une voix familière.

Essoufflé, Brady sortit de l'ombre.

— J'ai fait la grossière erreur de l'emmener au cabinet avec moi et lorsque j'ai voulu le faire monter dans la voiture, il m'a échappé.

Avisant la balancelle sur laquelle se trouvait Vanessa, il lui demanda :

— Puis-je m'asseoir ?

— Je t'en prie, lui répondit la jeune femme en continuant à tapoter affectueusement la tête de l'animal.

Brady se laissa tomber à côté de Vanessa et étendit ses longues jambes.

— Au pied ! intima-t-il au chien qui cherchait à prendre place aux côtés de son maître.

— Il est très beau, apprécia Vanessa.

— Ne le flatte pas trop, il a déjà un ego surdimensionné.

— On dit que les animaux ressemblent à leurs maîtres, ironisa la jeune femme. Comment s'appelle-t-il ?

— Kong. C'était le plus gros de la portée, expliqua Brady.

En entendant son nom, Kong laissa échapper deux petits jappements joyeux et détala à la poursuite d'ombres imaginaires.

— Je l'ai trop gâté, admit Brady dans un profond soupir. J'en paie le prix à présent.

Il allongea le bras sur le rebord de la balancelle, derrière Vanessa, et joua négligemment avec la pointe de ses cheveux.

— Joanie m'a dit que tu étais allée lui rendre visite aujourd'hui, reprit-il d'un air distrait.

— C'est exact, confirma la jeune femme en retirant la main de Brady. Elle est très épanouie et elle a l'air si heureuse !

— Elle l'est en effet.

Revenant à la charge, Brady prit le bout des doigts de la jeune femme entre les siens, comme il l'avait fait tant de fois lorsqu'ils se fréquentaient.

— Tu as donc fait la connaissance de notre filleule ?

— Oui. Elle est si mignonne ! s'exclama Vanessa avec enthousiasme en cachant prestement ses mains entre ses jambes.

Nullement découragé, Brady retourna aux boucles de Vanessa.

— Elle me ressemble, tu ne trouves pas ?

Vanessa éclata d'un rire moqueur.

— Tu es toujours aussi prétentieux, à ce que je vois ! Et veux-tu, s'il te plaît, retirer une fois pour toutes tes mains de ma personne ?

— Tu sais bien que je ne peux pas m'empêcher de te toucher, dit-il en poussant un profond soupir.

Néanmoins, avec une moue résignée, il s'écarta légèrement et reprit d'un air nostalgique :

— Nous aimions nous asseoir sur cette balancelle, tu te souviens ?

— Oui, je m'en souviens, répondit Vanessa, impassible.

— Je crois même que c'est là que nous avons échangé notre premier baiser.

— Faux, lui dit-elle en croisant les bras sur sa poitrine.

— Tu as raison. La première fois, c'était au parc où je m'entraînais au basket. Tu venais me voir marquer des buts.

— Je passais simplement par là.

— Non, non. Tu venais exprès parce que tu savais que je m'entraînais torse nu et tu ne pouvais t'empêcher d'admirer mes pectoraux !

Vanessa éclata de nouveau d'un rire franc. Il avait tout à fait raison ! Elle scruta son visage dans la semi-obscurité. Il souriait, l'air détendu. Il avait toujours eu le don de la faire rire.

— Tes... pectoraux, comme tu dis, n'étaient pas si terribles, je tiens à te le rappeler.

Cette fois, elle ne repoussa pas les mains que Brady avait de nouveau glissées dans ses cheveux.

— Je revois ce jour avec une telle précision, murmura-t-il. C'était la fin de l'été, juste avant ma rentrée universitaire. En l'espace de trois mois, la petite fille malingre était devenue une séduisante jeune fille, aux jambes interminables, à la chevelure superbe. J'étais subjugué !

— Tu parles ! Tu n'avais d'yeux que pour Julie Newton.

— Je feignais de m'intéresser à elle, mais en réalité je ne voyais que toi. Ce jour-là tu revenais de chez Lester où tu avais acheté une bouteille de jus de raisin.

Vanessa fronça les sourcils.

— Quelle mémoire !

— Tu m'as salué, poursuivit Brady, ignorant le ton goguenard de Vanessa, puis tu m'as demandé si je voulais boire. Je n'en revenais pas ! Et ensuite tu as commencé à me faire du charme.

— Moi ? Pas du tout !

— Si, si, tu minaudais, tu battais des cils !

— Je n'ai jamais su faire ce genre de chose, riposta Vanessa en réprimant la forte envie de rire qu'elle sentait de nouveau monter en elle.

Brady laissa échapper un profond soupir.

— C'était un moment grandiose !

— Et moi, je te revois rouler des mécaniques et m'agripper brutalement, comme tout bon macho qui se respecte.

— Tu ne semblais pas t'en offusquer. Ce baiser a été le plus mémorable de toute ma vie.

« Et le mien aussi », songea en souriant Vanessa qui, sans même s'en rendre compte, s'était laissée glisser contre l'épaule de son compagnon.

— Nous étions si jeunes ! soupira-t-elle. Tout était si intense, si simple, à cette époque-là !

— Certaines choses n'ont pas à être compliquées, affirma Brady d'une voix qu'il voulait assurée.

Mais le contact de cette tête calée contre son épaule le fit douter de ses dires.

— Alors, amis ? s'enquit-il.

— Amis, approuva Vanessa.

— Je n'ai pas encore eu l'occasion de te demander combien de temps tu comptais rester ici.

— Je n'ai pas encore décidé.

— J'imagine que tu as un emploi du temps très serré.

— J'irai peut-être à Paris pour quelques semaines, mais à part cela, j'ai levé le pied pour plusieurs mois.

Brady prit les mains de la jeune femme dans les siennes. Elles l'avaient toujours fasciné. Ses longs doigts fins, sa paume si douce, ses ongles toujours parfaitement manucurés. Il remarqua qu'elle ne portait aucune bague. Il lui en avait offert une, un jour, avec l'argent gagné à tondre les pelouses des voisins. C'était une bague en or, incrustée d'une minuscule émeraude. Elle avait été folle de joie et l'avait embrassé en lui jurant de ne jamais la quitter.

Ce n'étaient que des promesses d'enfants. Il avait été insensé d'imaginer une seconde que la bague brillerait encore à son doigt.

— Tu sais, je suis allé t'applaudir à New York, il y a deux ans.

Tout naturellement, il porta les doigts de la jeune femme à ses lèvres puis, réalisant l'incongruité de son geste, les relâcha promptement.

— J'espérais te voir, mais tu semblais si occupée…

Troublée, Vanessa répondit :

— Tu aurais dû m'appeler, je me serais débrouillée pour me libérer.

— Je l'ai fait. Et là, j'ai réalisé à quel point tu étais devenue quelqu'un. Je n'ai pas passé le premier rempart de défense.

— Je suis désolée. Sincèrement. J'aurais aimé te revoir. Mais quelquefois mon entourage se montre un peu trop protecteur.

Brady prit son menton entre ses mains. Elle était encore plus jolie que dans son souvenir, mais elle paraissait plus fragile. S'il l'avait rencontrée à New York, dans des circonstances moins romantiques, aurait-il été aussi attiré qu'à ce moment même ? Il n'était pas sûr de vouloir connaître la réponse.

Il lui avait proposé son amitié mais il sentait bien qu'il voulait plus que cela.

— Tu as mauvaise mine, Van. Tu es fatiguée en ce moment ? lui demanda Brady d'un air soucieux.

— J'ai passé une année éprouvante.

— Est-ce que tu dors bien ?

Amusée, Vanessa balaya son inquiétude d'un geste évasif de la main.

— Ne joue pas au médecin avec moi, Brad.

— Je suis sérieux, Vanessa, je vois bien que tu es éreintée.

— Je n'irais pas jusque-là ; c'est une fatigue passagère, voilà tout. C'est d'ailleurs la raison pour laquelle je fais cette pause.

Brady ne parut pas convaincu.

— Pourquoi ne passerais-tu pas au cabinet pour une petite visite de routine ?

— Je te vois venir, Brady, tenta de plaisanter Vanessa.

— N'essaie pas de t'en tirer comme ça ; c'est mon père qui t'examinera.

Vanessa se baissa pour caresser Kong qui avait terminé d'inspecter les lieux et les avait rejoints.

— Je t'assure que je n'ai pas besoin de médecin. Je ne suis pas malade et, depuis dix ans, je n'ai jamais annulé un concert pour raison de santé. J'avoue que je suis revenue ici avec une certaine appréhension, mais je me sens mieux maintenant.

Elle avait toujours été si têtue ! songea Brady. Il décida que cela ne l'empêcherait pas de rester vigilant et de la surveiller de près durant quelques jours.

— Mon père serait de toute façon très heureux de te revoir. Personnellement, j'entends.

— Je passerai lui rendre visite.

Toujours occupée à caresser Kong, Vanessa tourna la tête vers Brady. Il fut troublé de retrouver dans les yeux de la jeune femme la petite flamme pétillante qu'il avait si bien connue.

— Joanie m'a dit que les femmes se précipitaient à tes consultations. J'imagine que ce doit être la même chose pour ton père, surtout s'il est toujours aussi séduisant que dans mon souvenir.

— Disons qu'il a eu quelques… propositions intéressantes. Mais elles ont cessé dès que lui et ta mère ont commencé à se fréquenter.

Ebahie, Vanessa se redressa.

— Ma mère et ton père ? Ils se fréquentent ?

— On peut même dire que c'est la romance la plus étonnante de l'année.

— Ma mère ? répéta Vanessa comme pour elle-même.

— Quoi d'étonnant ? Ta mère est une femme très séduisante. Pourquoi n'en profiterait-elle pas ?

Vanessa se leva, une main sur l'estomac.

— Je dois rentrer.

— Quelque chose ne va pas ?

— Non, non, rétorqua la jeune femme. J'ai froid.

Brady la prit par les épaules, comme il l'avait fait tant de fois, adolescent.

— Ne la juge pas, Van. Elle a suffisamment souffert.

— Tu ne sais rien de tout cela.

— Détrompe-toi, j'en sais plus que tu ne crois. Et ne te laisse pas miner par ces vieilles rancœurs.

— C'est facile pour toi ! s'écria la jeune femme avec amertume. Tu as vécu dans une famille unie, tu as toujours été aimé ! Et personne ne t'a jamais éloigné de chez toi !

— Elle ne t'a pas éloignée de chez toi, Van. Tu es injuste.

— Elle m'a laissée partir, riposta-t-elle avec froideur. Cela revient au même.

— Pourquoi n'en parles-tu pas avec elle ? s'enquit gentiment Brady.

Vanessa s'écarta vivement.

— J'ai cessé d'être sa petite fille il y a douze ans. J'ai cessé d'être beaucoup de choses à partir de ce jour-là.

Puis elle tourna les talons et rentra dans la maison.

3

La douleur avait réveillé Vanessa à plusieurs reprises cette nuit-là. Elle l'avait péniblement calmée à coups d'antalgiques et de comprimés qu'elle s'était fait prescrire pour de violentes migraines. Mais surtout, elle voulait à tout prix ignorer sa souffrance.

Par trois fois, elle s'était levée avec l'intention d'aller frapper à la porte de la chambre de sa mère. Mais, la main sur la poignée, le courage l'avait abandonnée et elle avait battu en retraite.

Elle savait bien qu'elle n'avait pas le droit de s'offusquer du fait que sa mère fréquentait un autre homme. Pourtant, elle ne pouvait s'en empêcher. Elle n'avait jamais connu à son père de liaison amoureuse et, s'il en avait eu, il était resté suffisamment discret pour qu'elle ne soit pas au courant.

Quelle importance, après tout? se demandait-elle en s'habillant le lendemain matin. Déjà à l'époque où ils partageaient le même toit, chacun menait sa propre vie. Mais si, cela avait de l'importance ! se ravisa-t-elle. Comment sa propre mère avait-elle pu vivre heureuse dans cette maison alors qu'elle n'avait plus aucun contact avec son unique enfant? Comment avait-elle pu se construire une nouvelle vie d'où sa fille était exclue?

« Le moment est venu », se dit Vanessa. Il fallait que sa mère réponde à toutes les questions qu'elle se posait.

L'odeur mêlée de café chaud et de pain grillé lui parvint de la cuisine. Sa mère se tenait près de l'évier, occupée à rincer des tasses. Elle portait un ravissant tailleur bleu qu'elle avait rehaussé d'un rang de perles et de boucles d'oreilles assorties. Elle chantonnait un air qui passait à la radio.

— Tu es déjà levée ! s'exclama-t-elle en voyant sa fille.

Elle lui adressa un petit sourire forcé.

— Je ne pensais pas te voir avant de partir, reprit-elle.

— Tu pars ? s'étonna Vanessa.

— Oui, je vais travailler. Il y a des muffins et du café encore chaud.

— Travailler ? répéta Vanessa. Mais où ?

— Au magasin, dit Loretta en remplissant sa tasse d'une main nerveuse. J'ai acheté un magasin d'antiquités il y a environ six ans, précisa-t-elle. C'était celui des Hopkins, je ne sais pas si tu t'en souviens. J'ai d'abord été employée chez eux puis, lorsqu'ils ont pris leur retraite, je le leur ai racheté.

Vanessa, sous le choc de cette avalanche d'informations, secoua la tête.

— Tu es propriétaire d'un magasin d'antiquités ?

— C'est une toute petite boutique, tu sais, se justifia Loretta avant de reposer la cafetière sur la table.

Elle tripota nerveusement son collier.

— Je l'ai appelé *Le grenier de Loretta*. C'est peut-être un nom idiot mais je trouvais qu'il sonnait bien. Je l'ai laissé fermé deux jours mais aujourd'hui il faut vraiment que j'y aille. A moins que tu...

Vanessa n'entendait plus sa mère. Elle l'étudiait attentivement, incapable de l'imaginer propriétaire de sa propre affaire, encore moins en train de se démener entre comptabilité et inventaire. Elle ne se souvenait pas l'avoir jamais entendue évoquer un intérêt quelconque pour les antiquités.

— Ne t'inquiète pas pour moi. Vas-y.

— Si tu veux, proposa Loretta, tu peux me rejoindre un peu plus tard. Tu verras, j'ai quelques pièces intéressantes.

— Je ne sais pas.

— Tu es sûre que cela ne te dérange pas de rester seule ici ?

— J'ai l'habitude d'être seule. Depuis bien longtemps.

— Je comprends. Je serai de retour vers 18 h 30.

— Parfait. A ce soir, alors.

Vanessa se dirigea vers l'évier et tourna le robinet. Elle avait besoin d'eau fraîche.

— Van.

— Oui ? dit la jeune femme en se tournant vers sa mère.

— Je sais que je t'ai fait souffrir. J'espère que tu me laisseras une chance de me faire pardonner.

— Le problème, c'est que j'ignore par quel bout laquelle de nous deux est censée commencer, rétorqua Vanessa en écartant les mains dans un geste d'impuissance.

— Moi aussi, dit Loretta en souriant, spontanément cette fois. Mais sache que je t'aime et que je serais la plus heureuse des femmes si je pouvais t'en persuader.

Gagnée par l'émotion, elle tourna les talons et quitta la pièce.

— Oh, maman ! gémit Vanessa, une fois sa mère partie, je ne sais plus quoi faire.

— Madame Driscoll, conclut Brady en tapotant les genoux cagneux de la vieille dame, vous avez le cœur d'une jeune femme de vingt ans !

Comme Brady s'y attendait, l'octogénaire émit un petit gloussement de satisfaction.

— Ce n'est pas mon cœur qui m'inquiète, Brady, ce sont mes os. Ils me font un mal de chien !

— Peut-être devriez-vous enfin laisser à vos petits-enfants le soin de désherber votre jardin à votre place, la rabroua gentiment Brady.

— Je me débrouille seule depuis soixante ans, alors…

Brady reposa son tensiomètre.

— Certes, vous faites pousser les meilleures tomates de la région, mais si vous ne levez pas un peu le pied, votre arthrite ne va pas s'arranger, madame Driscoll, dit Brady en prenant gentiment les mains de la vieille dame entre les siennes.

Il y avait vingt-cinq ans de cela, elle avait été son institutrice, et ses yeux d'enfant la percevaient alors comme la personne la plus vieille au monde.

— Je vous ai vue sortir de la poste l'autre jour, dit Brady tout en noircissant une ordonnance, vous n'aviez pas votre canne.

— C'est bon pour les vieux, les cannes, maugréa-t-elle.

Riant sous cape, Brady l'aida à descendre de la table de consultation.

— Je suis votre médecin et je veux que vous l'utilisiez, ne serait-ce que pour en donner un bon coup à John Hardesty, lorsqu'il vous fait une cour un peu trop pressante.

— J'aurais l'air d'une vieille bique, appuyée sur une canne, murmura-t-elle.

— Allons, madame Driscoll, ne nous avez-vous pas appris que la vanité est un vilain défaut ?

— Peut-être, mais en tout cas, ce n'est pas un péché mortel. Laisse-moi me rhabiller à présent.

— A vos ordres, madame, plaisanta Brady en quittant la pièce.

Il passa encore deux heures au cabinet et prit à peine le temps d'avaler une pomme et quelques biscuits salés avant de se rendre à l'hôpital où l'attendaient d'autres patients.

A plusieurs reprises, ce jour-là, il avait dû affronter en silence les ragots accompagnés de sourires entendus des gens qui commentaient le retour de Vanessa Sexton au pays. C'était l'inconvénient majeur de la vie dans ces petites villes de province : tout le monde était au courant des moindres faits et gestes de chacun. Ici, personne n'avait oublié qu'il avait fréquenté Vanessa douze ans auparavant.

Lui s'était appliqué, durant tout ce temps, à ne plus penser à elle. Sauf lorsqu'il voyait sa photo, lisait son nom dans les journaux ou achetait ses albums.

Les rares fois où il s'était autorisé à se souvenir de leur

relation, il avait été submergé de tendresse et de nostalgie. Ils étaient à peine sortis de l'enfance alors, et ce qui s'était passé entre eux était resté merveilleusement innocent. Quelques longs baisers langoureux, des promesses enflammées ponctuées de caresses interdites.

Leur amour avait été d'autant plus intense qu'il s'était heurté au refus catégorique du père de Vanessa. Mais plus celui-ci s'était opposé à leur relation naissante, plus ils s'étaient rapprochés l'un de l'autre. Brady avait joué le jeune rebelle à la perfection. Il avait défié le père de Vanessa, fort de l'amour que celle-ci lui portait, multipliant les menaces et les promesses éternelles comme seul pouvait en être capable le jeune homme de dix-huit ans qu'il était alors. Leur histoire lui aurait-elle laissé autant de traces si elle avait été plus simple ?

Un sourire aux lèvres, Brady songea qu'il n'avait jamais été aussi amoureux que cette année-là. Tout paraissait possible alors.

Ils n'avaient pas fait l'amour et Brady l'avait amèrement regretté une fois Vanessa brutalement écartée de sa vie. Mais aujourd'hui, avec le recul nécessaire, il jugeait que cela avait été positif. Ils n'auraient pas pu rester amis s'ils étaient devenus amants. Et pour l'heure c'était tout ce qu'il souhaitait : son amitié. Il n'avait nullement l'intention d'essuyer un nouvel échec amoureux avec elle.

Il admit néanmoins que lorsqu'il l'avait vue devant son piano, il avait été troublé : son pouls s'était accéléré, sa respiration s'était altérée. Mais n'était-ce pas une réaction normale ? Après tout, Vanessa lui avait un jour appartenu et depuis elle était devenue une jeune femme extrêmement séduisante qui ne l'avait d'ailleurs pas laissé de marbre lorsqu'il s'était assis à côté d'elle sur la balancelle.

La voix d'une infirmière qui passait la tête par la porte de son bureau le tira de ses réflexions.

— Docteur Tucker, votre patient vient d'arriver.

— Très bien, j'y vais tout de suite.

— Ah, j'allais oublier ! Votre père aimerait que vous passiez le voir avant de partir.
— Merci.

Brady se hâta vers la salle des consultations en se demandant rêveusement si Vanessa se trouverait de nouveau sur sa balancelle ce soir.

Vanessa frappa à la porte des Tucker et attendit. Elle avait toujours aimé la sensation de sécurité que lui procurait cette maison chaleureuse avec son porche peint et ses nombreuses jardinières débordant de géraniums. Elle nota avec émotion que, comme chaque année, les doubles-rideaux avaient cédé la place aux moustiquaires, signe indubitable que l'hiver était terminé.

Le fauteuil du Dr Tucker se trouvait à la même place sous le porche et elle se souvint qu'il aimait à s'y reposer les soirs d'été, bavardant gentiment avec les promeneurs ou écoutant patiemment leurs jérémiades.

Chaque année pour le week-end du mémorial, les Tucker organisaient un grand barbecue dans leur jardin. Tous les habitants étaient conviés à venir manger les énormes plats de viandes grillées accompagnées de salades de pommes de terre, à se reposer à l'ombre du grand noisetier ou à jouer au cricket.

Le docteur était un homme débordant de générosité, doué d'une gaieté communicative et d'une rare douceur.

Que pourrait-elle désormais dire à cet homme qui avait été une figure emblématique de son enfance, et qui aujourd'hui était le compagnon de sa mère ? Lui, auprès de qui elle était tant de fois venue chercher la tendresse et le réconfort qui manquaient à son foyer. Saurait-elle trouver les mots après tant d'années ?

Il lui ouvrit la porte lui-même et, frappé de surprise, la scruta en silence. Vanessa songea qu'il était aussi grand que dans son souvenir et qu'il avait gardé la même silhouette athlétique. Seules les rides qui griffaient le coin de ses yeux et les mèches argentées qui striaient sa chevelure sombre témoignaient des années écoulées.

Ne sachant quelle attitude adopter, Vanessa lui tendit une main hésitante, mais avant qu'elle ait pu articuler un mot, deux bras puissants l'avaient pressée contre son cœur. Elle retrouva avec émotion, les larmes aux yeux, les senteurs de son eau de toilette, heureux mélange d'épices et de citron vert dont il avait l'habitude de s'asperger.

— Ma petite Vanessa ! s'exclama-t-il de sa voix de stentor. Bienvenue à la maison !

— Merci, murmura Vanessa avec émotion. C'est si bon d'être ici. Vous m'avez tellement manqué !

— Laisse-moi te regarder, dit-il en s'écartant d'elle. Bon sang ! Emily l'avait bien dit que tu deviendrais une beauté !

— Oh ! docteur Tucker ! Je suis désolée pour votre épouse !

— Nous avons tous été très malheureux, dit-il le regard voilé de tristesse. Et elle t'aimait tant ! Elle ne laissait passer aucun article sur toi dans les journaux et elle aurait adoré t'avoir pour belle-fille. Elle me disait toujours : « Ham, c'est exactement la jeune fille qu'il faut à Brady. Elle saura le remettre dans le droit chemin. »

— On dirait qu'il s'en est bien sorti tout seul.

— En partie, oui.

Il passa un bras autour des épaules de Vanessa et la guida à l'intérieur.

— Que dirais-tu d'une tasse de thé et d'un bon morceau de tarte ?

— Volontiers.

Elle s'assit à la table de la cuisine et regarda Ham s'affairer. Là non plus, rien n'avait changé. Les bibelots d'Emily étaient à la même place. La pièce, inondée de soleil, donnait sur le jardin ombragé et fleuri.

— Mme Leary fait toujours les meilleures tartes de la ville, annonça-t-il en lui servant une épaisse part de tarte qu'il venait de découper.

Il poussa un profond soupir de satisfaction et s'assit face à elle.

— Je suis sûr que tu n'imagines pas à quel point nous sommes fiers de toi !

Vanessa rougit sous le compliment et secoua la tête.

— Si seulement j'avais pu revenir plus tôt ! Je ne savais même pas que Joanie s'était mariée et qu'elle avait un enfant ! dit-elle.

Elle but une gorgée de son thé et se cala confortablement sur sa chaise, se sentant à l'aise pour la première fois depuis son arrivée.

— Lara est magnifique ! reprit-elle.

— Et intelligente, avec ça ! s'exclama Ham en lui adressant un clin d'œil complice. Au risque de paraître présomptueux, je dirais même que je n'ai jamais vu d'enfant aussi éveillé !

— J'espère que je vais pouvoir en profiter pendant mon séjour. Que je vais profiter de vous tous, en fait.

— Combien de temps comptes-tu rester ?

— Je ne sais pas encore, je n'y ai pas sérieusement réfléchi.

— Ta mère se réjouissait tant de ton arrivée ! Elle n'a parlé que de cela durant des semaines !

Embarrassée, Vanessa chipota dans son assiette.

— Elle semble aller bien.

— Elle va bien, en effet, elle est forte. Il a bien fallu qu'elle le soit.

Vanessa leva les yeux sur Ham et s'appliqua à parler distinctement pour se distraire de la douleur qu'elle sentait monter en elle.

— Elle m'a dit qu'elle avait acheté un magasin d'antiquités. J'ai tellement de mal à l'imaginer en femme d'affaires !

— Elle s'en sort plutôt bien, dit-il, une lueur de fierté dans le regard. Elle m'a appris que tu avais perdu ton père.

— Oui. Il est mort d'un cancer il y a quelques mois.

— Cela a dû être éprouvant pour toi.

Vanessa haussa imperceptiblement les épaules.

— Malheureusement, je n'ai pas pu faire grand-chose pour le soulager. Il refusait d'accepter sa maladie et détestait la faiblesse. Il avait coutume de dire qu'il ne fallait pas s'écouter.

— Je sais, dit Ham en lui prenant la main. J'espère que tu sauras te montrer plus tolérante, Van.

— Vous savez, je ne déteste pas ma mère. C'est juste que je ne la connais pas.

Ham sembla apprécier la réponse de la jeune femme.

— Moi, je la connais et, crois-moi, ça n'a pas été facile pour elle. Quoi qu'elle ait pu faire, elle a payé le prix fort, mais s'il y a une chose qu'il faut que tu saches, c'est que ta mère t'aime. Qu'elle t'a toujours aimée.

— Pourquoi m'a-t-elle laissée partir dans ce cas ?

— C'est à elle que tu dois le demander, Van. Et je suis certain qu'elle a envie de te répondre.

Vanessa laissa échapper un petit soupir.

— Vous voyez, je n'ai pas changé. Je viens toujours pleurer contre votre épaule.

— C'est ce pour quoi les épaules sont faites, plaisanta-t-il pour tenter de la dérider. Tu sais bien que je t'ai toujours considérée comme ma propre fille.

Vanessa refoula à grand-peine ses larmes.

— Docteur Tucker, êtes-vous amoureux de ma mère ?

— Oui. Cela te contrarie ?

— Ça ne devrait pas.

— Mais… ? anticipa Ham.

— J'ai du mal à l'accepter car Mme Tucker et vous êtes tellement indissociables dans mon esprit ! Vous étiez si unis ! Vous étiez ma référence quand mes parents, eux, passaient leur temps à se déchirer !

— On ne choisit pas ses parents, Van, dit-il tranquillement.

Vanessa se détendit un peu, contente qu'il la comprenne.

— Je sais bien que ce n'est pas raisonnable, mais… comment dire… ?

— Ma chère enfant, la coupa Ham, il y a trop de

choses injustes dans la vie. J'ai partagé vingt-huit ans de bonheur avec Emily et j'étais certain d'en passer encore autant avec elle. Jusqu'à la fin nous nous sommes aimés d'un amour absolu, inconditionnel. Mais la vie en a décidé autrement. Lorsqu'elle est morte, j'étais anéanti, une partie de moi-même s'était enfuie avec elle. Ta mère était l'amie la plus proche et la plus chère d'Emily, c'est pourquoi j'ai continué à veiller sur elle pendant des années. Et puis un jour, notre amitié s'est transformée, et je crois que si Emily nous voit de là-haut, elle en est satisfaite.

— J'ai l'impression d'être une petite fille.

— C'est parce que nous restons à tout jamais des enfants devant nos parents.

Il jeta un regard interrogateur sur la part de tarte presque intacte.

— Tu as perdu ton goût pour les sucreries ?

— Non, répondit-elle en lui adressant un sourire forcé. Plutôt mon appétit.

— Je ne veux pas jouer les rabat-joie, mais je te trouve un peu trop mince. Loretta m'a dit que tu avais un appétit d'oiseau.

Vanessa fronça les sourcils. Elle était loin d'imaginer que sa mère avait remarqué ce genre de chose.

— Je suppose que c'est la tension de ces deux dernières années. Je n'ai pas arrêté une seconde !

— Quand as-tu passé ta dernière visite médicale ?

Vanessa éclata de rire.

— On croirait entendre Brady ! Je vais bien, docteur Tucker, je vous assure. Les tournées m'ont épuisée, c'est nerveux, voilà tout !

Ham acquiesça en se promettant de la surveiller attentivement.

— J'espère avoir l'immense privilège de t'entendre jouer un de ces jours, déclara-t-il avec emphase.

— Je suis en train de roder le piano que maman vient d'acheter. D'ailleurs il faut vraiment que j'y aille, j'ai bâclé mes répétitions ces derniers temps.

Au moment où elle se levait, Brady fit son apparition dans l'embrasure de la porte. La présence de Vanessa chez son père le contraria. Bien malgré lui, il n'avait cessé de penser à elle toute la journée et voilà qu'en plus, elle se trouvait dans sa cuisine ! En guise de salut, il lui adressa distraitement un signe de la tête puis il fixa son attention sur la tarte.

— Une tarte de cette bonne Mme Leary, je parie ! dit-il en souriant à son père.

— Je te rappelle qu'elle est une de mes patientes.

Brady mordit dans la part de tarte de Vanessa.

— Tu voulais me voir ? demanda-t-il à son père.

— Oui, comme tu me l'avais demandé, j'ai jeté un coup d'œil sur le dossier Crampton. J'y ai fait quelques annotations.

— Merci.

— Je dois vous laisser à présent, annonça Ham en prenant Vanessa par les épaules et en déposant un baiser sonore sur sa joue. Reviens quand tu veux, Van. Tu es ici chez toi.

— Merci. Je saurai m'en souvenir.

— Au fait, le barbecue aura lieu dans deux semaines. Je compte sur ta présence.

— Je n'y manquerai pas.

— Quant à toi, Brady, ajouta-t-il d'un air malicieux, conduis-toi correctement avec cette jeune femme.

Lorsque son père fut parti, Brady adressa un sourire narquois à Vanessa.

— Il s'imagine peut-être que je vais te coincer à l'arrière de ma voiture !

— Je te rappelle que tu m'as déjà coincée à l'arrière de ta voiture, riposta Vanessa avec cynisme.

— C'est exact. Eh bien... veux-tu du café ?

— Du thé plutôt. Avec une rondelle de citron, s'il te plaît.

Brady grommela quelque chose et alla sortir une bouteille de lait du réfrigérateur.

— Je suis content que tu sois passée voir mon père. Il t'adore !

— C'est réciproque.

— Tu ne manges pas ?

— Non, et d'ailleurs je m'apprêtais à partir lorsque tu es arrivé.

— Tu es pressée ? s'enquit-il en attaquant sa part de tarte avec appétit.

— Pas particulièrement, mais je…

Brady l'interrompit brutalement.

— Assieds-toi, lui commanda-t-il en se servant un énorme verre de lait.

— Je vois que tu n'as pas perdu ton légendaire appétit.

Elle aurait dû partir et pourtant elle n'en demeurait pas moins là, à le contempler, détendu, éclatant de santé. Il lui avait proposé son amitié. Pourquoi refuser ? Elle s'adossa contre le comptoir.

— Où est le chien ? demanda-t-elle.

— Je l'ai laissé chez moi. Papa n'apprécie pas qu'il creuse dans ses plates-bandes.

— Tu ne vis plus dans cette maison ? demanda Vanessa, surprise.

— Non, dit-il en levant les yeux sur elle.

Un doux sourire flottait sur ses lèvres et la lumière qui jouait avec ses cheveux la nimbait d'une auréole d'or. La tenue sévère dans laquelle elle semblait vouloir dissimuler sa féminité renforçait l'impression de fragilité qui se dégageait de sa personne.

— Je…, balbutia-t-il, troublé.

Il tenta de cacher son embarras en se versant une nouvelle rasade de lait.

— J'ai acheté un terrain en dehors de la ville. Les travaux avancent lentement, mais j'ai déjà un toit.

— Tu te fais construire une maison ! s'exclama Vanessa.

— Oui, et si tu as envie d'y jeter un coup d'œil, je pourrai t'y conduire un de ces jours.

— Nous verrons, répondit-elle avec circonspection.

— Et si nous y allions tout de suite ? proposa Brady en chargeant le lave-vaisselle.

— C'est-à-dire... Je dois vraiment rentrer.

— Qu'as-tu de si urgent à faire ?

— Je dois m'entraîner.

En se retournant, le corps de Brady frôla celui de la jeune femme.

— Tu peux le faire plus tard.

Tous deux savaient que c'était un défi qu'ils se lançaient. Ils voulaient se prouver que le désir qui les avait animés autrefois était mort et qu'ils pouvaient désormais se côtoyer librement sans réveiller de vieux démons.

— Très bien, je te suis avec ma voiture, ainsi tu n'auras pas à revenir en ville.

— Parfait.

Brady prit la jeune femme par le bras et la conduisit à l'extérieur. Elle prit place au volant de sa Mercedes et suivit le véhicule tout-terrain de Brady. Ils roulèrent environ cinq kilomètres au terme desquels ils empruntèrent une petite voie cahoteuse creusée d'ornières et bordée d'arbres touffus. Un dernier virage en épingle les conduisit devant chez Brady où Kong les accueillit en manifestant bruyamment sa joie.

Brady avait vu grand : sa maison était une belle bâtisse de deux étages percée de hautes fenêtres arrondies desquelles on devait avoir une vue imprenable sur les monts environnants.

Une allée, pour le moment recouverte de gravats mais que Vanessa imaginait aisément pavée et fleurie, menait en pente douce vers un ruisseau dont elle entendait le doux murmure.

— C'est magnifique ! s'écria-t-elle avec enthousiasme. Le site est vraiment exceptionnel !

— Oui, c'est d'ailleurs ce qui m'a poussé à choisir cet endroit.

Il attrapa Kong par son collier pour l'empêcher de

sauter sur Vanessa. La jeune femme se baissa pour le caresser en riant.

— Salut, Kong. Toi aussi tu dois te sentir bien ici, n'est-ce pas ? Tu ne manques pas d'espace.

En regardant Vanessa jouer avec son chien, Brady sentit une petite pointe de tendresse lui vriller le cœur. Il lui tendit la main.

— Viens, je vais te faire visiter la maison.
— Depuis combien de temps ont commencé les travaux ?
— Environ un an.

Ils franchirent en silence un petit pont de bois qui enjambait le ruisseau.

— Regarde où tu mets les pieds, le sol est traître.

Puis, semblant se raviser, il la prit dans ses bras et la porta jusque devant la porte d'entrée. Brady sentait à travers la fine toile de son pantalon les longues jambes fuselées de Vanessa ; celle-ci, de son côté, dut s'avouer qu'elle n'était pas insensible au torse puissant contre lequel elle s'était lovée.

— Toujours aussi galant, n'est-ce pas ?

Ignorant le ton ironique de sa compagne, Brady la déposa délicatement au sol.

Lorsqu'ils pénétrèrent dans l'entrée, une forte odeur de sciure les assaillit. Ce qui allait devenir un salon était jonché de bois de charpente, de sacs de ciment et d'outils de toutes sortes. Une énorme cheminée occupait tout un angle du mur, et un escalier provisoire menait à l'étage.

— Viens, je vais te montrer la cuisine, dit-il en la conduisant dans une pièce contiguë.

La lumière pénétrait à flots par une large baie vitrée située au-dessus de l'évier et qui donnait sur les bois environnants. Le four et le réfrigérateur avaient trouvé leur place dans des niches prévues à cet effet.

— Un couloir voûté, qui rappellera les arcades des fenêtres, mènera à la salle à manger, précisa Brady.

Vanessa s'était perdue dans la contemplation du ciel à travers trois lucarnes en enfilade.

— Cela me semble un projet ambitieux.

— Pour le moment, ce n'est qu'un projet.

Lui prenant de nouveau la main, il l'invita à découvrir le reste du rez-de-chaussée.

— Ici, une salle d'eau, indiqua-t-il en ouvrant une porte. C'est ta mère qui m'a trouvé ce lavabo en porcelaine. Il est en parfait état. Là, poursuivit-il, une espèce de tanière. Tu vois, un endroit douillet où écouter de la musique, lire des livres tranquillement.

Il s'exprimait avec une telle passion, émaillant son discours de détails si précis que Vanessa visualisait parfaitement ce que donnerait cette pièce une fois achevée.

— Te souviens-tu de Josh McKenna ? lui demanda-t-il tout à trac.

— Très bien. Vous étiez inséparables.

— Eh bien, aujourd'hui, il travaille dans une entreprise de construction. C'est lui qui a fait toutes les menuiseries, ici.

— Josh ? s'étonna Vanessa en admirant le travail soigné des rayonnages sur un mur.

— Oui, confirma Brady. Il a dessiné aussi tous les placards de la cuisine et, crois-moi, ils sont superbes. Allons à l'étage à présent, l'escalier est étroit mais solide.

En dépit de son affirmation, Vanessa grimpa les marches avec précaution, se retenant au mur d'une main.

La chambre principale, meublée sommairement d'un matelas posé à même le plancher et d'une armoire, jouxtait une immense salle de bains dans laquelle la baignoire était encastrée dans le sol en carreaux de céramique.

Un pan de mur bleu marine tranchait merveilleusement avec les couleurs pastel qui recouvraient l'ensemble de la pièce. Vanessa s'imagina un instant se prélassant paresseusement dans la baignoire, le regard perdu sur les arbres qui formaient une toile de fond irréelle, magique.

— Tu as bien fait les choses, on dirait.

— Tant qu'à faire... A cet étage, il y a encore deux chambres avec une salle de bains commune et là, je pense installer mon bureau.

Il lui montra une pièce parfaitement circulaire, percée, à espaces réguliers de fenêtres en arcs de cercle qui offraient une vue magnifique sur les bois tout proches.

— J'adore cet endroit ! s'extasia Vanessa. Je crois que je pourrais me contenter de vivre dans cette seule pièce.

— Je suis content que tu ne les aies pas coupés, dit-il en enroulant autour de ses doigts une mèche des cheveux de la jeune femme, ils m'ont tellement fait fantasmer dans mes rêveries nocturnes.

Son regard chercha celui de Vanessa.

— J'ai rêvé de toi si souvent, Van. Pendant des années.

Embarrassée, Vanessa lui tourna précipitamment le dos et s'approcha d'une fenêtre.

— Quand les travaux seront-ils finis ? s'enquit-elle d'un ton qu'elle voulait léger.

— En septembre, j'espère.

Ce n'était pas en pensant à elle qu'il avait choisi les couleurs, les matériaux. Alors comment expliquer que sa présence dans cette maison lui paraissait tout à coup évidente ? Pourquoi éprouvait-il à cet instant précis l'étrange sentiment de l'avoir attendue toute sa vie ?

— Van ?

— Oui ? demanda-t-elle prudemment, attentive à garder ses distances.

Sa gorge était nouée, la paume de ses mains moite. Brady gardant le silence, elle se tourna résolument vers lui et lui dit d'un ton faussement léger :

— C'est vraiment un endroit merveilleux, Brady, et je suis très heureuse que tu me l'aies montré. J'espère que j'aurai la chance de voir ta maison terminée.

Il n'allait pas lui demander de rester. Il préférait ne pas connaître la réponse. Mais ce dont il était sûr, c'est que leur histoire n'était pas terminée et qu'elle avait tourné court malgré eux.

Il la rejoignit d'un pas nonchalant et lut dans ses yeux qu'elle cherchait désespérément un moyen de le fuir.

— Non, s'il te plaît, protesta-t-elle faiblement quand il la prit dans ses bras.

Il ne l'écoutait plus. Tendrement, il posa ses lèvres sur les siennes. Ce simple contact embrasa son corps tout entier. Il la sentait frémissante et il appuya un peu plus son baiser. Ses mains remontèrent lentement le long de ses bras pour caresser tendrement son visage.

Vanessa maudissait sa faiblesse, elle se détestait d'éprouver du plaisir aussi facilement. Plaisir auquel elle s'était fermée depuis si longtemps et qui, à présent, la faisait vibrer de tout son être. Elle plaqua son corps embrasé contre celui de Brady et répondit à son baiser passionnément. Elle redécouvrit le goût de ses baisers, la puissance de ses muscles sous ses doigts. Elle oscillait allègrement entre passé et présent.

Brady songea avec bonheur que Vanessa était restée telle qu'en son souvenir. Des souvenirs qu'il pensait oubliés à jamais affluèrent à son esprit. Souvenirs de frustration, de besoins, d'espoirs. Souvenirs d'une jeunesse volée et envolée.

Tremblant d'une émotion contenue, Brady s'écarta légèrement de Vanessa et, les mains perdues dans sa chevelure soyeuse, il étudia attentivement ce visage dont il connaissait chaque détail par cœur.

Ses sentiments pour elle étaient restés intacts. Elle avait le pouvoir d'effacer d'un simple regard les douze années qui les avaient séparés. La magie de la séduction opérait encore.

— C'est bien ce que je craignais, murmura-t-il.

Il avait besoin de réfléchir, il fallait qu'il garde toute sa raison.

— Tu fais encore battre mon cœur, Van.

— Nous n'aurions pas dû, répliqua la jeune femme, le souffle court. Nous ne sommes plus des enfants, Brady.

— Tu as raison, dit-il en enfonçant les mains dans ses poches.

— Notre romance est terminée depuis si longtemps !

— Manifestement, nous venons de nous prouver le contraire. Peut-être nous faut-il en passer par là pour nous libérer à jamais de notre histoire.

— Je n'ai pas besoin de cela pour m'assurer que tout est fini entre nous, lui dit-elle d'une voix neutre. Il serait vain de vouloir faire revivre le passé.

Brady la fixait, un sourire aux lèvres.

— Je pense, au contraire, que cela pourrait être intéressant.

— La réponse est « non », Brady.

Elle passa devant lui pour emprunter l'escalier mais il la retint par le bras.

— Tu n'avais que seize ans la dernière fois que tu m'as dit non. Et je t'ai aimée pour cette raison aussi, mais aujourd'hui, nous sommes des adultes responsables, Vanessa.

Le cœur de Vanessa cognait dans sa poitrine. Brady n'avait pas perdu son légendaire sens de la formule.

— Cela ne signifie pas pour autant que je doive te céder.

— Certes ! Mais cela signifie que, quel que soit le temps qu'il me faudra, je saurai te faire changer d'avis, Van.

— Décidément, tu es toujours aussi présomptueux !

— J'adore quand mes propos te font sortir de tes gonds, lui dit-il d'une voix enjôleuse. C'est la preuve que j'ai raison.

Et sans lui laisser le temps de riposter, il lui ferma la bouche d'un baiser fougueux.

— Et cette fois, reprit-il posément, je ne te laisserai pas m'échapper. J'en fais le serment.

Au son de sa voix, Vanessa comprit qu'il parlait sérieusement.

— Va au diable ! lui siffla-t-elle au visage avant de lui tourner le dos et de se précipiter vers l'escalier.

Brady la regarda franchir le petit pont en courant et il l'entendit claquer rageusement la portière de sa voiture.

Un sourire de satisfaction flotta sur ses lèvres. Il avait toujours aimé son tempérament de feu.

4

Vanessa martelait les touches de son piano. Sous ses mains tremblantes de rage, elle faisait du thème romantique du premier concerto de Tchaïkovski une interprétation passionnée au travers de laquelle elle donnait enfin libre cours à la colère qu'elle avait contenue devant Brady.

Il n'avait pas le droit de vouloir les replonger dans leur passé. De la forcer à faire face à des sentiments qu'elle avait délibérément enfouis au plus profond d'elle-même et qu'elle savait prêts à resurgir avec plus d'intensité aujourd'hui qu'elle était une femme.

Elle voulait se persuader qu'il n'était rien pour elle, désormais. Rien d'autre qu'un ami d'enfance, une vieille connaissance. Elle refusait de souffrir encore par lui. Et pour rien au monde elle n'accepterait de nouveau de sentir peser le pouvoir qu'il avait jadis sur elle. Ce trouble qu'elle éprouvait, elle se chargerait bien de le chasser au plus vite ! Car si elle devait ne retenir qu'une chose de ce que la vie lui avait enseigné au cours de toutes ces années qu'elle avait exclusivement consacrées à son travail, c'était qu'elle, et elle seule, était responsable de ses sentiments.

Enfin calmée, elle s'arrêta de jouer. Elle ne pouvait pas prétendre avoir retrouvé sa sérénité, mais du moins avait-elle évacué toute la colère et les tensions accumulées.

— Vanessa ?

Loretta se tenait sur le seuil de la porte.

— Je ne savais pas que tu étais à la maison.

— Tu ne m'as pas entendue, je suis arrivée pendant que tu jouais. Tout va bien ? s'enquit-elle d'un air soucieux.

— Oui, oui, affirma Vanessa en repoussant des mèches de cheveux rebelles.

Face à sa mère, elle se sentait redevenir une petite fille rougissante et vulnérable.

— Je suis désolée, je n'ai pas vu le temps passer.

Loretta mourait d'envie de se rapprocher de sa fille et de lisser d'une main maternelle sa longue chevelure soyeuse. Mais, encore une fois, elle se retint de le faire.

— Mme Driscoll est passée me voir au magasin. Elle t'a vue entrer chez les Tucker.

— Toujours un œil de lynx, à ce que je vois, ironisa Vanessa.

— Tu as vu Ham, alors, dit Loretta d'une voix hésitante.

— Oui, confirma-t-elle. Il n'a presque pas changé, et semble en pleine forme.

— Je suis contente que tu sois allée lui rendre visite. Il t'a toujours adorée !

— Je sais.

Vanessa prit une profonde inspiration avant de demander :

— Pourquoi ne m'as-tu pas dit que vous vous fréquentiez ?

Loretta entortilla son collier d'une main nerveuse.

— Je suppose que je ne savais pas comment aborder le sujet. Je pensais que tu... tu te sentirais mal à l'aise avec lui en sachant cela.

— Ou peut-être estimais-tu que cela ne me regardait pas ? rétorqua durement Vanessa.

— Tu te trompes, s'empressa de répondre Loretta. Oh, Van... !

— Après tout, tu n'aurais pas tort, dit Vanessa en enfonçant le clou. Papa et toi étiez divorcés depuis des années avant qu'il ne meure. Tu es donc libre de choisir le compagnon que tu veux.

Loretta ressentit la sentence comme un coup de poignard. Mais s'il y avait des choses dont elle n'était pas fière et qu'elle regrettait, sa relation avec Ham Tucker n'en faisait pas partie.

— Tu as raison, rétorqua-t-elle d'une voix posée. D'ailleurs, j'assume parfaitement ma relation avec Ham et je n'ai pas à en rougir. Nous sommes adultes et, en outre, nous sommes libres.

Elle relevait fièrement le menton, dans une attitude que lui connaissait bien Vanessa.

— Au début, je trouvais bizarre de prendre la place d'Emily car elle était ma meilleure amie, mais j'ai fini par me dire qu'elle était partie et que je ne lui volais rien. Je pense même au contraire que c'est notre amour commun pour elle qui nous a rapprochés, Ham et moi. Et je suis très fière, conclut-elle, qu'il soit entré dans ma vie parce que, pour la première fois, je me sens comprise et épaulée.

Puis, sans un mot, elle tourna les talons et se hâta de regagner sa chambre. Elle était occupée à retirer ses bijoux lorsque Vanessa fit son apparition sur le seuil de la porte.

— Excuse-moi. Je n'ai pas le droit de te critiquer comme je l'ai fait.

Loretta posa bruyamment son rang de perles sur sa coiffeuse.

— Je ne veux pas de tes excuses froides et polies. Tu n'es pas une étrangère, Vanessa. Tu es ma fille, et en tant que telle je préférerais t'entendre hurler ou claquer ta porte comme tu le faisais, adolescente, pour marquer ta désapprobation.

Vanessa entra dans la pièce et remarqua un siège de velours bleu qui correspondait parfaitement à la femme de goût qu'était devenue sa mère.

Ayant retrouvé tout son calme, elle pesa soigneusement ses mots afin de ne pas la froisser de nouveau.

— Je ne t'en veux absolument pas de fréquenter le Dr Tucker. J'admets que la nouvelle m'a surprise, mais je te répète que cela ne me regarde pas.

— Van…

— Non, s'il te plaît, coupa Vanessa, laisse-moi finir.

Quand je suis arrivée ici, je pensais que rien n'aurait changé. Mais je m'étais trompée. Alors, c'est vrai, j'ai du mal à accepter tous ces changements, à accepter que tu puisses poursuivre ta route avec autant de facilité.

— Ça n'a pas été facile, Van.

Vanessa fixa soudain sa mère intensément et lâcha la question qui la taraudait depuis tant d'années.

— Pourquoi m'as-tu laissée partir ?

— Je n'avais pas le choix, répondit simplement Loretta. Et à ce moment-là, je voulais me persuader que c'était la meilleure chose pour toi. Que c'était ce que tu voulais.

— Ce que je voulais ? s'écria la jeune femme amèrement. Personne ne m'a jamais demandé mon avis, que je sache !

— J'ai essayé. Dans chaque lettre que je t'ai envoyée, je te suppliais de me dire si tu étais heureuse ou si tu souhaitais rentrer à la maison. Lorsqu'elles me sont revenues, intactes, j'ai compris quel était ton choix et je n'ai plus insisté.

Livide, refusant de croire ce que sa mère venait de lui apprendre, Vanessa protesta d'une voix à peine audible :

— Tu ne m'as jamais écrit.

— Je t'ai écrit pendant des années, espérant jusqu'à la dernière lettre que tu trouverais la compassion nécessaire pour me répondre au moins une fois.

— Je n'ai jamais reçu ces lettres.

Sans un mot, Loretta alla chercher dans une malle placée au pied de son lit une boîte dont elle retira le couvercle.

— Je les ai toutes gardées, dit-elle en tendant à sa fille une pile de lettres portant l'adresse d'hôtels du monde entier.

Prise de vertiges, Vanessa se laissa tomber sur le bord du lit.

— Il ne te les a pas données, n'est-ce pas ? murmura Loretta.

La gorge nouée, la jeune femme secoua la tête.

— Il m'a même privée de ces petites joies, murmura-t-elle au bord des larmes. Mais pourquoi ? Pourquoi ?

— Peut-être craignait-il que je te détourne de ta

carrière, dit Loretta d'une voix douce visant à apaiser sa fille. C'était sans doute le seul moyen de te protéger et de me punir. Mais il avait tort de croire que j'aurais pu t'empêcher d'atteindre le but que tu t'étais fixé et que tu méritais tellement !

— De quoi voulait-il te punir ?

Loretta ne répondit pas et se mit à arpenter la pièce nerveusement.

— Bon sang ! J'ai le droit de savoir, non ? s'écria-t-elle.

La colère déclencha un spasme douloureux qui la fit se pencher en avant.

— Van, qu'y a-t-il ? s'enquit Loretta d'une voix inquiète en passant une main rassurante dans le dos de sa fille.

— Ce n'est rien, dit-elle, furieuse d'être prise en flagrant délit de souffrance.

— J'appelle Ham, reprit sa mère en se dirigeant vers le téléphone.

— Non ! dit Vanessa en agrippant sa mère par le bras. Ce n'est pas la peine. C'est juste la tension de ces derniers temps, assura-t-elle en tentant de surmonter la douleur.

— Eh bien, ce sera l'occasion de faire un petit bilan. Van, dit-elle en enlaçant tendrement sa fille, tu es si mince !

— Ce n'est pas nécessaire, je t'assure, répéta la jeune femme. Quelques semaines de vacances et j'irai mieux !

— Oui, mais...

— Je sais ce que je ressens et tout va bien, trancha-t-elle.

Blessée par le ton implacable de sa fille, Loretta retira son bras de ses épaules.

— Très bien, n'en parlons plus. Tu n'es plus une enfant.

Butée, Vanessa reprit :

— A présent, je voudrais que tu répondes à ma question : de quoi papa voulait-il te punir ?

— De l'avoir trompé, lâcha Loretta, impassible.

Vanessa n'en croyait pas ses oreilles ! Sa propre mère venait de lui avouer qu'elle avait commis l'adultère.

— Tu as eu un amant ? s'enquit-elle prudemment.

— Oui, admit Loretta. Il y a eu quelqu'un. Peu importe

qui. Nous avons eu une liaison pendant presque un an avant votre départ pour l'Europe.

— Je vois, dit Vanessa d'un air entendu.

Loretta laissa échapper un petit rire cynique.

— Je n'en doute pas une seconde. C'est pourquoi je n'ai pas à m'excuser, ni à me justifier. De plus, j'estime avoir suffisamment payé pour ça !

Vanessa leva sur sa mère un regard interrogateur. Elle était tiraillée entre l'envie de comprendre et celle de condamner.

— Tu l'aimais ? finit-elle par demander.

— Il m'était devenu indispensable. Ce n'est pas la même chose.

— Pourquoi ne l'as-tu pas épousé ?

Loretta réfléchit un instant, sentant la vieille blessure sur le point de se rouvrir.

— Ni l'un ni l'autre nous n'en éprouvions le besoin.

— C'était simplement... physique, risqua Vanessa. Tu as trompé ton mari pour une banale histoire de sexe ?

Sous le coup de l'insulte, Loretta se sentit devenir cramoisie.

— Notre relation ne se limitait pas à cela, dit-elle faiblement. Mais maintenant que tu es une femme, peut-être pourras-tu me comprendre à défaut de me pardonner.

— Non, je ne comprends pas, rétorqua durement Vanessa.

Ce n'était pas la peine de se lamenter sur le passé. On ne pouvait revenir sur ce qui avait été fait.

— Je sors, reprit-elle, j'ai besoin d'air.

Face à sa solitude, Loretta s'assit sur son lit et donna libre cours à ses larmes.

Vanessa conduisit des heures avec pour seul but celui de parcourir cette région qu'elle connaissait si bien. Quelques-unes des vieilles fermes qui émaillaient le paysage avaient été vendues et divisées en parcelles, et de nouvelles constructions prenaient la place de ce qui autrefois avait été d'immenses champs de maïs. Elle éprouva le même pincement au cœur que lorsqu'elle évoquait sa famille éclatée.

Elle repensa à la conversation qu'elle avait eue avec sa mère. Aurait-elle eu la même réaction si l'aveu avait émané d'une autre femme ? Elle en doutait.

Il était déjà tard lorsqu'elle emprunta la voie qui menait chez Brady. Elle ignorait ce qui l'avait guidée jusqu'ici. Le besoin d'être écoutée, de se sentir protégée ?

De la maison éclairée lui parvinrent les aboiements de Kong qui avait entendu sa voiture arriver. Avant même qu'elle ait le temps de frapper, Brady lui ouvrit la porte.

Elle réalisa soudain l'incongruité de la situation.

— Je suis désolée, il est tard.

— Entre, dit-il simplement en lui prenant la main pour la guider à l'intérieur. Tu veux boire quelque chose ?

— Non, merci.

En fait, elle ne savait pas ce qu'elle voulait. Elle jeta un coup d'œil à l'échelle posée contre le mur et nota la fine couche de poussière sur les avant-bras de Brady. Manifestement, elle l'avait interrompu en plein travail.

— Je te dérange.

— Non. J'étais en train de poncer les murs, mais ça peut attendre.

Il alla sortir une canette de bière du réfrigérateur.

— Tu en veux une ?

— Non, merci. Je conduis et je ne peux pas rester longtemps.

Brady but une longue gorgée, se donnant ainsi le temps de chasser l'émotion trop vive que la venue de la jeune femme avait provoquée.

— Tu n'es plus fâchée contre moi ?

Vanessa, frissonnante, se dirigea vers la fenêtre.

— A vrai dire, je ne sais pas. Je ne sais plus, avoua-t-elle honnêtement.

Brady connaissait trop bien ce ton : le même que celui qu'elle utilisait lorsqu'elle venait se réfugier chez eux pour fuir les violentes disputes de ses parents et qui signifiait qu'elle avait besoin d'être réconfortée.

— Raconte-moi ce qui ne va pas, veux-tu ?

Vanessa savait qu'il serait à son écoute. Il l'avait toujours été.

— Je n'aurais pas dû venir, dit-elle en soupirant.

— Tu as bien fait au contraire, lui assura-t-il gentiment.

Vanessa observa son pâle reflet dans la vitre.

— Ma mère m'a dit qu'elle avait eu un amant juste avant que je ne parte pour l'Europe.

Devant le silence de Brady, Vanessa se retourna pour lui faire face.

— Tu étais au courant.

— Pas à ce moment-là.

Voyant le visage décomposé de la jeune femme, il s'approcha d'elle et lui caressa doucement les cheveux.

— Je l'ai appris peu de temps après ton départ, reprit-il. Tu sais comment sont les gens, on ne peut pas les empêcher de jaser.

— Mon père savait, lui aussi, c'est pour cette raison qu'il m'a éloignée d'elle et qu'elle n'a pas voulu venir avec nous.

— J'ignore ce qui s'est passé entre tes parents, Van. Mais si tu as besoin de réponses, c'est à ta mère qu'il faut les demander.

— Je ne sais pas quoi lui dire, je ne sais pas par quoi commencer. Mon père non plus ne m'a parlé de rien durant toutes ces années.

Pas étonnant, se dit Brady en se gardant bien de livrer ces réflexions à la jeune femme.

— Que t'a dit ta mère sur cette liaison ?

— Qu'elle n'aimait pas cet homme, que c'était purement physique, répondit-elle froidement.

— Eh bien, il ne nous reste plus qu'à la tondre et à l'exhiber dans les rues de la ville, riposta Brady.

— Ce n'est pas drôle, Brad ! s'indigna Vanessa. Elle a trahi mon père, elle a détruit la famille que nous formions !

— C'est vrai, admit-il. Mais connaissant un peu Loretta, je suppose qu'elle avait de bonnes raisons de le faire.

Il posa sur Vanessa un regard plein de sagesse.

— Cela m'étonne que tu ne te sois pas interrogée à ce sujet.

— Mais comment oses-tu défendre l'adultère ! s'emporta-t-elle.

— Je ne défends pas l'adultère, mais les choses ne sont jamais aussi simples qu'on le croit, Van. Et je pense que lorsque ta colère et ton ressentiment seront tombés, tu devrais en parler avec elle.

— C'est facile pour toi ! Tes parents se sont toujours adorés. Mais qu'aurais-tu ressenti si l'un d'eux s'était conduit de la sorte ?

— La même chose que toi, j'imagine, dit-il en posant sa canette sur la table basse. Viens contre moi, ajouta-t-il d'une voix pleine de douceur.

Vanessa ne se fit pas prier et, les larmes aux yeux, vint se blottir contre son compagnon. Il l'enveloppa de ses bras rassurants tout en lui caressant le dos d'un doigt léger. Il posa doucement ses lèvres sur ses cheveux et s'enivra des senteurs mêlées de parfum et de grand air qui s'en dégageaient.

Vanessa s'abandonna entièrement aux gestes affectueux de Brady. Il semblait si solide à présent ! Comment le jeune adolescent rebelle, insouciant, avait-il pu devenir un homme aussi responsable, aussi rassurant ? s'interrogea-t-elle. Il lui donnait sans même qu'elle demande.

Les yeux fermés, elle songeait qu'il serait délicieusement facile de retomber amoureuse de lui.

— Tu te sens mieux ? lui demanda gentiment Brady.

Elle sortit lentement de la douce torpeur dans laquelle les caresses et les battements de cœur de Brady, à l'unisson avec les siens, l'avaient plongée.

Elle leva les yeux sur lui et lut dans son regard une détermination et une volonté qu'elle ne lui connaissait pas jusqu'à présent.

Ignorant sa question, elle lui dit :

— Je n'arrive pas à savoir si tu as changé ou si tu es resté le même.

— Un peu des deux probablement, répondit-il, distrait par le parfum dont il se grisait. Je suis heureux que tu sois revenue, Van.

— A vrai dire, ce n'était pas mon intention. Quand je suis venue tout à l'heure, j'étais en colère car tu as fait resurgir des souvenirs que j'aurais préféré garder enfouis.

Ce regard ! songeait Brady, il fallait qu'elle cesse de l'envelopper de ce regard qui l'avait toujours fait chavirer, sans quoi, il ne répondrait de rien.

— Van, tu devrais vraiment essayer de régler tes problèmes avec ta mère. Veux-tu que je te reconduise chez toi ?

— Je n'ai pas envie de rentrer à la maison ce soir, dit-elle, surprise par sa propre audace. Je voudrais rester ici avec toi.

La demande de la jeune femme plongea Brady dans un tourbillon d'émotions douloureuses. D'un geste lent, il se libéra de l'étreinte de Vanessa et s'écarta légèrement d'elle.

— Ce n'est pas une bonne idée, Vanessa, dit-il en grimaçant un sourire forcé.

— Ce n'est pas ce que tu semblais penser, il y a quelques heures. Ce n'étaient que des paroles en l'air, si j'ai bien compris ? riposta-t-elle en se levant précipitamment, tout à coup soucieuse de mettre de la distance entre eux.

La colère que ces insinuations avaient déclenchée chez Brady retomba aussitôt et c'est d'une voix calme qu'il répliqua :

— Tu as toujours su trouver les mots qu'il faut, n'est-ce pas ?

— Contrairement à toi, rétorqua la jeune femme d'un ton cinglant.

Brady s'approcha lentement d'elle et glissa ses mains sous sa lourde chevelure, enserrant son cou gracile.

— Tu cherches à me provoquer, Vanessa ? lui dit-il

d'une voix rauque. Ne va pas trop loin, je pourrais te prendre au mot.

Une onde d'excitation parcourut la jeune femme. Depuis l'instant où elle l'avait revu, elle s'était demandé comment serait l'amour avec lui.

— Je voudrais bien voir cela !

Brady observait Vanessa, le menton fièrement relevé, ses yeux jetant des éclairs, ses lèvres entrouvertes en une moue boudeuse et sensuelle ; un violent désir de la prendre le submergea. Il avait passé des heures à refouler ces images de son esprit, mais l'attitude provocante de Vanessa pourrait balayer en une seconde ses bonnes résolutions. Dans une dernière tentative de défense, il s'éloigna d'elle de quelques pas.

— Ne me pousse pas à bout, Vanessa.

— Si tu n'as pas envie de moi, pourquoi... ?

— J'ai envie de toi ! hurla-t-il. Bon sang ! Cette envie me hante depuis mes dix-huit ans et ne m'a jamais quitté ! Tu es contente à présent ?

Bouleversée par cet aveu, Vanessa fit un pas vers lui.

— N'approche pas ! ordonna-t-il. Surtout, n'approche pas !

Il but une longue gorgée de bière et, semblant avoir recouvré son calme, ajouta d'une voix neutre :

— Tu peux prendre mon lit. Je dormirai sur le canapé.

— Pourquoi, Brady ? insista la jeune femme.

— Parce que ce n'est pas le bon moment, Van. Ce soir tu ne sais pas où tu en es. Tu es perdue, malheureuse, furieuse contre ta mère. Tu m'en voudrais d'avoir profité de la situation.

Il avait raison. Il avait toujours raison.

— Décidément, ça n'est jamais le bon moment pour nous, n'est-ce pas ?

— Ça le sera un jour, affirma-t-il d'une voix assurée en prenant son visage entre ses mains. Tu devrais aller te coucher, à présent.

La gorge nouée d'émotions confuses, Vanessa se dirigea

vers l'escalier. Avant de gravir les marches, elle se retourna vers Brady et lui lança :

— Je regrette que tu sois un homme aussi bien.

— Moi aussi, plaisanta-t-il.

Elle lui adressa un faible sourire.

— Non, pour ce soir tu as eu raison. Je suis désolée parce que cela m'a rappelé à quel point je t'aimais. Et pourquoi.

Brady regarda la jeune femme disparaître dans l'escalier.

— Merci, murmura-t-il, maintenant je suis sûr de passer une nuit blanche.

Vanessa, enroulée dans les draps de Brady, écoutait le ronflement régulier de Kong qui avait déserté la compagnie de son maître et dormait paisiblement au pied de son lit.

Serait-elle allée au bout de sa proposition ? se demandait-elle honnêtement à la faveur de l'obscurité profonde qui régnait dans la pièce. Une partie d'elle-même, aiguisée par la curiosité et par ces longues années d'abstinence, mourait d'envie de céder à l'appel de ses sens. L'autre partie, espèce d'instinct de survie, lui dictait en revanche de se tenir à l'écart, de ne plus se jeter inconsidérément à la tête de Brady.

Pourquoi avoir voulu provoquer ce qu'elle avait si violemment rejeté quelques heures auparavant ? Cela n'avait aucun sens.

Brady avait toujours eu le don de l'embrouiller, de lui faire perdre tout bon sens. Mais seule dans ce grand lit où elle tentait vainement de trouver le sommeil, sa frustration était tempérée par de la gratitude à son égard : il la comprenait mieux qu'elle ne se comprenait elle-même.

Durant toutes ces années passées à voyager, aucun des hommes qui avaient croisé sa route n'était parvenu à faire sauter les interdits qui verrouillaient solidement ses émotions.

Le seul qui possédait ce pouvoir était Brady. Qu'était-elle supposée faire maintenant ?

Si les choses en restaient là et qu'ils demeuraient bons amis, elle pourrait envisager, sereinement et sans souffrance, de reprendre sa carrière lorsqu'elle se sentirait prête à le faire. Mais si elle décidait de devenir la maîtresse de Brady, son souvenir la hanterait jusqu'à la fin de ses jours. En outre, même si par le passé elle avait souffert par sa faute, elle ne voulait à aucun prix le blesser.

Elle connaissait trop la souffrance pour vouloir l'infliger à quiconque. Cette peine immense qui vous submerge et vous noie quand l'être aimé finit par vous ignorer.

Elle épargnerait à Brady le mal qu'il lui avait fait.

Ne pas céder, ne plus s'offrir, serait le plus grand service à lui rendre. Elle ne deviendrait pas sa maîtresse. Ni celle d'aucun homme, d'ailleurs, se dit-elle avec amertume. Elle avait sous les yeux l'exemple de sa mère, qui, en cédant à ses pulsions, avait gâché trois vies. Vanessa savait que, malgré les apparences, son père avait été profondément malheureux. Il n'avait jamais pardonné à sa femme de l'avoir trahi. Pour quelle autre raison lui aurait-il caché les lettres de Loretta, pour quelle autre raison n'aurait-il plus jamais prononcé son nom ?

Vanessa se recroquevilla, sous l'emprise de la douleur qui, au fil de son introspection devenait, plus aiguë. Elle se fit la promesse d'essayer d'accepter, à défaut de comprendre, les choix que sa mère avait faits.

Enfin apaisée, elle ferma les yeux et attendit le sommeil.

Vanessa se réveilla au bruit de la pluie qui crépitait sur le toit. Encore tout engourdie de sommeil, elle se laissa bercer quelques instants par la douce musique. Le chien avait quitté la pièce, il était temps pour elle de faire de même. Elle aurait aimé se prélasser dans un bon bain mais la voix de la sagesse lui souffla de prendre une douche rapide. Dix minutes plus tard, elle descendait l'escalier, ragaillardie.

Un sourire attendri flotta sur les lèvres de la jeune

femme à la vue de Brady, entortillé dans un sac de couchage, le visage enfoui dans un oreiller ridiculement petit. Kong, assis à son chevet, attendait patiemment qu'il se réveille. Lorsqu'il vit arriver Vanessa, il manifesta sa joie en aboyant bruyamment et en léchant joyeusement le visage de son maître.

Brady se réveilla en jurant, détournant de lui, à coups de petites tapes, la truffe trop affectueuse de son chien.

— Couché, Kong ! grogna-t-il.

Nullement intimidé par le ton de Brady, l'animal sauta sur le lit qu'il ne daigna quitter que lorsque Vanessa lui ouvrit la porte d'entrée. Il bondit alors à l'extérieur, tout heureux d'aller patauger sous la pluie.

Brady se redressa, dévoilant son torse nu et musclé, et fronça les sourcils à l'adresse de Vanessa.

— Comment diable fais-tu pour paraître déjà aussi fraîche ?

Troublée par la semi-nudité de son compagnon, Vanessa concentra toute son attention sur son visage. Elle le trouvait encore plus séduisant, mal réveillé.

— Je me suis permis d'utiliser ta douche, j'espère que ça ne te dérange pas, dit-elle pour cacher son embarras.

Brady grommela quelque chose qu'elle ne comprit pas mais elle se força néanmoins à lui sourire. Elle se sentait si mal à l'aise qu'elle remercia le ciel qu'il ne soit pas venu la rejoindre cette nuit !

— J'ai beaucoup apprécié le calme de ta chambre, Brady. Vraiment. Et pour te remercier de ton hospitalité, laisse-moi te préparer un bon café !

Sans lui laisser le temps de répliquer, elle se précipita dans la cuisine où elle finit par trouver un récipient de verre et un filtre en plastique qu'elle ne savait trop comment utiliser.

— Je crains de m'être un peu trop avancée, lui cria-t-elle, penaude.

— Mets de l'eau à chauffer. J'arrive.

Reconnaissante d'avoir quelque chose à faire, elle alla remplir la bouilloire d'eau.

— Je suis vraiment désolée, dit-elle. J'ai mal agi hier et tu as été très…

Elle l'entendit se lever et enfiler son pantalon.

— Stupide, acheva-t-il en la rejoignant. J'ai agi de façon stupide. Et j'aimerais que nous n'en parlions plus.

Elle lui caressa tendrement la joue mais il darda sur elle un regard si noir qu'elle retira prestement sa main.

— Je me suis conduite de façon puérile. Ma mère a dû s'inquiéter, tu aurais dû me mettre à la porte.

— Je l'ai appelée lorsque tu es montée te coucher.

Vanessa fixa le bout de ses chaussures.

— Tu es beaucoup plus attentionné que moi.

Brady feignit de ne pas entendre. Il ne voulait pas de sa gratitude, ni de ses remerciements. Il lui tendit un filtre en papier.

— Tu le mets dans le cône en plastique et tu places celui-ci sur le pot de verre. Six cuillerées de café et tu passes avec l'eau chaude. C'est bon, tu as compris ?

— Oui.

— Parfait ! Je te laisse, j'en ai pour une minute.

Quel homme exaspérant ! songeait Vanessa en le regardant gagner l'escalier. Qui pouvait se montrer adorable à certains moments et exécrable à d'autres. Mais n'était-ce pas ce qui l'attirait chez lui ? En outre, il y avait bien longtemps qu'elle avait cessé de croire au prince charmant, en tout point parfait.

Elle retourna à sa tâche et s'appliqua à mettre la dose exacte de café dans le filtre. Elle aimait l'arôme puissant qui se dégageait de la poudre brune. Mais ce plaisir lui était désormais interdit.

Elle était en train de verser consciencieusement l'eau brûlante sur le café lorsque Brady réapparut. Il paraissait avoir retrouvé sa bonne humeur, aussi lui adressa-t-elle un sourire qui se voulait amical.

— Tu as battu tous les records de vitesse ! s'écria-t-elle en désignant ses cheveux encore mouillés.

— J'ai appris à faire les choses dans l'urgence à l'époque où j'étais interne. Je vais nourrir Kong, il doit mourir de faim, dit-il en la plantant là de façon abrupte.

Lorsqu'il revint, le café était presque complètement passé.

— Je me souviens d'avoir vu la même cafetière chez vous.

— Oui, ma mère disait que c'est ainsi qu'on obtient le meilleur café.

— Brady, je n'ai pas encore eu l'occasion de te dire à quel point je suis désolée pour ta mère. Je sais combien elle et toi étiez liés.

Un voile assombrit le visage de Brady.

— Elle m'a toujours protégé, même si à plusieurs reprises, je ne le méritais pas, mais j'imagine que toutes les mères sont ainsi, conclut-il en fixant Vanessa dans les yeux.

Mal à l'aise, la jeune femme détourna le regard.

— Je crois que c'est prêt, annonça-t-elle.

Brady alla chercher deux tasses et lui en tendit une.

— Non, merci. Je ne bois plus de café depuis des années.

— En tant que médecin, je ne peux que t'en féliciter mais en tant qu'être humain, j'ai du mal à le comprendre, dit-il en remplissant sa tasse.

Vanessa regarda avec tendresse de petites gouttes d'eau perler à ses cheveux et elle lui adressa un sourire attendri.

— Bien, je vais te laisser. Je dois partir à présent.

De son bras tendu, il lui barra le passage. Son regard, à présent radouci, avait détecté les signes de fatigue sur le visage de Vanessa.

— Tu as eu un sommeil agité, n'est-ce pas ?

— Autant que toi, j'imagine.

— J'aimerais que tu fasses quelque chose pour moi.

— Si je peux…

— Rentre chez toi, couche-toi et essaie de dormir au moins jusqu'à midi.

— Je pense que c'est de mon ressort.

— Et si ces vilains cernes n'ont pas disparu d'ici quarante-huit heures, je te préviens, j'alerte immédiatement mon père.

— Quel discours !

Brady repoussa sa tasse et attira la jeune femme contre lui.

— Il me semble que tu m'as reproché mon manque d'à-propos, hier soir.

Prisonnière de l'étreinte de Brady, Vanessa se raidit, l'esprit en alerte.

— Ce n'étaient que des paroles en l'air destinées à te provoquer, se défendit-elle.

— Tu as réussi, répliqua-t-il en la plaquant plus fermement contre lui.

— Brady, ce n'est pas le moment, je dois y aller.

— Très bien. Alors embrasse-moi.

— Je n'en ai pas envie, se rebiffa Vanessa en relevant le menton.

— Si, tu en as envie, murmura-t-il, les lèvres sur celles de la jeune femme. Mais tu as peur.

— De toi, peut-être ? riposta-t-elle crânement.

— Non. Pas de moi, de toi.

— C'est ridicule !

— Eh bien, prouve-le.

Ivre d'une rage contenue, elle se pencha vers lui avec l'intention de lui donner un baiser bref, dépourvu de toute chaleur. Mais à peine leurs lèvres se joignirent-elles, que son corps s'embrasa. La bouche de Brady était douce et chaude sur la sienne. Sa langue dessina le contour de sa bouche, puis elle força le barrage de ses dents pour devenir plus audacieuse, plus tentatrice.

Le souffle court, Vanessa promena des doigts légers sur le torse encore humide de Brady qui, à présent, mordillait doucement ses lèvres, se grisant de leur goût fruité. Prudemment, délibérément, il posa ses mains sur le comptoir, conscient que rien ne pourrait arrêter le feu qui le brûlait s'il touchait la moindre parcelle de peau de Vanessa.

Elle viendrait à lui. Il s'en était fait la promesse durant la nuit. Pas en souvenir de leur passé commun, pas par vengeance, mais parce qu'elle le voudrait.

Lentement et pour rester maître de ses émotions, il libéra la jeune femme de l'étreinte qui la retenait prisonnière.

— Je veux te voir ce soir, Van.

— Je ne sais pas, répondit-elle encore tout étourdie.

— Très bien. Réfléchis et passe-moi un coup de fil quand tu auras pris ta décision.

Aveuglée par la colère, Vanessa ne vit pas les doigts de Brady serrés sur sa tasse et qui trahissaient l'anxiété qui le rongeait à ce moment précis.

— Je ne joue pas à ce petit jeu, Brady.

— Ah oui ? Et que fais-tu alors ?

— J'essaie simplement de survivre, lâcha Vanessa d'une voix tremblante.

Elle attrapa son sac et se précipita dehors.

5

Vanessa n'aspirait plus qu'à aller se perdre dans le sommeil lorsqu'elle arriva chez elle. Ainsi, elle chasserait les fantômes du passé, se bercerait d'une musique d'ambiance, et, avec la volonté qui la caractérisait, parviendrait à rattraper la nuit blanche qu'elle venait de passer. Une fois reposée, elle aurait l'esprit plus clair et trouverait sans mal les mots à dire à sa mère. Mais ces quelques heures de sommeil suffiraient-elles à l'éclairer sur ses sentiments à l'égard de Brady ?

Elle en doutait.

Elle s'apprêtait à rentrer lorsqu'une voix la fit se retourner. C'était Mme Driscoll qui, protégée par un immense parapluie et pressant contre elle son sac et une pile de courrier, se dirigeait vers elle d'une démarche pesante. Vanessa alla à sa rencontre en souriant.

— Madame Driscoll ! Quel plaisir de vous revoir.

La vieille dame scruta Vanessa de ses petits yeux plissés.

— J'ai entendu dire que tu étais de retour. Je suis contente de te voir, mais dis-moi, tu n'es pas bien épaisse !

Eclatant de rire, Vanessa se pencha vers elle et embrassa la joue parcheminée de son ancienne institutrice. La même bonne odeur de lavande émanait d'elle.

— Vous, en revanche, vous avez l'air en pleine forme !

— C'est que je fais attention à moi. Quand je pense que ce gredin de Brady, qui se prétend médecin, veut que je marche avec une canne ! Tiens-moi ça, dit-elle d'un ton autoritaire à Vanessa en lui tendant son parapluie.

Puis elle ouvrit son sac et y fourra son courrier en tentant avec entêtement de garder son équilibre. Le temps maussade accentuait ses vieilles douleurs mais elle adorait se promener sous la pluie.

— Il était temps que tu reviennes au pays, grommela-t-elle. Tu vas rester chez nous ?

— Eh bien, je n'ai pas…, commença Vanessa.

— Il est temps aussi que tu te préoccupes un peu de ta mère, coupa la vieille dame. Je t'ai entendue jouer du piano hier en allant à la banque, mais je n'ai pas pu m'arrêter.

— Voulez-vous entrer boire une tasse de thé ? s'enquit poliment Vanessa.

— Je n'ai pas le temps. Tu joues vraiment bien, Vanessa.

— Merci.

Lorsque Mme Driscoll lui reprit le parapluie des mains, Vanessa crut qu'elle allait enfin être débarrassée d'elle, mais c'était mal la connaître !

— Une de mes petites-nièces prend des leçons de piano à Hagerstown. Mais c'est trop loin et ça coûte trop cher à sa mère. Pour le résultat qu'elle en a ! Maintenant que tu es de retour, tu pourrais peut-être t'en occuper ?

— Mais je…, balbutia Vanessa, prise de court.

— Elle a pris quelques heures de cours et sait jouer à peu près correctement *Vive le vent*.

— C'est très bien, décréta Vanessa qui commençait à être sérieusement trempée. Mais si elle a déjà un professeur…

Semblant ne pas tenir compte des arguments de Vanessa, Mme Driscoll poursuivit, intarissable :

— Elle habite à deux pas d'ici, elle pourrait venir à pied, ça laisserait à sa mère le temps de souffler un peu. Lucy, c'est ma nièce, la cadette de mon frère, elle attend un autre bébé, elle doit accoucher le mois prochain. C'est un garçon. Heureusement : il n'y a que des filles, dans cette famille !

— Ah !

— Ce ne serait pas prudent de faire tout ce chemin jusqu'à Hagerstown, tu comprends ?

— Oui, bien sûr, mais…

— Allons, tu dois bien avoir une heure de liberté dans la semaine, n'est-ce pas ?

Exaspérée, ne sachant comment se sortir d'une telle impasse, Vanessa passa une main impatiente dans ses cheveux.

— En effet, je…

Violet Driscoll l'interrompit brutalement pour saisir la balle au bond.

— Pourquoi pas aujourd'hui, alors ? Le bus la dépose à 15 h 30, elle peut être chez toi à 16 heures.

« Il faut que je me montre plus ferme », se dit Vanessa.

— Madame Driscoll, j'aimerais beaucoup vous aider, mais je n'ai jamais donné de cours.

La vieille dame plissa de nouveau ses petits yeux sombres.

— Tu sais jouer, n'est-ce pas ?

— Oui, mais…

— Dans ce cas, tu devrais être capable de montrer à quelqu'un comment faire. Tu verras, Annie est intelligente, tu devrais y arriver sans problème.

— Je ne doute pas qu'Annie…

— Je te paierai dix dollars de l'heure.

Tandis que Vanessa cherchait désespérément une échappatoire, un large sourire de satisfaction éclaira le visage de Mme Driscoll. Elle poursuivit son monologue :

— Tu as toujours été une bonne fille, bien élevée. Pas comme ce vaurien de Brady. N'empêche, je l'aime bien lui aussi. Eh bien, c'est dit, je veillerai à ce qu'Annie soit là à 16 heures.

Interdite, Vanessa la regarda s'éloigner sous son grand parapluie, avec le sentiment désagréable de s'être laissé, une fois de plus, rouler dans la farine.

Des leçons de piano ! Comment avait-elle pu se laisser embarquer là-dedans ? se demanda-t-elle, furieuse contre elle-même.

Elle pressa le pas vers la maison mais abandonna toute idée d'aller se coucher. Si elle devait affronter une virtuose en herbe, mieux valait qu'elle s'y prépare. En outre, cela lui éviterait de trop réfléchir.

Elle se rendit dans le salon de musique, espérant que sa mère avait gardé quelques-uns de ses vieux livres de cours. Elle retrouva dans un des tiroirs du meuble de rangement une partition qu'elle jugea inappropriée à une jeune débutante. A mesure que ses doigts fouillaient dans les papiers, elle brûlait de l'envie de se mettre au clavier.

Elle trouva enfin ce qu'elle cherchait dans le dernier tiroir du meuble. Légèrement cornés, mais soigneusement empilés, il y avait là tous les manuels d'apprentissage de son enfance. Un sentiment de nostalgie lui noua la gorge. Elle s'assit sur le sol et, jambes croisées, se mit à les feuilleter, se replongeant complaisamment dans son passé.

Elle se souvenait de ses toutes premières leçons et des heures consacrées aux exercices de doigté et à ses gammes. Avec quelle émotion grisante elle avait découvert le pouvoir magique de transformer de banales notes de musique en mélodies merveilleuses !

Vingt ans s'étaient écoulés depuis son premier cours, dispensé par son père. Il lui avait tout appris, et très vite elle s'était montrée une élève douée et volontaire. Comme elle avait été fière le jour où, pour la première fois, il l'avait félicitée ! Il était si avare de compliments qu'elle avait eu envie de se surpasser encore plus.

Emue, Vanessa poussa un profond soupir et alla inspecter de nouveau le tiroir. Si Annie prenait des cours depuis un an, cela signifiait qu'elle avait dépassé le niveau débutant. C'est alors qu'elle tomba sur l'album dans lequel sa mère conservait précieusement tout ce qui concernait sa fille. Un sourire aux lèvres, elle ouvrit la première page.

Les premiers clichés la représentaient, assise à son piano. Vanessa ne put réprimer un éclat de rire en revoyant la petite fille modèle qu'elle était alors, en socquettes d'un blanc immaculé, les cheveux tirés en une queue-de-cheval impeccable. Suivaient, dans l'ordre chronologique, des photos de son premier récital, puis celles de ses premiers prix. Elle retrouva avec émotion les récompenses qui ornaient jadis les murs de sa chambre et des coupures de presse vantant les concours régionaux, puis nationaux brillamment remportés par l'enfant du pays. Sous l'emprise d'une terreur irraisonnée, elle avait supplié son père de la laisser faire machine arrière, mais il s'était montré inflexible : une grande pianiste devait apprendre à vaincre sa peur. Et elle avait gagné !

L'album regorgeait de photos, d'entrefilets ou d'articles plus conséquents qu'elle n'avait, pour la plupart, jamais vus. Toute sa vie s'étalait là, sous ses yeux, à travers ces reliques pieusement conservées par sa mère dans cet album.

Qu'était-elle censée en conclure ? s'interrogea-t-elle, en proie à la plus vive émotion. Que penser de cette mère dont elle croyait qu'elle l'avait oubliée mais qui lui avait obstinément écrit pendant des années, se refusant à renoncer bien que ses lettres soient restées sans réponse. Qui avait suivi la carrière de sa fille pas à pas, bien que celle-ci l'ait écartée de sa vie. Et qui, après tant d'années de silence, lui avait ouvert sa porte sans lui poser la moindre question.

Mais pourquoi dans ce cas l'avoir laissée partir sans un mot, sans se battre pour la retenir ?

« Je n'avais pas le choix », lui avait-elle avoué. Qu'avait-elle voulu dire ? Pourquoi son père avait-il empêché toute relation avec elle ?

Il fallait qu'elle sache. Aujourd'hui. Elle se releva et sans prendre la peine de rassembler les papiers éparpillés sur le sol, partit en toute hâte à la recherche de sa mère.

La pluie avait cessé, cédant la place à un pâle soleil qui tentait timidement de percer les nuages. Vanessa stoppa sa voiture devant le magasin d'antiquités, charmante maison de deux étages à la sortie de la ville. Une enseigne en arc de cercle placée au-dessus de l'entrée précisait le nom de la boutique.

Vanessa poussa la grille du jardin dans lequel se trouvait un joyeux mélange hétéroclite : un vieux traîneau aux armatures métalliques rutilantes côtoyait un vieux fût de bois qui débordait de pétunias mauves et roses et des banquettes anciennes recouvertes de tissus aux couleurs chatoyantes avaient été disposées de part et d'autre de l'entrée. Lorsqu'elle ouvrit la porte, les clochettes d'un carillon tintèrent joyeusement, annonçant sa venue.

— Celui-ci date du XIXe siècle, entendit-elle sa mère expliquer à un client. Aux environs de 1860. C'est l'un de mes plus beaux meubles. Je l'ai fait restaurer par un artisan avec lequel j'ai l'habitude de travailler et qui fait un travail remarquable. D'ailleurs, je vous laisse admirer la facture.

Vanessa écoutait la conversation d'une oreille distraite, préférant fixer son attention sur les innombrables trésors que recelait l'endroit. D'exquises petites coiffeuses étaient recouvertes de porcelaines, de statuettes, de flacons de parfum de verre ciselé, de gobelets en argent. Le bois brillait, le cuivre rutilait, le cristal étincelait, des senteurs aux parfums subtils s'échappaient de pots-pourris placés aux quatre coins de la pièce.

Il se dégageait de l'endroit une chaleureuse atmosphère qui donnait l'impression de se trouver dans une maison plutôt que dans un magasin.

— Vous verrez, continuait Loretta en pénétrant dans la pièce principale, vous ne le regretterez pas, vous allez être enchantés de votre acquisition. Et si ce n'est pas le cas, je suis disposée à vous reprendre le tout. Oh, Vanessa ! s'exclama-t-elle en apercevant sa fille. Monsieur Peterson, je vous présente ma fille Vanessa. M. Peterson vient de Montgomery.

— De Damascus, précisa le vieil homme. Mon épouse et moi venons d'acheter une vieille ferme. Nous avons repéré cette salle à manger il y a quelques semaines, et j'ai eu envie de lui en faire la surprise.

— Je suis sûre qu'elle va l'adorer, dit Loretta en prenant la carte de crédit que lui tendait son client.

Vanessa admira en silence les talents de négociatrice de sa mère.

— Bien que votre magasin soit admirablement situé, je vous garantis un franc succès si vous en ouvrez un dans notre comté.

— Je me plais ici, dit Loretta en lui tendant son ticket de caisse. J'y ai toujours vécu, vous savez.

— Je vous comprends, c'est une ville charmante. En tout cas, sachez que nos amis vont se presser chez vous lorsqu'ils auront vu notre acquisition.

Loretta lui adressa un petit sourire.

— Aurez-vous besoin d'aide lorsque vous viendrez en prendre livraison ?

— Non, je vous remercie, mais je pense pouvoir trouver quelques amis, prêts à me donner un coup de main. Au revoir, madame Sexton.

— Au revoir, monsieur Peterson.

Il se tourna vers Vanessa, souriant.

— Au revoir, mademoiselle. J'ai été ravi de vous rencontrer. Vous avez une mère épatante ! ajouta-t-il, enthousiaste.

— Merci.

— Ne vous dérangez pas, je connais le chemin, dit-il en se dirigeant vers la sortie.

Puis, semblant se raviser, il s'arrêta net et se retourna vers les deux femmes.

— Vanessa Sexton ! s'exclama-t-il, réalisant soudain à qui il avait affaire. Vous êtes la pianiste Vanessa Sexton ! Mais bien sûr ! J'ai assisté à votre concert à Washington la semaine dernière. Vous avez été sublime !

— Je suis ravie que vous ayez apprécié, rétorqua Vanessa, embarrassée.

— Ça alors ! Si je m'attendais à une rencontre pareille ! Ma femme est folle de musique classique, c'est une de vos plus ferventes admiratrices. Elle ne va jamais me croire quand je lui dirai que je vous ai rencontrée ! Vous voulez bien lui signer un autographe ? s'enquit-il en sortant de sa serviette un agenda en cuir. Elle s'appelle Melissa.

— Bien sûr, acquiesça Vanessa.

— Si on m'avait dit que je rencontrerais quelqu'un comme vous dans un endroit pareil ! poursuivait inlassablement M. Peterson.

— Je suis née et j'ai grandi ici.

— Je suis prêt à parier que ma femme va venir vous rendre une petite visite d'ici peu de temps, répliqua-t-il en adressant un clin d'œil complice à Vanessa. Encore merci, madame Sexton, dit-il en reprenant le chemin de la sortie.

— De rien, et soyez prudent surtout, lui dit-elle en le regardant franchir la porte.

Une fois qu'elles furent seules, Loretta se tourna vers Vanessa.

— C'est assez troublant de voir sa propre fille signer des autographes.

— C'est le premier que je signe dans ma ville natale, précisa la jeune femme.

Elle prit une profonde inspiration avant de poursuivre.

— Ta boutique est ravissante. Cela doit te demander beaucoup de travail, non ?

— Oui, mais j'adore ce que je fais. Au fait, je suis désolée d'avoir dû quitter la maison très tôt ce matin, mais j'avais une livraison importante à réceptionner.

— Ne t'en fais pas pour ça.

Loretta rangea dans un coin le chiffon doux avec lequel elle époussetait ses meubles.

— Veux-tu que je te fasse faire le tour des lieux ?

— Oui. Oui, bien sûr.

Loretta passa devant sa fille et la guida dans la pièce voisine.

— Voici la salle à manger que ton admirateur vient d'acquérir.

Elle lui désigna une magnifique table en acajou, assortie de chaises finement ouvragées.

— Avec les trois rallonges, on peut aisément tenir à douze convives. Le buffet et la table roulante sont vendus avec.

— C'est très beau, dit Vanessa avec sincérité.

— J'ai enlevé le tout dans une vente publique il y a quelques mois. Ce mobilier appartenait à la même famille depuis plus d'un siècle, je trouve triste qu'ils aient dû s'en défaire. C'est pour cette raison que je suis heureuse de les vendre à des gens qui sauront les apprécier à leur juste valeur et qui en prendront soin comme ils le méritent.

Loretta dirigea ensuite sa fille vers une élégante vitrine de laquelle elle sortit un verre de cristal bleuté.

— Je l'ai déniché dans un marché aux puces, enfoui au fond d'une boîte. Quant à ces salières, elles sont françaises et seul un collectionneur averti pourra me les enlever.

— Comment sais-tu autant de choses ? s'étonna Vanessa, admirative.

— J'ai beaucoup appris en travaillant ici, mais aussi en chinant dans d'autres magasins. J'ai assisté à de nombreuses ventes aux enchères et j'ai lu des manuels spécialisés. J'ai également su tirer parti des erreurs commises et, crois-moi, quelques-unes d'entre elles m'ont coûté assez cher pour que je m'en souvienne et que je ne les reproduise plus, dit-elle en riant. A présent, je me débrouille et je parviens même à réaliser quelques très bonnes affaires.

— Tu as de si jolis objets ! s'extasia Vanessa. Oh ! comme c'est charmant ! dit-elle en prenant avec précaution un coffret à bijoux.

— C'est de la porcelaine de Limoges. J'essaie d'en avoir toujours quelques pièces en réserve et peu importe que ce soient des objets anciens ou neufs.

— Je comprends. Je possède moi-même une petite collection qui me suit partout et qui donne un air familier aux suites impersonnelles que j'ai l'habitude de fréquenter.

— Alors, fais-moi plaisir. Prends cette boîte.

— Non, je ne peux pas accepter.

— S'il te plaît, Vanessa, dit Loretta en mettant la porcelaine dans les mains de sa fille. J'ai raté un certain nombre d'anniversaires et tu me ferais plaisir en acceptant ce petit cadeau.

Emue, Vanessa leva les yeux sur sa mère. Elle avait le sentiment qu'un premier pas venait d'être franchi.

— Merci. Je saurai en prendre soin.

— Je vais chercher de quoi l'emballer. Ah ! quelqu'un vient d'entrer. Les chineurs sont nombreux, le week-end. Va jeter un coup d'œil à l'étage, je te rejoins.

— Non, je préfère t'attendre ici, répliqua Vanessa en serrant, tel un trésor, le petit coffret entre ses mains.

Loretta lui adressa un sourire affectueux et alla accueillir son visiteur. Lorsque Vanessa reconnut la voix du Dr Tucker, elle alla le rejoindre.

— Alors, Van, tu es venue voir ta mère à l'ouvrage ?

— Oui. C'est vraiment un endroit merveilleux !

Ham avait passé son bras autour des épaules de Loretta, ce qui eut pour effet d'intimider Vanessa. La jeune femme n'avait pas encore eu le temps d'analyser ses sentiments.

— Un endroit qui la retient bien souvent loin de moi. Mais il faudra bien que je m'y habitue, désormais.

— Ham !

Le Dr Tucker jeta un regard impatient à Loretta.

— Grands dieux, Loretta, ne me dis pas que tu ne lui as pas encore parlé ! Tu as eu toute la matinée pour le faire !

— De quoi ma mère devait-elle me parler ? s'enquit Vanessa.

Ham décida de prendre le taureau par les cornes et devança Loretta.

— Eh bien, il m'aura fallu deux ans, mais j'y suis enfin arrivé !

— Arrivé à quoi ? répéta Vanessa, perplexe.

Ham déposa un baiser tendre sur les cheveux de sa compagne.

— Ta maman et moi allons nous marier, annonça-t-il d'un air triomphant, un sourire radieux aux lèvres.

— Oh ! laissa échapper Vanessa, sous le choc.

— Eh bien ! C'est tout ce que tu trouves à dire ? la taquina Ham. Allons, viens donc m'embrasser.

— Félicitations, articula péniblement Vanessa.

Puis elle se dirigea tel un automate vers Ham et effleura sa joue d'un baiser distrait.

— Je veux un vrai baiser, gronda Ham en serrant la jeune femme dans ses bras.

— J'espère que vous serez très heureux, dit-elle enfin avec sincérité, se laissant aller à l'étreinte chaleureuse de son futur beau-père.

— Mais je n'en doute pas une seconde. En outre, cela va me permettre d'avoir deux belles femmes dans ma vie plutôt qu'une.

— A quand est fixé le grand jour ? demanda Vanessa souriant à la plaisanterie de Ham.

— Dès que possible.

Il n'avait pas échappé au Dr Tucker que les deux femmes n'avaient pas échangé un mot, ni même un regard.

— Joanie a organisé un dîner pour nous ce soir, reprit-il. Ce sera l'occasion de fêter la bonne nouvelle.

— Je serai là, dit-elle en se dégageant des bras de Ham.

— Après ta leçon de piano ?

— Les nouvelles vont vite, à ce que je vois.

— Quelle leçon de piano ? s'enquit Loretta.

— Celle qu'elle va donner à Annie Crampton, la petite-nièce de Violet Driscoll, précisa-t-il en éclatant d'un rire tonitruant lorsqu'il vit Vanessa froncer le nez.

— Violet a accroché ta fille ce matin même, ajouta-t-il.

— Et à quelle heure est ce cours ? demanda Loretta.

— A 16 heures.

— Je peux en parler à la mère d'Annie, si tu veux.

— Non, ça ira. Ce n'est qu'une heure par semaine, juste le temps de mon séjour. Je ferais mieux d'y aller d'ailleurs, si je veux préparer un peu ce cours. Eh bien, à plus tard et merci encore pour le coffret à bijoux.

— Attends ! Je vais te l'emballer.

— Ce n'est pas la peine. A ce soir chez Joanie, docteur Tucker.

— Tu peux m'appeler Ham puisque nous allons bientôt faire partie de la même famille.

Elle alla embrasser sa mère, surprise de constater qu'elle l'avait fait spontanément.

— Tu as beaucoup de chance, lui souffla-t-elle à l'oreille.

— Je sais, répliqua Loretta en serrant la main de Ham dans la sienne.

Lorsque le carillon sonna, annonçant le départ de Vanessa, Loretta laissa couler ses larmes.

— Je suis désolée, dit-elle.

— Tu as le droit de craquer, Loretta, dit Ham en lui tendant un mouchoir. Je t'avais bien dit qu'elle viendrait.

— Elle a toutes les raisons de me détester.

— Allons, ne sois pas si dure avec toi-même, lui dit-il d'un ton réconfortant.

Elle secoua doucement la tête, enroulant nerveusement son mouchoir entre ses doigts.

— Oh! Qu'il est dur de faire des choix, Ham! Et toutes ces erreurs que nous pouvons commettre au cours d'une vie! Je donnerais n'importe quoi pour qu'elle me comprenne et me pardonne!

— Laisse-lui le temps, Loretta, murmura Ham en lui prenant le menton et en l'embrassant. Laisse-lui le temps.

Vanessa écoutait d'une oreille distraite les notes monotones qu'égrenait péniblement son élève.

C'était une jeune adolescente de douze ans, dégingandée, dont les cheveux en bataille encadraient un visage anguleux à la moue boudeuse. Elle possédait de belles mains carrées qui pouvaient être un atout pour une pianiste. Malheureusement, elle semblait avoir du mal à en faire bon usage.

Elle avait du potentiel, jugeait Vanessa en lui adressant

un petit sourire d'encouragement. Il suffirait de lui en faire prendre conscience.

— Combien de fois par semaine t'entraînes-tu, Annie ? demanda la jeune femme, soulagée que le massacre cesse enfin.

— Je ne sais pas.

— Fais-tu tes exercices tous les jours, au moins ?

— Je ne sais pas, répondit obstinément Annie.

Cette réponse eut le don de hérisser Vanessa.

— Mais enfin, s'impatienta-t-elle, tu prends bien des cours depuis un an ?

— Je ne...

Vanessa ne lui laissa pas le temps de terminer.

— Tu ne me facilites pas les choses, lui reprocha-t-elle. Alors, dis-moi ce que tu sais.

Pour toute réponse, la jeune fille haussa les épaules et balança ses jambes dans un mouvement régulier. Prête à renoncer, Vanessa prit place à côté d'elle sur le tabouret.

— Annie, s'il te plaît, donne-moi une vraie réponse : as-tu réellement envie de prendre des leçons de piano ?

Annie frappa ses baskets orange l'une contre l'autre puis répondit :

— Je suppose que oui.

— Ce n'est pas pour faire plaisir à ta mère ?

L'adolescente gardait les yeux obstinément baissés sur les touches du piano.

— Je pensais que j'aimerais ça, répondit-elle en grimaçant.

— Et ça ne te plaît pas ?

— Si. Quelquefois. Mais je joue que des trucs de bébé.

— Je vois, décréta Vanessa tout à coup compatissante. Et qu'aimerais-tu jouer, toi ?

— Je sais pas, des chansons de Madonna ou des trucs qu'on entend à la radio, mais mon autre professeur dit que c'est pas de la vraie musique, dit-elle avec un regard en coin.

— Toute forme de musique est de la vraie musique,

riposta Vanessa, que de tels propos faisaient bondir. Ecoute, si tu veux, nous allons passer un marché.

Annie la dévisagea d'un air suspicieux.

— Quel genre de marché ?

— Tu promets de faire tes exercices tous les jours et de travailler les cours que je te donne et, en échange, je vais acheter des partitions des chansons de Madonna et je t'apprendrai à les jouer.

La moue de la jeune fille se mua en un sourire radieux.

— C'est bien vrai ?

— C'est bien vrai, mais à une seule condition : il faut que tu travailles un peu.

— C'est promis ! exulta Annie, prête à lui sauter au cou. La tête que va faire ma meilleure amie quand je vais lui dire ça !

— Tu vas devoir patienter encore quinze bonnes minutes, dit Vanessa, enchantée d'avoir su trouver une parade. Je te propose de reprendre où nous en étions.

Annie obéit sans rechigner et s'appliqua à jouer avec toute la concentration dont elle était capable. Eh bien voilà ! se dit Vanessa, triomphante, il suffisait d'un peu de motivation. Après tout, ce pourrait être une expérience intéressante de s'occuper de cette gamine. En outre, ce serait également l'occasion de satisfaire son penchant naturel pour la musique dite populaire.

Lorsqu'un peu plus tard, Vanessa se retrouva dans la solitude de sa chambre, elle passa un doigt léger sur la boîte à bijoux que sa mère lui avait offerte. Finalement les choses prenaient une tournure à laquelle elle ne s'attendait pas. Sa mère se révélait une femme beaucoup plus humaine que l'image qu'elle s'était faite d'elle. Sa maison demeurait sa maison, et ses amis lui étaient restés fidèles.

Et Brady était toujours là.

Elle ressentit l'envie irrépressible d'être à ses côtés, de voir leurs deux noms associés, comme ils l'avaient été dans le passé. Il était curieux de constater qu'à seize ans elle était sûre d'elle, de lui, et qu'aujourd'hui, adulte, elle avait peur. Peur de commettre une erreur et de souffrir de nouveau.

Pouvait-on reprendre le cours de la vie là où on l'avait laissé plus de dix ans auparavant ? Et pourrait-elle envisager un nouveau départ tant que le passé n'aurait pas livré les réponses à ses questions ?

Toute à ses réflexions, elle se prépara pour le dîner chez Joanie. Elle choisit une robe bleu marine ajustée qui faisait ressortir son teint clair et épousait parfaitement ses formes. Elle choisit de laisser ses cheveux flotter librement sur ses épaules et mit la touche finale avec des boucles d'oreilles en or serties de saphirs. Elle jeta un coup d'œil satisfait à son reflet dans le miroir. Ce soir, elle était bien déterminée à profiter pleinement de la fête et à passer un bon moment en famille.

Elle allait refermer sa boîte à bijoux lorsqu'une bague surmontée d'une petite émeraude attira son attention. Elle ne résista pas à la tentation et, émue, la passa à son doigt. Elle lui allait toujours. Elle secoua la tête, comme pour chasser ces pensées nostalgiques, et referma le coffret d'un coup sec. Il faudrait qu'elle évite de se laisser aller à ce genre de complaisance, surtout si elle était amenée à partager des soirées entières en compagnie de Brady.

De simples amis. Voilà ce qu'ils seraient désormais l'un pour l'autre, se rappela-t-elle. Il y avait bien longtemps qu'elle ne s'était pas autorisé le luxe de nouer une vraie amitié. C'était l'occasion rêvée, et si elle se sentait encore prise au piège de sa séduction, eh bien tant pis ! Cela mettrait un peu de piment dans leur relation, décida-t-elle.

Une douleur qu'elle connaissait bien la tira de sa rêverie. Pressant une main sur son estomac, elle alla chercher dans le tiroir de sa table de nuit un tube d'antiacides. Aussi festive que s'annonçait la soirée, elle n'excluait pas une certaine forme de tension.

Vanessa s'en voulait de ne pouvoir gérer ce stress qui

rongeait son corps dès qu'elle avait à faire face à des situations embarrassantes. Il était grand temps qu'elle devienne adulte, décréta-t-elle. Si elle apprenait à maîtriser ses émotions, elle parviendrait à dompter également ses malaises physiques.

Forte de cette résolution, elle jeta un coup d'œil à sa montre et gagna l'escalier. Vanessa Sexton était toujours à l'heure lorsqu'il s'agissait de donner une représentation.

Brady l'attendait au bas des marches et, à sa vue, émit un sifflement admiratif.

— Van, tu es magnifique. Et toujours aussi séduisante.

Mais comment se débrouillait-il pour être aussi beau ? se demanda la jeune femme qui sentit son estomac se nouer. Embarrassée, elle laissa son regard errer devant elle, avant de le porter sur Brady.

— Oh ! Tu as mis un costume.

— Il semblerait bien que oui, dit-il en souriant ironiquement.

— C'est la première fois que je te vois en costume, poursuivit gauchement Vanessa.

Elle descendit une marche et se retrouva à sa hauteur, les yeux dans les yeux.

— Que fais-tu ici ? Pourquoi n'es-tu pas parti chez Joanie ?

— J'ai préféré passer te chercher.

— C'est ridicule, voyons. J'ai ma propre...

— Chut ! lui souffla-t-il en la pressant contre lui pour lui donner un baiser.

Vanessa attendit que les battements de son cœur reprennent un rythme régulier pour lui dire :

— Ecoute, Brady, je pense nécessaire d'instaurer quelques règles de base entre nous.

— Je déteste ce que tu essaies de suggérer, lui susurra-t-il en prenant de nouveau ses lèvres. Et puis rappelle-toi que nous faisons partie de la même famille désormais sœurette.

— Tu n'agis pourtant pas comme un frère devrait le faire, murmura-t-elle à son tour.
— Que penses-tu de la situation ?
— Tu sais bien que j'ai toujours adoré ton père.
— Et... ?
— Et j'espère qu'ils seront heureux ensemble.

Brady fronça les sourcils en voyant Vanessa porter les mains à ses tempes.
— Qu'y a-t-il ?
— Ce n'est rien, assura la jeune femme en retirant promptement sa main. Une légère migraine, voilà tout. Bien, si nous y allions, à présent ?
— D'accord, dit-il en la prenant par la main.

Il ne la lâcha que pour lui ouvrir la portière de sa voiture.

Dix minutes plus tard, Joanie se ruait sur la porte d'entrée pour se jeter dans les bras de son amie.
— N'est-ce pas formidable ? Je n'arrive pas à croire que nous allons bientôt être sœurs ! Je suis si heureuse pour eux, pour nous, s'écria-t-elle en resserrant son étreinte.
— Et moi, alors ? intervint Brady, pour mettre fin aux effusions de sa sœur, tu ne me dis pas bonjour ?
— Salut, Brady, dit-elle platement.

Voyant la mine déconfite de son frère, elle éclata de rire et le serra à son tour contre son cœur.
— Tu es magnifique dans ton beau costume !
— Papa m'a laissé entendre que c'était une soirée habillée, alors...

Joanie fit un pas en arrière pour admirer son amie.
— Seigneur ! Où as-tu acheté cette robe, Van ? Elle est fabuleuse ! Je serais capable de tuer pour pouvoir me glisser dans une tenue pareille ! Mais assez parlé, ne restons pas là, venez. Je vous ai concocté un repas dont vous me direz des nouvelles.
— Joanie a toujours été une maîtresse de maison hors pair, commenta Brady en regardant sa sœur partir à la recherche de son mari.

Le dîner fut en effet royal : il débuta par un énorme

jambon en gelée accompagné de pommes de terre sautées et d'un assortiment de légumes verts, et se termina par une mousse légère aux fruits et une tarte chaude aux pommes.

L'ambiance de fête se trouvait accentuée par les bougies dont Joanie avait décoré la table et les verres de cristal qu'elle avait disposés devant chaque convive.

Les conversations fusaient, animées et joyeuses, ponctuées par le tintement que produisait la cuillère que Lara cognait de toutes ses forces contre son assiette.

Vanessa, un peu en retrait, captait les joyeux éclats de rire de sa mère. Elle n'avait pas le souvenir de l'avoir jamais vue aussi gaie, de l'avoir jamais sentie aussi librement heureuse. Belle, souriante, elle symbolisait aux yeux de Vanessa l'image du bonheur parfait.

Elle espéra que personne n'avait remarqué son manque d'appétit, mais lorsqu'elle sentit sur elle le regard inquisiteur de Brady, elle se força à avaler une autre bouchée, à boire une autre gorgée et à rire aux plaisanteries de Jack.

Soudain, Brady se leva et appela l'attention de tous :

— Je propose que nous portions un toast aux fiancés, dit-il en levant son verre. A mon père, dont la décision prouve une fois de plus sa grande intelligence et à la future mariée qui avait la gentillesse de feindre l'ignorance lorsque je me faufilais en douce dans son jardin pour rejoindre sa fille.

Des éclats de rire accueillirent ce discours et les verres s'entrechoquèrent gaiement.

Personne ne vit que Vanessa buvait une gorgée de champagne à contrecœur.

— Quelqu'un reprendra du dessert ? demanda Joanie à la ronde. Parfait, dit-elle en réponse aux grognements de refus. Jack, aide-moi à débarrasser la table, veux-tu ? Loretta, restez assise, vous êtes mon hôte d'honneur et, en tant que telle, il n'est pas question que vous participiez aux tâches ménagères.

Loretta obtempéra de bonne grâce.

— Très bien. Alors je me charge d'aller changer Lara.

— Oui. Papa et vous pouvez aller la câliner pendant que nous terminons ici. Vanessa, laisse cela, veux-tu ? ajouta-t-elle à l'intention de son amie qui s'apprêtait à lui donner un coup de main. Toi aussi tu es dispensée de corvée, c'est ton premier dîner chez moi.

— Elle n'a pas changé. Toujours aussi autoritaire, commenta Brady. Veux-tu que nous allions écouter de la musique dans le salon ?

— Non, en fait, je préférerais aller prendre un peu l'air.

— Alors je t'accompagne. Rien ne me fait plus plaisir que de me promener au clair de lune avec une jolie femme.

Il lui adressa un sourire complice et lui emboîta le pas.

6

L'air était doux et chargé d'humidité. Les lilas exhalaient leur lourd parfum.

— J'ai entendu dire que tu donnais des leçons de piano, attaqua Brady sans préambule.

— Je vois que Mme Driscoll t'a fait un rapport.

— En fait, je l'ai appris par John Cory qui le tenait lui-même de Bill Crampton, l'oncle d'Annie. Il tient un atelier de réparations et tous les hommes s'y retrouvent pour bavarder et se plaindre de leurs femmes.

Vanessa éclata de rire.

— C'est rassurant de constater que les commérages fonctionnent toujours aussi bien dans cette bonne petite ville, plaisanta-t-elle à demi.

— Et comment se comporte ton élève ?

— Disons qu'elle a... du potentiel.

— Quel effet cela te fait d'être de l'autre côté de la barrière ?

— C'est un sentiment étrange. D'autant plus que je lui ai promis de lui apprendre à jouer du rock.

— Toi ? s'étonna Brady.

— Pourquoi pas ? rétorqua-t-elle sèchement.

Brady ignora le ton brutal de sa compagne. Il prit son visage entre ses mains, et caressa d'un doigt léger le lobe velouté où brillaient les saphirs.

— C'est juste que je n'arrive pas à t'imaginer jouant ce genre de musique.

— Toute musique est digne d'intérêt ! Et maintenant,

si tu es venu pour te moquer de moi, je serais aussi bien toute seule !

— Susceptible, à ce que je vois.

Pour se faire pardonner, il passa un bras autour des épaules de la jeune femme. Il se grisa des senteurs enivrantes de son parfum. Combien d'hommes avaient eu ce même geste, éprouvé les mêmes émotions que lui en cet instant ?

— J'aime beaucoup Jack, déclara Vanessa tout à trac.

— Moi aussi.

— Joanie a l'air si heureuse ici ! J'ai pensé à elle si souvent !

— Et moi ? demanda Brady, soudain redevenu grave, tu pensais à moi de temps en temps ?

— Je suppose que oui, éluda-t-elle.

Elle ne lui dirait pas que son visage avait hanté ses jours, ses nuits. Trop. Trop souvent.

— J'ai attendu désespérément des nouvelles qui n'arrivaient jamais.

— Je t'en voulais trop, Brady. A toi, à ma mère. J'étais meurtrie. Puis les semaines ont passé, et les mois, les années.

Elle lui adressa un sourire qu'elle voulait plein d'indulgence et reprit :

— Il m'a fallu des années pour te pardonner de m'avoir lâchement abandonnée le soir du gala de la promotion.

Livide, Brady laissa échapper un juron.

— Je ne t'ai pas abandonnée, dit-il d'une voix blanche.

— Que veux-tu dire ? s'enquit Vanessa, perplexe.

— Je ne t'ai pas abandonnée, répéta-t-il. J'avais même loué mon premier smoking pour la circonstance et acheté un bouquet de roses jaunes et roses. Et j'étais probablement aussi excité que toi à l'idée de la soirée qui nous attendait.

— Alors pourquoi n'es-tu pas venu ? Je t'ai attendu plus de deux heures.

Brady inspira profondément avant de répondre.

— Parce que, cette nuit-là, j'ai été arrêté.

— Pardon ? demanda Vanessa, sceptique.

— C'était une erreur, bien sûr, s'empressa-t-il de préciser. Mais le temps qu'on me relâche, il était trop tard.

— Mais enfin, de quoi étais-tu accusé ?

— Détournement de mineure. J'avais dix-huit ans, tu en avais seize.

Vanessa ne pouvait croire ce qu'elle entendait.

— Mais c'est ridicule ! Nous n'avions jamais...

— Non, nous n'avions jamais... A mon grand regret, d'ailleurs, dit-il avec un petit rire.

Vanessa, incrédule, se passa une main dans les cheveux. Cette histoire était tellement abracadabrante !

— Brady, j'ai du mal à le croire ! Tout cela est tellement ridicule ! Nous ne faisions rien de mal et, en outre, nous étions amoureux l'un de l'autre.

— C'était bien là le problème.

Une douleur fulgurante obligea Vanessa à prendre une profonde inspiration avant de poursuivre.

— Je suis sincèrement désolée, Brady. Comme tu as dû être malheureux ! Et tes parents ! Oh ! Mais qui pouvait bien t'en vouloir au point de te faire jeter en prison ? Qui pouvait...

Elle s'interrompit net, lisant la réponse dans les yeux de Brady.

— Non ! s'écria-t-elle, refusant de croire à la réalité. Mais pourquoi ?

— Il était persuadé que j'avais profité de la situation et pensait que j'allais détruire ta vie. Alors il a agi en conséquence : il m'a fait payer ses certitudes et a fait en sorte de te guérir de moi.

— Il aurait pu m'en parler, murmura-t-elle, parcourue de frissons. Pour une fois dans sa vie, il aurait pu m'en parler. C'est ma faute !

— Allons, ne sois pas stupide, tu n'y es pour rien.

— Si, répéta-t-elle avec obstination, c'est ma faute. Si je lui avais parlé de mes sentiments pour toi, si je lui avais dit ce que je ressentais...

Elle leva sur Brady un regard lourd de culpabilité.

— Aucune parole ne pourra jamais effacer le mal qu'il t'a fait, n'est-ce pas ?

— Il n'y a rien que tu puisses dire, Van, lui assura-t-il en la pressant contre lui. Nous étions tous deux si innocents ! Et nous n'avons pas pu en parler. Moi parce que j'étais fou de rage et toi parce que tu te croyais trahie. Ensuite, il était trop tard, tu étais partie.

Les yeux de Vanessa se brouillèrent de larmes. Elle l'imaginait, jeune, rebelle, révolté.

— Tu as dû être terrorisé.

— Un peu, admit-il. En fait, il n'y a pas eu de chef d'inculpation, j'ai simplement été interrogé. Tu te souviens du shérif Grody, une espèce de gros plein de soupe qui ne me portait pas dans son cœur ? Eh bien, disons qu'il a profité de l'occasion pour me faire peur. Je pense que quelqu'un d'autre aurait mené les choses différemment.

Il trouvait inutile d'évoquer avec elle ce moment humiliant où on l'avait jeté sans ménagement dans une cellule et durant lequel il avait connu les pires heures de sa vie.

— Mais, vois-tu, il s'est produit quelque chose cette nuit-là qui me fait penser que rien n'est inutile. Mon père s'est rangé sans faillir à mes côtés et j'ai découvert la force de son amour. A aucun moment il n'a douté de moi, de mon innocence. Il m'a soutenu sans poser la moindre question et je crois que cette épreuve qui nous a rapprochés a changé le cours de ma vie.

— C'est vrai, dans ton malheur tu as eu beaucoup de chance. Mon père, lui, savait ce que représentait cette soirée pour moi. Toute ma vie, je me suis pliée à sa volonté. Mais cette fois, il sentait bien que je me serais rebiffée, alors il a pris les devants.

— C'est si loin tout cela, Van.

— Je ne pense pas que je puisse...

La douleur qui l'étreignait lui fit pousser un gémissement.

— Vanessa, que se passe-t-il ? s'enquit Brady, inquiet.

— Rien, rien, lui assura-t-elle. C'est juste...

Une deuxième vague de douleur plus puissante que la

première lui coupa le souffle. Brady se précipita vers elle et, la soutenant, l'aida à regagner la maison.

— Tout va bien, ne t'inquiète pas. C'est juste un point de côté.

— Respire lentement, lui commanda Brady, retrouvant ses réflexes professionnels.

— C'est bon, Brad, dit-elle d'un ton exaspéré, inutile d'en faire toute une histoire.

— Si tu as ce que je soupçonne, je te prie de croire que tu auras droit à la plus belle scène qu'on t'ait jamais faite !

Une fois dans la maison, il l'emmena dans la chambre de Joanie et la fit s'étendre sur le lit. A présent, elle avait rendu les armes et se laissait faire docilement. Brady dirigea la lampe vers son visage et nota la pâleur de ses traits tirés par la souffrance. Des gouttes de sueur perlaient à son front.

— Essaie de te détendre, d'accord ? dit-il d'une voix douce.

— Ce n'est rien, je t'assure. Juste un peu de stress.

— Eh bien, c'est ce que nous allons voir, dit-il en lui palpant doucement l'abdomen. As-tu été opérée de l'appendicite ?

— Non.

— Aucune autre opération chirurgicale ?

— Non, rien.

Il poursuivit la consultation sans la quitter des yeux. Il put ainsi voir l'éclair de souffrance qui la fit grimacer lorsqu'il appuya sur un point précis sous le sternum. Il prit gentiment sa main dans la sienne.

— Van, depuis combien de temps as-tu cette douleur ?

Vanessa s'en voulut de s'être trahie.

— Réponds-moi, répéta-t-il, une note d'impatience dans la voix.

— Je ne sais pas, mentit Vanessa.

— Comment te sens-tu ?

— Bien. Je veux juste…

— Ne mens pas, coupa-t-il avec autorité. Eprouves-tu une sensation de brûlure intense ?

Inutile de se voiler la face plus longtemps, elle n'avait plus le choix.

— Un peu, avança-t-elle prudemment.

Vanessa ferma les yeux. Pourquoi ne la laissait-il pas tranquille ?

— Je suppose, oui.

— As-tu des douleurs lancinantes là, sous le sternum ?

— Quelquefois.

— Et à l'estomac ?

— Oui, avoua-t-elle enfin à contrecœur.

La précision avec laquelle Brady lui décrivait ses propres symptômes l'alarma.

— Que prends-tu habituellement pour calmer la douleur ?

— Brady, c'est de la déformation professionnelle, je t'assure. Pour répondre à ta question, je prends des antiacides et je me sens mieux.

— On ne traite pas un ulcère avec des antiacides.

— Je n'ai pas d'ulcère, protesta Vanessa, c'est ridicule ! D'ailleurs, je ne suis jamais malade.

— Maintenant tu vas m'écouter, dit Brady en prenant son visage entre ses mains, et tu vas faire ce que je te dis. Demain tu te rendras à l'hôpital pour effectuer une série d'examens.

— Je n'irai pas, se rebiffa Vanessa, butée.

La perspective de retourner dans un hôpital comme celui où son père avait souffert le martyre avant de s'éteindre lui était insupportable.

— Et maintenant, laisse-moi passer, reprit-elle, catégorique.

— Tu vas rester ici ! gronda Brady d'un ton sans appel.

Vanessa se résigna à obéir mais simplement parce qu'elle n'était pas sûre de pouvoir se lever. Pourquoi fallait-il que cette crise se produise maintenant ? se demandait-elle en luttant contre la douleur qui la submergeait. Pourquoi ici ? Elle tentait de se redresser lorsque Brady revint, accompagné de son père.

— Alors, que se passe-t-il ici ? dit-il d'un ton gentiment bourru.

Vanessa esquissa un faible sourire et se serait levée si Brady ne l'avait pas stoppée dans son élan.

— C'est Brady, il a tendance à exagérer.

Ham passa outre les protestations de Vanessa et, tout en l'examinant, lui posa les mêmes questions que Brady. Son visage affichait une mine préoccupée à mesure que la jeune femme répondait.

— Maintenant tu vas m'expliquer comment une jeune femme de ton âge peut avoir un ulcère.

— Je n'ai pas d'ulcère, s'obstinait à dire Vanessa.

— Deux médecins t'assurent le contraire. Je suppose que tu avais établi le même diagnostic, Brady.

— En effet.

— Eh bien, vous vous trompez tous les deux, voilà tout, s'entêta Vanessa en essayant de mettre un pied par terre.

Ham la repoussa gentiment contre les oreillers.

— Des examens complémentaires nous le diront.

— Je n'irai pas à l'hôpital, répéta Vanessa en se raccrochant désespérément à la dernière parcelle de volonté qui lui restait. Les ulcères sont réservés aux agents de change survoltés, aux P.-D.G. surmenés. Moi je suis une musicienne et je n'ai jamais laissé la tension et l'angoisse gérer ma vie.

— Moi, je vais te dire ce que tu es ! s'écria Brady, la voix étranglée de colère. Tu es une femme bornée qui a trop tiré sur la corde et qui a négligé de prendre soin de sa santé. Et tu iras à l'hôpital, dussé-je t'y traîner de force !

— Allons, docteur Tucker, du calme, trancha Ham d'une voix douce. Van, pour le moment, oublions l'hôpital. Je vais te prescrire des médicaments et nous verrons bien.

— Je n'ai pas besoin de vos médicaments !

— C'est ça ou l'hôpital, jeune fille ! N'oublie pas que je suis ton médecin traitant depuis tes premières couches-culottes et j'entends que tu m'obéisses. Je vais te faire une ordonnance, la pharmacie est encore ouverte à cette heure-ci, ainsi tu pourras commencer ton traitement ce soir. Ah! Et évite l'alcool et les plats épicés pendant quelque temps. Brady, j'ai laissé ma serviette en bas, accompagne-moi, veux-tu?

Les deux hommes quittèrent la pièce et refermèrent la porte derrière eux.

— Si le traitement reste sans effet d'ici trois ou quatre jours, il sera temps de lui faire passer des examens complémentaires. En attendant, moins elle aura à subir de stress, mieux ce sera pour sa santé.

— Je me demande bien ce qui a pu lui provoquer un ulcère.

— Elle finira bien par se confier à toi, laisse-lui le temps. Je vais informer Loretta. Toi, veille à ce qu'elle prenne ses médicaments ce soir.

— Ne t'inquiète pas, je prendrai soin d'elle.

Ham posa une main affectueuse sur l'épaule de son fils.

— Je n'en doute pas, mais fais attention. Si elle est comme sa mère, elle aura tendance à fuir si elle te sent trop proche.

Il hésita un instant à poser à son fils la question qui lui brûlait les lèvres. Mais, après tout, Brady avait beau être un adulte, il n'en demeurait pas moins son fils.

— Tu l'aimes toujours?

— Je ne sais pas mais en tout cas je n'ai pas l'intention de la laisser filer tant que je n'aurai pas la réponse.

— Bien, je vais rédiger l'ordonnance. Retourne auprès d'elle.

Lorsque Brady pénétra dans la chambre, il trouva une Vanessa embarrassée, humiliée et furieuse, assise au bord du lit.

— Je ne prendrai pas ces damnées pilules! s'écria-t-elle.

— Faut-il que je te traîne hors d'ici, ou préfères-tu me suivre docilement? demanda Brady en refrénant à grand-peine la colère qu'il sentait monter de nouveau en lui.

Elle avait envie de pleurer mais elle lui emboîta le pas crânement jusqu'à la voiture.

Ils roulèrent en silence jusqu'à la pharmacie.

— Attends-moi, je n'en ai pas pour longtemps, ordonna-t-il.

Elle le regarda s'éloigner et saluer quelques promeneurs qui le connaissaient.

Un ulcère, songeait-elle. Comment était-ce possible ? Elle eut soudain envie de se réfugier chez elle et de sombrer dans un profond sommeil qui lui ferait oublier ses souffrances. Elle voulait une fois de plus se persuader que demain tout cela ne serait plus qu'un mauvais souvenir. Mais elle savait bien, au fond d'elle-même, qu'elle avait tort.

Lorsque Brady revint, il déposa en silence le petit sachet en papier sur les cuisses de la jeune femme et remit le contact. Vanessa s'enfonça alors dans son siège et ferma les yeux.

Brady lui coula un regard attendri. Il lui en voulait de ne pas lui avoir fait confiance, de garder pour elle ce lourd fardeau qui minait son corps. Mais il était bien résolu à l'aider, même malgré elle, s'il le fallait.

Parvenu devant la maison, il coupa le moteur et alla ouvrir la portière de Vanessa. Celle-ci entama le discours qu'elle avait soigneusement préparé durant le trajet.

— Je suis désolée, Brady. Je me suis comportée de façon puérile. Je sais que ton père et toi ne voulez que mon bien.

Pour toute réponse, Brady la prit par le bras et la guida vers la porte d'entrée.

— Ce n'est pas la peine, Brady. Tu peux rentrer chez toi à présent.

— Je t'accompagne, insista-t-il. Je veux m'assurer que tu prendras bien tes médicaments et ensuite j'irai te border.

— Brady, je ne suis pas invalide tout de même !

— Heureusement ! Et grâce à moi tu ne le deviendras jamais.

Il la conduisit directement dans sa chambre, remplit un

verre d'eau qu'il lui tendit avec un comprimé et attendit qu'elle déglutisse.

— Déshabille-toi, commanda-t-il d'une voix égale.

Ignorant les protestations outrées de la jeune femme, il ouvrit la penderie et en sortit une chemise de nuit.

— Lorsque je te déshabillerai pour des raisons personnelles, ajouta-t-il, ne t'inquiète pas, tu t'en rendras compte ! Et à présent, au lit !

Il la laissa s'étendre puis remonta draps et couvertures jusque sous son menton. Soudain, elle avait de nouveau seize ans. Troublé, Brady s'empressa de détourner son regard du teint de pêche et des grands yeux verts de Vanessa. Mieux valait la considérer comme une patiente !

— Tu verras, lui dit-il d'un ton rassurant, dans quelques jours, tu ne te souviendras même plus que tu avais un ulcère. Tu n'as besoin de rien ?

— Brady...

— Oui ?

— Tu te souviens de la nuit où tu m'as rejointe dans cette même chambre ? Nous nous sommes assis par terre et nous avons discuté jusqu'à 4 heures du matin. Si mon père l'avait appris !

— Crois-tu que ce soit le moment de t'inquiéter de cela ?

— Je t'aimais tant, Brady ! Notre amour était si doux, si pur ! Pourquoi a-t-il tout gâché ?

— Il savait que tu étais vouée à un destin hors du commun et j'étais en travers de ta route. Il fallait m'éliminer.

— Tu m'aurais demandé de rester ? Si tu avais su ce qu'il complotait, tu m'aurais demandé de rester ? répétat-elle d'une petite voix pleine d'espoir.

— Oui, répondit Brady sans hésiter. J'avais dix-huit ans et j'aurais été assez égoïste pour cela. Mais alors, toi et moi ne serions pas ce que nous sommes aujourd'hui.

Vanessa ferma les yeux, perdue dans des souvenirs lointains.

— J'ai longtemps fait le même rêve, murmura-t-elle. J'étais dans les coulisses avant un concert, et j'attendais, tremblante de peur, me maudissant de devoir subir tout cela. Et puis tu venais me chercher.

— Subir quoi ? s'étonna Brady en fronçant les sourcils.

— Les lumières, le public, la scène. J'espérais de toutes mes forces que tu viendrais me délivrer de ce fardeau et que nous repartirions ensemble. Et puis j'ai cessé d'espérer... Je suis si fatiguée !

Brady prit sa main et embrassa tendrement chacun de ses doigts.

— Dors à présent, lui murmura-t-il.

— Je suis fatiguée d'être seule, souffla-t-elle avant de sombrer dans le sommeil.

Brady resta un long moment à son chevet, essayant de démêler les sentiments du passé de ceux du présent. Mais la frontière était tellement ténue entre les deux ! La seule chose dont il était sûr, c'est qu'il n'avait jamais cessé de l'aimer.

Fort de cette conclusion, il déposa un léger baiser sur les lèvres de la jeune femme et quitta la chambre après avoir éteint les lumières.

7

Les cheveux en bataille, enveloppée dans une robe de chambre en velours éponge, Vanessa gagna l'escalier d'un pas traînant. Elle devait néanmoins reconnaître que le traitement prescrit par Ham deux jours auparavant l'avait soulagée. Elle se sentait mieux.

Le temps gris et pluvieux était en parfait accord avec son humeur maussade. Elle allait enfin pouvoir goûter à la solitude car, depuis le dîner chez Joanie, tout le monde se relayait à son chevet sans tenir compte de ses protestations. Loretta prétextait n'importe quelle excuse pour se précipiter à la maison deux ou trois fois par jour, Ham passait régulièrement vérifier son état de santé et Joanie venait la dorloter, les bras chargés de fleurs et de victuailles en tout genre.

Tout le monde, excepté Brady.

Elle ne lui en voulait pas de ne pas trouver de temps à lui consacrer. Elle était soulagée, même, car la dernière chose dont elle avait besoin, c'était bien des leçons de morale du jeune Dr Tucker et du ton suffisant qu'il prenait pour les lui assener. Elle se détestait de s'être rendue ridicule auprès de lui, l'autre soir chez Joanie et de lui avoir ainsi donné l'occasion de la traiter comme une banale patiente. En outre, cette histoire d'ulcère était parfaitement grotesque et si elle allait mieux aujourd'hui, c'était tout simplement parce qu'elle s'était enfin accordé le repos qui lui avait fait défaut pendant si longtemps. L'état d'épuisement dans lequel elle se trouvait en aurait abattu de plus fortes qu'elle. Elle avait d'ailleurs mis à profit ce repos forcé pour décider de prolonger son séjour d'un mois, peut-être même deux, avant de choisir la tournure qu'elle allait donner à sa carrière.

Elle fut surprise, en pénétrant dans la cuisine, d'y trouver sa mère.

— Bonjour, dit Loretta, un sourire radieux aux lèvres.

— Bonjour. Je croyais que tu étais partie.

— Non, je suis juste allée chez Lester pour t'acheter des journaux. J'ai pensé que tu aurais envie d'avoir les dernières nouvelles.

— Merci, répondit Vanessa d'une voix où perçait l'exaspération. Mais tu n'aurais pas dû.

Elle s'en voulait de ne jamais trouver les mots justes lorsque sa mère lui témoignait les marques de son amour maternel. Elle lui en était certes reconnaissante, mais elle n'éprouvait pour elle que la gratitude que peuvent avoir des invités pour une hôtesse attentionnée. Cela entraînait un sentiment de culpabilité dont elle se serait bien passée.

— Cela me fait plaisir. Assieds-toi, ma chérie, je vais te préparer du thé.

— Vraiment, tu ne devrais...

Des coups frappés à la porte l'interrompirent.

— J'y vais, dit-elle, soulagée d'échapper à ce tête-à-tête.

Une jolie brunette se tenait sur le seuil, sous un parapluie dégoulinant.

— Bonjour, Vanessa, lui dit-elle. Tu ne te souviens probablement pas de moi, je suis Nancy Snook, la sœur de Josh McKenna.

— Eh bien, je...

— Nancy ! s'exclama Loretta, venue rejoindre sa fille. Mais entre donc, tu es trempée.

— Non, merci, je ne peux pas rester. J'ai simplement entendu dire que Vanessa était de retour et qu'elle donnait des leçons de piano à Annie Crampton, alors je me demandais si tu accepterais d'en donner aussi à mon fils Scott.

— Oh, mais je ne suis pas vraiment..., protesta Vanessa, cherchant ses mots.

— Il a huit ans, poursuivit Nancy, et mon mari et moi pensons que ce serait une bonne chose. Annie ne jure que par toi, tu sais. Je me disais que le lundi, après l'école... Si tu n'as pas d'élève à cette heure-là...

— Non, mais...

— Très bien. Violet m'a dit qu'elle te payait dix dollars ?

— Oui, mais...

— C'est parfait. Eh bien, je vous laisse, sans quoi je vais être en retard à mon travail.

Loretta parvint à garder son sérieux en refermant la porte derrière la jeune femme.

— Je tiens à te prévenir : Scott Snook est une terreur.

Il était encore trop tôt pour réfléchir sérieusement, songea Vanessa en posant sa tête entre ses mains.

— Elle ne m'aurait certainement pas piégée aussi facilement si j'avais eu les idées plus claires, argua-t-elle mollement.

— Bien sûr. Que dirais-tu de quelques tranches de pain grillé ?

— Ne prends pas cette peine, je me débrouillerai.

Loretta ne répondit pas et se mit à chantonner tout en versant du lait dans un bol. Elle avait été privée de ses prérogatives de mère durant douze longues années, rien ni personne ne pourrait l'empêcher désormais de choyer sa fille comme elle l'entendait.

— Tu n'ouvres pas le magasin, aujourd'hui ? insista Vanessa, pressée de se retrouver seule.

— Tu as besoin de reprendre des forces, répliqua Loretta en cassant des œufs auxquels elle ajouta une pointe de cannelle, du sucre et de la vanille. Ham juge que tu es sur la bonne voie, mais il veut que tu prennes du poids.

— Je n'ai pas besoin..., commença Vanessa, lorsque de nouveaux coups à la porte l'interrompirent.

— J'y vais, cette fois, annonça Loretta, et si c'est encore pour toi, je m'en charge.

Mais c'était Brady qui, ruisselant de pluie, se tenait sur le seuil.

— Bonjour Loretta. Salut, beauté, dit-il à Vanessa en lui adressant un clin d'œil complice.

Le nez dans son bol, Vanessa grogna un salut inaudible.

— Brady! Quelle bonne surprise! s'exclama Loretta. Entre. As-tu déjà pris ton petit déjeuner?

— Non, madame, répliqua-t-il, d'humeur badine. Mmm... Vous avez fait du pain perdu?

— Assieds-toi, ce sera prêt dans quelques minutes.

Brady ne se fit pas prier et alla s'installer à côté de Vanessa. Il la gratifia d'un franc sourire destiné à traquer le moindre signe de fatigue sur son visage. Mais il constata avec soulagement que les cernes mauves avaient disparu.

— Belle journée, n'est-ce pas?

Vanessa dirigea son regard vers les vitres battues par la pluie.

— Oui, en effet, dit-elle sur le même mode que Brady.

Pas de nouvelles depuis deux jours et il débarquait la bouche en cœur, sans même s'inquiéter de sa santé. C'était tout de même bien lui qui avait diagnostiqué ce prétendu ulcère!

— Ah! Loretta, s'extasia-t-il devant l'assiette fumante qu'elle venait de déposer devant lui. Quel heureux homme que mon père!

— J'imagine qu'être un fin cordon-bleu est un critère de sélection important chez les Tucker, lança méchamment Vanessa.

Brady encaissa l'attaque et rétorqua calmement.

— Disons que je le considère comme un « plus ».

La réponse sexiste et sans doute provocatrice de Brady ne fit qu'accroître la mauvaise humeur de Vanessa. Elle allait riposter sèchement lorsque Loretta la coupa dans son élan.

— Je vais vous laisser, à présent, dit-elle. Van, il y a tout ce qu'il faut dans le réfrigérateur pour le déjeuner mais, si le mauvais temps persiste, je rentrerai tôt. Et bonne chance avec Scott, ajouta-t-elle avant de s'éclipser.

— Merci.

— Scott ? répéta Brady, surpris.

— Je n'ai pas envie d'en parler, maugréa la jeune femme.

— Pas de problème, répliqua Brady, conciliant. En revanche, j'aimerais t'entretenir du mariage de nos parents.

— Le mariage ? s'enquit-elle distraitement. Ah, oui ! Le mariage. Que veux-tu me dire ?

— Eh bien, papa voudrait qu'il ait lieu le jour de Memorial Day.

— Mais c'est la semaine prochaine !

— Pourquoi attendre de toute façon ? rétorqua Brady, se faisant le porte-parole de son père. Ce sera l'occasion de faire d'une pierre deux coups.

— Je comprends, dit Vanessa avec lassitude.

Tout allait si vite ! songeait-elle. Elle avait à peine eu le temps de retrouver sa mère, que déjà elle la perdait de nouveau.

— Je suppose qu'ils vont s'installer chez ton père.

— Probablement. Je les ai en effet entendus évoquer l'éventualité de louer cette maison. Cela t'ennuie ?

Vanessa reporta toute son attention sur sa tranche de pain. En fait, elle ne savait pas trop. Elle n'avait pas encore eu le temps de se poser la question.

— Non, je ne crois pas. Et, de toute manière, je vois mal comment ils pourraient habiter les deux maisons en même temps.

— En tout cas, elle ne la vendra pas. Elle y tient trop.

— Je me demande bien pourquoi, dit Vanessa, songeuse.

— N'oublie pas que c'est la maison de son enfance, tout comme elle est la tienne. Pourquoi ne lui demandes-tu pas ce qu'elle compte faire ?

— Rien ne presse, répondit la jeune femme en haussant légèrement les épaules.

Brady la connaissait trop pour insister : sa réponse évasive signifiait que le sujet était clos.

— En fait, c'est du cadeau de mariage dont je voulais t'entretenir. Je pensais que nous pourrions leur offrir un voyage pour leur lune de miel. Quinze jours au Mexique.

Ni l'un ni l'autre n'y sont allés. J'en ai parlé à Joanie, elle est emballée.

Vanessa leva des yeux étonnés sur Brady. C'était une charmante idée, en effet.

— Nous leur ferions la surprise ?

— En tout cas, nous pourrions essayer. Je sais que papa fait son possible pour se libérer une semaine, je vais faire en sorte qu'il n'y parvienne pas. Ensuite il suffira de réserver les billets et de leur préparer une valise sans qu'ils s'en rendent compte.

Enthousiaste, Vanessa commençait à retrouver sa bonne humeur et se mit à participer de bon cœur à l'élaboration du projet.

— Je suis certaine que ça va marcher ! s'enflamma-t-elle. Nous pourrions leur donner les billets au cours du pique-nique et puis nous pourrions aussi prévoir une limousine qui les amènerait à l'aéroport. Et tant qu'à faire les choses, faisons-les en grand : réservons-leur une suite nuptiale.

Brady avait sorti de sa veste un petit carnet dans lequel il consignait tout ce que disait Vanessa.

— Autre chose ?

— Oui, le champagne. Une bouteille dans la limousine et une autre dans leur chambre. Et des fleurs, maman adore les gardénias.

Vanessa s'interrompit brusquement. C'était la première fois qu'elle prononçait ce mot depuis douze ans. Maman. Elle l'avait prononcé de façon si naturelle, sans même s'en rendre compte.

— Génial ! s'exclama Brady.

Remettant le petit carnet en place, il nota l'assiette vide de Vanessa.

— Il faut croire que j'avais faim, crut bon de se justifier la jeune femme.

— Eh bien, c'est très bon signe ! Et si tu n'y vois pas d'inconvénient, je vais en profiter pour vérifier que tout va bien.

Avant même qu'elle ait pu protester, il s'était approché d'elle et lui palpait doucement l'abdomen.

— Tu m'as tout l'air d'être sur la bonne voie, conclut-il, satisfait. Encore quelques jours et il n'y paraîtra plus.

— Parfait. Tu peux donc enlever tes mains de mon corps à présent.

— Pas de problème, dès que tu auras payé la consultation, lui dit-il d'une voix sourde en se penchant sur elle pour l'embrasser.

Sans lui laisser le temps de réagir, il la plaqua plus étroitement contre lui et promena sa bouche gourmande sur son visage, son cou, ses cheveux, tout en murmurant son nom. Puis tout doucement, il prit son visage entre ses mains et la fixa intensément, se noyant délicieusement dans le vert profond de ses yeux. Le cœur battant à tout rompre, il prit de nouveau ses lèvres, resserrant son étreinte, craignant qu'elle ne se refuse encore.

Mais Vanessa se sentait en complète osmose avec lui. Frémissant de désir, elle l'enlaça à son tour, répondant désespérément à ses baisers et à ses caresses.

— Vanessa…

— Ne dis rien. Pas encore, lui susurra-t-elle, en laissant ses lèvres dériver vers son cou.

Elle ne voulait pas rompre la magie de l'instant. Elle aussi se laissait couler avec délice dans le tourbillon de ses émotions. Elle sentait les battements de son cœur sous ses lèvres, son corps souple et athlétique sous ses doigts. Mais soudain, la confusion et les craintes prirent le pas sur la volupté. Elle repoussa légèrement Brady.

— Je ne sais pas…, balbutia-t-elle. Je ne sais plus où j'en suis depuis que je t'ai revu.

Brady la saisit par les épaules, plus fermement qu'il ne l'aurait voulu.

— J'ai envie de toi, Van, lui dit-il d'une voix rauque de désir. Tout comme tu as envie de moi. Et nous ne sommes plus les adolescents que nous étions.

— Ce n'est pas si facile.

Brady l'observa, en proie à des émotions contradictoires.

— Si ce sont des promesses que tu veux…

— Non ! rétorqua vivement Vanessa. Je ne veux rien recevoir que je ne pourrais donner moi-même.

Brady resta interdit devant une telle franchise. Lui qui se sentait capable de lui promettre monts et merveilles ! Il ravala péniblement sa fierté pour lui demander gentiment :

— Qu'es-tu capable de donner, Van ?

— Je ne sais pas, répondit-elle avec honnêteté.

Voyant sa mine déconfite, elle prit ses mains entre les siennes puis les relâcha pour se détacher de lui.

— Bon sang, Brady, je suis perdue ! C'est comme si je contemplais mon reflet dans un miroir et que j'y voyais une étrangère. Tu comprends ?

Brady luttait pour ne pas la reprendre dans ses bras. Mais son père l'avait prévenu : dès qu'on approchait trop près du but, il risquait de vous échapper.

— Ce n'est pas complètement faux, Van. Mais il s'agit de nous deux.

Elle l'observa attentivement. Elle admira en silence le bleu intense de ses yeux qui, selon son humeur, pouvait éclairer ou assombrir son visage à la mâchoire carrée, ses mèches brunes qui lui donnaient un air romantique et sa bouche aux contours incroyablement sensuels. Ce n'était pas étonnant qu'elle soit tombée amoureuse de lui ! Mais à présent, elle redoutait de succomber de nouveau aux pièges de l'amour et voulait s'en préserver coûte que coûte.

— Je ne prétends pas ne pas avoir envie de toi, Brady, mais comment te dire… ? Ce désir me fait peur.

Elle prit une profonde inspiration, pesant soigneusement ses mots avant de poursuivre :

— J'ai tellement rêvé de ce moment où nous serions en phase l'un avec l'autre. Je sais bien que mon attitude peut te paraître déconcertante, que mes revirements peuvent être interprétés comme des caprices, mais je ne m'attendais pas à te revoir. Avec toi ont resurgi des sentiments que je croyais enfouis à jamais et qui me déstabilisent. Tout le problème est là, en fait. J'ignore dans quelle mesure ce que je ressens pour toi est un écho du passé ou la réalité.

Brady l'avait écoutée religieusement.

— Mais nous sommes différents aujourd'hui, Vanessa.

Elle leva sur lui un regard empli de nostalgie.

— Quand j'avais seize ans, je t'aurais suivi au bout du monde, Brady. Je nous imaginais construisant notre vie ensemble, fondant une famille.

— Et aujourd'hui ? s'enquit prudemment Brady, redoutant la réponse de la jeune femme.

— Aujourd'hui, nous avons grandi et la vie nous a appris que les choses ne sont jamais aussi simples ni aussi faciles que nous le supposions. Nos vies ont pris des chemins différents, nos rêves ne sont plus les mêmes et je n'ai toujours pas réglé mes problèmes. Je ne trouve donc pas très sage de démarrer aujourd'hui une relation avec toi. Du moins tant que je n'aurai pas résolu mes propres dilemmes, conclut-elle.

— Mais, Van, il ne s'agit pas que d'une relation physique entre nous. Tu le sais bien.

Vanessa secoua la tête.

— Raison de plus pour prendre notre temps, alors. Je n'ai pas encore décidé de la tournure à donner à ma vie professionnelle, et les choses seraient encore plus difficiles entre nous si je devais partir.

La panique s'empara de Brady. Partir ? Il en mourrait s'il devait la perdre une nouvelle fois.

— En tout cas, dit-il en se rapprochant d'elle et en l'étreignant de nouveau, quelle que soit ta décision, il est déjà trop tard. J'éprouve pour toi des sentiments auxquels je ne suis pas prêt à renoncer. Et tu ressens la même chose, je le sais.

Un frisson de désir la parcourut tout entière. Elle retrouva dans le regard ardent de Brady l'ombre du jeune adolescent qu'elle avait aimé et auquel elle ne pouvait résister.

— La décision m'appartient, Brady, parvint-elle néanmoins à dire. Et je la prendrai avec le recul nécessaire, certainement pas sous le coup de la passion ou de pressions quelconques. Crois-moi, c'est beaucoup mieux ainsi.

Brady la défia du regard.

— Je ne suis pas un de ces amants lisses et bien élevés dont tu sembles avoir l'habitude, Van. Et sois tranquille, je n'emploierai ni la séduction ni les menaces pour te retenir. J'attendrai, et lorsque le moment sera venu je prendrai ce qui m'est dû, tout simplement.

Se sentant défiée, Vanessa se libéra de son étreinte et lui tourna le dos.

— Tu ne prendras rien que je ne veuille bien donner, riposta-t-elle sèchement. Quant à mes supposés amants, j'aurais aimé t'en donner la liste mais je préfère te dire la vérité.

Elle marqua un temps d'arrêt puis se retourna pour lui faire face, les yeux étincelant d'une rage froide.

— Je n'ai jamais eu d'amant, siffla-t-elle d'un ton moqueur. Parce que c'est moi qui en ai décidé ainsi. Et si je décide de ne pas te céder, tu n'auras plus qu'à aller rejoindre le rang de mes amoureux transis, tu peux me croire !

Personne. Il n'y avait eu personne. Il passa outre la provocation contenue dans la phrase de Vanessa et avança vers elle. Mais il s'arrêta dans son élan. Il ne fallait pas lui donner la satisfaction de faire le premier pas, ni celle de partir avec éclat. Il s'approcha donc de la porte et lui demanda négligemment :

— Si nous allions au cinéma ce soir ?

La stupéfaction se peignit sur le visage de la jeune femme.

— Pardon ? s'enquit-elle, certaine d'avoir mal compris.

— Veux-tu aller au cinéma ce soir ? répéta-t-il calmement.

— Je... Heu... oui, s'entendit-elle répondre.

— Parfait, dit-il en claquant la porte derrière lui.

La vie ressemblait à un puzzle, se disait Vanessa, songeuse. Pour l'heure, prise dans le tourbillon des préparatifs du mariage et de l'organisation du pique-nique, elle n'avait guère le temps de tenter d'en assembler les pièces. Depuis une semaine, elle jonglait entre l'élaboration des menus, le choix des photographes et la commande des innombrables bouquets. Devant l'ampleur de la tâche, elle estimait que c'était une erreur de mélanger une cérémonie intime à une fête municipale, mais ce n'était pas son choix et elle se devait de le respecter.

Elle ne le réalisait pas vraiment tout à fait, mais au fil des jours elle recouvrait santé physique et morale. Cela faisait des années qu'elle ne s'était pas sentie aussi bien. Elle sortait avec Brady presque tous les soirs. Ils allaient au restaurant, au cinéma, assistaient à des concerts. Brady était un compagnon si agréable, à l'humeur si constante, que Vanessa en vint à se demander si elle n'avait pas rêvé les propos venimeux échangés dans la cuisine.

Mais chaque fois que Brady passait la porte et qu'il l'embrassait, le souffle court, elle savait qu'il n'avait pas renoncé. Qu'il attendait que ce soit elle qui vienne à lui.

La veille du mariage, elle avait décliné l'invitation de Brady pour aider Loretta et Joanie à régler les détails de dernière minute.

— Je persiste à penser que les garçons auraient pu nous donner un coup de main, maugréait Joanie en disposant de petits pâtés à la viande sur un plateau.

— Ils ne feraient que nous encombrer, contesta Loretta. Et à vrai dire, je préfère ne pas avoir Ham dans les jambes ce soir, je me sens trop nerveuse.

Joanie éclata de rire.

— Papa est dans le même état que vous. Lorsqu'il est venu à la ferme aujourd'hui, il avait les nerfs à vif.

— C'est bon de savoir que lui aussi souffre, plaisanta Loretta en souriant.

Elle consulta une fois de plus l'horloge de la cuisine. Dans quatorze heures exactement, elle deviendrait Mme Ham Tucker !

— Pourvu qu'il ne pleuve pas !

Vanessa, qui appliquait consciencieusement les consignes culinaires dispensées par Joanie, s'arrêta pour rassurer sa mère.

— Les prévisions météorologiques sont excellentes : il fera beau et chaud.

Loretta adressa un petit sourire contrit à sa fille.

— Tu me l'as déjà dit, n'est-ce pas ?

— A peine cent fois, la taquina Vanessa.

— Nous pourrons toujours nous rabattre à l'intérieur mais cela gâcherait la fête. Ham tient tellement à son pique-nique !

— Il ne pleuvra pas, Loretta, affirma Joanie en lui prenant la pâte des mains.

Puis, incapable de résister plus longtemps, elle aborda le sujet qui l'excitait au plus haut point :

— C'est quand même trop bête que vous ayez dû reporter votre lune de miel, lâcha-t-elle d'un ton compatissant.

Loretta haussa les épaules d'un air dégagé destiné à cacher sa déception.

— Ham n'a pas réussi à se libérer, ce n'est pas grave. Et puis, il va bien falloir que je m'habitue à ce genre de petites contrariétés puisque je vais devenir l'épouse d'un médecin. Zut, il pleut ! N'est-ce pas la pluie que j'entends ? s'enquit-elle, prise de panique.

— Non, répondirent en chœur les deux futures belles-sœurs.

— Ce doit être la fatigue des derniers jours, dit-elle en secouant la tête. Figurez-vous que je ne retrouve plus mon chemisier de soie bleue, et que j'ai égaré le pantalon en lin que j'ai acheté en solde le mois dernier. Mes nouvelles sandales et une de mes robes de cocktail noire ont également mystérieusement disparu. Je me demande vraiment où j'ai pu ranger tout cela !

Vanessa fusilla Joanie du regard, pressentant le fou rire qui allait les trahir.

— Ne t'inquiète pas, tu vas bien finir par les retrouver, dit-elle à sa mère pour la rassurer et brouiller les pistes.

— Oui, oui, répondit sa mère d'un ton distrait. Bien sûr. Vous êtes sûrs qu'il ne pleut pas ?

Exaspérée, Vanessa se planta devant Loretta, mains sur les hanches.

— Bon sang, maman ! Il ne pleut pas et il ne pleuvra pas plus demain. Tu devrais aller prendre un bain, cela te détendrait.

Lorsque Vanessa vit les yeux de sa mère se remplir de larmes, elle crut bon de s'excuser.

— Je suis désolée. Je ne voulais pas te parler aussi sèchement.

— Tu m'as appelée « maman », hoqueta Loretta, les larmes ruisselant à présent sur ses joues. Je croyais que ce jour ne viendrait jamais.

Submergée d'émotion, elle quitta précipitamment la pièce.

— Bon sang, il a fallu que je gâche tout la veille de son mariage ! grommela Vanessa, furieuse contre elle-même.

— Tu n'as rien gâché du tout, dit Joanie en passant une main affectueuse sur l'épaule de son amie. Je vous ai bien observées toutes les deux. Et je sais que vous n'espériez que ça.

— Je ne sais pas si je peux lui donner ce qu'elle attend de moi.

— Mais bien sûr que tu peux, lui certifia Joanie d'une voix douce. D'une certaine façon, et sans même t'en rendre compte, tu le fais déjà. Pourquoi n'irais-tu pas la rejoindre pour lui demander si tout va bien ? Pendant ce temps, je passerai un coup de fil à Brady pour qu'il vienne m'aider à transporter tout ça chez papa.

— Tu as raison, j'y vais.

Vanessa monta l'escalier lentement, se donnant le temps de réfléchir à ce qu'elle allait dire à sa mère. Mais lorsqu'elle la vit assise sur son lit, désemparée, elle oublia tous ses beaux discours.

— Excuse-moi, dit Loretta en essuyant ses yeux rougis avec un mouchoir. Mais je suis sur les nerfs en ce moment.

— C'est normal.

Elle hésita à entrer dans la pièce.

— Préfères-tu rester seule ?

— Non. Tu veux bien t'asseoir un moment ?

Incapable de refuser, Vanessa alla prendre place à côté de sa mère.

— Je ne sais pas pourquoi, j'étais en train de te revoir bébé. Tu étais si jolie ! Je sais bien que chaque enfant est la fierté de sa mère, mais toi tu étais vraiment très jolie. Vive. Intelligente.

Tout en parlant, elle enroulait ses doigts autour des cheveux de sa fille.

— Quelquefois, je me levais la nuit juste pour te regarder dormir. Je n'arrivais pas à croire que tu étais mon enfant. Du plus loin que je me souvienne, j'ai toujours désiré un foyer rempli d'enfants. De nombreux enfants. Le jour de ta naissance a été le plus beau jour de ma vie. Mais tu comprendras mieux lorsque tu seras maman à ton tour.

Vanessa pesa soigneusement ses mots avant de dire :

— Je sais que tu m'aimais et c'est justement pour cette raison que la séparation a été si difficile. Mais je ne pense pas que le moment soit bien choisi pour aborder ce sujet.

— Tu as raison.

Le moment viendrait-il un jour d'avoir une explication ? Loretta en doutait.

— Je veux juste que tu saches que je te comprends. Et que je suis consciente des efforts que tu fais pour me pardonner. Cela signifie déjà beaucoup pour moi.

Elle profita de l'occasion pour prendre les mains de sa fille entre les siennes.

— Sache que je t'aime autant qu'à la première minute de ta vie, lorsque je t'ai serrée dans mes bras. Et que je t'aimerai toujours, Van, quoi qu'il arrive.

— Je t'aime aussi, murmura Vanessa en portant leurs mains unies à son visage. Je n'ai jamais cessé de t'aimer.

Emue, elle se leva et adressa un petit sourire à sa mère.

— Tu devrais essayer de dormir à présent. Il faut que tu sois en forme demain.
— Oui. Bonne nuit, Van.
— Bonne nuit, dit la jeune femme en refermant doucement la porte derrière elle.

8

Un sifflement réveilla Vanessa en sursaut. « Est-ce la pluie ? » se demanda-t-elle sans trop se rappeler pourquoi cette question lui paraissait si importante.

Le mariage. Les brumes du sommeil se dissipèrent peu à peu et elle s'assit dans son lit, regardant le soleil filtrer par les persiennes. De nouveau, elle entendit le sifflement, accompagné cette fois du bruit de cailloux lancés contre ses volets. Elle bondit de son lit et se rua à la fenêtre.

Brady se trouvait dans le jardin, en survêtement et en baskets.

— C'est l'heure, dit-il à mi-voix.

Vanessa le regardait, les coudes appuyés sur le rebord de la fenêtre.

— L'heure de quoi ?
— Eh bien, de te lever.
— Tu ne pouvais pas téléphoner ?
— Je ne voulais pas réveiller ta mère.
— Quelle heure est-il ? s'enquit Vanessa en bâillant.
— Plus de 6 heures, répondit-il en rappelant à l'ordre Kong, occupé à déterrer les tulipes. Alors, tu descends ?

En riant elle referma la fenêtre. Il ne lui fallut pas plus de dix minutes pour se préparer et rejoindre Brady. Elle fut presque déçue d'apercevoir Joanie, Jack et Lara venus eux aussi l'attendre.

— Alors, s'enquit-elle, que sommes-nous censés faire à une heure aussi matinale ?

— Nous occuper de la décoration, la renseigna Brady

en désignant une boîte en carton. Il y a tout ce qu'il faut là-dedans : papier crépon, ballons, tulle, guirlandes... Nous avons pensé à quelque chose d'élégant et de discret ici pour la cérémonie, et à un autre genre de décoration chez papa pour le pique-nique.

— Encore des surprises, si j'ai bien compris. Eh bien, allons-y. Par quoi commençons-nous ?

Ils se mirent au travail en murmurant, étouffant régulièrement leurs fous rires et se chamaillant joyeusement. En fait de décoration discrète, Brady s'était mis en tête d'accrocher un peu partout des banderoles surmontées de ballons multicolores.

— Je te rappelle qu'il s'agit d'une réception, pas d'un cirque, ironisa Vanessa. On dirait l'œuvre d'un enfant de cinq ans.

Imperméable aux taquineries de la jeune femme, Brady répliqua :

— Peut-être, mais moi je te rappelle qu'il s'agit également d'une fête. Passe-moi le papier crépon rose, veux-tu ?

En dépit du manque évident de goût dont faisait preuve Brady, Vanessa s'exécuta docilement.

Jack, de son côté, s'était attaqué aux gouttières auxquelles il accrochait des mètres de tulle orné de grelots tandis que Joanie nouait des rubans partout où elle le pouvait, le tout sous la haute surveillance de Lara qu'elle avait installée sur une couverture en compagnie de Kong.

Le résultat de leurs efforts conjugués se révéla désastreux mais eux le jugèrent formidable.

— Voilà, annonça Brady en affichant un air satisfait, il ne reste que ces deux rouleaux de banderoles à attacher.

— Viens, commanda Vanessa en se ruant vers la maison, j'ai une idée. Fais-moi grimper sur tes épaules.

Sans attendre son assentiment, elle se hissa sur le dos de Brady, enroulant ses jambes fuselées autour de sa taille, première étape pour atteindre enfin ses épaules.

— Donne-moi les rouleaux, à présent.

— J'adore tes jambes, commenta Brady en mordillant la chair tendre de ses cuisses.

— Arrête, Brady. Considère que tu n'es qu'une échelle pour moi.

Elle accrocha une des extrémités des banderoles aux charnières du toit.

— C'est bon, tu peux reculer. Doucement. Maintenant, emmène-moi au grand sycomore qui est à l'arrière de la maison.

Tandis que Brady exécutait docilement ses ordres, elle s'appliquait à garder son équilibre tout en tressant ensemble les deux rouleaux de papier. Elle accrocha la frise ainsi obtenue à une des branches de l'arbre et guida de nouveau Brady vers la maison où elle fixa les derniers mètres de papier.

Puis elle demanda à Brady de reculer afin de juger de l'effet obtenu.

— Charmant, s'exclama-t-elle, l'air satisfait. Vraiment charmant.

Joanie sourit en voyant son amie toujours perchée sur les épaules de son frère.

— Nous ferions mieux d'y aller. Nous n'avons plus que deux heures devant nous. Toi, intima-t-elle à Brady, tu t'occupes de papa jusqu'à ce que nous soyons de retour.

— Allons, lui dit son mari en la prenant par le bras, cesse de t'inquiéter pour ton père, et partons, sans quoi nous risquons vraiment d'être en retard.

— Je ne m'inquiète pas, riposta Joanie en se retournant vers son frère. N'oublie pas de vérifier la commande chez Mme Leary. Et les...

Ses paroles furent étouffées par la main de Jack qui lui fermait la bouche.

Tous deux les regardèrent s'éloigner avant de regagner l'entrée de la maison. Brady se baissa pour permettre à Vanessa de descendre.

— Tu m'offres un petit déjeuner ? demanda-t-il.
— Non.

— Une tasse de café alors ?

— Non plus, dit-elle en riant. Je vais me prélasser dans un bain bien chaud et ensuite je prendrai le temps de me faire belle.

— Tu es déjà belle, lui glissa-t-il gentiment à l'oreille.

— Je peux l'être encore plus si je veux, lui dit-elle d'un ton mutin en se faufilant à l'intérieur de la maison.

Vanessa semblait avoir hérité de l'extrême nervosité qui s'était abattue sur sa mère ces dernières heures. Alors que la mariée se préparait, la jeune femme passait fébrilement d'une pièce à l'autre, mettant la dernière touche aux bouquets, vérifiant que le champagne avait bien été placé dans le réfrigérateur, et faisait les cent pas en maudissant le photographe qui n'était toujours pas arrivé.

— Il devrait être là depuis dix minutes, maugréa-t-elle. Je savais bien que c'était une erreur de prendre le petit-fils de Mme Driscoll. Je ne sais pas pourquoi...

Elle se retourna vers sa mère qui venait de faire son entrée et la regarda, le souffle coupé.

— Maman ! Tu es magnifique !

Loretta avait choisi une robe de soie vert émeraude d'une simplicité étonnante mais dont la coupe parfaite mettait en valeur ses formes épanouies. Un petit chapeau assorti complétait merveilleusement sa tenue.

— Ce n'est pas trop habillé ? s'enquit-elle, inquiète.

— C'est parfait, vraiment parfait, assura sa fille. Je ne t'ai jamais vue aussi belle.

Loretta afficha un sourire rayonnant.

— Je suis si heureuse que je crois bien que je vais pleurer.

— Ah non ! Tu ne vas pas pleurer, lui intima fermement Vanessa. Le photographe ! s'exclama-t-elle soudain en entendant le portail s'ouvrir. Tu as tout ce qu'il faut ?

— Tout ce qu'il faut ?

— Oui. Quelque chose de vieux, quelque chose de neuf...

— Flûte ! J'ai failli oublier ! s'écria Loretta en récapitulant fébrilement ce qui lui manquait. Ma robe est neuve... Mes perles. Ce collier appartenait à ma mère qui le tenait elle-même de la sienne, il est donc ancien.

— C'est un bon début, l'encouragea Vanessa. Quelque chose de bleu ?

— Oui. Je porte sous ma robe un caraco en dentelle incrusté de rubans bleus.

— Parfait. Il nous manque l'objet emprunté.

Elle détacha de son poignet un fin bracelet en or qu'elle alla passer au poignet de sa mère.

— Voilà, tu as tout ce qu'il faut à présent.

Emue, Loretta remercia sa fille.

— Ah ! La famille Tucker au grand complet vient de faire son entrée, reprit Vanessa en regardant par la fenêtre. Va dans le salon de musique pendant que j'essaie de les retenir.

La jeune femme attendit que sa mère soit hors de vue pour leur ouvrir la porte. Une joyeuse confusion régnait au sein du petit groupe. Joanie expliquait à Brady comment épingler correctement sa boutonnière, Jack râlait après sa femme qui avait trop serré sa cravate, Ham arpentait nerveusement la pièce.

— Tu as amené Kong ? dit Vanessa en fixant le bel œillet rouge que son maître avait artistiquement accroché à son collier.

— Il fait partie de la famille, non ? Au fait, tu avais raison.

— A quel sujet ?

— Tu peux être encore plus belle, dit-il en la détaillant avec admiration.

Vanessa avait porté son choix sur une ample jupe imprimée qui contrastait merveilleusement avec le bustier en dentelle bleue qui dévoilait la courbe douce de ses épaules.

— Merci, mais tu es très beau toi aussi.

Portée par un élan de tendresse, elle alla rectifier le nœud de la cravate qu'il avait assortie à son costume sombre. Puis elle jeta un dernier coup d'œil circulaire : tout semblait parfait. Il était temps d'aller chercher la mariée.

Elle la trouva assise sur le tabouret de piano, s'appliquant à respirer profondément.

— Tu es prête ? demanda la jeune femme à sa mère.

— Oui, répondit Loretta en se levant.

Arrivée devant la porte qui donnait sur le jardin, elle s'arrêta et s'agrippa à la main de sa fille. Ensemble, elles traversèrent la pelouse pour se rendre devant le pasteur. Vanessa lâcha alors la main de sa mère et alla rejoindre Brady.

Emue, elle assista à l'union de Loretta et de Ham, puis alla féliciter les nouveaux mariés.

— Tous mes vœux de bonheur, madame Tucker, dit-elle en embrassant sa mère.

— Oh, Van !

— Ce n'est pas le moment de craquer, tu as plein de photos à faire ! lui chuchota-t-elle à l'oreille.

Ivre de joie, Joanie rejoignit les deux femmes, Lara dans les bras.

— Allons, embrasse ta grand-mère, dit-elle à sa fille.

Brady passa un bras autour des épaules de Vanessa.

— Quel effet cela te fait d'être la tante de cette enfant ?

— Je n'en reviens pas, avoua-t-elle en souriant à l'objectif du photographe.

— Allons, il est temps d'ouvrir le champagne.

Deux heures plus tard, tout le monde se trouvait au domicile des Tucker où Brady s'affairait à faire griller au barbecue les plateaux de viande que Vanessa lui apportait.

Il avait retiré sa cravate et la veste de son costume, et roulé les manches de sa chemise.

— Ce pique-nique est exactement tel que dans mon souvenir, dit Vanessa.

Des hordes de gens avaient investi la plus petite parcelle du jardin. Certains avaient pris place aux tables dressées un peu partout pour l'occasion, d'autres s'étaient installés sur la pelouse. Les enfants jouaient bruyamment, heureux de s'ébattre en liberté tandis que les anciens papotaient à l'ombre des grands arbres.

On avait installé une chaîne hi-fi dispensant une musique populaire qui enchantait une bande d'adolescents venus là pour flirter librement.

— Regarde, commenta Brady en les montrant du doigt, nous étions comme eux, il y a quelques années. Dire qu'aujourd'hui, je suis le très respectable Dr Tucker ! Je n'arrive pas moi-même à y croire… Tiens, prends ce sandwich.

Vanessa mastiqua consciencieusement une bouchée de pain.

— Tu as de la moutarde, là, la prévint Brady.

Sans lui laisser le temps de réagir il avait saisi les mains de la jeune femme et s'était penché vers elle pour lécher le coin de sa bouche.

Embarrassée, Vanessa recula.

— Tu vas faire brûler tes hamburgers.

En guise de réponse, il se pencha de nouveau et lui donna cette fois un baiser fougueux, s'attardant à mordiller ses lèvres pleines et sensuelles. Ils se perdirent dans ce baiser jusqu'à en oublier la foule présente. Lorsque Brady relâcha son étreinte, il entendit quelqu'un dire :

— Comme au bon vieux temps, on dirait.

— Beaucoup mieux, riposta Brady du tac au tac.

Une petite tape sur son épaule le fit se retourner. C'était Violet Driscoll.

— Lâche un peu cette jeune femme et occupe-toi plutôt de tes invités, ronchonna-t-elle. Les gens meurent de faim, ici.

— Bien, madame, plaisanta-t-il.

— Il n'a jamais eu un brin de jugeote, s'exclama la vieille dame. Mais c'est vrai qu'il est très beau, ajouta-t-elle en adressant un clin d'œil complice à Vanessa.

— Elle a raison, admit la jeune femme en poussant un profond soupir.

— Tu trouves que je suis beau ?

— Non, que tu n'as pas un brin de jugeote.

Elle lui lança un regard aguicheur et le planta là pour aller retrouver ses amis d'enfance.

C'était comme au bon vieux temps. Les visages avaient pris quelques rides, des enfants étaient venus grossir les rangs, mais l'ambiance restait la même. Toujours cette bonne odeur de barbecue, cette joyeuse atmosphère ponctuée d'éclats de rire et de conversations banales.

Lorsque Brady vint la rejoindre, Vanessa était assise dans l'herbe avec Lara.

— Que fais-tu ? s'enquit-il.

— Eh bien, tu vois : je joue avec ma filleule.

Femme et enfant levèrent la tête simultanément pour sourire au nouveau venu.

C'est alors que quelque chose remua Brady, le frappant comme une évidence. En voyant Vanessa lui sourire, un enfant au creux des bras, il sut que c'était ce qu'il attendait depuis toujours.

— Tout va bien, Brady ? s'enquit Vanessa en notant son air songeur.

— Oui... oui, bien sûr, balbutia-t-il. Pourquoi ?

— Tu me regardais d'une drôle de façon.

Il s'assit à côté d'elle et prit le parti de lui dire la vérité.

— Je t'aime encore, Vanessa, et je ne sais pas quoi faire.

Même si la jeune femme avait réussi à mettre un nom sur le déferlement d'émotions qui la submergea à ce moment-là, elle aurait été incapable de les formuler. Elle avait devant elle non plus le jeune adolescent rebelle et vindicatif de sa jeunesse, mais un homme mûr qui, calmement, délibérément, venait de lui déclarer son amour. Il attendait qu'elle réagisse mais elle ne pouvait pas. L'émotion la paralysait.

Les couinements de Lara mirent un terme au silence embarrassé de Vanessa.

— Brady, je...

Mais, déjà, Joanie se laissait tomber à côté d'eux.

— Ah ! Vous voilà, je vous cherchais partout. J'ai l'impression que je tombe mal, je me trompe ?

— Va au diable, Joanie, grommela Brady.

— Je le ferais volontiers puisque tu me le demandes si gentiment, mais je suis venue vous prévenir que la limousine est arrivée. Je crois qu'il est temps de nous occuper de nos jeunes mariés.

Se servant de Lara comme d'un écran, Vanessa se leva la première.

— Tu as raison. Il ne faut pas qu'ils ratent leur avion. Brady, tu as les billets ?

— Oui.

Mais avant qu'elle ait pu lui échapper, il avait pris son menton entre ses mains en murmurant :

— N'oublie pas, Van, nous avons encore une affaire en cours.

— Je sais, dit Vanessa d'une voix qu'elle s'appliquait à garder calme pour masquer son tumulte intérieur. Mais ne penses-tu pas que le moment n'est pas bien choisi ?

Lara perchée sur la hanche, elle s'éloigna à grandes enjambées retrouver sa mère.

— Qu'est-ce que c'est que cette histoire de limousine ? demanda Ham à sa fille. Quelqu'un est mort ?

— Non, lui répondit Joanie en déroulant les manches de sa chemise et en réajustant ses boutons de manchette. Toi et ton épouse allez faire un petit voyage.

— Un voyage ? dit Loretta, perplexe.

— Lorsque de nouveaux mariés partent en voyage, cela s'appelle une lune de miel, précisa Brady à son tour.

— Mais c'est impossible ! protesta Ham, j'ai des rendez-vous toute la semaine.

— Eh bien, tu n'en as plus, expliqua Brady.

Les quatre jeunes gens escortèrent leurs parents, incrédules, vers la limousine.

— Je n'en crois pas mes yeux ! s'exclama Loretta en voyant l'immense voiture garée devant la maison.

Brady sortit une enveloppe de sa poche et la tendit à son père.

— Votre avion décolle à 18 heures. *Vaya con Dios !*

— Que veut dire tout ceci ? demanda Ham qui ne comprenait plus rien.

Vanessa nota avec amusement que de vieilles chaussures et des boîtes de conserve avaient déjà été accrochées au pare-chocs.

— Mon emploi du temps…, commença Ham.

— Est en ordre, acheva Brady. Et nous nous revoyons dans quinze jours.

— Quinze jours ? Mais où diable allons-nous ?

— Au Mexique, annonça Joanie en plaquant un baiser sonore sur les joues de son père.

— Au Mexique ? s'exclama Loretta. Mais nous n'avons même pas fait nos bagages !

— Ils sont dans le coffre, dit Vanessa en embrassant tendrement sa mère.

— Dans le coffre ? Ma chemise de soie bleue ?

— Entre autres, précisa sa fille.

C'en était trop pour Loretta qui fondit en larmes.

— Vous avez préparé tout ça en cachette ? hoqueta-t-elle. Vous tous !

— Bande de sournois ! grommela Ham qui avait du mal à contenir son émotion. Eh bien, Loretta, finalement, je crois bien que nous l'aurons, notre lune de miel.

— Pas si vous ratez votre avion, dit Joanie qui, toujours prompte à s'inquiéter, les poussa à l'intérieur de la limousine. Allez-y à présent, et bon voyage.

— Bon voyage ! reprirent-ils tous quatre en chœur.

Ce fut sous les acclamations et les hurlements de joie des villageois que la limousine descendit lentement Main Street.

— Voilà, ils sont partis, murmura Joanie en enfouissant son visage contre l'épaule de son mari.

— Allons, ma chérie, lui dit Jack en lui caressant

tendrement les cheveux, les enfants doivent un jour voler de leurs propres ailes. Rentrons chez nous à présent.

Emue, Vanessa regarda s'éloigner la petite famille.

— Il faut que je te parle, lui dit Brady. Chez toi ou chez moi ?

— Je pense que nous devrions attendre...

— Nous avons assez attendu, trancha Brady.

Sentant l'étau se refermer, Vanessa regarda autour d'elle, cherchant désespérément une échappatoire.

— Mais les invités...

— Ils ne s'apercevront même pas de notre absence.

Et sans plus lui laisser le temps de protester, il la prit par le bras et s'apprêtait à gagner sa voiture lorsque Annie Crampton arriva en courant, affolée.

— Docteur Tucker ! Docteur Tucker ! Venez vite ! Grand-père ne se sent pas bien.

Tous trois se précipitèrent au chevet du vieil homme.

— J'ai une douleur là..., haleta-t-il, une main sur la poitrine. J'ai du mal... à respirer.

Vanessa tendit à Brady la serviette de Ham qu'elle avait pris l'initiative d'aller chercher dans son cabinet.

— J'ai appelé une ambulance, ajouta-t-elle.

Brady approuva d'un signe de tête.

— Ne vous inquiétez pas, monsieur Benson, lui dit-il d'une voix douce et ferme, détendez-vous. Je vais vous faire une piqûre qui va vous soulager.

Impuissante, Vanessa passa un bras réconfortant autour des épaules d'Annie et l'éloigna de son grand-père.

— Vous croyez qu'il va mourir ?

— Mais non ! Avec le Dr Tucker, il est entre de bonnes mains.

— Je sais, c'est lui qui s'occupe de maman, dit Annie en reniflant. Mais grand-père est vraiment vieux. Il était tout joyeux et, tout d'un coup, il est tombé par terre.

— Tout va bien se passer, tu verras. Et lorsqu'il ira mieux, tu lui joueras la chanson que tu as apprise.

— Celle de Madonna ?

— Oui.

L'ambulance fit son entrée, sirène hurlante.

— Ton grand-père va être transporté à l'hôpital.

— Est-ce que le Dr Tucker va aller avec lui ?

— Bien sûr que oui.

Vanessa regarda les ambulanciers se précipiter vers le vieil homme avec un brancard. Brady leur donna des ordres brefs et concis. Elle le vit poser des mains réconfortantes sur les épaules de la mère d'Annie qui l'écoutait parler religieusement, les yeux pleins de larmes.

— Tu devrais aller rejoindre ta maman, à présent, elle doit avoir besoin de toi.

Vanessa parlait en connaissance de cause. Elle ne se souvenait que trop bien de la peur et du désespoir qui l'avaient assaillie lorsqu'on avait emmené son père.

Annie partie, elle se précipita vers Brady.

— Tiens-moi au courant, n'est-ce pas ?

Il acquiesça d'un signe de tête puis s'engouffra dans l'ambulance pour veiller sur son patient.

Il était un peu plus de minuit lorsque Brady revint. Il coupa le moteur et demeura quelques minutes assis à contempler les étoiles qui scintillaient dans la nuit claire, à écouter le vent souffler entre les branches des arbres.

Il était reconnaissant à Jack de lui avoir amené sa voiture à l'hôpital pour qu'il puisse rentrer chez lui. Tout ce dont il rêvait après cette journée harassante, c'était de relâcher ses muscles endoloris dans un bon bain chaud et de boire une bière fraîche.

Il était content de constater que quelqu'un avait négligé d'éteindre les lumières. Il trouvait tellement sinistre de rentrer dans une maison vide et sombre !

Auparavant, il était passé chez les Sexton mais la maison plongée dans l'obscurité lui avait laissé penser que Vanessa devait dormir à cette heure tardive. Il en avait été finalement soulagé car il n'était pas en état d'aborder un sujet aussi délicat que celui qui le préoccupait. Mieux valait laisser à Vanessa le temps de réfléchir.

Une main sur la poignée, Brady songeait avec irritation qu'il n'était pas habitué à tergiverser de la sorte. Il était un homme de décisions et l'avait prouvé à plusieurs reprises dans les choix qu'il avait faits et auxquels il s'était tenu sans faillir et sans jamais les regretter. Alors pourquoi diable était-ce si difficile dès qu'il s'agissait de Vanessa ?

Il allait retourner chez elle et la pousser dans ses retranchements. Et tant pis s'il devait pour cela forcer la porte de sa chambre. Ils régleraient leur problème ce soir ! Il refusait d'attendre un jour de plus !

Fort de cette résolution, il s'apprêtait à regagner sa voiture lorsque la porte de la maison s'ouvrit.

— Brady ? demanda Vanessa, tu n'entres pas ?

Stupéfait, Brady passa machinalement une main dans ses cheveux. Décidément, elle était toujours aussi imprévisible !

— Joanie et Jack m'ont déposée avant de rentrer. J'espère que cela ne te dérange pas de me trouver ici.

Kong qui avait entendu son maître s'était rué sur lui et bondissait en aboyant joyeusement.

— J'ai rapporté des restes du pique-nique, reprit Vanessa. J'ai pensé que tu n'aurais pas eu le temps d'avaler quoi que ce soit.

— Non, en effet, répliqua Brady qui avait repris le chemin de la maison.

— Comment va M. Benson ?

— J'ai craint un moment pour sa vie mais à présent il est hors de danger.

— Tant mieux, Annie avait si peur !

— Depuis combien de temps es-tu là ?

— Deux heures ? Heu... non... en fait cinq exactement, avoua-t-elle. Mais le temps a passé vite. J'ai lu... et puis, j'ai vu ta cuisine. Les travaux ont bien avancé.

— Van, pourquoi es-tu venue ?

La jeune femme se pencha pour caresser le chien avant de répondre :

— Eh bien... A vrai dire, la journée a été longue et j'ai eu le temps de réfléchir à... Comment dire ? Cette affaire en cours que tu as évoquée.

— Et... ?

— Et je... A propos de ce que tu m'as avoué cet après-midi...

— Que je t'aimais ?

Vanessa s'éclaircit la gorge avant de poursuivre.

— Oui, c'est ça, eh bien, je ne sais pas exactement ce que je ressens, ni toi non plus d'ailleurs...

— Je sais parfaitement ce que je ressens, Van, coupa-t-il.

— Oui, mais il est fort possible que tu penses m'aimer parce que tu m'aimais déjà dans le passé et que finalement c'est confortable, tu n'es pas en terrain inconnu.

— Tu crois cela ? Eh bien, tu te trompes : je ne me suis jamais senti aussi perturbé que le jour où je t'ai revue assise à ton piano.

— Il faut quand même que tu saches que je ne suis plus celle que tu as aimée, Brady. J'ai changé. Et quelle que soit l'attirance que nous éprouvons l'un pour l'autre, j'ai peur que nous fassions une bêtise.

Brady franchit les quelques mètres qui le séparaient de Vanessa jusqu'à se retrouver tout contre elle. Il était prêt à toutes les bêtises, pourvu que ce soit avec elle.

— C'est pour me dire ça que tu m'as attendu ici ?

— En partie, admit-elle en se mordant les lèvres.

— Alors, à mon tour, je...

— Je n'ai pas terminé, l'interrompit-elle d'une voix ferme. Si je suis venue ici ce soir, c'est parce que je n'ai jamais réussi à t'oublier. Ce que je veux, en réalité, c'est ce pour quoi mon père nous a séparés.

La jeune femme prit une profonde inspiration et reprit en dardant sur Brady un regard intense :

— J'ai envie de toi, Brady.

Elle se plaqua contre lui et passa les bras autour de son cou.

— Suis-je assez claire ?

Brady se pencha pour effleurer ses lèvres.
— Je crois que oui, lui chuchota-t-il à l'oreille.
— Alors, fais-moi l'amour.
Main dans la main, ils gravirent lentement les marches qui menaient à la chambre de Brady.

9

Pendant qu'elle l'attendait, elle était montée dans cette chambre, imaginant ce qui allait s'y passer, l'appelant de toutes ses forces. Et bien qu'il n'y ait pour tout mobilier qu'un matelas posé à même le sol et une caisse en guise de table de nuit, c'était la plus jolie chambre qu'elle ait jamais vue.

Brady aurait voulu l'aimer dans un décor plus romantique, fait de bougies parfumées et de draps en satin, mais pour l'heure tout ce qu'il avait à lui offrir se résumait à sa propre personne.

Il se sentait aussi nerveux qu'un adolescent à son premier rendez-vous amoureux.

— L'ambiance n'est pas très propice, n'est-ce pas ? s'excusa-t-il.

— C'est parfait, Brady, dit-elle d'un ton rassurant.

Il prit les mains de la jeune femme et les porta doucement à ses lèvres.

— Je ne veux pas, j'ai peur de te faire mal, Vanessa, murmura-t-il.

— Je sais, dit-elle en embrassant à son tour chacun des doigts de son compagnon. Quant à moi, c'est bête mais je ne sais pas comment m'y prendre.

Brady se pencha vers elle et prit sa bouche, jouant voluptueusement avec ses lèvres.

— Tu n'as qu'à te laisser aller, c'est tout.

Se fiant à son instinct, Vanessa promena des mains tantôt légères, tantôt pressantes le long du corps de Brady. Elle lui offrait une bouche avide de sensations et frissonnait de plaisir sous les caresses de son amant qui dessinait son corps de ses mains puissantes et douces. Il s'attarda d'abord sur ses hanches pleines, puis remonta sur sa taille fine.

Ivre de sensations inconnues, Vanessa se pressa un peu plus contre lui, se grisant de la bouche que Brady promenait à présent sur sa gorge et sur ses épaules dénudées. S'abandonnant sans retenue, elle murmura son nom.

Cette totale confiance qu'elle lui témoignait toucha Brady au plus haut point. Car aussi intense que soit la passion qu'il sentait monter en elle, Vanessa n'en demeurait pas moins innocente à ses yeux. Ses courbes avaient beau, à présent, être celles d'une femme, elle était aussi pure que la jeune fille qu'il avait aimée et perdue. Il ne fallait pas qu'il l'oublie. Cette fois serait pour elle. Rien que pour elle.

D'un geste plein de douceur, il dégrafa son bustier, libérant ses seins tendus, puis il fit lentement glisser sa jupe le long de ses hanches. Une myriade de petites étoiles dansèrent devant les yeux de Vanessa.

Brady l'écarta légèrement de lui pour la contempler dans toute la splendeur de sa nudité.

— Que tu es belle ! murmura-t-il.

Rendue plus audacieuse par ses propos flatteurs, Vanessa se rapprocha de Brady et, d'une main encore tremblante, défit un à un les boutons de sa chemise. Rivant ses yeux aux siens, elle fit glisser le vêtement long de ses épaules et le laissa tomber sur le sol. Le cœur battant la chamade, le souffle court, elle se plaqua contre Brady et mit les bras autour de son cou.

— Caresse-moi, lui chuchota-t-elle en s'offrant à lui. Apprends-moi à t'aimer.

Au comble de l'excitation, Brady l'embrassa ardemment, s'obligeant à la tendresse quand son désir commandait un peu plus de passion. Lorsqu'il déposa délicatement Vanessa sur son lit, il put lire dans son regard enflammé tout le désir qu'il lui inspirait.

Il l'allongea, puis, d'une main experte, détacha les

jarretelles qui retenaient ses bas de soie. Il les fit lentement glisser le long de ses jambes fuselées, promenant ses lèvres chaudes sur chaque parcelle de peau qu'ils dévoilaient. Ses doigts couraient, légers, sur son corps brûlant de désir.

Patiemment, il la mena sur des sentiers inconnus, enflammant les coins les plus secrets de son corps. Il en jouait comme d'un instrument de musique, lui arrachant des gémissements de plaisir. Leurs émotions passaient de l'un à l'autre tels des vases communicants. Ils se cherchaient, se reconnaissaient, faisant de cet acte d'amour une expérience unique.

Le corps tendu de Vanessa s'arc-boutait sous le sien, cherchant plus de plaisir encore.

Lorsqu'il la prit avec douceur en murmurant son nom encore et encore, elle cria, abandonnée, impuissante, les yeux brillant de volupté.

Cette nuit-là, elle devint femme dans le plaisir et la joie.

Vanessa se réveilla au chant mélodieux d'un oiseau. Elle s'étira paresseusement et regarda son compagnon qui dormait profondément à ses côtés. Il avait passé un bras autour de sa taille et respirait paisiblement. Elle contempla avec envie la bouche sensuelle, les mains puissantes qui avaient su lui prodiguer tant de plaisir. Abandonné dans le sommeil, il ressemblait plus au jeune homme vulnérable qu'elle avait connu qu'à l'homme dont elle commençait à percevoir les contours.

Elle l'aimait, elle n'en doutait plus à présent. Mais aimait-elle l'homme d'aujourd'hui ou l'adolescent d'hier ?

D'un geste tendre, elle repoussa une mèche de cheveux qui tombait sur son front. Elle était heureuse, et pour l'heure cela suffisait à son bonheur.

Elle repensa à leurs folles étreintes. Découvrir l'amour avec lui avait été merveilleux car ils étaient en parfaite osmose : mêmes besoins, mêmes désirs...

La terre pouvait bien s'écrouler à présent, elle n'oublierait jamais les moments magiques qu'ils venaient de partager.

Dans un élan de tendresse, elle se rapprocha de lui et déposa un doux baiser sur ses lèvres. Mais ce simple contact suffit à éveiller de nouveau ses sens et une onde de désir jaillit, irrépressible.

Brady gardait les yeux mi-clos, se gorgeant d'images qu'il avait découvertes avec elle. Il revit son corps souple et chaud contre le sien qui s'arc-boutait en quête de plaisir. Ses longues mains fines sur sa peau, ses lèvres sensuelles faites pour l'amour.

Lorsqu'il ouvrit les yeux, il la vit lui sourire.

— Bonjour, murmura-t-elle. Je n'étais pas sûre que...

Il lui ferma la bouche d'un baiser. Rêve et réalité se mêlèrent tandis qu'il se glissait en elle.

Le soleil était déjà haut lorsque Brady réitéra sa question.

— Tu disais ?

Vanessa souleva ses paupières encore lourdes de sommeil.

— Hmm. Je t'ai posé une question ?

— De quoi n'étais-tu pas sûre ?

La jeune femme fouilla dans sa mémoire.

— Ah oui ! Je me demandais si tu avais des rendez-vous aujourd'hui.

— C'est dimanche, je te rappelle que le cabinet est fermé. Et toi ?

— J'ai quelques cours à préparer. Il le faut bien maintenant que j'ai dix élèves.

— Tu as dix élèves ? s'exclama-t-il d'un ton étonné.

Vanessa s'étira voluptueusement et posa sa tête sur la poitrine de Brady.

— Oui. Je me suis laissé prendre hier au pique-nique.

— Dix élèves, répéta-t-il, songeur. Envisagerais-tu de t'installer définitivement ici ?

— Tout au moins pour l'été. On m'a proposé une tournée pour l'automne, mais je n'ai pas encore donné ma réponse.

Parfait ! Ainsi, il avait tout l'été devant lui pour tenter de la convaincre. Un large sourire aux lèvres, il demanda :

— Et si nous dînions ?

— Mais nous n'avons même pas pris de petit déjeuner ! protesta-t-elle.

— Je voulais dire ce soir. Ici. Juste toi et moi.

Cette perspective la transporta de bonheur.

— Très bonne idée.

— Bien. Et si nous tentions de bien commencer la journée ? lui dit-il d'un air lourd de sous-entendus.

Vanessa promena ses lèvres sur la poitrine de Brady.

— Je croyais que c'était déjà fait.

— J'entendais par là prendre un bain avec une âme charitable qui me frotterait le dos, la taquina-t-il en la traînant hors du lit.

Une fois que Brady l'eut ramenée chez elle, Vanessa échangea sa tenue de mariage contre un short et un T-shirt plus confortables et attacha ses cheveux. Elle avait décidé de passer sa journée au piano. Pour préparer ses cours, s'entraîner et selon son humeur composer. Les tournées ne laissaient aucune place à la création. Heureusement, elle avait tout l'été devant elle pour s'y adonner. Et pour se consacrer pleinement à son premier amour.

Mon premier amour, songea-t-elle, un sourire béat aux lèvres. Mon premier amant. Et probablement le dernier.

Il l'aimait, ou du moins le croyait-il. Restait à savoir ce qui serait le mieux pour chacun d'eux car elle ne voulait pas risquer de souffrir une fois de plus. Des erreurs avaient été commises dans le passé qu'elle ne voulait pas voir répétées dans le futur. En outre, elle savait que si elle lui avouait ses sentiments, il ne la laisserait plus partir.

Elle estima qu'il était trop tôt pour envisager l'avenir. Mieux valait profiter de l'instant présent.

Alors qu'elle se dirigeait vers le salon de musique, le

téléphone se mit à sonner. Elle hésita un instant puis se décida à décrocher le combiné.

— Allô !

— Vanessa ? demanda une voix familière.

— Franck ! Comment vas-tu ?

— Bien, bien.

Vanessa imagina son agent en train de passer sa main sur son crâne lisse, comme elle l'avait vu faire si souvent. Son père l'avait engagé pour sa seule capacité à enchaîner les heures de travail sans émettre la moindre plainte, mais elle, elle appréciait sincèrement l'homme qu'il était.

— Comment va ton nouveau protégé ?

— Francesco ? Oh, il est brillant ! Vraiment brillant ! Et il a du caractère, tu peux me croire ! Mais enfin, on lui pardonne, c'est un artiste. Il va jouer à Cordina.

— Au profit de la fondation de la princesse Gabriella ?

— Oui.

— Je suis certaine qu'il fera des merveilles.

— Oui, sans doute... certainement, balbutia-t-il. Mais vois-tu, la princesse... Elle est très déçue par ton absence et elle m'a demandé...

Vanessa entendit Franck avaler péniblement sa salive.

— Eh bien, elle m'a demandé d'essayer de te faire changer d'avis.

— Franck...

— Tu serais logée au palais, bien sûr !

— Je sais, Franck, mais je n'ai pas encore pris de décision en ce qui concerne ma carrière.

— Tu ne peux pas abandonner, Vanessa. Quand on possède ton don...

— Justement, coupa sèchement la jeune femme, c'est *mon* don. Il serait peut-être temps que je prenne mes décisions seule, non ?

Le silence se fit à l'autre bout du fil, puis Franck reprit :

— Je t'accorde que ton père n'a pas toujours été à l'écoute de tes besoins ou de tes envies, mais c'était simplement dans ton intérêt, parce qu'il te savait douée d'un talent exceptionnel.

— Je sais tout cela, Franck.

— Oui, bien sûr.

Vanessa poussa un long soupir. Il était inutile de faire payer à ce pauvre homme le prix de ses frustrations.

— Je comprends tout à fait ta position, Franck, ajouta-t-elle d'une voix radoucie, mais de toute façon, j'avais déjà décliné l'offre de la princesse et lui ai fait parvenir un chèque.

— Je sais, c'est la raison pour laquelle elle m'a contacté, elle n'arrivait pas à te joindre. Elle connaît les liens qui nous unissent, bien que je ne sois pas ton manager officiel, lui rappela-t-il avec une pointe d'amertume.

— Je te promets que tu le deviendras si je décide de continuer.

— Je te remercie, lui dit-il d'une voix chevrotante. Tu sais, je comprends parfaitement que tu aies besoin de temps pour te retrouver un peu. Ces dernières années ont été très éprouvantes ! Mais cette fondation est si importante pour la princesse ! Elle tient vraiment à ta présence !

— Je sais, admit Vanessa à contrecœur.

— Et ce ne serait que le temps d'une représentation, insista Franck, sentant la jeune femme sur le point de flancher. En principe, deux morceaux sont prévus mais tu pourrais n'en jouer qu'un. Rien que ton nom sur le carton d'invitation ferait la différence ! Tu aurais carte blanche, évidemment, poursuivit-il, intarissable. C'est une cause qui vaut la peine, je t'assure.

— Quand aura lieu la soirée ?

— Le mois prochain.

Vanessa leva les yeux au ciel.

— Le mois prochain ! Mais quel jour précisément ?

— Le troisième samedi de juin, précisa-t-il.

— Dans trois semaines, donc. Très bien, tu peux annoncer à la princesse qu'elle pourra compter sur moi, annonça-t-elle en poussant un profond soupir.

— Vanessa, je ne peux pas te dire à quel point...

— Chut ! l'interrompit Vanessa en souriant.

— Tu pourras séjourner à Cordina aussi longtemps que tu le voudras.

— Une soirée, répéta-t-elle fermement. Fais-moi parvenir tous les détails. Et présente mes hommages à Son Altesse.

— Tu peux compter sur moi, lui assura Franck d'une voix fébrile. Elle va être si heureuse !

— Alors, à bientôt, Franck, dit Vanessa en raccrochant.

C'était étrange, mais elle ne ressentait pas l'angoisse et l'anxiété qui l'habitaient auparavant à l'idée de donner une représentation. Et pourtant la salle de concert de Cordina avait de quoi impressionner n'importe qui avec ses dimensions gigantesques ! Peut-être était-ce le destin qui l'avait poussée à accepter ce défi aujourd'hui, alors qu'elle était en pleine remise en question. Ce concert l'aiderait-il à aller de l'avant ou au contraire à prendre ses distances avec ce métier ?

Elle sentait proche l'heure des décisions. Elle pria pour que celle qu'elle prendrait soit la bonne.

Elle était en train de jouer lorsque Brady revint. Des fenêtres ouvertes lui parvenaient les notes légères, romantiques, que Vanessa égrenait de ses doigts magiques. Une femme et son enfant, envoûtés, s'étaient arrêtés sur le trottoir pour écouter.

Vanessa ne l'entendit pas entrer. Il la regarda jouer, les yeux mi-clos, un sourire aux lèvres, comme possédée par la musique à laquelle elle donnait vie. Il eut le sentiment en l'observant qu'elle faisait passer ses émotions sur les touches du piano. Sa gorge se serra.

Lorsqu'elle plaqua le dernier accord, elle rouvrit les yeux et lui sourit, nullement étonnée par sa présence.

Brady traversa la pièce pour aller la rejoindre, encore en proie à la plus vive émotion.

— Tes mains sont magiques, parvint-il néanmoins à lui dire.

— Les tiennes aussi. Elles ont le pouvoir de guérir.

— Lorsque je suis arrivé, il y avait une femme et son petit garçon sur le trottoir. Ils t'écoutaient jouer et des larmes coulaient sur les joues de cette femme.

— On ne pourrait me faire plus beau compliment. Et toi, tu as aimé ?

— Beaucoup. Qu'est-ce que c'était ?

— Un morceau de ma composition. J'y travaille depuis quelque temps et, pour la première fois, j'ai l'impression qu'il prend forme.

— Tu l'as écrit toi-même ? s'écria Brady. Mais j'ignorais que tu composais !

— Je commence, j'espère pouvoir continuer. Mais tu ne m'embrasses pas ?

Il posa ses lèvres sur celles de Vanessa.

— Depuis quand écris-tu ?

— En fait, j'essaie depuis plusieurs années mais entre les répétitions, les concerts et les déplacements, je n'ai jamais rien pu faire de bien sérieux.

— Mais tu n'as jamais rien enregistré ?

— Non, parce que jusqu'à présent ce n'étaient que des ébauches que je n'avais pas le temps de mener à bien.

— Alors, parle-moi un peu de ce morceau que tu viens de finir.

— Qu'en dire ? Je ne sais pas trop.

— Tu l'aimes ?

— Je l'adore. C'est mon préféré.

Brady avait pris les mains de la jeune femme entre les siennes et jouait avec ses doigts.

— Alors, pourquoi n'achevais-tu pas les œuvres que tu commençais ?

Il la sentit se raidir.

— Je viens de te le dire. Je manquais de temps, répliqua-t-elle sèchement.

— Viens, lève-toi, dit-il.

— Où allons-nous ?

— Là. Sur ce canapé confortable, lui commanda-t-il en la forçant à s'asseoir. A présent, parle-moi.

— De quoi ?

— De ce qu'était ta vie ces dernières années.

— Eh bien, je te l'ai dit. Mais où veux-tu en venir exactement ? Nous étions en train de parler de ma composition et…

— Tout est lié, Van. Il faut que tu saches que les ulcères sont provoqués par un flot d'émotions trop fortes mais surtout contenues. Les frustrations, la colère, le ressentiment, s'ils ne sont pas exprimés, peuvent déclencher ce genre de maladie.

— Je ne suis pas frustrée, s'écria Vanessa avec véhémence. Et tu devrais le savoir mieux que quiconque ! Maintenant, si tu ne me crois pas, renseigne-toi : je suis célèbre sur trois continents !

Brady l'avait écoutée calmement.

— Je n'en doute pas, Vanessa. Mais je ne me souviens pas t'avoir jamais entendue te disputer avec ton père.

Que pouvait-elle répondre à cela ? Elle préféra se retrancher derrière un silence protecteur.

— Le problème est de savoir ce que tu veux réellement, poursuivit Brady : donner des concerts ou composer.

— Les deux ne sont pas incompatibles. Il suffirait simplement de privilégier l'un plutôt que l'autre.

— Et quelle serait ta priorité ?

Vanessa se tortilla sur son siège, manifestement mal à l'aise.

— A l'évidence, je préfère jouer.

— Pourtant, je t'ai entendue dire que tu détestais cela, poursuivit Brady, impitoyable.

— Que je détestais quoi ?

— Je veux te l'entendre dire, Van.

La jeune femme se leva d'un bond et se mit à arpenter nerveusement la pièce sous le regard impitoyable de Brady.

Il ne renoncerait pas tant qu'elle ne lui aurait pas livré des sentiments qu'il savait refoulés.

— D'accord. Je n'ai jamais aimé jouer en public.
— Tu veux dire par là que tu ne voulais pas jouer ?

C'était une affirmation plutôt qu'une question.

— Non, confirma-t-elle. Je ne le voulais pas. J'ai un besoin vital de jouer, mais pas comme cela, pas en public. J'ai trop peur. Tu vas me trouver puérile, mais j'étais paralysée par le trac. J'ai eu beau essayer, jamais je n'ai réussi à surmonter ce malaise.

— Cela n'a rien de puéril, Van. Mais dans ce cas, pourquoi t'es-tu acharnée ?

Il anticipa sa réponse.

— Ton père, bien sûr...

Vanessa passait d'un siège à l'autre, incapable de rester en place.

— C'était si important pour lui ! Il était à mille lieues de comprendre ce que je ressentais.

— C'est ce qui t'a rendue malade, Vanessa.

— Je n'ai jamais été malade ! riposta-t-elle vivement, refusant d'admettre la réalité.

— Peut-être, mais tu as continué pour lui. Au détriment de ta santé. Il n'avait pas le droit, Van.

— C'était mon père, chuchota-t-elle avec émotion. Et je lui dois beaucoup.

« Un sale égoïste, oui », se dit Brady.

— N'as-tu jamais envisagé une thérapie ?

— Il s'y serait opposé. Il était très intolérant et aurait considéré cela comme une marque de faiblesse.

Vanessa ferma les yeux un instant comme pour mieux se plonger dans son introspection.

— Ne le juge pas trop durement, Brady, reprit-elle. Il était comme ça, il faisait abstraction de tout ce qui aurait pu l'empêcher d'avancer. Pour lui, cette phobie n'existait que dans mon imagination. Alors, cent fois j'ai essayé de la chasser, mais cent fois elle est revenue. Au moment d'entrer en scène, je prenais sur moi, je me disais que cette fois tout allait bien se passer, que je n'avais aucune raison de me tourmenter comme je le faisais. Mais je n'y suis jamais parvenue. Je restais dans les coulisses, tremblante, nauséeuse, misérable. Puis je me lançais et retrouvais un comportement à peu près normal. Aussi, je pensais que la fois d'après... ce serait mieux.

Brady détestait l'idée de Vanessa souffrant jour après jour, année après année.

— La pensée qu'il vivait sa vie par procuration à travers toi ne t'a jamais effleurée ?

— Si. Jusqu'à la fin, il est resté exigeant, ne me laissant pas le loisir de m'arrêter, même pour le soigner. Il avait refusé tous les traitements et il est mort dans des souffrances atroces alors que je donnais un concert à Madrid.

— Te sens-tu coupable de cela ?

— Non, répondit-elle sans hésiter. Mais je le regrette, ajouta-t-elle, les yeux embués de larmes.

— Qu'as-tu l'intention de faire, à présent ?

Vanessa se tordit nerveusement les mains avant de répondre.

— Lorsque je suis revenue ici, Brady, j'étais épuisée. Physiquement et moralement. J'avais besoin de prendre du recul pour comprendre ce que je ressentais et ce que je voulais vraiment.

Elle se rapprocha enfin de lui et, tendrement, prit son visage entre ses mains.

— Et retomber amoureuse de toi était bien la dernière chose au monde à laquelle j'aspirais. Je savais que cela entraînerait des complications. Cependant, lorsque je me suis réveillée à tes côtés ce matin, j'étais heureuse. Je n'ai pas envie de te perdre, Brady, conclut-elle en se réfugiant entre ses bras.

— Je t'aime, Vanessa, lui murmura-t-il à l'oreille.

— Alors, donne-moi du temps.

10

— C'était votre dernier patient, docteur Tucker.

Brady leva les yeux des dossiers qu'il était en train de consulter et regarda son assistante.

— Pardon ?

— C'était votre dernier patient, répéta-t-elle, sac sur l'épaule, prête à partir. Voulez-vous que je ferme derrière moi ?

— Oui, merci. A demain.

Il prêta une oreille distraite aux bruits de clés et de tiroirs que son assistante ouvrait et refermait. Il achevait, pour la quatrième fois au cours de cette semaine, une journée de travail de près de vingt heures car, indépendamment de ce qui faisait son lot quotidien, il avait dû faire face à une épidémie de varicelle et de coqueluche qui avait terrassé la moitié de la population.

Il était affamé, épuisé mais par-dessus tout en manque de Vanessa. Il l'avait à peine vue depuis le mariage de leurs parents, depuis ce week-end qu'ils avaient passé presque exclusivement à s'aimer. A trois reprises, il avait dû annuler leur rendez-vous. Et là où d'autres femmes auraient renoncé, Vanessa le comprenait et le soutenait. Elle saurait à quels sacrifices une femme de médecin devait se plier : dîners annulés au dernier moment, vacances reportées, nuits interrompues. Sa décision était prise, il allait l'épouser.

Refermant ses dossiers, il frotta ses yeux fatigués et contempla rêveusement la carte postale posée sur un coin de bureau que son père lui avait hâtivement griffonnée.

Il se demanda si Vanessa aimerait un voyage de noces sous le soleil des tropiques. Journées torrides, nuits passionnées. Tel serait leur programme.

Brady secoua la tête. Il ne pouvait y avoir de voyage de noces sans mariage, et il n'y aurait pas de mariage tant qu'il n'aurait pas convaincu Vanessa que, désormais, elle ne pourrait plus vivre sans lui.

Il se jura de prendre son temps avec elle, de lui offrir les moments romantiques qu'ils n'avaient pas vécus, adolescents, et auxquels il estimait qu'ils avaient droit. Pour elle il voulait des promenades au clair de lune, des dîners au champagne, des discussions au coin du feu. Cependant, il ne pouvait empêcher son imagination délirante de se projeter en mari exemplaire que son épouse attendrait en jouant du piano, tandis que leurs enfants dormiraient dans la pièce contiguë. Il imaginait avec bonheur des matins de Noël, des week-ends partagés avec la femme qu'il aimait et la nombreuse progéniture qui serait venue sceller leur amour.

Brady se rejeta en arrière, yeux mi-clos. Il avait compris à quel point il aspirait à fonder une famille avec Vanessa au moment même où leurs regards s'étaient de nouveau croisés dans le salon de musique.

Mais il savait qu'avant d'en arriver là, il leur faudrait trouver des réponses à leurs questions et des solutions à leurs problèmes. Il étira ses muscles endoloris, décidant qu'il était trop fatigué pour être logique et raisonnable.

Il n'avait pas entendu Vanessa entrer. Elle se tenait dans l'embrasure de la porte et l'observait attentivement, partagée entre des sentiments aussi divers qu'étonnement et admiration. Il paraissait si différent dans son cadre professionnel ! Si sérieux dans sa blouse blanche, son stéthoscope autour du cou. C'était une facette de Brady qu'elle ne connaissait pas ; celle d'un homme responsable qui avait en charge la santé et la vie de centaines de personnes. Lui au moins avait trouvé sa voie. Il avait fait des choix et trouvé sa place, alors qu'elle hésitait encore pour trouver celle qu'elle allait donner à sa vie. Pourtant, invariablement, ses pensées la ramenaient à Brady, la poussaient vers lui.

Elle esquissa un petit sourire et fit un pas dans le cabinet.

— Un rendez-vous de dernière minute, docteur Tucker, lui dit-elle en déposant un panier rempli de nourriture sur son bureau.

Brady sursauta et ouvrit les yeux pour voir l'objet de ses pensées se matérialiser devant lui.

Vanessa éclata d'un petit rire nerveux.

— J'ai failli ne pas entrer. Tu parais si... intimidant.

— Intimidant ? Moi ?

— Oui. Il faut dire que je me trouve face à un médecin. Un vrai médecin.

— Je peux ôter ma blouse si tu veux.

— Non, en fait je crois que tu me plais ainsi. J'ai croisé ton assistante, elle m'a dit que tu n'avais pas encore terminé.

— C'est exact. Mais les dossiers vont devoir attendre, j'ai une faim de loup. Qu'y a-t-il dans ce panier ?

— Notre dîner. J'ai pensé que tu pourrais peut-être y consacrer un moment malgré ton emploi du temps surchargé.

— Tu ne pouvais pas mieux tomber, un patient vient d'annuler son rendez-vous.

Comme par miracle, la simple vue de Vanessa avait suffi à lui faire oublier la fatigue accumulée durant ces derniers jours. Il regarda, attendri, les petites taches de rousseur qui piquetaient le haut de ses pommettes.

— Et si vous me disiez ce qui ne va pas ? s'enquit Brady sur le mode de la plaisanterie.

Vanessa prit place sur un des sièges qui se trouvaient devant le bureau.

— Eh bien, voyez-vous, docteur, dit-elle sur le même ton, je ne sais pas ce que j'ai, mais je me surprends fréquemment à rêvasser, au point d'en oublier ce que je suis en train de dire ou de faire.

— Hmm...

— Et puis, il y a ces petites douleurs, là, ajouta-t-elle en mettant une main sur son cœur.

— Je vois...

— Comme des palpitations, voyez-vous. Et la nuit..., chuchota-t-elle.

Elle se mordit la lèvre et reprit :

— La nuit, des rêves viennent troubler mon sommeil...

Brady se leva et vint s'asseoir sur un coin du bureau.

— Quel genre de rêves ?

— C'est trop personnel, je ne peux pas vous le dire, répliqua-t-elle, d'un air faussement ingénu.

— Vous pouvez tout me dire, je suis médecin, lui dit-il d'un ton encourageant.

— Je n'en suis pas certaine, vous ne m'avez même pas demandé de me déshabiller.

Brady se leva, la prit par la main.

— Suivez-moi.

— Où ?

— Il semble que votre cas requiert un examen complet, déclara-t-il en la conduisant dans la salle des consultations.

— Brady...

— Docteur Brady, je vous prie, lui intima-t-il, désireux de poursuivre le jeu.

Il la souleva par la taille et l'allongea sur la table de consultation. Puis il se pencha et examina attentivement les yeux de Vanessa.

— En effet. Ils sont définitivement verts, annonça-t-il le plus sérieusement du monde.

— Quel soulagement !

— Très bien. A présent, ôtez vos vêtements, je vais vérifier vos réflexes.

Vanessa s'exécuta docilement, déboutonnant lentement les boutons de son chemisier, dévoilant un caraco de soie bleue.

Brady la regardait faire, le souffle court.

— A première vue, vous me paraissez être en excellente santé.

— Oui, mais la douleur dont je vous ai parlé..., insista-t-elle en guidant la main de Brady sur sa poitrine. Vous sentez mon cœur ? Voyez comme il s'emballe. Ma peau est brûlante, murmura-t-elle, et mes jambes ne me portent plus.

D'un doigt leste, Brady abaissa une des bretelles du caraco et caressa l'épaule ronde qui s'offrait à lui.

— Votre cas me semble contagieux, j'envisage même de vous mettre en quarantaine.

— Avec vous, j'espère ? lui susurra-t-elle d'une voix aguicheuse.

— Cela me paraît une excellente idée.

Lorsqu'elle eut retiré ses sandales, Brady fit glisser son pantalon sur ses hanches, caressant la peau soyeuse qu'il découvrait petit à petit.

— Alors, docteur, quel est votre diagnostic ? s'enquit Vanessa, la voix rauque de désir.

— Trop de musique, décréta-t-il en se penchant vers elle.

Vanessa noua les bras autour du cou de son compagnon, frissonnant sous les baisers ardents qu'il déposait au creux de son épaule.

— Pensez-vous pouvoir m'aider ?

— Je vous promets de faire de mon mieux.

Sa bouche vint cueillir celle de la jeune femme. Leurs souffles se mêlèrent.

— Je me sens déjà beaucoup mieux, chuchota-t-elle en lui mordillant les lèvres.

De nouveau, Brady se sentit pris au piège de ses grands yeux émeraude, mais cette fois ce n'était pas pour s'y perdre mais pour s'y retrouver. Tout ce dont il avait toujours eu besoin, dont il avait toujours rêvé, se trouvait là, sous ses doigts à présent impatients. Ses caresses, jusque-là empreintes de douceur et de tendresse, devinrent plus pressantes, plus exigeantes.

Ce changement n'effraya pas Vanessa qui comprit qu'il n'était que le reflet du désir effréné qu'il avait de la posséder. Elle ressentit avec un bonheur intense une ferveur presque désespérée la gagner et ce fut dans une communion totale d'émotions qu'elle entreprit de le dévêtir. Elle lui arracha, plus qu'elle ne lui retira, ses vêtements, n'écoutant que le désir intense qui la submergeait. Elle voulait sa peau contre la sienne, sa bouche sur son corps. Sa première expérience n'avait été que douceur, elle voulait cette fois se laisser aller à des instincts qu'elle sentait plus sombres, plus sauvages.

Au comble de l'excitation, Brady la repoussa contre l'étroite petite table, déchirant la légère tunique de soie qui entravait ses courbes subtiles. Il voulait se rassasier librement de sa peau, s'enivrer de son parfum.

Répondant à ses ardeurs, Vanessa parvint à se hisser agilement sur lui. Elle voulait mener le jeu à son tour, laisser sa bouche explorer la moindre parcelle de ce corps musclé et ferme qui la rendait folle, laisser ses doigts courir sur sa peau moite. Elle jouait passionnément de lui, de son corps, comme elle l'aurait fait d'un instrument de musique. Son cœur rythmait ses élans, elle était prise dans un tourbillon vertigineux d'émotions inconnues. Elle se sentait investie d'un pouvoir étrange mais qui néanmoins la portait aux nues. Elle n'imaginait pas que l'on puisse donner et prendre autant dans l'acte d'aimer et voyait se refléter sa propre passion dans le regard enflammé de son amant.

Brady, subjugué par la force des sentiments de Vanessa, l'agrippa par les hanches, se laissant griser par chaque mouvement cadencé qu'elle imprimait à leurs corps.

— Bon sang, Van, murmura Brady, jouissant de la douce torture qu'elle lui infligeait.

Elle comprit que le moment était arrivé et, d'un mouvement leste, se glissa sous Brady. Elle lui offrit son corps, dans une quête infinie de plaisir.

Durant un instant, le temps suspendit son vol. Vanessa s'abandonnait, émerveillée, aux délicieux tourments de l'amour, arc-boutant son corps insatiable, tour à tour soumise ou exigeante, jusqu'à ce qu'en parfaite osmose, une explosion de plaisir les submerge, les laissant ivres de bonheur.

Vanessa se coula le long du corps de Brady et pressa ses lèvres sur sa gorge, là où les pulsations de son cœur battaient à tout rompre. Encore éblouie, elle avait du mal à réaliser qu'elle avait été l'initiatrice de leurs joutes amoureuses. Elle n'avait eu qu'à se laisser guider par ses pulsions, qu'à obéir à la passion qui l'avait enflammée. Forte de ce pouvoir d'amante qu'elle ne soupçonnait pas, elle se redressa sur un coude et regarda Brady en souriant.

Le visage complètement détendu, les yeux fermés, il paraissait sur le point de s'endormir. Elle agaça doucement le lobe de son oreille.

— Docteur, murmura-t-elle.

— Mmm ?

— Je me sens beaucoup mieux.

— C'est parfait, cela signifie que le traitement a porté ses fruits.

— Oui, dit-elle en promenant un doigt expert sur la poitrine encore palpitante de son amant. Mais je crois que je ne suis pas tout à fait guérie. J'ai encore cette douleur, là, minauda-t-elle en effleurant son visage de baisers légers.

— Vanessa…, protesta faiblement Brady.

Mais la jeune femme feignit de ne pas l'entendre et précisa ses caresses.

— Vanessa, il va t'arriver des ennuis, chuchota-t-il.

— Je prends le risque, murmura-t-elle en retour.

— Seigneur ! gémit Brady en descendant de la table d'examen, je n'en peux plus !

— Cette fois, je pense que je suis guérie, s'exclama Vanessa. Pour le moment, en tout cas.

Elle tendit à Brady ses vêtements et se glissa dans les siens.

— Quand je pense que j'étais simplement venue t'apporter quelques sandwichs au jambon !

La perspective d'un repas, ne fût-ce qu'un simple sandwich, fit saliver Brady.

— Mmm ! J'en rêve depuis des heures !

— Je t'ai apporté aussi quelques chips, je pensais bien que tu serais affamé.

Elle ramassa le T-shirt de Brady et le lui tendit.

— Et si nous allions chez moi ? proposa-t-elle. Nous pourrions dîner au lit.

— Très bonne idée, renchérit Brady.

Une heure plus tard, confortablement installés dans le lit de Vanessa, ils terminaient la bouteille de chardonnay qui complétait leur pique-nique. La jeune femme avait disposé des bougies un peu partout, donnant ainsi à la pièce une ambiance romantique, en parfait accord avec son humeur.

— C'est le meilleur repas que j'aie fait depuis le dernier grand rassemblement des Jeannettes auquel j'ai participé. Je devais avoir treize ans, déclara Vanessa.

Elle prit la dernière chips du paquet et la partagea consciencieusement en deux avant d'en donner la moitié à Brady.

— Tu m'as manqué, lui avoua-t-elle en l'embrassant.

— Toi aussi. Je suis vraiment désolé que cette semaine ait été aussi chargée.

— Ce n'est pas ta faute, je comprends. Tu as dû affronter une épidémie de varicelle, aider à un accouchement, suturer diverses plaies, énonça-t-elle. Tout cela venant s'ajouter aux bobos et consultations quotidiennes.

— Mais comment sais-tu tout cela ? lui demanda-t-il, sincèrement étonné.

— J'ai mes sources, éluda-t-elle.

Elle lui caressa tendrement la joue.

— Tu dois être épuisé.

— Oui, mais au moins la période la plus difficile sera passée lorsque papa rentrera. Tu as reçu une carte postale ?

— Juste aujourd'hui. Apparemment, entre palmiers,

plages de sable blanc et couchers de soleil romantiques, nos parents passent un séjour de rêve.

— Je l'espère. Parce que, dès qu'ils seront rentrés, nous prendrons leur place.

— Que veux-tu dire ? s'enquit Vanessa, perplexe.

— Je veux partir quelque part avec toi, Van, lui dit-il en portant les mains de la jeune femme à ses lèvres. Où tu voudras. N'importe où.

— Partir ? répéta Vanessa, gagnée par la nervosité. Mais pourquoi ?

— Parce que j'ai besoin d'être seul avec toi. Complètement seul, comme nous ne l'avons jamais été. Juste toi et moi.

— Mais nous sommes seuls en ce moment, murmura-t-elle.

Brady posa son verre et la fixa intensément.

— Van, je veux que tu deviennes ma femme, dit-il gravement.

Vanessa ne fut pas surprise par la demande de Brady. Elle savait, lorsqu'il lui avait avoué son amour pour elle, qu'il envisageait cette perspective. Mais elle se sentit submergée de sentiments contradictoires.

Lorsqu'ils étaient adolescents, ils avaient abordé ce sujet, mais tous deux savaient alors que ce n'était qu'un rêve, qui paraissait si lointain qu'il ne se réaliserait sans doute jamais. Aujourd'hui, elle considérait le problème avec des yeux d'adulte qui n'ignorait plus ce que le mot « mariage » voulait dire.

— Brady, je...

— A vrai dire, ce n'est pas vraiment de cette façon que j'envisageais de faire ma demande. J'aurais aimé te déclarer ma flamme de manière plus poétique mais, tout ce que je peux te dire, c'est que je t'aime, que je n'ai jamais cessé de t'aimer et que je t'aimerai toujours.

Emue, Vanessa caressa tendrement la joue de Brady.

— Aucun autre discours préparé n'aurait été plus poétique que celui-là, Brady. Je n'avais jamais réalisé à quel point j'avais envie que tu prononces ces mots. Et j'aimerais pouvoir te dire oui.

— Mais… ? s'enquit Brady, gagné par l'angoisse.

Vanessa leva sur lui des yeux embués de larmes.

— Je ne peux pas accepter, il est encore trop tôt. C'est vrai, nous nous connaissons depuis toujours. Mais nous ne nous sommes vraiment retrouvés que depuis quelques semaines.

— Il n'y a jamais eu que toi, Vanessa. Ton souvenir me hantait jour et nuit, et chaque femme qui a jalonné ma vie n'était qu'un substitut à ton absence.

Bouleversée, Vanessa parvint néanmoins à articuler :

— Depuis mon retour ici, ma vie est complètement chamboulée. Je ne pensais pas te revoir et je me disais que, même si cela se produisait, ça n'aurait plus d'importance. Eh bien, je me trompais : notre histoire compte beaucoup à mes yeux et elle rend les choses d'autant plus difficiles.

— Pourquoi ne les rendrait-elle pas plus faciles, au contraire ? demanda Brady qui sentait avec désespoir la situation lui échapper.

— Parce que j'ai besoin de savoir qui je suis, ce que je veux vraiment, tu comprends ?

— Non, je ne comprends pas.

— C'est possible, en effet. Tout est encore si confus en moi. Ce dont je suis sûre, en revanche, c'est que, pour l'instant, je ne peux pas te donner ce que tu veux. Et peut-être même ne le pourrai-je jamais.

— Pourtant nous sommes faits pour nous entendre, Vanessa, tu ne peux le nier !

La jeune femme le sentait blessé, aussi pesa-t-elle soigneusement ses mots avant de poursuivre.

— Brady, il y a encore trop de questions sans réponses et je ne peux envisager un mariage tant que je n'aurai pas trouvé la solution à mes problèmes.

— Mes sentiments ne changeront pas, tu sais.

— Je l'espère.

— Et sache que je ne te laisserai pas m'échapper une

seconde fois. Car, où que tu sois je te retrouverai, conclut-il d'un air grave.

— C'est une menace ?

— Oui.

Vanessa redressa fièrement le menton et le défia du regard.

— Tu devrais savoir que je déteste cela, Brady.

Dans un geste désespéré, Brady la prit par les épaules et la serra contre lui.

— Tu m'appartiens, Vanessa. Tôt ou tard, tu te rendras à l'évidence.

Un frisson la parcourut tout entière comme chaque fois qu'il la prenait dans ses bras. Mais elle ne flancherait pas !

— Je n'appartiens à personne, Brady, déclara-t-elle crânement.

— Tu ne peux pas nier que le lien qui nous unit désormais est le plus fort, lui murmura-t-il en prenant ses lèvres.

— Je ne le nie pas mais, pour le moment, contentons-nous de cela et sachons profiter des moments qui nous sont offerts. Lorsque je suis avec toi, plus rien d'autre n'existe.

Mais lorsqu'il roula sur elle et que leurs corps s'embrasèrent, il savait que ce ne serait pas suffisant.

Lorsque, au petit matin, Vanessa se réveilla seule dans le grand lit déserté, elle eut peur d'avoir perdu à jamais l'homme qu'elle aimait.

11

« Bien, très bien », se disait Vanessa en écoutant Annie plaquer sur le clavier les dernières notes d'une chanson de Madonna. Elle avait dû la simplifier pour les doigts encore mal dégourdis de l'adolescente, mais elle se devait de reconnaître les progrès effectués par son élève. Un sentiment de fierté la submergea. Elle aussi avait changé. Elle n'aurait jamais imaginé pouvoir un jour apprécier de donner des cours et tirer fierté de l'influence qu'elle pouvait avoir sur de si jeunes cerveaux. En outre, son travail lui permettait de chasser Brady de ses pensées une à deux heures par jour.

— C'est bien, Annie, lui dit-elle d'un ton encourageant.

La joie qui se peignit sur le visage de l'adolescente récompensa largement Vanessa des efforts et de la patience dont elle avait fait preuve.

— Je peux le rejouer, si vous voulez.

— La semaine prochaine, répliqua Vanessa en entendant claquer la porte d'entrée. Et n'oublie pas de travailler ton prochain cours comme je te l'ai demandé.

Elle se tourna vers Joanie qui venait de rentrer dans la pièce, accompagnée de sa petite Lara.

— Salut, Joanie.

— J'ai entendu de la musique. C'est toi qui jouais, Annie ?

La jeune fille lui adressa un sourire plein de fierté, dévoilant un appareil dentaire étincelant.

— Oui. Mlle Sexton m'a même félicitée.

— Elle a eu raison. Je suis d'autant plus impressionnée qu'elle n'a jamais rien pu tirer de moi.

D'un geste affectueux, Vanessa ébouriffa les cheveux d'Annie.

— C'est normal, Mme Knight refusait de travailler ses cours.

— Moi, je travaille ! se défendit Annie. D'ailleurs, maman trouve que j'ai fait plus de progrès ici en trois semaines que chez mon ancien professeur en trois mois.

Elle rassembla ses affaires et ajouta avant de s'éclipser :

— Et puis, c'est plus drôle ici. Au revoir, mademoiselle Sexton. A la semaine prochaine.

— Au revoir, Annie, répondirent en chœur les deux jeunes femmes.

Vanessa se tourna vers sa filleule et lui tendit les bras.

— Bonjour, Lara, lui chuchota-t-elle en la serrant tendrement contre elle.

— Qui sait ? dit Joanie, rêveuse, attendrie par le tableau que formaient son amie et sa fille, peut-être lui donneras-tu des cours un jour.

— En effet, qui sait ?

— En dehors d'Annie, comment se passent tes autres cours ? Mais au fait, combien d'élèves as-tu à présent ?

— Douze, mais je n'en prendrai pas plus.

Elle chatouilla le nez de Lara ce qui eut pour effet de faire rire la petite fille aux éclats.

— Je n'ai pas à me plaindre, tout se passe plutôt bien, sinon que j'ai exigé d'inspecter leurs mains avant qu'ils ne s'installent au piano ; et crois-moi, ce n'est pas du luxe ! Surtout celles de Scott Snook, précisa-t-elle en riant.

— Ce serait miraculeux que tu parviennes à faire rentrer dans les rangs ce jeune vaurien.

— C'est un défi que je me suis lancé, et j'avoue que je commence à me prendre sérieusement au jeu. J'ai des boissons au frais, je te sers quelque chose ?

— Non, merci, je n'ai pas vraiment le temps, et j'imagine que tu attends un autre élève ?

— Sauvée par l'épidémie de varicelle, figure-toi, plaisanta Vanessa qui, Lara bien calée sur la hanche, se rendit dans la cuisine. Mais dis-moi, pourquoi es-tu si pressée ?

— Je suis juste passée voir si tu n'avais besoin de rien. Mais je ne peux pas m'attarder, papa et Loretta seront là dans quelques heures et j'ai mille choses à faire avant leur retour. J'ai déjà consacré une bonne partie de la matinée à ranger le désordre que cette petite tornade avait semé un peu partout dans la maison, et la seule perspective de ce qui m'attend encore m'épuise, gémit-elle en se laissant tomber sur une chaise.

Vanessa retira doucement la petite main que sa filleule avait agrippée à son collier.

— Je peux garder Lara quelques heures, si tu veux, proposa-t-elle gentiment. Laisse-moi juste le temps de mettre de l'ordre dans mes partitions et…

— Tu veux dire par là que je peux aller faire mes courses tranquille, sans ma fille ?

— Eh bien, si tu me fais confiance…

Joanie accueillit la proposition de son amie avec un petit cri de joie. Elle bondit de sa chaise et alla tour à tour embrasser Vanessa et Lara.

— Au revoir, mon bébé, je t'adore.

— Joanie, attends…, dit Vanessa que l'enthousiasme de son amie fit éclater de rire.

— Oui, oui, bien sûr, excuse-moi, je suis tellement excitée ! Mais il y a si longtemps que je ne me suis pas retrouvée seule… que je ne me souviens même pas à quand remonte la dernière fois ! Quelle mauvaise mère je fais ! Tu te rends compte, je suis heureuse de me débarrasser de mon enfant. Non, pas heureuse, corrigea-t-elle, folle de joie !

— Tu es une maman merveilleuse, Joanie, tu le sais bien.

— Bien sûr, je plaisantais. Mais tu n'imagines pas le bonheur que cela représente de ne pas avoir à trimballer avec soi tout l'attirail nécessaire à un enfant en bas âge. Au fait, sauras-tu te débrouiller ?

— Ne t'inquiète pas. Nous allons bien nous amuser toutes les deux, n'est-ce pas, Lara ?

Joanie jeta un coup d'œil circulaire à la pièce.

— Tu devrais mettre en lieu sûr tout ce qui est fragile, conseilla-t-elle à son amie.

— Je m'en occupe, la rassura Vanessa en asseyant la petite fille par terre, devant un magazine.

— Je l'ai changée avant de quitter la maison, mais sauras-tu changer sa couche si elle en a besoin ?

— Mais oui, je me débrouillerai.

— Bon, tu n'as pas de regrets ? Tu en es sûre ?

— Non, je t'assure. Je suis libre tout l'après-midi et si les nouveaux mariés arrivent avant ton retour, nous n'aurons que quelques mètres à effectuer pour aller leur rendre visite.

— J'imagine que Brady va passer te voir.

— Je l'ignore, répondit Vanessa, évasive.

Joanie regarda sa fille se relever maladroitement et trottiner jusqu'à la table basse.

— Je ne m'étais donc pas trompée, dit-elle.

— A quel sujet ?

— J'ai cru remarquer une certaine tension entre vous la semaine dernière. Et depuis, Brady est d'une humeur massacrante ou alors complètement replié sur lui-même. Je croyais que tout allait bien entre vous ?

— Il m'a demandée en mariage.

— Vanessa ! s'exclama Joanie en sautant au cou de son amie, quelle merveilleuse nouvelle !

Semblant vouloir participer à la joie de sa mère, Lara tapa de toutes ses forces sur la table de verre.

— Regarde comme ta filleule est contente !

— J'ai refusé, lâcha Vanessa d'une voix blanche.

— Tu as refusé ! Mais pourquoi ?

Vanessa tourna le dos à son amie, incapable d'affronter sa déception.

— C'est trop tôt, Joanie. Je ne suis de retour que depuis quelques semaines et tant de choses se sont passées depuis.

Ma mère... Ton père... Quand je suis venue ici, je pensais ne rester que quelques jours, au mieux un mois. J'avais même envisagé une tournée pour le printemps prochain.

— Mais cela ne t'empêche pas de mener ta vie privée comme tu l'entends, objecta Joanie. Si tu en as envie, bien sûr.

— Je ne sais pas ce que je veux, avoua Vanessa avec lassitude. Le mariage... Je ne sais même pas ce que cela représente vraiment, alors comment veux-tu que j'accepte d'épouser Brady ?

— Mais tu l'aimes ?

— Je crois, oui. Mais je ne veux pas reproduire la même erreur que mes parents, tu comprends ? J'ai besoin d'être sûre que nous désirons bien tous les deux la même chose.

— Mais toi, que veux-tu ?

— Je te l'ai dit, je ne sais pas, c'est encore très confus.

— Vanessa, je connais bien mon frère, alors, crois-moi, décide-toi vite car il te laissera peu de temps.

— Eh bien, tant pis ! Je prendrai le temps dont j'aurai besoin, déclara-t-elle fermement. Tu ferais mieux d'y aller si tu veux être de retour avant que nos parents ne soient rentrés.

— Tu as raison, dit Joanie qui avait compris que le sujet était clos. Je vais chercher les affaires de Lara.

Brady savait qu'il allait au-devant de nouveaux conflits en se rendant chez Vanessa, et bien que son amour-propre ait été malmené par le refus de la jeune femme et qu'il ait préféré garder ses distances quelques jours, ses pas le ramenaient presque malgré lui devant sa maison.

Il voulait croire qu'elle avait répondu sur un coup de tête, et qu'en n'insistant pas, en jouant la carte de la légèreté, il la ramènerait à de meilleurs sentiments. Il préférait écarter l'éventualité qu'elle pourrait aussi confirmer sa prise de position et donner ainsi un caractère irréversible à sa décision.

C'est donc le cœur battant qu'il frappa à la porte de la jeune femme. De l'intérieur parvenait un vacarme assourdissant qui couvrait tout autre bruit. Vanessa était-elle en colère contre elle-même au point de tout casser dans la maison ? se demanda-t-il, soudain gonflé d'espoir. Avait-elle réalisé qu'elle laissait passer sa chance d'être enfin heureuse ? Cette perspective lui réchauffa le cœur et ce fut d'un pas léger qu'il pénétra dans la maison.

Quelle ne fut pas sa surprise de trouver sa nièce installée par terre dans la cuisine et occupée à entrechoquer allègrement casseroles et couvercles sous la haute vigilance de Vanessa qui, saupoudrée de farine de la tête aux pieds, semblait s'être lancée dans la confection d'un repas.

— Bonjour, dit Brady.

Vanessa sursauta et regarda le nouvel arrivant sans sourire mais le cœur battant la chamade.

— Brady ! Je ne t'ai pas entendu entrer.

— Cela n'a rien d'étonnant, rétorqua-t-il en prenant sa nièce dans ses bras pour l'embrasser. Joanie n'est pas là ?

— Non, comme elle avait prévu de faire des courses en ville, je lui ai proposé de garder Lara.

— Manifestement, tu parais débordée.

Vanessa confirma d'un hochement de tête, découragée par le désordre qui régnait autour d'elle.

Brady caressa tendrement les boucles brunes de Lara avant de la reposer par terre, devant une petite pyramide de boîtes de conserve.

— Imagine un peu ce que ce sera lorsqu'elle aura maîtrisé l'art de décoller toutes les étiquettes. Tu m'offres quelque chose à boire ?

— Oui. Il y a le jus de pomme de Lara.

— Je ne voudrais pas priver cette enfant de sa boisson préférée.

— Alors tu trouveras du soda dans le réfrigérateur. Va te servir, moi je ne peux pas, lui dit-elle en montrant les légumes qu'elle était en train d'émincer avec application.

— Je vois, en effet. Qu'es-tu en train de préparer ?

— Eh bien, au départ ce devait être un ragoût de thon, mais je crois que mes talents culinaires ne me permettent pas de telles ambitions, expliqua-t-elle en reposant son couteau avec lassitude. Je voulais épater Joanie, elle nous a toujours si bien reçus ! Malheureusement, je crois que c'est raté, dit-elle en désignant la mixture qu'elle avait cuisinée. Décidément, je pense qu'il vaut mieux que je renonce définitivement à quelque prétention culinaire que ce soit.

— Tu confectionnes de merveilleux sandwichs au jambon, dit-il d'un air entendu.

— Je ne plaisante pas, Brady, affirma-t-elle d'un ton grave.

— Peut-être devrais-tu, riposta-t-il en se servant un grand verre de soda.

— Tu vois bien que je ne suis pas digne d'être la femme d'un médecin ! Je ne serais même pas capable de lui présenter un repas digne de ce nom alors qu'il aurait passé une journée éreintante à visiter des malades ou à assurer des gardes. N'est-ce pas quelque chose qu'il attendrait de moi ?

— Pourquoi ne le lui demandes-tu pas ?

— Mais enfin, Brady, ouvre les yeux ! Ça ne marchera jamais !

— Tout ce que je vois, c'est que tu n'arrives pas à...

Il jeta un coup d'œil dans la marmite.

— Qu'est-ce que c'est déjà ? reprit-il.

Vanessa esquissa une moue de dégoût.

— C'est censé être un ragoût de thon.

— Tu n'arrives pas à réussir un ragoût de thon, reprit-il. C'est une chance, j'ai horreur de ça !

— Brady, tu sais bien que ce n'est pas le fond du problème.

Mû par un élan de tendresse, il essuya amoureusement la joue recouverte de farine de la jeune femme.

— Et quel est-il alors ?

— Si je suis incapable d'assumer des choses aussi

insignifiantes que celles-ci, comment pourrais-je faire face à des responsabilités plus importantes ?

— Vanessa, crois-tu que je veux t'épouser pour m'assurer un repas chaud tous les soirs ?

— Non, mais je ne peux pas accepter de devenir ta femme alors que je ne me sens pas à la hauteur du rôle que j'aurais à tenir à tes côtés.

D'un geste impatient, Brady désigna vaguement le plan de travail jonché d'épluchures et d'ustensiles.

— Tu ne peux pas baser une décision aussi importante sur de pareilles futilités, Van !

— J'ignore comment être une bonne épouse, affirma-t-elle, visiblement bien décidée à avoir le dernier mot.

Prenant conscience qu'elle avait élevé la voix, Vanessa s'exhorta au calme car même si Lara paraissait plus intéressée par ses jouets improvisés que par les éclats de leur discussion, elle ne voulait pas que la petite fille soit témoin de leur dispute. Elle avait trop souffert de celles que ses parents lui avaient infligées durant son enfance.

— La seule chose que je sache bien faire, Brady, c'est jouer du piano, conclut-elle.

— Mais je ne t'ai pas demandé d'y renoncer, que je sache !

— Et lorsque je devrai partir en tournée pendant des semaines, voire des mois, loin de toi ? Que je devrai passer des journées entières à répéter ? Quelle sera notre vie ?

— Je ne sais pas, admit Brady avec lassitude. J'ignorais que tu envisageais de reprendre les tournées.

— Pourtant, il faut bien que j'en tienne compte. Ces tournées ont représenté une part importante de ma vie pendant si longtemps ! Je suis musicienne, Brady, de la même façon que toi, tu es médecin. Et si je ne sauve pas de vies, j'ai le pouvoir de les enrichir.

— Je sais que ton métier tient une grande place dans ta vie, Vanessa. Je t'admire pour cela. Mais je ne vois pas en quoi il peut être un obstacle à notre union.

Tendrement, il prit son visage entre ses mains et la fixa intensément.

— Je veux t'épouser, reprit-il, confiant, je veux que tu sois la mère de mes enfants. Il suffit que tu me fasses confiance, Van.

La jeune femme prit une profonde inspiration.

— Je pars pour Cordina la semaine prochaine, annonça-t-elle d'une voix qu'elle voulait assurée.

Brady se raidit et s'écarta d'elle.

— Cordina ? répéta-t-il, sonné par la nouvelle.

— Oui. La princesse Gabriella donne chaque année un gala de charité.

— J'en ai déjà entendu parler, en effet.

— J'ai accepté d'y donner une représentation.

Sous le choc, Brady alla chercher un verre dans un placard.

— Parfait, dit-il d'une voix blanche. Quand as-tu donné ton accord ?

— Il y a deux semaines.

Les doigts de Brady se crispèrent sur le verre.

— Tu ne m'en as pas parlé.

— Non. Je craignais que tu réagisses mal.

— Qu'attendais-tu ? explosa-t-il, ne pouvant retenir plus longtemps la colère qui le submergeait. D'être à l'aéroport ? Ou peut-être avais-tu simplement l'intention de m'envoyer une carte postale de là-bas ? Bon sang, Vanessa ! Quel jeu joues-tu avec moi ? Je t'ai aidée à passer le temps, à raviver pour quelques jours une flamme éteinte depuis longtemps, c'est ça ?

Blêmissant, Vanessa encaissa le coup et parvint à rétorquer calmement :

— Tu sais très bien que c'est faux.

— Tout ce que je sais, c'est que tu t'en vas.

— Ce n'est l'affaire que de quelques jours, Brady, il ne s'agit que d'une seule représentation.

— Et ensuite, que comptes-tu faire ?

Vanessa détourna son regard de celui de Brady.

— Franck, mon agent, me pousse à reprendre les tournées. Mais je n'ai pas encore pris de décision.

— En résumé, et si je comprends bien, lâcha-t-il d'un ton sardonique, tu es arrivée ici, épuisée, malade parce que tu ne supportais pas la scène et tu ne songes maintenant qu'à y retourner.

— C'est une décision que je dois prendre seule, Brady.

— Ton père…

— Mon père est mort, lança-t-elle d'une voix tranchante, il ne peut donc plus influencer mes choix. Et je te serais reconnaissante de ne pas prendre le relais.

Brady bouillonnait d'une rage intérieure contenue. Il avait le sentiment d'avoir été trahi.

— Tu n'écartes pas l'éventualité de reprendre la vie professionnelle trépidante qui était la tienne, et tu ne m'en as jamais parlé, insista-t-il.

— Non, répondit-elle honnêtement. Mais aussi égoïste que cela puisse te paraître, j'estime que cette décision n'appartient qu'à moi. De la même façon, je ne me sens pas le droit de te demander de m'attendre, aussi ne le ferai-je pas.

Vanessa ferma les yeux et prit une profonde inspiration avant de poursuivre :

— Quoi qu'il en soit, je veux que tu saches que ces dernières semaines avec toi ont été les plus belles de ma vie.

— Je me fiche de tes belles déclarations, Van ! dit-il en tirant brutalement la jeune femme à lui. Tu peux bien aller à Cordina ou au bout du monde si tu veux, tu ne pourras jamais défaire le lien qui nous unit.

Il prit ses lèvres avec avidité, faisant passer dans ce baiser toute la palette d'émotions contradictoires qui le submergeaient.

Vanessa ne se débattait pas, trop consciente du désespoir dont elle était la cause. Elle songea avec douleur que si sa vie devait s'achever à ce moment précis, elle n'en retiendrait que cette supplique désespérée et silencieuse.

— Brady, murmura-t-elle en prenant son visage entre

ses mains, j'ai besoin de temps. Le temps de réfléchir au sens que je veux donner à ma vie. Et lorsque j'aurai pris la bonne décision, rien ne me fera plus changer d'avis. Mais pour cela, il faut que tu me laisses partir.

— Ecoute-moi bien, Vanessa, dit-il en resserrant son étreinte : j'ai fait une fois l'erreur de te laisser partir et je l'ai payée très cher. Alors si tu t'en vas de nouveau, je ne passerai pas le restant de mes jours à attendre ton retour. Tu ne me briseras pas le cœur une seconde fois, conclut-il froidement.

L'arrivée intempestive de Joanie empêcha toute réplique de la part de Vanessa et mit un terme définitif à leur discussion.

— Salut, les nounous ! lança-t-elle gaiement.

Ignorante de l'extrême tension qui régnait entre eux, elle prit sa fille dans ses bras et la couvrit de baisers.

— Vous n'allez pas le croire, annonça-t-elle, mais ce petit monstre m'a manqué ! Je suis désolée d'avoir mis tant de temps, mais il y avait un monde fou en ville aujourd'hui. Et devinez sur qui je suis tombée en arrivant ?

L'arrivée de Loretta et de Ham, bras dessus, bras dessous, ne lui laissa pas le temps de ménager son effet plus longtemps.

— Regardez comme ils sont superbes, tout bronzés !

Vanessa grimaça un faible sourire mais resta clouée sur place.

— Soyez les bienvenus, parvint-elle à articuler. Votre séjour s'est bien passé ?

— Merveilleusement bien, proclama Loretta en déposant un lourd panier en osier sur la table.

Vanessa ne manqua pas de remarquer le teint joliment hâlé de sa mère et la petite flamme qui brillait au fond de ses yeux.

— C'est le plus bel endroit du monde ! s'exclama-t-elle avec enthousiasme. Si vous aviez vu ces plages de sable blanc, cette mer turquoise ! Nous nous sommes même initiés à la plongée sous-marine !

— Je n'ai jamais vu autant de poissons de ma vie ! renchérit Ham, se déchargeant à son tour d'un lourd panier.

— Des poissons ! s'exclama Loretta. Tu veux parler des jolies naïades qui exhibaient partout leurs corps à moitié nus, oui !

Elle émit un petit rire enfantin et jeta à son mari un regard complice avant de sortir de son panier une marionnette bariolée qu'elle anima devant la petite fille, éblouie.

— Tiens, ma chérie, c'est pour toi. Entre autres choses.

— Il me tarde de vous montrer les photos que nous avons prises, déclara Ham qui ne voulait pas être en reste. J'ai même acheté un appareil étanche pour prendre des clichés sous l'eau.

Loretta se laissa tomber sur une chaise.

— Nous déballerons le reste des cadeaux plus tard, décida-t-elle. Pour l'heure, je rêve d'un soda bien frais.

Brady lui remplit un verre et le lui tendit.

— Bienvenue à la maison, dit-il.

— Merci. J'avoue qu'il est bon de rentrer chez soi et de retrouver les siens. Mais que s'est-il passé ici ? demanda-t-elle en désignant le plan de travail.

— Eh bien... j'ai voulu vous éviter d'avoir à préparer un repas le soir de votre arrivée, alors...

— Mmm, rien ne vaut nos bonnes vieilles traditions culinaires, déclara Ham.

— A vrai dire... Ce n'est pas vraiment..., bredouilla Vanessa.

Devinant la situation, Joanie vola au secours de son amie.

— Tu viens juste de commencer, à ce que je vois. C'est parfait, je vais pouvoir te donner un coup de main, lui dit-elle gentiment.

— Je reviens dans un instant, répliqua la jeune femme.

Elle sortit précipitamment de la cuisine et se rua dans l'escalier.

Une fois dans sa chambre, elle s'assit sur le bord de son lit, les yeux brouillés de larmes.

— Van, puis-je entrer un instant ? demanda Loretta qui se tenait sur le seuil, une main sur la poignée.

— Je m'apprêtais à redescendre, répondit la jeune femme en se levant.

Mais elle renonça à mentir et se rassit lentement.

— Je suis désolée, je ne voulais pas gâcher votre retour.

— Tu n'as rien gâché du tout, ma chérie, la rassura sa mère.

Loretta hésita un instant puis décida que le moment était venu. Elle referma la porte derrière elle et alla s'asseoir au côté de sa fille.

— J'ai bien vu que quelque chose n'allait pas quand nous sommes arrivés. Tu paraissais contrariée, j'ai cru que c'était à cause de moi.

— Non. Pas vraiment.

— Aimerais-tu m'en parler ?

Vanessa hésita un long moment puis prit le parti de se confier à sa mère.

— C'est Brady. Non, en fait, c'est moi, rectifia-t-elle, agacée. Il m'a demandé de l'épouser et j'ai refusé. Je lui ai expliqué les raisons de mon refus mais il ne les comprend pas. Ou plus exactement, il ne veut pas les comprendre. Mais j'ai si peur qu'il me reproche un jour de ne pas être, comme Joanie, une parfaite maîtresse de maison. Je ne sais même pas cuisiner !

— Joanie est une femme merveilleuse, commença Loretta en pesant soigneusement ses mots, mais elle est différente de toi.

— C'est moi qui suis différente ! s'écria Vanessa. De Joanie. De toi. De tout le monde, en fait.

Soucieuse d'apaiser les angoisses de sa fille, Loretta lui caressa tendrement les cheveux.

— Ce n'est tout de même pas si grave de ne pas savoir cuisiner, dit-elle d'une voix douce.

— Je sais. Mais je manque de confiance en moi et je n'arrive pas à assumer mes lacunes.

— J'ai ma part de responsabilités, Van. Je ne t'ai jamais

enseigné quoi que ce soit, en grande partie parce que tu consacrais tout ton temps à la musique, mais également parce que je ne le souhaitais pas. Je préférais tout gérer moi-même à la maison parce que, de cette façon, j'avais l'impression d'être utile. C'était ma manière à moi de me réaliser, de vous être indispensable. Mais ce n'est pas vraiment ce qui te tourmente, Vanessa, je me trompe ?

— Non, admit la jeune femme. En fait, l'idée du mariage est séduisante mais…

— Mais, poursuivit sa mère à sa place en lui prenant la main, tu as grandi dans un foyer désuni qui t'a ôté toutes tes illusions. Lorsque tu étais adolescente, je n'imaginais pas une seconde que la mésentente qui régnait entre ton père et moi pouvait t'affecter. Et pourtant…

— Cela ne me regardait pas. C'était votre vie.

— Non, c'étaient nos vies, étroitement mêlées les unes aux autres.

Loretta regarda sa fille droit dans les yeux et lui dit :

— J'en ai beaucoup discuté avec Ham au cours de notre voyage, et il a réussi à me persuader que le moment était venu de te parler.

Mal à l'aise, Vanessa tenta de se soustraire à la conversation.

— Tout le monde doit nous attendre en bas.

— Assez tergiversé, Vanessa, riposta fermement Loretta. Ils attendront.

Elle se leva et alla regarder par la fenêtre les tulipes enfin écloses qui mêlaient leurs corolles jaunes et orange à celles, d'un blanc immaculé, des marguerites.

— J'étais très jeune lorsque ton père et moi nous nous sommes mariés. Je venais juste d'avoir dix-huit ans, il en avait trente. Il était si beau ! Et il menait une vie tellement passionnante, se partageant entre Paris, Londres, New York. Il m'a fait complètement perdre la tête.

— Sa carrière n'a jamais vraiment décollé, en tout cas, répliqua implacablement Vanessa.

— Il était cependant un très bon musicien, riposta Loretta,

les yeux soudain remplis de nostalgie. C'est lorsqu'il a dû renoncer à sa passion que les choses se sont gâtées entre nous. La déception l'avait rendu aigri, coléreux, sujet à des sautes d'humeur de plus en plus fréquentes.

Loretta prit une profonde inspiration avant de poursuivre :

— J'étais issue d'un milieu modeste, je menais une vie simple et je crois que c'est ce qui l'a attiré en moi. De la même façon, le monde artistique dans lequel il évoluait m'éblouissait. J'étais flattée qu'il m'ait élue, moi qui correspondais si peu aux femmes sophistiquées qu'il avait l'habitude de fréquenter. En fait, nous nous sommes très vite rendu compte que ces différences qui nous avaient attirés l'un vers l'autre étaient en train de nous séparer tout aussi sûrement. Malheureusement c'était trop tard. J'étais enceinte.

Vanessa accusa le choc sans manifester la moindre émotion.

— Tu veux dire que vous vous êtes mariés à cause de moi ?

— Nous nous sommes mariés, répéta Loretta, parce que nous croyions nous aimer. Je veux que tu saches, ajouta-t-elle en martelant chaque mot, que tu as été conçue dans ce que nous pensions être un amour sincère. C'est plus tard que nous avons réalisé qu'en fait, il ne s'agissait que de tendresse et d'affection.

— Tu étais enceinte, tu n'avais donc pas le choix, jugea froidement Vanessa.

— On a toujours le choix, quelles que soient les circonstances, affirma Loretta en soutenant le regard dur que sa fille posait sur elle. Nous, nous avons choisi de t'avoir et jamais nous ne l'avons regretté. Tu représentais la meilleure part de chacun de nous. Nous étions si heureux à l'idée de devenir parents ! La première année de notre mariage a même été positive, avec de très beaux moments de bonheur. Et lorsque tu es née, tu as été la plus belle chose qui nous soit jamais arrivée. A aucun moment, Vanessa, nous ne t'avons tenue responsable de ce qui s'est passé par la suite. Nous seuls avons été les artisans de l'échec de notre mariage.

— Que s'est-il passé ?

— Mes parents sont morts et nous sommes venus nous installer dans cette maison qui désormais m'appartenait. La maison dans laquelle j'avais grandi. Ton père était tiraillé entre l'envie de vivre de ses talents de musicien et la crainte de devoir de nouveau affronter des échecs successifs. Il a résolu son problème en reportant toutes ses ambitions contrariées sur toi. Il a commencé à t'enseigner la musique en se jurant de te mener vers les sphères les plus hautes, celles que lui-même n'atteindrait pas. Il voulait faire de toi la concertiste de renom qu'il ne serait jamais.

Loretta s'interrompit quelques secondes.

— Je n'ai pas tenté de le raisonner ou de l'en dissuader. Tu semblais si heureuse lorsque tu te mettais au piano. Plus tu montrais de dispositions, plus il devenait exigeant, intransigeant. Et plus nous nous éloignions l'un de l'autre. Tu étais le seul lien qui nous unissait encore, mais cela n'a pas suffi à sauver notre mariage.

— Pourquoi ne vous êtes-vous pas séparés ?

— Je ne sais pas. Les habitudes, la peur. L'espoir insensé que nous nous aimions encore. Nous avons laissé la situation s'aggraver, rythmant notre vie de disputes de plus en plus fréquentes, traumatisant l'adolescente sensible que tu étais. Nous n'avons pas su te préserver, Van. Ton père, parce que tu servais ses ambitions personnelles et moi, parce que je l'ai laissé faire. Lâchement, j'ai fermé les yeux et me suis trouvé un exutoire. J'ai pris un amant.

Courageusement, Loretta affronta de nouveau le regard de sa fille.

— Je n'ai aucune excuse. Car même si ton père et moi vivions depuis longtemps comme deux étrangers sous le même toit, j'aurais pu choisir une autre solution. J'ai fait preuve de lâcheté, mais comment résister à un homme qui, soudain, vous fait redécouvrir votre pouvoir de séduction, votre féminité ? Avec lui j'ai découvert le plaisir excitant d'enfreindre les règles et j'ai aimé ça.

Vanessa sentit les larmes lui monter aux yeux.

— Comme tu devais te sentir seule ! murmura-t-elle, compatissante.

— Oui. Je me sentais seule. Mais ce n'était pas une raison pour...

— Cesse de t'excuser. Que ressentais-tu alors ?

— Je me sentais vidée, avec l'impression horrible que ma vie était finie. Je ressentais le besoin éperdu d'avoir un homme dans ma vie. Qu'il me murmure des choses gentilles, fussent-elles des mensonges. Je me suis jetée dans cette aventure, tête la première, mais une fois de plus je me suis trompée.

Remuée par tous ces souvenirs douloureux, Loretta ressentit le besoin impérieux d'un contact physique avec sa fille. Elle s'approcha d'elle et lui prit la main.

— Les choses seront différentes pour toi. Et passer à côté de ton histoire d'amour avec Brady serait aussi insensé que de se jeter à la tête du premier venu.

— Mais comment peut-on être sûr de ne pas se tromper ? demanda Vanessa d'une voix de petite fille.

— On le sait, on le sent. Il m'a fallu presque une vie pour comprendre ça. Avec Ham, j'ai su tout de suite que je faisais le bon choix.

— Ham..., demanda Vanessa avec circonspection, ce n'était pas... ?

— Non. Il aimait trop Emily pour même songer à la trahir. Non, reprit Loretta, c'était un étranger, installé en ville pour quelques mois seulement. Cela nous a rendu les choses plus faciles et, lorsque j'ai rompu, il est parti sans faire de scandale.

— Tu as rompu ? Mais pourquoi ?

Loretta poussa un profond soupir. De tous les aveux qu'elle venait de faire, celui-ci restait le plus difficile à révéler.

— C'était le soir du gala de ta promotion. Tu te souviens,

j'étais avec toi dans ta chambre. Je tentais de te consoler, tu étais si bouleversée !

— Le soir où il a fait arrêter Brady, dit-elle à mi-voix.

Loretta accentua la pression sur la main de sa fille.

— Je te jure que je ne savais rien des manigances de ton père, Vanessa ! Je suis redescendue parce que tu voulais rester seule, pestant contre Brady et me promettant de lui faire son affaire lorsqu'il a téléphoné. J'étais encore sous le choc quand ton père est rentré. Il était blême, fou de rage que le shérif l'ait relâché. Il ne l'aimait pas, mais il aurait agi de la même façon avec quiconque aurait représenté une menace pour ton avenir, et donc le sien. J'étais consternée qu'il puisse aller aussi loin, les Tucker étaient nos amis et personne n'ignorait que Brady et toi étiez amoureux. Alors j'ai perdu tout contrôle et je lui ai craché au visage ce que je tentais désespérément de lui cacher depuis des semaines : j'avais un amant et j'étais enceinte de lui.

— Enceinte ? répéta Vanessa, bouleversée. Oh ! mon Dieu !

Loretta lâcha la main de sa fille et se mit à arpenter nerveusement la pièce.

— J'ai pensé qu'il allait devenir fou de rage mais, au contraire, il a accueilli la nouvelle avec un calme olympien. Puis il m'a annoncé, tout aussi calmement, qu'il allait engager une procédure de divorce et qu'il allait t'emmener loin de moi. A Paris, car je ne méritais pas d'être ta mère, je n'étais qu'une catin qui portait le bâtard d'un autre homme. Plus je tempêtais, suppliais, menaçais, plus il restait de marbre. Pour finir, il m'a sommée de ne rien tenter pour te retenir, sinon…

Les larmes ruisselaient sur les joues de Loretta.

— Mais tu… Il ne pouvait…, bredouilla Vanessa.

— J'ignorais ce qu'il pouvait faire. La seule certitude que j'avais, c'était qu'il allait t'éloigner de moi et réaliser les projets qu'il avait pour toi. Mais crois-moi, Vanessa, je l'ai laissé faire parce que je croyais sincèrement que c'était ce que tu désirais.

Vanessa se leva et prit sa mère dans ses bras.

— Cela n'a pas d'importance, lui murmura-t-elle à l'oreille. Cela n'a plus d'importance, à présent.

— Je savais que tu me détesterais mais...

— Je ne t'ai jamais détestée. Je n'ai jamais pu. Et... le bébé ? Qu'est-il devenu ?

— Je l'ai perdu, lui aussi. J'ai fait une fausse couche au troisième mois de grossesse.

Submergée d'émotion, Vanessa se mit à pleurer doucement, rejoignant sa mère dans la tristesse et la douleur.

— Oh, maman ! Comme tu as dû souffrir ! lui dit-elle en la berçant tendrement.

Loretta s'abandonna avec bonheur à ce moment de profonde complicité.

— Je voudrais que tu saches qu'il ne s'est pas passé un jour sans que je pense à toi, où tu ne m'as pas manqué. Et si c'était à refaire...

Vanessa secoua la tête.

— Tout cela appartient au passé, maman. Il est temps de nous tourner vers le futur.

12

Vanessa se trouvait dans sa loge envahie par les innombrables bouquets que proches ou admirateurs lui avaient fait parvenir. Tout en sachant que c'était impossible, elle avait vaguement espéré que l'un d'eux était envoyé par Brady.

Il l'avait laissée partir sans se manifester. Il ne lui avait pas proposé de l'accompagner à l'aéroport et ne lui avait même pas téléphoné pour lui souhaiter bonne chance ou lui dire qu'elle allait lui manquer. Ce n'était pas son genre, se disait Vanessa en contemplant son reflet dans le miroir. Il était beaucoup trop fier pour revenir sur sa décision, ou reconnaître ses torts. Il en avait parfaitement le droit, décida-t-elle.

Après tout, c'est elle qui l'avait quitté. Elle l'avait provoqué, s'était offerte avec toute la passion dont une femme amoureuse est capable, mais n'avait pas prononcé les mots qu'il attendait. Elle avait retenu ses émotions, préférant faire machine arrière.

Parce qu'elle avait peur. Peur de s'engager et de commettre une erreur dont ils souffriraient toute leur vie.

Elle comprenait mieux, à présent que sa mère lui avait parlé, que des erreurs puissent être commises pour la meilleure des raisons, comme pour la pire. Elle regrettait de ne plus pouvoir demander à son père quels avaient été ses sentiments, ses motivations.

Elle espérait seulement qu'il ne serait pas trop tard pour elle.

Qu'étaient devenus les adolescents qu'ils étaient alors,

et qui s'aimaient avec tant d'heureuse insouciance ? Brady avait réussi sa vie professionnelle, les questions qu'il se posait semblaient avoir trouvé une réponse. Famille, amis, métier, tout semblait lui réussir. La jeune graine de vaurien s'était miraculeusement transformée en un homme responsable et intègre.

Mais elle ? Vanessa ? Elle observa ses longues mains fines. Ses mains de pianiste. Seule la musique avait jusque-là rempli sa vie. C'était la seule chose qu'elle ait jamais maîtrisée.

Elle comprenait à présent, à travers les échecs de sa mère et les erreurs de son père, à quel point tous deux, chacun à leur façon, l'avaient aimée. Même si cet amour avait échoué à former une famille, même s'il ne les avait pas rendus heureux pour autant.

Et tandis que Brady creusait un peu plus profondément les racines qui le retenaient dans cette ville qui les avait vus grandir, elle se retrouvait seule, loin de lui, dans une loge remplie de fleurs, attendant, une fois encore, de monter sur scène.

Un coup discret frappé à la porte la tira de ses réflexions.

— Entrez, dit-elle dans un français parfait.

La princesse Gabriella se glissa dans la pièce, éblouissante de beauté dans un fourreau de soie bleue.

— Vanessa !

— Altesse, dit Vanessa en s'apprêtant à se lever pour esquisser la révérence qu'exigeait le protocole.

Mais la princesse, d'un geste de la main à la fois impérieux et amical, l'invita à rester assise.

— J'espère que je ne vous dérange pas.

— Absolument pas. Puis-je vous servir un verre de vin ?

— Volontiers, merci.

Ressentant la fatigue d'une journée harassante, Gabriella s'installa avec une grâce innée sur le siège que lui avançait Vanessa. Ne jamais se plaindre. Tel était le mot d'ordre des gens nés de sang royal.

— La journée a été si mouvementée que je n'ai pas

eu le temps de m'assurer que vous étiez confortablement installée.

— Comment pourrait-on être mal logée au palais, Altesse ?

— Appelez-moi Gabriella, voulez-vous ? dit-elle à la jeune femme en prenant le verre que celle-ci lui tendait. Je tenais à vous remercier personnellement d'avoir accepté de jouer ce soir. Ce gala me tient tellement à cœur !

— C'est toujours un plaisir pour moi de jouer à Cordina, répondit sincèrement Vanessa. En outre, je suis très honorée que vous ayez pensé à moi.

Gabriella but une gorgée de vin avant de laisser échapper un petit rire cristallin.

— Je suis désolée d'avoir insisté au point de bouleverser vos vacances, mais j'ai appris très jeune à être impitoyable pour obtenir ce que je voulais.

Vanessa lui adressa un petit sourire indulgent. Toute princesse qu'elle était, Gabriella avait le don de mettre ses interlocuteurs à l'aise.

— J'espère que la soirée connaîtra un grand succès.

— J'en suis certaine. D'ailleurs, il ne peut pas en être autrement, dit la princesse avec autorité. Cette année j'ai exigé une participation active de tous mes proches et même Eve, ma belle-sœur américaine... L'avez-vous déjà rencontrée ?

— Oui, à plusieurs reprises.

— Eh bien, quoique très arrogante je vous l'accorde, elle a été d'une efficacité remarquable.

— Votre époux est-il aussi américain ?

A la seule évocation de son mari, une petite étincelle dansa dans les yeux dorés de la princesse.

— Oui. Reeve a été un amour ! J'ai également fait appel à mon frère qui, bien qu'en déplacement à l'étranger, a fait tout son possible pour être parmi nous ce soir.

La princesse ne manqua pas de remarquer le voile sombre qui, soudain, assombrit le regard de Vanessa.

— Mon frère, Bennett, vous prie de bien vouloir

l'excuser, reprit-elle, mais son épouse étant sur le point de donner naissance à leur premier enfant, il ne pourra assister à votre représentation.

Vanessa se souvint sans émotion particulière du frère de la princesse, coureur de jupons invétéré, dont le nom avait été un certain temps lié au sien par la presse à scandale.

— Son Altesse était, sans conteste, le plus charmant des chevaliers servants, commenta-t-elle poliment.

— J'ai été déçue d'apprendre par votre agent que vous aviez prévu de repartir sitôt le concert terminé. Il y a si longtemps que vous n'étiez pas venue !

— Croyez bien que je le regrette, votre accueil est si chaleureux ! Je repense souvent avec bonheur à mon dernier séjour chez vous, dans votre maison de campagne parmi les membres de votre famille.

— Vous savez que vous serez toujours la bienvenue, Vanessa.

Notant une fois de plus la tristesse qui voilait le regard de la jeune femme, Gabriella lui prit gentiment la main.

— Tout va bien, Vanessa ? s'enquit-elle.

— Oui, merci, répondit Vanessa d'un ton peu convaincant.

— Peut-être puis-je vous aider, insista Gabriella.

Vanessa regarda pensivement leurs mains jointes puis, encouragée par les yeux remplis de douceur et de bienveillance de la princesse, elle lui demanda :

— Qu'est-ce qui compte le plus pour vous dans votre vie, Gabriella ?

— Ma famille, répondit la princesse sans hésiter.

Vanessa lui sourit.

— Evidemment, votre rencontre avec votre mari a été si romantique !

— Ne vous méprenez pas. Notre histoire l'est devenue petit à petit, mais tout n'a pas été si facile.

— C'était un roturier, n'est-ce pas ?

— En effet.

— Si vous aviez dû renoncer à vos droits en l'épousant, l'auriez-vous fait ?

— Oui. Non sans douleur, mais je l'aurais fait.

Gabriella marqua une pause avant de demander :

— Un homme vous aurait-il demandé de renoncer à ce à quoi vous tenez le plus dans la vie ?

— Oh non ! Il ne m'a pas demandé de renoncer à quoi que ce soit, cependant il exige tout de moi.

— C'est un art dans lequel les hommes excellent en effet, commenta la princesse avec un petit sourire ironique.

— En outre, poursuivit Vanessa qui se sentait en totale confiance, ma mère m'a récemment fait des révélations sur mon passé et sur ma famille, qui sont très difficiles à accepter. J'aurais peur, en donnant aujourd'hui à cet homme ce qu'il attend de moi, de le tromper. Et de me tromper moi-même.

Gabriella garda le silence un instant, semblant peser ses mots avant de reprendre.

— Vous n'ignorez sans doute pas que, lorsque j'étais jeune, j'ai été kidnappée. A l'époque, les journaux ne parlaient que de cela. Eh bien, lorsque mes ravisseurs m'ont libérée, j'ai perdu la mémoire. Je ne reconnaissais pas mon père, mes frères m'étaient devenus de parfaits étrangers. Je n'avais plus aucun repère et mon fort caractère avait du mal à supporter une situation aussi frustrante. Angoissante également. Puis, peu à peu, j'ai fini par me reconnaître, par retrouver ma famille. Mais d'une tout autre manière. Comment dire ? Je les voyais à travers un prisme différent. Je les aimais, mais autrement. Et tous leurs défauts, tout le mal que nous avions pu nous faire n'avaient plus aucune importance.

— Vous voulez dire que vous aviez fait table rase de votre passé ?

Gabriella secoua sa chevelure flamboyante.

— Non, c'est impossible. On n'oublie jamais son passé, mais j'ai considéré les choses, les gens sous un angle neuf. Après ce que j'appelle « ma renaissance », tomber amoureuse a été d'une facilité déconcertante.

— Votre mari a beaucoup de chance.

— En effet, et je m'applique à le lui rappeler régulièrement, plaisanta la princesse. Il est temps que je vous laisse vous préparer, à présent, conclut-elle en se levant.
— Merci, Gabriella.

Avant de sortir, la princesse se retourna vers Vanessa et lui dit :

— Peut-être nous verrons-nous lors de mon prochain voyage en Amérique ?

— Avec grand plaisir, Altesse.

— Ce sera ainsi l'occasion de me présenter cet homme, ajouta-t-elle en s'éclipsant.

Lorsque la porte se referma derrière la princesse, Vanessa se rassit et observa attentivement son reflet dans le miroir. Elle vit d'abord la musicienne qu'elle était, puis derrière elle, la femme qu'elle allait devenir.

— Vanessa Sexton, murmura-t-elle en souriant à son image.

Elle avait enfin compris pourquoi elle se trouvait ici, pourquoi elle allait donner ce dernier concert. Et pourquoi, lorsqu'il serait terminé, elle rentrerait chez elle.

Il faisait bien trop chaud pour s'escrimer de la sorte sur un ballon de basket, pourtant Brady n'en continuait pas moins à tenter de marquer des paniers avec un acharnement frénétique. Pour quelle raison insensée avait-il pris sa journée, lui qui avait plus que quiconque besoin d'occuper ses pensées, de combler ce vide qui le rongeait ?

Vanessa lui manquait cruellement.

Depuis deux jours, ses blessures étaient ravivées par la parution de photos dans les journaux, par des reportages télévisés, par les commentaires incessants des habitants de la commune.

Il aurait donné n'importe quoi pour ne pas l'avoir vue dans sa magnifique robe blanche largement décolletée que venait caresser sa superbe chevelure qu'elle avait laissée cascader sur ses épaules et dans son dos. Son regard s'était attardé avec émotion sur ses longs doigts fins, tour à tour courant sur le clavier ou le caressant, jouant ce jour-là sa propre composition. Celle qu'elle avait jouée en attendant son retour. Et que manifestement elle avait achevée.

Que pouvait-il espérer ? Qu'elle revienne s'enterrer dans ce trou avec celui qui n'avait été qu'un amour de jeunesse, elle qui était reçue dans des palais par tout ce que la planète comptait de têtes couronnées ? Lui, tout ce qu'il avait à lui offrir se résumait à une maison dans les bois, à un chien encombrant et mal élevé et à d'occasionnelles pâtisseries remises en guise d'honoraires. Pourtant aucun autre homme ne l'aimerait d'un amour aussi passionné, aussi inconditionnel.

— Arrête, Kong ! ordonna-t-il à son chien qui poussait de petits jappements aigus en bondissant autour de lui.

C'est en pivotant sur lui-même pour rattraper le ballon qui lui avait échappé qu'il la vit. L'apparition de Vanessa lui souriant, une bouteille de jus de raisin à la main, le cloua sur place. D'un revers de la main, il essuya la sueur qui coulait de son front.

— Salut, Brady, dit Vanessa avec un détachement feint, destiné à cacher le tumulte intérieur qui faisait violemment battre son cœur. Tu sembles avoir affreusement chaud.

Elle le fixait de ses grands yeux verts en sirotant une gorgée du jus de fruits.

— Tu en veux ? proposa-t-elle en se dirigeant vers lui.

Brady demeura silencieux. Que s'était-elle imaginé ? Il n'avait plus dix-huit ans et il ne la laisserait pas jouer avec ses sentiments une fois de plus.

Il la regarda se baisser pour caresser Kong.

— Qu'es-tu venue faire ici ? demanda-t-il sèchement.

— Je me promenais, répondit-elle d'une voix qu'elle voulait désinvolte.

Puis, désignant le ballon en souriant :

— Tu sembles avoir perdu la main.

Face au silence obstiné de Brady, elle s'exhorta au calme et prit le temps de terminer sa boisson. Les choses s'avéraient plus difficiles que prévu ! Il faudrait qu'elle se montre prudente si elle ne voulait pas le braquer définitivement.

— Tu ne m'embrasses pas ?

— Non, répondit laconiquement Brady qui préférait garder ses distances.

— Ah.

Vanessa sentit vaciller l'inébranlable confiance qui l'avait portée durant tout le trajet qui la séparait de lui.

— Dois-je comprendre que c'est fini entre nous ?

— Va au diable, Vanessa ! s'écria-t-il enfin, laissant libre cours à la colère qui bouillonnait en lui.

Refoulant ses larmes, Vanessa lui tourna le dos.

— Tu as parfaitement le droit d'être en colère contre moi, parvint-elle à articuler sans trahir son émotion.

— En colère ? Ce n'est pas vraiment de la colère que je ressens, vois-tu.

Il marqua un temps d'arrêt et envoya le ballon au loin, à la plus grande joie de Kong.

— A quoi joues-tu exactement, Vanessa ? ajouta-t-il.

Les yeux brillants, la jeune femme lui fit face et le brava du regard.

— Je ne joue pas, Brady. Je t'aime.

Il ne savait pas trop si ces mots tant attendus lui brisaient le cœur ou au contraire pansaient ses plaies à vif.

— Il t'a fallu du temps pour t'en rendre compte, siffla-t-il.

Son ton acerbe la mortifia. Elle inspira profondément et répliqua :

— J'ai pris le temps nécessaire, en effet. Et je suis désolée de t'avoir blessé, ce n'était pas mon intention. Sache que je ne suis pas venue pour régler des comptes ni pour me disputer avec toi, alors si tu veux me parler, je serai chez moi.

Brady la saisit violemment par le bras.

— Tu n'iras nulle part, dit-il d'une voix sourde. Ne t'éloigne plus jamais de moi, Vanessa.

— Pas de menaces, Brady, je te l'ai déjà dit.

— C'est trop facile, Vanessa ! Tu pars, sans tenir compte

de mes envies, de mes attentes, sans même une promesse de retour, ni un mot me laissant penser que nous avons un avenir commun. Puis tu reviens me provoquer comme si rien ne s'était passé ! Mais qu'est-ce qui a changé depuis ton départ ?

— Ecoute-moi bien, Brady…

— Non, écoute-moi, toi ! A partir de maintenant, c'est tout ou rien.

Sans lui laisser le temps de riposter, il prit ses lèvres, dans un baiser violent et brûlant, reflet de la douleur et de la rage qui l'étreignaient.

Vanessa tenta vainement de se libérer de cette embrassade brutale, offusquée que Brady puisse user ainsi de sa force pour la retenir. Jamais elle ne l'avait senti aussi désespérément furieux.

A bout de souffle, les forces décuplées par la colère, elle parvint néanmoins à s'écarter de lui et l'aurait frappé si elle n'avait remarqué le regard empreint de souffrance qu'il posait sur elle.

— Va-t'en, Van. Laisse-moi seul.

— Brady…

— Va-t'en, répéta-t-il en haussant de nouveau le ton.

Vanessa se planta devant lui, fermement décidée à l'affronter et à se faire entendre.

— Tu as fini de jouer les machos stupides ? Tu vas peut-être écouter ce que j'ai à te dire maintenant !

En guise de réponse, Brady lui tourna le dos et alla chercher une serviette avec laquelle il épongea la sueur qui coulait sur son visage. Puis, toujours silencieux, il alla s'asseoir à l'ombre d'un chêne.

Vanessa courut vers lui.

— Brady, tu es impossible !

Il la toisa puis détourna son regard pour lancer au loin un bâton sur lequel se rua Kong.

— Donc… ? lâcha-t-il avec dédain.

— Donc, reprit posément Vanessa, je me demande

comment j'ai pu tomber amoureuse de toi. Et deux fois, en plus !

Elle s'éclaircit la gorge avant de poursuivre d'une voix assurée.

— Tout est ma faute, Brady. Je pense que je n'ai pas su exprimer ce que je ressentais avant mon départ.

— Mais si, tu l'as parfaitement exprimé : tu as refusé de devenir ma femme.

— Je n'ai pas été si catégorique, Brady. J'ai simplement dit que je ne savais pas comment l'on devenait une bonne épouse et que j'ignorais encore si j'avais envie de le devenir. C'est différent, tout de même ! L'exemple le plus proche étant celui de ma mère qui n'a jamais été aussi malheureuse que lorsqu'elle était mariée avec mon père, il est possible que j'aie été influencée dans ce sens. En outre, je craignais de ne pas être à la hauteur de ce qu'un mari est en droit d'attendre d'une épouse digne de ce nom.

— A cause d'un ragoût de thon raté, si je me souviens bien, dit Brady, sardonique.

— Ce n'était qu'un prétexte pour masquer mes doutes, mes hésitations. J'avais peur de ne pas pouvoir concilier des devoirs d'épouse et de femme, de mère et de musicienne. Car je n'ai jamais eu l'opportunité d'assumer complètement un de ces rôles.

— Tu étais déjà femme et musicienne, que je sache !

— Non, rectifia-t-elle. Jusqu'à mon retour ici, je n'étais rien d'autre que la fille de mon père.

Elle venait de crever l'abcès. Rien ne pourrait l'arrêter, désormais. Elle se laissa tomber à côté de Brady et poursuivit sur sa lancée.

— J'allais où il voulait que j'aille, je jouais la musique qu'il voulait que je joue. J'étais devenue une espèce de désincarnation de moi-même dont il gérait même les émotions.

Elle s'absorba un instant dans la contemplation des monts environnants puis revint à la réalité.

— Pourtant, j'ai ma part de responsabilité dans tout

ça. J'aurais dû me rebeller, faire entendre ma volonté et les choses auraient certainement été différentes.

— Van...

— Non, s'il te plaît, laisse-moi terminer. J'ai passé beaucoup de temps à essayer de tout analyser clairement, il faut que tu saches maintenant.

Elle prit sa main dans la sienne comme pour se donner le courage de continuer.

— Ma décision de revenir ici a été la première décision d'adulte prise seule en l'espace de douze ans. Et même cela n'a pas été vraiment un choix puisqu'il était dicté par un besoin impérieux : celui de régler une affaire en cours.

Elle le regarda et lui adressa un petit sourire d'excuse.

— Tu n'étais pas censé faire partie de mes projets, aussi lorsque tu es entré de nouveau dans ma vie, les choses n'en sont devenues que plus compliquées.

Elle arracha nerveusement quelques brins d'herbe et reprit :

— Je n'ai jamais cessé de t'aimer, Brady. Même au plus profond de mes souffrances, lorsque j'étais encore meurtrie ou aveuglée par la colère. C'était d'ailleurs là le problème : je ne parvenais pas à avoir le recul nécessaire et les choses ont commencé à m'échapper complètement. Et lorsque tu m'as demandée en mariage, j'ai réalisé qu'il ne suffisait pas juste de le vouloir, ni d'accepter égoïstement ce que tu m'offrais. Je savais que mon séjour à Cordina te contrarierait, mais j'éprouvais le besoin viscéral de me remettre en question. Pourtant, à aucun moment je n'ai voulu te blesser.

Au fur et à mesure que Vanessa s'exprimait, Brady retrouvait son calme.

— Je n'exigerai jamais de toi que tu renonces à la musique, ou à ta carrière, Van.

Vanessa se leva et quitta l'ombre pour le soleil.

— Non, mais j'ai eu peur de devoir tout abandonner juste pour te satisfaire, pour ne pas te décevoir.

Touché par la sincérité de la jeune femme, Brady la rejoignit et la prit tendrement par les épaules.

— Je t'aime telle que tu es, Van. Tout le reste n'est que détails sans importance.

Vanessa se retourna vivement vers Brady et le regarda, vibrant d'une passion débordante.

— Non, dit-elle d'une voix ferme, ces détails se sont révélés, au contraire, très importants. C'est en m'éloignant d'ici que j'ai réalisé vers quoi je me dirigeais. Toute ma vie, j'ai obéi passivement à ce qu'on m'ordonnait de faire et pour la première fois, c'est moi qui ai décidé. De me rendre à Cordina, de remonter sur scène. Et lorsque je me suis retrouvée dans les coulisses, j'ai guetté avec anxiété le moindre signe annonciateur du trac dévastateur qui me rongeait habituellement. Mais rien ne s'est passé.

En proie à une vive émotion, Vanessa détourna de Brady ses yeux embués de larmes.

— Je me sentais merveilleusement bien. Je me fondais sur scène, au milieu d'un public qui ne me faisait plus peur mais qui, au contraire, me transportait de bonheur. Et tout cela parce que moi, et moi seule, je l'avais voulu.

— Je suis heureux pour toi, Vanessa, commenta Brady en s'écartant légèrement de sa compagne. Je suis sincère, je m'inquiétais pour toi.

— C'était magique, Brady, poursuivit Vanessa qui semblait ne pas avoir pris conscience de la tristesse qui perçait dans sa voix. Jamais je n'ai aussi bien joué ! Je sais que, désormais, je pourrai affronter n'importe quelle scène sans la moindre appréhension. Je le sais, répéta-t-elle. Je me sens libérée d'un tel poids !

— Tant mieux, Vanessa. Je détestais l'idée que tu puisses de nouveau te rendre malade, mais malgré cela je te répète que jamais je n'exigerai de toi un tel sacrifice. Je veux juste avoir la certitude que tu me reviendras. Que ma maison deviendra notre maison, le havre de paix où tu viendras me retrouver une fois tes tournées achevées. Et où nous abriterons la famille que je veux fonder avec toi.

— Je le voudrais bien, mais…

— Il n'y a plus de « mais » qui tienne, Van, répliqua Brady avec autorité.

— Mais…, reprit Vanessa en le défiant du regard, je n'ai pas l'intention de reprendre les tournées.

— Tu viens juste de dire…, bredouilla Brady, certain d'avoir mal compris.

— J'ai dit que je pourrais, éventuellement, remonter sur scène. Et je le ferai, occasionnellement, et à la seule condition que ce ne soit pas au détriment de ma vie privée.

Vanessa éclata d'un rire plein de gaieté.

— Savoir que je peux jouer librement, si j'en éprouve l'envie ou le besoin, voilà ce qui m'importe. Oh ! Brady ! Si tu savais ce que j'éprouve ! Avant de monter sur scène pour ce dernier concert, j'ai observé mon reflet dans le miroir et, tout d'un coup, tout s'est mis en place naturellement, j'ai su qui j'étais. Et j'ai aimé cette femme que je voyais et qui découvrait soudain qu'elle était une personne à part entière, libre de ses choix.

— Pourtant, tu es revenue.

— J'ai choisi de revenir. Parce que j'en éprouvais le besoin.

Vanessa serra la main de Brady dans la sienne.

— Il se peut que quelques concerts viennent ponctuer ma vie, mais je veux continuer à donner des leçons, et je veux prendre le temps de composer. Surtout si j'ai la possibilité de faire installer un studio d'enregistrement dans ma future maison.

Brady embrassa avec dévotion les doigts de Vanessa.

— Je pense que c'est une idée envisageable.

— Je veux également apprendre à connaître ma mère et rattraper avec elle le temps perdu. Ah ! Et je veux aussi apprendre à cuisiner.

Elle marqua un temps d'arrêt puis reprit d'un ton grave :

— J'ai choisi de revenir ici, vers toi, Brady. La seule chose que je n'ai pas décidée, c'est de tomber amoureuse de toi.

En souriant, elle prit son visage entre ses mains.

— Mais je crois que je m'y ferai. Je t'aime tant ! Chaque jour un peu plus.

Elle cueillit sur ses lèvres un baiser plein de tendresse et lui chuchota à l'oreille :

— Redemande-le-moi, Brady. S'il te plaît.

— Te demander quoi ? dit-il d'un ton taquin. Non, cette fois, je veux faire les choses dans les règles de l'art. L'endroit n'est pas propice. Il n'y a ni lumière tamisée ni musique romantique. Et je n'ai pas de bague à t'offrir.

— Tu te trompes, déclara-t-elle en sortant de sa poche un anneau surmonté d'une minuscule émeraude.

Elle vit le visage de Brady blêmir sous le coup de l'émotion.

— Tu l'as gardée, murmura-t-il, bouleversé.

— Bien sûr.

Elle lui glissa le bijou dans le creux de la main.

— Cela a marché une fois. Pourquoi ne pas essayer une nouvelle fois ?

Brady lut dans les yeux de la jeune femme de telles promesses de bonheur que ce fut d'une voix tremblante qu'il lui demanda :

— Vanessa, veux-tu être ma femme ?

— Oui. Oh, oui ! répondit-elle, les yeux remplis de larmes.

Et Brady glissa sans peine au doigt de sa compagne la petite bague, symbole d'un amour jamais éteint.

CHEZ MOSAÏC POCHE

Par ordre alphabétique d'auteur

DIANE CHAMBERLAIN	*Une vie plus belle*
SYLVIA DAY	*Afterburn/Aftershock*
KRISTAN HIGGINS	*L'Amour et tout ce qui va avec*
	Tout sauf le grand Amour
	Trop beau pour être vrai
	Amis et RIEN de plus
ELAINE HUSSEY	*La petite fille de la rue Maple*
LISA JACKSON	*Ce que cachent les murs*
	Le couvent des ombres
	Passé à vif
	De glace et de ténèbres
ANNE O'BRIEN	*Le lys et le léopard*
TIFFANY REISZ	*Sans limites*
	Sans remords
EMILIE RICHARDS	*Le bleu de l'été*
	Le parfum du thé glacé
	La saison des fleurs sauvages
NORA ROBERTS	*Par une nuit d'hiver*
	La saga des O'Hurley
	La fierté des O'Hurley
ROSEMARY ROGERS	*Un palais sous la neige*
	L'intrigante
	Une passion russe
	La belle du Mississippi
	Retour dans le Mississippi

La plupart de ces titres sont disponibles en numérique.

CHEZ MOSAÏC POCHE
Par ordre alphabétique d'auteur

KAREN ROSE

Le silence de la peur
Elles étaient jeunes et belles
Les roses écarlates
Dors bien cette nuit
Le lys rouge
La proie du silence

La plupart de ces titres sont disponibles en numérique.

Composé et édité par HARLEQUIN

Achevé d'imprimer en septembre 2015

La Flèche
Dépôt légal : octobre 2015

Pour l'éditeur, le principe est d'utiliser des papiers composés de fibres naturelles, renouvelables, recyclables, et fabriquées à partir de bois issus de forêts qui adoptent un système d'aménagement durable. En outre, l'éditeur attend de ses fournisseurs de papier qu'ils s'inscrivent dans une démarche de certification environnementale reconnue.

Imprimé en France